U0813850

国家社科基金
GUOJIA SHEKE JIJIN HOUQI ZIZHU XIANGMU
后期资助项目

文化互文本中的文学批评理论

Literary Criticism Theory in Cultural Mutual Text

陈永国 著

北京师范大学出版集团
BEIJING NORMAL UNIVERSITY PUBLISHING GROUP
北京师范大学出版社

图书在版编目（CIP）数据

文化互文本中的文学批评理论/陈永国著. —北京：北京师范大学出版社，2017.1

ISBN 978-7-303-20697-1

Ⅰ.①文… Ⅱ.①陈… Ⅲ.①文学评论-文学理论 Ⅳ.①I06

中国版本图书馆 CIP 数据核字（2016）第 119733 号

营 销 中 心 电 话 010-58805072 58807651

北师大出版社学术著作与大众读物分社 http://xueda.bnup.com

WENHUA HUWENBEN ZHONGDE WENXUEPIPINGLILUN

出版发行：北京师范大学出版社 www.bnup.com

北京市海淀区新街口外大街 19 号

邮政编码：100875

印 刷：北京京师印务有限公司

经 销：全国新华书店

开 本：787 mm×1092 mm 1/16

印 张：20.5

字 数：345 千字

版 次：2017 年 1 月第 1 版

印 次：2017 年 1 月第 1 次印刷

定 价：60.00 元

策划编辑：马佩林 杜松石　　责任编辑：赵雯婧

美术编辑：王齐云　　装帧设计：毛 淳 王齐云

责任校对：陈 民　　责任印制：马 洁

版权所有 侵权必究

反盗版、侵权举报电话：010－58800697

北京读者服务部电话：010－58808104

外埠邮购电话：010－58808083

本书如有印装质量问题，请与印制管理部联系调换。

印制管理部电话：010－58805079

国家社科基金后期资助项目

出 版 说 明

后期资助项目是国家社科基金设立的一类重要项目，旨在鼓励广大社科研究者潜心治学，支持基础研究多出优秀成果。它是经过严格评审，从接近完成的科研成果中遴选立项的。为扩大后期资助项目的影响，更好地推动学术发展，促进成果转化，全国哲学社会科学规划办公室按照“统一设计、统一标识、统一版式、形成系列”的总体要求，组织出版国家社科基金后期资助项目成果。

全国哲学社会科学规划办公室

目 录

导言：只为阅读的书写

萨特在回答“为什么写作”这一问题时，考虑的不仅仅是文学理论，或文学批评，或文学的美学。他之所以问“为什么写作”这个问题而不问“什么是文学”，恰恰因为“写作”一词意味着充分的“自由”，不仅指写作者和读者各自及之间的自由，而且指他自己作为哲学家、思想家、作家的自由，使得他能够在文学、文学理论、文学批评之间游刃有余，而且在文学、艺术、美学和哲学之间自由逃逸，体现了写作就是要求这种自由逃逸的方式这一根本思想，进而逃避了文学的体制化束缚。对文学书写而言，写作是介入，是选择，是写作者感到自己对于世界的本质存在，而这个世界就是读者，读者在阅读过程中与写作者建立起来的互动关系就是这个世界的关系。写作者需要读者，正如读者需要写作者一样。写作与阅读相互依赖，相互生成。只有在阅读中，写作的目的才能实现，只有在阅读中，写作才真正存在。在这个意义上，写作就是召唤。这种召唤是跨界的，确切说是越界的。它不拘泥于传统学科的细化，不受限于文学、文学批评、文学理论、美学、哲学、艺术批评以及批评理论和文化研究的恣意分工，它试图打破这些领域之间看似神圣不可侵犯的界限，在一种以文学教育为终极目标的努力尝试中，实现文学书写与文学阅读的最大价值。

第一节　文学是什么

关于文学是什么的问题，如同在本书“后记”中所追问的“人是什么”这个问题一样，已经有很多论者从不同角度讨论过了，并试图做出全面、系统、准确的回答。然而，由于论者和理论家所持的政治立场和哲学观念不同，对与文学密切相关的社会、文化、历史、政治乃至意识形态的讨论也各有侧重，因此，关于文学的本体论和认识论的讨论，也就由于这些不同而众说纷纭，难以达成一致的意见，致使各种争论最终只能落脚于制度问题，即文学作为一种制度的讨论。这意味着，不管文学是什么，不管文学这个概念用在什么场合，它始终都离不开某种或隐或现的规范，这种规范通过某种形式的叙事发挥制度性影响，阐发不同社会、不同阶级、不同政党乃至不同作家和读者的政治和哲学立场，决定了文学的文化、社会、政治或意识形态意义。在这个意义上，文学的确是制度性问题。

这种制度性最明显的反映就是对文学边界的界定。保罗·德·曼说："文学教学中固有的理论难点是设定边界，通过将文学与其他话语模式区别开来而圈定文学领域。"这样一种界定之所以难以进行，原因在于"任何对文学作品之经典定义的干扰都会激起神经质式的反应"。在深入探讨这种经典定义之前，我们先来看看易于引起神经质式反应的那些"干扰"：有些人从形而上学的角度探讨文学是什么，有些人从文学本体出发讨论文学的形式、内容和功能，还有些人根本不知道自己究竟在谈什么，在原本应该谈文学的时候，他们却海阔天空，除了文学别的什么都谈。

> 因此，明确定义已成急需，以保证一门学科不致堕落成闲言碎语、零碎琐事或自我沉湎。用来指称这些边界的最传统的术语是"形式"；在文学中，形式的概念首先是一种定义的需要。任何文学的元话语如果没有关于形式的概念都是不可思议的。在斥责批评家或理论家的形式主义之前，我们应该认识到这是任何理论的必要前提。然而，这并不意味着形式的概念本身是容易定义的。①

文学形式的确是一个难以定义的方面，因为文学的形式并不是孤立的，不仅不能将其与内容割裂开来，而且其本身也不仅限于文学的问题。按威廉斯的看法，文学之所以重要，原因就在于它不仅在形式上记录了人类经验，而且通过内容保存了语言和语言的发展。② 这里涉及的人类经验和人类语言不过是文学赖以生成的原材料和媒介，并未触及文学的"本质"问题，也即"文学性"的问题。哲学家、语言学家、符号学家和艺术史学家就文学的特殊性("文学性")、诗歌("诗")或一般艺术品的问题，或就他们号召的审美感知的问题所给出的众多应答，都强调各种没有缘由的属性、功能的缺乏、形式之于功能的优势、无利害关系等。③ 布尔迪厄提到的有关文学界定的几个问题似乎都从"门外"来探讨文学的"内在

① Paul De Man, *The Resistance to Theory*, Foreword by Wlad Godzich, Minneapolis, MN: University of Minnesota Press, 1986, pp. 29-30.

② Raymond Williams, *Culture and Society*: 1780—1950, Harmondsworth: Penguin, 1961, p. 248.

③ Pierre Bourdieu, *The Rules of Art*: *Genesis and Structure of the Literary Field*, Trans. Susan Emanuel, Stanford, CA: Stanford University Press, 1996, p. 285.

本质”，更接近于哲学的、美学的、语言学(符号学)的定义，通常把作者看作主体，把所表现的生活世界看作客体，二者通过规则、技巧、风格等手段在作品中达到统一，构成了“文学世界”的总和，这归根结底也是“主体性制度化”的问题。①

文学产生于文化；“文学”的概念也产生于文化。英文中表示“文学”这个概念的词在18世纪才出现，19世纪成熟起来，并被广泛使用，不但指当时和以后生产的文学，而且把以前口头的和书面的同类文本也包括进来，进而产生了文学批评这一行业。“文学”这一概念还被用于高等教育，尤其是人文教育。既然是文化的产物，并反过来被用于促进生产它的那种文化的生产，文学就不可能是脱离社会、政治和世俗观念的；它的生产和接受始终是：

> 一种制度性的安排，以便给某些作品以尊严(而以另一些作品为代价)。这既不奇怪也不阴险：任何一种文化都会看重一些文本而轻视另一些。但是……我们谈的是权威主张。要让我们的作品被当作艺术或文学而得到大众的接受，或接受专家的评判，就等于在声称具有重要意义的话语中发出了声音。②

这个声音，作为思想而以文学形式表达的声音，必须是作家想要说的或能够说的话，也就是说，与说话的权利相关。德里达曾说：“西方的文学建制，就其相对现代的形式而言，与说话的权利相关，而且无疑与现代民主观念的出现相关。这不是说文学依赖已经到位的民主制，而是说，在我看来，在最开放的……民主的意义上，它与导致民主出现的东西息息相关。”③如果我们把西方民主的出现与现代性关联起来，那么，按德里达的观点，文学就是与现代性同时出现的：

> 文学是一个现代发明，刻写在传统和制度之中，仅从这个特点来看，它在理论上保证了说一切话的权利。文学因此将其命运维系

---

① Roland Barthes, *On Racine*, Trans. Richard Howard, New York: Octagon Books, 1983, p. 172.

② Alan Sinfield, *Literature, Politics, and Culture in Postwar Britain*, Berkeley, CA: University of California Press, 1989, pp. 27-28.

③ Jacques Derrida, "'This Strange Institution Called Literature': An Interview with Jacques Derrida", Trans. Geoffrey Bennington and Rachel Bowlby, in Jacques Derrida, *Acts of Literature*, ed. Derek Attridge, London: Routledge, 1992, p. 37.

> 于某种非审查，维系于民主自由的空间……任何民主都不能没有文学，任何文学都不能没有民主……文学的可能性，一个社会给予文学的合法权利，减轻对文学的怀疑或恐惧，所有这些都在政治上聚敛于一种无限制的权利，即提出一切问题、质疑一切教条、分析一切假设，甚至关于责任的伦理学和政治学假设的权利。①

文学自其诞生之际就寓于体制之中，它的存在有赖于一种没有审查的民主空间，有赖于社会赋予作者以说话和质疑的权利。然而，这不等于说文学和从事写作的人就可以置身于律法之外而不受限制地说话。文学"接受来自自身之外的决定。甚至在获得了不受限制地说话的权利之时……它的地位……也从来没有得到永久的保证……这个矛盾也就是它存在的理由"。② 所谓自身之外的决定并不仅仅指政治的束缚，不仅仅指律法的认可或拒绝；文学归根结底取决于阅读经验，它生存的权利来自人们的阅读，来自人们在阅读中看到的作品的严肃性、文学性、典范性、权威性甚或功能性(这本该是文学作品规定其经典定义的几个重要特征)。文学阅读的经验是历史地构成的，如伊格尔顿所说：

> 文学也许是人造物，是社会意识的产物，一种世界观……它也是一种产业。书籍并不仅仅是意义的结构，它们也是出版者生产的商品，在市场上出售以获得利润……批评家并不仅仅是文本的分析者；他们(通常)也是国家雇用的学者，教学生们在资本主义社会里做好意识形态功能的准备。作家们也不仅仅是跨个体精神结构的传输者，他们也是出版商雇用的工人，生产销路好的商品。③

这里，伊格尔顿无疑把文学与书籍混同起来了，将其看作与商品社会的消费文化息息相关的一种文化产业，表明文学(和一般书籍)的生产本身都受生产方式、传播制度和商业利润的左右，都具有鲜明的政治性、商业性和意识形态性。但这并不是文学的全部，甚至不是文学自身的定义，因为他在这里没有涉及文学赖以存在的自身条件。

---

① Jacques Derrida, "Passions: 'An Oblique Offering'", trans. David Wood, in David Wood (ed.), *Derrida: A Critical Reader*, Oxford: Blackwell, 1992, p. 23.

② Jacques Derrida, "Demeure: Fiction and Testimony", in Maurice Blanchot, *The Instant of My Death*, pp. 28-29.

③ Terry Eagleton, *Marxism and Literary Criticism*, Berkeley and Los Angeles, CA: University of California Press, 1976, p. 59.

> 一部文学作品拥有我们所说的历史语境，与过去生产的文献或人造物没什么两样；但当这个“语境”被投入档案的垃圾堆时，这部作品仍然被阅读和研究，它就仍然与未来相关，并因此而在某种程度上总是不能为现在所理解。这就是作品历史性的维度，不能与历史“语境”相混淆或合并。①

这意味着，我们在界定文学的时候，所要深入思考的问题不应是关于文学的某一学科式假说，不应是从社会、历史、政治、意识形态等角度对其审美价值进行预设，也不应只从制度化的角度划定文学的边界。韦勒克在《文学理论》中明确指出，不应把文学文本当作任何经验的或心理的实体来对待，因为它(1)不是像雕塑那样的艺术品，即可触摸的纸页或书；(2)不是文本实施者所发出的真实声音；(3)不是文本听者或读者的心理体验；(4)不是创造文本的作者的经验；(5)也不是读者经验的总和或上述一切的总和。② 换句话说，文学文本只是可能促成某一经验的潜在原因，因此，其存在的模式尚不能用实证主义的方法来加以证明。

第二节　写作是什么

然而，如斯宾诺莎在论“界说”时所教导的，为被创造之物(有别于非被创造之物)下定义是要解释其“最内在的本质”，切勿“拿一物的某种特质去代替那物的本身”；重要的是要找到“它的最近因”，如圆的最近因就是“任何一根一端固定的另一端转动的直线所作成的图形”。③ 就圆的定义而言，没有比这个定义更能揭示圆的本质的界说了。然而，就文学而言，很难找到这样一个能揭示文学“最内在本质”的完整定义，换言之，任何一种关于文学的定义都是有局限性的。雷蒙·威廉斯甚至认为很难把“文学”视为一个概念，因为“在普通用法中，它似乎不过是一个特定描写，而所描写的通常具有如此高的价值，以至于特定作品和不同类型作品的特殊价值直接而不引人注意地转移到实际上已作为概念运作的东西

① Peggy Kamuf, *The Division of Literature or the University in Deconstruction*, Chicago, IL: University of Chicago Press, 1997, pp. 164-165.

② 〔美〕勒内·韦勒克，奥斯汀·沃伦：《文学理论》，刘象愚等译，南京，江苏教育出版社，2005，第1版，第158～174页。第十二章为韦勒克所写。

③ 〔荷〕斯宾诺莎：《知性改进论》，贺麟译，北京，商务印书馆，1986，第1版，第53页。

上来，但人们仍然坚信那是实际的实践”①。也就是说，人们在讨论“文学是什么”的时候，讨论的不是文学自身“实际的实践”，即写作或书写，而是在讨论文学作为一个概念的理论生成了。

文学的写作实践有多种，但就这种实践的目的而言，按叔本华的分法，大致有两种：为主题的写作和为写作的写作。前者为交流有价值的思想或经验，后者为钱。颇为有趣的是，叔本华认为“为钱而写和出版所有权从根本上毁掉了文学”。② 文学的写作与现今的学术写作一样，真正有价值的作品必定是完全没有功利性、没有目的性的，完全是为表达有价值的思想或经历而写的。钱是优秀文学写作(及学术写作)的克星；最伟大的作家都不是为钱写作的；作为艺术的文学一旦沾上了铜臭就完全变了味道。一句西班牙谚语是这样说的：一个钱袋里不能同时既装金钱又装荣誉。为钱写作的文学不仅毁掉了文学本身，而且毁掉了文学的媒介：语言。文学艺术的不景气都是由为钱而作的“作家”造成的。他们不仅毁掉了文学和语言，也毁掉了文学品位，毁掉了艺术欣赏力，毁掉了读者，尽管愚蠢的读者也起到了推波助澜的作用。

叔本华认为最值得读的作家是用自己的思考获取内容的作家。这里所说的作家当然是描写严肃主题而不是写如何制造白兰地的作家。他认为有三种人从事写作：第一种是全凭记忆或直接抄袭别人作品的人，这种人占大多数。第二种是边写边思考的人，他们也占不小的比例。最后一种是写前就已对主题深思熟虑的人，他们占极少数。第三种是真正有思想的人，有所表达的人，认真写作的人。他们就像轰赶猎物的猎手一样，先把一大批猎物轰到一个小空间里，然后再分批将其轰到另一个更小的空间里，最后才射击。此时的射击必是有所选择的，必是弹无虚发的。换言之，这样的作家描写的每一个主题、记下的每一个思想都是经过筛选的，认真思考过的，因而写出来的东西都是创新的；不像别类作家那样或坐下来才思考，或靠其他人的思想来激发，结果写出来的都是别人嚼过的馍。叔本华告诫读者如果可能，就要研究真正的作者，“创立和发现事物的作者，无论如何，是在每一个知识分支都被认定为大师的

---

① Raymond Williams, *Marxism and Literature*, Oxford: Oxford University Press, 1977, p. 45.

② Arthur Schopenhauer, *The Art of Literature*, trans. T. Bailey Saunders, New York: Dover Publication, INC., 2004, p. 1. An unabridged republication of the sixth edition (1910) of the work originally by Swan Sonneschein & Co., Limited, London, and The Macmillan C., New York, 1891.

作者”。①

正是由于这样一个理念，叔本华才把阅读与思考区别开来。他说一个图书馆可以很大，但是如果一片混乱，毫无秩序，那还真不如一个小而有序的图书馆。以此类比，如果一个人知识非常渊博，但对掌握的每一个思想都没有认真思考过，没有消化，甚至只是一知半解，一盘散沙，那就像一个大而无序的图书馆，还不如一个掌握知识较少但对每一个思想都体察入微的人。由此看来，阅读和思考是完全不同的两回事。阅读是随意的，思考是灵感激发的。阅读把别人的思想强加于自己的心灵之上，使得理智永远承受外来思想的压力；思考是自发的，思考的人不受外界力量的压力，而听从自己心智的召唤。为知识渊博而阅读的人只需每时每刻手里都拿着一本书，而不必思考所读的内容，在这个意义上，阅读代替了思考，因此，有学问的人不一定是思想家。真正有思想的人是自己思考的人；他们的思想是直接取法自然的结果，具有真理和生命力，因为那是他自己所直接获得的，所真正理解的，不同于阅读其他人的思想所获得的东西。叔本华把靠阅读他人著作而积累知识的人称作“书本—哲学家”。他“从阅读权威著作开始。他读别人的书，收集别人的观点，整理出来，那就像无血无肉的一部机械装置。相反，自己思考的人创造的作品就仿佛自然生长的活生生的人。因为作品就像人本身一样产生，思考着的心智从外部获得养料，然后形成并生产自己的孩子”。② 通过自己思考获得的知识就仿佛一幅优秀的绘画，具有协调的明暗对比，鲜活缤纷的色彩，完美和谐的格调；而只靠阅读增进知识的人就好比一个大画板，上面摊着各色颜料，手拿画板的人充其量把颜料系统排列起来，但缺少和谐和关联，鲜具意义。

显然，叔本华认为真正的写作产生于真正的思考；写作的目的就是要把自己的思想结晶写出来。他还认为，善于思考的人会写出许多有价值的观点，提出很多宝贵的意见，但能产生影响、获得读者同情的却微乎其微，这是为什么呢？按萨特的说法，他们也许仅仅是人类现实的“揭示者”，但与所揭示的世界并非处于真正的本质关系之中：他“到处遇到的只是他自己的知识，他自己的意志，他自己的计划，简言之，他自己。他只触及自己的主体性”。③ 真正的揭示者注重自身与世界的关系，并在

① Arthur Schopenhauer, *The Art of Literature*, p. 6.

② Arthur Schopenhauer, *The Art of Literature*, p. 46.

③ Jean-Paul Sartre, *Literature & Existentialism*, trans. Bernard Frechtman, New York: The Citadel Press, 1962, p. 42.

这种关系中占主导位置。叔本华把这种"揭示者"看作只为自己写作的思想家，而且是"真正独立的思想家"，"真正的哲学家……他们生存的快乐和幸福就在于思想"。另一类写作的人是智者派，是想要改变自己的人，希望从所揭示的世界中获得幸福，除此之外什么都不关心。利希滕贝格属于第一种，赫尔德属于第二种。①

然而，与叔本华不同，萨特认为只为自己写作的人并不存在。② 写作总是包含着阅读。写作和阅读这两种行为是辩证的对应物，其相关性促成了两种不同的行为者：作者和读者。"正是作者和读者的共同努力促成了作为心智之工作的那种具体的想象的客体。不为他人和不被他人所做的艺术并不存在。"③一切文学艺术都为读者而作；没有读者就没有作为想象之客体的具体作品，作者也就因此而不存在了。这或许是"作者之死"的另一种解释。这意味着我们不能把文学或写作简单地简约为某一客体，也不能将其归结为某种类型的语言或语言应用。"文学不单纯是小说和诗歌，不单纯是特定的一类作品，而是阅读、阅读技巧、难点和条件的问题。"④文学的写作只能在阅读中达到圆满的完成；作家必须把他刚刚开始的工作交给读者来完成，因为有了读者他的工作才有意义，有了读者他才能与世界建立本质的联系，只有在与读者或世界的本质联系中，作者及其作品才具有自身的价值和存在的意义。"写作就是请求读者把我用语言所揭示的东西付诸客观的生存。……作家诉诸读者的自由，即与他一起生产作品的自由。"⑤

因此，"阅读是一种自由的梦想"。⑥ 读者(和作者一样)是一个梦想者，漫游者，想象者，创造者。他既不受作品的束缚，也不受人物情感的束缚；作家对他只有一个要求，即慷慨地给予，把他的整个人作为礼物奉献出来，包括"他的激情、他的先入之见、他的同情、他的个性气质和他的价值范畴"。⑦ 只有读者能慷慨地奉献，只有读者能给予作家所需要的自由，因为只有读者才能保证作品的存在。反之，作家也对读者无私地奉献，通过读者的自由不断地改造他最灰暗的感性。"作家写作就是

---

① Schopenhauer, *The Art of Literature*, p. 54.

② Sartre, *Literature & Existentialism*, p. 46.

③ Sartre, *Literature & Existentialism*, p. 43.

④ Thomas Keenan, *Fables of Responsibility: Aberrations and Predicaments in Ethics and Politics*, Stanford, CA: Stanford University Press, 1997, p. 1.

⑤ Sartre, *Literature & Existentialism*, p. 46.

⑥ Sartre, *Literature & Existentialism*, p. 50.

⑦ Sartre, *Literature & Existentialism*, p. 51.

为了专注于读者的自由，他为了使自己作品存在而要求读者的自由。”① 阅读是作者与读者之间的协定；他们相互信任，相互依赖，相互生成。毋宁说，读者在阅读过程中从事的是一种自由的创造性活动，他从被创造的客体中获得一种快感，一种审美愉悦，也就是源自主客体之间和谐关系的一种审美意识，因为读者意识到他的创造性阅读把被创造的客体还给了创造者，但却是以不同的形式，经过读者想象的审美改造和内化，最终具有了普世价值的客体。作品提供的对世界的“揭示”越透彻，读者对这种“揭示”的改造或再创造的余地就越大，在这个意义上，作家的整个艺术就在于让读者创造或再造他所揭示的世界；在这个意义上，写作就具有了让作者揭示世界、让读者再造作者所揭示的世界的双重意义。

第三节 范畴与层面

从现象学的角度来看，这符合胡塞尔关于语言交际的论述，即交往过程中能指与所指相互增补意义的行为构成了语言交际。就阅读而言，阅读行为是对作品潜在意义的发掘，是对作者未完成的表达的补充，即是说，阅读是对作品的内化和具化。由于作品从来就不是完整的，由于意义表达从来就没有结束，而是一个无限延续的过程，所以这种内化和具化总是要超越作品，大于作品，即便最忠实的阅读也是如此。英伽登在界定文学作品的时候认为文学作品是源自作者的创造意识和作为作品之物质基础的文本，因此，作品既是纯粹意图性的，又是互主体的、可再生产的，或者说，文学作品是与特定读者群相关的一种互主体的意图性客体。有一种读者被英伽登称作“阅读大众”，他们只顾自己的感受，自己的愉悦，只对大众艺术消费的心理学和社会学感兴趣，只与作品中描写的客体具有情感上的联系，把自己的幻想和期待凌驾于作品之上，而不顾忠实性的阅读，因此缺乏对作品的完整而准确的回应。他们是文学的消费者。作家自身也是一个读者群，他们是使作品具化的读者，在写作的时候创造了一种时间延宕，进而发生一种空间错位，使之完全脱离在场：

> 作为作者，我在书写的时候就已经是受话者了……为了书写，我必须阅读我自己，即便仅仅是在极小的意义上，我必须在书写的

① Sartre, *Literature & Existentialism*, p. 51.

> 时刻阅读我自己。书写行为从一开始就被书写和阅读之间的这种共谋所分化，这即刻使人认识到不能轻易地把这个行为当作一种行为，同时抹杀了通常作为理解书写之基础的主动/被动（或生产/消费）之间的区别。①

这种感觉往往使写作者赢得阅读大众的青睐，但却很少受到第三种读者的眷顾，这就是文学经典的制定者。他们是在体制内从事文学教育的教授、学者或批评家；他们根据文学对受教育者的影响而制定经典的标准，因此是文学制度化的实施者。这个读者群把文学的阅读与教学联系起来，规定了“文学是什么以及如何阅读的设想”。② 这些规定和设想实际上就是对文学的界定，但这些界定往往流于形式，或离题太远，主观性较强，既没有找出斯宾诺莎所说的“最近因”，也没有充分利用维特根斯坦提出的“家族相似”说。

维特根斯坦是在讨论各类游戏是否有共同之处时提出“家族相似”这一说法的。当我们“睁眼去看”（而不是去想）棋类、牌类、球类、角力等游戏时，我们看不到它们有什么共同之处，却能看到它们的相似之处和亲缘关系；但当我们从第一类游戏转向第二类时，我们在第一类游戏中看到的许多相似点不见了，另一些相似点出现了；当转向第三类时，很多相似点不见了，但另一些又出现了……这些“相似点”是一个“盘根错节的复杂网络——粗略精微的各种相似。我想不出比‘家族相似’更好的说法来表达这些相似性的特征；因为家族成员之间的各式各样的相似性就是这样盘根错节的：身材、面相、眼睛的颜色、步态、脾性，等等，等等。——我要说，各种‘游戏’构成了一个家族”。③ 游戏是一个家族，数是一个家族，文学当然也是一个家族。所以，《哲学研究》刚发表四年就有文学理论家用这种“家族相似”说来说明诗歌的性质，将其用作反本质主义的理由，或以这种理论来证明任何一部文学作品都能展示一些文学

---

① Geoffrey Bennington, "Derridabase", in Geoffrey Bennington and Jacques Derrida, *Jacques Derrida*, trans. Geoffrey Bennington, Chicago, IL: University of Chicago Press, 1993, pp. 53-54.

② J. Hillis Miller, *Hawthorne and History: Defacing It*, Oxford: Basil Blackwell, 1991, p. 47.

③ 〔英〕维特根斯坦：《哲学研究》，陈嘉映译，上海，上海人民出版社，2001，第1版，第48～49页。

属性，而任何两部作品又不必享有共同之处。① 伊格尔顿承认用“家族相似”说定义文学具有实用性和能动性(尽管不乏反对意见)。这种说法本身就含有扩张、改造和多产的能力，恰好用来说明不同文学作品的家族亲缘(相似)关系。

按照这种“家族相似”说，又据各种批评阐释，伊格尔顿总结出文学的五个范畴：

> 虚构，价值，丰富的比喻性，非实用性，道德意义。所有这些范畴都随着文化和历史的变化而变化。②

按伊格尔顿的追述，在18世纪，这五条标准中只有一条对于高雅文学来说非常重要，即它必须是有价值的，而对这种价值的判断又总是离不开其社会性和审美性。从荷马的《奥德赛》到索尔·贝娄的《奥吉·马奇历险记》之间被称作“文学”的书写都是虚构的、非实用性的、道德的、使用创造性语言的，并都受到高度重视(具有社会、文化和道德意义)。但是，伊格尔顿指出，文学的这些方面都是“多孔的，不稳定的，边界不清楚的，易于融入对方或对立面。没有必要认为对菲利普·罗斯非常重要的虚构或非实用性对于冰岛传奇的作者们也同样重要”。③ 所有这些特征及其变化并不是文学所特有的，不是文学定义的“最近因”，因此用来定义文学就不具有足够的说服力。比如，笑话、谎言、广告和政客的讲话都具有虚构性，但它们不是文学。门罗·比尔兹利曾提出文学是一种具有丰富隐含意义的叙事；但是，有些日常语言也具有含蓄性，而且，“在一种文化背景中具有含蓄意义的话语，在另一种文化背景中却不具有。含蓄性是作品与其语境之间关系的功能，而不是文学作品的属性”。④ 甚至设计、形式复杂性、统一主题、道德深度和想象创造性也不是文学的专利。⑤

文学文本的虚构性和非实用性显然与意义的生成相关。文学文本“并非为表现的缘故而表现，而是要与更广更深的意义产生共鸣”。就虚构性和非实用性而言，文学具有的普遍意义是显而易见的：

---

① Terry Eagleton, *The Event of Literature*, New Haven and London: Yale University Press, 2012, pp. 20-21.

② Terry Eagleton, *The Event of Literature*, p. 28.

③ Terry Eagleton, *The Event of Literature*, p. 28.

④ Terry Eagleton, *The Event of Literature*, p. 37.

⑤ Terry Eagleton, *The Event of Literature*, p. 54.

> 亚里士多德由于诗歌的一般性而将其区别于历史。萨缪尔·约翰逊在《拉塞拉斯》中谈到作者有必要避免个别话题，而谈论一般命题、重大现象、关于物种整体的问题。华兹华斯在1802年《抒情歌谣集·序》中谈到真理“不是个体和局部的，而是一般和可操作性”，而乔治·卢卡奇则在《历史小说》中坚持认为有一种典型的而不是纯粹偶然的特征。克劳德·列维-斯特劳斯认为神话符号是在具体形象与一般概念之间的灵薄狱里流动，是作为文学作品之重要标志的一种含混性。①

这意味着任何一部文学作品都大于它所再现或描写的客体；读者总是能从特殊的故事中看到一般的意义，从明显的事实中看到暗示的寓意，从所描述的世界中读出字里行间的主题阐释。文学作品区别于其他各种形式的书写的一个重要特征就是，除了所描写的事件和所表达的情感之外，文学作品还蕴含着更深刻的道德含义。伊格尔顿认为德里达的下面一段话最清楚地说明了文学固有的这种双重性：

> 语言能够发挥的“威力”，语言或书写所具有的威力，就在于一个特殊标记也可以作为标记而重复，循环重复。然后，它开始构成与自身的差异，足以成为典范并因此而构成一种一般性……但是这种历史的、语言的、百科全书式的浓缩在这里仍然与一个绝对特殊的事件无关，与一个绝对特殊的签名无关，因此也与某一日期、某一种语言、某一自传式刻写无关。在一个最小的自传细节中隐藏着具有最大潜能的历史、理论、语言和哲学文化——这才是我感兴趣的。②

或许这就是布莱克在一粒沙中、狄金森在一个豆荚中隐含整个世界乃至整个宇宙的意味。话语的双重性在具体的文学作品中体现为其所描写的特殊事件与其所蕴含的一般意义，特殊的微观世界与各种可能世界的浓缩。在梅洛-庞蒂的现象学美学中，这种双重性体现为在艺术品“可见的”感知的维度中蕴藏着一整个“不可见的”境遇和关系的语境，这些境遇和关系“一般说来是日常生活中被忽视的，而艺术品的功能就是要将其

---

① Terry Eagleton, *The Event of Literature*, p. 82.

② Terry Eagleton, *The Event of Literature*, p. 83.

呈现出来”。在语言的层面上，“越是细致入微地描写一个事实，更多的可能性就会引发出来”，“堆积的语言越多，你就越希望简约到你所描写的东西的本质，然而也就越能通过位移而引发出无穷的其他可能性”。[①]从理论上说，关于思想和情感的任何一种书写都具有典范性。“写作已经参与了一种可分享的意义制造链。甚至最明显的私人经验也具有隐含的一般性，正是这一点使文学成为可能。”[②]

在《如何阅读文学》中，伊格尔顿指出：“文学作品不管发生什么，都是根据语言而发生的。”[③]这等于说文学作品是一种语言建构，而且还是多层面的建构。英伽登把文学的语言建构分成四个层次：

> (1)字音和建立在字音基础上的更高级的语音造体的层次。(2)不同等级的意义单元或整体的层次。(3)不同类型的图式的观相、观相的连续或系列观相的层次。最后还有(4)文学作品中再现客体和它们的命运的层次。[④]

第一个层次不是指个别字的音或节奏，而是指与意义生成具有本质关系的更大结构，这些结构的意义对字音的反射，以及它们对一部多声部文学作品的意义和审美价值的丰富和改造。第二个层次的意义单元指的是只能产生于更大语境的特定的具体意义，它们远远超越了作品自身的理性预设，通过事实对应而把各种可能的描写方式也包括进来，从而使所描写客体的多元“观相”显示出来。这些观相的图式、连续和系列构成了作者的世界，它尽管偶尔与真实世界相似，但绝不等于真实世界，而且，所描写的客体只能通过内容再现出来，不能视觉地把握。正是由于这个原因，叙述观点才尤为重要，使得英伽登进而深入阐述文学作品结构中的图式化观点。如英伽登自己所说，确定文学作品的多层次复调结构事实上不是什么新奇的观点，但对于文学的定义却非常重要。比如，当人们讨论文学作品的“形式”和“内容”时，如果不考虑作品自身的多层次或一个层次向另一个层次的转换，注重某一个层次而忽视其他层次，则势必失败。

英伽登认为能够完整地把握文学作品这四个层次的读者才是称职的

---

① Terry Eagleton, *The Event of Literature*, p. 84.

② Terry Eagleton, *The Event of Literature*, p. 85.

③ Terry Eagleton, *How to Read Literature*, p. 126.

④ 〔波〕罗曼·英伽登：《论文学作品》，张振辉译，开封，河南大学出版社，2008，第1版，第49页。

读者，而只对文学作品的模仿或再现的客体层次，即文学作品再现的物质内容感兴趣，就不是完整的阅读。用勒内·韦勒克的话说，“一部文学作品，不是一件简单的东西，而是交织着多层意义和关系的一个极其复杂的组合体”。[①] 他不赞成用“有机体”、“多样中的统一”或“内容与形式的统一”等说法形容文学作品，也反对把文学艺术品说成是“人工制品”、“声音序列”、“读者的体验”、“作者的经验”或“一切经验的总和”。他认为把作为艺术的文学看作想象性的文学是最恰当的，而证明这一说法之正确性的最简单方法就是“弄清文学中语言的特殊用法”。[②] 首先，文学语言不像科学语言那样使用数学或符号逻辑学的标识系统，而是具有许多歧义，充满了历史上的事件、记忆和联想，是具有高度内涵的。其次，文学语言不仅仅是指称或说明什么，而是具有语调和态度，不仅要陈述或表达什么，而是要影响读者，改变读者的态度和想法。最后，文学语言具有自己的声音象征系统，如格律、头韵和声音模式等。文学语言与日常语言的区别主要体现在用法和实用意义上；它所处理的是“一个虚构的世界、想象的世界”，[③] 因而展现出“虚构性”、“想象性”和“创造性”等文学特征。借鉴英伽登的现象学阐释模式，韦勒克也把文学作品分成四个层面：

> (1)声音层面，包括谐音、节奏和格律；(2)意义单元，它决定文学作品形式上的语言结构、风格与文体的规则，并对之做系统的研讨；(3)意象与隐喻，即所有文体风格中可表现诗的最核心的部分；(4)存在于象征系统中的作品的特殊“世界”，我们称这些象征和象征系统为诗的“神话”。

除此之外，还需要讨论小说世界的：

> (5)有关形式与技巧的特殊问题；(6)文学类型的性质问题，文学批评中的问题；(7)文学作品的评价问题；(8)文学史的性质以及可否有一个作为艺术史的内在的文学史的可能性。[④]

这个“特殊的‘世界’”或“诗的神话”不必是对某一外部生活事件的序

---

① 〔美〕勒内·韦勒克，奥斯汀·沃伦：《文学理论》，第 18 页。
② 〔美〕勒内·韦勒克，奥斯汀·沃伦：《文学理论》，第 11 页。
③ 〔美〕勒内·韦勒克，奥斯汀·沃伦：《文学理论》，第 15 页。
④ 〔美〕勒内·韦勒克，奥斯汀·沃伦：《文学理论》，第 174 页。

列再现，或在意义上是对某一外部“思想”的反映；它本身就是文学的节奏，弗莱称之为“叙事，格局，理智对语言结构、意义或指意的同时把握”。① 弗莱认为叙事是作者的线性运动；意义是其完整形式的整合；甚至一个形象也不纯粹是外部客体的语言复制，而是作为整体之组成部分的一个语言结构单位。从形式上说，作为语言结构单位的形象以谚语、谜语、道德训诫以及民间故事等形式出现，当我们使用它们时，它们就已经具有了百科全书式的叙事性(或观点)，就已经建立起一个完整的意义结构，因而具备了神话的象征价值。当神话具有了叙事意义时，它便成为了原型。弗莱根据季节的更替把这些原型与四季联系起来：

> (1)黎明、春和出生的相位。对应于英雄的诞生、复兴和再生、(由于四季是一个循环因而也是)黑暗势力、冬季和死亡的创造和失败。从属人物是父亲和母亲。是传奇和大多数史诗和叙事诗的原型。
>
> (2)正午、夏季和婚姻或生理的相位。对应于封圣的神话，神圣的婚姻和进入天堂的神话。从属人物是伴侣和新娘。是喜剧、田园诗和牧歌的原型。
>
> (3)日落、秋季和死亡的相位。对应于没落、将死之神、英雄的暴死、牺牲和孤独的神话。从属人物是叛徒或塞壬式的人物。是悲剧和挽歌的原型。
>
> (4)黑夜、冬季和消解的相位。对应于这些力量的胜利的神话；水灾和混沌回归的神话；英雄的失败和诸神的黄昏的神话。从属人物是妖魔和巫士。是讽刺的原型。②

弗莱进而从喜剧和悲剧这两个核心视角出发把世界分成五类：人类世界、动物世界、植物世界、矿物世界和未构型的世界。从喜剧的视角来看，人类世界是一个交往群体，主人公实现了读者的愿望，表现了灵魂沟通、秩序、友爱等形象。动物世界也是一个交往群体，主角是被驯化的动物，表现的是田园形象。植物世界是花园、果园或公园，表现的是阿卡迪亚式的形象。矿物世界是城市、建筑、庙宇或闪光的石头，当

---

① Northrop Frye, “The Archetype of Literature”, in *The Norton Anthology of Theory and Criticism*, Vincent B. Leitch, etc. eds. New York and London: W. W. Norton & Company, 2001, p. 1451.

② Northrop Frye, “The Archetype of Literature”, in *The Norton Anthology of Theory and Criticism*, pp. 1452-1453.

然还有树木，表现的是几何形象。未构型的世界是一条河，表现的是文艺复兴时期认为含有四种液体的身体。从悲剧的视角来看，人类世界是暴政或无政府的，对应的悲剧表现的是个人或孤独的人。动物世界是野蛮的，隐藏着凶猛残暴的猛兽和飞禽。植物的世界是危险的森林，表现的是蛮荒和死亡。矿物世界是荒漠、岩石和废墟，表现的是像十字架这样的几何形象。而未构型的世界则是大海和洪水，表现的是水怪和野兽组成的利维坦。①

即使如此复杂的分类仍然是基本的和简化的。正如弗莱自己所说，重要的不是这些原型的归纳是否充分，而是这些原型是否能与其他批评方法相遇，如果相遇，便能建立起系统而综合的批评模式。这说明他的批评模式并不是完整独立的，而必须与其他批评方法互补才能具有更深远的意义。就弗莱自己的文学批评实践而言，其成就与其说是这些宏大系统的建构，毋宁说是对个别文本的细致入微的观察和分析，其中一个文本与无数其他文本的有机而发人深省的相遇和关联似乎使他脱离了他自己建构的理论，而隶属于形式主义的阵营。在这一点上，和大多数批评家一样，他所提出的原型为透视文学结构提供了有力的多元视角，但却未能充分地身体力行。然而，弗莱本人虽然是从批评而非文学自身界定的角度提出原型批评方法的，但从根本上说，也为回答文学是什么的问题提供了思路。弗莱提出原型批评之后，形式主义批评逐渐式微，英美的新批评也只作为方法而局限于大学文学讲堂，而不再作为界定文学身份的主流而被接受。随着结构主义和解构主义的相继出现，关于文学自身或本体的探讨也让位于关于文学艺术品之存在模式的探讨。这种探讨认为文学不是对外部事件的再现，亦非对内在思想的反映，因此直接挑战了作为文学存在之根本的摹仿论、反映论或再现论。

第四节　非再现性

“书写不再是镜子。”②从理论上说，书写作为一种媒介首先指的是言语的文字再现，即用来代替语音表述的一种表达方式，但是，“并不存在纯粹的语音书写(由于符号、标点、间隔等必要的空格，以及字素功能所

① Northrop Frye, “The Archetype of Literature”, in *The Norton Anthology of Theory and Criticism*, pp. 1455-1456.

② Maurice Blanchot, *L'entretieninfini*, Paris: Editions Gallimard, 1969, p. 387.

不可避免的差异等)”。[1] 传统上，人们只把书写当作是对语音能指的一种誊写，因此在思想内容上也只是对语音表达的一种增补或充实，而且，只有在语音表达出现障碍、使得声音无法传播时才具有使用价值。然而，作为一种非声音的“书面交际”媒介，书写不但是可传播的，而且是可重复的、可读的。按德里达的说法，书写(文字)的出现(在场)取决于声音的消失(缺场)。“每一个确定的受话者的绝对消失使书写具有了文字的功能，也就是说，使其成为可读的。”可读的(文字)书写必定是循环重复的，在受话者不在场的时候循环重复，在经验上可确定的主体不在场的时候循环重复，因此也是可建构、“可交际、可传播、可阐释的结构……一切书写，为了成为书写，就必须在每一个经验上可确定的一般受话者完全缺场的时候循环重复”。[2]

这里德里达界定了书写的物理条件，即受话者的缺场。这说明作为文学之存在条件的书写(文字)不再是言语的附庸，不再服务于在场的声音，不再必然地作为对某一客观现实的再现，而是逐渐从自身一股真正的但却偶然的力量中解放出来，促成了性质完全不同的其他可能性。这些可能性构成了一种尚且无名的、空洞的、延宕的、零散的存在和关联，人们据此对上帝、自我、主体、真理、统一和书等概念提出质疑。然而，德里达所说的“声音”(语音)并不是莫里斯·布朗肖在《无限的交谈》中所说的“声音”。布朗肖试图说明，在过去的两个世纪里，文学逐渐变成了一个准超验的空间，一种关于“存在的言说”。按布朗肖的说法，18 世纪以来欧洲的文学观念经历了数次重大变化，尤其是 19 世纪浪漫主义的语言观。这种语言观认为诗歌和语言的表达与声音密切相关：诗歌是主体思想感情的自我表现；声音是主体亲密生活的表现；更重要的是，“诗的声音”融入了与文字密切相关的一些非主体因素，或者说非人类的因素。作家在灵动创作时是在倾听一种声音，但这不是他/她自己的声音，不是任何人的声音，而是艺术发出的一种未知的回声，颇似荷尔德林在迷狂中站在窗口的狂吼。[3] 这种声音在文学中成为“另类”，成为某种非文化的因素，使文学变成了一种难以捉摸的、转瞬即逝的声音空间，因此也是作品的意义之源。布朗肖认为对这种声音的诉求为 19 世纪后半叶的象

---

① Jacques Derrida, *Positions*, trans. Alan Bass, Chicago, IL: University of Chicago Press, 1981, p. 26.

② Jacques Derrida, *Margins of Philosophy*, trans. Alan Bass, Chicago, IL: University of Chicago Press, 1982, pp. 315-316.

③ Maurice Blanchot, *L'entretieninfini*. p. 386.

征主义文学奠定了基础。象征向超验世界敞开了大门，象征恢复了意义的权力，象征具有了超验的意义，最终，象征超越了意义。其结果是，文学不再是对世俗世界或视觉秩序的再现，文学作品的空间不再是声音的空间，它打破了狭隘的再现束缚而成为书写(文字)的空间，文学也因此脱离了文化、艺术和社会而自立门户了，语言也不再是关于某一主题的话语，而是关注自身"本质"的语言，尽管这种本质的最显著特征是"非本质"。

在《未来的生活》中，布朗肖举瓦雷里、霍夫曼斯塔尔和里尔克为例：对于瓦雷里，诗不过是对诗人自身的反映；对于霍夫曼斯塔尔，诗人最核心的本质就是他知道自己是诗人；而对于里尔克，他的诗不过是以歌的形式论述诗歌行为的理论。① 毋宁说，诗专注的是诗和诗人自身的存在；文学的存在已不是由于作家对外部世界的主观化和历史化，而是在哲学和宗教的边界上沉思冥想的场所，把我们带回到作品赖以产生的灵感之源，然而，我们越是接近这个灵感之源，它就越遥远，越难以捕捉，直至消失。也即，文学作品的出现是以灵感之源的消失为代价的。对作家而言，写作是一种使命，一种具有强烈宗教色彩的文化活动，甚或是一种生存状况。然而，"一个人怎么能用一生的时间以既定的顺序安排既定数量的词这样一项任务呢？这也许难以理解。但我们权且承认这是实情。权且承认对于卡夫卡，写作不是审美问题，他的目标绝不是创造可存在的文学作品，而是要拯救自身和完成一生的使命"。② 这种拯救并不是宗教意义上的救赎，作家也不是宗教先知；他已经不是我们或人类状况的代言人；他不能表达自己，甚至在写作过程中抹灭自己。他所能做的只能是公正诚实地对待语言，对待写作所要求他做的一切。写作的时候，作家不再说话，语言不再说话，作家和语言本身都变成了存在，所以，真正说话的只有存在。"只有当语言回归自身、标识自身、捕捉自身并消失的时候，写作才开始。"③

书写是对时间的一种激进的断裂，即在一切连续中插入一个空间，一个文本的空间，一个文学的空间，写作者在这个空间里致力于对一段已死时间的沉思与描写。这样一种断裂是要摆脱现在的时空现实，摆脱一切实在的占绝对优势的东西，摆脱客观世界的一切标识。要完成这样

---

① Maurice Blanchot, *Le livre àvenir*, Paris: Editions Gallimard, 1959, p. 269.

② Maurice Blanchot, "Kafka and Literature", in *The Siren's Song: Selected Essays by Maurice Blanhot*, trans. SachaRabinovitch, ed. Gabriel Josipovici, Sussex: Harvester, 1982, p. 31.

③ Maurice Blanchot, *L'entretieninfini.* p. 390.

一种解放，就必须挖掘我们自身拥有的一股潜能，即在我们周围创造一个空间，在我们自身与我们熟悉的事物之间创造一段距离，但这段距离的创造初看起来像俄国形式主义那样，是为了以新奇的眼光重新审视这些事物，使之看起来陌生，而实际上是要否定这些事物，忘掉它们，力主描写更为理想的事物。作家拥有抛弃现实世界而描写理想世界的自由。文学作品不是关于某物的描写；文学作品本身就是那个“某物”。这不是反摹仿论。文学的确摹仿，作品必须依据它所摹仿的事物才能被理解，但作品并不代表某物，并不是某物的仿制品，它本身就是一个语言艺术品。它是用虚构语言创造的一个空间。这种虚构语言包括寓言、神话和象征。寓言的虚构语言是工具性的，表示一系列各不相关的观点，读者需要做的是把这些观点连接起来。神话的虚构语言不把符号与所指分离开来，读者能借此回到事物的尚未诉诸理性的原始状态。象征语言则内含不可避免的否定性，以普遍的意义否定事物的特殊性，因此具有“全球性”。这种全球性指的是世界的总体，人类经验的总体，因此象征性虚构能帮助人们认识生存的原始意义。

布朗肖所说的象征颇似萨特所说的想象，而萨特所说的想象从本质上说就是追求自由。写作从根本上说是一个伦理责任的问题。写作者不辞辛苦，愿意坐下来与读者分享他/她之所见、所感、所思，是因为他/她认识到了读者的自由，并为读者的自由负责；读者不辞辛苦，愿意坐下来分享作者的思想、感情、意见，是因为他/她认识到了作者的自由，并为作者的自由负责。在这个意义上，一部文学作品，无论从哪方面看，都是对人的自由的一种伦理责任，正因为作品在被阅读时要求人的自由，它才成为对世界的一种想象的再现。“作家是对自由人说话的一个自由人，因此他只有一个主题，那就是自由。”①这种自由并非必然是政治的、集体的、人群中的，而是自然的、个体的、孤寂中的。写作是孤寂中的思考，是对不在场的意义的播撒，是具有无限潜力的游戏：

> 书写就是肯定孤寂，在孤寂中迷人的事随时可能发生。书写就是屈服于时间不在场的冒险，那里的统治者是永久的开始。书写是从第一人称过渡到第三人称，所以在我身上发生的事不在任何人身上发生，只要与我有关就是匿名的，就以一种无限的分散重复自身。书写就是让人迷恋和统治语言。书写就是通过语言、在语言中与绝

① Sartre, *Literature & Existentialism*. pp. 63-64.

对的环境保持联系，那里，物再次成为形象，那里，形象不是暗指某一特殊的特征，而暗指无特征，不是依赖缺场的一个形式，而是这个缺场的无形的在场，那昏暗的空旷的开口，向那不再有世界、尚未有世界的地方敞开。①

书写在语言的媒介中把物变成形象，把孤寂变成创造，把不在场变成在场。书写展现的是过去的世界和未来的世界。这意味着，作为写作之根本的孤寂中的想象就是要把现实与其自身脱离，排除现实，绕过现实，甚至否定现实，进而借助想象，在孤寂的自由的移除运动中建构一个文学空间，开展由“我”向“他”的换位。因此，想象并不是指客体缺场的情况下写作者“在心中”幻想一个形象的能力；想象不是物，不是抽象概念，而是一个过程，一种运动。正如萨特在《想象》中就有关想象的各种影像论进行分析批判后所指出的：“影像是某种类型的意识。影像是一种活动，而不是一个物。影像是对某物的意识。”②这种活动就是布朗肖所追求和力图表现的已经不在场的物的运动：

它[写作]不再在一物的缺场中表现那个特定的缺场的物，而是通过那个缺场的物表现构成那物的缺场，把空缺表现为每一个想象形式的环境，准确说是非存在的存在，是具有否定能力的想象的世界，是对真实世界的彻底颠倒。③

这种否定和颠倒有时恰恰是艺术虚构活动的条件。否定产生新的叙述，颠倒导致语句的重构。语言的本质不是服务于摹仿或认知的目的，而是在文本的空间里打破再现的束缚，把词语从具体的物质世界中抽取出来，使形象脱离其物理空间的几何形状，再用新的词语和新的形象编织新的图案，创造一个全新的世界。这是布朗肖在马拉美的诗歌中看到的一种写作，一种用语言玩要的文字游戏，一种不同于小说的叙述。小说以消遣为目的，把人类时间改变成一种游戏，用人类的时间专注于人类的情感；叙述是一种语言模式，一种既反身又非及物的写作模式。

---

① Maurice Blanchot, *The Space of Literature*, trans. and intro. Ann Smock, Lincoln, NE: University of Nebraska Press, 1982, p. 33.

② 〔法〕让-保罗·萨特：《想象》，杜小真译，上海，上海译文出版社，2014，第1版，第181页。

③ Maurice Blanchot, *La par du feu*. p. 84.

叙述讲述一个单一事件的故事，但“不是对一个事件的叙述，而是那个事件本身，那个事件的即将发生，也是它将发生的场所——是将要发生的事件，其磁力将促使叙述发生”。① 叙述不是叙述，而是它所叙述的事件。它实施叙述的行为。它只叙述自身(具有反身性)；它在叙述的同时生产它所叙述的客体，而且，只有在这种叙述中使所叙述的事件发生，叙述才是可能的。只有在麦尔维尔的小说中，亚哈才遇见大白鲸；然而，只有亚哈和大白鲸的相遇，才使得麦尔维尔写作这部小说。② 作品通过作家得以存在；事件通过作品得以发生；而写作则是对一股内在冲动的满足：正是迫切要表达、再现、揭示自身的这股冲动创造了那个世界，即文本中的世界。③

> 叙述是向一个点的运动，这个点不仅是未知的、被忽视的和怪异的，而且除了这运动之外没有先存的现实，但又如此迫切以至于叙述要完全诉诸它，以至于不到达这一点叙述就无法“开始”；然而，使这个点真实、有力、具有吸引力的恰恰是叙述以及叙述的不可预见的运动。④

第五节　作为话语的文学

“‘书写’就是重复、缺场、冒丧失之险、死亡。”⑤这里所说的缺场、丧失、死亡，指的是主体的缺场、丧失和死亡。这是语言所内嵌的、固有的，因此也是无法避免的一个本质。主体的话语不是主体言说的话语，语言也不是人借以发声的媒介，而只“表明人的沉默和缺席”；“人正是通过语言而不存在，而不会说话”。⑥ 人在诗歌中、在语言中、在文化中的消失意味着人丧失了作为说话主体的权力，丧失了作为句子主语的位置，抑或，人从来就没有占据过这个位置，福柯把这种丧失说成是“一个被欢

① Maurice Blanchot, *The Siren's Song: Selected Essays*, Sacha Rabinovitch trans. Gabriel Josipovici ed. Sussex: Harvester, 1982, p. 62.

② Maurice Blanchot, *The Siren's Song: Selected Essays*, p. 63.

③ Maurice Blanchot, *The Siren's Song: Selected Essays*, p. 210.

④ Maurice Blanchot, *The Siren's Song: Selected Essays*, p. 62.

⑤ Geoffrey Bennington, "Derridabase", in Geoffrey Bennington and Jacques Derrida, *Jacques Derrida*, trans. Geoffrey Bennington, Chicago, IL: University of Chicago Press, 1993, p. 49.

⑥ 汪民安：《友谊、沉默和语言(代序)》，见《福柯/布朗肖》，肖莎等译，开封，河南大学出版社，2014，第1版，第13页。

呼的经验”。① 这种语言观源自马拉美的书写，源自布朗肖对马拉美的书写的理解，也源自福柯对布朗肖、对贝克特的书写的理解，因此是书写、文字、语言为人自身打开的一道深渊，人纵身跳下去，在沉默和黑暗中淹没。贝克特以一种极其冷淡的语气说：“谁还在乎谁在说话……谁还在乎谁在说话。”②福柯认为这句话道出了当代书写的一条根本的伦理原则：书写把自身从“表达”的需要中解放了出来，它只指涉自身；书写不再局限于主体的内在表达，而存在于外在部署。这种从内向外的颠倒或运动把书写变成了由能指决定的各个符号间的相互作用；书写在僭越、颠倒、操控现存的语言秩序，最终将像游戏一样超越规则、忘记规则而自行其道。

> 这种书写的本质基础不是与创作行为相关的崇高的情感，也不是主体向语言中的嵌入。相反，它从根本上是要打开一个开口，以便让写作主体从那里永久消失。③

跳进深渊而消失，这意味着死亡。写作的主体就这样被无情地与死亡联系起来了，仿佛勃朗宁诗中的黄色花朵，它曾经活过，曾经是语言文本的精神所在，但被无情地从活的花的世界中移开，夹在了书页之间，死去了。花在书中的死亡象征着主体表达的消失。这是一种牺牲，是生命本身的牺牲；这也是自我的一种抹除，它不需要在书中再现，因为它就是诗人自己的日常生活；它不需要像希腊史诗中的英雄那样通过声音和文字获得永生，也不需要像《天方夜谭》中讲故事的人那样为了战胜死亡而叙说，而只需要像福楼拜、普鲁斯特和卡夫卡那样迫切需要成为谋杀者，杀死作者自身的谋杀者。“如果我们想要了解我们时代的作家，那就通过他独特的缺席和他与死亡的联系来了解吧，书写把作家自己变成了自己书写的牺牲品。”④

这是一种自愿的牺牲，一种自投罗网的死亡，一种在语言无休止的流动中对自我的扼杀。然而，把书写与死亡相联系并不是什么新的发明：黑格尔之后，任何一个从事写作的“我”都不可能是直觉的主观的“我”；

① 汪民安：《友谊、沉默和语言(代序)》，见《福柯/布朗肖》，第12页。

② Samuel Beckett, *Texts for Nothing*, p. 16. Michel Foucault, “What Is an Author?”, in *The Norton Anthology of Theory and Criticism*, General Editor: Vincent B. Leitch, New York and London: W. W. Norton & Company, 2001, p. 1623.

③ Michel Foucault, “What Is an Author?”, p. 1623.

④ Michel Foucault, “What Is an Author?”, p. 1624.

马拉美之后，任何一个从事写作的“我”都不可能是在场的、现实中的“我”；巴塔耶之后，任何一个从事写作的“我”都不可能是普遍的、理性的“我”。既然主观的“我”、在场的“我”和理性的“我”都不复存在，那么，

> 书写意图何在？为了把我们从现实中解放出来。而现实不过是万物，但它首先是“实在的占优势的物”，即标志着客观世界的万物。这种解放的实现主要是因为我们具有在周围创造一个虚空的能力，在我们与事物之间拉开距离的能力。①

这是言说的能力，言说的权力，但同时也是死亡的权力，因为当言说者不再言说时，他就陷入了沉默，语言陷入了沉默，主体陷入了沉默，而一旦陷入沉默，所说的话和说话的主体就都不存在了。福柯说：“语言无休止地扩散，而同时，这主体——说话的‘我’——破碎，分散，撒播，消失在裸露的空间中。”②书写于是与牺牲联系起来。而且是“生命本身的牺牲：自愿地抹除并不要求在书中再现的自我”。③ 就这样，福柯在作家个性的完全抹除中发现了书写与死亡的联系：“作家在自身与文本之间生成的含混和对峙抹除了表示他独特个性的迹象。”④

死亡与忘却是紧密联系着的。作家的独特个性一旦被抹除，作家的经验活动也将被置于忘却之中。在福柯看来，这种抹除和忘却恰恰是为了激活宗教和批评的塑造模式。福柯问道：

> 在给予书写以原始地位之时，难道我们事实上不仅仅是用超验的术语来重新书写神学所证实的书写的神圣起源吗？或批评所相信的书写的创造性吗？依据书写使之成为可能的那个特殊历史，而说书写屈服于忘却和压抑，这难道不是用超验的术语重新介绍具有隐蔽意义的宗教原理(这需要阐释)吗？以及具有含蓄意义、沉默目的和模糊内容的批评假设(这引发评论)吗？[据说福柯是在讽刺德里达]最后，作为缺场的书写这个概念难道不是用超验的术语表达宗教对某一固定连续传统的信仰吗？或审美原则所宣告的作品作为对作

---

① Maurice Blanchot，*La par du feu*，p. 46.

② 〔法〕福柯，布朗肖：《福柯/布朗肖》，第45页。

③ Michel Foucault，“What Is an Author?”，p. 1624.

④ Michel Foucault，“What Is an Author?”，p. 1624.

者的谜一般的补充而幸存于他自身的死亡吗?①

然而，说作者已经消失，说上帝和人共同死去，这些都是空洞的口号。福柯认为与其空喊这些口号，还不如重新检验作者消失后所留下的空白，密切观察它留下的缝隙和断层的走向，这块空白的重新分配，以及作者的消失所释放出来的流动功能。② 在这些话题中，福柯选择了最后一个。作者的名字与这个名字所命名的客体并不是同构的，功能也不相同；确切说，作者的名字不是专有名词，在他的名字与他的书写之间并不构成所属关系。专有名词不是专有名词；专有名词不发挥专有名词的功能；专有名词并非指命名之人的公民地位。作为专有名词的作者之名具有一种悖论式的独特性：它不简单是言语的主语、增补或可用其他词类替换的因素，而是具有澄清分类的功能，如把一些文本归在一个作者之名下，确定诸文本之间的关系，并标志某一类话语的独特风格。与一般专有名词不同的是，作者之名“标志某一话语群的存在，用来指这个话语群在社会和文化内部的地位……作者的功能就是标志社会内部某些话语的存在、流通和运作”。③

作者具有了话语的功能，因为作者之名把一类话语与其他话语区别开来，而如果把作者具名的话语看作作者具名的书或文本的话，那么，就可归纳出这种书的四种特征。第一，作者具名的书是“挪用的对象”，一种特殊的“财产形式”，而其“作为财产的地位在历史上却位于控制其挪用的刑法之下”。言语或书本来是不具真实作者之名的，只有当他的言语或书(话语)被认为僭越了法律并受到刑法的制裁时，真实姓名才出现。到了18世纪末和19世纪初，严格的财产所有权和版权制度建立起来，内在于书写行为的僭越属性便在文学中突出出来：由于社会的财产制度控制着文化，进入这种文化的作家就必然一方面通过系统的僭越实践巩固新获得的地位，另一方面又必然由于获益于财产制度而从事危险的写作。④

第二，作者-功能并非具有普遍性和永久性。“我们称之为‘文学’的那些文本(故事、民间故事、史诗、悲剧)就曾经被接受、流传和评价，但没有人就作者的身份提出任何问题。”中世纪的科学文献尚需具作者的

① Michel Foucault, “What Is an Author?”, p. 1625.

② Michel Foucault, “What Is an Author?”, p. 1626.

③ Michel Foucault, “What Is an Author?”, p. 1628.

④ Michel Foucault, “What Is an Author?”, p. 1628.

真名实姓，但到了十七八世纪，科学文本便以自身价值为准了，作者之名只作为发明者之名而成为真实性的索引。但文学话语却朝相反的方向发展：诗歌或虚构小说不但要有作者署名，还要提供关于作者及其写作的时间、地点和环境等信息。“文学作品完全被作者主权所控制。”①

作者-功能的第三个特征产生于一个复杂的旨在建构作者理性实体的网络，涉及作者的思想深度和创造力，他在作品中展示的意图或原始灵感等。但是，这些方面不过是我们处理文本时所用的方法：对文本特征进行的比较、归纳、排除等。这些方法随所论文本的时代和形式的不同而变化，但对传统的继承仍没有断裂。现代文学批评试图从文本中“恢复”作者身份的努力就往往使人想起中世纪基督教的诠释学，尤其是圣哲罗姆的四条标准。② 现代批评所注重的作者-功能包括：作者能说明文本中描写的事件；作者构成写作的统一原则；作者的思想水平和欲望等能帮助解决文本中的矛盾；最后，作者的不同文类能展示比较特殊一致的写作风格。③ 这些就是现代批评用以甄别、鉴定一位作者的标准。

作者-功能的第四个特征产生于作者与实际作家与虚构叙述者之间的关系，后二者并不是同一的，因此构成了作家的多元自我。按福柯的分析，甚至一篇数学论文也会有三个不同的自我：写序言的“我”，写结论的“我”，和提出现存问题而面向未来的“我”。这三种不同的“我”恰好是作者-功能发生作用的结果。④ 作者-功能的多元性不仅体现在同一个文本中不同的“我”的生产，而且还体现为其他两种情况：作者的跨话语性(一种理论、一个传统或一个学科的作者)和“话语实践的首创者”(如大文学家、宗教正典的作者或科学的发明者)。这里对于定义文学极有启示意义的一点是，“在具有明确签名的一本书或一系列文本的层面上，作者-功能已经足够复杂了，但当依据更大的实体——作品组合或全部学科来分析时，仍然有其他的决定性因素”。⑤ 这意味着，就其历史上的变化而言，作者或作者-功能的形式、复杂性或其自身存在绝不是一成不变的。话语的形式、地位和价值将揭示出无处不在的匿名性。人们不再问：“谁是真正的作者?”而关心这个话语的生存模式，即它从哪儿来，如何流通，谁在控制它；人们不再问“我们能证明他的真实性和原创性吗?”而关心用

---

① Michel Foucault, “What Is an Author?”, pp. 1628-1629.

② 根据圣哲罗姆，作者(1)在质上达标；(2)具有概念或理论的连贯性；(3)风格上一致；(4)是与一系列历史事件相关的历史人物。

③ Michel Foucault, “What Is an Author?”, p. 1630.

④ Michel Foucault, “What Is an Author?”, p. 1631.

⑤ Michel Foucault, “What Is an Author?”, p. 1635.

什么来充当可能的主体；不再问“他的语言是怎样揭示了他最内在的自我的？”而关心谁能完成主体的各种功能。最终还是贝克特的那个问题：“谁在说话这重要吗？”①

答案显然是否定的。既然话语或文本中的说话者不重要，那什么重要呢？在《外界思想》一文中，福柯说：

> 我们严格意义上称之为“文学”的事件，只是表面上的目光的内在化；它更是一个通往“外界”的问题：语言逃脱了话语存在的模式……文学话语从自身发展而来。这形成一个网络，其中每一点都是截然不同的，甚至与最近的邻居也不相同，而且在空间中拥有一个与所有其他点有联系的位置，这个空间在容纳它们的同时，又把它们区分开来。文学，只有达到了一种强烈的展示自我的程度，才是一种不断接近自身的语言，确切说，它是一种尽可能远离自我的语言。②

如果说福柯把关于文学的讨论从属于他对话语的讨论，那么，他就作者与文本关系的讨论也是服务于关于话语的讨论的。文学是一种“我说”的事件，它表面上把物内化，实则是语言要摆脱话语的存在模式而逃向外界。但在逃亡的过程中，语言，或已经构成文学话语的语言，形成了由不同的点构成的一个网络，一个既能容纳各个点又能将其分离开来的空间，在这个空间里，什么都没有实现，而只有“从万有到无”的一条通道；在这个空间里，词似乎通过指涉令它所召唤的物出现，但物的总体却只能在“物消失的时候”出现。③ 此时此地物的存在模式就是消失。这是布朗肖所说的文学空间。在这个空间里，以文本形式呈现的文学话语成了一种奇怪的非及物言说，即在肯定自身的同时不断地否定自身：“艺术品把自身简化为存在。那是它的任务：存在，使它所是的那些词在场……那就是它的秘密所在。但与此同时，还不能说作品属于存在，不能说它存在。相反，所要说的是，它从未以物的形式或一般存在的形式存在过。”④

---

① Michel Foucault, “What Is an Author?”, p. 1636.

② 〔法〕福柯，布朗肖：《福柯/布朗肖》，第 46 页。

③ Michel Foucault, *The Space of Literature*, trans. Ann Smock, Lincoln, Nebr. and London: University of Nebraska Press, 1982, p. 43.

④ Maurice Blanchot, *The Space of Literature*, p. 43.

何以如此呢？语言在“我说”的向外运动中揭示了文学主题（谁在说、说什么）的否定性，也确立了文学语言的话语性。福柯在《什么是一个作者？》一文中讨论的名义上是作者与作品的关系或作者-功能，实际上是通过话语的文学维度定义他所说的“话语性”（discursivities），而不是从狭隘的概念出发把文学当作一种话语形式。作者是话语性的创建者，话语的首创者，他们为其他文本（别的作者的文本）的形成创造了可能性和规则，为话语创造了一种不确定的可能性，使一些相似性和差异性得以产生。也就是说，后续的文本或话语总是基于首创的文本或作品，基于对这些作品和文本的重新阐释，基于回归和忘却，即回归到原初，而这个原初则是忘却所遮蔽或规避的一个虚空，用虚假的丰盈所掩盖或遮蔽的一个空间，每一个话语都是不同于其他话语（哪怕最邻近的话语）的一种永不完结的运动。文学书写恰恰就是这样一种运动，一种从话语到话语、从能指到能指的运动。如是理解，书写就是全部语言的超能指运作。“如果‘书写’总是意味着一个能指指涉其他能指，如果……每一个能指只指涉其他能指，那么，‘书写’就将为一般语言的功能命名。”①

第六节　签名的事件

我们可以把“一般语言的功能”理解为作品本质的“文学性”，而写作就是为这种本质的“文学性”命名。但这种由能指的不断运动所决定的“文学性”并不是内在于文学作品之中的，也不是文学的自然本质，而产生于书写与阅读的双向运动，处于意义相互生产的过程之中，处于作品与读者的互动之中。一部文学作品永远处于未完成状态；书写总是处于初始阶段。书写把意义从书写所处的偶然性中解放出来，使它进入一个充满了无限可能性的更大视域，即阅读的视域。“书写通过记录意义，把意义委托给一幅版画、一首爵士乐、一块浮雕、一个表面来创造意义，这个表面的本质特征就是无限地传播。”②书写由于将直接指涉悬置起来而摆脱了语言的工具性负担，不再作为符号指涉，不再作为交际工具，它“只言说现实，只指涉自身”，变成了一个没有指意的符号。对德里达来说，书写作为与虚无具有本质关系的语言而诞生，所表达的就是关于这个奇怪的具有构成性的虚无的思想，与他者所处的特定时空相关。他者不可

① Geoffrey Bennington，1993，pp. 49-50.

② Jaques Derrida，*Writing and Difference*，trans. Alan Bass，Chicago，ILL：University of Chicago Press，1978，p. 12，

避免地参与了书面意义的书写，因为即使在书写的同时，书面意义也必然在指意的共鸣中被阅读："意义既不在书写行为之前也不在其后产生。"在书写与阅读之间是一个延宕的互动空间，他者为这个空间命名，"保持警惕和往返运动，使产生于书写与阅读之间的作品无法简约"。[①] 书写就这样与语言的反工具性观念以及与文学作品的存在形式关联起来。在德里达看来，"文学"不过是一种旧词新用："为什么还要用'文学'指称已经摆脱了文学的东西——在那个名称之下所接受和指意的东西——或不仅逃离了文学，而且不可宽恕地破坏了文学的东西？"[②]书写用文学的旧名为创新的意义命名，为实际上使文学作品摆脱了作者、摆脱了语言的工具性和交际性但仍然具有"文学性"的书写活动命名。

但是，命名活动不仅仅涉及书写。使作品摆脱语言之纯粹工具性或纯粹交际观念的还有阅读。阅读之前，作品是作者唯一的产品；作者是作品的唯一所有者。阅读活动把二者分离开来。作品脱离作者而向一个未知的公共阅读的空间敞开，只有通过阅读，作品才在其与作者的彻底分离中得以自为地存在。

> 阅读不是重写作品；而是令作品存在。……阅读不过是使书，即作品，成为作品，使其超越生产它的人，超越书中表达的经验，甚至超越传统所能提供的一切艺术资源。[③]

这里不存在主—客的二分法。对布朗肖来说，把作品视为一个客观实体的任何想法都是幼稚的，同样，把阅读主体看作一个具体的主观意识也是愚蠢的。阅读使作品成为作品。阅读在事先存在的书与事先从未存在过的作品之间打开一道裂隙，把我们从相对比较熟悉的世界、一切都多少有些意义的地方带到一个一切都毫无意义的空间，但一切有意义的东西又都回归其初始的地方。[④] 阅读在熟悉的意义与隐蔽的意义之间创造差异，重写差异，揭示语言或文学符号中固有的否定性，在自身的实证性与读者或任何明确语境的实证性之间拉开距离，这段距离构成了"阅读的清白"，但也"限定了阅读的责任和风险"。[⑤]

---

① Jaques Derrida, *Writing and Difference*, p. 11.

② Jaques Derrida, *Dissemination*, trans. Barbara Johnson, Chicago, ILL: University of Chicago Press and London: Athlone Press, 1981, p. 3.

③ Maurice Blanchot, *The Space of Literature*, pp. 193-194.

④ Jaques Derrida, *Writing and Difference*, p. 196.

⑤ Jaques Derrida, *Writing and Difference*, p. 201.

这段距离再次标志着语言的某些方面已经脱离了交际或再现的工具性功能，即便作者的“签名”，标志着作品整体的作者“签名”，也将变成单一的“存在的事件”。“签名”不必与作者的专有名词相关；人们不再了解所签的“名”指的是什么，是谁，哪个作者，哪种语言。“我们借以了解他的那个名字可以用来在他的或我们的眼皮底下掩盖一个完全不同的名字，这个名字在沉默地写作他的文本。”①这个完全不同的名字显然不是作者之名；但却与作者的名字相关，与作者的签名相关，毋宁说是“反签名”，另一个人的签名，他者的签名，其目的是抹除作者(名)以及文本(物)之间的逻辑存在关系。这种反签名所导致的抹除恰恰是它出现的条件，作者与文本所交换的最终不是所签名的文本，而是签名本身，也即文本自身的名字：“当每一个文本确定了对他物的反签名时，它所发现的仅仅是自身不可替代的习语，因此，其签名也脱离了‘一般’作者的永久名字。”②

德里达把这种签名称作“签名的事件”。从“文学的事件”到“签名的事件”或“存在的事件”，这是文艺思想的一次飞跃，是从对文学自身的本体论思考到对文学边界的解构沉思，也即对生活与书写、偶然性与必然性、名与实或词与物之间界限的思考。在一个特定文本、一位特定作者以及他专用的名之间是什么关系？从哲学上说，一个人与他专用的名之间是一种纯粹偶然的关系，如同语言中能指与所指的关系；但在文学批评中，文学传记开始于“签名事件”之后，对签名的状态、对文本与签名以及文本所属作者之名之间的关系不曾有过任何疑问。文本分析可能怀疑一部作品是否真的可以由一位作者来签名；但就签名事件而言，就所说的作者与其专用名之间的商业关系而言，并没有人提出任何疑问，就仿佛尼采乃其思想之代名词一样肯定。然而，德里达对书写与生活之间这种纯净关系表示怀疑。“在我看来，弗朗西斯·蓬热首先是这样一个人，他懂得为了了解名与物，就得先埋头于自己的名，……投身于自己作为主体—作家—语言的工作。”③分析表明，“蓬热”(名)作为一个专有名词与他的作品(物)是两种非指意的书写形式。

蓬热的诗改变了人们所谓摹仿即对物的仿制这一观念。也就是说，摹仿(mimesis)并不是某一主体(subject)对某一客体(object)的仿制(imi-

① Jaques Derrida, *Parages*, Paris: Editions Galilée, 1986, p. 113.

② Jaques Derrida, *Signsponge*, Joshua Randtrans. New York, N. Y.: Columbia University Press, 1984, p. 128.

③ Jaques Derrida, *Signsponge*, p. 26.

tation)。蓬热诗中的“物”是主体将自身从属于“物之法”的结果，即服从于对物的不可能的再现，而物却不一定就是与“法”相一致的某物。“之前，物是他者，支配或书写法的完全他者，这不单单是自然的一种法，而是一种无限地、贪得无厌地专横的命令，我应该让自己服从的命令……物依然是一个他者，它的法就是要求不可能之事。”①这里的“不可能之事”就是蓬热所说的“不可能的主题：海绵—巾……关于这种主题，没有事先构思，无一清楚阐明的观念。”②这种主题内含语言的否定性和一般性，既没有经过事先构思，也没有前人阐述，因此是不可摹仿的，于是，关于这种主题(物)的书写就成为对不可摹仿之物的仿制，因此也是对不可再现之物的再现。一旦承担了这项不可能完成的任务，即不可能用语言来表达的任务，诗人就必然开始改造语言，以平息物的“表达的愤怒”。蓬热采用的方法是让物屈从于语言，二者合而成为语言—物，其形式就是空想的、多孔的、不及物的诗。蓬热的诗从不同角度把物与其语境并置起来，相互协调，既构成了舞动的物的蒙太奇，同时，一物与另一物又表现出各自的独特性。所有的物都是透明的、坚实的、独立的、各不相同的。只有海绵是一个例外，因为海绵一词(sponge)含有蓬热的名字(Ponge)，同时又与橙子(orange)构成了鲜明对比：“因为海绵始终是未决定的和无法决定的。不是因为它含有肮脏和不得体，而是因为它极为含混，既含有肮脏又含有干净，既含有不得体又含有得体。”③对海绵的深度解析自动显示出海绵作为物的物性，即物已不再是一个客体，不再是可描述的客体，因而也不再是可用再现的媒介加以摹仿的客体。

对物之物性的再现也要求必须有独特的表达，也即以独特的表达表现物之独特。这是因为独特之物需要一种符合物自体的描写，一种符合物自体的书写，因此也是一种既适合于物同时又被物所挪用的书写。语言一旦脱离了再现和意义的文本，它本身就变成了物，用语言自身加以细致描写的物。这意味着能指与所指、形式与意义的区别已经无关紧要了。在能指与所指之间，在形式与内容之间，在专有名词与描写之间，是蓬热的诗，诗中，“14”中的“1”是长矛，“4”是挂在刺刀上的一面旗帜，“把河与书的观念混合！……不知羞

① Jaques Derrida, *Signsponge*, pp. 12-14.

② Jaques Derrida, *Signsponge*, p. 94.

③ Jaques Derrida, *Signsponge*, p. 64.

耻地把塞纳河与它应该成为的书混淆起来！”①蓬热的诗就在能指与所指之间徘徊，在专有名词与一般描写之间徘徊，而当对物的描写与物的名混合而难以分辨之时，词与物便统统坠入了文本书写的深渊：他把每一个专有名词当作描写，把每一个描写当作专有名词，进而表明正是这样一种可能性构成了书写，仿佛文学从里到外都变了个样。“你无从分辨他是在命名还是在描写，也不知道他描写—命名的东西是物还是名，是普通的名还是专用的名。”②蓬热的书写实践使用的就是这种嵌套式结构，其目的是要获得一种独特的签名，纯粹的、独一无二的、无法重复的签名。但这种签名是不可能的，对这种签名的需要也难以满足。从辩证的角度看，一物之独特性必然包含其一般性，可能性中必然包含不可能性，这是物的双重束缚。德里达警告读者不能过急地概括作者与文本之间的关系，尤其不能过急地从特殊的文本或签名中抽象出一般特征。签名事件表明文学的文本性是一个无法确定的开放与封闭的过程，无休止地改造自身的过程，以独特的表达方式同时既给予意义又超越意义的过程。

第七节　作为存在的文学

文学与艺术一样，是哲学产生的条件。尽管有无数批评家(包括哲学家自己)竭力把哲学与文学区别开来(正如有无数人把文学与历史区别开来一样)，但二者的必然联系和逻辑生产关系是不容否认的。对德里达来说，马拉美、乔伊斯、卡夫卡、塞兰、巴塔耶、阿尔托、布朗肖以及20世纪之前的卢梭、福楼拜都是他难以逾越的文学家，他们构成了一种“文学行动”，进而也是一种“阅读行动”。这两种行动回答的是同一个问题：文学是什么？对德里达、德勒兹、巴迪欧等哲学家而言，文学，无论写作还是阅读，都是一种经验，一种哲学的经验，一种命题的、思考的、表示自然态度的、注重现象转换的和非武断的经验。然而，单就哲学家对文学的阅读而言，这种哲学的经验或许就是一种哲学的阅读，抑或，这种哲学的经验始于一种哲学的阅读。

吉尔·德勒兹对文学的“哲学阅读”是多产的、丰富的，甚至与他的

① Jaques Derrida, *Signsponge*, p. 136.

② Jaques Derrida, *Signsponge*, p. 118.

概念生产一样也是偏执式的。他对文学的兴趣终生不渝，仅在《千高原》中援引的作家就有75名之多，经典文本的索引就有279项，[①] 而且不分文类，但对英美文学和现代主义文学则给予特殊的偏爱。与德里达和其他哲学家相同的是，德勒兹对文学的阅读也是一种“强力阅读”(strong reading)，即从文学文本中强行抽取一些命题和概念的阅读。让-雅克·勒塞克勒在《巴迪欧与德勒兹读文学》一书中对“文学阅读”与“哲学经验”之间的关系做了极为精到的归纳。根据勒塞克勒的总结，巴迪欧在《世纪》的第二章“野兽”中分析了曼德尔施塔姆的一首32行的诗，[②] 从中抽取出5个碎片，视之为对这个世纪的5个比喻：野兽、直面凝视、野兽的骨骼、凝结的血以及诗本身。巴迪欧把这5个碎片直接转译成5个哲学命题，分别是：生机论、唯意志论、一致性、与过去的关系和“等待中安置”的艺术，解作对不可预测的事件的期待。

> 这种阅读的结果建构了这个世纪的一些哲学命题，其中最后一个，或许也是最重要的一个，表明这个世纪是等待和进入诗学的世纪：该诗的成就在于能够使我们从新的角度思考这个世纪，它成了其他命题的源头。[③]

同样，德勒兹也从对卡夫卡的阅读中抽取出四个哲学—美学命题。(1)文学的任务不是创造形式，而是不停地创造生命的流动和欲望的表达；(2)文学是欢迎前个体时期之存在个体性的场所，因此不是作者和人物自我的表达；(3)文学描写的是生命力，因此涉及健康问题；(4)文学是对语言的大民族应用的小民族化，这里主要指的是卡夫卡特定的文学书写。德勒兹(和瓜塔里)通过对卡夫卡的研究总结出小民族文学的三个特点：“小民族文学不是用小民族语言写成的，而是对大民族语言的解域；在小民族文学中，一切都直接与政治相关……小民族文学不是个人的事，而总是由集体的表达组装生产的。”[④]尽管有人对德勒兹研究的卡夫卡日记提出异议，认为那并非出自卡夫卡之手笔，而是其传记家马克

---

① Drouet，“Index des references littératures dans en particulier，selon Deleuze”，in B. Gelas and H. Micolet eds. *Deleuzeet les écrivains*. Nantes：Cécile Defaut，2007.

② 〔法〕阿兰·巴迪欧：《世纪》，蓝江译，南京，南京大学出版社，2011，第1版，第13～30页。

③ Jean-Jacques Lecercle，*Badiou and Deleuze Read Literature*，Edinburgh：Edinburgh University Press，2010，p. 59.

④ Jean-Jacques Lecercle，*Badiou and Deleuze Read Literature*，p. 60.

斯·布罗德所为，但勒塞克勒认为这正是“强力阅读”的意义之所在：强力阅读不是对文本的阐释，而是为了思考哲学问题而对文学文本进行干预，或施行暴力，即把文学文本的思想转译成哲学概念，通过审美的评论呈现文本的内在生命。

哲学家阅读文学之所以是“强力阅读”，是因为他们是哲学家，是哲学读者，而不是一般读者，所以不同于后者的“一般阅读”。那么，哲学家的强力阅读有哪些特征呢？按照勒塞克勒的描述，有六个特征：(1)强力阅读抵制对特定文本的既定理解，迫使读者重新思考，因此不仅需要对文本，而且也对读者施加暴力，主动地拆解原文本：普鲁斯特的小说不是关于过去和记忆的，而是关于学习和未来的故事。(2)这种强制性思考是以发现问题、抽取问题为目的的，这种问题往往充斥于作品之中，为传统所接受，但却未予以清晰的表述：普鲁斯特小说中比比皆是但却未予以清晰表述的是关于学习的问题。(3)发现和抽取出问题之后，就是德勒兹一贯倡导的概念创造，即创造新的概念，而非使用现成的概念：他阅读普鲁斯特小说之后创造的一个重要概念是“符号”(见本书第二章)，但与索绪尔的“符号”没有丝毫关系。(4)抽取出问题、创造概念之后，不应把问题和概念废止不用，而应持续探讨，如在普鲁斯特小说中抽取和创造了“符号”概念的20年后，他又在论电影的著作中再度应用这个概念：仍然不是基于能指和所指二分法的索绪尔式符号，而是经过德勒兹“修补”过的清晰批判的对象。(5)这种抽取、创造、矜持的结果必然是对文本的干预，而不是阐释。虽然德勒兹对普鲁斯特的阅读包含着浓厚的阐释成分，但对卡夫卡的阅读却是惊人的干预。(6)强力阅读号召读者进行一种反阅读，巴迪欧就对德勒兹对普鲁斯特的阅读进行了反阅读，只为风格而进行的反阅读；[①] 或后文详细论及的本雅明对波德莱尔的阅读以及波德莱尔对爱伦·坡的阅读，一种生成主题和思想的反阅读(见本书第六章)。

如上文讨论“签名事件”的例子所示，德里达对马拉美的阅读也是一种名副其实的强力阅读。德里达认为马拉美标志着文学史的一次断裂，使得文类史、文学史、文学批评、哲学和阐释学无法进行。在马拉美看来，文学“是一种真实存在以外的存在，它出现在某种实在的清醒之时，和世界一起，发生于某些契合和意义之中，它仿佛是一种不合时宜……”[②]而被称为诗的形式本身就是文学。文学的、诗意的行动就是看

① Jean-Jacques Lecercle, *Badiou and Deleuze Read Literature*, pp. 69-70.

② 〔法〕马拉美：《白色的睡莲》，葛雷译，广州，花城出版社，1991，第1版，第59页。

到思想由于价值而裂变，形成均等的道理，用“没有装饰的”、“无声但是充满着心照不宣的不朽语言”将其书写出来，[1] 以渗透着思想本质的对现实的幻想和愉悦的歌表现出来，在纯粹的作品中，

> 诗人的陈述消失，并通过被调动起的不均等的碰撞，把创造让给词语，它们就像宝石上的一条潜在的光尾用闪光的彼此照亮，取代具有古老抒情气息的可感知的呼吸，或者是句子的热情洋溢的个人倾向。[2]

这里，作为主体的诗人、诗人的创造和抒情的个人倾向全都消失，取而代之的是词语的创造，或者说是词语的游戏：词语通过句法创造“阅读的间隔”，通过名称创造事物并消除事物，通过音、形、义创造拆解和重写的微小粒子。马拉美写的东西永远是摆在读者面前的书写的作品。他“几乎总是在文本上书写……有时甚至在他自己已经写过的文本上书写”。[3] 当文本完成时，指涉已被抹去，专有名词已经消失，语义加倍地不确定。主体死亡，书变成坟墓；物缺席，词语不再命名。没有名词，只有连词和副词；没有暗喻，也没有转喻；没有同音词，也没有同义词；我们所面对的只是散落在词语中的音节。这就是“语言的孤立”，是诗之首要的梦与歌。一朵花“在我不是有意排遣任何外在性的情况下，作为不同于熟知的花萼的某种东西音乐般地显现了出来，这便是美妙的思想本身，是在所有花束都不在的情况下产生的思想”。[4]

布朗肖赞成马拉美的书写，也同意德里达对马拉美的阅读。事实上，布朗肖关于书写的许多观点也源自对马拉美的阅读。他认为写作者的确愿意消失；对作品来说，唯一重要的是读者。读者通过阅读造就作品，成就作品，是作品真正的作者。唯其如此，写作的目的就只是为读者而写。但这样一种解释一旦用在卡夫卡这样的作家身上就似乎显得平常。卡夫卡只想成为一个写作者，而阅读卡夫卡的人必然会“成为说谎者，又不完全是说谎者”。[5] 卡夫卡的所有文本，按照布朗肖的理解，都讲述某

---

① 〔法〕马拉美：《白色的睡莲》，第 73 页。

② 〔法〕马拉美：《白色的睡莲》，第 77 页。

③ 〔法〕德里达：《文学行动》，赵兴国等译，北京，中国社会科学出版社，1998，第 1 版，第 335 页。

④ 〔法〕马拉美：《白色的睡莲》，第 80 页。

⑤ 〔法〕布朗肖：《从卡夫卡到卡夫卡》，潘怡帆译，南京，南京大学出版社，2014，第 1 版，第 117 页。

种独特之处，都表现某种普遍意涵，都把叙事转变成一系列思考，即试图理解无法理解之问题的思考，因此也造成了理解的困难，进而使真正的阅读成为不可能。致使有学者惊问：在众多的“文山字海中，甚至文字泡沫中，谁理解了卡夫卡？谁最有资格说他理解了卡夫卡？”①卡夫卡的书写是为健康的书写；他的叙事都是片断的，甚至作品整体也是片断的；他的作品都产生于对否定性的研究，甚或是经由否定性而得出的一种肯定性；他的主题都把否定的含混性与死亡的含混性关联起来，抑或，他书写是为了愉快地等待死亡，是为了在死亡中得到救赎，因此，每个故事、每个形象、每个结局都在为死亡营造一种充满矛盾的氛围，为死亡的超越性寻找一种难以拒绝的诱惑力，进而利用死亡、死亡的救赎、死亡的不可能性迫使读者进入一种“阅读的不安”，带着疑惑面对那些“谜题和解法，误解和此误解的表达，在诠释此阅读的不可能性之中[实现]阅读的可能性”。② 对卡夫卡而言，书写的终极目的是自我救赎；他要在挑战自己书写能力的同时进行心灵的追寻，利用混淆来删除语言，创造“最精致、最具意识、最无法蒙混”的文学语言，以追寻活着的心灵的可能性，让词语紧扣自己的生命，重建自身，“只有在专注于文学上时，[他]才感到自身的生存。书写使其生存”。③ 如福克纳给青年作家的告诫一样，只有对“心灵”的追逐和挖掘才是真正值得书写的。书写使近乎枯竭的现代心灵再生。

如前面提及的，在《世纪》中，巴迪欧更为直接。一首描写野兽景象的诗，以野兽的身体形象描写世纪末景象的诗，甚或描写野兽对自身骨架的反思的诗，“在哲学上，这些意味着什么？……在什么意义上，这个世纪可以看成生命？时间的生命是什么？我们的世纪究竟是生存还是死亡？”④作为写作者的曼德尔施塔姆追问的显然是哲学问题；作为读者的巴迪欧追问的显然也是哲学问题。就巴迪欧而言，他所关注的诗人岂止曼德尔施塔姆；他著作中反复出现的诗人的名字包括荷尔德林、马拉美、塞兰和佩索阿。然而，哲学对诗歌/文学的“暴力干预”并非从德里达、布朗肖、德勒兹、巴迪欧开始，而是由来已久。从巴门尼德到海德格尔的浪漫主义传统，都把诗歌语言当作揭示存在与真理的必然场所；从亚里士多德至今的美学传统，都把诗歌与自然等同起来，视之为哲学之理论

① 曾艳兵：《卡夫卡的眼睛》，北京，商务印书馆，2012，第1版，第17页。

② 〔法〕布朗肖：《从卡夫卡到卡夫卡》，第119页。

③ 〔法〕布朗肖：《从卡夫卡到卡夫卡》，第133页。

④ 〔法〕巴迪欧：《世纪》，第17页。

探讨的对象；从柏拉图至今的反诗歌传统，都由于诗歌强大的力量而拒绝诗歌，但却通过一种弗洛伊德式的否定错综复杂地肯定了诗歌的哲学存在。这三个传统为巴迪欧自己的诗学奠定了基础，即维护诗歌与哲学话语的分离，但接受诗歌是生产真理的场所这一说法。巴迪欧选中的用于哲学阅读的诗歌主要具有两个特点："关于逻各斯的诗，和关注思想的诗，而且是能命名事件的诗，能从即将发生的事件中抽取真理而非情感和知觉对象的诗。"①

第八节 作为阅读的书写

书写的观念是激进的。书写的可能性标志着阅读的可能性，也标志着书写自身的事件性和重复性，因此，对某一文本的阅读从来不是单一的，不是唯一恰当的，而总是有另一种可能的阅读。"'书写'本身就意味着它总是提供许多新的阅读，新的回应——因此也提供新的责任。这种阅读的节奏，以及它暗示的必然的责任，是无法逃避的。它是没有终点的节奏，或几乎被涂抹的现在。"②据此可以把"读者"定义为这样一个人：

> 他从思想上评价一个特定的手稿或形象，出于众多的原因理解或阐释其内容或形式，无论这些原因是"消遣"、"教育"、"启蒙"、"愉悦"或所有这些与其他原因的综合。我们所说的"阅读"是积极地参与一篇作品或一个形象以便生产意义，或较普遍而言，是把书或形象(实际上是整个世界)从其潜在符号可见的综合状态"转译"成一个文本，使之见证阐释的过程。③

显然，这种"转译"和"阐释"的过程是在时间中进行的，因此可以说，阅读是一种时间中的体验，时间中的运动，而且是一种自由的体验和运动。如果说写作者依然是一个现实中人，至少他相信自己是一个正在写作的现实中人，也认为他在写作的时候读者已经寓于自身之中，感到读者将阅读他的作品，他所书写的一切都将在阅读中汇集，读者也将在他

① Jean-Jacques Lecercle, *Badiou and Deleuze Read Literature*, pp. 105-107.

② Simon Glendinning, *On Being with Others*: *Heidegger-Derrida-Wittgenstein*, London: Routledge, 1998, p. 152.

③ Julian Wolfreys, *Critical Keywords in Literary and Cultural Theory*, New York: Palgrave Macmillan: 2004, pp. 212-213.

的作品中诞生，那么，如布朗肖所言，阅读开始的时刻也就是作者被取缔的时刻。此时，读者的出现使作品与自身拉开了距离，营造一个空间，并由此而改变了作品的签名。抑或，作者在搁笔时认为已经完成的作品，已经搁笔或圆满的作品，在这个空间里才刚刚开始，这意味着，作者认为已经完成的作品实际上并没有完成，而且，这个空间的出现标志着它刚刚开始，而且是读者开始接手的工作。但阅读的工作是单纯的，因为读者从不认为这作品是他的作品，从不认为他可以控制这作品，更不认为他能穷尽作品的意义，无遗地渗透作品的深度。读者的这种“无知”恰恰是他的自由，这种自由使他可以无数次地重复对作品的构建，在一种看似不负责任的玩忽职守中履行着对作者的伦理义务，因而比总以为自己完成了作品的作者更接近作品，更接近创作的本质。①

阅读是读者的个体行为，读者的个性在阅读开始之前就决定了阅读的方式。然而，文本也有其个性，从伦理上说，读者对文本的个性负有责任，至少应该对这个个性做出反应。因此，读者要根据自己的个性和文本的个性决定阅读的方式：一方面避免简单、被动、消费的阅读，另一方面强调主动、强制和政治的阅读。在另一些情况下，阅读可能是公正的，也可能是不公正的；可能是种族的，也可能是阶级的；可能是形式的，也可能是内容的；可能是哲学的，也可能是历史的；可能是宗教的，也可能是世俗的；可能是科学的，也可能是伪科学的……总之，阅读是不确定的行为和体验，既是自由的选择，又受伦理责任的制约。然而，一个不变的道理是：阅读和文本一样永远是敞开的、未来的、未完成的，始终等待着新的读者，始终重复着相同的循环。这种循环重复是一个解码过程。在阅读中，书面语言在书写的同时否定自身，在肯定他者的同时否定自我，在重复中确定“他者的文本”和“文本的他者”，因此是双重阅读。这种双重阅读发生在比喻和修辞的层面，“由于比喻和语法都是阅读的必要组成部分，所以有理由认为阅读将是一个否定过程，在这个过程中，语法认知每时每刻都被其修辞移位而解构”。② 这意味着，语法和修辞是对阅读的抵制，甚至是颠覆，因此也造就了一种“抵制性阅读”，哺育了一种“抵制性读者”，也就是为固守某种先入之见而进行“强力阅读”的读者。

这样的阅读或读者必然会对文本进行增补性阐释，把对文本的理解

---

① Maurice Blanchot, *The Space of Literature*, pp. 200-201.

② Paul de Man, *The Resistance to Theory*, 1986, p. 17.

变成自我的再生产，借助综合手段把差异统一起来，达到与绝对自我意识的认同，通过延宕、期待和剩余激发新的阅读。这种阅读是无止境的，无始终的，再生产的；其本质就是反复地挫败阅读的欲望和重新激发阅读的欲望。阅读的本质就是无休止地挫败欲望和激发欲望。阅读令人不解的地方就在于它既激发我们去从事阅读活动，但又用阅读的不可能性挫败我们；既以无穷的魅力吸引我们，又以巨大的阻力抵制我们。但这种激发和挫败、吸引和抵制恰恰是阅读产生的条件。“阅读没有路，没有途径或方法：有的只是努力和这一难得的机会带来的疲乏。作为机会，阅读及其无能性无视事先的算计，拒绝预测。”①阅读提供的只是对责任的体验。这种体验没有规则，没有理由，没有界限；不需要任何知识的决定。它只要求我们把阅读抬到艺术的高度，予之以阐释、评论和新的书写：

> 每一种阅读都产生一个不同的文本，都创造出一种新的形式：这的确是一种艺术效果。……一种新的阅读/书写打破了书的传统范畴，即包含明确意义也就是作者的意义的封闭性总体；也因此打破了作者作为作品意义之主人的观念……就其断续性质而言，播撒意义，诉诸多言阐释和阐释更新：只有运动才是不朽的。②

这就是阅读的伦理，“即文本所要求的一种回应，也就是对一种无法拒绝的要求的回应，同时也是自由的，就是说我必须对我的责任负责，对我的阅读行为的……深化效应负责”。③

阐释、评论、新的书写就是米勒所说的“深化效应”，也是阅读的价值体现。这种价值蕴含于写作的文本、评论的文本和阅读的文本，存在于句法、词语、意义和语言的物质性中，位于思想、交际、已知和未知的边界。“真正的阅读提出未知的东西，总是意义真空里的一个无法证实的缺口，把书打开的正是这个缺口。阅读必须在这个缺口里迷路。”④阅读中包含着可读性和不可读性、可译性和不可译性。而不可读性和不可

---

① Thomas Keenan, *Fables of Responsibility*, 1997, p. 1.

② Sarah Kofman, *Nietzsche and Metaphor*, trans. Duncan Large, London: Athlone Press, 1993, p. 116.

③ J. Hillis Miller, *The Ethics of Reading: Kant, de Man, Eliot, Trollope, James and Benjamin*, New York: Columbia University Press, 1987, p. 43.

④ Jean-Luc Nancy, *The Birth to Presence*, Brian Holmes et al. trans. Stanford, CA: Stanford University Press, 1993, pp. 336-337.

译性恰恰是有待阅读的东西，是文本在时间中的断裂，是书写为新的阅读提供的机会、条件和空间。这恰好说明了可读性与不可读性的不可分离性。抑或，可读性就寓于不可读性之中，或相反；对不可读性的阐释和解码是对可读性的增补和重写。我们永远处于书写的事件性与阅读的重复性这种双重性之中。阅读是可能的，正如书写是可能的一样。如伊莱娜·西苏所说：

> 阅读……是一种孤独的行为。我们并不总是这样想，因为我们不再阅读。我们在儿童时期常常阅读，懂得阅读有多么暴力——写作和阅读是不分家的，阅读是写作的一部分。真正的读者是作者。真正的读者已经开始写作了……[阅读]也是秘密逃亡的行为。我们不承认阅读……阅读不像我们所声称的那样不重要。首先，我们必须把图书馆的钥匙偷来。阅读是一种刺激，一种叛逆：我们打开书的大门，假装那是简单的平装书，在光天化日之下逃跑。我们已经离开那里：这就是真正的阅读。如果我们还没有离开那个房间，如果我们还没有跨过那道墙，我们就不是在阅读。如果我们只是相信我们在那里，如果我们在家人眼前装腔作势，那么我们就是在阅读。我们在吃。阅读是偷吃。
>
> 阅读是偷吃禁果，偷偷做爱，改变时代，改变家庭，改变命运，把白天变成黑夜。阅读是完全按照我们所需“偷偷地”做每一件事。①

① Hélène Cixous, *Three Steps on the Ladder of Writing*, Sarah Cornell and Susan Sellers trans. New York: Columbia University Press, 1993, pp. 19-22.

第一章 文学与现实：镜子与象意

第一节 言、象、意

现代英语中 image 一词有多层含义：第一指通过图画、绘画、摄影等手段对人或物的摹仿或再现，如作为偶像的塑像；第二指镜子折射的映象或通过凸镜折射后留下的印象；第三指人与人之间、物与物之间的相像性或相似性；第四指某物在人脑中留下的精神视像，如某人、某产品或某机构通过广告宣传在大众头脑中形成的印象、概念或观念。按照这些意思，一个象征，一个典型事例，一幅生动的图画，一出戏，或一个比喻(隐喻或明喻)，都可以是一个 image。它不纯粹指由图画、绘画、摄影等再现手段反映的人和物的状貌，而含有智力和情感因素，类似于埃兹拉·庞德所说的“在瞬间呈现一个智力和情感综合体的东西”。① 当下对 image 一词的译法主要有三种：“意象”、“影像”和“形象”。

“意象”严格说来是心理学术语，指物缺场时在人的内心里留下的一种视像，是一种心理功能，也就是说，心理画面上的表象不仅是物象，而且承载着人对这个物象的情感和观念。就艺术和媒体的物象而言，其所承载意义的功能要远远大于自然的物象，就如同文学艺术作品的意义总是大于其各个部分相加的和。然而，与物象一样，作为意义的载体，“意象”涉及“意”与“象”的关系。中国古代“圣人立象以尽意”(《周易·系辞上》)。这里的“象”指事物的象征，如乾为马、坤为牛，而“意”指意思、意义；乾坤二“象”背后隐蔽的“意”是刚健和柔顺之“道”。得象必须知其意、还其道。象是意得以显现的工具和媒介，而象通过“存意”和“尽意”而具有了功能，二者不离不杂、差分融合、相依相持、互补互动。西方文论史上关于形式与内容离合的辨析始终未离中国古代的“言与象”或“意与象”之辩。

按照《辞海》(1989 年版)的解释，“影像”源自古希腊德谟克利特的反

---

① Ezra Pound, “A Retrospect”, in *20th Century Literary Criticism*, David Lodge ed. London and New York: Longman, 1972, p. 59.

映论，指构成事物的原子群流射出来的极细的东西；它能透过人的感官的孔道，引起感觉，也可以直接作用于灵魂原子，引起思想。作为摄影术语，“影像”指由透镜或镜子所构成的物的形象(《辞海》第 921 页)。这个定义实际上既给“影像”和“形象”画了等号，又把二者区别了开来：就是说，形象经过透镜或镜子的映射或折射就变成了影像。因此，“影像”是与摄影机/照相机或镜子或类似的机械相关的一个专门术语，尽管作为形象，它也承载着“感觉”和“思想”。①

《辞海》中，“形象”被定义为“文学艺术把握现实和表现作家、艺术家主体思想感情的一种美学手段；是根据现实生活各种现象加以艺术概括所创造出来的负载着一定思想情感内容，因而富有艺术感染力的具体生动的图画”。由于各种文艺作品塑造形象的材料和手段不同，形象的构成和特点也不相同：文学用语言塑造形象，音乐用声音和旋律塑造形象，戏剧和舞蹈用语言和形体动作塑造形象，而绘画则用色彩和线条塑造形象(《辞海》第 917 页)。形象是艺术手段；形象是承载着思想感情的再现形式；形象通过不同质料表现出来；形象是形式和内容不可分割的综合体。

米歇尔在《图像学》的前言中开宗明义，说“图像学”(iconology)是关于“图像”的“标识”的研究。“图像”(icon)指的是“形象(image)、画或相像性”，而形象所“标识”的内容(logos)则是“词、思想、话语或‘科学’”。② 这就仿佛古代家族有自己的族徽、现代党派财团有自己的旗帜、时下名人的名片上也印有别具一格的图标。族徽或许能表示家族的特点，旗帜或许能表达党派的宗旨，图标或许能展示个人的特异身份和魅力。但极为明显也非常重要的一点是，前者与后者的关系是任意的，就如同语言的能指与所指的关系。作为形式，形象所表达的内容不是单一的或固定的，取决于塑造者的使用和观照者的阅读。

诚然，米歇尔的《图像学》是关于图像的研究。但这里的图像不仅是影像，不仅是通过艺术手段再现的相像性，而且有以具体状貌呈现的物质性的东西，即实物。它们加在一起可以用“形象”概括。文学、音乐、绘画、雕塑、戏剧、舞蹈、电影和摄影等艺术手段本身就是思想的形象

---

① 在电影研究中，“影像”的定义更为狭小，指电影文本中以单一镜头构成的最小意义单位，其各种解释取决于镜头的类型，包括由镜头内物体的数量和大小决定的表面理解和由摄影机角度决定的“次级解读”或“外延意义的解读”。参见〔英〕苏珊·海沃德：《电影研究关键词》，邹赞等译，北京，北京大学出版社，2013，第 1 版，第 267～268 页。

② 〔美〕W. J. T. 米歇尔：《图像学》，陈永国译，北京，北京大学出版社，2012，第 1 版，第 1～2 页。

“标识”，也是物的形象再现，甚或是“思想的图像”。正如logo在希腊语词源上就表示“词、思维、言语”，在logocentric这类词中作为词根表示“理性”；大写的Logos(不同于前面的logo)本身就是理性、理念的意思，表示世界的普遍规律，也即“逻各斯”；而在圣奥古斯丁那里，Logos则指“上帝之言”，人类语言及与人类语言相关的一切都是对“上帝之言”的反映。难怪米歇尔《图像学》一书的副标题是“形象、文本、意识形态”，直接规定了图像学研究的对象。①

第二节 镜像的现实

形象也好，影像也好，再现也好，image始终都是人物状貌与精神理性的综合体，都是形式和内容辩证统一的综合体，因此不仅再现人类世界的表象，而且表现创作者和观照者的主体性。换言之，image一词字小意大，不仅涵盖宇宙万物之象，而且包括文学艺术电影等语言和非语言媒介对宇宙万象的再现和表现。它源自人对自身影像的认识。起初，人一定是在水中见到了自己的影像，即人在光的折射下在水中见到了自身的倒影，产生了一种自恋情感。但这种自恋说明了人(不是神)以自身形象为参照进行着一种主体建构，说明人已经进入了拉康所说的“镜像阶段”，能够认出镜中的“我”，辨识出镜中这个“我”与实际的“我”之间的细微差别，而且，在面对这些细微差别时，人发现了水中影像(镜像)能够引起自身的某种感觉，或愉悦，或郁闷，或自豪，或羞愧……并由这种感觉(感性认识)进入了主体性建构(理性认识)的过程。或者说，那喀索斯面对水中影像产生自恋情感是因为他是“美少年”，本来就美，这一发现令他陶醉于自我的美感或形象之中，无须重新建构主体，但他自恋的后果却是惨重的。人在镜中见到了“我”，并根据这个“我”构造主体性，是因为这个“我”不尽人意，或者不美，乃至丑陋，无法孤芳自赏，因此才需要重新建构以消除羞耻和焦虑的感觉，这种建构的结果却是有益的。

然而，那喀索斯在水中见到的影像和幼儿在镜中见到的镜像都由于水和镜的折射而与实体拉开了距离。镜子、镜子折射出的“镜像”以及被折射的“物/人”，此三者并非是同一的。镜子本身作为一个物质实体既不是“镜像”也不是“物”自体，它仅仅是一个概念：镜子既不是它所折射的物或物像，也不能准确地折射世界的全貌或真实面貌，只能是对真实物

① 〔美〕W. J. T. 米歇尔：《图像学》，第3～4页。

体或真实世界的扭曲，或只是真实物体的局部再现，甚或是背离真实的反映。列宁在《论文学与艺术》中说列夫·托尔斯泰是俄国革命的镜子，进而提出文学作品是镜子之说。但他又问："分明不能正确反映现象的东西，怎么能叫镜子呢？"①对这个问句的正确解答应该有两种：一种是，镜子是正确反映现象的东西，所以，不能正确反映现象的东西就不是镜子。另一种解答是：不能正确反映现象的东西，不管是不是镜子，仍然反映世界，只不过反映的内容不是正确的，而是扭曲的；不是全面的，而是局部的；不必是正面的，却可以是负面的……托尔斯泰的小说（进而在引申意义上，一切文学艺术作品）是镜子，这面镜子虽然不能"正确反映现象"，不能真实地反映物质世界，但的确能以自己的方式选择性地反映世界的局部，因此这是一面只反映局部、表面、扭曲现象的镜子。②诚如培根所说，"人的心智就像不平坦的镜面，把自己的性质转赋给了事物。光线原由事物发出，而镜子使之扭曲变形。"③

镜子之所以是镜子，恰恰因为它所反映的是片面的和局部的世界，也就是不完整的现实。如同照相机或摄影机或画家的眼睛，镜子只选择它愿意反映的部分，只展示它愿意诠释的部分；它不反映整体是因为它不机械地生产形象，也不单调地生产知识，而只从需要出发揭示事物的本质，并从所揭示的局部见出事物的总体。在《镜中夫人：一个映象》这篇短故事中，④伍尔夫开篇就告诉读者不要把穿衣镜挂在房间的墙上，就像不应该打开支票簿或信件来公开骇人的罪恶一样。为什么呢？（墙上挂着的）穿衣镜映照出厅里的桌子、窗外的向日葵和花园里的小路，如此准确，如此固定，仿佛那就是无法逃避的现实。然而，身穿夏装、挎着篮子、顺着花园小径走出穿衣镜镜框的伊莎贝拉却给叙述者留下了许多悬念：伊莎贝拉是个谜，叙述者认识她多年却又说不出她的真实来；镜框之外的世界对于她包含着无限的可能性，甚至进入穿衣镜的邮递员放在桌上的一包邮件也使叙述者陷入无尽的遐想，那或许就是揭开谜底的

① 中国社会科学院文学研究所文艺理论研究室编：《列宁论文学与艺术》，北京，人民文学出版社，1983，第1版，第201页。

② Pierre Macherey, *A Theory of Literary Production*, trans. Geoffrey Wall, London and New York: Routledge, 2006, pp. 135-136.

③ 转引自〔美〕M. 克莱因：《数学：确定性的丧失》，李宏魁译，长沙，湖南科学技术出版社，1997，第1版，第64页。

④ Virginia Woolf, *The Complete Shorter Fiction of Virginia Woolf*, Second Edition. Susan Dick ed. San Diego, New York and London: Harcourt Brace & Company, 1989, pp. 221-225.

钥匙。也就是说，穿衣镜反映的现实是有限的、局部的、静止的，而镜框外部的现实(看不见的现实)则是无限的、总体的、能动的，需要用想象和神思来填补镜像留下的这片空白。另一方面，当伊莎贝拉回到了客厅里，真的成为"镜中夫人"，取代了极为真实的桌子、向日葵和花园小径时，那无尽的遐想，镜框外面无限的、总体的、能动的空间(想象的空间)骤然间凝固了，消失了，被伊莎贝拉的真实实体取代了。伊莎贝拉完全是个空壳：没有思想，没有朋友，没有爱心，只有年迈消瘦的身体和静脉曲张式的皱纹；那就是镜子反映的局部真实，而这个真实是丑陋的，是不应该公之于世的。或许，伍尔夫告诉人们，镜子，无论是照给自然的还是照给人类的，都必然反映现实的丑陋和人类的罪恶(因此不能挂在客厅的墙上张扬之)，但由于它反映的现实是局部的，所以又能促发人们对总体的无尽遐想。

第三节　镜像的虚实

镜子并不简单地反映事物的表面；它反映的局部现实总是外在地存在着，总是与其他现实并列地存在着，它们是总体赖以存在的必然条件。在这个意义上，镜子反映的实际上是事物内部的一种辩证运动，它也因此成为矛盾的统一体：没有这些局部现实，也就没有总体；没有这些局部现实的动态关系，总体就无法得以建构。在文学艺术作品中，这些局部现实就是一个个形象，这些形象本身并不是完整的，也不需要为了完整性或总体性而去详尽地展示和描述，而只需要去揭示那种完整性或总体性的必然性，这需要由阅读和阐释来完成。在这个意义上，镜子和镜子反映的形象就是一个生产者，一种组装，一种断裂，即放弃事物的总体性而追求局部真实的断裂。按列宁的说法，托尔斯泰处在对立的矛盾之中：他既是"一个天才的艺术家，创作了无与伦比的俄国生活的图画"，又是"一个发狂地笃信基督的地主"；既对社会上的谎言和虚伪给予真诚、有力和直率的批判，又是"一个颓唐的、歇斯底里的可怜虫"；既"无情地批判了资本主义的剥削，揭露了政府的暴虐以及法庭和国家管理机关的滑稽剧，暴露了财富的增加和文明的成就同工人群众的贫困、野蛮和痛苦的加剧之间极其深刻的矛盾"，又鼓吹非暴力抵抗；既是最清醒的现实主义者，又笃信"世界上最卑鄙龌龊的东西，即宗教"。虽然托尔斯泰"绝对不能了解工人运动"和俄国革命，但他处于这样的矛盾之中，他的"观点和学说"就不能不表现"俄国千百万农民在俄国资产阶级革命到来的时候的思想和情绪”，他的全部观点就不能不表现俄国农民资产阶级革命的特点，因此，他观点中的矛盾也就“的确是一面反映农民在我国革命的历史活动中所处的各种矛盾状况的镜子”。①

马歇雷在《文学生产论》中精辟地总结了列宁的上述论点：“列宁陈述的事实是：托尔斯泰的作品之所以伟大，恰恰因为它反映了那个时代的矛盾。”②我们在镜中看到的东西，托尔斯泰的作品（作为镜子）所反映的东西，与所说的时代的矛盾有关；但由于镜子并不反映实物，所以镜中的影像是具有欺骗性的。我们从镜中看到的不是矛盾自身，而只是矛盾的各种关系：“镜子借助这些矛盾的影像再现并令人想起了那个时期的历史矛盾。”③这些矛盾就是俄国革命中的“缺陷和弱点”。④ 这些矛盾是极为明显的，但并不是托尔斯泰著作中的显义；它们作为隐在的意义构成了他全部作品的结构，是表现其基本矛盾的“地毯中的图案”；它们反映了托尔斯泰作品的局限性（对革命的历史进程缺乏全面的了解），并由此界定了作品的意义：如果矛盾并非是偶然的，那么这些局限性就是必然的。

镜子必然具有的局限性源自它产生的时代。鲍德里亚曾说：原始社会有面具，资产阶级社会有镜子，而我们有影像。意思可能是说：原始社会没有镜子，用面具代之；镜子产生于资产阶级社会，因为它是资本主义工业发展的结果；而到了我们所处的后现代和晚期资本主义社会，影像或拟像取代了镜子。难怪我们没有原始人的真实形象，难怪文学或电影中的原始人都是一个模样，无丑美个性之分，就像有人说黑人不脸红、猫不会笑一样。其实不然。阿芙拉·本笔下的黑人王子每每感到难为情就脸红（《王子的奴隶生涯》），尽管我们不知道黑人脸红是什么样子。刘易斯·卡洛尔笔下的柴郡猫就常常留下不见猫身的狞笑的脸（《爱丽丝漫游奇境记》），尽管我们不知道猫的笑脸是什么样子。镜子并未等到资产阶级社会到来时才出现。镜子在三千多年前的埃及和两千多年前的中国就已为日常生活所用了。不论在埃及还是在中国，那时候的镜子多为金属制作，且多为铜镜，可见古代社会即使没有信息高速公路，文化的雷同甚或借鉴也堪称惊人。而且，更有趣的是，中国上古时的“镜”都是“监”，即盛水的大盆，古人因战争或狩猎而辛苦劳顿，面容不整，毛发蓬乱，故需在“监”中端详倒影，修整面容，这未免又与西方古希腊时期

① 《列宁论文学与艺术》，第 202～203 页。

② Macherey, *A Theory of Literary Production*, p. 140.

③ Macherey, *A Theory of Literary Production*, p. 141.

④ 《列宁论文学与艺术》，第 202 页。

的自恋行为偶合。后来“监”改为“鉴”，指盛水的铜器，铜器里盛上水是为“镜”。“监”也好，“鉴”也好，“镜”也好，其本意都是“鉴于水”，其原因都在于发现了丑，其目的都在于变丑为美，都是嫫母为此目的的发现和制作。

发现丑，变丑为美，这似乎是人照镜子的终极目的。然而，在丑与美之间似乎有距离，有断裂，有诸多不确定的因素，需要在映照、反映或再现的基础上和过程中予以弥合和修补，甚或重建镜中局部的现实、扭曲的形象或拟真的影像，使形象健全起来，丑也因此会变成美。如此说来，镜子就是为了美而照见丑的。顺理推之，诗歌是照给自然的一面镜子(新古典主义)，是因为诗歌作为一种美的艺术是要通过再现自然来完善自然，使自然服从于人的理想的美。诗歌是照给人类思想情感的一面镜子(浪漫主义)，是因为诗歌作为一种美的艺术要首先通过诗人对外界(自然和社会)的观照，然后经过理智的内化才能达到内在情感的自然“流溢”、“表露”或“宣泄”，实现一种精神上的美的满足。文学是照给社会的一面镜子(现实主义)，是因为文学作为一种美的艺术要通过再现来修复社会的丑，通过反映现实社会的丑来实现未来社会的美。伍尔夫在《一间自己的屋子》中谈到女人是照给男人的一面镜子，一照就是几千年。这显然是一副高倍数的放大镜。它具有一种不可思议的奇妙的力量，在女人这面镜子中，男人被扩大了，被加倍地彰显了，他的影像被反照成原来的两倍大，男人也因此成了凌驾于女人之上作威作福的男权统治者。无论在文明社会中起什么作用，镜子对于激烈勇猛的男性行为都是必需的，而反衬的必然是女性的娇小和孱弱。但另一方面，男性给女性照镜子，通过表现女性的娇小和孱弱来衬托自己的威武雄壮，其实恰恰是因为自己缺乏对阳刚的自信，恰恰因为在女人的美面前感到了自己的丑(而非女人在男人面前感到了“缺失”)，并因这种丑而产生了羞耻感和焦虑感，所以才通过这面镜子来显示男性的壮美，建立了压迫妇女的夫权和父权。这也应了中国古人所说的“鉴于水”的内涵。

第四节 物的显象

在《镜与灯》中，艾布拉姆斯追溯了镜子与摹仿的关系及其比喻史。[①]

① M. H. Abrams, *The Mirror and Lamp: Romantic Theory and the Critical Tradition*, Oxford University Press, 1981. Chapter 2.〔美〕M. H. 艾布拉姆斯:《镜与灯:浪漫主义文论及批评传统》，郦稚牛等译，北京，北京大学出版社，2004，第1版。

他特别提到柏拉图常常在著作中用镜子或水打比方，用来说明我们通常称为影子的事物的幻象，并从镜中影像的特征推衍出诗歌(艺术)的摹仿说，即诗歌(艺术)与“理念”的超验现实隔了两层，因而是不真实的，是谎言，必须将其从他的“理想国”中驱逐出去。人们一般把柏拉图的摹仿说归入再现论/反映论的范畴，而不认为其具有表现论的含义，但这或许对柏拉图的本意有些微的曲解。在《国家篇》(又译《理想国》)中，柏拉图在第三卷中讨论《荷马史诗》和音乐的时候就应用了摹仿的概念。他认为悲剧和喜剧都是摹仿，音乐也是摹仿；而且，诗人和说唱者都必须选择：选择言辞，选择符合言辞的曲调和节奏。他认为音乐的节奏和旋律最容易渗透人的内心深处，能使人敏锐地察觉出缺乏美的事物，进而厌恶丑恶的东西，赞赏美好的事物，并能从美好的事物中汲取营养，使自己的心灵得到愉悦和升华。在第十卷中，他把摹仿的概念应用于绘画，认为画家是这样一类匠人，他拿镜子到处照，就能造出太阳和天空，造出大地和自己，造出动物、植物和椅子、床之类的用具。但画家不是在创造，他是在摹仿，而且摹仿的不是实体和真相，是影像。一个对鞋匠的技艺根本不在行的画家会画出惟妙惟肖的鞋的画，这说明他远离真相，只摹仿了影像。① 但他又认为这种对真实的远离其实并不是摹仿本身造成的，而是因为我们灵魂中无时不充满着无数的自相矛盾，这些矛盾造成了人的视觉混淆：同一物体在水里和在水面有曲直的不同，同一物体的表面在不同人的眼里会显得凸凹不平，同一物体对于不同的视觉观照会呈现出不同的色彩，这些都是物的表象在人的灵魂中造成的错乱。绘画恰恰是利用了人天性中的这个弱点而具有了欺骗性。这里，我们无须深入探讨柏拉图的摹仿论是否具有表现论的内涵(这当属另一个话题)，就能得知柏拉图的摹仿论所依据的古希腊诗歌、悲剧、喜剧、音乐和绘画，无论再现的是人的世界还是神的世界，它都是照给自然的镜子，难怪新古

---

① 且看达·芬奇是如何看待绘画与镜子的关系的：“当你想要看看你的整幅画是否与你所描绘的自然一致时，你拿一面镜子，照照你实际描画的物体。比较一下你画中的映象，认真考虑二者的主体是否相像，尤其要根据镜子比照。你应该把镜子当作你的老师，那是一个平面镜，因为在它的表面，事物以多种方式显示与一幅画的相似性。也就是说，你看到一个画面被画在一个平面上，仿佛以浮雕的形式呈现事物：平面上的镜子也同样。画面只有一个表面，镜子也同样。画面是触摸不到的，看起来原形游离的东西无法用手追溯，镜子也同样。镜子和画展示光影环绕的事物的形象：二者都似乎离表面相当遥远。而如果你发现镜子是通过轮廓和光影把事物呈现在你面前的，而你，在所有色彩中，比镜中的光影明亮得多，如果你懂得如何把这些色彩组合起来，你当然也要使你的画面相似于一面大镜子中的自然的事物。”da Vinci，*Leonardo on Painting*，Martin Kemped. New Haven and London：Yale university Press，2001，p. 202.

典主义诗人蒲伯发觉荷马就是自然。柏拉图已经从先验和超验的角度说明了“镜子”映照的影像现实与真实现实之间的偏差，虽然被说成是唯心的，但这一偏差却是西方哲学和西方文论有史以来一直争论不下的实质性内容。

海德格尔在《尼采》中以20页篇幅专门讨论了柏拉图在《国家篇》中提出的艺术与真理、摹仿与理念之间的距离。① 在海德格尔的论说中，这两对概念其实可以拆解开来，构成另外两个等式，即，艺术是摹仿，真理是理念。这两个等式还可以进一步解释为：艺术摹仿真理，而真理就是理念，或反过来，艺术摹仿理念，而理念就是真理。艺术不生产理念，而只摹仿理念，因为理念不是生产出来的，是先验地存在着的。木匠必须看见先验地存在着的桌子的理念，才能生产桌子；鞋匠必须看见先验地存在着的鞋子的理念，才能制作鞋子。这就是说，作为生产者和制作者，任何一个工匠都已经是一个摹仿者了。但他的摹仿，也就是他的生产或仿制，是要把看不见的理念在一种看得见的外观中显示出来，进而让这种外观在另一种外观中存在，也就是让理念的外观在作为实体的外观中显示出来。这种外观的生产或仿制就好比照镜子，因为镜子能马上使一切存在的东西以其外观的形状存在着。但镜中显示的东西只是看起来像，实际上并不是处于无蔽状态的存在者：镜中显示的建筑并不是以石头和木头、钢筋和水泥、钢架和玻璃等实体为显示的存在，而是作为现象的建筑(作为现象的存在者)在另一个存在者(镜子)的反射中显示出来的，也就是说，工匠让建筑存在，但只是使其作为现象/形象/表象而存在，并不是处于无蔽状态的真理(建筑的理念)。这样，现实中的建筑就与镜子中建筑的形象或一幅画上建筑的形象同属于一个层面了。这两种形象都是对本真存在(理念)的遮蔽或伪装。这里其实涉及西方哲学始终在探讨的一个重大命题，即一与多的问题。苏格拉底根据木匠造的床的“多”与床的本真理念的“一”提出有两种观看者，一种是以模糊的眼睛观看的人，他能看到许多床，就像镜子一样一扫就看见天空、大地、周围的一切……而另一种观看者，以敏锐的目光观看的人，看到的却很少，因为他只看到本质的和单一的东西。前一种人看到的多呈现出不计其数的多样性，一种以不同质料无限繁殖为特征的多，我们不妨将此引申开来说，不仅有用木头制作的木床，还可以有用金属、塑料或其他原料制

① 〔德〕马丁·海德格尔：《尼采(上卷)》，孙周兴译，北京，商务印书馆，2002，第1版，第187～207页。

作的床；不仅有实际可用的“现实中的”（供睡觉用的）床，还有画家经过想象的加工后画的供观赏的床，文学作品中描写的用作背景的床，博物馆中用来展示历史记忆的床，商店橱窗里摆设用以招揽顾客的床……但这种多样性反映的却只是一个单一的床，即在自然中存在的床，它不同于木匠或画家或作家或其他任何人“仿制”的床，它不是被制造出来的，而是自然的涌现，是纯粹的自发在场者；它不能被生产，而只能被置放在人的眼前，说到底，它是理念，是真理中的存在者，只有当去除了多的伪装，它作为本真的一才能显示出来，这就是真理的无蔽状态。本真的一以多种方式存在着，每一种方式都有其独特的主管者：主管真理中的床的神，主管现实中的床的工匠，主管画面上的床的画家。同一性以这三种不同方式或更多的方式存在着。作为主管者的神和其他主管者都是生产者，但他们的生产却有着本质的不同：作为生产者的神是创造者，他让本质以同一性的方式涌现，以便让人们看见本质；作为生产者的工匠是摹仿的创造者，即根据床的单一本质生产出个别的多样的床；作为生产者的画家不是创造者，是纯粹的摹仿者，他把作为本质的唯一性的床的理念（神的创造）与作为个别的多样性呈现的床的外观（工匠的创造）展示在画面上，他甚至不能画出同一张床的两张完全相同的画来，他甚至不能在画面上呈现床的全部，而只能根据特定的位置特定的角度呈现床的一角一隅，因此，他远离真理，远离本质，远离存在，远离无蔽，远离无伪装的外观。这就是摹仿的本质，是一切艺术的本质，因此，艺术的再现也就不能不产生与所再现的现实之间的巨大偏差了。

如果我们把上述多样性呈现出来的床按其物象概括为一个单一的概念，即作为同一类物体的“床”的概念，进而用一个声音形象来表示这个概念，即用来表示“床”的声音（词），那么，“床”这个声音或词就成了能指。按照索绪尔语言学的符号界定，能指（表示床的声音或词）与所指（床的概念）构成了一种任意的关系，而现实中的床，工匠制造的床，画家画的床，也就成了二者的指涉物。于是，柏拉图所说的床的理念就被语言的符号结构搁置了，悬空了，或者说，如此自下而上归纳出来的床的概念如果不是柏拉图的床的理念的话，那个理念就被排除在语言的表达之外了。假如沿着德里达对结构主义语言学的解构思路接着走下去，把这种声音印象当作声音得以显现的结构，我们看到实际得以显现的并不是声音自身，而是声音的内容，声音的心灵印记，是我们通过感性接触而在内心形成的表象，即索绪尔所说的“心象”。在现代心理学中，这种“心象"指对象不在场时人脑中浮现的对象的形象。德里达认为这个形象不一定会成为摹仿外部实在的内部实在。这意味着所要摹仿的外部实在不一定是由"心象"决定的，不一定是由外部实在在摹仿者内心留下的印象来决定的。一切意指活动，包括摹仿产生的意义，都发生在现象学所说的"内在经验"与"外在经验"之间的自然主义对立之中，都发生在物(世界)和显象(活的经验)之间的差别之中，这种差别已经构成了一种叫作"延异"的痕迹，一切显象和意指活动都在这种延异中展开。痕迹(作为意义之源的延异)既不是理想的，也不是现实的；既不是可理解的，也不是可感知的；既不是透明的，也不是不传导的。痕迹不符合同一性逻辑，不遵守古典本体论"外在即外在，内在即内在"的原则，而开创了一种新的逻辑：外在即内在(形式即内容)，反之亦然。外在作为一种增补早已存在于内在之中了。艺术的原则，也即摹仿的原则，已经"打破了自然的充盈"；在成为话语之前，它损害了延异中的在场；在进程中，它参与了主体的创造；在自然中，它补充着自然欠缺的东西。因为对于自然，仅仅摹仿是不够的；人的歌唱替代了天籁之音。①

第五节 真实与浪漫

奥尔巴赫在《摹仿论》②中赞扬了荷马令"我们沉迷其中的'真实'的自在世界"，这恰恰是柏拉图及其追随者所批判的那个虚构的(谎言的)世界。但从本质上说，荷马呈现的是一个传说的世界，而不是历史的世界，所以无须坚持历史的真实性，无须像《圣经》那样尽量接近历史，以说服信众，而只需沉浸于文本所提供的"现实"之中就可以了。从《荷马史诗》到欧洲中世纪的英雄史诗，虽然从严格的意义上说不是真正的历史，甚至有对历史的歪曲和简化，但仍然能让人回忆起历史的真实。也就是说，作为艺术，它们与所偏离的历史真实保持着一定的联系。但到了12世纪后半叶，古典的英雄史诗演变成了一种宫廷文化背景下以"武功和爱情"为主的宫廷叙事文学，它呈现的是一个离真实世界越来越远的虚幻的欢乐世界，文学只是以爱情为表现对象、以博得贵妇人欢心为目的的一种崇高文体。在13世纪的宗教文学中，虽然崇高的语言和低俗的语言并

---

① 参见〔法〕雅克·德里达：《论文字学》，汪堂家译，上海，上海译文出版社，1999，第1版，第91，92，314页。

② 〔德〕埃里希·奥尔巴赫：《摹仿论：西方文学中所描绘的现实》，吴麟绶等译，天津，百花文艺出版社，2002，第1版，第495页。

举，但出于宗教的传播和教化目的，粗野的写实开始泛滥，毫无品位的、不合礼仪的、荒诞粗俗的成分越来越多，成了但丁及其后的人文主义者抨击的对象。只有在但丁的《神曲》里，对尘世或天国的形象化描写才开始出现：亚当是基督的形象，夏娃是教会的形象，罗马帝国是上帝天国的形象。文学的镜子照给了天国，但映射的是尘世，形象仍然保留着词与物的意义，保持着与历史的联系，依旧具有事件的特征，因此还未成为纯粹的图像。然而，但丁通过对基督教的形象解析而建构的悲剧现实主义很快就消失了。即使在莎士比亚的《暴风雨》这样在当时和现在都无法甄别其真实性的戏剧里，也不仅仅有尘世现实和日常生活：它既与尘世现实相关联，但又超越了尘世。从莎士比亚到 19 世纪的现代现实主义，中间经过了集荒诞、离奇、幻想与崇高、浪漫、理想于一炉的堂吉诃德传奇，莫里哀的讽刺喜剧，以高乃依和拉辛为代表的法国古典悲剧，18 世纪的风俗小说、伤感剧和以歌德和希勒为代表的狂飙突进运动，最后在司汤达和巴尔扎克的现实主义小说中完成了从古典主义摹仿到现实主义写实的文学之旅。

在类比的意义上，列宁对托尔斯泰的矛盾性的批判与奥尔巴赫对歌德的矛盾性的评判具有异曲同工之妙。奥尔巴赫说：

> 歌德与革命的关系，与拿破仑时期的关系，与解放战争及已显露端倪的 19 世纪的各种思潮的关系是众所周知的。这是由他的旧资产阶级——等级制出身造成的，是由他所选择的、作为其生活方式的极特殊的社会地位造成的，是由他内心深处的倾向及本能造成的，也是由他所受的教育造成的。①

歌德能够感受到普遍的历史生活潮流，感受到暴力的行为和道德内涵，感受到国家和教会统治权力的不合理性，但他却选择了理解和描绘一个既定的、静止不动的社会现状，而不去生动地表达那个时代的社会生活现实。他看到了突飞猛进的机器生产和技术发展，但选择的却是这种发展可能导致的精神生活的肤浅化。他也看到了民众社会生活意识的觉醒和提高，但却走上了接受社会现状的保守之路。

假如歌德能够凭借他的感知能力、高超的生活技巧、远见卓

① 〔德〕埃里希·奥尔巴赫：《摹仿论：西方文学中所描绘的现实》，第 495 页。

识以及逐渐形成的对现代生活的结构的认识，将更多的爱好和意愿倾注到创作之中，那将会对德国文学和社会产生怎样的影响啊。①

奥尔巴赫的这番感叹只是一种假设。或者说，由于上述这些局限性，我们所看到的离奥尔巴赫的理想稍微有些远的歌德恰恰是真实的歌德：一个出身高贵、要培养自己的和谐气质，一心要以自己的特质表现自己，跳出市井阶层走符合自己愿望的个人化道路的威廉·麦斯特。他没有理由去关心社会制度是否会发生变化。他没有理由参与他所痛恨的暴力，而即使对社会现状持有怀疑、否定乃至不满的态度，他仍然没有理由把这些写进作品大张旗鼓地宣泄。他的直觉，他的爱好，他的追求，他的社会地位，他的个人理想的实现，这些就够了。这就是他的真实。如果说他的作品是给他个人照的一面镜子，那么里面的镜像似乎并不完全是幻影，他笔下的浮士德也并非是完全的虚构。如果我们把浮士德作为个体的经历（对知识、爱情、权力、政治、艺术乃至经济控制的追求）看作欧洲自文艺复兴到19世纪初的社会现实的缩影，如果我们把他从现实到幻想再回到现实，最后到理想的追求的生命进程看作歌德对过去（欧洲300年的历史）的总结和对未来的憧憬，那么，作为浪漫主义典范之作的《浮士德》就具有了明确的写实主义特征。从这个意义上说，浪漫主义与现实主义之间的所谓矛盾也恰恰是摹仿所内嵌的矛盾的辩证统一。

颇为有趣的是，奥尔巴赫认为真正的现代现实主义随着拿破仑的倒台而到来，② 它的奠基者之一司汤达在后拿破仑时代失去了往日的辉煌，始终漂泊在一叶“逃生的小舟”上，穷困潦倒、无家可归使他意识到周围的社会环境，产生了无归属感和失去生存基础的危机感，正是这种对水深火热的现实生活的亲身体验，才使他开始了关注社会问题的现实主义文学的创作，而且所描写的都是他亲身遇到的现实本身：“偶尔从大街上捕捉到的”东西。③ 但是，奥尔巴赫注意到，虽然在司汤达创作和生活的时代，历史主义已经进入了法国，但司汤达并不注重研究和了解历史；他的作品描写理性、经验主义和感性的主题，但几乎没有浪漫—历史的主题；他从社会学和心理学的角度把握叙述的内容，但没有从

① 〔德〕埃里希·奥尔巴赫：《摹仿论：西方文学中所描绘的现实》，第503～504页。

② 〔德〕埃里希·奥尔巴赫：《摹仿论：西方文学中所描绘的现实》，第511～512页。

③ 〔德〕埃里希·奥尔巴赫：《摹仿论：西方文学中所描绘的现实》，第515页。

生物遗传学和浪漫派作家的角度去理解贵族的本质和作用；他在再现现实时无所顾忌，几近自然主义，并对接近他的社会阶层提出了尖锐的批评，但却没有像浪漫派作家那样倾心于人民大众的喧闹和气味；他的作品中也含有感官的色彩和尘世的情怀，对资产阶级典型人物厌恶至极，但却缺乏浪漫派作家对个体及其生活环境的大肆渲染。因此，奥尔巴赫认为，“司汤达的伟大的现实主义小说更接近悲剧的古老、伟大和英雄风格”。①

按奥尔巴赫的见解，真正的现代现实主义大师当属兼浪漫派和写实派于一身的巴尔扎克。《摹仿论》中关于巴尔扎克及其作品的一段总结性论述是全书相关内容中最精彩的，不妨全段摘录如下：

> 巴尔扎克的所有作品……描写了自己对于环境，对于形形色色的不同环境的感受。他觉得环境是有机的，甚或是有魔力的整体，他还试图将这种感受传达给读者。像司汤达一样，巴尔扎克不仅以严肃的态度讲述了人物的命运，把人物放在具体确定的历史和社会框架中，而且认为人物和环境的联系也是必要的。对他来说，任何生活空间都有一种道德的感官气氛，它弥散在自然界、房间里，笼罩在家具、器皿、衣着上，也表现在人们的身体、品格、交往、思想、工作和命运之中，而一般的历史环境又以涵盖了各个生活空间的总体氛围的形式出现。值得注意的是，巴尔扎克对于中产阶层、小市民阶层以及外省情况的描写绘声绘色，入木三分，而对上流社会的描写则往往带有过分的激情，不真实，有时甚至违背了他的意愿，显得滑稽可笑。在其他的作品中，巴尔扎克也没能摆脱戏剧性的夸张；不过，这种手法在描述下层和中等阶层的环境时很少损害作品整体的真实性，然而，在表现生活的高度，也包括精神生活的高度时，巴尔扎克就不能创造真实的生活氛围了。②

可以看出，以“典型化的人物”为具体体现的抽象的人在这里取代了柏拉图的理念，或者说成为柏拉图所说的理念，成为以“多”为外在表现形式的“一”，成为以种类或类型为表象的存在者，只不过它不是源自超验的现实，而源自普通的日常生活。这些典型化的人，或作为类型的人，

① 〔德〕埃里希·奥尔巴赫：《摹仿论：西方文学中所描绘的现实》，第520页。

② 〔德〕埃里希·奥尔巴赫：《摹仿论：西方文学中所描绘的现实》，第528页。

都有自己的具体的心灵发展，在具体的历史、社会、身体等环境中不断发生变化；他们的积习、衣着、言谈、住所等都随着文明的发展而发展。当然，巴尔扎克所说的历史不是对过去几千年来发生的事情的追溯，而是对当代现实生活的相对自由的虚构，是融汇了19世纪法国社会风俗，以三四千个人物为表演者的“人间喜剧”。他的相对自由的虚构绝不是随心所欲，而是严肃的，以悲剧的手法描写荒诞的日常生活现实，以高雅的语言描绘人物龌龊的内心形象，把平淡无奇的生活场景写成悲剧般的不幸，把任何一种渺小的欲望刻画成伟大的崇高的激情，“随随便便就把某个不幸的倒霉蛋打上英雄或圣人的烙印”。[①] 从巴尔扎克开始，严肃地处理日常生活，关注社会底层的生存状况，把现实中的(典型化的)人和事放在历史的进程之中来思考，这就是“文学描述对真实进行(的)描述或‘摹仿’”，[②] 这种摹仿是对存在之外观的客观再现，同时蕴含着对存在之内在本质的审美表现。这种摹仿是对历史进程的总体性思考，同时包含着对社会现实的共时性描述。这种摹仿兼具浪漫和写实两大风格，结果表现出的不仅是济慈所说的事物发光的表面，同时还有牛顿的沉默的数学的脸。

第六节　寻言之象

如前所述，柏拉图摹仿论的提出是先基于绘画，后基于诗歌的。他把画家比作只要手拿镜子四处一照，便能照出天地万物的摹仿者。这也是一种制作者，即表象的制作者，影像的制作者，似乎是乱无目的、纯粹出于兴致的自娱自乐的制作者。然而，柏拉图的妙处就在于他似乎在随意举出画家(及其镜子)的例子之后，便严肃认真地讨论起诗歌摹仿的坏处，论证了他何以要把诗人驱逐出“理想国”。或许我们可以站在事后的观点把柏拉图看作历史上画出“诗画等式”的第一人。然而，画家并非总是如此简单，技艺高超的描画可以比作诗人的千古绝句，惟妙惟肖的描画可以恢复神所造之人的原型，道德完美的描画可以勾画出理想的政治图景，意蕴深远的描画当然也可以画出画面背后潜藏的深奥哲理。[③] 虽然是“醉翁之意不在酒”，但以诗画为代表的摹仿艺术的形象性，即语

① 〔德〕埃里希·奥尔巴赫：《摹仿论：西方文学中所描绘的现实》，第539页。
② 〔德〕埃里希·奥尔巴赫：《摹仿论：西方文学中所描绘的现实》，第619页。
③ 王柯平：《〈理想国〉的诗学研究》，北京，北京大学出版社，2005，第1版，第233～234页。

言艺术的视觉形象和视觉艺术的语言形象，已经明显可见了。用当代时髦的话语说，画和诗都是同等重要的传达信息的文本，都同时以再现和表现的方式呈现人对世界的认识和理解，而对观者和读者而言，都是离不开视觉观照和理性思维的阅读和阐释活动，也就是中国古代文论中的“象”、“意”、“言”的关联问题。

“言生于象，故可寻言以观象”[①]是说语言符号生于物象和形象，或是由物象和形象而决定的，但物象和形象必须通过语言符号来描述和彰显自己；物象和形象是客观存在的，但对客观之存在的描述（称谓）却是主观的，根据人们对世界的认识和主观需求来进行的。然而，在物象的客观存在与对物象的主观表达之间，也就是在“画”与“诗”之间还有一个观照的过程，一个经过视觉透视把物象转化为诗的过程，也即客观的“画”（象）经过观照者的主观内化而转译为“诗意的表达”（言）。实际上，这种转化或主观内化就是“立象以尽意”的过程。于是，“象”、“意”、“言”三者便在“观画”的活动中错综复杂地纠缠在一起了。

如果说福柯的《词与物》说的是词（言）与世界秩序或事物（物）的关系（由初始的透明的相似关系到文艺复兴之后包含、启示和表达真理的类推关系），那么，在处理“词与物”的关系时就必然涉及“尽意”的过程，难怪福柯在开篇第一章就不厌其详地分析了委拉斯开兹的《宫娥图》。这是一幅平常的生活图景，工作中的画家，画框内占据中央位置的小公主，簇拥在她周围的宫女、仆人和狗。粗心的观者立刻会被这个画面所吸引，将其错解为公主玩耍的生活场面，因为这也是画的主要内容。再细观之，左面画架旁站着的画家正手拿着画笔作画；后景中有一扇门，门口站着一个男人，与画家的形象相似；他们两人之间的墙的正中央挂着一面镜子（抑或是一幅画?），镜面反射出一男一女的模糊形象。整个画面很简单：一个空旷的房间，一个画架，趴在最前沿的一条狗，和 11 个人（包括镜子中的两个人）。细心的观者所能注意到的是：这 11 个人中除了公主身边和她说话的女仆、画面最右边匆忙奔跑的女仆和在公主后面正与一个老男仆交谈的老女仆之外，其他八个人（外加一条狗）都注视着画面之外观者观画的方向。他们在注视什么？眼前的这幅画就是画面上画家正在作的画吗？是画家有意把画中人的目光集中在观者身上吗？画家为何把自己也放在画面上（是另一个画家在作画吗）？在读图、述图和释图

① 楼宇烈：《王弼集校释》，北京，中华书局，1980，第 1 版，第 609 页。

的过程中，福柯讨论了镜子的反射与艺术再现的关系问题，他对这幅“物象”(形象)的“尽意”的“言说”涉及“再现的形象，接受形象的目光，再现使之可见的面孔，以及使再现得以存在的那些举动”。最后归结为“一个本质的缺乏——其基础的必然消失”，这就是主体，画中的主体和观画的主体。①

那么，画中的主体是谁呢？是画家吗？是玛格丽特公主吗？还是作为整体的生活场景？主体真的像福柯所说的那样“被略掉了”，因而消失了吗？在对画面上的象、意进行解构式“言说”的时候，福柯利用镜子的反射和镜中人(国王腓力浦四世和王后玛丽安娜)的主体位置(地位)说明了画面上一个多维互动的动态场面。福柯首先断定后墙中央挂着的不是一幅画，而是一面镜子。一面柔和的镜子，孤零零的镜子，透过自身的冷淡而找到平衡的镜子：它是画面上唯一可见的再现，却偏偏没有人注意到它；它就被挂在那里，房间里侧靠近中央的地方，直接插入整个再现的领域，却成了所有人都忽视的不可见的再现。然而，恰恰是这面被所有人忽视的镜子解开了迷失的主体之谜。根据镜子提供的视觉换位现象，我们得知镜中人物才是画家的模特儿，他们就在观者所处的位置，在画框之外的某处，反射出画面上众人观看却又看不到的地方，创造了内部与外部之间的摇摆。显然，镜子观看又被观看，镜中人观看又被观看；它再现了注视和被注视的交互状态。但在画面内外每一个注视的目光中都似乎缺少注视的内容：画家的目光中缺少模特儿；公主和仆人的目光中缺少观看的对象(模特儿或观者)；镜中国王和王后的目光中缺少他们自己的画像；而观者的目光中则缺少画框之外的真正的主体。“镜子引起的众多假说也许是假象；也许它所隐藏的东西比揭示出来的还要多。”②这揭示出来的是福柯在分析中所言说过的，隐藏的则是需要后来的观者在自己的分析中所要继续言说的，那是福柯没有说过的：包括权力的换位、主体与他者的换位、注视者与被注视者的换位以及现实与超现实的换位，这些换位把这幅公认为写实主义的绘画变成了解构看与被看、现实与虚构、注视与再现之间关系的一幅“元绘画”。这幅画的“写实主义”之“名”与其蕴含的众多的阐释之“实”恰恰对“再现”进行了脍炙人口

---

① 〔法〕福柯：《宫娥图》，见《视觉文化研究读本》，陈永国主编，北京，北京大学出版社，2009，第1版，第245页。

② 〔法〕福柯：《宫娥图》，见《视觉文化研究读本》，第244页。

的解构。我们也许永远不能“尽其意”。①

永远不能“尽其意”，这是人的认识的局限性，是人的知识的局限性，也是物象得以存在的具体形式。这种局限性起因于人的视觉认识，它就如同墙上的镜子，不能直接反映现实，不能反映全部真实，甚至反映完全与再现对象不相符合的模糊影像(镜中的国王和王后毕竟是模糊的，况且，我们只能在上述延伸的、画框外的阅读中假定他们就是国王和王后)。在同一个画家的另一幅画《镜前的维纳斯》中，我们看到镜中的影像(象)与画名(言)之间出现了偏差：在这个既不是理想主义也不是浪漫主义，而是绝对写实、绝对纯粹的画面上，代表着青春和健美、欢快与活力的裸体女神维纳斯背对着观众斜躺在床上，宛如一朵含苞待放的鲜花。然而令人不解的是，在她的对面，一个小天使拿着一面镜子，按照正常的几何角度计算，镜中映照出的应该是她丰盈的腰部或细嫩的胸部，但观者看到的却是角度错位的脸。更为诡异的是，脸庞上既没有阿佛洛狄忒式的娇美妩媚，也没有维纳斯的端庄秀美；既看不到尼多斯塑造的冰肌玉骨，也看不到米洛斯刻画的典雅娴静。镜子中是一个模糊的方脸，与观者在后面看到的(推测到的或熟悉的)“维纳斯”清晰可见的脸型不相符合，其粗糙的皮肤和沧桑的面容显示出这似乎是一位乡村农妇饱经风霜的面孔，完全不是古希腊罗马人心中的女神形象(更不可能像有人说的是基督教的圣母!)。此外，画家还似乎有意让观者顺着搭在镜框上的那条又长又粗的红色丝带走出画框，走出宫廷，走出对古典维纳斯女神的纯粹描摹，而到附近的现实世界中寻找淳朴劳动的美。这个现实世界说到底不过是视觉幻象的一部分，不过是我们从模糊的脸上衍生出来的臆想，其意义的总体性是为这幅画正“名”的“言”所无法穷尽的。

① 按照傅雷先生的解释，这幅画本来是画给只有六岁的小公主玛格丽特的。有一天，小公主在众多宫女的陪伴下玩耍，恰好王与后由此经过，“觉得这幕情景非常可爱，便要求画家把这幕情景作为小公主肖像的背景”。画家画上自己和画架是“为增加真实性起见”，“王与后在画面上是处于看不见的地位”是因为“这么单纯的场合不容许有那么严重的人物同在”。“小公主是向着他们展露她的穿装，我们也可在一面悬在底面的镜子中看见他们的形象”。傅雷先生的评论是：这幅画“构图虽然是那么自由，仍不失为一幅严密的构图”，“不独予精神以快感，而且使眼目亦觉得愉快”。见傅雷：《世界美术名作二十讲》，北京，生活·读书·新知三联书店，2010，第1版，第206～208页。关于这幅画的其他可能的阐释，见〔法〕达尼埃尔·阿拉斯：《我们什么也没看见：一部别样的绘画描述集》，何倩译，北京，北京大学出版社，2007，第1版，第130～157页。

第七节 静与动的辩证

从“象”到“意”到“言”是一个运动的意指过程。它说明文学艺术不仅是面镜子(无论照给谁)，而且是从现实到再现的一次运动，而对现实的再现在不同的时空体(绘画、小说、电影、摄影等艺术媒介)中充当了现实。如果说《宫娥图》是画家委拉斯开兹向不同时代的观者呈现的一幅空间图景，其被延异的、永远不会到来的意义总体性取决于视觉文本的可写性，那么，摄影和电影就从“静”与“动”两个维度“言说”了人类视觉经验的多样性和可能性，进一步展示了机器影像所揭示的现实与再现之间已被模糊了的关系。戈达尔曾说过，摄影是真实，而电影是每秒 24 倍的真实。这里的真实并不是现实的真实。他认为：

> 艺术不仅仅是一面镜子。不仅仅有现实，还有镜子—摄影机。……影片不是由摄影机拍摄的物体，影片就是现实，就是影片从现实到摄影机的运动的现实。影片就在现实与摄影机之间。①

这就是说，镜头里活动的人和物其实不是现实的反映，而是对现实的影像的反映。现实与现实的影像在这里已经没有什么区别了，或者说，真实的现实已经被运动的形象组装的现实取代了。这种组装就是意义的建构。电影并不再现意义，而建构意义；摄影机作为电影的物质机器，就仿佛创作中的作家，或手拿画笔的画家，或阅读文本的读者，它本身就是意义建构的组成部分，就是形象的创建者。无论对于电影还是文学还是其他艺术形式，建构意义就是建构形象，建构形象就是建构现实，而且是一种新的现实，一种有血、有泪、有爱、有恨、有暴力、有死亡的现实，而如此建构的现实也必然有物、有人、有光明、有肉、有镜子、有花朵，也有黑暗。在机器组装的艺术中，“象”、“意”、“言”已浑然一体。

罗兰·巴特在追溯 image 一词的古代词源时发现它与拉丁文词根 imitari(摹仿)直接相关，因而指出“形象就是再现，说到底就是复活”。然而，“复活”并不就是“再现”，二者之间无论在表象上还是在本质上都相

① Godard and David Sterritt, *Jean-Luc Godard: Interviews*, Oxford: Univ. Press of Mississippi, 1998, p. 29.

差甚远。在某种意义上说，“复活”就是把静止的画面变成活的影像，是一个运动过程。影像始于何处？止于何处？画面/镜头以外是什么？影像的运动就是画面的运动；它既是空间的又是时间的。作为空间的影像运动，电影是开放的。它要跨越画面与画面（镜头与镜头）的界限；它要走出画面之外，解域到一个场外，去接近摄影机无法摄入的、总是在推延、总是在画外、总是在展开的一个总体。这个总体就是电影时间的运动。时间的运动也是开放的。时间的开放运动打开了影像向外扩张的潜力；它不仅创造了电影自身的时间和运动，还创造了民族、文化、自然和它们的历史。它是对生命的深度映射，不仅具有可视性，还兼具可读性和可写性，也就是说，它总是与它所制造的行为影像背后的精神现实相关联。戈达尔的名言是：“没有什么正确的影像，只有影像而已。”①任何影像的意义都不能孤立地存在，它与固定其意义的体制密切相关。影像传达的信息必然存在于制片人和消费者所处的社会关系之中：“在每一个影像中我们必须知道谁在说话。”②每一个影像的背后都必然存在着拥有话语权的意识形态。巴特所要“复活”（而非再现）的形象的生命，影像的时间和空间运动所寻求的那个“场外”，画面跨越画框向外延伸而趋向的目标，或许就是这种意识形态。

戈达尔说，他的摄影机始终不停地转动；具体的拍摄不过是机器的重复转动，真正的拍摄在这种重复转动之外。小说家并不认为写小说的唯一时间就是他坐下来写作的时间，真正的写作发生在实际写作的行为之外。画家、音乐家无不如此。③ 这等于说，我们生活在形象的世界里；形象世界取代了可以直觉经验的真实世界。在苏珊·桑塔格看来，绘画所力图再现的那种真实形象或现实，在大规模的机器生产中已经成为形象自身，也就是戈达尔所说的，电影中运动的影像本身就是现实。与电影不同的是，摄影把瞬间抓拍的现实凝固了，暴力地取代了人们对运动现实的经验，并几乎在拍摄的瞬间里占领了历史的记忆空间，用无休止添加的共时碎片控制了储存信息的后现代档案馆和博物馆，这就是可以随时抓拍并储存信息的手机和电脑。可随时观看的照片上的形象/影像能使观者身临其境，去欣赏千里之外的美景，去经历无法亲身经历的枪战，去体验已被拟像世界所抛弃的那种真实感。然而，“照片使之瞬间实现的

---

① Ce n'est pas une image, c'est juste une image.

② Mac Cabe, *Godard*: *Images*, *Sounds*, *Politics*, Bloomington: Indiana University Press, 1980, p. 111.

③ Mac Cabe, *Godard*: *Images*, *Sounds*, *Politics*, p. 133.

不是真实，而是形象”。[①] 只需动动手指就能轻松制造出来的一个形象。它不是像普鲁斯特的小说那样拉近与过去的距离，让我们能够走进使现在变得真实，因而可以拥有的地方，而是在拍摄的瞬间把我们从当下真实的现实中拉开，在未来的历史中回顾这个形象制作的世界。

摄影把静与动的辩证关系变成了瞬间便可实现的现实。它们不同于其他艺术形式的地方就在于机器制作，虽然可以循环往复，使运动连续，却不能概括要点；虽然能留下经验的真实痕迹，却不能表现对经验的深度体验；虽然能把遥远的事物拉近、缩小、限制，却往往令观者畏缩、疏远、冷淡。在拍摄的瞬间，看的主体不是人而是机器；他所专注的不是景物的自然状貌，而是镜头遴选的画面；他所欣赏的不是美的细节，而是经过周密计算的角度和大小；从现实社会中选取的镜头也不是抓拍的日常生活中的真人真事，而是特殊场合里故意摆弄的姿势或经过筛选的远景。现代蓬勃发展的旅游业促进了摄影业的兴旺发达，提高了照相机的水平和档次，但游客每到一处所存留的无非是事后用来炫耀显摆的一个个照片档案，而对历史废墟遗留的文明或残垣断壁后的生死挣扎却知之甚微。消费一方面促进了形象的生产，激发了史无前例的观看也即消费视觉形象的欲望，但它也在燃烧身体，耗尽能量，最终使真实荡然无存。摄影形象从其物质性真实中汲取了强大的力量，但也恰恰是这股强大的力量使形象变成了影子，用影子遮蔽了实存，进而耗尽了宝贵的想象资源。它无疑是当代社会用以遮蔽真实的一种暴力符号。

第八节　镜之梦魇

博尔赫斯靠一面镜子和一部百科全书发现了乌克巴尔。这面镜子“令人不安地挂在走廊的尽头……虎视眈眈地瞅着我们”；“凡是镜子都是可怕的”；镜子与男女交媾、父亲身份是一样的，都是可憎的，因为他们“使人的数目倍增”，“使宇宙倍增和扩散”；镜子虚幻的背景也和茂盛的忍冬花是一样的，它们都保留着对过去的“有限而消退的记忆”。[②] 博尔赫斯对镜子情有独钟，但他并不喜欢镜子：他害怕镜子，憎恶镜子。镜子帮他映照的是一个叫“特隆”的虚构的世界；同特隆的接触，对特隆的

① 〔美〕桑塔格：《形象世界》，见《视觉文化研究读本》，第 124 页。

② 〔阿根廷〕豪·路·博尔赫斯：《特隆、乌克巴尔、奥比斯·特蒂乌斯》，见《博尔赫斯全集(小说卷)》，王永年、陈泉译，杭州，浙江文艺出版社，1999，第 1 版，第 73～87 页。

了解，它的精确性，它的原始语言，它的和谐的历史，已经把我们的现实世界击得粉碎。“虚幻的过去在记忆中占据了我们从未确知的——甚至不知是假的过去。”①博尔赫斯的镜子是被遮起来的，因为镜子准确、持续和神秘的再现或复制已经令他恐惧，担心镜子会失真，会使自己的容貌走形。② 镜子的“不可穿裔的玻璃板/圈定和营造出一个并不存在、/不能容人居留的映像的空间”；③ 镜子执着地重复着“我的手的每一个细微的动作”，它是“希腊人所说的另一个自我”，它“时时刻刻都在暗中窥探监视”，“将我跟踪”；“我看不见你，但却知道你的存在”；即使“在我死去之后，你会将另一个人复制，/随后是又一个、又一个、又一个……”④

博尔赫斯为何对镜子如此恐惧、如此憎恶、如此偏执？如果说伍尔夫告诫人们不要把镜子挂在客厅的墙上，是因为客厅里的镜子能够映射（揭露）家庭里不可告人的勾当，或隐藏多年的秘密，那么，博尔赫斯害怕“挂在走廊尽头的”镜子，是因为(1)它能够无限制地繁殖人、宇宙和万物（以多蔽一）；(2)它以惊人的准确性映照出一个虚构的世界，一个“并不存在”的空间，抑或是现实世界惊人的“失真”和“走形”（扭曲和虚假）；(3)它仿佛是当代社会的监视器，时刻在“窥探”、“监视”、“跟踪”，具有边沁构想的、福柯分析的“全景监狱”的实际效用（规训和惩罚）；(4)它无限制地复制，用“细微的动作”无限制地复制“另一个自我”（偏执和物化）。而最重要的理由还是他在《镜子》一诗的结尾所陈述的：

上帝创造了梦魇连绵的夜晚
也创造出了镜子的种种形体，
只为让人自认为是映像幻影，
也正是因此，我们才时刻惊悸。⑤

镜子的终极意义在于它映射的幻觉现实，在于通过这个幻觉现实唤醒人们，告诉人们生活就是“梦魇连绵的夜晚”。上帝既创造了梦魇，因

① 〔阿根廷〕豪·路·博尔赫斯：《特隆、乌克巴尔、奥比斯·特蒂乌斯》，见《博尔赫斯全集（小说卷）》，第 87 页。

② 〔阿根廷〕豪·路·博尔赫斯：《遮起来的镜子》，见《博尔赫斯全集（诗歌卷［上］）》，第 115 页。

③ 〔阿根廷〕豪·路·博尔赫斯：《镜子》，见《博尔赫斯全集（诗歌卷［上］）》，第 157 页。

④ 〔阿根廷〕豪·路·博尔赫斯：《致镜子》，见《博尔赫斯全集（诗歌卷［下］）》，第 78 页。

⑤ 〔阿根廷〕豪·路·博尔赫斯：《镜子》，见《博尔赫斯全集（诗歌卷［上］）》，第 159 页。

此也必然创造了映射梦魇的镜子。一面镜子所映射的是“另一面镜子的梦中之梦的映象”；[1] 镜子和梦构成了人的生活世界。镜子就像图中图、戏中戏、梦中梦。我们在宇宙中每日从梦中捕捉一丝黑暗、从镜中捕捉一线光明，就仿佛我们在人生的舞台上观看巴尔扎克的“人间喜剧”，在堂吉诃德的梦幻中阅读堂吉诃德，在哈姆雷特的“戏中戏”中理解哈姆雷特。对哈姆雷特如同对斯宾诺莎，“活着”就等于“做梦”，“做梦”就是照镜子，就是捕捉镜中的映象，也就是观照镜中的那张“脸”。

简·里斯曾经区分了两种镜子：看着自己好看的镜子和看着自己丑陋的镜子。同一面镜子既可以映照出美，也可以映照出丑；抑或，同一张脸，既可以是美的，也可以是丑的；既可以是牛顿的沉默的数学的脸，也可以是福柯的在海边沙地上随时被抹去的脸。人在照镜子时看到了自己的脸，但那脸不是自己，而是他者。人和自己的脸构成了自我与他者的关系，列维纳斯认为这是一种体现伦理责任的关系。脸不是脸，而是一种声音；它痛苦、啜泣、召唤、呐喊；既发出杀戮的诱惑，又呼吁和平的共存。作为他者的脸在镜中显得脆弱无助，或许正因如此，你或心生歹意，或心生怜悯，它无言的声音就在你心中搅起一场斗争，一场必须做出伦理选择的斗争，一场在镜中与连绵的梦魇进行的艰苦卓绝的斗争。这就是生存的意义。

这也是福楼拜(或者我们所有人)面对镜子时放声大笑、扮演丑角的意义之所在。在福楼拜的全部信件中，镜子从始至终与两个主题相关：大笑和女性气质(在此且不谈女性气质的问题)。作为小说家的福楼拜是一位反笛卡儿主义者，或者说无意中选择了非理性。他乐于描写各种情感，但那些情感都是想象的，无法用经验加以证实的；他相信真理的存在，但真理只属于别人，他自己的真理已经丧失殆尽；他似乎不相信世界上有真正爱过的人或忍受过绝对痛苦的人，但他终其一生都扮演着痛苦之人的角色(在这方面与卡夫卡不无二致)，而在“失宠”之后更是承受了极端的身份危机之痛。在被动、失败、绝望的顺从中，他感到了自己的非真实，自己的非存在，自己的为职责的生存或为他者(父亲)的存在。在非理性的但又充满了激情的努力中，他要从外部观照自己，要把非真实的自我与外部现实相认同，为此他无数次照镜子，因为只有在这时，他才和他者一样成为外部的主体，同时也成为内部的客体，即是说，他

① 〔阿根廷〕豪·路·博尔赫斯：《斯宾诺莎》，见《博尔赫斯全集(诗歌卷[上])》，第307页。

既是观照镜中自我的主体，又通过镜中的自我映象而成为被观照的客体。只有在镜子面前，他才感到了主客体的一致性和自身的物质性。甚至在5岁的时候，他每次大哭时都要跑到镜前，而一看到镜中的自我映象就忍不住放声大笑起来。他期待着看到真正的英雄般地忍受着痛苦的自我，但镜中显现的却是模糊平庸的画面，一个手舞足蹈的孩子，一个缺乏自信、要显示自己可见的身体、把内在的恐惧展示给外部现实的孩子。然而，非现实在扩展：他在镜中看到的不是他，而是他的形象；不是他实在的身体，而是与身体构成类比的映象；不是真实的自己，而是对傲慢的父亲的虚假的摹仿。于是，他成了对某一虚假现象的虚假证人，就仿佛演员在镜前研究他在镜中造成的"印象"，每一次微笑，眉梢的举落，诡异的眼神，都是意愿性的表演，都是脸的映射功能的实现。①

成年的福楼拜每次站在镜前刮脸时都忍不住放声大笑。但这并不意味着他能够在自己的房间里真实地开怀大笑，反倒意味着他在嘲笑自己的形象；那是一次抗议，一种青春的萌动，一种道德健康的诉求。如同镜前的脸不是脸一样，镜中的笑不是笑。镜中的笑是放弃虚荣以便赢得别人的尊重，是放弃自我以便与蔑视自己的人相认同，是夸张的表演以便使痛哭的自己大笑起来。

> 为了成为自己的客体，他必须从一开始就放弃与自身的一致性；他将情不自禁地从别人那里借用怀疑，那是他为恢复真诚而付出的那些不真诚的努力所激发出来的怀疑。在相当不可信的眼泪的映象面前他感到不舒适，他将把这种不舒适改变为别人的笑柄。现在他扮演的是丑角，这样别人的大笑就会帮助他显示自己可见的存在；但大笑没有变为现实，他做的鬼脸没有使他快活起来，正如他的啜泣令他悲伤一样；所以，他笑是为了让自己笑——正如他哭是为了让自己哭一样。因此，站在穿衣镜前，他扮演的是笑的角色，希望他的摹仿如此完美以至于与他的模特无从分别。②

① Sartre, *The Family Idiot*: *Gustave Flaubert*, *1821—1857*, vol. two. Carol Cosman trans. Chicago and London: The University of Chicago Press, 1987, pp. 23-29.

② Sartre, *The Family Idiot*: *Gustave Flaubert*, *1821—1857*, p. 31.

第二章 文学与身体：书写的功能

第一节 作为身体行为的书写

卡夫卡为什么要倾尽全力成为一个书写者？他写小说，写寓言，写日记，也批评自己的作品。“对卡夫卡来说，书写就是一切，他愿意走进地狱，这样他才能以他的方式写作。”①即使他不走进地狱，卡夫卡的生活也堪称炼狱。这不仅仅因为他自己身材消瘦（如威廉·福克纳）而奋发改造自己的身体，还因为在他所生活的年代，犹太男性的身体被认为是“病态的、畸形的、临危的、缺乏男子气概的”。② 在1912年的布拉格，犹太贫民窟里讲究的是德国人的身体，即“健康体魄里的健康灵魂”；提倡的是摆脱贫民窟的精神模式而寻求和谐平衡的人格。卡夫卡“凹状的身材”无法达到这种和谐平衡，因此为身体而忍受一种羞辱感。③ 他在日记中这样写道：

> 我前进道路上的最大障碍是我的身体状况。这样的身体能做成什么样的事业呢？……我的身体长期虚弱，没有一点脂肪来生成恩赐的温暖，来保留内在之火，除了日常所需而不至于损害整个身体之外，我没有脂肪来滋补时时需要滋补的精神。近来常常令我不安的软弱的心灵怎样才能通过双腿的力量击打血液呢？对于膝盖来说那可能太繁重了，它只能从那里把一点点衰老的力量打入冰冷的下肢。但现在我的身体又缺乏营养了，当下肢荒废的时候也受到别人的照顾。我修长的身体把一切都分裂开来了。当它甚至没有足够的力量来完成我想要完成的工作，即便那是较短和较严谨的工作时，它还能成就什么大业呢？④

---

① Frederick Karl, *Franz Kafka: Representative Man*, New York: Ticknor and Fields, 1991, p. 1.

② 〔美〕桑德尔·L. 吉尔曼：《卡夫卡》，陈永国译，北京，北京大学出版社，2010，第11页。

③ Frederick Karl, *Franz Kafka: Representative Man*, p. 268.

④ Frederick Karl, *Franz Kafka: Representative Man*, p. 12.

身体的障碍与精神想要成就的事业发生了冲突。身体已经开始影响到精神。病态的、畸形的身体似乎导致了“软弱的心灵”和“精神的无能”，甚至导致了他“身体的女性化”。[①] 然而，对他所熟悉的作家来说，身体的折磨是必要的，那种西西弗斯或普罗米修斯式的单身汉生活也是必要的。在福楼拜、格里尔帕策、克莱斯特和陀思妥耶夫斯基这些作家中，只有那位俄国人结婚了。其余的都是单身汉，都忍受身体之痛，都为描写梦一般的内在生活而牺牲了身体。“我描写梦境般的内在生活的才能把其他一切事务都抛入背景之中；我的生命在可怕地缩小，也不会停止缩小。没有别的什么能够满足我。但我为那种描写所聚集的力量是不能指望的；也许它已经永远地消失了。”[②]身体的痛苦，生活的焦虑，未来的不确定，所有这些既是他要忍受的折磨，又是他书写的条件。卡夫卡的生命就在他的书写之中。他的许多作品都描写痛苦、疾病和死亡；甚至格里高尔物质地变成甲虫的故事也是他作为艺术家的身体由于“饥饿”而变形的缩影。作为书写者，他把自己的整个生存卷入了书写的行动中，对他来说唯一真切、可行的就是用鲜血书写的行为。“只有在专注于文学上时，[他]才感到自身的生存。书写使其生存。”[③]

对于卡夫卡，身体不但是书写的场所，而且是思想者的灵性的物质性体现。正如爱德华·杨在描述莎士比亚的天才时所说，如果莎士比亚是位嗜书如命的读者，那他可能就不会成为戏剧创作的天才。假如卡夫卡和健康人一样拥有了强健的身体，那他的身体就不会得到他如此的关注，就不会成为他的痛苦之源，因此也不会成为他思考和体验的场所。“写作是一种身体行为，用一颗软弱的心灵投入筋疲力尽的身体之内的行为。”[④]卡夫卡的身体是艺术家饥饿的身体，是格里高尔变形的身体，也是无时无刻不在心力交瘁之中饱经孤独的身体。它贯穿着紧闭、暴露、景观和消瘦的焦虑，关于人注定要成为物的焦虑，以及在一个个故事中通过对法、对语言、对死亡的愚弄(或被它们所愚弄)之后能否得到救赎的焦虑。卡夫卡只活在书写的时刻。他与现实生活格格不入。因为对他而言，本来可以不书写的生活由于身体的原因而必须去书写，本来不可能的书写由于身体病痛所要求的缓解而成为可能，本来不会导致孤独的

---

① Frederick Karl, *Franz Kafka*: *Representative Man*, p. 42.

② Frederick Karl, *Franz Kafka*: *Representative Man*, p. 1.

③ 〔法〕布朗肖：《从卡夫卡到卡夫卡》，第 133 页。

④ 〔美〕吉尔曼：《卡夫卡》，第 50 页。

生活由于身体和书写的交织而注定了那种单身汉的孤独，那种“既无爱情也无亲情”、“贫乏的、冰冷的孤独”，那种“令人惊呆发愣的冷漠”。这无情、这孤独、这冷漠在身心之内和身心之外威胁着他，使他陷入苦恼和软弱之中，只有通过书写，他才能摆脱这一切：“我无能力思考、观察、回忆、说话、参与到其他人的生活中去，这种无能变得与日俱增；我变成石头……要是不躲进工作里，我就完了。”[①]他还说：“我什么也不是，只是文学，我无法，也不愿是其他什么。”[②]

卡夫卡的身体造成了他生活中的不幸和心理的焦虑，致使他产生一种要透过书写排遣苦闷进而达到救赎的欲望。他要书写，不惜一切代价，不顾一切后果，因为书写是他唯一的生存之路。萌生了书写的念头之后，他在成年时期所经历的苦难和斗争便从家庭转向内心，从对父亲的抗争转向对书写形式的寻觅。他早已放弃了亚伯拉罕与以撒之间的那场战争，因为按照克尔凯郭尔所说，无论是否用公羊来替代，儿子的牺牲都是必然的。卡夫卡所面对的问题不是布鲁姆所说的“弑父”，而是通过文学的途径，通过书写的形式达到救赎，因此，对他来说最紧迫的是找到恰当的书写形式，找到能够盛装思想、焦虑和冲突的容器。然而，对形式和容器的找寻是艰难的，就仿佛皇帝派出传达圣旨的使者，面对“如果成功，也无济于事……如此重重复重重，几千年也走不完”的宫殿，[③] 又仿佛请求进入法的大门的乡下人，苦等了一辈子也没有进入那专门为他而敞开的大门。甚或，他和自己笔下的土地丈量员一样，从一开始就放弃了家庭、社会和世界，从一开始就缺席、流亡并无法获得救赎。审判、驱逐、孤独，卡夫卡似乎无路可走，只有文学这一条路。所以，他要成为书写艺术家。他要用文学代替宗教，用书写体验代替宗教体验，用个体文学书写的生存代替世界的现实。

归根结底，文学描写的是像卡夫卡这样的个体的人，讲述的是生命中瞬间发生的事件，呈现的是苦不堪言的生活世界。文学不是历史。文学叙述的是过程中的现在，历史叙述的是经验中的过去；文学参与流动的今日世界，历史凝固于不变的昔日辉煌。然而，如果你仔细审视作家笔下的过去，不管它多么灿烂和荣光，都免不了人生的困境，都躲不过痛苦和悲伤，即便是美好的记忆也是令人伤感的，即便是伟人的丰功伟

---

① 〔法〕布朗肖：《文学空间》，顾嘉琛译，北京，商务印书馆，2003，第1版，第46页。

② 〔法〕布朗肖：《文学空间》，第49页。

③ 〔奥〕卡夫卡：《卡夫卡全集(第1卷)》，叶廷芳主编，洪天富等译，石家庄，河北教育出版社，1996，第1版，第185～186页。

绩也只能面临人类的普遍悲剧。所以，伟大的作家最终面对的只是现实问题：战争、物欲、金钱、权力，人终究要被这些物质的东西所毁灭；所以，真正的作家所必须描写的，值得为之流血流汗的，如福克纳所说，必然是人与人之间心灵的冲突，人和人的生存困境的冲突，进而在外部和内部两方面起到医治身体病痛甚至救赎的作用。这才是文学的内涵，才是写作的真正原因。

第二节　文学对个体的医治

自从贺拉斯在《诗艺》中把文学的功能规定为“教益”和“娱乐”之后，①文学的功能长久没有改变。到了英国的维多利亚时代(1832—1901年)，工业革命的巨大胜利和科学技术的长足进步使得英国社会乃至整个世界都发生了巨大变化。随着印刷术的发明和教育水平的提高，人们对自然、世界和人自身的认识逐渐深化，认识的方式也不断更新。到了19世纪中叶，近两千多年来一直统治人们思想的宗教开始式微，而随着工业资本主义的急剧发展，到了维多利亚时代中期，宗教作为统治阶级极其有效的意识形态手段“已经处于蒸发的危险之中”，取而代之的则是文学的兴起。② 文学也随之而具备了第三种功能：“拯救我们的灵魂和医治国家的疾病。”③

那么，文学是怎样取代了宗教而担负起拯救灵魂和医治社会疾病的大任呢？首先，宗教成功而有效的方式在于宗教并不完全以明确的概念和公式化的教条发挥作用，更多是通过形象、象征、习性、仪式和神话。其次，宗教紧紧抓住了人类主体根深蒂固的非理性恐惧和需要，这些都是在无意识层次潜在地主导人的意识和行为方式的本能欲望。再次，宗教信仰渗透于社会的各个阶级和各个领域，并能利用仪式和生活习惯把抽象的信仰物化为具体的生活现实。最后，对于统治者来说，宗教的最大功能莫过于培养顺从的信众，一方面使之具有自我牺牲精神，另一方面使之具有凝聚的内心生活。④ 我们看到，宗教的这些功能也恰恰是文学所能起到的作用，即在卡夫卡这样的个体作家身

---

① 朱光潜：《西方美学史(上卷)》，北京，人民文学出版社，1985，第1版，第102～103页。

② Terry Eagleton, *Literary Theory*, Minneapolis: University of Minnesota Press, 1983, pp. 22-23.

③ Terry Eagleton, *Literary Theory*, p. 23.

④ Terry Eagleton, *Literary Theory*, p. 23.

上所发挥的作用。

从马克思主义的观点来看，除了上述偏重于“拯救灵魂”的功能外，代替宗教的文学从许多具体的方面发挥着“医治国家疾病”的作用。比如，它能抵制政治盲从和思想偏见；它能揭示人类本性，宣扬普遍价值；它能从普世的视角描写日常生活的细节，表达普通百姓的愿望和需要，使他们更有效地控制自己的生活；它能帮助社会各阶层的人们相互了解，培养相互间的感情和友谊，积极处理相互间的利益冲突和不同见解，提供一个宁静平和揭示真理的场所；它能培养一种多元的思考和感觉方式，让民众服从统治阶级的意志，尊重中产阶级的成就，遏制集体政治活动的颠覆倾向；它能使民众对自己民族的语言和文学感到自豪，为他们提供必要的政治文化，描述他们与国家的正常关系，从而培养他们作为温顺公民的责任感；最后，文学通过再现历史和传奇中的英雄人物，以生动的事迹和感人的精神培养了民众的爱国主义情操。①

然而，这种医治作用必须以把文学作为意识形态工具从而为统治阶级服务为前提，未能从文学本身所具有的政治性和集体性来看文学的颠覆性，未能从关系的角度来看文学与权力、与大众相互建构的关系，更未能从作家本体的角度来看文学的“医治”效果，即文学与身体、与健康的关系。当我们把文学与生活，或者把生存的问题与书写的问题密切关联起来的时候，文学的这种功能就愈加清晰了，因此也就有了一种新的解释，关系到个体的健康、集体的健康、民族的振兴等身体问题。而这又使我们回到了两千多年来人们一直追问、我们在第一章中粗略探讨的一个问题，即“为何写作?”或“什么是文学?”的问题上来。

什么是文学？按照德勒兹的定义，文学是“生命在构成观念的语言内部的旅行”。② 在《褶子》中，他秉承英国数学家兼哲学家怀特海给思想下的定义，说“观念是自然进入某一局部地点的旅行”。③ 这里我们看到这两个定义之间的共同点不仅在于“旅行”这个词，即表示过程、进程、生成关系的一个词，还在于它们涉及虚拟空间(语言、文学、观念)与现实空间(生命、自然、世界)之间的关系，即生命和自然在语言和观念等虚拟空间中的旅行。当我们把这两个空间连接起来时，所追问的

① Terry Eagleton, *Literary Theory*, p. 25.

② Gilles Deleuze, *Essays Critical and Clinical*, Daniel W. Smith and Michael A. Greco trans. Minneapolis: University of Minnesota Press, 1977, p. 5.

③ Gilles Deleuze, *The Fold: Leibniz and the Baroque*, Tom Conley trans. Minneapolis: University of Minnesota Press, 1993, p. 73.

就变成了这样一个问题：当生存的问题与书写的问题密不可分的时候会发生什么？[1] 我们对卡夫卡从事书写的缘由的追述已经从一个侧面回答了这个问题。德勒兹把他的最后一部书题名为《批评与诊所》，这从两个侧面对这个问题加以解答：从根本上说，作家是“症状学家”(symptomatologists)；作家的拿手戏是解读和创造符号(正如哲学家的拿手戏是解读和创造概念)，而符号总是意味着生活方式，意味着生存的可能性。符号是生活的症状。[2] 只有通过正确地解读生活的症状，才能找到良药医治生活的病痛。从这个意义上，可以说伟大的作家都是社会的医生、症状学家，因为他们能够发明新的符号、革新的符号、创新的符号。文学一方面是对社会的批评，另一方面又是医治社会疾病的诊所。正是在这个意义上，尼采和德勒兹等哲学家才不约而同地把艺术家和哲学家说成是文明的医生。

那么，文学与生活之间到底是什么关系呢？首先，“文学是在已然生活和现行生活的经验之外穿行的生命进程”。其次，“写作当然不是把一种表达方式强加在已然生活经验的材料之上”。[3] 如果把这两句话与上述定义联系起来，我们可以得出这样一个与文学的反映论完全不同的文学观，即文学不是对过去和现行生活的反映，不是用某种表现方式去强行反映过去的某种生活经验，因此也不是“源于生活、高于生活”的一种东西。写作归根结底是生成的问题。这种生成永远都不是完结的，永远都在形成的过程中，永远都超越现行的生活或生活过的经验，所以，文学是一个生命进程。而一个进程必然要生成什么，变成什么，永远趋向于某一个方向，但又永远到达不了终点。在文学中，这种生成体现为生成女人、生成儿童、生成动物、生成植物等。《白鲸》中的船长亚哈趋向于变成白鲸；《老人与海》中的老人趋向于变成马林鱼；《熊》的主人公也趋向于变成老本，那只熊。这种生成并不是在真实生活中所能见到的，所以，文学的过程(通道、旅行、穿行)只能在经历过的和现行的生活之外；因为，文学不是重讲个人的生活经历、情感、梦想和记忆；文学讲的总是集体的故事；它总是要“发明一个民族”，一个“小民族”(minor people)，一种“小语言”(minor language)。卡夫卡和麦尔维尔都是这样的作

---

① Gregg Lambert, “On the Uses and Abuses of Literature for Life”, in *Deleuze and Literature*, Ian Buchanan and John Marks eds. Edinburgh: Edinburgh University Press, 2000, p. 141.

② Gilles Deleuze, *Negotiations*, Martin Joughintrans, New York: Columbia University Press, 1995, p. 143.

③ Gilles Deleuze, *Essays Critical and Clinical*, p. 1.

家，他们都为一个并不存在的民族写作。在这个意义上，主体就是一个民族(西苏语)。

这样的思想源自何处呢？源自德勒兹对现代派作家的研究，如卡夫卡、乔伊斯、贝克特、普鲁斯特等。对普鲁斯特来说："真正的生活，最终得以揭露和见天日的生活，从而是唯一真正经历的生活，这也就是文学。这种生活就某种意义而言同样地每时每刻地存在在艺术家和每个人身上。"①反过来说，文学就是生活，真正的生活，被暴露无遗的生活，被去蔽的生活，正因为如此，这才是真正活过的生活，才是真正的文学，而且，这种文学并不是艺术家的专利，普通人也内在地、具体地、物质地享有这种生活。那么，作为文学的生活与作为生活的文学之间有什么区别呢？最大的区别就在于现实是幻觉，是类像，是仿真。"我们生活在一种形象文化之中，一个景观社会里，一个由相像和类像构成的世界上。"②我们以为生活在现实中，而实际上却生活在幻觉之中，生活在遮蔽之下，生活在烟雾弥漫的城市里。现实的一切都被面具掩盖着，都被裹尸布缠绕着，都被符号笼罩着。现实世界是一个硕大的火葬场，在那里停放的尸体比在生的世界里还要拥挤。只有当作家把所有这一切都剖析之后，把这一切的遮蔽都剥去之后，世界才见其本来面貌，生活才变得真实起来。所以，对德勒兹和普鲁斯特来说，文学也许是所有事物中最真实的，因为"由纯粹的智慧造就的那些概念只具有某种逻辑的真实，可能的真实性，它们的选定也是任意的"，③ 因此是不必要的；而感知和认识如果不被破译、不被"冲洗"、不被阐释，换言之，不被创造，也是不必要的。艺术，称得起是"真正独一无二的书"的文学，一位大作家的作品，是不需要杜撰的，因为它已经存在于我们每个人的身上了，"只要把它转译出来。作家的职责和使命也就是笔译者的职责和使命"。④ 只有被破译的东西、被显影的东西、被彻底改造的东西，也就是被创造出来的东西，才是真实的。文学正是这种被创造和转译出来的东西。

普鲁斯特认为，大多数人不想把自己的生活弄个水落石出。"他们的过去就这样堆积着无数的照相底片，一直没有利用。因为才智没有把它

---

① 〔法〕马塞尔·普鲁斯特：《追忆似水年华(下)》，李恒基、徐继曾等译，南京，译林出版社，2006，第1版，第1723页。

② 〔美〕W. J. T. 米歇尔：《图像理论》，陈永国等译，北京，北京大学出版社，2006，第1版，第5～6页。

③ 〔法〕马塞尔·普鲁斯特：《追忆似水年华(下)》，第1715页。

④ 〔法〕马塞尔·普鲁斯特：《追忆似水年华(下)》，第1720页。

们‘冲洗’出来。”[①]对大部分人来说，记忆是一个暗室，其中的许多“底片”还都没有“冲洗”出来。这是一个非常精彩的比喻。人就像一架照相机，眼睛就是照相机的视窗，当你走进这个光怪陆离的世界的时候，你把见到的一切统统拍摄下来，但究竟有多少能经过你的头脑或意识而“冲洗”出来呢？绝大部分都落入了无意识的炼狱，它们只能潜藏在那里，只能在梦中，只有在遮蔽之下，才能部分彰显。所以，普鲁斯特认为：“真正的艺术……其伟大便在于重新找到、重新把握现实，在于使我们认识这个离我们的所见所闻远远的现实，也随着我们用来取代它的世俗认识变得越来越稠厚，越来越不可渗透，而离我们越来越远的那个现实。这个我们至死都不得认识的现实其实正是我们的生活。”[②]普鲁斯特实际上暗示有两种生活：普通的日常生活，如果不经过改造就不能成为文学的素材；另一种生活就是文学本身，就是对日常生活加以改造的文学书写，文学书写的过程本身就是生活的过程，于是日常生活就被文学化、艺术化、审美化了。这种艺术的人生属于那些能够发现从而敢于标新立异、敢于创造新世界的艺术家，而被世俗生活和日常琐事所羁绊因而不能走出自我的人，永远体会不到真正的艺术的人生。

对德勒兹而言，生活的层面超越已然的生活（过去）和现行的生活（现在）；只有当这两种生活变得不可能的时候，变得“太强大、太痛苦或太美”的时候，作家才遇到了真正的素材，才开始了真正的文学生活。所以，作家必须离开死者的世界，离开历史，离开过去，离开他/她熟悉的世界，而回到陌生的现实中来，成为生活中的陌生者，地球上的“外星人”，对生活怀有新奇的感觉，产生新的印象，才能写出新的作品来。由此不难想到：“诗歌归根结底是对生活的批评；一个诗人的伟大就在于他以强有力和美的方式把观念应用于生活——应用于如何生存的问题。”[③]马修·阿诺德在这里所说的诗歌就是文学。这里我们看到了德勒兹与阿诺德之间的异同：前者在于把“太强大、太痛苦、太美”的生活变成文学，后者以“美和有力”的方式用观念来装饰生活，来表现或再现生活。而归根结底，德勒兹是要通过文学解决如何生存的问题。阿诺德的主要关怀虽然是历史、教育、政治、宗教、哲学等，但文学本身却与社会和文化密切相关，也就是说，要通过文学把观念和思想用于生活，最终要解决

① 〔法〕马塞尔·普鲁斯特：《追忆似水年华(下)》，第 1723 页。

② 〔法〕马塞尔·普鲁斯特：《追忆似水年华(下)》，第 1723 页。

③ Matthew Arnold, *The Function of Criticism at the Present Time*, in *The Norton Anthology of Theory and Criticism*, p. 803.

的也是“如何生存”的问题。

这里，无论是德勒兹感到的生活的“太强大、太痛苦或太美”，还是阿诺德感到的思想的“强有力和美”，都无异于普鲁斯特把玛莱德娜小蛋糕浸泡在热茶汤里时的心理反应，或走在一高一低的石板路上时脚下的感觉。这种反应和感觉是无意识的回音，如古斯塔夫·卡恩在谈到波德莱尔时所说，这回音“在他心中如此强烈——在他那里文学创造与身体的力如此接近——激情的流动如此强大，如此喷薄而出，如此缓慢而痛苦，以至于他的全部心理都与他的物质存在合为一体了”。① 这里所说的无意识回音既不是记忆，也不是经验；记忆是“不断积累起来的不确切词语的连接”，它们“使我们的真实感受荡然无存”，而经验则是“自尊、偏见、才智和习惯每时每刻在我们身上完成的工作”，它们“掩盖了我们的真实印象”却被“误称为生活”。② 这些无意识回音是沉积在意识之下的东西，是被记忆和经验所掩埋的东西，也是艺术要拆解的一种历史无意识。“生活呈现的一幅图像实际上给我们带来多种不同的感觉。”③真正“需要使之水落石出，真相大白的是我们的感觉，我们的激情，也就是每个人的感觉和激情”。④ 对一般人来说，这些积淀在无意识之中的东西永远不会浮于表面，只能出现在梦境。但对于具有强烈激情的人，当激情的流动又如此被外界所吸引，如此缓慢而痛苦地流动的时候，作家的精神存在就与物质存在合为一体了。这时，无意识中积淀的东西会变得极为强烈，激情的流动会自动向外奔涌、喷发，变成了身体的劳动，经过缓慢痛苦的阵痛而生产出来，就像本雅明和德里达等思想家所描述的翻译的过程一样：创作本身就是从孕育到阵痛再到分娩的过程。真正的艺术是在“黑暗与沉默”中挖掘“需要加以翻译和往往需要逆向阅读的极难识别的那种生活。”⑤

所以，德勒兹认为，作家不能简单地描写经验或记忆的东西；而是要描写被记忆掩埋的、变成历史失忆的，甚至对记忆来说“太痛苦”以至于必须忘却的东西(如犹太人对大屠杀的记忆，黑奴对奴隶制的记忆，或者东亚对日本侵略者的记忆)，或对经验来说太不重要以至于不足以青睐的东西(如普鲁斯特作品中的玛莱德娜蛋糕和鹅卵石路，甚至羹匙碰撞茶

① Walter Benjamin, *The Arcade Project*. Howard Eiland and Kevin McLaughlin trans. Cambridge, Mass. and London: Harvard University Press, 2002, p. 295.

② 〔法〕普鲁斯特:《追忆似水年华(下)》，第 1723 页。

③ 〔法〕普鲁斯特:《追忆似水年华(下)》，第 1719 页。

④ 〔法〕普鲁斯特:《追忆似水年华(下)》，第 1729 页。

⑤ 〔法〕普鲁斯特:《追忆似水年华(下)》，第 1923 页。

碗的响声）。这对其他批评家来说都是《追忆似水年华》中最关键的因素，但德勒兹却仅仅把它们当作“符号”。在德勒兹看来，符号本身并不重要，重要的是学会如何阅读这些符号的意义。那么，如何去读普鲁斯特那部传世之作中的符号呢？德勒兹把小说中的符号分为四种：第一种是世俗的符号，即代替思想和行动的那些符号，空洞的、定型的、仪式化的、极端形式化的符号，不用想、不用行动就能产生的符号；第二种是爱的符号，爱上某人就是对那人发放出来的符号的敏锐感知，就是想对他/她所代表的可能的和未知的世界加以“揭示”或“冲洗”，爱从本质上是妒忌和“沉默的阐释”，具有欺骗性；第三种是感性的符号，像玛莱德娜蛋糕或羹匙的响声，首先给你一种快感，然后你感到有义务找到这个符号的意义，最后把那个意义从物质形式中揭示出来；第四种是艺术的符号，如教堂的尖塔或彩釉窗上的圣像图画，它们吸引的不是感官和记忆，而是(宗教的)欲望和想象，因此是“非物质的”，具有宗教内涵的，是揭示或连接彼岸世界的桥梁。但所有这些毕竟都是符号，它们并不等于一种生命的内在性，一种要逃离某个“环境”的内在需要或欲望，而是一种元素般纯洁的感觉，一种最强烈的姿态。

这就是说，生活本身是一个环境，一个困境。在德勒兹看来，生活归根结底是一种羞辱。德勒兹问道：“作为人的羞辱，还有比这更好的写作的理由吗?”①当你试图回答这个问题的时候，你不能不想到卡夫卡所感到的羞辱，他所处的政治环境、语言环境、民族危难，他的身体状况以及作为单身汉而无论如何也搞不好与女人的关系，却又找借口说“普罗米修斯也是单身汉”的那种欲望；我们不能不想到福克纳作为长兄却身材矮小，在三个魁伟的弟弟当中感到羞辱，因而奋发图强后来居然成为全家的唯一供养者，成为美国战后第一个诺贝尔文学奖得主；我们不能不想到波德莱尔 6 岁丧父、7 岁母亲改嫁时感到的哈姆雷特式的羞辱，因此他在 17 岁时就开始了“口袋里装着智慧”的“饥饿艺术家”的生活。

写作就是要逃离一种令人羞愧的环境。不仅福楼拜、卡夫卡、福克纳如此，波德莱尔也如此。本雅明说：“波德莱尔的怪异个性是一个面具，在这个面具之下他——可以说是出于羞辱感——试图隐藏他个人极为需要的那种生活方式，在某种程度上，也就是他的生活史。”②然而，是生活造就了波德莱尔怪异的个性，还是他用怪异的个性掩盖了一种不

① Deleuze, *Essays Critical and Clinical*, p. 1.

② Benjamin, *The Arcade Project*, p. 318.

堪忍受的生活？问题的答案是清楚的。他出于羞辱感而需要用文学来掩盖那极具个性的生活方式和极端个人化的生活史，从这个意义上说，“他的作品就是他本人”。作品就是生活本身。①

波德莱尔17岁时就开始了一个文学家的生活。但他没有把自己看作知识分子，也没有投身于所谓“精神生活”。那个时候，明码标价的艺术生产还没有开始。他只是要出人头地，只是要远离资产阶级生活，拒绝与资产阶级同流合污，因而也对资产阶级艺术家和文人表示怀疑。他的深切意向是打断世界的进程，因此也是为拯救这个世界。他的暴力，他的焦躁，他的愤怒，都从这个意向中喷发出来。他要割断世界的心脏，或通过歌唱让它沉睡，这种种努力也都出自这同一个意向。而在这些努力中伴随死亡而舞动的是他勇敢的工作。②

这里，我们似乎听到了萨特所说的那种感觉(作家写作也是为了一种感觉)：

> 艺术创作的主要动机之一当然是一种感觉的需要，即在我们与世界的关系上感觉我们是至关重要的。如果我在画布上或在写作中固定田野或大海的某一方面或者揭示了某人的一种面目表情，我意识到我是通过浓缩了关系而创造这些，在无序的地方引入了秩序，把精神的统一强加在事物的多样性之上。也就是说，我感到在与我的造物的关系上我是至关重要的。③

这里关键的一句话是“在我们与世界的关系上感觉我们是至关重要的”。这是艺术创作的动机。人需要感到自己“重要”，尤其是在与世界的关系上，在与自然的关系上，在与社会的关系上，在与他人的关系上，无论在哪里，你都必须感到自己很重要，感到自己是主宰，即便这仅仅是一种“感觉”。感觉你是创造者，是主宰者，是造物主，是上帝。你在没有关系的地方建立了关系，在没有规则的地方建立了规则，把无序变成了有序。这时，你会说，啊，我创造了这一切。这时，你会说，“要有光”，于是就有了光。在与造物的关系上，你是关键，因为你是创造者，

---

① 〔法〕夏尔·波德莱尔：《恶之花》，郭宏安译，桂林，广西师范大学出版社，2002，第1版，第8页。

② Benjamin, *The Arcades Project*, p. 318.

③ Sartre, “What Is Literature?” In *Norton Anthology of Theory and Criticism*, ed. Vincent B. Leitch, New York and London: W. W. Norton & Company, pp. 1336-1337.

而不是造物。这就是创造的动机。这或许回答了为什么写作的问题。“写作不是重叙人的记忆和游记，爱和悲伤，梦想和幻想；也不是带着神经官能症写作，这样的写作不构成‘过程’，而是欲望受阻或堵塞的那些状态”，[1] 这时，“文学便作为一个与健康有关的行业出现了”。[2]

第三节　文学对民族的医治

文学能够促进人的心理健康，这种说法古已有之。亚里士多德在反驳柏拉图的文学观时曾提到文学具有健康的心理作用。就悲剧而言，它能清除过度的恐惧和怜悯。朗吉努斯也认为文学能够培养读者的崇高情操，升华和纯化他们的感性。而在德勒兹看来，文学的健康作用在于它能帮助人在生存困境中发现一个出口，一条逃逸路线，一个医治创伤的途径，因此文学也是健康问题。这是如何得以实现的呢？首先，人的记忆是由无数的虚拟形象构成的。所谓虚拟形象指的是记忆中有可能成为意识的部分，虚拟不仅仅是对真实的摹仿(如“虚拟现实”)，而且可能从“虚拟”变成“现实”，从而产生新的结果。当这些“虚拟形象”被实际显现(底片被冲洗出来)时，纯粹的记忆就暴露给意识了。这些虚拟形象得以实际显现的过程就是回忆的过程，形象也就在这个过程中通过变成新的自我而有别于原来的自我了。这个过程可以分为两个步骤：首先是“跳入过去”，目的是找到大部分相关的记忆平台；第二步是把记忆带入现在(现实)，根据现行状况赋予它新的“生命”或语境，于是构成了“已然的现在”，过去与现在在这里达到了一种特殊的综合，德勒兹认为这是“已然时间的流动”。对记忆的这种解释是反基础主义的：第一，记忆并不是某个超验主体所拥有的东西，不是他为了回忆而加以利用的东西，相反，记忆能够帮助人们形成一个统一的自我；第二，记忆不是从过去挖掘什么，而是根据现时兴趣和条件把过去建构成一个新的现在。于是，记忆就成了生产新事物的创造力，而不是复制过去的机器。

然而，作为健康机器的文学就仿佛弗洛伊德所说的无意识创造：作为一种潜在的或隐藏的游戏，无意识潜伏在意识之下，在黑暗之中，没有规则，没有秩序，任意地选择，任意地玩耍，充满了邪恶的冲动。艺术家就像儿童一样，拒绝道德伦理的约束，不顾一切文化的禁忌，追求

---

① Lambert, “On the Uses and Abuses of Literature for Life”, p. 145.

② Deleuze, *Essays Critical and Clinical*, pp. 2-3.

孩童时期的快乐和天真，追求创造带来的快感和满足，也正因如此，艺术家(尤其是创造性艺术家)必须付出代价。为艺术、快感和创造所付出的代价就是痛苦。而如此创作的作家便成了“问题作家”或“病态作家”：刘易士·卡罗尔由于善写小女孩的故事被谴责为恋童癖；福克纳、麦尔维尔和塞利纳由于涉及种族问题被谴责为种族主义者；亨利·米勒和威廉·塞沃德·巴罗斯由于描写女人的邪恶被谴责为厌恶女人的男人；普鲁斯特由于描写了太多的隐私生活被称为“壁橱里的同性恋者”；安东尼·阿尔托由于创作“残酷戏剧”被称为虐待狂和秘密的法西斯分子；卡夫卡则由于搞不好与女人的关系不能结婚而被说成具有单身汉的欲望，就连与丈夫关系甚好但对其他男人不感兴趣的弗吉尼亚·伍尔夫也被说成是性冷淡。

但作家的“病态”以及作家所描写的病态并不是个人的，而永远是集体的(我们再次想到西苏的那句话：主体是一个民族)。因此，有益于健康、具有诊断和医治作用的文学就必然是对民族的诊断和医治。促进健康的文学包含在虚构或发明之中，德勒兹将其定义为“对一个正在迷失的民族的发明”，因此，“文学的最终目的是要在谵妄中，在对健康的这种创造中，在对一个民族的这种发明中，释放生命的可能性”。① 这就是说，文学首先要创造三个先决条件：创造谵妄(即迷狂状态)，创造健康(医治和逃逸)，创造一个民族(迷失的民族以及它的语言)，在此基础上释放出生命力。这正是卡夫卡在 1911 年 12 月 25 日的一则日记中对小民族文学或小文学的思考。②

首先，卡夫卡列出了一般文学可以给一个民族或人民带来的益处：激发人的精神和灵魂，提供公共生活中缺乏的统一的民族意识，在面对敌对环境时提供民族骄傲；同化令人不满的因素，通过文学杂志的不懈努力而不断把一个民族与其整体融合起来；能够讨论父子之间的对立，呈现民族的缺点，对这些缺点既给予谅解又予以批评；在这种文化氛围内，人们开始尊重活跃的文学家，开展图书贸易，掀起读书热潮；文学成了直接发挥作用的生命力，成为一个民族的日记(但完全不同于历史编纂)。

然后，卡夫卡把文学的这些益处放到小民族中来，发现在小民族或小文化中，这些益处更加明显：小民族文学中没有像莎士比亚或歌德这

① Deleuze, *Essays Critical and Clinical*, p. 5.

② 〔奥〕卡夫卡：《卡夫卡全集(第 6 卷)》，叶廷芳主编，孙龙生译，石家庄，河北教育出版社，1996，第 1 版，第 166～169 页。

样的大人物，没有布鲁姆所说的那种强力诗人，没有大人物对小人物的压制，所以能在最大规模上开展文学的竞争。参与竞争的作家能够相互保持独立，因为他们不受大人物的影响和控制。没有才能的人会自动退出，因为没有可供他们任意摹仿的流行的典范。当小民族开始撰写文学史的时候，大人物的缺乏可以使文学经典稳定下来，不受时尚或流行审美趣味的影响，因为在"大民族文学"里，真正发挥作用的不是文学作品而是作家的影响，读者读的不是作品，而是作家的名望和他在民族传统中的地位，所以当审美趣味发生变化时，有些重要作品会被忘记，而另一些则会随着新一代人的审美趣味而复活。在小民族文学中，重要作品和声望是一回事，并不是相互独立的，不存在忘却和记忆或回忆的问题；小民族文学的文学史是不变的，不随时尚的变化而变化。此外，由于小民族的作品相对较少，所以对现存素材的消化更彻底，对作品本身的消化也更彻底，所以，在小民族文学中，文学关注的不是文学史，而是这个民族本身。

因此，小民族文学中文学与政治的关系是最亲密的；文学的界限不是由文学与"类似事物"(其他艺术)的关系来界定的，而由文学与政治的关系来界定。但文学并不是政治的宣传品，文学的内在独立性恰恰使它能够利用它与政治的关系而在全国范围内广泛传播开来。在小民族文学中存在着个人与政治的相互渗透，作家与读者之间的争论是公开的，而有意作为文学之组成部分的侮辱也是这种争论的有机部分，这是大民族文学中所没有的。"在大民族文学中暗地里进行的勾当，并非是整个结构之不可或缺的基础的东西，在小民族这里全都拿到桌面上来；在大民族文学中只是少数人的一时兴趣的东西，在小民族文学这里都是生死问题。"①这里，我们看到卡夫卡对大民族文学和小民族文学的区分与弗洛伊德对成人游戏和儿童游戏的区分何其相似。

卡夫卡对小民族文学的总结是：1. 生动性：a. 冲突，b. 流派，c. 杂志；2. 束缚较少：a. 缺少原则，b. 小主题，c. 容易构成象征，d. 容易摆脱没有才能的人；3. a. 与政治的关系，b. 文学史，c. 对文学的信念，可以创造自己的规律。结论是：小民族文学由于活跃的冲突而具有活力，不受大作家的束缚，亲密地参与人民的生活。

根据卡夫卡的总结，德勒兹和瓜塔里也总结了小民族文学的三个特点：首先，"当大民族语言受到一种高度协同的解域化的影响时，某种环

---

① 〔奥〕卡夫卡：《卡夫卡全集(第6卷)》，第166～169页。

境势必发生”。[①] 卡夫卡是作为一个布拉格的犹太人用德语开始创作实践的，他所处的是一个非常特殊的语言环境。在世纪交错时期的布拉格，大部分人都讲德语，上德语学校，而卡夫卡则更加复杂一些：父母那一辈抛弃了乡土之根和本族语即捷克语而来到城市，成了讲德语的犹太人。卡夫卡本人虽然长在讲德语的家庭，但父亲的德语很差，经常用一些德语化的意第绪语，而在外面的大环境里，更多的人讲的是德语与捷克语混合的一种语言。卡夫卡本人的捷克语特别好，所以，他用来创作的语言是布拉格德语，也就是一种被解域化了的德语，换句话说，这种德语由于远离本族德语的说话群体，由于与捷克语的临近而经历了各个方面的变形，如语音、语义、句法、语法以及词汇等。卡夫卡本人的捷克德语则更有特性：瓦根巴赫将其描述为“一种非常个人化的布拉格德语，几乎剥掉了全部的地方影响”，一种“准确、冷漠、没有激情、没有修饰、极具逻辑性”的语言，充斥着一股“纯粹主义的倾向”、“‘按字面意义理解的’用词”的一种语言。[②] 德勒兹和瓜塔里认为，布拉格德语本来已经是一种被捷克语解域化了的“德语”，而卡夫卡的这种用法实际上是在故意使这种语言中已经包含的解域化倾向进一步恶化，是以极小主义的风格将这种恶化发展到极致。

另一方面，卡夫卡的意第绪语则比布拉格德语更甚，是一种超解域化的德语。卡夫卡把意第绪语当作德语的一个旁系，“凡讲德语的人都懂意第绪语”，但却无法把意第绪语翻译成德语，换句话说，意第绪语作为德语的旁系却不能回译成德语，那么，为什么讲德语的人又能明白意第绪语呢？卡夫卡的解释是，讲德语的人自身有一些积极的、能动的力，具有关于这些力的联想，这使他们能够本能地理解意第绪语。这就是说，德语中已经固有了许多意第绪语的因素，作为小民族语言的意第绪语已经寓于大民族语言德语之中了，已经对德语的固定结构起到了挪用和颠覆的作用，也就是从德语内部改变德语的标准用法，使之趋向于意第绪语的用法。德勒兹和瓜塔里认为这就是小民族语言对大民族语言的解域化，这也正是卡夫卡这样的作家从事创作的目的之一，即把文学当作语言实验和政治斗争的结合。这种文学之所以叫作小文学或小民族文学，不是因为它属于小民族，不是因为它是小民族的文学，而是因为它是文学的小用法，即对语言中固有的主导权力结构加以“小化”。

① Deleuze and Guattari, *Kafka: Toward a Minor Literature*, pp. 16-27.

② Klaus Wagenbach, “Prague at the Turn of the Century”, in *Reading Kafka: Prague, Politics, and the Fin de Siècle*, Mark Andersoned. New York: Schocken, 1989.

正因如此，小民族文学的第二个和第三个特点才是政治的和集体的，一切非政治因素、个人因素以及私人利益都只能作为背景或采取政治行动的环境。在这个基础上，我们再回过头来看一看德勒兹所说的“虚构”或“发明”究竟是什么意思。它有两个方面：创造和预测。前者讲的是艺术创造本身，后者则指“根据症状对疾病的发展给予预测”；显然讲的是文学的医治作用，或文学的政治功能。文学家既然是文明的医生，那就必须对病态的社会予以诊断，找出病症或症状，提出医治的方案。这对于“一个正在迷失的民族”就更具有“救世”的意义，即要帮助这个民族“解决问题”，使之摆脱一个无法忍耐的环境。[①] 在这个意义上，它类似于梦的工作，具有梦的缓解作用。[②] 精神的紧张，神经官能症，强烈的渴望，性欲望的压抑，甚至身体的疲劳，都可以通过梦的工作得到缓解。同样，民族的安危，局势的紧张，矛盾的冲突，历史断裂的时刻，都可以进行这种有选择的重新安排或编序，从而达到一种艺术的救赎。在德勒兹这里，这种救赎是以发明为形式的，因为发明就是创新，是在生成的过程中寻找新的逃逸线。发明作为一股生成力，不仅使创造者(艺术家或知识分子)具有创造力，而且使整个民族具有创造力。真实可靠的艺术必须面对现实而不是过去，不是去描写经历过的已然经验，而要在现实沸腾的坩埚里描画未来的图景。对于后殖民知识分子来说，这个沸腾的现实就是“一个正在迷失的民族”，就是作家自身的“被边缘化”，被自己的民族和被他者的民族视为“他者”，从而处于一种孤独的状态，而在卡夫卡的情况下，这是一种在法律的环境中被法律所玷污的羞辱感，是在语言的隔阂之下寻求孤独，寻求边缘化，以便脱离多少有些文盲的群体。[③] 但这种边缘化，这种孤独，恰恰是作家发挥潜力的极好机会，是成为集体的代理人，集体的发酵物和催化剂的最佳条件。书写的问题从根本上与一种不可能性相关。当一个民族讲的不是自己的语言，甚至不再懂得自己的语言，而对被迫讲的主要语言又不甚了解的时候，写作是可能的吗？

这并不是一般意义上的孤独，不是指一个人的独处和孤立无助，而是“一个民族的消失”，对于卡夫卡来说，消失的不仅是一个真正的民族(犹太人)，还有语言，他的孤独感还来自他所使用的语言，一种现在不是、将来也永远不会是他自己民族语言的语言，每当用这种语言说话的时候，他都会产生一种背叛自己、背叛自己的民族，从而使自己“虚假起

① Lambert, "On the Uses and Abuses of Literature for Life", p. 147.

② Lambert, "On the Uses and Abuses of Literature for Life", p. 147.

③ Deleuze and Guattari, *Kafka: Toward a Minor Literature*, pp. 221-222.

来”的负罪感。但是，如果你选择了不说话，不使用这种语言说话的话，那么，残存的一点点民族语言也可能会丢失，所以，你必须说话。① 正是在这个意义上，德勒兹说作家的写作(说话)不是个体的，不是私人的，而是集体的，民族的；“与其说是对文学史的关注，毋宁说是对一个民族的关注”。② 这就是卡夫卡所经历的那种“孤独”，是波德莱尔从童年起就感到的那种孤独，在家人中间、在伙伴之间感到的那种永久的孤独。本雅明认为可以用“无能”来形容波德莱尔的孤独感。这是把他和同胞隔离开来的一道深渊，而他的诗歌所描写的正是这道深渊。③ 这里，我们看到，卡夫卡的孤独和波德莱尔的孤独都是在人群中的孤独，而绝不是一般意义上的离群索居。在《卡夫卡：走向小民族文学》中，德勒兹和瓜塔里把卡夫卡的文学书写说成是艺术机器，这台艺术机器的本质是单身汉机器，而且是唯一的一台单身汉机器，它接通了一个拥有无数连线的社会场所。④ 这就是说，卡夫卡实际上不是像某些批评家所说的那样，是一个孤独的、备受折磨的艺术家。把卡夫卡的生活与创作对立起来，说他的创作是出于生命的脆弱，因而把文学创作作为从生活中退隐出来的一种形式，这种说法是可以商榷的。他虽然过着单身汉的生活，但却没有与社会隔绝开来；这种单身汉的生活恰恰给了他一种流动的，甚至危险的社会性；而且，正是这种“孤独”和社会性使得他和他的人物/叙述者能够建造一台文学机器：

> 卡夫卡的孤独向他敞开了当今历史进程中的一切。字母 K 不再表示一个叙述者，而是更像机器的一次组装，越来越具有集体性的一个代理者，因为个人在孤独中被闭锁在这个集体之中了(只有在与主体相关的情况下，个人才有可能与集体分离开来，过着自己的生活)。⑤

卡夫卡的文学机器探讨的不是他个人的心理问题，他在故事中描写的动物也不具有寓言的功能，因此也不是印象主义的或表现主义的：相反，他要达到一种超越一切的现实主义，也即极端现实主义，以此来描

---

① Lambert, “On the Uses and Abuses of Literature for Life”, p. 151.

② Deleuze and Guattari, *Kafka: Toward a Minor Literature*, p. 149.

③ Benjamin, *The Arcades Project*, pp. 315, 337.

④ Deleuze and Guattari, *Kafka: Toward a Minor Literature*, p. 70.

⑤ Deleuze and Guattari, *Kafka: Toward a Minor Literature*, p. 18.

写变形，来如实地展示这个世界——即由“物体，人物，事件”构成的世界。“写作有两个功能：把一切转译成组装，然后再把这些组装拆解开来。”[①]小民族作家的任务就是要在“一个民族正在消失（或缺失）”的情况下“表现另一个不同的潜在社会”，[②]而这种表现不是描写已经成型的社会或模式或乌托邦，而只是培养另一种不同的意识和感性，从现有的社会再现中抽取“表达的组装”、“机器的组装”然后再把这些组装拆解开来，从而给现有的社会再现开辟一条逃逸线，同时为新社会的建立铺垫道路。这个过程可以在卡夫卡的创作中窥见一斑：卡夫卡是在两种不同社会的转折时期创作的，作为“单身汉机器”，他能够把周围的官僚体制拆解开来，把整个社会世界分解成一个个碎片，然后再从这些碎片中建造一个陌生的、具有预见性的机器，如《城堡》中的城堡。

对边缘化的或孤独的作家来说，一个民族的消失或缺失也许恰恰是“表现另一种不同的潜在社会”的有利时机，因为他可以利用这个机会用小民族语言对大民族语言进行解域化，即用表达的机器拆解表达的形式，拆解内容的形式，释放或组织新的内容。这种新的内容必然与原来的事物秩序构成冲突或断裂，于是，一种新的表达形式也必然在语言的缝隙中生产出来。这是一个变形的过程，因为语言中固有一些连续变化的因素——语音的、词形的、语法的、句法的和语义的变化，都必须在实际的表达中得以具体化。作家作为在世界中展开（打开皱折）的一个实体，在使用语言的过程中必然要采用集体的表达组装，采用各种实践中各不相同的话语和非话语类型，同时也必须利用充斥着权力关系的各个制度和实体，而这种使用本身就是对这些组装、话语类型和权力关系的小民族化。在对语言的小民族使用中，实际的作家要开辟一系列连续变化的路线，进入语言的形变过程，使语言进入“结巴”状态，而每个作家都以自己的方式让语言“结巴”，所以才有他或她的“独一无二的、孤独的写作”。但这种独一无二的孤独的写作只有通过对一种语言的集体的表达组装进行实验，只有通过激活语言内部固有的连续变化的路线，才能改变语言在社会语境中具体体现的权力关系，才能在“一个民族消失”的时候预见到一个民族的未来。

---

① Deleuze and Guattari, *Kafka: Toward a Minor Literature*, p. 47.

② Deleuze and Guattari, *Kafka: Toward a Minor Literature*, pp. 31-32.

第三章 文学与越界：世界的文学

第一节 总体文学的设想

马修·阿诺德是英国维多利亚时代著名的文学批评家和当代文化研究的开创者。他首创客观批评，提倡如实地看待客体，所以，他将文学批评规定为一种“无功利性的努力”，一种无利害关系的尝试。所谓“无功利性”或“无利害关系”，讲的是批评家要不带任何个人的、民族的、种族的或政治的、情感的、意识形态的偏见，就文本论文本，就文本所反映的现实来看待现实。批评是一种学习，一种宣传，所学习和宣传的内容是世界上最优秀的知识和思想，这实际上也间接地给文学下了定义，或者说，也是文学选集的编选者们所要遵循的一个原则。作为批评的客体，文学就是世界上最优秀的知识和思想，抑或是世界上人们认识和思想的精华。这里的“知识”和“思想”也就是文学经典的基本内涵，所以，他认为文学的写作和阅读是一项迫切的活动，是改良民族性、提高国民素质的必要和重要的手段。他认为诗歌归根结底是对生活的批评；诗人的伟大之处就在于他能够把思想既有力又优美地应用于生活，应用于如何生存的问题。也许，生活的素材对于每一个作家来说都大同小异，但如何把生活的素材“有力”并“优美”地呈现出来，则是作家个人的事，也就是作家的个人能力问题。至关重要的是，所写的内容必须是世界上最优秀的，也就是说，它不专属于哪个特定民族，特定国家，而属于整个世界。文学具有了普世性。文学没有国界。

雷蒙·威廉斯是20世纪后半叶英国最重要的知识分子之一。他提倡文化和社会研究与文学研究并重，根据政治、意识形态和社会史来研究文学。他给“文化”下了一个宽泛的定义：文化不仅仅是全部的知识性和想象性作品，文化是一整个生活方式。对于“文学”这个术语，他也采取了相同的研究方法。他认为，随着工业资本主义的兴起，“文学”这个术语由一开始指任何书面文字的东西，到更具体的想象作品，最后专指诗歌、小说、戏剧等具有高度文化和社会价值的作品。我们目前的文学概念并不是来自文学内部永恒的审美价值，而是与社会的资本主义专业化分不开，文学形式和样式是由它们在社会中的作用决定的。“民族文学”的发展进一步证明了社会、文化和艺术如何相互关联，文学又是如何为统治阶级服务的。根据威廉斯的研究，文学一词除了含有“读写能力”的意思外，还含有“文雅”和“高雅”的维度。于是，“文学”的定义中就出现了一种特定的社会或阶级意识：文学具有了社会性和阶级性。也就是说，文学并不是社会上各个阶级共同拥有的，而只属于温文尔雅的高雅阶层。而且，供高雅阶层阅读的文学不仅来自民族内部，还有来自其他民族的优秀作品，如古希腊罗马文学。这意味着，文学作为高雅社会的消费品，本来就具有世界性或普适性，没有时空界限。但是，随着工业革命或工业资本主义的发展，“民族”意识开始出现。这在文学领域里意味着提倡本民族文学，用本民族语言写的供广大普通民众阅读的文学，而不仅仅是供高雅社会的绅士们和淑女们阅读的外来文学。于是，民族文学或本土文学与外来文学就在互动中结合了起来。这种互动实际上给世界文学提供了发展的契机，也是世界文学发展的真正意义所在。

勒内·韦勒克在《文学理论》第12章中，在回答什么是文学作品之存在形式这个问题时说过这样一段话：

> 最流行、最古老的答案之一是把诗当作一种“人工制品”，具有像一件雕刻或一幅画一样的性质，和它们一样是一个客体。这样，文学作品就等同于一张白纸或羊皮纸上留下的黑墨水线条，或者，如果我们记起巴比伦的诗歌，那它就是砖上刻的槽子。①

这个回答虽然流行古老，但不令人满意。这有两个原因。首先，把诗或文学当作“人工制品”，当作与雕塑或绘画一样的客体，那就与白纸或牛皮纸上的黑线条，与刻在砖头上的沟槽或刻在木板上的图像没有什么分别了。在现代意义上，写在纸上的并不都是文学。另一方面，没有写在纸上的不一定都不是文学。在印刷术出现之前，很多古代文学都是口传的。“书写和印刷术的出现使文学传统的接续有了可能，因而必然大大增强了艺术品的统一性和完整性。”②书写和印刷术促成的文学传统的接续是世界文学得以出现的一个物质基础。

第二个答案也是被广泛接受的，尤其“受诗歌朗诵者的欢迎”，这个

---

① 〔美〕韦勒克，沃伦：《文学理论》，第158页。

② 〔美〕韦勒克，沃伦：《文学理论》，第159页。

答案是："文学作品的本质存在于讲述者或者诗歌读者发出的声音序列中。"[①]这种理论把文学(诗歌)当作表演文本的行为，是表演者发出的声音序列。背诵一首诗，朗读一首诗，都是表演。这种表演与音乐演奏没什么分别。但总是有一些文学作品是靠默读的，或者说不靠声音就能欣赏的。最重要的是，而且这一点德里达后来也曾大加引申，那就是一首诗每读一次都会有增补，都会有新的理解，都会产生差异，而只有产生差异，才能产生意义。每一次增补，每一次新的理解都会改变原来的作品，都不同于以前和以后的同一个客体。这似乎与第三个答案密切相关。

> 诗是读者的体验。这种论点争辩说，在每个读者的心理活动之外，诗就不存在，因而，一首诗就等同于我们读它时或者听它时体验的心理状态和过程。[②]

这把诗歌(文学)等同于读者的心理体验。诗只存在于读者的心理活动之中，就好比 20 世纪 70 年代的"读者反应批评"或"接受美学"的主张。读者对一首诗的心理体验并不就是他个人的体验，而是一种互文的体验。这种体验除包含了纯属个人气质的东西，个人在读诗时的情绪、精神和技术准备，还有他所受的教育程度，所处社会的文化风貌、宗教和哲学背景，更加重要的是文学自身的修养。这就把文学的评价标准解构了。不同的读者显然对同一首诗有不同的理解，甚至同一个读者在不同的时间、不同的场合、不同的情绪乃至不同的身体状况之下都会对同一首诗有不同的理解和接受。那么如何来评价一首诗的好坏呢？

"诗即作者的体验"，指的是"作者在创作时的体验"，[③] 这是第四个答案。把诗歌(文学)等同于作者的经验，或作者创作时的经验，就意味着作者在创作时有自觉意识的经验和意图，要把某种合乎理性的想法表达出来，但这种说法在韦勒克亲身参与的"新批评"中已经被作为"意图谬见"(与"感受谬见"一起)受到批判了。韦姆塞特和比尔兹利在《意图谬见》(1949)一文中指出，我们不能用作者的意图来评价文学作品，因为作品是公开的而不是私下的表达，作品的意义不取决于作者的意图或设计。与此相关的还有把创作与经验相关联的说法："真正的诗是创作过程中作家有意识的经验与无意识的经验的总和"，或者说，艺术品是社会经验和

---

① 〔美〕韦勒克，沃伦：《文学理论》，第 161 页。

② 〔美〕韦勒克，沃伦：《文学理论》，第 162 页。

③ 〔美〕韦勒克，沃伦：《文学理论》，第 164 页。

集体经验的总和。然而，从个人或社会心理学的观点解释文学存在形式的做法只能得出这样一个结论："一首诗不是个人的经验，也不是一切经验的总和，而只能是造成各种经验的一个潜在的原因。"①根据个体的或集体的经验来判断诗歌是站不住脚的，因为这里所说的经验不过是从作品中抽取出来的个别经验，似乎将其抽取出来，再加以组装就可以构成作品的总和了。其实不然。文学以及任何艺术作品都有其言说的内容(作家的经验)和未言说的内容(读者的体验)，二者加起来总是大于作品各个部分的总和。

韦勒克最后以预示了结构主义文学观(他的确提到了索绪尔和布拉格学派的现代语言学家们)的"体系说"做出如下总结：艺术品既不是实在的，也不是精神的，更不是理想的，而是具有本体地位的可以认识的对象，具有随集体意识形态的变化而变化的、由不同"层面"构成的一套价值或标准体系，我们在前面已对此有过叙述。② 在该书的其余章节里，韦勒克详细论述了文学形式之八个层面及各自所属的组合。总体上看，他的论述是辩证的、开放的、客观的，把文学看作"一个复杂的、多层次的艺术整体"。刘象愚先生在该书的"代译序"中总结了《文学理论》的三大贡献：(1)提出了文学的"外部研究"和"内部研究"的分野；(2)对文学理论、文学批评和文学史进行了辩证界定；(3)对"比较文学"、"总体文学"和"民族文学"等概念做了辩证分析。关于第三个贡献，刘象愚先生的总结精到而发人深省，涉及从民族文学、比较文学发展到作为世界文学的"总体文学"的可能性：

> 我们必须把文学看作一个整体，就实际情形而论，"至少西方文学是一个统一的整体"，因此对于包括整个欧洲、俄国、美国和拉丁美洲在内的文学进行研究时，比较文学就需要突破民族的界限、语言的界限。至于"总体文学"，如果我们把它看作诗学，或者文学理论与原则的研究，则同样需要突破民族和语言的界限，在这种情况下，比较文学与总体文学"不可避免地要合而为一"。不仅文学理论是如此，就是文学的主题和形式、手法和类型的历史也是"国际性的"，"如果仅仅用某一种语言来探讨文学问题，仅仅把这种探讨局限在用那种语言写成的作品和资料中，就会引起荒唐的后果"。因

① 〔美〕韦勒克，沃伦：《文学理论》，第167页。

② 见本书导言。

此，比较文学的宏伟目标是写“一部综合的文学史，一部超越民族界限的文学史”，而比较文学这种超越民族和语言的性质，对比较文学学者“掌握多种语言的能力提出了很高的要求”。当然，比较文学强调超越民族与语言的界限并不意味着忽视民族文学，事实上，恰恰就是“文学的民族性”以及各民族对这个总的文学进程所做出的独特贡献应当被理解为比较文学的核心问题。①

第二节 为了别人的艺术

威廉·福克纳根据自己创作的亲身实践，简要而准确地道出了作家之所以从事写作的原因，也为我们提供了一种完全不同于批评家的对文学的理解和认识：

> 写《军饷》时，我发现写作很有趣。以后我发现不仅每部作品而且全部作品或艺术家的全部作品必须有构思。写《军饷》和《蚊群》时，我是因写作而写作因为它有趣。我开始创作《沙多里斯》时发现自己家乡邮票那么大的地方值得我去写，而且永远也写不完；通过把现实升华到伪经，我能完全自由地发挥才能达到绝对的巅峰。它打开其他民族的金矿，因此我创造了我拥有的宇宙。我能像上帝一样不仅在时间上，而且在空间上调动这些人。我自认为终于成功地调动了这些人。这个事实证明了我自己的理论，即时间存在于体现个别时刻之外的流动状态。没有过去这样的事——只有现在。如果有过去，就不会有懊悔或悲痛。我想我创造的世界是宇宙的一颗冠石；如果那么小的冠石被拿掉，那么宇宙本身就会垮掉。我的最后作品将是约克纳帕塔法县的末日审判书，一部金书。然后我将弃笔止作。②

《沙多里斯》是福克纳的第三部长篇小说，是在进行了漫长的诗歌创作尝试、历经挫折之后发表的较为成功的一部小说，是他摈弃英国传统、摆脱美国其他作家的影响后开始自己创作生涯的独创性作品。此前发表的两部作品(《军饷》和《蚊群》)不过是“兴趣”而已；但即使出于“兴趣”，

① 刘象愚：《韦勒克与他的文学理论(代译序)》，见〔美〕韦勒克，沃伦：《文学理论》，第12～13页。

② 〔美〕弗莱德里克·R. 卡尔：《福克纳传(下)》，陈永国等译，北京，商务印书馆，2007，第1版，第1002～1003页。

写作也不是没有规则或没有构思的。就是说，文学创作有自己的规则，文学有自己的语法或律法。也正因如此，只出于“兴趣”而没有按照规则、语法和律法创作的前两部作品没有进入他的“约克纳帕塔法”系列，没有成为他的经典作品，充其量是实验之作。但从《沙多里斯》这部描写南方历史和大家族命运的小说之后，福克纳似乎领会了文学的本体精神：规则、语法和律法自有其存在的理由，但真正的创造不是循规蹈矩，不是按语言规则展示准确的用法，或把写作当作语言操练的习作。作家不是语言学家。作家的任务是在文学内部用词语呈现文学外部的事物，这就是历史，生活世界或事件，是像萨特所说的在词语中看世界。对福克纳来说，这个世界竟然是他家乡的邮票一样大小的一片土地，很小但却终其一生也无法穷尽的一片土地。这是他的生活世界，许许多多事件都曾在这里发生，作品内外的经验和体验都源自这里的“真实生活”，必然是他取之不竭、用之不尽的源泉。但这似乎是一种过于现实主义的说法。福克纳在乎这个源泉，但不在乎这种现实主义；他在乎这个由许多事件构成的生活世界，但他不在乎写入作品之后这个世界还是否“真实”。他要做的就是把实际发生的历史写入“伪经”，仿佛《旧约》的次经、伪经，或《新约》的旁经、外传；是杜撰的，真实性可疑的，甚至连作者身份都不详的“经典”。一句话，把真实的生活改写成“伪经”。这样，他才能拥有完全的自由，才能在这种自由中把自己的才华发挥到极致。他要打开其他民族的金矿，来创造他自己拥有的宇宙。在这个宇宙上，他就是上帝，就是造物主，可以任意搬动棋盘上的棋子，在时间和空间中随意穿行。

福克纳不是萨特那样的哲学家—作家，也不是卢梭那样的思想家—作家，他是单纯从事创作的作家。他从未读过哲学著作，也未接触过精神分析学，更未接受过严格的修辞训练。他的生活世界就是他生长的小镇，但他对生活的体会却是哲学的，对人的理解是悲剧式的，对世界的认识是诗意的。他认为时间永远处于流动的状态，变动不居，不能将其固定在某一历史时刻，只能在瞬间具体地体现为个体的人。文学描写的就是个体的人，讲述的就是瞬间的事件，呈现的就是栩栩如生的现实生活。文学不是历史，但它讲述历史的故事，而呈现的却是现在。文学也叙说过去，但径直参与当下流动的世界。对于文学来说，历史不是凝固于不变的过去，过去(was)并不存在，存在的只是使人类不朽、使人类心灵升华，曾经给予人类以同情心、牺牲精神和忍耐力的那些无上荣光的东西：勇气、荣誉、希望、自尊、同情、怜悯和牺牲。这或许就是作家从事文学创作的普遍动机。

把福克纳从无名中拯救出来，使其先在法国走红，后在美国流行，最终荣获诺贝尔文学奖的萨特，认为福克纳“描写的就是他梦想的世界”；他写作是出于“不可遏制的讲故事的需要”。① 对于这位存在主义哲学家来说，“写作无非就是在诗神的项链上增加一颗珍珠；给后代留下某种模范人生的回忆”。② 而且，写作是他的习惯，他的职业，他始终把笔当剑。③ 他欣赏福克纳，是因为他和福克纳一样喜欢散文，而不擅长诗歌；他也要在语言这面镜子里、在词语的镜子里看到世界某一面貌的形象，并把它揭示出来。他秉承的基本哲学前提是，人的存在就是“起揭示作用的”，没有人，世间万物就无法显示，就无法被认识。就世界的本体而论，毋宁说，没有人，世间万物同样可以显现和展示；只不过有了人，它们才能被认识、被理解、被改造、被组织。从这个哲学前提出发，我们可以把人看作认识的工具，感知的工具，而认识和感知的结果便是对自然、对存在、对人自身的揭示和去蔽，继而把关系和秩序引入个别的独立存在和无序之中，把统一性强加给世界的多样性。于是，人成了这个本来无序的世界的组织者，成了这个世界的主宰。在文学和艺术的世界中，作家和艺术家就成了在流动状态中创造和调动人与物的造物主。萨特说，创造是一种感觉。但感觉并不是全部。

> 创作行为只不过是(一部作品的生产过程中)一个不完备的、抽象的瞬间；如果世上只有作者一个人，他尽可以爱写多少就写多少，但是作品作为对象，永远不会问世，于是作者必定会搁笔或陷于绝望。……精神产品这个既是具体的又是想象出来的客体只有在作者和读者的联合努力之下才能出现。只有为了别人，才有艺术；只有通过别人，才有艺术。④

创作是一个过程，一个生产过程，因此，作品本身并没有完结，具体的、物质的文本本身还不能称作是文学，而是一个未完成的、抽象的瞬间，也就是福克纳所说的以具体的人和具体的事体现的瞬间，这个具

① 〔法〕萨特：《萨特文集(文论卷)》，沈志明、艾珉主编，北京，人民文学出版社，2000，第1版，第5页。

② 〔法〕萨特：《词语》，潘培庆译，北京，生活·读书·新知三联书店，1989，第1版，第129页。

③ 〔法〕萨特：《词语》，第182页。

④ 〔法〕萨特：《萨特文集(文论卷)》，第123～124页。

体的人和具体的事构成了小说世界的整体。但这个整体只是单方面的，因为作家不能孤立地存在，作品也不能孤立地存在。作家不是为自己写作；他为读者写作，为别人写作，他和他的作品只能为别人、通过别人才能存在。写作意味着一个辩证的两面，一面是作家，他创作，他提供艺术客体，他把他编织的抑或是揭示的美的或丑的东西呈现在读者面前；另一面是读者，是受众，他接受，他阅读，他评判，他甚至参与作者的创作。放在书架上的书只要有人把它拿下来，翻开来读，才真正变成了文学。在这个意义上，读是写的辩证对应物。读和写是两个关联着的行为，或者是一个行为的互不可分的两面。作家和读者则是这两面的独特的代理者。只有当二者共同努力时，抽象的写作才能变成具体的书，抽象的想象才能变成具体的文本。任何艺术都是由别人来最后完成的。

所以，写作的任务就是揭示世界，为世界去蔽，然后把这种揭示，把去蔽后的感悟慷慨地奉献给读者。在这个过程中，作家总是要意识到别人，意识到对象。仅就作家和读者的关系而言，作家需要得到承认，得到读者的承认，只有得到读者的承认，作家才能成为作家，才能在与读者的关系上感到自己是重要的。然而，仅仅证明一个人的重要性，仅仅为了改造和超越这个世界从而使作品具有深度，还仍然不够。“作家的世界只有当读者予以审查，对之表示赞赏、愤怒的时候才能显示它的全部深度。”①最重要的是，作家和读者在写作和阅读的行为中都承认了对方的自由。不管人们从哪个角度看待艺术，艺术都是对自由表示信任的行为；不管人们用多么阴暗的颜色描绘世界，这种描绘都是为了自由的人感到自己的自由；不管人们怎样努力呈现个别的自由或在个别的自由之间达成协调，他们都在用自己的自由去浸透这个世界。

> 不管作家写的是随笔、抨击文章、讽刺作品还是小说，不管他只谈论个人的情感还是攻击社会制度，作家作为自由人(都)诉诸另一些自由人。他只有一个题材：自由。②
>
> (当作品)不再是向自由人发出的自由的召唤(时)，它就不再是文学(了)。③

书写是一种要说话的充满激情的自由，是书写者要僭取自由的冲动。

---

① 〔法〕萨特：《萨特文集(文论卷)》，第140页。

② 〔法〕萨特：《萨特文集(文论卷)》，第141页。

③ 〔法〕萨特：《萨特文集(文论卷)》，第167页。

这种僭取往往是非法的，因为书写的行为从定义上说是对现状的否定，这种否定，按德里达后来对萨特的修正，只有在自由民主的社会里才是允许的。但德里达和萨特都一致认为作家的激情能激发我们认识真理；认识真理是每一个人的责任。认识真理的前提是让人与世界真实地相遇。这种相遇只有在爱、恨、恐惧、快乐、愤怒、欣赏、希望、绝望中才能实现。作家要揭示世界，就是揭示人与他人的关系，就是让读者在这种关系中与他人相遇，进而让他们在面对被暴露无遗的世界时承担起个体和集体的责任，这就是文学的伦理功能。作家通过讲故事向世界发出伦理的呼唤；作家以文学为武器投入保卫自由的战斗；作家为保卫自由而主动献身，自愿地进入一种被动的状态，通过牺牲，通过受难(如耶稣受难)，而达到一种超验永生的境界。这是一场斗争，一场"自我挣脱、自我解放"的斗争，因为"没有现成的自由；必须克服情欲、种族、阶级、民族的羁绊去争得自由"。[①] 自由本身是没有民族界限的；争得自由的斗争也必然要跨越民族的界限。美国黑人作家不仅仅为美国黑人写作，也不仅仅为美国白人写作；他们为曾经被殖民的非洲、亚洲、拉丁美洲写作，也为曾经充当殖民者的欧洲写作。作家的读者群是无限扩大的，当扩大到潜在的读者群的边缘，形成了世界的文学，文学便获得了彻底的解放。[②]

文学的主题是处在世界之中的人。文学的内容是通过个别的具体的某一时代的人，表现抽象的整体的跨越时空的人。文学的目的是要在一个"无阶级、无独裁、无稳定性的社会"里完成自由意识的生产，实现人对自身的超越，履行用"具体的普遍性表达具体的普遍性"的职责，"呼唤人们的自由，以便他们实现并维持人的自由的统治"。[③] 这样一种具体的普遍的文学无疑具有了宗教的普世性，具有了世界文学的普世性。

第三节 无器官的文学

如果说福克纳面对的主要是生存的问题，萨特面对的主要是书写的问题，那么，德勒兹所关心的则是当"生存的问题"与"写作的问题"密切关联起来的时候会发生什么，也就是当生活与文学相遇时会发生什么。生活与文学之间到底是什么关系呢？在文学中，人通过语言与他人相遇，

① 〔法〕萨特：《萨特文集(文论卷)》，第143页。
② 〔法〕萨特：《萨特文集(文论卷)》，第154页。
③ 〔法〕萨特：《萨特文集(文论卷)》，第211页。

通过词语瞥见世界，最重要的是，在文学中，人通过语言的声音和形象创造了自身。在文学中，人与整个外部世界相遇，并在相遇中接触到贪婪、偏执、傲慢，体验到绝望、孤独、失败，最终也达到了理解、调和、创造。

与萨特一样，德勒兹也认为“文学属于不定型、未完成的东西”；因此是永远没有完结、永远在进行之中、在过程之中的生成中的事件。写作是一个过程，它穿越过去和未来，在可能经历或已然经历的经验之外，因此不是把某一确定的表达形式强加于已然经验的内容之上。[①] 这里我们看到德勒兹与福克纳、韦勒克、萨特、威廉斯、阿诺德等批评家和思想家的异同。写作不是描写历史。在德勒兹的哲学中，历史和生成是对立的两面。历史是已经发生过的事实，不可改变的既成事实；而生成则是未完成的一个生命进程，它无始无终，专注于无法预见的、非事先存在的当下运动。在文学中，这种生成体现为生成女人、生成孩子、生成动物、生成植物，直到生成无法识别的最小粒子。这种生成不是摹仿，不是再现，也不是表现，而是“在……之间”和“在……之中”的一种运动；它通过语言的迂回揭示事物中的生命；或在非理性的、怪诞的、虚拟的静止中展示时间的运行。

我们在前面已经谈到书写与身体的关系，文学与健康的关系。作为健康的文学或书写是“编撰”，是“虚构”，是“发明”。“文学的最终目标，就是在谵妄中引出对健康的创建或对民族的创造，也就是一种生命的可能性。”[②]这就是说，文学首先要创造三个先决条件：创造谵妄即迷狂状态，创造健康（即医治和逃逸），创造一个民族（即迷失的民族和语言），在此基础上释放出生命力。然而，这种创造是在语言中进行的，是在语言中打开一个缺口，在语言中勾勒出一种陌生的语言。这种语言创造要分三个步骤进行：首先，通过句法破坏母语；其次，通过谵妄发明一种新的语言；最后，通过文本创作的过程，把语言发展到极限，使语言转向自己的外部。“永恒只有在生成中才能被揭示，景色只有在运动中才得以显现”，作家只有在言语活动的缝隙和间隙里才能看见和听见真实的理念。在这个意义上，文学就是“生命在构成理念的言语活动中的旅行”。[③]

---

① 〔法〕德勒兹：《批评与临床》，刘云虹、曹丹红译，南京，南京大学出版社，2012，第1版，第1页。

② 〔法〕德勒兹：《批评与临床》，第10页。

③ 〔法〕德勒兹：《批评与临床》，第12～13页。

悲剧也就成为命运的一面镜子，写悲剧的人也就成为自由的介入者。①

这种介入或生命的旅行是对真理的追寻，对真理的追寻是无意识的历险，思想的历险，生命的历险。在这历险中，思想本身并不重要，重要的是引发思想的事物。与哲学家相比，诗人更为重要，因为哲学家提供的是纯粹的思想；诗人提供的是引发思想的事物。普鲁斯特的《追忆似水年华》这部鸿篇巨制其实只解释了一个词，那就是"促使"(forcer)："那些**促使**我们去观看的印象，那些**促使**我们去解释的相遇，那些**促使**我们去思想的表达。"②这些"印象"、"相遇"和"表达"就是普鲁斯特所描写的、德勒兹不厌其长地引用的这段话：

> 由理智直接地从充满光明的世界留有空隙地攫住的真理不如生活借助某个印象迫使我们获得的真理更深刻和必要，这个印象是物质的，因为它通过我们的感觉进入我们心中，然而我们却能从中释放出精神……我都努力思索，也就是说使我所感觉到的东西走出半明不明的境地，把它变换成一种精神的等同物，从而把那种种感觉解释成那么多的法则和思想的符号……因为不管是模糊的回忆，诸如餐叉的碰击声或者玛德莱娜蛋糕的滋味，或者借助我力求探索其意义的那些印象，在我的头脑里组成一部绚丽复杂的天书的钟楼、野草之类的形象书写下的那些真理，它们的首要特性都是我没有选择它们的自由，它们全部以本来面目呈现在我眼前，而我感到这大概就是它们确实性的戳记。我没有到那个大院里去寻找那两块绊过我脚的高低不平的铺路石板。然而，使我们不可避免地遭遇这种感觉的偶然方式恰恰检验着由它使之起死回生的过去和被它展开的一幅幅图像的真实性，因为我感觉到它向光明上溯的努力，感觉到重新找到现实的快乐……至于内心书本上那些不认识的符号(似乎是一些被强调的符号，我的注意力在勘探我的无意识时会如测探中的潜水员那样寻找、碰撞、回避的符号)，谁都无法用任何规则帮助我去辨认它们，这种阅读即是一次创作行动，谁也不能越俎代庖，甚至不可能与我们合写……由纯粹的理智造就的那些观念只具有某种逻辑的真理，可能性的真理，它们的选定是独断的。并不由我们涂写

① 〔法〕萨特：《他人就是地狱：萨特自由选择论集》，周煦良等译，西安，陕西师范大学出版社，2003，第1版，第49页。

② 〔法〕德勒兹：《普鲁斯特与符号》，姜宇辉译，上海，上海译文出版社，2008，第1版，第95页。重点为笔者所加。

> 出来的形象文字的书确实是我们唯一的书。那倒不是因为我们使之成形的那些概念在逻辑上不可能是正确的，而是我们不知道它们是否真实。唯有印象，尽管构成它的材料显得那么单薄，它的踪迹又是那么不可捕捉，它才是真实性的选择结果，因此，也只有它配受心灵的感知。心灵倘若能从中释放出真实，真实便能使心灵臻于更大的完善，并为它带来一种纯洁的快乐。①

这就是普鲁斯特在作品中描写的能够“激发思想的事物”，它们是符号，是偶然相遇的对象，也是唯一的纯粹的创造，而纯粹的创造的形式则是对这些符号或印象加以“表现、展现、破解、翻译”。德勒兹根据普鲁斯特小说中描写的不同世界区分出与之对应的不同符号：第一个世界是上层社会的社交界，与之对应的是取代了思想和行动的社交符号，这些符号由于取代了思想而显得愚蠢，由于取代了行动而显得冷酷无情。第二个世界是爱的世界，与之对应的爱的符号掩盖了未被了解的世界，遮蔽了思想和行动的根源，也掩藏了它所表达的东西，因此是具有欺骗性的。第三个世界是印象或感觉属性的世界，与之对应的符号是物质性的，是日常生活留下的点滴印象，是玛德莱娜蛋糕、钟楼、树木、石子路、毛巾、勺子或水流的喧哗。它们使人愉悦，感觉真切，顿生责任感，于是开始探索符号的意义。它们是真正的符号，是充实的、肯定的、带给我们愉悦的符号。② 对应于三个世界的三种符号都与时间相关：社交符号蕴含着失去的时间，爱的符号包含着逝去的时间，而感觉符号则总让我们重新发现时间。在小说以及其他艺术中，这些符号相互重叠，相互影响，相互作用，而如果相互脱离，便不能产生追寻真理的效应。

然而，对真理的追寻，对逝去时间的追寻，并不是字面意义上的追寻，不是回到过去。已经逝去的过去是无法寻回的。追寻是一种生产。现代艺术品是一部运转的、生产的机器；它生产人们所意欲的东西。普鲁斯特的小说是一部生产性的机器，“表现、展现、破解、翻译”就是这部机器的生产过程。也就是说，艺术品既是生产的机器，也是机器生产的产品。所有生产皆始于印象，所有生产皆始于符号。但印象和符号本身并不储存意义或真理，正如想象和思想的机器本身也不直接生产意义

① 〔法〕德勒兹：《普鲁斯特与符号》，第96页。

② 〔法〕德勒兹：《普鲁斯特与符号》，第5～13页。

或真理一样。印象和符号促动或开动想象和思想的机器，在“表现、展现、破解、翻译”的过程中生产重现的时间的真理和逝去的时间的真理。但普鲁斯特的文学机器不是两种，而是三种。第一种机器对应于对部分的生产，不是把生产出来的部分相加而构成一个整体，恰恰相反，它让这些部分成为碎片，相互撞击，相互缠绕，在差异中产生普遍法则。第二种机器产生共振，通过把意思相反的词组合起来，使相离甚远的事物产生共振，使重现的时间的真理和逝去的时间的真理产生共振，使充实的时间和空洞的时间产生共振，其结果是一种独特的本质，一种被艺术符号个体化了的本质，一种在艺术生产的思想中汲取思想养分的效应。第三种机器是普遍变化和死亡的机器。衰老的迹象，死亡临近的迹象，灾难或世界末日的迹象，是所有能够写进命运悲剧的东西；所有从过去时刻向当下时刻运动的迹象，都在仿佛静止的运动中持存，在这种持存中，死亡的观念在巨大振幅的胁迫下寻找着它的肉身。

在《普鲁斯特与符号》一书的结尾，德勒兹用了一个发人深省的隐喻来说明《追忆似水年华》(抑或所有文学)的叙述者是一个巨大的无器官的身体：没有眼睛、没有鼻子、没有嘴的蜘蛛。它无法看到、无法感觉、无法回忆起任何东西，但却能在遥远的蛛网的另一端接收以强波形式传播给它的身体的最微小的震动，那就是符号，最微小的符号。它能对这个符号做出及时的反应，扑向猎物。叙述者就是蜘蛛，蜘蛛就是叙述者；他们共同编织的蛛网就是作品。文学，以及文学的创造者们，就是这样一个巨大的无器官的身体。他们无器官，是因为他们的器官的自觉的、有组织的功用被剥夺了；但相应的器官仍在，当强波振幅激发了那些不自觉的功用时，不自觉的感觉、不自觉的回忆、不自觉的思想就会被促发，就会对某种符号做出全面的反应。①

或许，世界文学就是这样一个巨大的无器官的身体，它接收的振幅来自整个宇宙，它编织的网络遍布全球，它要捕获的猎物正是世界各民族的文学。它的网是开放的，它的力是震颤的，它的波是积聚的。当力的波动积聚到一定强度时，它的磁力就将吸引始终在边缘游移的最小粒子，它的光谱就将变成七彩缤纷的虹，无边缘的、无等级的、丰富多元的世界文学经典也就随之诞生了。

---

① 〔法〕德勒兹：《普鲁斯特与符号》，第182～183页。

第四节　共享的精神产品

大卫·达姆罗什在其《什么是世界文学?》一书(以“歌德生造了一句话”为题)的前言中开篇就引用了歌德的一段话：

> 我愈来愈深信，诗是人类的共同财产。诗随时随地由成百上千的人创造出来。……所以我喜欢环视四周的外国民族情况，我也劝每个人都这么办。民族文学在现代算不了很大的一回事，世界文学的时代已快来临了。①

歌德在1827年说了这番话。他死后三年，他的弟子艾克曼在《歌德谈话录》中将这段话公之于众(1835年)，这个新造的词“世界文学”(Weltliteratur)便成为“一个文学视角和一种文化意识，一种正在上升的全球现代性的感性”，② 也即我们现在生活于其中的这个时代的感性，成为学者、批评家、文学理论家和语文学家探讨的对象。二十年后，马克思恩格斯在《共产党宣言》(1848年)中也提到了“一种世界的文学”(a world literature)：

> 旧的、靠国产品来满足的需要，被新的、要靠极其遥远的国家和地带的产品来满足的需要所代替了。过去那种地方的民族的自给自足和闭关自守状态，被各民族的各方面的互相往来和各方面的互相依赖所代替了。物质的生产是如此，精神的生产也是如此。各民族的精神产品成了公共的财产。民族的片面性和局限性日益成为不可能，于是由许多种民族的和地方的文学形成了一种世界的文学。③

朱光潜先生在为歌德的“世界文学”做的脚注中说：“歌德在这里提出‘世界文学’，比马克思、恩格斯在《共产党宣言》里提出这个名词恰恰早二十年。基本的区别在于歌德从唯心的普遍人性论出发，而马克思主义

---

① 〔德〕歌德：《歌德谈话录》，朱光潜译，北京，人民文学出版社，1978，第1版，第113页。

② David Damrosch, *What Is World Literature?*, Princeton and Oxford: Princeton University Press, 2003, p. 1.

③ 《马克思恩格斯选集(第一卷)》，北京，人民出版社，1995，第2版，第276页。

创始人则从经济和世界市场的观点出发。”①有趣的是，《共产党宣言》的中文编选者也为马克思恩格斯这段话中的“文学”做了一个脚注，注中说：“‘文学’一词德文是‘Literatur’，这里泛指科学、艺术、哲学、政治等方面的著作。”②两个脚注，不同的解释，尽管针对不同的作者和不同的对象，但主题却都是“世界文学”。相比之下，朱先生的区分极具学理性，有思想深度，更显示了他对文学和马克思主义经济学的渊博知识。所谓“唯心的普遍人性论”主要有两层意思：一是歌德“不出门”，便知天下文学，是为“唯心”。二是人性的普世性，人之所以为人，本质的界定不在于肤色、种族、地域、生活习俗或政治制度，而在于人作为人的共性，其中包括艺术创造的欲望。我们在前面赘述的萨特诸君关于文学之于人性的普世性的讨论已经充分说明了这一点。

其实，歌德不用“出门”便已知“天下文学”了。歌德在谈及世界文学时，正在读一本中国传奇，据朱先生猜测可能是《风月好逑传》，由法国汉学家阿伯尔·雷米萨特译成法文，改名为《两姊妹》。从这部传奇中，歌德了解到：“中国人在思想、行为和情感方面几乎和我们一样，使我们很快就感到他们是我们的同类人，只是在他们那里一切都比我们这里更明朗，更纯洁，也更合乎道德。在他们那里，一切都是可以理解的，平易近人的，没有强烈的情欲和飞腾动荡的诗兴……他们还有一个特点，人和大自然是生活在一起的。”③同时，他还知道，“中国人有成千上万这类作品，而且在我们的远祖还生活在野森林的时代就有这类作品了”。④实际上，歌德对其他国家的文学的了解，或者说他的世界文学概念的萌生，早在青年时代就开始了。他不仅熟悉重要的德国文学作品，而且通晓罗马、希腊、英、法的主要文学作品。他研究伊斯兰教诗人。1820年以后开始阅读印度文学和中国文学。在自己创办的《论艺术和古代》杂志上，他经常强调艺术创造是人类的共同财富。成千上万的人在世界各地、各个时代从事艺术创造。而且，他敏锐地认识到，各个民族的文学之间存在着一个相互作用的过程，正是基于这个理念，他提出了世界文学的概念，并宣称：“这样一种世界文学在不久的未来将会形成，这在人类交往日益加快的情况下已属必然。只是，对于它能够提供和将会提供的东

① 〔德〕歌德：《歌德谈话录》，第113页，注释②。

② 《马克思恩格斯选集(第一卷)》，第276页，注释①。

③ 〔德〕歌德：《歌德谈话录》，第112页。

④ 〔德〕歌德：《歌德谈话录》，第113页。

西我们不应提更多的或不同的要求。”①

歌德基于普遍人性的预见和马克思恩格斯基于世界资本主义市场发展的预见可谓殊途同归，只不过马克思恩格斯强调的是，随着资本主义市场经济的飞速发展，旧的、地方的、民族的、闭关自守的经济必然被新的、全球的、国际的、开放的市场经济所取代，随着民族界限在经济领域里的消失，文学的民族界限也必然被打破；随着物质领域的全球化，精神领域也必然趋于世界主义，因此，各民族的和各地方的文学(nationalen und lokalen Literaturen)就必然会成为一种世界的文学(eine Weltliteratur)。我们暂且不论译者脚注中的“文学”(Literatur)一词是否真的指“科学、艺术、哲学等等方面的书面著作”，或者把“文学”包括在“等等”之列，或者干脆就指人文学科的“文献”。但仅就原文中从“各民族的和各地方的文学”的复数形式到“一种世界的文学”的单数形式的变化，足见马克思恩格斯的总体化思想已经由经济领域扩展到意识形态的上层建筑了。然而，世界文学并不像马克思恩格斯所说“由许多种民族的和地方的文学形成了一种世界的文学”那样简单，“各民族的各方面的互相往来和各方面的互相依赖”并不一定是相互平等的，“各民族的精神产品”也不一定是供各民族平等使用的“公共的财产”。世界体系内部的这种不平等性不但在马克思的时代明显存在，甚至在世界文学业已形成的21世纪也仍然可见。在紧接着提出“世界的文学”这段文字之后的一段话里，他们说：

> 资产阶级，由于一切生产工具的迅速改进，由于交通的极其便利，把一切民族甚至最野蛮的民族都卷到文明中来了。它的商品的低廉价格，是它用来摧毁一切万里长城、征服野蛮人最顽强的仇外心理的重炮。它迫使一切民族——如果它们不想灭亡的话——采用资产阶级的生产方式；它迫使它们在自己那里推行所谓的文明，即变成资产者。一句话，它按照自己的面貌为自己创造出一个世界。②

显然，资产阶级作为文明的典型代表，他们用来征服野蛮民族的重炮是改进的生产方式、便利的交通工具、“文明”的社会制度，况且，资产阶级“按照自己的面貌”创造一个世界，就仿佛上帝按照自己的形象造

① 〔联邦德国〕伯尔纳：《歌德》，关惠文等译，北京，人民文学出版社，1986，第1版，第118～119页。

② 《马克思恩格斯选集(第一卷)》，第276页。

人一样，显然是以自己的意志为转移的，是任意的。甚至，资产阶级推行资本主义制度的手段是“迫使”，是暴力，是扩张。这里，文明与野蛮之间有着严格的界限，代表文明的西方资产阶级与世界其他地方的野蛮民族也被严格地区别开来了。前者是征服者，造物主，后者是被征服者，被造物。在这个前提下形成的总体性的世界文学中，代表西方文明的西方文学势必优越于代表野蛮民族的世界其他各地的文学，前者甚至会凌驾于后者之上，对后者施行标准化的规训。文学的等级制已嵌入其中。而且，不可避免的是，西方文学必定“按照自己的面貌”来塑造其他民族的文学。于是，在此后的近百年历史中，随着殖民主义的扩张，出现了殖民主义文学或帝国主义文学，这与歌德所说的各民族文学相互作用的过程是大有出入的。而且，在文学经典的形成、经典选集的编选，以及大学文学课程大纲的制定等方面，所谓主流文学也都是根据国家权力、民族影响、经济实力和文明程度来确定的。就连歌德也认为“如果需要模范，我们就要经常回到古希腊人那里去找，他们的作品所描绘的总是美好的人。对其他一切文学我们都应只用历史眼光去看。碰到好的作品，只要它还有可取之处，就把它吸收过来”。[①] 按照这种理解，世界文学经典依然是由欧洲文学(以及后来的美国文学)构成的；亚洲、非洲、拉丁美洲和世界其他地区的文学依然是非主流，尽管各民族自己的文学史已经形成了悠久的传统。如此看来，真正的世界文学显然只能在后殖民时代才能到来，20世纪后半叶蓬勃兴起的后殖民主义文学已经为世界文学的最终形成铺垫了道路。

第五节　经典与杰作

究竟是歌德所说的“世界文学”，还是马克思恩格斯所说的“一种世界的文学”？就普遍意义而言，二者都强调一种总体性，但侧重点有所不同。前者把世界文学作为一个整体，侧重世界文学自身，文学和世界之间并不存在“所属”关系；后者则不然。如果《共产党宣言》中这句话的中译文正确的话，我们可以说有一种属于世界的文学，它本身可以不是“世界文学”，而是国别的、民族的，但在关系上属于这个世界。换言之，文学可以分成两种，国别的、地方的、局部的文学和世界的、全球的、总体的文学。国别文学只是某个国家或民族的文学，而不是世界文学；但

① 〔德〕歌德：《歌德谈话录》，第114页。

世界文学既可以是民族的，又可以是世界的。达姆罗什也就“世界”和“文学”这两个概念提出了下列问题：

> 谈论一种“世界文学”究竟意味着什么？哪种文学？谁的世界？它与民族文学处于什么样的关系之中？即使在歌德宣布民族文学过时之后，民族文学的生产也仍然有增无减。西欧与世界其他地区、古代与现代、新生的大众文化与精英文化的生产之间出现了哪些新关系？①

显然，在达姆罗什眼里，世界文学已经形成。那么，既然世界文学已经形成，民族文学何以继续批量生产？民族文学真的过时了吗(歌德只是说“民族文学在现代算不了很大的一回事”)？马克思恩格斯宣布的各民族各地方的文学共同构成的“一种世界的文学”究竟是什么样的文学？我们对文学的讨论已经够多了，关于文学研究的讨论也够多了；但“世界文学”中的文学就是我们经常讨论的文学主体——欧洲文学吗？或者是歌德津津乐道的印度文学和中国文学吗？是歌德推崇为典范的古希腊文学吗？还是在歌德和马克思恩格斯所生活的时代就已经成为经典的德、英、法文学？这种文学所属的世界是东方还是西方？它所属的时代是古代还是现代？它所处的地域是中心还是边缘？显然，这些问题的答案既是否定的，又是肯定的；因为这些问题是基于一种二分法提出的，而“世界文学”本身就是要打破这种二分法，打破这种二元对立，打破比较的范式，建立一种平等的、开放的、普世性的“文学的共同体”。按达姆罗什的说法，“世界文学不是无限量的、无法掌握的经典，而是一种流通方式，一种阅读方式，既适于个别作品也适于各个物质实体的一种方式，既可以用来阅读既定经典，也可以用于新的经典的发现。”②世界文学不完全指既定经典，不是文学文本的量的堆积，不是世界上各个国家各个民族的文学作品的总和。世界文学是“流通”。如同商品的流通、货币的流通、原材料以及产品的流通，这些都是世界经济得以存在和发展的命脉。文学要存在，就必须流通。流通如同翻译，是文学的来世生命，抑或说，翻译是流通的重要手段之一。文学作品只有通过翻译，才能在异语言和异文化中流通，只有通过这种流通，才能成为经典。经典只有在世界范

① David Damrosch, *What Is Word Literature*?, p. 1.

② David Damrosch, *What Is Word Literature*?, p. 5.

围内被阅读，才能成为世界文学。在这个意义上，流通就是翻译，就是阅读。人们创作是因为人们阅读；人们创作也因为作品能够流通。创作、阅读、翻译、流通就仿佛商品的生产一样是一个循环，一旦这个循环是良性的，作品就会通过阅读、翻译和流通进入经典，成为世界文学："一部作品通过一个双重的过程进入世界文学：首先，被作为文学来读；其次，通过流通超越其源语言和源文化而进入更大的世界。"①

然而，仅仅阅读、翻译和流通还不够。世界文学是一个开放的实体，它是由经得起时间考验的经典构成的。经典是要不断充实、不断吸收新鲜血液的；只有不断吸收新的经典，旧的经典才能保持旺盛的生命力。那么，何为经典？19世纪著名法国批评家圣勃夫曾对经典的定义进行过历史的追溯。首先是罗马人，他们用经典指作家，而非作品："经典是由于被欣赏而被经典化的老作家，他的特殊风格具有权威性。"当时"经典"一词只适用于社会名流，收入达到一定数目的上层社会，而不适用于所有人。罗马修辞学家、著名的《阁楼之夜》的作者奥留斯·盖鲁斯不但提出了现代意义上的"古典"和"人文学科"等术语，而且把"经典"定义为"有钱有势的作家，有地位、有财产、未沦落为无产者的作家"。② 这个定义具有的阶级、等级和政治意义直到今天仍有所保留。一方面，只有古代人或古代的作品才能成为经典，在这个意义上，古希腊人没有经典，因为他们自己就是古代人，就是经典。就后一种说法而言，古希腊人是罗马人的经典；而罗马人通过模仿古希腊人，造就了自己的荷马，即西塞罗和维吉尔，从此便与古希腊人一起成为古代经典的典范了。另一方面，一旦成为经典，作家就拥有了很高的社会地位和经济保障。在现代，国家或民族的文学一旦进入了经典，其国际文化地位提高了，影响也随之扩大了。此外，这个定义还意味着经典必须具有连续性和持续性，具有总体性和传承性，具有改造自身的能力和经久不衰的潜力。基于此，圣勃夫提出了自己的定义：

> 真正的经典，我愿意听到人们这样来定义，是丰富了人类心智、增进其财富、使其向前迈进一步的作家；他已经发现了某一确实的而非模糊的真理，在所有人都似乎熟悉和已经发现的心灵里揭示一

---

① David Damrosch, *What Is Word Literature?*, p. 6.

② Saint-Beuve, Charles Augustin. "What Is Classic?", In *Harvard Classics*, vol. 32, *Literary and philosophic Essays: French, German and Italian*. New York: P. F. Collier & Son, 1910, pp. 126-139.

股永恒的献身精神；不管以什么形式，他都表达了他的思想、观察或发明，只是为了那思想、观察或发明的宽宏和伟大、优雅和理智、健全和美；他用自己独特的风格说话，这也证明是全世界的风格，新而不生硬的风格，既新又旧的风格，容易为所有时代所用的风格。①

这个定义说明，一个作家要想成为经典就必须满足四个条件：(1)丰富和发展人类心智，因此肩负起哲学的重任；(2)发现真理，揭示永恒的献身精神，因此肩负起宗教的重任；(3)以适当的形式表达思想、观察和发明，因此肩负起艺术的重任；(4)用一种超越所有时空的风格说话，因此肩负起美学的重任。哲学、宗教、艺术和美学这四个学科的交汇也许正是文学经典的真正意义。圣勃夫在下此定义之前还提到了另两个定义：法国学术词典 1694 年把经典作家定义为“被一致认可的、在所处理的主题上是权威的古代作家”，而 1835 年则把经典作家描述成“无论在哪种语言中都已经成为模范”的作家。古典性和权威性让位于典范性，也即现代批评家们所说的“时间的考验”。按照这条标准，经典作家的声望和地位有时会发生变化：比如在莎士比亚之前，蒲伯和他的朋友们是英国一流的经典诗人，但当莎士比亚成为经典作家后，蒲伯他们就只好退居“二流”了。有时候，历史上的经典作家在有生之年并未成为经典，经过漫长的时间考验之后才被列入最伟大的作家行列，如法国路易十四时代的莫里哀和拉封丹，英国的莎士比亚和狄更斯。除了时间的考验之外，衡量文学经典的另一条标准是趣味性，也即文学给人们带来的快感(大卫·休谟)。到了 19 世纪末，人们通常依据三个概念来看待当时尚未得到承认的世界文学：(1)已经形成的经典，(2)正在出现的杰作，(3)各种看待世界的窗口。② 经典也好，杰作也好，文学的价值就在于它是透视人类心灵和外部世界的窗口。因此，不必把具有古典性和权威性的经典(如古希腊经典)与不具时代性，甚至没有文化奠基价值的杰作区别开来。维吉尔的《埃涅阿斯纪》就是一部永恒的经典，但同时它又是英雄史诗这个文类中的一部杰作，标志着从《吉尔伽美什》到《伊利亚特》，从乔伊斯的《尤利西斯》到沃尔科特的《欧梅尔奥斯》这一整个系列发展中的一个阶段。

---

① Saint-Beuve, Charles Augustin. “What Is Classic?”, In *Harvard Classics*, vol. 32, *Literary and philosophic Essays: French, German and Italian*, pp. 129.

② David Damrosch, *What Is Word Literature?*, p. 15.

我们根据上述讨论可以把经典重新界定为：

> 无论是古代的还是现代的作品，它们必须是观照人类精神和外部世界的窗口的杰作，以丰富和发展人类心智，发现道德真理，揭示永恒的激情为目的，以适当的形式表达思想、观察和发明，并具有一种超越时空的写作风格。

定义中从作家向作品的转变意味着从生产者向产品、从作为创造者的人向作为造物的人、从文学的代理者向文学的事件的转变。这个转变使我们在维护古代作家的权威性和典范性、丝毫不降低古希腊罗马经典的重要性的同时，又能把现代杰作提升到经典的地位，把世界文学作为现代经典加以概念化，进而把特定作家的特定作品放入特殊的文类传统之中，结果是不同文类的经典的重新历史化。比如，把莎士比亚的十四行诗放入经典情诗的传统，这一个传统从公元前 7 世纪古希腊的萨福延续到 7 世纪印度的阿摩罗，到 16 世纪英国的伊莎贝拉·惠特尼，再到 17 世纪西班牙的修女胡安娜。莎士比亚的戏剧显然属于不同的亚文类，如悲剧、喜剧和历史剧，但他的《暴风雨》却是一部“阅读世界”或“阅读宇宙”之书，因此可以将其放在玄奘的《大唐西域记》、马可·波罗的《游记》、伊本·拔图塔的《游记》、吴承恩的《西游记》、松尾芭蕉的《奥州小路》、伏尔泰的《老实人》以及阮攸的《金云翘》这个系列之中。1992 年诺贝尔文学奖得主、加勒比海作家沃尔科特显然是现代英雄史诗的经典作家(《欧梅尔奥斯》)，但他的其他诗歌无疑使他置身于 20 世纪上半叶开始的“帝国和全球”写作阵营，包括塞西尔、博尔赫斯、马哈福兹、德耶巴、卡尔维诺、戈迪默、拉什迪、任璧莲等新的经典作家。这样，我们就能在维护传统经典的同时，把现代甚至当代的杰作提升到经典的地位，形成新的传统，构成包容古代和现当代、传统作家和新秀在内的真正的世界文学共同体。

第六节　文学的流通与翻译

如上所述，杰作进入世界文学经典的先决条件是被阅读，并在超越源语言和源文化的更广阔的空间里流通。这意味着文学杰作要走出国门，被更大的陌生的文化语境所接受。弗兰哥·莫莱蒂在《世界文学猜想》一文中也强调了这一点。[1] 他首先指出世界文学不是比较文学。现代比较文学并不是按歌德和马恩当时的预期发展起来的。在根据该文改写的《进化，世界体系，世界文学》一文中，他进一步把歌德和马恩所说的世界文学等同于世界文学的整体，并认为这个整体的所属部分，也即不同国家和地区的文学，相互间是不平等的，其发展受制于它们在整个体系中所处的位置：中心、边缘和半边缘。他引用伊塔马·埃文-佐哈的话说，"在国际文学体系内部'并不存在对称性'：中心的强势文学经常干涉边缘区域文学的发展(反向影响几乎从未发生)，因此不断强化体系的不平等性。"[2]如同经济市场一样，这种不平等性主要体现为"扩散"：中心的文学向边缘和半边缘地区的扩散，通过阅读、欣赏和模仿而吸引了这些地区的文学，"干涉"了它们的自主发展。这种扩散实际上是一种文化侵略，类似于当下全球化发展中的标准化(美国化)倾向，使得本来多样化的文学形式单一起来，如欧洲文学史上的书信体小说、历史小说、神秘小说，以及当下的好莱坞动作影片或文艺复兴初期的彼特拉克抒情诗。从根本上说，这种扩散是把一种文学形式占据的空间最大化，减少了其他文学形式的总和，因此是人类历史上一股强大的保守力量。

一种文学形式的扩散不仅导致世界文学体系内部发展的不均等，而且会造成小说情节和风格、内容和形式的脱节。扩散的介入首先使小说跨越了文学体系：情节和内容稳定不变地从一个语境跨越到另一个语境，而风格则要么彻底消失，要么发生巨大变化。此外，扩散意味着翻译。文学从一种文化到另一种文化的旅行仰仗翻译，翻译就是从一种语言到另一种语言的改写，在这个过程中，情节和内容可以保持不变，因为它独立于语言而存在，甚至能幸存于媒介的变换，但风格却维系于语言，风格将在翻译的背叛行为中变形、扭曲、消失，而且，愈是复杂的文体，愈是奇特的风格，其丧失的可能性就越大。[3] 莫莱蒂这番讨论的重要意义在于，当把边缘或半边缘地区的文学移向中心，使其进入经典，与传统经典共建新的世界文学体系时，其结果并非就是后殖民主义批评中常说的"不同传统的融合"，或由这种"融合"所促成的"杂交"。在某种意义上，这是一种缺乏整合的、不协调的"聚合"，其中显示的政治张力为我

① Franco Moretti, "Conjectures on World Literature", *New Left Review*, 1, Jan Feb 2000, pp. 54-68.

② 〔美〕弗兰哥·莫莱蒂：《进化，世界体系，世界文学》，《新方向：比较文学与世界文学读本》，第244页。

③ 〔美〕弗兰哥·莫莱蒂：《进化，世界体系，世界文学》，《新方向：比较文学与世界文学读本》，第248页。

们审视世界文学中的霸权和抵抗提供了有力的视角，但就世界文学的总体性和内部的和谐关系而言却不是完善的。正因如此，莫莱蒂提出有两种不同的世界文学：一种是18世纪之前的世界文学，由多个独立地区的文学拼贴而成，具有鲜明的内部多样性，通过分化产生新的文学形式。另一种是18世纪之后的世界文学，它经过了国际文学市场的整合，以相似性、单一性，甚至标准化为特征，在形式上显示出前所未有的"聚合"形态。面对这样一种整齐划一的局面，人们或许会怀念文学的黄金时代，即呈现出多样性的过去的文学。然而，这种文学虽然"伟大"，但毕竟离现实甚远，而与"我们"相关的文学只有当下的文学。所以，莫莱蒂告诫说，聪明的做法是把过去当作过去、把现在当作现在来研究。①

然而，正如莫莱蒂所问的，研究世界文学究竟意味着什么？如何研究？世界文学究竟是什么？读遍了世界各地的文学就是通读世界文学了吗？有许许多多的人读了很多书，读得也很好。据统计，美国人是世界上读书最多的人，美国人甚至一出生就在从事一种竞争活动，那就是看谁在此生中读书最多。所以，在任何场所，任何交通工具里，只要一有空闲，他们手里都拿着一本书或者一个iPad，都在读。但是，用莫莱蒂的话说，世界上有数百种语言，因此可能有数百种文学。"多读"根本不是解决问题的办法。无论怎么努力，总还会有"没有读过的伟大作品"，总还会有新的曾经被埋葬的"发现"，而且，只要人类社会存在，文学的创造就不会停止。他说他在研究西欧叙事，但其实并不尽然，他只研究西欧叙事中的经典，而这部分经典甚至还不到已出版的文学著作的百分之一。有些人说他们研究"英国小说"，但究竟读多少英国小说才能算研究英国小说？只在19世纪，英国就出版了三四十万种小说，甚或五六十万种，确切的数字没有人知道，也没有人全部读过，将来也不会有人全读。所以，归根结底所研究的不过是英国小说中的极小部分，也许仅仅几个作家，甚或一辈子也只研究一个作家而已。那么，在世界文学的范围内，进而在小说这个文类之内，还有法国小说、中国小说、阿根廷小

① 〔美〕弗兰哥·莫莱蒂：《进化，世界体系，世界文学》，《新方向：比较文学与世界文学读本》，第249页。

说、美国小说……读得“多”是件好事，但不是解决问题的办法。①

比读书的量更为重要的是语言问题：究竟懂多少种语言才够从事比较文学，或者说满足世界文学研究的条件？达姆罗什懂十二种语言；苏源熙也懂十几种(其中中文为最好)。哈佛比较文学系的卡伦·索恩波是研究东亚文学和文化的，中文、韩语和日语说、读、写都很强，没有交流障碍。但是，也有人不懂几门外语，甚至一门外语也不懂，但能“做”比较研究，也能“做”世界文学研究，而且还能做出“大家”来。靠什么？靠翻译。翻译促成了作品的“流通”。翻译使文学超越了民族界限，超越了作品的源文化和源语言，为不懂外语的人提供了研究外国文学的平台。这涉及世界文学的一个重要特征：一部小说被译成几十种文字，在几十种不同的文化中流通和被阅读，使之具有了世界性(达姆罗什所说的 worldliness 或歌德所说的 cosmopolitanism)，具有了当下全球化学者侈谈的文化多元主义(multiculturalism)。在这个意义上，世界文学必然大于民族文学，大于比较的研究方法。按莫莱蒂的说法，世界文学不能仅仅是文学，还要大于文学，大于我们已经在做的文学的比较研究。它必须有所不同。那么，不同之处在哪里呢？这里涉及一个哲学问题，即一与多的问题，整体与部分的问题。帕斯卡尔·卡萨诺瓦借用沃勒斯坦的经济学研究成果，也就是经济史上世界体系学派的假设，把国际资本主义看作一个体系，这个体系与其内部各个组成部分是一与多的不平等的关系，是中心与边缘的关系，于是就有了“世界文学体系”或者“文字的世界共和国”的说法，即世界文学作为一个体系是一，构成世界文学的各种民族文学是多，但在这个“多”之间，其元素是不平等的。这一点与歌德和马恩所期待的不同(那是一个大同的世界，各民族和平共处的世界，而现在的世界文学体系是一个多元异质的体系)。“一”和“不平等”的意味实际上指的是某种文化的命运(通常是位于边缘的一种文化)，即与另一种“完全忽视它”(位于中心)的文化相交叉，并受其影响而发生变化。但中

① 弗吉尼亚·伍尔夫在短篇故事《一个协会》中讲了这样一件事：一天下午茶后，六七个朋友聚在一起聊天，谈男人如何强壮、如何崇高、如何能干、如何勇敢、如何英俊等。突然，其中一位叫 Poll 的人哭了起来。Poll 平常就是怪人，而她的父亲比她更怪。父亲死时留下一大笔遗产给她继承，但有个条件：她必须读完伦敦图书馆的全部书籍，遗嘱才能生效。于是，她开始从顶层的文学类开始读，准备读到底层的《时代周刊》。但读到一半或者四分之一的时候，她就读不下去了。原因是：“大部分书都难以言表地糟糕。”故事具有强烈的女性主义色彩，说男性写的书“不值得让他们的母亲十月怀胎、含辛茹苦将其抚养成人”。这个故事除了从女性主义视角批判父权制外，还暗示了与世界文学相关的一个问题，那就是：读多少书才算读了世界文学？

心和边缘的位置并不是一成不变的。

莫莱蒂用树和波浪的隐喻描述了一与多、中心与边缘、世界文学与民族文学之间的关系。树描述的是从一到多的发展：一棵树有根，是为一；根生出很多枝丫，是为多，即由根生成的许多分支。在语言上，印欧语系是一，它分化成了十几种不同的语言。波浪却相反，它是吞噬了最初的多的一：好莱坞电影征服了一个又一个市场；英语吞噬了一种又一种语言（如当今世界上的大写的英语和众多小写的英语之间的关系）。树状发展需要地理的断裂性（为了彼此分叉，语言必须首先在空间上分割，就像动物物种一样）。波浪不喜欢障碍，依赖于地理的连续性。从波浪的角度来看，理想的世界是一个池塘。这非常类似于德勒兹讲的块茎植物：文学类似于块茎植物，因为文学是无限生成的。树和分支是民族—国家所固守的（好比家族）；波浪是市场经济所固守的（资本主义市场）。依此类推。两个比喻之间没有任何相同点。但两者都有用。文化史是树和波浪组成的统一体——农业进步的波浪式演进推进了印欧语系的树状发展，随后又被卷入新的语言和文化联系的波浪之中。世界文化在这两种机制间摇摆，其产物必然是合成的。按詹姆逊的规则就是折中，如小说作为文类与日本具体文化语境的折中就诞生了日本小说。这就是为什么这个规律有用：它直观地捕捉到了两种机制的交叉。现代小说是波浪，但却是分化成地方传统分支的波浪，并且总是在很大程度上被这些地方传统所改变。所以，世界文学和民族文学、中心与边缘总是处于相互改造的过程中。

莫莱蒂以此为基础来划分民族文学和世界文学：民族文学是针对那些看到树的人而言的；世界文学是针对那些看到波浪的人而言的。这似乎回答了达姆罗什的“哪个世界、谁的文学”的问题：世界是同一个世界，文学是相同的文学，我们只不过是从不同的角度看待它们。

卡萨诺瓦在《作为世界的文学》一文中把世界和文学看作两个不同的机制，并承认在文学与世界之间存在着一个媒介空间：一个相对独立于政治、语言和经济的领域或与政治和经济相平行的领域。这个媒介空间具有一种自治性，其中的各种斗争——政治的、社会的、民族的、性别的、种族的斗争——都依照文学逻辑，以文学形式折射、稀释、变形或改造。它拥有自己的规律、自己的历史、自己特殊的使命，无论是叛逆还是革命；按她的说法都是“非市场价值在一种非经济的经济体系中进行贸易的市场”。它是由时间的审美尺度来衡量的。这个文字的世界在大多数情况下都隐蔽地运行，而距离伟大的中心最遥远的、被剥夺了全部资源的人却能比其他人更清楚地看到这个世界上运转的暴力和统治形式，并用文学的形式将其呈现出来。卡萨诺瓦称这个媒介区域为“世界的文学空间”。但它不是“世界文学”本身：不是扩展为世界规模的文学实体，而是一个空间：一系列内在关联的、必须从关系的角度来思考和描述的立场。这就是说，不能把世界文学具化为某种至关重要的、具备世界规模的文学形态，而是要“把文学作为世界”来思考。

卡萨诺瓦用亨利·詹姆斯的《地毯上的图案》这篇故事——本身就是用来阐释文学的故事——来说明这个“世界的文学空间”：故事中的波斯地毯，如果观察过于草率或者过于仔细而不从正确的视角去看，它都是形状和色彩的任意组合，都是无法破译的一团乱麻；但如果从正确的视角去看，波斯地毯就会立即给专心的观者提供一幅“精美复杂的图案”，一种“唯一正确的组合”，有秩序的只有通过相互关系才能理解的次主题，只有通过整体感知、依其相互依赖和互动关系才可以显现的次主题。就好比福柯在《词与物》的开头对委拉斯开兹的《宫娥图》的分析。只有把地毯/(巴洛克风格的)画看作一个图案，对其形状、色彩、明暗度的对比才能理解其规律、变体和重复，理解它的连贯性和内在关系，就是说，只有从每个细节在整体中所占的位置及其与其他细节的相互关联出发，才能理解它们。

这里提供的是研究世界文学的方法：采取不同的视角，变换看待文学的普通视点。不能仅仅聚焦于地毯的连贯性/世界文学的全局，而且还要表明，从掌握整体的设计图案开始，就有可能理解每个次主题和最微小细节中的每一种色彩；也就是说，每一个文本，每一个作家，其相对位置都在世界文学这个巨大的结构之内。这就是说，个别文本出现在一个连贯的全球结构之中，这个硕大无形的全球结构就被卡萨诺瓦称为“文字的世界共和国”。这么做的目的不是为了建构宏大的理论框架，或者提出某种形而上的理论，而只是为了回到文本自身，为了给读者提供阅读世界文学文本的一个新方法。

卡萨诺瓦明确指出，世界文学不是建立在所有其他空间之上的霸权空间，不是只为国际知名作家、编辑和批评家保留的特权领域，而是所有文学行动者都参与，并在其中去除民族化的一个世界。它不专门储备伟大的小说家、极其成功的作家或全球畅销的作品。作为文字的世界共和国，世界文学空间里的每个“居民”都有权占据一个空间，或在自己的民族空间内占据一个位置。在这个意义上，每个作家的地位都必须是双重的，都是经过两次定义的：一次是由他/她所处的民族空间中的位置决定的，另一次是依照他/她在世界空间中的位置决定的。这就是说，世界文学作家既要祛除民族性而争取国际地位，同时又无法摆脱民族性，这就是世界文学与民族文学既相互斗争又相互影响的双重性。它与全球化经济的不同之处在于，经济市场是在全球/世界的层面上进行竞争的，而文学的国际竞争却是在民族文学的层面上展开的。就现代小说而言，任何一部世界文学作品都是民族性与国际影响相互妥协的结果，而关于文学的定义、技术、形式革新和创新的争论总体来看都是以民族文学空间为战场的。因此可以说，民族和国际并不是两个独立的领域，它们是在同一领域内进行斗争的两种相对立的立场。

作家在文学空间中的地位并不是由作家自己决定的，因为读者、研究者、教师、批评家、出版商、译者等人都在这个空间内读、写、思、辨、释、译。这些活动，或由这些活动构成的知识结构，塑造了每个作家及其作品的等级和局限性，因而也强化了这个空间得以存在的物质层面。这就是说，文学空间的所有形式——文本、评委、编辑、批评家、作家、理论家、学者——都具有双重意义：一个是物质性的，另一个是思想性的；一个是决定文学空间机制的物质机构，如诺贝尔文学奖，另一个则是在特定的民族或世界范围内为文学游戏规则所内化的信念。

这决定了世界文学空间的等级制和不平等性，以文学资源的不平等分配为体现。卡萨诺瓦认为整个世界文学空间是围绕着对立的两极组织起来的。古代文学是最大程度的自治的一端，也是最脱离政治、民族或经济限制的一端。它拥有丰富的文学传承和资源，大多是欧洲空间，最早进入跨国的文学竞争，积累了大量资源和经验，所以才有人把世界文学等同于欧洲文学。另一极是最大的他治一端，在此，政治、民族和商业标准具有最有力的支配权；它们是新来者，是最缺乏文学资源的空间。这个两极分化的空间也适用于每一个民族空间本身。

但文学的世界也是相对自治的。卡萨诺瓦举例说：威尼斯是16世纪的经济首都，但佛罗伦萨和托斯卡纳却在知识领域处于上升阶段。17世纪，阿姆斯特丹是欧洲贸易中心，而罗马和马德里却是艺术和文学中心。18世纪，伦敦是世界经济中心，而巴黎却统领文化霸权。到19世纪末和20世纪初，

> 法国尽管在经济方面较欧洲其他国家相对落后，却是西方绘画和文学无可厚非的中心；意大利和德国主导音乐世界的时候并不是它们在经济方面占据统治地位的时候；即使在今天，美国强大的经

济领先地位也没有使它成为世界文学艺术的领导者。①

但这种自治性只能是相对的。文学世界既相对独立于政治经济世界，也相对依赖于政治经济世界。世界文学空间的全部历史——无论是其整体还是构成这个整体的每个文学空间内部，即民族文学空间——都首先依赖于民族政治关系，接着就是通过自治化过程逐渐地脱离这些关系。最初的依赖在某种程度上依然存在，尤其在语言层面上是不可能完全脱离的。但如果要跻身世界文学之列，这种摆脱或祛除民族化是不可避免的。

最后，为什么有世界文学？为什么要研究世界文学？这又要回到歌德所构想的世界文学的概念上来。它有两个核心思想：一是各民族文学表现出的人类存在的不同形式，这些形式可以通过世界文学的全球对话体系相得益彰。这就产生了世界文学的第二个核心理念，即朝着共同目标奋斗的普适性/普世性。歌德提出正在兴起的世界文学并非旨在宣告独立的民族文学已经死亡，在陈述这个新观点的同一句话中，他还指出，他相信德国人在其形成过程中必然会发挥积极作用。这再次说明一个真正的世界文学经典作家必须浸透着民族精神。韦勒克在谈到歌德的世界文学思想时，曾经将世界文学定义为“把所有文学统一为一种文学的理想，其中每个民族都将在整体协作中发挥自身作用”。

歌德的确将世界文学等同于“欧洲文学”。但他同时也认为世界文学的场域是由越来越迅猛的跨国交流和流通所建构的。但歌德从来没有忽略不同国家和民族的独特性。歌德将欧洲文学与世界文学等同起来，这基于他在自己的时代看到的欧洲内部的深切交流。如果非欧洲世界尚未参与到世界文学的对话中来，那只是因为这样一个事实，即改善的交流网络、跨国的媒体交换和大量的翻译活动仍然局限于欧洲大陆。歌德对产生世界文学的条件的深入思考基于他所处时代的环境。只有在20世纪末，基础技术设施的发展才允许产生真正全球性质的而不是歌德所理解的欧洲的世界文学。在这个意义上，歌德的世界文学范式并不是欧洲中心主义的，而恰恰反映了他所处时代的国际文化中介的现实和可能性。歌德指出，世界文学具有的文化生产价值在不同国家和民族中的混杂是有其历史根源的，是传统建构的。② 在这个意义上，世界文学并不是19

① Fernand Braudel, *Civilization and Capitalism*, 15th-18th century: Volume Ⅲ, *The Perspective of the World*, London 1984, p. 68; *Civilisationmatérielle*, vol. 3, p. 9.

② Fernand Braudel, *Civilization and Capitalism*, 15th-18th century: Volume Ⅲ, *The Perspective of the World*, London 1984, p. 68; *Civilisationmatérielle*, vol. 3, pp. 290-298.

世纪20年代的新的副产品，歌德只是识别出了它的存在。

最后一个问题是翻译问题，即要实现文学超越民族原点的流通的翻译。在谈到一本翻译杂志《地球》时，歌德说："这批人在努力开辟沟通法国和德国的渠道，他们铸造了一种完全适合于交流两国思想的语言。"① 歌德相信翻译的最高阶段也就是接近源语言的韵律和语法差异的阶段，是最好的翻译。这表明翻译是歌德世界文学范式的最高理想，也是自我向他者运动的目的：不是统治或消灭他者，而是最大限度地呈现他者、接受他者、学习他者。这要求一种独特的疏离原则，不是疏离他者，而是疏离自身，即迫使自我对自身实现陌生化，以全新的自我观照进行文化间的对话，达到既肯定自身的民族性，又尊重外来影响的双重目标。② 从另一方面看，世界文学在接受他者的同时也在推销自我，也就是将民族特性带入全球领域，让其接受国际审视。翻译是实现这一目标的重要手段。

正如达姆罗什所说：

> 世界文学的作品同时存在于两个层面上：它在世界之中，同时也把我们带入与我们的世界完全不同的一个世界，其特殊的力量来自我们对这两个世界的双重体验。在我们自己的时间和空间里写成的文学作品把我们想象地投入与我们所处环境完全不同的一个环境之中。然而，真正的参照框架仍然是我们自己的(诺曼·梅勒的《古代之夜》③讲的不是我们自己的古代，更不是古埃及传给我们的)。世界文学作品给我们的阅读经验增加了另一个层面：我们感觉自己能动地参与一个实际存在的别一世界的行动，在梅勒的作品中是新王国时代的埃及，④ 在时间、空间和文化上都与我们相距遥远的一个世界。

---

① 〔德〕歌德：《歌德谈话录》，第173页。

② 朱光潜先生在脚注中解释道："用甲国语言介绍乙国思想，往往不能完全按照甲国语言习惯，而须迁就乙国思想和语言的习惯，仿佛要形成一种新语言。这说明翻译对一国语文的发展有一定的影响。"《歌德谈话录》，第173页。

③ 美国作家诺曼·梅勒的一部小说。故事中一老一少两个主人公生活在陌生的古埃及，经历了死亡、再生和人与神之间狂乱的性行为，是历史、虚构、寓言、诗意逃避、忏悔和精神冥想的超现实综合。

④ 古埃及历史上公元前16世纪和前11世纪之间是新王国时期，包括埃及的第18、19和20个朝代。

第四章 文学与空间：非场所连接[①]

第一节 被操控的空间

麦克·克朗和尼格尔·特里夫特在《思考空间》的前言中把空间分成语言空间、自我和他者空间、地点空间、运动空间、经验空间和书写空间。[②] 鉴于篇幅和话题的局限，姑且先从语言空间说起。

语言空间是指以语言为媒介发生的事件，涉及语言与空间的关系问题，或者说是语言与时空的关系问题，因为任何语言模式都必然建立在语言内部的时空模式之上，最终，语言被视为空间，而空间则被视为语言。

索绪尔的结构语言学打破历史主义语言学的历时模式，追溯时间和文化空间中语言的演变，建立了非时间性的共时分析空间；这个空间里唯一发生的事件是言语行为，也就是说，言语脱离了语言，能指脱离了所指，进而构成了一个符号系统，能指在这个系统内相互关联，通过一系列的对抗、对立和缺场而构成了语言的共时空间结构，能指在这个空间里的无限运动导致了意义的延宕，意义的不断生成和阐释的多元性。

德里达解构了符号语言学的共时空间结构，结果证明了意义的延宕和语言的不确定性不是时间造成的，而是空间结构造成的，但他并没有提出一个解决的办法。拉康则提出用一个主能指，一个制定法律、行使规则的主能指来确保各语言因素之间的相互交流，来界定意义和逻辑的边界，用精神分析学的话语说，这个主能指就是父名之法。但是，由于语言的交流是一个循环的交流系统，不同语域(象征、想象和真实)之间的复杂关系使语言成为一个极端复杂的内爆空间。德勒兹则摆脱再现观，视语言为施为和实践活动，即语言正在发生的效果，在这个意义上，语言是正在发生的事件，是在发生的事件中、在事件发生的过程中、在对

---

① 本章部分内容以“连接与相遇：文学内外的空间非场所”为题发表于《外国文学研究》，Vol. 34，No. 4，2012 年 8 月，与赵英男合著。

② Crang，Mike and Nigel Thrift，Introduction to *Thinking Space*，Mike Crang and Nigel Thrift eds. London and New York：Routledge，2003，pp. 1-30.

事件的叙述中生产的空间。

然而，在历史的地缘政治学中，空间也是有界限的；有内部和外部、在场与缺场之分，就像有我与他、外表与内心、意识与存在或灵与肉之分一样。这种二分法的两部分其实是一种依附关系，是生物进化演变的结果。宗教认为灵魂独立于肉体而存在；构成主义者强调精神独立于身体；精神分析学试图脱离社会再现来研究有机体，结果证明身体是社会文化的产物，而精神具有再现身体的功能，这意味着身体本身在心理、社会和性征上是再现的再生物，因此可以从内在心理到身体表面，再从身体表面到内在心理进行自我的空间测绘。

对于现代早期的个体来说，这种空间测绘形式就是自我的文本化，在文学上以日记、自传、私人信件为体现。随着家庭私有空间的发展，现代个体有了特殊的生存空间，可以通过重构私宅里的时间和空间来构造自我，构造的过程则是主体和自控的形成过程。这意味着技术的发达使自我与世界的联系既可以是封闭的、自治的，也可以是无限延展的、播撒的。日记和自传说到底是较为隐秘的私有媒介，是个体自我在文本空间里的构成和自控，但这种自控如果失去了对外界的依附也就失去了它存在的意义。它必然通过语言和阅读而与外部世界发生联系，把自我带入外部世界，为外部世界所认识，从而打破封闭的界限而播撒开来。这样一来，文本的界限非但没有限制自我，反而通过书写和阅读使自我进入一个空间化过程，具有了无限的生成意义。①

思想的身体也同样经历了从隐蔽到公开、从孤独到相接、从内部到外部的自我空间化过程。从奥古斯丁的忏悔到卢梭的独自徘徊，从康德有规律的散步到海德格尔的林间小路，从孟德斯鸠野地里的策马驰骋到梭罗在瓦尔登湖的自然体验，这无一不是打破界限的思想的空间化过程，也就是自我的空间化过程。他们最终都要经过文本的空间化而与不同国家不同时代的人建立联系。城市的发展使现代空间具有了新的维度，从个体的自我空间转向了群体的公共空间，从孤独隐居的沉思冥想转向了人群中的凝视和观察——从西美尔描述的都市经验的“修补匠”到本雅明、克拉考尔发现的毫无目的的漫游者，无不凝聚着这种漫游和观察所得的丰厚的文化硕果。抑或还可以加上大量其他的、无法在此一一历数的文学个体。

---

① Crang, Mike and Nigel Thrift, Introduction to *Thinking Space*, Mike Crang and Nigel Thrift eds. London and New York: Routledge, 2003, pp. 4-9.

随着交通、通信、媒体技术的发展，城市的空间自我也有了多样的文本化方式，但经验世界的方式依然是封闭和开放这两种形式，或融入世界，或超然于世外。只有到了后现代时期，到了信息高速传输的时期，个体运动于信息空间之中，信息运行于个体空间之中，个体与世界的联系便由实在的空间转向了非场所性空间：电视屏幕、电脑终端、汽车的挡风板是人与世界的唯一联系。人也因此从人类学和社会学意义上的地理环境转入了后现代空间的非场所。

后现代的"空间非场所"是法国人类学家马克·奥热提出的一个新概念。① 他认为现在人们所说的后现代性其实是一种超现代性。超现代性有三个特点，即三个过剩：第一个是时间的过剩。从超现代性的视角来看，当代世界上的事件发生得太多太快，我们对一个事件的反思还没有完成，甚至还没有开始，下一个便接踵而至。我们的日常生活，我们身边所发生的和未发生的一切事件，都在匆忙地书写着历史。我们甚至还没有进入现在就已经生活在过去之中了，但历史的意义和非意义却很难决定，因此也很难给最近的过去下定义，因为密涅瓦的猫头鹰不到黄昏的时候是不能起飞的。现在取代了过去，但过去又存在于现在之中，成为现在的依附，这正是有些思想家所定义的现代性的本质。②

第二个是空间的过剩。在超现代时期，人类对地球、太空和外空间的探索规模越来越大，我们生存其上的地球在卫星云图上不过是一个微点。我们在时空中的交流方式也日益迅速，飞速的交通工具缩短了国与国之间、半球与半球之间，乃至星际间(如果也有相互交流的话)的距离。地球上任何一个角落里发生的事件瞬间就可以传送到家里或办公室里的电脑终端，或随时随地都可以接听和收发的手机终端。其结果与时间的过剩一样，现在还没有完全过去就已经成为历史了；外部空间不管距离多远都可以随时介入个体的内在空间，于是导致了第三个特点，即个体的过剩。

上述时间的过剩和空间的过剩决定了个体无时无处都在受到侵犯。一个完全属于"自己的房间"，完全按自己的方式进行的理解和阐释，哪怕是突出个性的宗教信仰，在通信高度发达的超现代时期都已经不可能了。"个体的历史从来没有像现在这样受到集体历史的影响；而集体认同

---

① Marc Augé, *Non-Places: Introduction to an Anthropology of Supermodernity*, John Howe trans. London and New York: Verso, 1995.

② Jean Starobinski, "Les cheminées et les clochers", *Magazine littéraire* 280, September 1990。

的参照系也从来没有像现在这样不稳定。”[①]然而，个体意义的生产越是面临危机，就越说明这种生产比以往任何时候都更加必要。那么，面对铺天盖地的商业信息和整齐划一的政治话语，我们该如何思考个体，并给个体定位呢？

这三种过剩所导致的问题不仅仅是人类学家和社会学家需要严肃考虑的问题，而且也是每一个人文和社会科学工作者所要认真思考的问题。因为在这样一个多元却又相对同质的世界上，我们生存在被操控的空间里。我们对世界形势的了解来自于国家操控的新闻；我们对商品世界的了解来自于受媒体操控的广告；我们对当代文化的了解来自于“反映日常生活”的肥皂剧、知名的影星、歌星和体育明星；我们对当代史的了解来自于服务于大财团利益的政客；我们对当代家庭的了解来自于各式各样“调解纠纷”的电视节目……问题在于，这些经常在媒体上露面的大人物我们并不了解，但我们又都“认识”他们。他们创造了一个令我们“眼熟”但丝毫不了解的一个被操控的世界，一个广义上虚构的宇宙，一个只构成识别手段但并不传达真实知识的象征性空间。一句话，我们生存其上的世界其实并不是我们所认为的那个真实世界。

这个并非真实的世界是由影像、想象和数码等虚构技术大规模进入日常生活而创造出来的。他们打破了传统的时间模式，破坏了人类学和社会学意义上的空间概念，以参照系的快速多产、传输工具的不断革新和地点的巨大物理变化而导致了空间非场所的出现，使我们的生活世界变得极度陌生，我们必须付出极大努力才能学会如何观察这个世界。

第二节　空间的非场所

那么，什么是空间非场所呢？简单说，由上述三种过剩也就是超现代性所生产的空间，就是空间非场所。它不同于波德莱尔的现代性所生产的街道，不同于普鲁斯特笔下教堂钟声所引发的资产阶级硕大孤独的记忆空间，也不同于克劳德·西蒙描写的由记忆、祷文、风景、计划、引语等组成的无所不包的历史空间。空间非场所指的是过渡性地点和临时性居所，如连锁旅店、假日俱乐部、难民营、贫民窟；是被称作“运输工具”的飞机、火车和汽车；是供游客临时驻足的机场、火车站、主题公

---

① Augé, *Non-Places: Introduction to an Anthropology of Supermodernity*, John Howe trans. London and New York: Verso, 1995, p. 38.

园；是人们从事日常消费活动的大型零售店、超级市场、咖啡馆、餐厅、自动取款机；最后还有利用非地上空间进行交流的有线和无线网络。在奥热看来，由这些临时性服务机构构成的非场所是沉默的、有时无须语言而只用姿态交往的抽象空间，是没有任何中介的商业往来，在这个世界上活动的都是孤独的个体，他们屈服于转瞬即逝的、临时的、昙花一现的空间约束。①

的确，所谓超现代时期的人已经渐渐淡化了“家园”的概念。人生于诊所，死于医院。上班族无论白天还是晚上都坐在电视机或电脑前。消费族游离于大型商场、咖啡馆、电影院之间。旅行族则在各种封闭空间内享受孤独的人群中的乐趣。然而，无论是在电视机前、大型商场内还是在飞机的封闭空间里，人们无不受到某种意志的操控，受到某种话语的宰制，或受到某种纪律的规训。这种操控、宰制和规训说到底都是集体意志向个体意志的空间文本化，都属于语言空间的范畴。也即身体在超现代的信息空间里随着信息传播的过程完成自身的文本化。

实际上，奥热并不是使用“非场所”这一术语的第一人。德·塞都早就提出了“非场所”这个概念。在德·塞都看来，我们在描述某一条具体路线的时候，必然会提到与这条路线相关的地点的名字，但我们对这些名字所指的具体地点却并不了解。这些名字在我们制定行程单时将转移我们的视线，改变行程的路线，从而使地点成为行程本身，成为旅程所要穿过的空间，代表了旅行者经常光顾但并不居住的地方。一句话，地点的名称代替了具体地点而成为空间。进而，在旅行期间，旅行者与大地同时进行一种平行的运动：旅行者凝视一扫而过的大地景色，偶尔用运动模式拍上几张快照，旅行过后再从记忆中拾起几个碎片，经过重组之后构成了他对这番景色的描述和评论。于是，用以描述和评论的语言便代替了实际穿行过的空间。但是，这番描述和评论反映的仅仅是旅行者自己的视点；他可能进行了观察，但并没有予以充分的注意；他可能从自己的角度认为这是某一地点的真实，但实际上那只是他自己所看到的景观；当他的目光掠过茫茫的海面、层层的山峦或流动的人群的时候，那只是他自己的预期形象，因而讲的故事也必然是他自己的故事，抑或

---

① Augé, *Non-Places: Introduction to an Anthropology of Supermodernity*, John Howe trans. London and New York: Verso, 1995, p. 78. 奥热列举了旅客在机场候机室、登机前后和在飞机上受到的约束，自驾者在高速公路、停车场等缴费口受到的约束；抑或还可以举旅店、咖啡馆、博物馆、图书馆甚至主题公园里的约束。这种非场所给人的是一种约束下的孤独的自由，而这种约束都是通过文本化进行的。

是旅行手册或宣传广告所讲的故事。①

德·塞都的此番描述看上去容易，而事实上涉及地点与空间的区别问题。从定义上说，地点（lieu/place）和空间（espace/space）都是用来划定界限的。地点是根据某种秩序给处于共存关系中的因素分配位置。两个因素不能同时占据同一个位置；抑或，每个因素都有自己“适当的”位置；于是，整个地点就成了不同位置的瞬间组合，构成了一个稳定的秩序，一种地缘语法。空间则是运动的，与运动的方向、速度和时间的变量相关；各因素的交叉运动，即为诸因素定向、定位、定时，并使其在相互冲突或相互联合的多元整体内发挥作用的运动，使稳定不动的地点变成了空间。如果说以几何形状圈定的街道是地点，那么在街道上行走的漫步者就把它变成了空间；如果说一本书是由一个符号系统构成的一个地点，那么，阅读的行为就把书变成了一个空间。就仿佛语法规则中讲的“放在适当位置的适当的词”，一旦把词“说”出来，放入实际表达的歧义之中，根据许多不同的言语习惯将其改造成一个术语，参与某一时间的言语行为，并在一系列语境的改造下失去了“适当的词”的单义性和稳定性，它就处于语言的空间之中了。②

然而，这种把固定的、僵死的地点变成运动的、变化的空间的体验是对孤独的一种体验。一位旅行者在面对大地景色陷入沉思的时候，势必在这种日常的状态中感受到一种罕见的，有时甚至是忧郁的孤独中的快感。旅行中的孤独是一个思想空间。多少职业旅行家和探险科学家，多少贤人圣哲，他们或跨洋渡海，或阔步山林，或漫游市井，他们在与地点的相互交往中看到了先知性的启迪；他们在这种启迪中倒空了个性，历史、身份、关系网都失去了意义。印度的大雄、佛陀，中国的老庄，犹太教、基督教和伊斯兰教的先知，在获得启示之前，无不是通过漫游和沉思大彻大悟的。19世纪以来的现代时期，旅行本身已经变成了快感、运动和思想：波德莱尔只要产生旅行的冲动就会为之兴奋；本雅明只要一想到旅行就会从沮丧中奋起；而夏多布里昂则在旅行中体验文明的死亡。对他们来说，毁灭的文明、坍塌的丰碑、历史的废墟都会在他们经过此地的旅行中展现生动的过往生活的画面，于过去与现在的相互穿越中瞥见可能的未来。然后，他们会通过词语的空间颂扬没落的文明、

---

① Michel de Certeau, *L'Invention du quotidian*. 1. *Arts de faire*, Gallimard, 1990, “Folio-Essais”, p. 159.

② Michel de Certeau, *The Practice of Everyday Life*, Berkeley: University of California Press, 1984, p. 117.

赞美坍塌的丰碑、歌颂历史的废墟，于是，他们的经验就把这些圣地变成了空间的非场所。

然而，在波德莱尔的思想空间里，教堂尖塔和工厂烟囱并不仅仅是两个平行的符号，并不仅仅表示古老宗教和新生工业的并存。它们展示了诗人的一种态度，一种思考，一种凝视(甚或是一种俯视)。这种思考和凝视激发了本雅明对铁与玻璃建筑的兴趣，使他在钢筋水泥的空间里，在对巴黎拱廊街的凝视和思考中，预见到了20世纪的光荣和梦想。对昨天的现代性的这种反思像历史的瘟疫一样感染了像弗雷德里克·詹姆逊(詹明信)这样的后现代文化理论家和思想家，使之对波特曼设计的圣文德饭店(Bonaventure)这样的“超空间”发生了兴趣，[①] 对勒·科比西耶设计的由玻璃摩天楼公寓和高速公路构成的“辉煌闪耀的城市”进行了深入探讨，结果发现，后现代时期“在路上”奔波的“游牧民们”经常光顾的都是临时的过渡性场所，体验的是机场、车站、大型商场里人群中的原子式疏离，他们与这些非场所性空间签订的是以词语或文本为中介的孤独的契约关系。

词语创造形象，词语创造神话，词语创造历史。当一个潜在的旅行者看完了数十幅色彩斑斓的图片之后，他再回味那一行行让人心动的文字(“哈尼人的鬼斧神工创造出了任何画家都无法绘出的绚烂”、“大理的自然风光是一幅‘风花雪月’的图画”、“独龙族的纹面老人足以让你惊叹”)，他没有理由不去买一本《行者圣经》，开始他的云南大理之旅。旅游业如此，电视业也如此：收视率的高低要看提供给观众的奖励是否丰厚(“新马泰两周游”、“食宿全包的佛罗里达之行”、“摩洛哥五星级酒店”)。词语的吸引力不在词义本身，在词语背后的“图片”，靠词语引发的图像的想象，“大海”、“阳光”、“自然”这些普通名词也随着对海边浴场、日光浴和山水美景的空想而具有了启发性。如同谎言说上百遍也可能成为真理一样，词语的循环重复使人们对陌生的地点熟悉起来，缩短了与地点的距离，使之变成了人们欣而往之的乌托邦。在这个意义上，词语也是非场所。

然而，正如前面所提到的，词语创造的语言空间是一种操控，一种约束，一种规训。国际机场上，从办理登机牌到领取行李，这期间的行为是由一系列的文本构成的：大宗行李的分量规定，不许吸烟的禁令，安检处的身份验证，带旅客走入正确方向和登机口的指示牌(词语和箭

---

① 〔美〕詹明信：《晚期资本主义的文化逻辑》，张旭东编，陈清侨等译，北京，生活·读书·新知三联书店，1997，第1版，第490～497页。

头），机舱里的指示符号和服务人员的肢体语言，食品的有限选择（如果有的话），或许还有出发地或目的地的土特产推销。在这个运动的封闭空间里，一切都受语言符号的约束，一切都在沉默地进行，尽管在大部分情况下是符号在行使约束的权力，是不发声的语言在向身体渗透。这种渗透的背后或许还有一系列意识形态和道德实体：机场当局、航空公司、交通部、商业公司、交警、市政等，而在道德实体背后则是此时此地规定的道德价值。

当我们从天上来到地上，乘汽车行驶在高速公路上的时候，我们看到语言空间对身体的入侵是通过大地上的文本来完成的。高速公路本身就是20世纪现代性和超现代性的一道靓丽景观。速度很快就会把旅客从地点的呆滞状态带入螺旋式飞升的想象空间。但这种想象通常是受到路边文本的指引的：蓝色的指示牌标识目的地的方向，紫红色的标牌告诉游客正在经过的名胜古迹，千年历史的木塔会从你身边一闪而过，咆哮的黄河会从你的脚下滚滚流去，有时你会看到远处山顶上不知何年修建的一座小庙，有时你还会看到戈壁滩上不知从哪里映射过来的海市蜃楼。运动的车身与你的遐想共同谱写了一首空间的交响曲。然而，在孤独中，在受限制的空间中，你正在实现个体的文本化。

但是，这种个体的文本化并非总是如此惬意。当你在公路上被堵截在一队汽车长龙之中、欲进不能欲退无路的时候，当你办理登机牌时由于行李超重而被罚的时候，或当你在机场免税商店购买贵重物品却被宣布你的信用卡无效的时候：这时，你的急躁、你的懊恼、你的丢脸，会使你明白速度、重量和额度本身就是限制，就是规训，就是行使权力的表现。无视这种限制就会使你落入尴尬的境地。这就是为什么你要在机场出入境的柜台上证明你的清白，验明你的身份，说明你此行的目的。这就是为什么你要在商场的收款台用信用卡购买你的清白，证明你的个性，显示你的地位。这也是为什么你必须在音乐会上、主题公园里或酒馆、咖啡厅等公共场所用你的行为举止来展示你的清白，凸显你的修养，检验你的德行。

德·塞都说："在西方文化中，已经不再是某种话语在起着这种作用［对社会的异质性实践进行象征性表达的神话］，而是一种通讯，也就是一种日常实践：书写。"①作为通讯的书写，作为日常实践的书写。书写无疑是身体空间得以文本化的重要途径。现代书写是把空旷的空间变成

① Certeau, *The Practice of Everyday Life*, pp. 133-134.

文本的一个具体行为。它需要三个决定因素：首先是空白的纸页，自行限定主题生产场所的一个空间；其次是在这个场所里构建的文本，一份行程单，一次散步，一个梦想；最后是在这个过渡性空间里生产的产品，一则日记，一篇散文，甚或一个行动的计划文本。书写的唯一目的就是要"在内部改造或保留从外部接收过来的东西，并在内部创造用来挪用外部空间的工具"。[①] 空间作为生产，空间作为运动，空间作为书写。这就是德·塞都所说的现代日常生活的实践。在这种实践中，个体的生存取决于运动，个体的身份取决于不断的生产，而生产和运动均取决于为这两种活动提供的可用空间。这里，德·塞都已经在描述超现代的空间非场所了。

在超现代的空间非场所中，书写的不是社会文本，而是大地文本，由运动的空间和相对运动的大地构成。纵横交错的铁路和公路把大地编织成一个不匀称的网状物，或城市规划图上的格子结构，列车和汽车"在路上"的运动把这些本来静止的格子变成了运动空间，如同街道上的人群也把设计图上的格子街道变成了运动空间。这里，压倒一切的原则仍然是约束和操控。铁轨上的扳道岔和红绿灯，不时起落的红白相间的栏杆；公路交叉路口的红黄绿指示灯，地上标识左转、右转或直行的箭头，控制如何行驶的实线、虚线、白线和黄线。它们是规则，是律法，是无政府和非理性世界上的组织系统。它们是静止的，但却控制着运动；它们是沉默的，但却讲述着旅行者穿越空间的故事；它们是理性的，但却时常做出疯狂野蛮的出格行径，酿成超现代时期人类文明最惨烈的悲剧。

约束和操控在运动的封闭空间里同样明显。对号入座的位置把每一个旅客变成了合乎车厢语法规则的"适当的词"；列车员验票、检票、售货和来回的走动是有限的言语和肢体语言在共时符号空间里的最有效表达，他们的走动与旅客的不动在运动的封闭车厢里构成了动与静的辩证法。德·塞都在列车的运动空间里看到了两种"不动"：一种是理性的秩序的组织系统，以把适当的词放在适当的位置为终极原则。另一种是相对于内部不动性的外部不动："高耸入云的山峦，大片的绿地和森林，引人入胜的村庄，排排建筑的回廊，粉红色晚霞映照下的昏暗的城市的影子，亘古不变的大海上夜间闪烁的光亮。"[②]这是对世界的思辨式体验。旅客在一种错误的运动视角中体验静止物质的运动，但它们是不动的，就像旅客在列车上的"适当位置"也是不动的。运动无时无刻不在调整被

---

① Certeau, *The Practice of Everyday Life*, p. 135.

② Certeau, *The Practice of Everyday Life*, p. 111.

动的凝视着的人与被动的被凝视的物之间的视觉关系。

这两种不动性产生的是“两种互补的分离模式”。第一种是一种剥夺，旅客只能透过车窗观看或眺望，而不能触摸和占有。运动的速度造成观看者与所看之物之间越来越远的距离，直至被彻底与之分离。第二种是禁令或命令，它就刻写在铁轨上，刻写在那条径直向前的直线上，它传达给旅客的指令是：前进，离开，别停留。它残酷地剥夺了你与外部景物建立的亲密的视觉接触，使你无可奈何地离开了你在想象文本中建立的家园，落入无根的漂流状态。车窗与铁轨，视觉接触与占有的不可能性，想象的梦幻般文本与运动/速度的命令式文本。玻璃和铁生产了思辨式思想家或灵智派论者。在这些物体之外但又离不开这些物体，分离对于生产未知的景色和我们私下里奇妙的寓言故事是必要的。①

奥热认为德·塞都描写的是空间非场所的消极一面，它的特点是约束和操控造成的身体的被动性，是身体在与大地景物想象的(或许是亲密的)接触中永久的分离。鉴于德·塞都的分析，奥热在空间非场所中看到了它积极的一面。约束和操控虽然从未停止过，但当你把行李托运之后、轻盈地步入免税区的那一刻，你感到了轻松、愉悦、无比的自由；虽然你被拘束在格子式的“适当位置”上，充当了正确语法的符号表达，但你还是能与外部世界建立一种乌托邦式的联系，无限的遐想使你陷入了对大地的哲思之中。虽然你要在出入境的时候验明自己的身份，但在这二者之间你摆脱了身份，成为自由身，昨日和明天的烦恼都全然抛在脑后，尽情地体验“一种被温柔地占有的形式，和其他人一样理智地或信任地体味失去身份的被动性快感和扮演某种角色的主动性快乐”。②

此外，或许也是旅行者值得庆幸的，在这种乌托邦式的空间非场所里，你或许深情地体味到了没有身份的平等。你和别人一样都与同一个大地文本进行着沉默的对话(尽管脑中浮现的画面会大不相同)，看到的是同样的孤独的面孔(尽管那面孔背后的观念会大不相同)，听到的是同样的无言的声音(尽管与声音对立的书面文本会大不相同)。当你告别海关、缴费口和收款台的时候，你拿回你的证件，也拿回了你的身份(且不管长幼尊卑)，离开了非场所的同质性空间，重回生产特异性、等级制和权力关系的空间之中。甚或，超现代时期里过剩的身体只有在这样一种封闭的运动空间里才能享受一点被动的自由，只有在这样一种有限的辖

① Certeau, *The Practice of Everyday Life*, p. 112.

② Augé, *Non-Places: Introduction to an Anthropology of Supermodernity*, John Howe trans. London and New York: Verso, 1995, p. 103.

域内才能从事一点受约束的解域化运动，只有在这样一种共时的符号系统内才能实现深度思想的逃逸。甚或，唯一需要的就是在这种孤独的沉思状态中建立一点时间或空间的相遇和连接。

第三节 非场所的连接

“连接”即建立联系，是初步接触，是人的天赋欲望，因此也是人类社会得以组织并发展的决定因。“相遇”不是邂逅，不是陌生人的初次见面，而是建立联系之后的深度接触，是相互认识、深入理解，进而和平相处的先决条件。这种相遇总是要卷入一系列矛盾、冲突和斗争。这些矛盾、冲突和斗争总是要在特定的空间里发生或解决，非场所就是这样的特定空间之一。按照社会学家和城市研究学者的解释，这种连接是后现代城市空间里节点的集结造成的。萨斯基亚·萨森在《全球网络，连接的城市》(2002 年)中指出，一些城市的一些区域具有全球功能，这种全球功能是它们与价值创造、金融交易和管理功能的全球网络的连接决定的。① 随着全球经济网络为寻求更大的流动性而打破贸易和金融障碍，这种流动所产生的权力—法律效果将进一步强化这些节点的连接，从而使最集中的节点更具有连接性。

弗雷德里克·詹姆逊在《晚期资本主义的文化逻辑》一书中分析了个人在后现代或晚期资本主义的城市空间里，或现代主义高潮期的建筑空间里所处的境遇：他们的视觉感官无法适应后现代城市的夺目光彩；他们的心理状态无法适应晚期资本主义制度下的生存环境；他们不知道如何测绘这个制度下的城市，因此需要有新的感觉器官，扩展新的然而却是难以想象的，或者根本不可能的身体维度才能适应后现代的城市环境。比如，洛杉矶圣德文饭店是一幢属于晚期现代主义风格的建筑，② 它的特点是在建筑表面装饰反光玻璃镜，既能反射城市的风景，同时又能使自身隐蔽于硕大的城市网络之中；它直接连接高速公路，行人无法找到进入其内的路径；而内部的人行坡道又与附近的塔群连成一片，畅通无阻。这样的建筑既与周围环境相脱离，又与多功能的大都市密切连接，既在周围的塔群中具有可见性，又在大都市多功能网络构成的超空间中

① Saskia Sassen, *Global Networks*, *Linked Cities*, New York: Routledge, 2002, p. 17.

② 该饭店的设计师波特曼在中国的著名建筑设计是“上海商城”(Shanghai Center)，位于上海市静安区中心、南京西路上海展览中心对面，是上海展览中心与外资合办的一座集办公、剧院、酒店和商场为一体的综合性商业贸易大楼。

隐而不见。詹姆逊认为这是“一个整体的空间，一个完整的世界，一个小型都市”，它构成了一种“崭新的”经验模式，一个“超空间”，人们在其中来来往往，“既聚合又离散”。在这样一种状况下生活的主体显然会失去方向感，陷入盲目无助的状态，因而需要与外部建立连接。[①] 实际上，如詹姆逊本人也承认的，波特曼设计的圣德文饭店并不像“粗暴的”国际风格建筑那样与“周遭环境”彻底隔绝，它的机动车入口和内部人行坡道使其像机场这样的空间非场所一样既独立于外界，又与外界不可分割；其主体也就与机场的流动主体一样，体现了“既聚合又离散”的特征。

空间非场所彰显的是一种超现代性，它不同于“波德莱尔的现代性”：波德莱尔的现代性是工业文明之下的城市现代性，是城市人群在与城市街道的相遇中触发的惊颤体验，而在街道上漫游的各色人等(不管是否有家可归)都依然把街道和人群作为栖身的四壁。实际上，詹姆逊或奥热所描述的超现代“小型都市”体现了勒·科比西耶设计的由玻璃摩天楼公寓和高速公路构成的“辉煌闪耀的城市”，它已经不再带有以前人类居住形式的痕迹，不再是波德莱尔和本雅明笔下由非定居人群所构成的现代城市的奇观，当然也不是社会学和人类学意义上的定居人群赖以繁衍生息的居所。历史上，人居住在固定的地点，人与人之间进行着亲密的社会交往，记忆把这些交往积累起来，形成了人类行为的意义，并通过文学艺术等形式呈现出来，书写了一部色彩缤纷的文明史。在超现代时期，旅游和媒介交往使交往主体进入了全球化进程，日益频繁地往返于无数冷酷的过渡性空间之间，无时不在体验一种纯解域化的运动。人不再集体生活在公共空间里，而是在高速公路上、机场候机室里、电视机或电脑或自动取款机前，或在琳琅满目的商品中孤独地生活。于是，地点变成了“非地点”，场所变成了“非场所”，“人类学”意义上的地点或场所不复存在了。

然而，所谓“非地点”必然是作为地点的非地点；所谓的“非场所”也必然是作为场所的非场所。正如我们在夜晚观看城市街道上明亮的车灯汇成的空间流动，只有在街道稳定的空间背景下我们才能看到车灯的流动。同样，只有依据定居人群所占据的固定地点我们才能感受到“在路上”的现代“游牧民”临时光顾的过渡性非空间；也只有亲历过家庭亲密关系的远方游客才能深切体验到机场、车站和旅馆等非场所里人与人之间的原子式疏离。这意味着原有的地点或场所变成了背景，成为都市流动

① 〔美〕詹明信：《晚期资本主义的文化逻辑》，第 490～497 页。

人群的衬托，其功能发生了变化，具有了新的特征，因而也具有了新的意义。无论是詹姆逊所论的后现代建筑，还是奥热所设定的超现代“非场所”，其与环境既连接又脱节、既聚合又离散的关系意味着这些原来固定的场所已经具有流动性、异己性和非场所性，稳定性不过是这种已成事实的流动性的参照系。稳定性和流动性之间的这种位置转换导致人的视知觉功能发生了巨大变化：我们有能力感知，但不能感知事物的全部，而只是片面的、支离破碎的部分；我们有能力交往，但这种交往并不构成永恒的关系、记忆和意义，只是流动的、临时的和过渡的异质性体验；我们能够在空间上迅速而便捷地从一地运动到另一地(如移民、游客、旅行者)，但却不能获得合法的居住身份，因而只能以游牧的方式在某地集结，然后又相互分离。这就如同福柯提出的 *dispositif*(可译作“社会机制”)：它由各种相异因素集结而成(包括“话语、机构、建筑形式、调控决策、法律、管理措施、科学论断以及哲学、道德和慈善事业的命题”等)，但这些因素既是集结的，构成了被称作上层建筑和基础结构的国家机器，又是相互分离的，是各自执行完全不同职责的职能部门。因此，作为一个关系网络，各种因素之间始终存在着位置的变换和功能的改造，因此具有极强的临时性和不稳定性。它的主要功能是在特定的历史时期满足某一迫切的时代需要，其固有的空间观念描述的是各因素之间始终进行的一种相互连接，因此，作为各种异质因素的集结，它又是散播的、蔓延的、多功能的、包容性的时间和空间延展。

如果说福柯作为现代历史学家终其一生研究权力与知识，以及二者之于主体的形成，最终开辟了他的生命权力和生命政治这一全新的研究领域，那么，*dispositif* 作为一种空间管理机制则贯穿这种研究之始末。但福柯并未止步于抽象的概念，而是从一开始就努力用真实的物质现实来说明 *dispositif* 的意义：精神病院、医院、监狱，最后是全社会。这些“地点”是权力介入并借以塑造主体的工具，也是生命权力得以行使的“场所”。按福柯所论，生命权力产生于三种空间管理形式的重叠：主权在地域边界上行使，规训在个人身上行使，治理在全部人口中行使。而当权力的行使者在控制和疏通人口、物品、货币、犯罪、疾病等因素时，最终的行为领域则是由构成人口的大众所居住的领域，即由街道、居民区、城镇以及在这些地方发生的不可预测的事件构成的环境空间，也就是福柯所说的生命权力得以行使的“整个生命空间”。如果社会发展进程(如现代化进程和全球化进程)就是在这个生命空间里发生的，那它在逻辑上就不可能是稳定的、有中心的和完全自治的。

连接和分离仍然是它的主要特征。而且，从这个意义上说，社会就是一个非场所。阿甘本在阐述福柯的这个术语时说城市就是 *dispositif* 或一组 *dispositifs*。

那么，上述关于非场所的这番讨论与文学或城市文学有何关系呢？显然，奥热所提供的非场所是纯粹过渡性的，詹姆逊分析的圣德文饭店仅仅是(后)现代城市景观中的一道风景，而福柯的 *dispositif* 似乎在空间理论上为上述非场所的主要特征提供了支撑。然而，就与城市文学的关系而言，我们所应关注的却应该是更加具体、与文学艺术更加密切的场所，这就是城市中的酒馆、旅店、咖啡馆、沙龙等场所，它们同福柯所分析的精神病院、医院、监狱一样，归根结底是全社会的化身，是"整个生命空间"的重要组成部分，而就文学和艺术创作而言，那是为作家和艺术家提供灵感和素材的最好的作为场所的非场所，是文学艺术和城市生活这个平滑流动空间中的一个个连接的节点。我们不妨把这些节点分成两种，文学(艺术)之外的、促进文学(艺术)长足发展的节点，和文学(艺术)之内的、已成为文学(艺术)叙述内容的节点。

第四节 作为非场所的沙龙

如果我们把文化非场所暂时定义为文人相聚、离开、再相聚的地方，既连接现实又与现实相脱离的虚拟空间，提供暂时的精神关联但又与物质现实息息相关的非空间；而其特征是过渡性、连接性和自主性，那么，沙龙、酒馆、咖啡厅等文人(由作家、哲学家、艺术家等知识分子构成的群体)聚集消闲的地方就必然成了进行外部连接的文化非场所，它们是文人相遇、建立联系、交流思想、深化感情、激发灵感，继而在分离后的孤独中把这些思想、感情和灵感转换成传世杰作的重要驿站。

沙龙缘起于18世纪法国的巴黎，通常是由贵妇创办的，但其原型却源自文艺复兴时期。[①] 贵妇在城里拥有住宅(当时的法语名称是 hôtel)，每周召集朋友们聚会一或两次，是提供餐饮、娱乐和交往的一种定期的社交聚会，目的是开展"不同性别之间的一种交往"，以促进

① 曼托瓦的伊莎贝拉·德·埃斯特(1474—1539)，意大利的乌尔比诺公爵夫人，热情的艺术赞助人，尤其是对音乐的赞助。由她开启的女性赞助艺术的风气后来演变成了18世纪欧洲女性开办艺术沙龙的传统。

“完美的外貌、彬彬有礼的举止和老练、放任、具有世俗智慧的艺术”。[①] 巴黎最著名的沙龙是格弗琳夫人开办的。她把参与沙龙活动的朋友扩展为巴黎的社会名流。法国的思想和艺术文化以沙龙为中心；后来，柏林和维也纳的知名女士也步其后尘。只几十年的光景，上流社会女士创办沙龙在欧洲蔚然成风，成了音乐、艺术和思想争论的开拓者和赞助者。在巴黎的沙龙里，法国贵族与中产阶级智者和哲学家们聚集一堂；而在伦敦、爱丁堡和柏林，烟雾缭绕的咖啡馆则成为知识分子、作家、艺术家和中产阶级知名人士的聚集地。他们在这里喝咖啡、读报纸、争论政治问题。显然，沙龙和咖啡馆里的讨论和争论经常产生新的思想，迸发出创造的火花，向政治和宗教正统观念提出叛逆的挑战，因而常常是新思想、新科学、新潮流的策源地。

巴黎的沙龙和咖啡馆文化自兴起之日起就经久不衰。20 世纪初的巴黎左岸[②]在法国文化史上因其文化沙龙而占有重要地位。这是第一次世界大战后促进巴黎文学艺术蓬勃发展的一个地区，具体指文人云集的圣日耳曼大道、圣米歇尔大道和雷恩路等街道。当时在这里活动和成长起来的艺术家、文学家和哲学家有毕加索、兰波、魏伦、马蒂斯、萨特、海明威、菲茨杰拉德、华顿、斯坦因、乔伊斯、普鲁斯特、斯特拉文斯基等。葛特路德·斯坦因 1903 年 9 月抵达巴黎，翌年就把弗勒吕斯路 27 号的工作间和艺术品收藏室改建成沙龙，接待对现代艺术感兴趣的任何人。除了以海明威为代表的“迷惘一代”等旅法美国作家外，毕加索、乔治·布拉格和阿波利奈尔等法国艺术家也都是她沙龙里的常客。

距斯坦因沙龙几个街区远的地方就是当时著名的圣日耳曼大道。美国作家伊迪丝·华顿通过这里的沙龙深入巴黎社会，而法国作家普鲁斯特则把这里确定为创作的实验场地。普鲁斯特 1894 年进入圣日耳曼大道的沙龙世界，当时 23 岁；1906 年离开这里去创作举世闻名的《追忆似水年华》，当时 35 岁。他在这里采撷的人物既有卖弄风情的年轻女子，又有年迈持重的公爵夫人；既有身着红衣、头戴假发的男同性恋者，也有身着燕尾服、兜里插着单眼镜的女同性恋者；这些都是他在那部史诗般的小说里加以重塑的人物。当战争的逼近和进入社会中心的需要迫使普鲁斯特离开沙龙世界的时候，华顿恰好离开了她业已熟悉的巴黎贵族社

① Philip E. Bishop, *Adventures in the Human Spirit* (Sixth Edition), London etc.: Prentice Hall, 2011, p. 292.

② 即巴黎塞纳河南岸。塞纳河向西流淌，把巴黎城分为两部分：顺流望去，南岸在左边，北岸在右边，故称南岸为左岸。

会，结识了孀妇德·费茨-詹姆斯女伯爵，这是第一次世界大战前巴黎最负盛名的沙龙女主人。华顿在回忆录《回眸一瞥》中向读者介绍了她在这里遇到的贵族、著名艺术家和作家，其名单之长足见这家沙龙之重要。

女诗人阿娜·德·诺阿伊是华顿在巴黎沙龙结交并写入《回眸一瞥》中的人物。德·诺阿伊是位反传统的女性，活跃于普鲁斯特经常光顾的沙龙。1904年她曾主持设立了费米娜奖(Prix Fémina 或 Prix Femina)，与主要颁发给男性的龚古尔奖相对峙。她还是一位专门描写和探讨恋爱中的女人的心理小说家。华顿发现这位比她小12岁的女作家“格外有趣”：她的行为举止似乎暗示“一种隐蔽沉默的生存”；她对生活和文学富有罕见的激情；她欢快的谈话犹如飞流直下，容不得半点插话；她对生活总是怀有某种哀伤和不满的潜流；她诗歌中充满了几近内省的顿悟，所有这些都是华顿希望自己也能拥有的，因此在思想和创作上深受其影响。德·诺阿伊当然也为许多男性作家提供了友谊和支持，其中就有科克托和普鲁斯特这两位大作家，而且与之过往甚密。实际上，普鲁斯特的天才是她发现、在她指导下得以开发并走上正确道路的(正如斯坦因之于海明威、安德森之于福克纳一样)：她告诉普鲁斯特他自己的生活恰恰就是“美好年代”的小说主题，因此后者才写出了那部传世佳作。她也和普鲁斯特一样是德雷福斯的支持者，还为此事而与情人翻了脸，因为后者是反德雷福斯派。毫无疑问，圣日耳曼大道的沙龙或巴黎的左岸正是海明威、华顿、普鲁斯特等20世纪初处于摸索彷徨时期的作家所竭力寻找的地方：一个能够提供舒适和安全感的物质空间，一个给予独立而又不伴随着孤独感的停泊地，一个能使作家感到既与传统一脉相承同时又能充分享受个体自由的文化非场所。

可以与巴黎左岸的沙龙相媲美的是伦敦的布鲁姆兹伯里团体(又译“布鲁姆兹伯里圈”)。如果说巴黎左岸的沙龙具有很大的流动性，那么，对比之下，伦敦的布鲁姆兹伯里团体则相对稳定，也许正因如此，批评家们才倾向于称其为“团体”。但尽管如此，其性质仍然是沙龙。首先，与巴黎沙龙相同，其主人是女性——范奈莎和弗吉尼亚两姐妹；其次，其相对稳定的成员是该团体的“剑桥核心”，即来自人文科学各个领域的知识分子群体，① 在1906年以后的几十年中，参与这个“团体”活动的超

① 除主人范奈莎与其夫克莱夫·贝尔、弗吉尼亚与其夫列奥纳德·伍尔夫外，较稳定的成员还有弗吉尼亚的弟弟阿德里安·斯蒂芬，传记作家林顿·斯特拉奇、哲学家伯特兰德·罗素、经济学家梅纳德·凯恩斯、小说家E. M. 福斯特，美学家罗杰·弗莱、诗人T. S. 艾略特、画家邓肯·格兰特等。

过百人次，而且不是固定的，因此具有沙龙成员的流动性；再次，团体核心成员之间关系复杂，性生活混乱，这似乎也是对巴黎沙龙传统的继承和发扬；最后，也是最重要的，这里是20世纪初几十年里英国文化的策源地之一，从其“剑桥核心”可以看出，这批知识精英眼界开阔，学识渊博，造诣精深，其在几个主要领域里取得的成就至今仍未有明显的出其右者。在与传统的关系上，他们要摆脱维多利亚时代的世风和惯习，追求非正统的、以个人为中心的快乐生活，但其生活观却绝不是堕落的、腐败的或纯知识分子的，仍然保持了勤俭素朴的作风。在政治上，他们属于自由左派，但绝不是激进的活动家。在美学原则上，他们基本上重形式而轻内容，批判绘画和小说的物质现实主义，而关注意识与自然的关系、人的孤独和爱、时间和死亡、人性和美等主题。虽然布鲁姆兹伯里主要是作为一个团体而组织参与各种文化活动的，但其沙龙的非场所性却是显而易见的，其对当时英国高雅文化的贡献不亚于巴黎左岸对欧美文化的贡献。

作为美国波西米亚主义的标识、文化叛逆的典范和美国文化、思想和时尚的主要策源地，纽约的格林威治村当然也能与它一度效仿的巴黎左岸相媲美。而就其主要特点波西米亚风格而言，又与慕尼黑的施瓦宾(Schwabing)、巴黎的蒙帕纳斯(Montparnasse)、伦敦的切尔西(Chelsea)以及旧金山的北滩(North Beach)等城市区域较为接近。作为文化的非场所，格林威治村的地理特征突出了它在文化上的先锋性，其错综纠缠的巷道和狭窄扭曲的街区打破了纽约市“格子”规划的整齐划一。这里房屋破旧，路面高低凌乱，“村民”穷困潦倒，因此也与繁华富裕的曼哈顿形成了鲜明对比。这里曾经是无数想在文学艺术领域出人头地的青年人向往的乐园，也是抱有浪漫理想、胸怀叛逆之心的文化另类的聚集地。这里的人行为怪异，服饰夸张，举止放浪，在正统人士眼里举目皆是道德沦丧。美国的一些旅外作家恰恰是经过了格林威治村的酒馆和咖啡馆的洗礼，才进入了巴黎左岸的沙龙，回国后都成为美国文学艺术领域里的杰出人物。而从域外进口的先锋艺术(达达主义)、激进思想和文化时尚(波西米亚)，一旦在美国落脚，就会很快在这里扎根建基。从进出此村的“村民们”的游牧式流动，就可以见出这块文化叛逆之地的“非场所性”。

美国著名现代派女作家朱娜·巴恩斯在《格林威治村实录》①一文中精要地描述了这个作为“巴黎左岸之翻版”的文化非场所。她首先问道：

---

① Djuna Barnes, "Greenwich Village As It Is", in *Streets of Desire: Women's Fictions of the Twentieth-Century City*, Liz Heron ed. London: Virago Press, 1993, pp. 31-38.

华盛顿广场(或格林威治村)何以有意义？何以散发出一股芳香？其原因不得而知。这里是无数可能性和无数伟大人物的记忆库(亨利·詹姆斯、爱伦·坡、奥尼尔、摇滚乐歌手、实力派明星、妇女解放运动成员……)；这里承载着无数的往事，就如同“充满了无声音乐和希望的耳朵，竭力瞥一眼幸福幻境的无视力的眼睛”；这里聚集着无精打采的男人和女人，用扬基—伦敦土话混合的方言尖叫的黑眼圈的意大利男孩，像花束一样成群结队的犹太姑娘，体魄健壮而少言寡语的挪威移民。人行道上一个黑人女孩和一个日本仆人撞了个满怀，尚不知道这个日本仆人是有色人还是与可恶的意大利人一样白。“纽约是各族人相聚的地方，是唯一一座看不见典型的美国人的城市。”在这里进进出出的有艺术家，也有小贩；有诗人，也有送葬者；有闲逛者，也有清洁女工；有穷人，也有富人。乞丐是这座城市的洗指钵，贪婪之人无不在此染指。人们常常提起这里的商店就像常常提起这里的艺术家。人们最常念叨的是黛西·汤普森店、藏宝店和格林威治村店；人们经常想念的是夜生活美满的拉法耶特咖啡馆和能透过灌木丛瞥见夜空星光的布勒伍特地下室。最有名的是麦克道格尔街的自由俱乐部：玛格丽特·威尔森是其创建者之一，德莱塞在这里辩论过，鲍德曼·罗宾逊在这里画过素描，亨利埃塔·罗德曼穿着草鞋在这里唱歌，美国最后一位流浪诗人哈利·坎普也在这里留下了不太有人理睬的半身像。自从布鲁诺创办了《格林威治村报》后，相继有了爱伦·诺顿的《流浪者》、克雷姆伯格的《他人》，还有牛顿的两分钱一张的报纸。如果你在纽约城的其他地方看到的是普通商品，那么，在这里你看到的则是眼睛里闪耀着新的光芒、脸上放射着光彩的男男女女。

然而，巴黎的左岸、伦敦的布鲁姆兹伯里和纽约的格林威治村作为文化非场所都不过是平滑空间里起连接作用的节点。从世界文学的全貌来看，它们为文学艺术的游牧运动提供了场所，为来自世界各地的各种游牧者提供了过渡性空间，为身体的块茎式蔓延提供了条条路径，既是作家艺术家经历过的生活和取之不竭的素材，也是能动的、永恒的、基本的生命进程。按德勒兹的说法，生命进程的一个重要特点是辖域化伴随着解域化，解域化伴随着再辖域化，周而复始。这三种运动都拒绝编码，都顺应生成的流动，都在于跨越不稳定的过渡性空间而形成永远解域的逃逸线。我们可以从直义上理解逃逸线，但也可以视其为导向视觉再现系统之聚合点的线、从注视中心向边缘运动的线，或通过地平线而逃向远处无法再现的尚未想象之物的线。总之，其目的是逃脱编码的牢笼——社会习俗、行为准则、思维模式、哲学原理。实现逃逸的一个关键环节是连接。连接是一种创造性行为，它总是与同样具有创造性的消解运动相并存——当一个节点的强度减弱或消失的时候，它就在向下一个节点的逃逸/旅行中消解了。在生命的游牧进程中，我们始终都在旅行之中，在形成的过程中，在无终点的朝圣途中。每一个驻足之地都是过渡性的非场所。当然，这里所说的驻足之地不仅是咖啡馆、酒馆、沙龙，不仅是机场候机室、车站候车室、超级市场，而且可以扩展到每一个城市、每一个国家，甚或我们生存其上的整个宇宙。它们都是文学家和艺术家进行连接的节点。

第五节　当代埃涅阿斯

斯蒂文·卢克斯的《卡里塔教授奇异的启蒙历险》是一部当代哲理讽刺小说或现代启蒙/政治寓言。故事主人公尼古拉·卡里塔在一系列的连接、解域和生成中为读者提供了一次次别开生面的“相遇”或生成。卡里塔的姓氏(Caritat)，在法文中是“仁爱”的意思，其全名(Nicolas Caritat)则取自18世纪法国哲学家、数学家、启蒙运动的杰出代表孔多塞的名字(Marquis de Marie-Jean-Antoine-Nicolas-Caritat Condorcet)。他在执行任务时所用的化名是Pangloss，取自伏尔泰的《老实人》，即作品主人公老实人的老师庞格罗斯。读者从孔多塞与庞格罗斯(或伏尔泰)的相遇，以及21世纪美国大学的哲学教授与启蒙运动时期法国哲学家的相遇，可以看出这部讽刺小说的政治和意识形态主旨。伏尔泰号称资产阶级启蒙运动的“旗手”，在代表作《老实人》中力主批判盲目的乐观主义哲学。孔多塞号称法国大革命的“擎炬人”，提出用数理方法研究社会政治，在代表作《人类精神进步史纲要》中提出“人类不断进步”的乐观主义历史观。卡里塔之所以化名庞格罗斯接受任务去调查“乐观主义之缘由”，其原因不言而喻。在形式上，伏尔泰的“老实人”被从城堡里驱逐出来，接着途经保加利亚、葡萄牙、卡迪士、巴拉圭、厄尔多拉多、苏里南和君士坦丁堡，遭遇风暴、地震、海上风险、文明人、野蛮人、好人、坏人和爱人等，其经历与讲授启蒙哲学的教授卡里塔的历险几乎完全相同。后者从军事社会(Militaria)潜逃出来后，实证考察了另外五种社会：功利社会(Utilitaria)、共产社会(Communitaria)、无产者社会(Proletaria)、自由社会(Libertaria)和平等社会(Egalitaria)。就“历险”的目的而言，老实人所追求的是“尽善尽美的世界”，卡里塔所寻找的是“尽可能最好的”社会。历险得出的结论则殊途同归：完美的社会并不存在。

卡里塔原本生活在军事社会，是教授启蒙运动哲学的大学教授，由于在著作中给社会上的"乐观因子"予以希望而被军事独裁逮捕，投入监狱。在被打入独裁统治内部的地下组织营救出来之前，卡里塔在狱中接受了一个名叫格罗布鲁斯的人的探视。格罗布鲁斯的英文名字是Globulus显然是global或globalist的改写，所影射的显然是globalization，即当下社会的全球化发展趋势。按照书中的描写，格罗布鲁斯是军事政府的首席思想家，"彻头彻尾的机会主义者，不懂要义而浮于皮毛之人，身为精神病医师却伪装成'哲学家'，曾经浅尝便利主义(Handism，地下组织信奉的学说)而现今却摇身一变成了军事政府最忠诚——似乎——最受信任的辩护士和思想家"。① 更为有趣的是，这位号称"首席思想家"的伪哲学家竟然也是位"后现代主义者"，在与卡里塔的谈话中总是叨念着"我们的法国哲学朋友——福柯、利奥塔、鲍德里亚、克里斯蒂娃"，认为历史进步的幻想已经变成了枯竭的"元叙事"。② 元叙事的时代已经结束；历史已经没有了方向(理查·罗蒂)。没有意义，没有方向，没有真理。只有杜撰的故事。

从没有自由、只有欺骗的军事社会逃出来后，卡里塔来到了功利社会。这里的民族座右铭是边沁的名言"最多数人的最大幸福"。社会的普遍原则是：可以计算的才是最重要的。人们所关注的问题是：哪种选择能够产生最大的有用性。按照这个逻辑，没有用的便是没有价值的，而当人们年龄过大，对社会没有用处时，便被送到"告别之家"等待安乐死。卡里塔就是由于对于功利社会的政府没有用处而接受审判，但被共产社会的密探营救出来，来到了共产社会。共产社会的原则是相信你自己。共产社会是种族和宗教共存的社会，一个多元文化社会，但多元大学(unidiversity)的年轻讲师包德金却认为分工细腻的上层建筑在有意掩盖和袒护主导阶级"蜜蜂"的霸权，卡里塔由于不同意这个观点而被诬告性骚扰。他再次登上了火车，逃往一个叫"自由"的地方。

逃亡中的卡里塔又饿又累，睡着了。醒来时发现火车停在一个乡村小站。他顺着一条小路来到一个池塘，两个上了年岁的老人在池塘边边钓鱼边热烈地交谈。他们的名字是弗雷德和卡尔。当卡里塔向两位老人讲述了他的冒险经历后，他们告诉他这是无产者社会。这里，国家已经消亡，立法制度已经消亡，权利的概念也已经消亡。剩下的只有自由，

---

① Steven Lukes, *The Curious Enlightenment of Professor Caritat*, London and New York: Verso, 1995, p. 25.

② Steven Lukes, *The Curious Enlightenment of Professor Caritat*, p. 37.

真正的自由，所有人的自由，创造和生产的自由。卡尔说：

> 我们已经把人类从过去的工资奴役中解放出来。个体已不再服从于劳动分工。脑力劳动和体力劳动的对立已经消除。劳动不但是一种生活手段，而且是生活的意义。生产力随着个体的全面发展而增长，全部合作财富的源泉充溢流淌。每个人都自由地发挥其全方位的才能。这里是真正的自由王国，联合生产者理性地调节与自然的交换，把自然置于他们共同的控制之下，使之有利于人类自身及其价值，而不是由盲目的权力所统治。①

对比之下，卡里塔一生敬仰的启蒙思想家不过是反动的唯心主义者，甚至一些唯物主义者也秘密地接受唯物主义，不敢面对世界；伏尔泰和卢梭在某些方面是重要的进步思想家，但已是史前人物。卡里塔被告诫要把兴趣放远一点，更加辩证一点。第二天，他参观了一家纺织厂：这里高科技和手工艺、计划和即兴、合作和自发性达到了完美的结合。这里的女工美丽娇艳，男人矫健漂亮，完全没有被劳动或资本所异化的迹象。这里的劳动创造的是音乐，每一个劳动动作都创造一种独特的乐音，整个工厂是一首千音交响乐。这的确是一个理想的社会，绝对理性的社会，真正自由和谐的社会。然而，当卡里塔刚要给地下组织写信，报告说他已经找到了理想社会时，音乐停止了。万籁俱寂。火车这次真的停了下来。列车员在喊："请拿出护照和车票!"所谓的理想社会只是南柯一梦。

无产者社会只是个梦。他来到了自由社会。这是现实。这里的"自由"指的不是 Freedom(人类获得解放的自由)，而是 Libertaria(指经济上的市场自由)。这里不是马克思和恩格斯的纺织厂，而是自由市场。钱是至高无上的统治者。当他自荐是一位讲授启蒙哲学的教授时，却被视为"生产无用的研究生的另一个生产者!"在通过不正当手段找到几份工作，最后以与精神病人一起露宿街头而告终后，他又开始寻找一个叫平等社会的地方。小说的最后一章恰当地以"在路上"为题，讲述他在自由社会的边界上，在一座名叫密涅瓦的小山脚下，遇见了一只"美丽雪白的大猫头鹰"。"密涅瓦的猫头鹰"以其睿智告诉卡里塔，人类的视野是极其有限的，"一次只能看到一个事物，极难看到事物之间的连接"：

① Steven Lukes, *The Curions Enlightenment of Professor Caritat*, pp. 185-186.

就拿你所走过的被你抛在脑后的几个国家来说吧。每一个都致力于追求一个值得追求的目标：一个追求秩序和安全，另一个追求最大的福利和幸福，第三个追求稳定的身份以使人们和睦相处，第四个谵妄地追求与他人和谐的个体自由，而最后一个则追求保护个人财产不受干扰，使之按自己选择的方式生活。然而，每一个都为了追求自己的目标而排除其他目标，在这个过程中，为换得一个抽象理想而牺牲了无数个体的生命。有多少人的生命为了这种理想而被毁灭和消灭？多么愚蠢的人类啊！①

当卡里塔问是否有什么别的办法的时候，猫头鹰回答说：

只连接！别的方法就是要看到所有这些理想在没有其他理想的情况下都是毫无价值的。只有看到这一点，你才能创造一个适于人类，而且适于猫头鹰的世界。②

显然，“密涅瓦的猫头鹰”代表哲学的反思，即黑格尔所说的对认识的认识，对思想的思想。如果小说主人公最后在猫头鹰的启发下获得了智慧，明白了人类社会何以在几千年的历史进程中没有取得很大的进步，原因就在于不同的历史发展阶段关注不同的方面，专注于自己时代的兴趣和利益，而未能把有益于人类整体发展的各个方面连接起来。他站在有几条路交叉的路口，有的向远处延伸直到没影点，有的似乎分出岔路，有的绕来绕去最后消失了，还有几条没走多远就又折了回来。他仍然不知道要选择哪条路。或许，人类经过了数千年的发展进化，虽然取得了巨大的物质进步，但在精神上仍在原地踏步。

第六节　删节号外的连接

E. M. 福斯特的小说《霍华德庄园》(1998 年诺顿版)的标题页上印有一句电报式的警句：“Only connect ...”从形式上说，这是一个装饰性副文本，是整个小说文本的一个框架式机制，所圈定的是小说的情节(由三

① Steven Lukes, *The Curions Enlightenment of Professor Caritat*, pp. 257.

② Steven Lukes, *The Curions Enlightenment of Professor Caritat*, pp. 257.

封信引出的人物之间相互纠葛的连接)①、小说的内在空间(不同人物代表的三个不同社会阶层之间的连接),② 也可以解作对小说之外的读者下的一道命令(“只连接!”——把文本与世界、作者与读者、人物与事件、空间与时间、自我与他者、行动与思想……连接起来)。如果对这个作为命令的祈使句进行解析的话，就可以看出在连接之前就已经有了裂隙，或者说正因为已经存在着裂隙，才需要建立连接的桥梁：在英文中，only含有“孤立”(isolation)和“限制”(restriction)的意思；connect 作为动词，指建立一种“群体关系、聚合关系、合生关系”(community，cohesion，accretion)；省略号位于词(only connect)与纸页空白之间，充作二者间的中介，既是对词(“连接”)的未尽之意的承接，又意味着这种未尽之意的不确定性(“连接什么?”)；既表示词语/意义的在场，又表示它所导致的词语/意义的缺场；既许诺此后会出现意义，又拒绝让这种意义具体呈现；而至关重要的，如《镜前的维纳斯》画面上指向画框外部的发带一样，它是从内部向外部的延展。它连接但并没有给出连接的客体，它表意但没有给出具体的意指，它逃逸但却要等到读者在作品中与人物/事件相遇时才能厘出清晰的逃逸线。在这个意义上，作为页面上一个独立存在的空间实体，它只连接“……”③

唯其如此，省略号就蕴含着无限的可能性：它本身作为一种连接，一种逃逸，一次解域行动，引导读者从书的封面进入书的内部，使之在故事中实现一种超越时空、超越种族、超越文化的相遇。这种相遇驱散了“only”一词给读者的孤独感，打破了该词对行动的限制，可以从省略号的任意一个点上向任何一个方向延展，与书中任何一个因素(人物、地点、事件、感情、思想、时代精神)达到深度接触，参与其行动，分享其哀乐，仿佛鸟之于天空，鱼之于大海，翱翔遨游，自由无束，以无限的遐想和专注的思考创造一个新的世界。在这个意义上，一部深刻的小说，一首深情的诗歌，一段生动的历史，都是一所沙龙，一幢超现代建筑，

① 小说开头就是一种独特但却常见的连接方式：书信。海伦·施莱格尔，一个 21 岁的女子，正在威尔考克斯家做客。她给姐姐玛格丽特写了两封信，信中平淡的叙述却以一个惊人的消息结尾：海伦爱上了威尔考克斯的小儿子保尔。当焦急的玛格丽特刚派姨妈朱蕾前去调查此事时，第三封信却带来了“已经结束”的消息。而故事中的真正连接则由此开始。

② 施莱格尔一家代表的中产阶级知识阶层，威尔考克斯一家代表的中产阶级实业新贵阶层，以及雷昂那德·巴斯特代表的穷困潦倒、处于社会底层的白领工人。

③ West-Pavlow, *Space in Theory: Kristeva, Foucault, Deleuze*, Amsterdam-New York: Rodopi, 2009, pp. 247-248.

一个过渡性的非场所。跨越时空的读者在这里连接、相遇、解域……生成意义，抑或，生成非意义。

连接(建立联系)或许是人类认识世界、认识人类自身的唯一方式。这种连接就仿佛勒内·玛格丽特在题为《梦的钥匙》的一幅画中把图像与无关的标题连接起来，以不符合逻辑的关联捕捉到事物的梦境般的"逻辑"。这种连接就仿佛福柯对《宫娥图》的解构式阅读，在画框内的再现性中捕捉到画框外的非再现性。博尔赫斯说："要解释(或者判断)一件事物，就要把它和别的事物连接起来。"他虚构的特隆地有五个学派：第一个否认时间，因为"现在是不确定的，将来是不现实的，过去不过是现在的记忆"。第二个认为"全部的时间"都已经发生过了，"我们的生命是对一个不可挽回的过程的模糊记忆或反映，无疑是虚假的，残缺的"。第三个认为"宇宙的历史包含着我们的生命和我们生命中最微妙的细节，是一位小神和魔鬼取得谅解而写成的"。第四个认为宇宙可以比作一种密码，其中并非所有符号都有意义，只有"每隔300夜才发生的事情才是真的"。第五个认为"我们在此地睡觉的时候，我们却在彼地醒着，因此，每一个人就是两个人"。① 时间对于我们似乎已经毫无意义；传统上与时间密不可分的空间也失去了作为固定场所的意义，失去了作为家园的意义，失去了与时间一起构成我们个别主体性的生存意义。我们现在所拥有的一切就是：Only connect！只有通过这种 connect，我们才能"相遇"，才能达到真正的理解，才能像伏尔泰的老实人那样愉快地"种植自己的花园"。

---

① 《博尔赫斯短篇小说集》，王永年译，杭州，浙江文艺出版社，1956，第1版，第16～17页。

第五章　文学与动物：伦理批评

第一节　猫、鼠、鸟

艾埃米莉·狄金森一生创作的1800多首诗中，有两首写猫的诗，我们权且称之为"猫诗"。① 一首是写猫抓鸟的(第151首)，另一首是写猫抓鼠的(第762首)。与波德莱尔的三首"猫诗"相比，② 狄金森的诗非常接近日常生活；诗中没有美化，没有拟人，就猫写猫，就猫论猫，但却可以说是"猫诗"中最具生活情趣的，最能见出猫之"猫性"的诗。由于篇幅不长，且全文录下：

第151首③

她看见一只鸟——她咯咯暗笑——

① 西方文学经典和杰作中，此类"猫诗"蔚为壮观：波德莱尔的《恶之花》中有三首以"猫"为题的诗；莎士比亚作品中有多处关于猫的掌故。Emily Fragos 2005年选编了一本"猫诗"集，共收入近150首诗，其中包括布莱克、华兹华斯、雪莱和济慈的诗，丁尼生、阿诺德和罗斯金的诗，叶芝、史蒂文斯、奥登和哈特·克莱恩的诗，瓦雷里、魏伦和拉封丹的诗，里尔克、海涅和塞兰的诗，也有松尾芭蕉、寒山和博尔赫斯的诗。这些"猫诗"的母题可分十几种，最主要的是猫的可爱、美丽、神秘、高傲、作为人的伴侣等，当然也少不了与其他动物的关系，尤其是与狗和鼠的关系。

② 波德莱尔的三首"猫诗"的前两首都把猫比作他所爱的一个女人，据说是一个叫 Marie Daubrun 的女人：它美丽、多情、温柔、健壮；它"美丽的眼中，混有金银和玛瑙"；它"那带电的娇躯"令诗人"感到快乐而怡然陶醉"；它那"珠圆玉润美妙之声"渗进了诗人"最阴暗的心底，像和谐的诗流遍全身"。这只猫有时候也很"忧郁"，"在方砖地上寻找垫草，不停地摇着它那生疮的瘦身"。最有趣的是，波德莱尔不但用猫来形容女人之美；还将其比作学者："谨严的学者们，到了成熟的年纪，都同样爱猫"，而且像猫一样"畏寒而深居简出"，"探求沉默和黑暗之恐怖"；它"沉思时的高贵的风姿，像陷入孤独的巨大的人面狮，睡意沉沉地进入无边的梦乡"。毫无疑问，猫被赋予了人性，具有了人的特征：它既具有女人的感性美，又具有学者的理性头脑；它能够像严谨的学者一样深思熟虑，深邃的目光中总有一种让人猜不透的神秘。当你和它对视的时候，你总会感到有一股邪恶的力量咄咄逼人，你不得不避开它的目光(就像一条狗蹲在你身边眼巴巴地看着你吃东西的时候，你不得不分给它一口一样)。显然，在波德莱尔这里，猫似乎具有了人的性格，而且是女人和学者的性格。这三首"猫诗"或许可以说是《恶之花》中比较明亮的诗。

③ She sights a bird—she chuckles—/She flattens—then she crawls—/She runs without the look of feet—/Her eyes increase to Balls -//Her jaws—twitching—hungry /Her teeth can hardly stand—/She leaps, but Robin leaped the first—/Ah, Pussy, of the Sand//The Hopes so juicy ripening—/You almost bathed your tongue—/When Bliss disclosed a hundred Toes— /And fled with every one—

她紧趴在地——然后匍匐弓腰——
她飞奔过去，地不见爪——
她双眼圆睁，桌球大小——

她下颌——扭曲——饥饿
她按捺不住，牙关紧咬——
她跳将起来，知更鸟已逃——
唉，猫咪，不如去玩你的沙巢

希望如此丰润成熟——
你几乎就把美味品尝——
幸福展翅向你飞来——
又瞬间逃之夭夭——

第762首①

整件事不是骤然发生——
谋杀有步骤地进行——
扑上去——再把机会留给生命——
对手的麻木使你得意忘形——

猫给老鼠判了缓刑
她把牙关放松
先别把它捣成肉泥——
让希望尽情把它捉弄——

死——是生的奖赏——
即使一次——也心花怒放
何必半死不活——然后复原
为了更深地认识死亡

① The Whole of it came not at once—/'Twas Murder by degrees—/A Thrust-and then for Life a chance—/The Bliss to cauterize—//The Cat reprieves the Mouse /She eases from her teeth/Just long enough for Hope to tease—/Then mashes it to death—//'Tis Life's award-to die—/Contenteder if once— /Than dying half-then rallying /For consciouser E-clipse—

第151首诗中的猫狂妄凶猛，由于饥饿难挨而急躁，但却没有把握好时机，惊动了小鸟，眼睁睁地让到手的美味飞掉了；第762首诗中的猫沉着稳重，老谋深算，任凭老鼠怎样狡猾，它都能将其玩弄于股掌之间。这只猫也充满了童趣。它玩弄老鼠，玩得轻松，玩得自如，玩得颇有味道。本来狄金森抓取的是日常生活中一件非常平常的小事。猫抓老鼠——上帝派给猫的活，天经地义。但在履行职责方面它并非一丝不苟。猫并没有一下子把老鼠咬死，然后吃掉，而是先把老鼠捉住，咬个半死不活，然后慢慢折磨它(顽皮!)。好像故意给它生的希望，让它逃跑，但当老鼠一有逃跑的迹象，猫就把它捣成肉泥(残忍!)。这个场面在猫的日常生活中经常发生，只不过在普通人眼里只是看着好玩而已，不会多想。狄金森的非比寻常之处就在于她在诗的第三节，当描述猫抓老鼠、玩弄老鼠的乐趣之后，在把日常生活中的一个有趣的场面呈现出来之后，她开始了哲学思考，把这样一件平凡小事提升为生与死的哲学命题。

诗的第三节反映了与中国人的死亡观完全相反的一种伦理观。就老鼠而言，与其被猫折磨得半死不活，那还不如痛快了断。死到临头，为什么还期待生机？为什么还要忍受第二次死亡？难道只是为了加深对死亡的认识、加深对死亡的感觉、使自己更加痛苦吗？这就好比我们中国人常讲的"好死不如赖活着"，就是说，即使病入膏肓、极度痛苦，也比死了好。狄金森在这里试图表达的观念恰好与此相反：即使死一次，那也比"赖活着"强。因为死是对生的奖赏。这里，我们禁不住想起考琳·麦卡洛的《荆棘鸟》中的一个细节：当拉尔夫当上了大主教，原来的大主教当上了红衣主教时，红衣主教为每天繁忙的事务感到烦躁，拉尔夫问他为什么，他讲了一个小故事，说：皮尔斯一世当上教皇时，人们给他买了一张床，作为奖励。皮尔斯看了看说，"It's beautiful, but I will die in it."意思是说，这是对他的奖赏，也就是说，死是对他的生、对他一生工作的奖赏。为什么死是对生的奖赏、对一生工作的奖赏？从宗教的观点看，人命有定数，人必有一死。但死不是生命的终结，仅仅是生命过程中的一个阶段；死不但没有关闭生命之门，反而敞开了一条更宽广的路，由此可以走向永生，走向最终的救赎，达到灵魂的荣光。此外，按基督教的教义，人生来有罪，人活着是为了赎罪，而赎罪最有效的办法是承受痛苦，所以死亡是解脱尘世罪孽、摆脱身体束缚、使灵魂获得荣光的唯一途径。用存在主义的哲学话语来说，人是"向死而生的"。在这个意义上，死的确是对生的奖赏。人生一世，最后除了死之外，还能有别的什么呢？

这里，我们或许会想到，这两首诗中描写的并不是两只猫，而是同一只猫，或许是狄金森自己养的猫。在不同的时刻面对不同的猎物，因此就有了不同的结果。但有一点共性需要注意：这只猫每次采取行动时都是有计划的，有步骤的，似乎经过了周密的“思考”。有步骤的谋杀，隐蔽、匍匐、冲击，这些是简单的习惯吗？还是临时制定的策略？是猫这种特殊“动物”具有的特殊本性吗？还是包括人类在内的所有动物都能够从事的一种智力活动？我们不知道猫捉老鼠之前都做了哪些准备，但从诗中推知，猫在见到老鼠和鸟时可能采取了相同的步骤。第一次出击的失败或许是由于选错了对象：鸟太灵巧；天空毕竟不是猫的地盘，只要鸟一离地，猫就无法追赶。但不管失败的原因是什么，似乎都无关紧要，紧要的是第三节中思想的升华：“丰润成熟”的希望和几乎到嘴的美味说明命运给了猫一次机会，但它没有把握好时机，结果美味飞跑了(现实生活中，猫抓鸟而食的现象屡见不鲜)。幸福、快乐、爱情、事业也同样，它展翅飞来，也可以展翅飞去。这里，我们从猫身上学到的同样是一条非常宝贵的教训：人的命运，幸福或痛苦，都取决于是否及时做出决策，即是否在应该做出选择的时候做出选择；当爱不爱，当做不做，都会导致《荆棘鸟》中拉尔夫式的悲惨后果，都会留下“鸟飞”的遗憾。

我们还可以就诗人采取的叙述方式提出很多问题，比如在这两首诗中，诗人显然是置身事外的旁观者，诗中的说话者仿佛距猫很远，是游离于事外的隐身的注视者。他(她)采纳的都是第三人称的叙述角度，他(她)的评论仿佛是附加于叙事之上的。于是，我们就有了这两首诗的清晰的结构：叙事和评论(这也是狄金森大多数诗歌的特点)。从这两首诗中，我们还可以看出狄金森习惯于把一些重要词语大写：Cat/Pussy，Mouse/Robin，Life，Hope，Bliss，Eclipse等。这些词并未出现在诗行之首，因此其大写不是出于英诗结构的需要，而是诗人赋予了这些词所代表的概念、物或动物以人的尊严、人的身份和人的地位，因为在英语中只有人名、地名等专有名词才享有首字母大写的特权。于是，Cat/Pussy，Mouse/Robin就摆脱了“人与动物”这个等级制，而与人平分天下了。一个重要的暗示是：人与其他动物是平等的。

人与其他动物何以是平等的？人不是比动物高贵吗？人不是因为有语言、有理性、有思想、有感情而优越于其他动物吗？狄金森的两首诗描写的是猫，但从猫的行为中获得启迪的却是我们人类。我们看到诗人通过对动物(猫)的观察而想到了生与死的问题，提出了“死是对生的奖赏”这一存在理念和“把握时机及时做出正确决策”的人生教训。但这些还仅仅是就诗歌本身的层面来理解的。从这个基点出发，我们还可以深入讨论这样几个问题：动物教给了人类哪些东西？人类从动物身上学到了什么？人的主体性的构成与动物有什么关系？

第二节　物种的谱系

在《语言的起源》中，卢梭描述了三种社会组织形式，区别了三种人类生活：野蛮人的社会对应于渔猎生活，未开化之人的社会对应于游牧生活，文明人的社会对应于耕种土地的生活。野蛮人狩猎杀牲，是可怕的食肉者；未开化之人则前进了一步，但仍具有野性，因为他们仍然杀牲食肉，只不过把动物驯化成家养的了；文明人学会用动物生产食物，用动物耕地种植，因此进入了农业社会，这是人类从偶然性向必然性的发展过程中迈出的一大步。野蛮人之所以狩猎、食动物肉，是因为他们观察动物，看动物吃什么他们就吃什么。也就是说，因为动物，人类学会了生火，学会了食肉，学会了生存，并同化了动物的一些本性和习惯。人类还因为动物而学会了说话。语言产生于"自然的声音"，而"自然的声音"则主要是动物的声音。人类先模仿动物的鸣叫，然后才逐渐形成了自己的语言。德谟克利特说："在许多重要事情上，我们是摹仿禽兽，作禽兽的小学生的。从蜘蛛我们学会了织布和缝补；从燕子学会了造房子；从天鹅和黄莺等歌唱的鸟学会了歌唱。"人类的语言是对自然中的声音的摹仿。这不仅说明动物有语言，还说明动物具有识别语言的能力。这种识别能力主要体现在对熟悉的声音或音调的判断上。卢梭举他自己的猫为例：一次，他学猫叫，猫刚一听见时马上抬起头来侧耳细听，但一识别出卢梭的口音便马上埋头睡觉去了。卢梭因此断定，猫(动物)具有识别能力，能够识别出猫的声音与人的声音之区别，进而判断那声音不是来自另一只猫，而来自自己的主人。于是，卢梭推断感觉(听觉)本身并没有意义，或者，声音本身并没有意义，只有把听到的熟悉的声音识别出来，才具有意义。否则，人的声音、猫的声音、自然的声音，就如同噪音一样没有什么特殊意义了。这就是为什么我们一下子就能明白熟悉的语言和声音，而对陌生的语言和声音则需要陌生化的认知才能识别出来。卢梭的研究证明人类对动物的主宰只是一个幻觉而已；人类并没有什么胜过其他动物的筹码；反倒是人类从其他动物身上学到了生存方式，学到了语言；人类与其他动物共存于同一个世界，正是由于动物，我们才成为人。在这个意义上，人并不是动物的主宰，人与动物并肩。

卢梭的研究不过是古代动物观的延伸。古代人把生命分成三种：人类的生命，动物的生命和植物的生命；这三种生命的灵魂几乎没有区别。毕达哥拉斯认为这三种生命的灵魂是相同的：灵魂以相同的方式寄生于人类、动物和植物的身体之中，而且，同一个灵魂还可以通过“灵魂转生”(metempsychosis)而在不同的生命轮回中寄生于这三种身体中的任何一种，因此，决定同一个灵魂之不同生命形式的是身体，而不是物种。前苏格拉底时代的阿那克萨哥拉认为不同生命形式之间没有质的区别，而只有量的区别；所有生命形式都拥有智力和理性，只不过拥有的量不同罢了。

到了苏格拉底时代，传统的动物/人类的二元论开始出现。这主要是由于苏格拉底自己的发现，即人的未来和人的基本兴趣不在于星宿或自然现象，而在于人自身(德尔菲神庙牌匾上写着的“认识你自己”)。通过对人自身的认识，苏格拉底发现人具有发现和传达真理的能力，因此在动物本能与人类理性之间、在动物习性与人类智力之间存在质的差别，并据此确定了人类的主导地位。柏拉图秉承其宗师的理念，依据人类社会并通过人类自身划分了三个自然王国：人类王国、动物王国和植物王国，从中抽象出对应的三条原理：理性(noûs)对应于人，本能冲动(thumos，élan)对应于动物，欲望(épithumia)对应于植物。按柏拉图的分析，动物凭这股本能冲动勇敢地保护前辈、攻击敌人，并养成了某种特定习性。他甚至在《蒂迈欧篇》中提出动物衍生于人类的一种理论，即动物是人类退化的结果。虽然这种说法没有得到科学的证实，但这至少假设人类本来与其他动物是同一个物种，只是由于退化或进化的缘故(如本来就无太大用处的人的指甲后来进化成鹰或虎的利爪)：人类简单的格式塔退化或进化成了更加简单的动物的格式塔。

亚里士多德基于对植物的观察，分析了植物与动物的关系以及动物与人的关系。他认为植物具有成长的功能：植物给自身提供给养，从土壤、空气和光中汲取营养，因此具有同化、成长和繁殖的功能，这是因为植物生来就有灵魂。动物除了具备这种同化、成长和繁殖的功能外，还具有感觉能力。这种感觉能力发挥两种功能：第一种是感觉和体验，第二种是由感觉和体验引起的冲动。无论愉悦的体验还是不愉悦的体验都会导致某种冲动，进而产生追求愉悦和避免痛苦的欲望。某些高级动物甚至有感觉的想象力和简单的记忆力，也就是自发的短记忆，对应于人类的回忆或长记忆。这样，至少在少数高级动物中，就有了感觉、感觉的想象力、被动的记忆力、欲望以及作为欲望之结果的运动。与人类相比，动物所缺少的只有理性和自由选择。于是，理性和自由选择就成了人类区别于动物的特征。但并不是说所有动物都具有感觉的想象力，蚂蚁和蜜蜂就没有。它们建造蚁冢和蜂巢的习惯行为是出于本能，在这个意义上，本能等同于一种成长结构，是群居动物特有的本能。进化的动物不仅有这种本能，还有通过经验而获得的习惯；这种习惯赋予动物学习的能力，预见和模仿的能力。人类的预见活动是通过推理、逻辑和选择进行的；动物虽然不具备逻辑推理的能力，但至少凭本能模仿人类的预见，而人类的预见是一种诉诸理性、自由选择和机遇算计的预见。人类凭理性、自由选择和机遇算计所做的事，动物通过习惯或本能来完成。这意味着习惯和本能也具有理性、自由选择和机遇算计的工具性，进而说明二者履行的功能是相同的，这就是生命的功能。植物、动物和人类的生命形式不同，但具有相同的工具性，履行相同的功能。

实际上，最系统地提出动物本能理论、否认动物有智力的是斯多葛派。他们想要把人类区别于其他物种，认为自然界中其他一切都是为人创造的，人是自然之王，因为人具有寻求自由、进行理性选择的能力，拥有理性、知识和智慧。但是，有些斯多葛主义者，比如塞内加，认为人在对付自然界和本能保护方面不如动物，只是在理性地处理事务时才优于动物。动物天生就有适应环境的本能(不同的动物有不同的保护机能，如皮毛、羽毛、鳞甲、利爪、光滑的皮肤等)；而人类天生就缺乏适应环境的能力。但人有理性。正是凭借理性，人类才在所有动物中直立行走、注视、仰望上苍；正是凭借理性，人类才建立了不同于自然界的一种秩序，一种脱离动物世界而寻找真正归宿的秩序；正是凭借理性，人类才认识到作为动物王国的自然界缺乏一种不同于动物欲望和本能冲动的向往，那就是作为人类诸行为之基础的伦理目标。从此，人类和动物便被无情地隔离开来了。

然而，更加无情的则是笛卡尔的二分法。这种二分法确立了一种缺乏理性、缺乏意识，甚至缺乏内在性的动物现实，和一种具有自我意识、道德情感和价值观的人类现实，这就是人与动物的二元对立。笛卡尔第一个站出来，说，动物没有本能；动物是机器，是有身体、有态度、能运动但没有灵魂和本能的“机器人”。动物行为不是本能行为，而是机械行为。蜘蛛像织布机一样织网；鼹鼠像铁锹一样掘土。尽管人在使用织布机时也与蜘蛛一样织网，人在使用铁锹时也和鼹鼠一样掘土(或许还不如蜘蛛灵巧，不如鼹鼠快速)，但蜘蛛和鼹鼠只有这一种熟练技能，而人却拥有多种熟练技能。这是因为人有理性、有智力、有精神、有灵魂，据此，人可以应付一切困难，解决一切问题，进而实现人类进步。笛卡尔的狂热追随者尼古拉·马勒布朗士更为彻底，认为动物吃食而没有快感，哭叫而没有痛感；它们没有欲望，没有恐惧，没有智力。他还为此而给出一个神学理由：上帝创造它们就是出于保护它们的目的；它们没有痛感是因为它们没有吃禁果，没有犯原罪；如果在没有吃禁果、没有犯原罪的情况下就让它们痛苦，那是不公平的！

第三节　动物的目光

笛卡尔之后，西方哲学史上，人类和动物就一直处于二元论的等级制中。人类是主宰，动物是附庸；人类是征服者，动物是被征服者；人类是中心，动物是边缘。它们就好比有色人种、卑贱人群、低劣种族、女性、少数族裔、“第三世界”，总是处于二元对立的次要一级。然而，基督教神学家却出于宗教目的出人意料地颠覆了这种二元论：即使持最极端的伦理二元论的护教论者也没有把动物与人彻底分隔开来，而是把非基督徒与动物相提并论，以区别于虔诚的基督徒。另一些神学家和思想家则反对护教论者的这种基督教二元论。圣奥古斯丁基于经验的观察认为动物有感觉的灵魂，能感觉到需要和痛苦，并能够记忆、想象和做梦(如狗在梦中狂吠)；圣托马斯·阿奎那认为动物有意图、目标，并能意识到工作的结果(如燕子筑巢)；乔尔丹诺·布鲁诺从动物心理的角度提出动物是自然，而自然教会了人纯洁、忠诚和为实现某一目标而需要的能力和智力。圣弗朗西斯·阿西斯认为动物其实一点也不庸俗肮脏；凡心地洁净、热爱上帝、领悟到宇宙和创造之真谛的人，都可以被动物所认识和理解。宇宙的整体创造是和谐的，人与动植物处于互补的关系之中。蒙田认为动物存在的精神机制与人的精神机制是相同的，动物能够判断、推理、比较，并像人一样行动。动物甚至能像“小学教师”一样教人类纠正错误。博叙埃则干脆提出“我们是动物；人是动物”。我们人类能够通过反思和理性而感觉到内在的动物性。

寓言诗人拉·封丹以其动物寓言开了动物行为学的先河。他认为虽然有些科学家认为动物能思索，但不能反思，可这并不能说明动物没有智力、理性、算计和预见。在《给蒙特斯潘夫人的信》中(如果我们暂且考虑到他的寓言是文学虚构而不足以凭信的话)，他讲到一只成年的牡鹿在听到森林里的号角和人声时如何转弯、设计圈套、变换路线以保护小鹿；山鹑如何为保护不会飞的小雏而假装折断了翅膀、引起狗的注意，但当狗离开小雏向自己扑来时，它却腾空飞起（如狄金森诗中的鸟）；两栖动物海狸如何群居，拥有首领，共建冬天的寓所和桥梁。在寓言《老鼠与猫头鹰》中，猫头鹰进行了这样的推理：凡是长腿的，都能逃跑；所以，为了不让长腿的老鼠逃跑，又能在冬天里吃上老鼠的鲜肉，猫头鹰就决定砍断老鼠的双腿。但是，被砍断双腿的老鼠不能走动，因此也找不到食物，那就必然消瘦而死，所以必须给它们提供食粮，不但提供食粮，还要设法把它们养肥。于是，我们看到有些动物不仅有意识活动，而且具有组织能力和经验，不仅具有社会性，而且具有文化性（在群居动物中）。长达 36 卷的《自然史》的作者布封在他的动物肖像之二“狗”中，就人类与动物做了这样的比较：“大部分的动物都比人更敏捷、更有力，甚至于更勇敢些；大自然给它们配备的、给它们武装的，都比人的要优越些；它们的感官也都比人的更完善，特别是嗅觉。”人为了完善自己的工具性和器械性而不得不拉拢像狗这样勇敢而驯良的兽类。①

然而，上述神学家、哲学家和文学家虽然从不同角度证明动物并非没有理性和意识能力，但现代西方哲学依然能找到动物所未曾拥有的东西作为区别于人类的依据，这就是语言。海德格尔在《诗・言・思》中说，人与动植物的区别就在于人是能说话的生物；唯有语言，即说话的能力，使人成为人。海德格尔的中期和晚期生涯都致力于人与动物区别的研究：1929—1930 年的弗赖堡讲座《形而上学的基本概念》，1934 年论荷尔德林诗歌的讲座，1942 年论巴门尼德的讲座，1951—1952 年以“什么叫思考？”为题的讲座；此外，1935 年的《艺术品的起源》和 1947 年的《论人文主义的信》都涉及动物问题。海德格尔的整个分析基本依据这样一个三分法：无世界的（world-less）的石头、匮乏世界的（world-poor）动物和构造世界的（world-forming）人。这里的关键词是 world。world 是什么？world 是赋予存在者（beings）以存在（Being）之意义的事件（event，Ereignis），正是这个世界/事件使人类能够以修辞的方式谈论无生命体（如岩石）和动物，也正是因为人类能够谈论二者，拥有话语和命名的权力，所以才区别于二者。岩石、树木、太阳都是存在者，但它们没有世界，没有活动，没有语言；动物是存在者，它们有活动，有固定的地点，也和人类一样接触岩石、树木、太阳，但它们并不把岩石、树木、太阳当作岩石、树木、太阳来理解，不去研究石头的结构、树木的年轮和太阳

① 雷加选编：《世界文学佳作八十篇》，太原，山西人民出版社，1983，第 1 版，第 37 页。

的辐射，而只将其作为一个环境，仅仅通过视觉、嗅觉和听觉等感官或本能栖居于各自的环境之内，而不是基于理解，不是在社会历史意义上的公共世界中与其他存在者相遇和共存。这里的关键是“理解”，而“理解”的关键是语言。动物没有语言，因此没有理解力；又由于被本能冲动所束缚，所以绝对没有言语的可能。动物与人类之间的深渊就好比无生命的岩石与生命体之间的深渊一样宽。

海德格尔上述对动物与人类的区别过分依赖于语言，过分依赖于由语言构成的意义的世界。我们暂且不论后结构主义对意义世界(语言)的解构而得出的意义不确定性的结论，就海德格尔自己的著述而言，他自己已经在描绘一个“非真实性”的“意义世界”了：当人们随波逐流，和所有人一样被当下需求所驱使，为眼前的利益而扮演日常角色，陷入普通的日常琐事时，他们就好比嗡嗡叫着飞向花朵的蜜蜂，又好比只会低头嗅闻已经走过的路的狗(注意这里他已经把人比作昆虫和狗了)，忘记了人作为有限存在的临时性，忘记了周围正在展开的历史环境，因此也没有意识到人最终将面对通向死亡的各种可能性。周围耳熟能详的意义世界为人类创造了一个幻觉，仿佛生活在一个安全和永存的世界上，但却忘记了这种生存的基础恰恰是无数的偶然性和不确定性，也就是通向死亡的各种可能性。海德格尔认为这是人类特有的、动物所不具有的一种忘却，它终将导致一种人类特有的叫作“烦”的痛苦。简单说，这种“烦”是一种情绪，一旦陷入这种情绪之中，人就会体验到世界的危险性和不稳定性，体验到作为时间结构之基础的虚无，进而体验到意义坍塌之后作为无意义出现的“赤裸的生命”。这种“烦”能使人清醒地认识到人自身的脆弱，世上没有固定不变的和永存的东西；生命是由它的反面即死亡来决定的。然而，只有人能够把死亡作为死亡来体验，只有人能够体会到自己的死亡；被生理本能束缚的动物并不面对这种意义世界，因此它们体会不到死亡和痛苦。动物只消亡，而不死亡。

于是，海德格尔关于人与动物的区别的三要素便清晰可见了：人具有推理、说话和感受痛苦的能力，而动物则没有。然而，在18世纪末，边沁在提出动物权利问题时就对动物不能感知痛苦的观点提出了质疑：

> 总有一天，其他动物也会获得只有暴君才会剥夺的那些权利。……一个人不能因为皮肤黑就要遭受任意的折磨而得不到救助。总有一天，人们会认识到，腿的数量、皮肤绒毛的形式、骶骨终端的形状都不足以作为让一个有感知能力的生命遭受类似厄运的理

由。……问题不在于“它们能推理吗？”，也不在于“它们能说话吗？”，而在于“它们会感受到痛苦吗？”①

显然，动物的问题不在于它能否思考或能否说话，而在于它能否感受痛苦。这里我们无须细数现代性对动物施加的暴力，而只要像狄金森那样仔细观察动物的日常生活，就可以知道动物对痛苦的感觉，对暴力的无奈，以及对人类残酷行径的屈服。当你在纽约的 Smith & Wollensky 牛排店大嚼半生不熟的牛排时，你可能没有想到许多牛在被屠宰前三天就会为自己的死而流泪；当你在波士顿或缅因州尽情吮吸龙虾或螃蟹腿的鲜味时，你可能不知道它们被放在锅里活活蒸死时是什么感觉；当你在世界各地的肯德基快餐店喝着可乐啃着鸡腿的时候，你可能不知道北卡温斯顿—塞勒姆鸡场里的鸡只有 49 天的生命，从破壳出世到身首异处从未曾有过闭眼休息的时候。然而，如果你有幸或者不幸目睹过老牛流泪的场面，你就会知道动物究竟有没有痛苦的感受了。在这样的场合，最使你感到揪心的就是与老牛对视的瞬间。我说对视的瞬间，因为那只能是瞬间，作为有理性、会思考、能交流的人，拥有据说是动物所缺乏的那些特质的人，无法以比瞬间更长的时间去承受那目光，那注视，那对视，因为你全然知道老牛没有违反天条，也没有犯原罪，但却遭到了“卸磨杀驴”的惩罚。除了良心自责之外，这里我们还涉及另一个哲学问题，即注视与主体性构成的问题。

第四节　猫与哲人

我们在读狄金森的两首诗的时候始终有一种感觉，那就是诗人在说话的时候，猫在行动的时候，背后始终有目光在注视着，与此同时，猫也在全神贯注地注视着鼠或鸟。猫（和人一样）在全神贯注的时候并没有意识到背后的目光。那目光当然就是诗人狄金森的。根据萨特的学说，此时专注于鼠或鸟的猫是真实的猫，没有一点点伪装的猫，只有目的性而没有反思性的猫，纯粹的猫的主体性已经与周围环境合为一体了。在诗人的注视下，猫是对象，客体，纯粹的物。它的主体性（自我）被掩埋在忘我之中。但对于注视者而言，猫（这里也包括与猫在一起的鸟和鼠）

---

① 转引自〔美〕彼得·辛格：《实践伦理学》，刘莘译，北京，东方出版社，2005，第 1 版，第 57 页。

都成了他者，注视者的他者，诗人的他者。诗人作为注视者始终意识到这个他者的存在，因此使猫在无意识的情况下与诗人构成了对象关系。然而，根据同一个学说，当诗人注视着猫的时候，猫作为被注视的对象(客体，纯粹的物)所具有的力是内驱的，这股内驱力是朝猫自己的方向而发的；也就是说，注视者的目光被注视者猫吸引过去，于是猫成了中心，尽管此时的猫，真实的猫，没有伪装的猫，主体性被掩盖的猫，并不知道也没有意识到它被注视，所以它依然是对象、客体和物。但由于猫的吸引力不是单向的，当诗人集中精力注视着猫的时候(前两节诗中)，她全神贯注，很容易会由一种意识状态进入一种无意识的移入状态，仿佛她自己成了猫，仿佛她自己的力全部被猫吸引过去，在进行着猫正在进行的行动。主体融入了客体，注视者融入了被注视者。二者显然处于一种相互生成的关系当中。但当猫成功或失败之后，诗人才从全神贯注中苏醒过来，返回自己的状态，进行有意识的反思，从猫的行动及其成败中总结出教训，写出了第三节诗，这时，诗人回归了本真的生活世界，猫(动物)又复归为作为动物的猫。这从一个侧面说明动物只有在被注视时，才具有与人平等的地位，即被对象化和被他者移入的状态。

人注视动物，人把动物对象化，人把动物他者化。所以，人拥有了话语权，人具有了修辞叙述的权力，也因此建立了人与动物的等级制。但是，人也有被动物注视的时候，猫也有使人羞愧的时候，动物也有使人失去主体性的时候。这就是20世纪最著名的哲学家德里达和故事，确切说是德里达和猫的故事。德里达的猫是回视(gaze back)，是回写(write back)，是抵抗(fight back)，表示人与动物关系中主体位置的逆转。1997年德里达在Cérisy-la-Salle举办的“自传性动物”研讨会上做了第一个关于动物的报告，题为“动物故我在”，这题目本身就是对“我思故我在”的戏仿。报告中，他讲了一个非常令他难堪的场面：一天，当他洗完澡赤裸地从浴池里出来时，发现他的猫在注视着他。这正是我们前面所说的萨特描述的场面，或者“事件”：被别人注视是一个认识过程，被注视者一方面认识到还有其他主体存在，另一方面，也意识到自己也成为注视的对象，一个客体，这意味着他感到自己被贬降为纯粹的物。德里达洗浴的时候本来处于一种忘我的境界，对周围环境只有一种目的性的而没有反思性的意识(动物意识)；猫的出现，如此近距离地与他面面相觑，使他突然感觉到了自我的存在，而此时的自我是一种异化。何以如此？因为他在洗浴时，在处于忘我境界时，整个世界都是他自己的，他处于一种真我的状态；现在突然出现了一个他者，他便从一个完全属于自己的真我世界中异化出来，被他者所分享，或被他者化了。而且，这还不是一般的异化和他者化：他有羞耻感。这种羞耻感产生于他对自身裸体的意识，也产生于对始终裸体而不自知裸体的猫对他的裸体的注视。猫注视他的时候，也是他全裸的时候。全裸导致的这种羞耻感变成了一种焦虑。这种焦虑使他对自己产生了怀疑，产生了疑问，致使德里达问道：我究竟是谁？

> 猫在看着裸体的我。在它面前，我是像一个不再感觉到自己裸体的野兽那样感觉羞耻吗？或相反，像一个仍然感觉到自己裸体的人那样感到羞耻呢？那么我是谁？我（追随）谁呢？①

德里达在自问：我究竟是动物，还是人？德里达的猫现在已经不是"猫"，即不是"动物"意义上的猫，当然作为注视者德里达的猫也不是"物"；不是 it，不是 what，而是 who。这意味着德里达和他的猫的相遇不是人与动物的相遇，而是两个平等的主体的相遇，也就是主体 face-to-face 的相遇。这种相遇使人与猫处于一种临近关系当中，一种反应和责任的关系，也就是列维纳斯所说的 skin-to-skin 的关系。裸体的德里达与始终裸体但不自知裸体的注视着他的猫构成了一种 vis-à-vis 的关系。此时，猫的注视是有视角的，有观点的，而这是绝对他者的视角，绝对他者的观点，这导致了主体性的循环逆转，德里达是猫的人—他者；猫是德里达的动物—他者。他假设这个动物—他者或许能够帮他找到一个他性的场所，使他能够打破与自我形象的认同，打破与每一个同胞的认同，因此也打破与每一个同类、近似性人类或整个人类的认同。然而，一旦打破了这些认同，那么，我是谁呢？如何回答这个问题呢？这个问题的答案会导致什么样的意义结果呢？

这实际上是一个伦理学问题。德里达的猫的回视在主体身上引发一种责任感，对猫的责任感，对整个动物世界的责任感；实际上，在他由于猫看到了自己赤裸的身体而感到羞耻的瞬间，他已经产生了责任感：当你第一次赤身裸体站在一个每天和你在一起的宠物面前，看到它那双直勾勾深不见底的眼睛，天真而又残忍，敏感而又冷酷，善良而又邪恶，那是一个无法阐释、无法阅读、无法确定的秘密的深渊。这种感觉把德

① Jacques Derrida, "TheAnimal That ThereforeI Am (Moreto Follow)", in *Critical Inquiry*, Winter 2002, p. 374.

里达置于一种极度被动的状态，一种极限体验，一种绝对被动的极限体验，德里达称之为“模糊地带”，阿甘本称之为“赤裸的生命”，而在巴塔耶和勃朗肖等后结构主义者那里，则是在密林深处赤身裸体、陶醉于痛苦带来的极乐、尽享外部世界之绝对沉寂状态的孩童。简言之，那是人类的幼年，是语言的原始极限，也是对语言的纯粹体验。这意味着动物与不会说话的婴儿一样，他在语言之内，但尚不能用语言交流，仍然处于咿呀学语或“巴别状态”。但这不等于说动物没有语言。实际上，德里达早在《文字学》中就提出：动物实际上并不拒绝语言，相反，它们始终是语言，而且是完整的语言；动物并不需要进入语言，它们已经在完整的语言之中，在这个意义上，动物比人类更胜一筹。反倒是人类由于有了幼年而把语言割裂开来，分成了 *langue* 和 *parole*，所以，如果语言真的决定着人的本性，因此是人区别于动物的本质因素，那么，人也从一开始就是分裂的或断裂的，因为人和语言一样也必须经历一个幼年阶段。

德里达的猫和卢梭的猫一样，并非没有语言。它所提出的问题不是动物的问题，而是人自身的问题，正如狄金森和波德莱尔等诗人虽然描写猫，但不是讲述猫的故事，而是讲述人的故事，讲述“我是谁”的故事，而这个“谁”(who)当然也包括使人成为人的动物的“谁”。最终，人的主体和动物的主体将无从分别，或许将在德里达的“模糊地带”合为一体；或许更糟，如同里尔克笔下的那只正熟睡的“黑猫”，[①] 突然被惊醒，“她转过脸来面对你；/你惊恐地发现，/你在她金色琥珀的/眼球里，那么渺小，被悬浮着/活像一只史前的苍蝇。”

第五节　鸟的叠歌

德勒兹与瓜塔里合著的《千高原》是《反俄狄浦斯》的姊妹篇，二者一起构成了他们的宏大研究项目《资本主义与精神分裂》。作者在开篇之前就提醒读者除了结论必须在结束时读之外，其余部分不是按“章节”来安排的，而是按“高原”的无序性来布局的，因此可以把每座“高原”当作独

① 德国诗人里尔克的“黑猫”全诗：“一个幽灵虽然隐身，/却仍然像一个地方/你把目光投注其上，发出回响；可是/在这厚厚的黑毛里，你最有力的目光/将全神贯注，最后彻底消失：//恰如发疯的狂人，他一刻/也不放松，猛地冲入黑夜/嗥叫着，撞击那泥垛的墙，感到/愤怒被那垫料吸入，平静了。//她似乎把落在她身上的目光/全部隐藏，于是像一个观众/阴沉恐怖地把它们个个端详，/蜷曲地带着它们进入了梦乡。突然间//仿佛被惊醒，她转过脸来面对你；/你惊恐地发现，/你在她金色琥珀的/眼球里，那么渺小，被悬浮着/活像一只史前的苍蝇。”

立篇章来读，就仿佛在千座高原之间随意穿行一样。这首先在形式上打破了传统的线性时序的写作方式，体现了“块茎”而非“根茎”植物的生长形态。本书第一章描述和阐述的“象”、“意”、“言”及其衍生的各种补遗，也正如座座高原，相互之间既分离但又密切融贯着。可以说，所谓反映论、再现论、表现论等不同说法，在传统的意义上代表了西方文学理论的整个发展史，但实则是同一理论的不同维度，是同一客体（文学/艺术）或同一存在形式（人生）的不同面相，本身就是相互补充的，将其拆解开来就是令人难以容忍的暴力行为。他们本来就是无先后、无主客、无优劣的。不可以冠之以“分裂”之名，必须还之以“融贯”之实。

《千高原》的作者们认为：“一本书既没有客体也没有主体；书是由各种有形的物质和非常不同的日期和速度构成的。”①一本书就像所有事物一样，“有表达的路线或断片，层级和区域；但也有逃逸线，解域化和去层级化的运动”。这些运动或产生“相对缓慢和黏性的现象，或相反，产生加速和断裂的现象”。所有这些加在一起成为“组装”。② 一本书就是这样一个“组装”；一种多元性；一台小机器；它只通过“外部”而存在，而且只存在于“外部”，也就是说是在与其他机器的关系中存在的：与战争机器、爱情机器、革命机器和抽象机器的关系，如克莱斯特与疯狂的战争机器，卡夫卡与官僚机器，普鲁斯特与记忆机器，等等。文学是组装，因此与个别的意识形态并无多大关系。

值得注意的是，该书的前言就是以“块茎”命名的；更为有趣的是，作者在文字叙述之前放置一幅图，一个五线谱的图示，但图中的标示并不是音符，而是块茎植物的生长形态图。其目的不仅是为了把音乐和块茎的概念联系起来，而在于说明更加重要和复杂的概念。他们首先对书进行分类。第一种书是根状书，把“树”作为世界之“象”，或把“根”作为“世界之树”的“象”。这是古典之书：书模仿世界，艺术模仿自然。古典之书的法则是反映的法则，是一变成二的法则，一分为二的法则，一种二元逻辑。这是最经典、最古老、最令人厌倦的思维方式。二元逻辑是“根—树”思维方式的精神现实。但自然并非如此运作。

自然界中，根有主根，拥有边缘的、环绕的多元分支系统，是从一直接到三、四、五……的分支，而不是从一到二、四、六……的二元划分。但即使主根的形象也不能更充分地理解多元性。书的第二种形象比

① Deleuze and Guattari, *A Thousand Plateaus*, p. 3.

② Deleuze and Guattari, *A Thousand Plateaus*, p. 4.

喻是“胚根”或“丛生”或“簇生”之根，这是最能体现现代性形象的一个比喻。

书的根状系统没有主根，或主根的顶部已遭到破坏，而直接生长许多不确定的次根，但总体性却没有被破坏，仍然有一个可以称作“整体”的系统。实际上，德勒兹和瓜塔里是在用“树之象”比喻说明两种完全不同的书，即树状或根状的书与块茎状的书。

树状的书，无论是古典之书还是现代之书，无论是主根状还是胚根或丛生或簇生状之书，它们都有一个整体，都具有反映性，都是沿着线性朝一个总体发展的(其中古典之书从未摆脱二分的思维逻辑：书与世界，艺术与自然，主根与次根，因此从未达到对多元性的理解；而现代之书废除了主根，获得了多元性，但其丛生或簇生的次根却仍然构成一个整体)。威廉·巴罗斯的剪辑和折叠的方法——从其他手稿剪辑一些断片拼凑起来，称作“剪辑—折叠”式小说(自称要创造“空间时代的神话”的“诺娃三部曲”或“诺娃史诗”)，也仍然是把一个文本叠加于另一个文本之上，只是给线性发展的书增补了一个折叠的范畴。乔伊斯使用的拥有“众多词根”的词打破了线性的知识甚或语言的整体，但取而代之的仍然是句子、文本和知识的整体循环；尼采的警句式写作打破了知识的线性整体，但也只是发明了另一个在思想史上未为人知的整体循环，即永恒的回归。

他们从巴罗斯和尼采的例子中总结出来的经验是：越是破碎化，整体性就越强。结论是：

> 丛生系统没有真正打破二元论，只是在主体与客体、自然现实与精神现实之间增加了一个补充的维度：客体的统一受到持续的阻碍，同时一种新的统一在主体中占了上风。世界失去了枢纽；主体甚至不能再进行二元划分，而屈服于一种更高的统一，具有多价性、多元决定因素的、总是充当其客体之增补范畴的一种统一。世界已经变成了混沌，而书却仍然是世界的形象比喻：簇生的混沌宇宙而不是根状宇宙。①

然而，多元性必须得以体现，而且要以一种最简单的、可以利用的范畴，也就是 n-1 的方式来体现，这是把一从属于多的唯一方式：总是从多中减去一，从所要构建的多中减去独一无二的因素，在 n-1 的多维

---

① Deleuze and Guattari, *A Thousand Plateaus*, p. 6.

度中写作。这个系统称作块茎系统。块茎是地下生长的茎，绝对区别于根状和丛生根状。

群居的动物如老鼠及其盘踞的洞，蔓生的杂草和茅草，串根的蔬菜如马铃薯和生姜，这些都是块茎式的动植物。块茎的特点可分为如下几个方面。

第一，连接和异质：一个块茎的任何一点都可以与任何其他点相连接，而且不是与同质的点相连接。乔姆斯基的语言之树总是从 S 开始，然后分成 N 和 V；但块茎式的符号链却可以把各种不同质的符码相连接，比如语言与生物、政治、经济的连接，文学与社会、历史、心理学、战争、经济等的连接。S-N-V 的连接仍然是同质的，但块茎的符号链则是异质的。

> 一个块茎不断地在符号链、权力组织以及相关于艺术、科学和社会斗争的环境之间建立连接。一个符号链就像一个块茎，把非常不同的行为，不仅是语言行为，而且有视觉、模仿、姿态和认知行为凝聚起来：它自身内部没有语言，也没有语言的普遍规律，只有方言、乡音、俚语和专业用语的集合。没有理想的说话者和听话者，也没有同质的语言群体。①

语言本质上是一个异质的现实。不存在什么母语，而只有一个政治多元体制内部主导语言的权力控制。语言构成一个球茎，通过地下的枝干生长，沿着河谷或铁路流动，像一片油田一样扩散。所以，对语言的分析必须打破语言的中心，延伸到其他范畴和语域。语言系统不是封闭的。

第二，多元性：多元性是块茎的本质，它揭示了树状或根状是伪多元性，因为树状或根状的多元仍然是封闭的整体，仍然与作为主体或客体、自然现实或精神现实、形象或世界的一有关。多元性没有主体，也没有客体，只有各种决定、幅值和维度。一个多元性在扩展关联的时候必然改变性质，因此增加了维度，于是就变成了组装。块茎不是树或根那样的结构，所以没有点或位置，而只有线；抽象的线，逃逸的线，或解域的线，它们通过解域化而改变性质，与其他多元性连接起来。逃逸的线有以下几个特点：多元性有效地占据了有限数量的维度；如果多元性不被逃逸线所改变就不可能增补维度；能够并必须把所有多元性放在

① Deleuze and Guattari, *A Thousand Plateaus*, p. 7.

一个韧性或外部平面上，不管有多少维度。一部理想的书就是把一切都放在这个外部平面上，放在一页上，一张纸上：经历过的事件，包括历史的决定因，概念，个人，团体，社会构型。

第三，非意指性断裂：块茎可能断裂，某一个部位破裂或破碎，但它将在旧的或新的逃逸线上重新开始。一个蚁群在大部分成员被消灭之后可以重新组织起来，因为蚁群构成了一种动物块茎。每个块茎都包含着各种线段，并据这些线段分层、辖域化、组织化、意指等，也包含解域的线，逃逸的线。当线段爆发成逃逸的线时，块茎就发生断裂，但逃逸的线也是块茎的组成部分。这里涉及的是解域化运动和辖域化过程，一个最典型的例子是黄蜂和兰花的比喻：兰花通过自己的形象搜索黄蜂，以便解域；黄蜂来了之后把兰花据为己有，使之辖域化，但黄蜂本身也被解域了，因为它成了兰花繁殖（再生产）机器的组成部分（传授花粉）。但恰恰因为黄蜂把花粉传到了别的花蕊上，它又实现了对兰花的再辖域化。这样，兰花和黄蜂这两个迥异的因素（一株植物，一只昆虫）就构成了一个块茎。在种属的层面上，二者是不同的，一个属于植物组织，另一个属于动物组织，二者之间是平行的摹仿关系（植物[授粉]是摹仿动物[授精]的繁殖行为）。但在这个过程中，一种完全不同的事件在发生：黄蜂传授花粉的过程是一个生成过程，兰花生成黄蜂，黄蜂生成兰花。在生成过程中，二者之间没有摹仿，没有相像；而只相互关联，构成了解域化和再辖域化的循环，两个不同质的序列在由共同的块茎构成的逃逸线上相互解域化和再辖域化。鳄鱼不是摹仿树干，而生成树干；变色龙不是摹仿周围的色彩，而生成周围的色彩；粉红豹不摹仿什么，也不繁殖什么，只是用它自身的色彩图绘世界，用粉红色图绘粉红色。所有这些都是生成世界，都是生成不可感知物的过程，从而失去其意指功能（不再指代鳄鱼、变色龙、粉红豹）。

第四，绘图和移画印花：德勒兹和瓜塔里强调块茎是绘制地图而不是寻踪索迹。兰花并不是再造黄蜂的踪迹，而是和黄蜂一起在一个块茎中绘制地图。绘图与踪迹之间的区别就在于，绘图完全是与真实世界进行一种实验性的接触；它不是再造自我封闭的无意识，而是建构开放的无意识；它在不同领域之间建立关联，扫除障碍，最大可能地向外敞开；它的所有维度都是可以连接的，是随时都可以改变的，可以进行个体的、团体的或社会的改造；它可以是艺术品、政治行动，也可以是沉思冥想，盘膝打坐；块茎最重要的特点也许在于它总是有许多入口，因此也有许多逃逸的线。

块茎的主要特点可以总结如下：

> (1)块茎把任何一点与另一点相连接，而所关联的特性不必是相同性质的。(2)它激活非常不同的符号系统，甚至非符号系统。(3)块茎不能还原为一，也不能还原为多；甚至不是生成2、4、6……甚或直接生成3、4、5……的一；它不是衍生于一的多或加一(n+1)的多。(4)它不是由单位而是由维度甚或运动方向构成的。(5)它既没有开端也没有结尾，而只有中间(即环境)，它产生于这个中间(环境)并从这个中间溢出。(6)它构成了具有n维度的线性多元性，这些维度既没有主体也没有客体，总是可以摆在一个韧性平面上，而且总是可以从这里减去一(n-1)。这种多元性一旦改变维度，就会发生性质的变化，经历一次变形。(7)块茎只是由线构成的；作为维度的线段和层级，作为最大维度的逃逸线或解域化；性质上的变形是在解域化之后发生的。(8)块茎不是繁殖的客体：既不是作为形象之树的外部繁殖，也不是作为树之结构的内部繁殖；它是反谱系的，是短期记忆或反记忆。(9)块茎通过变异、扩展、征服、捕捉和衍生而发生作用。(10)块茎相关于地图，一幅必须被生产、被建构的地图，可拆解的、可连接的、可逆的、可变的地图，具有无数入口和出口以及自身逃逸线的地图。必须把踪迹放在这幅地图上，而非相反。(11)块茎是非中心的、非等级制的、非意指的，只由状态的循环来定义的系统。(12)块茎所涉及的问题是性征，但也与动物、植物、世界、政治、书、天然之物和人工之物相关，与各种"生成"相关。①

一座高原总是在中间，不在开端也不在结尾。块茎是由无数高原构成的。在这个意义上，《千高原》一书就是一个块茎；书不是世界之象，而用世界构成了块茎；书与世界的进化不是平行的；书保证对世界的解域化，但世界导致对书的再辖域化，书反过来又在世界中解域自身。在《千高原》的"第11座"中，德勒兹和瓜塔里把音乐看作与世界相互解域和再辖域化的一个开放结构：音乐充斥于世界之中，世界也充斥于音乐之中。在这座高原的标题("1837：关于叠歌")之下，是瑞士和德国画家保罗·科利于1922年完成的一幅画，"啁啾的机器"，抑或是当下流行的

---

① Deleuze and Guattari, *A Thousand Plateaus*, p. 21.

“推特机器”？

“啁啾”指的是鸟的歌唱，实则讲的是音乐，即叠歌的三个面相：首先，在黑暗中走路的一个孩子，他被周围的黑暗所慑服，心中充满了恐惧，于是就在心里哼着歌曲，按歌曲的节奏走走停停。一旦迷了路，他就尽可能根据心中哼唱的歌曲寻找住处或方向。歌曲便在黑暗混沌的中心起到了镇静和稳定的作用。也许，小孩在哼唱的时候随着歌曲的节奏蹦蹦跳跳，加快或放慢脚步，于是，惶恐的无序开始有序了。然后，他回到家中。但是，家并不是事先存在的：你有必要围绕一个不确定的中心画一个圆，组织一个有限的空间，把无序的力量排除在外，在里面进行有序和有目的的工作。这个时候，声音或音响就非常必要：孩子做作业时哼唱小曲，家庭主妇忙于家务时听听收音机，闲暇时坐下来看看电视，所有这些都是用声音(甚或画面)构筑一堵墙，用声音圈定一个领域，也是用声音稳定这个领域内的秩序；一旦声音的速度、节奏或和谐被打破，灾难性的后果就会发生，因为这意味着秩序被打破，无序得以恢复。最后，你打开一个缺口，让某人进来，或召唤某人出去；这个缺口是向未来敞开的，你打开这个缺口就是要冒险进行即席创作，参与未来的力量，参与宇宙的力量，与世界相融合。于是，你从小孩习惯走的那条声音的、姿态的、主动的路线走上了“漂移的路线”，伴随着不同的圈子、节点、速度、运动、姿态和声音。

这不是人类进化的故事；这是叠歌的三个面相。鸟儿唱歌是要用声音划定自己的地盘。清晨，鸟儿唱上一首响亮的咏叹调，一首即兴的歌曲，那是为了占据一个环境，向其他环境和整个宇宙敞开。古希腊和古印度的节奏本身就带有地域性。同样，叠歌具有各种功能：抒情的、职业的或社会的、祈祷的或歌唱宇宙的。但无论哪种，都始终与大地处于共边的关系之中，始终与空间的分配或空间中的分配相关，始终携带着特定民族的精神、特定文化的风貌、特定时代的本质，而所有这些也都是住所。有时候，你从无序走向区域性组装的门槛，到达稳定的地点，叠歌以方向性因素进行基础组装。有时候，你在组织一个组装，叠歌作为周围环境利用面相的因素进行内部组装。有时候你离开一个区域组装而走向完全不同的一个组装，叠歌作为向外部世界的开放，利用通道或逃逸线进行间性组装。所有这三种力量，无序的力量、区域的力量、宇宙的力量相互面对，在区域叠歌中聚敛。

这里所说的区域不是环境；区域是影响环境和节奏的一种行为，是对环境和节奏进行辖域化的行为。当两个相同种属和性别的动物面对面的时候，如狄金森的猫和鸟或鼠，或德里达和他的猫，或一般意义上的人类和其他动物，面对面的时候，第一个动物的节奏就会“扩展”，占据自己区域的中心；第二个动物则随之“收缩”，离开那个区域。这两个动物之间涉及界限的问题，涉及两种不同的节奏：一个是主动的节奏，另一个是被动忍耐的节奏。但当一个动物面对一个异性同伴的时候，一种复杂的节奏就会通过二重唱、二部轮唱而形成，比如非洲的伯劳鸟。在上述情况下，鸟的叠歌在同性或异性但却同类的鸟中起到协调的作用，使同类动物相互分离但又共存。这种共存可以扩大到最大限度，通过对不同种属的动物进行专门训练而最大限度地吸收它们进入同一个环境。同类动物进入由节奏控制的区域；不同种属的动物进入由主旋律控制的区域。法国作曲家、钢琴家和鸟类学家奥利佛·梅西安就在一首曲子(Chrono-chromie)中包含了18种鸟的叫声。

这种区域性叠歌往往会成为职业性叠歌，这是因为职业要求不同的活动在同一个环境内进行，而且在同一个区域内进行同一种活动的必须是同一个人。比如小贩的叫卖声，每一个小贩的叫卖声都划定了区域，你的叫卖声不能侵入别人的地盘，别人的叫卖声也不能进入你的地盘。无论是对于动物还是对于人类，区域竞争的界限都是非常明确的：比如家与家之间的栅栏或车道。因此，就狭义来讲，叠歌的定义是由歌曲或声音控制的一种组装；而广义的叠歌则指占据一个区域的表现性物质的集合体，它可以发展成区域性主题进而成为大地的主题。

区域性主题包括刺鱼的之字形舞蹈：雄性刺鱼看到雌性刺鱼时跳的之字形舞蹈，其中zig是向雌性的运动和攻击，zag是示意雌性向鱼巢运动。这两个运动加在一起赋予这个之字形舞蹈一种新的功能：雌性出现，雄性舞蹈；雌性求爱，雄性引路；雌性跟随，雄性示意鱼巢入口，雌性进入，雄性颤抖，雌性产卵，雄性孵卵。外部环境以不同方式影响着这种舞蹈，雌性的出现激发雄性的之字形运动，但只是在交配季节和一天的某个时段。当孵了三四窝卵之后，雄性的性冲动减退，舞蹈就停止了。于是，刺鱼的之字形舞蹈就成了一个区域主题：组织了内部冲动(把挑衅的zig和性冲动的zag结合起来)和区域的对位旋律，即回应外部环境刺激的对位旋律。刺鱼的之字形舞蹈是一个叠歌，一些因素被从自身环境中解码，又重新编码为新的区域功能，也就是辖域化产生的两个重要结果：“功能的重新组织”，和“力量的重组”。

德勒兹和瓜塔里认为：“叠歌本质上是区域性的，辖域化或再辖域化的，而音乐把叠歌作为一种解域化表现形式的被解域化的内容。”一切伟大的作曲家都敢于并设法打破常规，“在纵向的和谐音与横向的主旋律之间发明一条对角线”。叠歌被解域化的过程实际上是生成的过程：生成女人，生成儿童，生成动物，或生成分子，最后生成不可感知物。文学本身就是这种生成；书写是这种生成的运动。在书写的生成运动中，书写者与动物相遇，相互辖域，相互解域，相互生成，构成了鸟鸣一样动听的叠歌，那是天籁之音，是人与动物消除敌意、和谐相处、共建主体间性的一首和平颂歌。

第六章　文学与翻译：思想的诞生

第一节　文字的文化含义

一份学习型和咨询性报纸设立了一个栏目叫“精译求精”，首先在网上公布原文(中文)，网友译后由专家评阅，指出错误，最后给出“地道的译文”。一名网友把这样一句话“一则‘1300 名研究生应聘卖猪肉’的消息在网上引发热议”，译成英文：the news that 1300 graduates got job offer of selling pork lead to holy war on the Internet。[1] 这里，“存在问题或不够地道的翻译”显然是把“热议”译成了“圣战”，专家们也必然是把 holy war 改成 heated discussion。这种纠正似乎达到了报纸设立此栏目的初衷：“精译求精”。

专家做出上述纠正主要是从语言表达习惯的角度指出网友译文的问题，在翻译理论上属于 *inter-linguistic translation* 方面的问题。但是，在纠正这种语言交际运用方面的问题时，必然也要涉及文化，也就是 *inter-cultural translation* 方面的问题。即，“热议”之所以被译成 holy war (圣战)，其实并不完全是语言的问题，更重要的是文化知识和文化差异的问题。holy war 在英文中指中世纪中叶由宗教差异引起的宗教战争，也即基督教世界为夺回当时被伊斯兰教占领的圣城耶路撒冷而发起的九次圣战，史称“十字军东征”(the Crusades)。第一次十字军东征发生于 1095 年，由法兰西籍教皇乌尔班二世率军攻占耶路撒冷，把东欧基督徒从伊斯兰教统治中解救出来。第九次发生于 1271 年，由英王爱德华一世发动，以在中东的惨败告终。Holy war 这个短语在当代英语中仍然没有脱离其宗教的内涵，所以，无论如何也不能与原文中所说的“热议”构成对译关系。但在文化意义上，把“热议”译成“holy war”或许可以看作一种隐喻式的文化移植，把关于研究生毕业是否应该去卖肉的热烈争论与 11 到 13 世纪欧洲圣战的场面加以形象的类比(这似乎也能让人错位地想象 1300 名研究生争夺那份工作的“战斗”情景)，仿佛那面红耳赤、众口不一的争论就如

---

① 21 *Century*，2009 年 3 月 11 日版。

同刀光剑影、血流成河的圣战战场。由此想来，21世纪中国市场上的肉摊便与古代中东争夺圣城的战场构成了一种寓言式的类比关系。

同理，有人批评霍克斯在翻译《红楼梦》时把“阿弥陀佛”译成了“God bless my soul”，认为这是一种偷梁换柱，是宗教术语的简单移植，从而使英语国家的读者认为《红楼梦》中的有些人物是基督徒。这种批评自有其合理的部分，但从文化翻译的角度看，这种译法也许起到了一种文化对接的作用。众所周知，阿弥陀佛也作无量寿佛或无量光佛，是佛教中所谓西方极乐世界中最大的佛。但由于他无边的法力和诸多事迹的传诵，他的名称已经逐渐由佛教徒用作口头念诵的佛号(表示祈祷或感谢神灵庇护)，成为一个世俗化的表达方式。无论是否是佛教徒，每当表示感叹、遗憾、祈求，甚至惊讶等语气时，人们都要说一声“阿弥陀佛”。尽管在佛教式微的当代中国，现实生活中实际上已经听不到这样的语气词了。对比之下，英文中与God相关的语气词要远比“阿弥陀佛”来得多。诸如God bless my soul/God bless me，God bless you，Jesus Christ！My God！Oh God！等带感叹号的表达方式，可谓数不胜数，而且也和“阿弥陀佛”一样经历了漫长的世俗化过程，失去了宗教内涵，成为英语语言中的cliché。比如你平时打个喷嚏，人们就会说God bless you；时常走在中国的大街上，也会听到时髦女孩的一声尖叫：Oh，My God！在这个意义上，“阿弥陀佛”和由God合成的诸多语气词也就具有文化对接的意义了。

然而，在日常生活中，假如一个美国人打了个喷嚏，你对他说“阿弥陀佛”而不说God bless you，那就等于中国的小朋友在美国的马路上叫美国警察“警察叔叔”一样。也就是说，这种对接的文化翻译中含有一种既是言语的(verbal)又是非言语的(non-verbal)文化交际方面的谬误，由于缺乏文化背景、民族精神、宗教信仰、民族历史等知识造成的一种文化误读。有些表面上看的确可以对接的译法，实际上未必没有文化上的差异或矛盾。比如，中国有句成语叫“浪子回头金不换”。其中的“浪子回头”目前比较一致的译法是the return of the prodigal son。但在这个译法的背后却是两个同名而来自中西两种不同文化的具有相同寓意的故事(指原先不走正道的人能够改邪归正极其可贵)。中国的故事出自《八十一梦·第三十二梦》，西方的故事出自《圣经·新约全书》(路加福音15：11-32)。然而，同一个prodigal son在不同的文化背景下其寓意的所指就有所不同：中国故事中强调的是浪子自身主体的变化和形成，即主体自己的悔过从而再度赢得别人的信任；而《圣经》中的故事则强调父亲的慈爱，主旨在于宣传基督教的容忍、仁爱和信任。中国的故事讲的是世俗道理，从无知到有志，从挥霍到发奋，最后成名成家、知恩图报的成长过程；《圣经》中的故事讲的是基督教意义上的生与死，即从浪子的醉生梦死到回头时的死而复生，讲的是基督教中罪人得救的救赎过程。

这个例子说明，翻译不仅仅是两种语言的对接问题，而是两种文化如何得以贴切转换并使接受者不产生错误的文化认同的问题。即使“浪子回头”的英汉对接可谓偶合(英文中一般略去 return，只 the prodigal son 便可表达全义)，但中国人的思维方式是比喻式的，故而必须加上个“金不换”，使之宝贵之处更加形象化，不懂基督教的中国读者可能只会注意到“金不换”的宝贵品质，而忽视了故事背后隐含的基督教的宗教寓意。基督教国家的“圣经式”思维方式必然使之具有无法避免的宗教内涵，在读中国的“浪子回头”故事时，基督徒不能不产生圣经故事的联想，而忽视中国故事中世俗的道德意义。这是语言翻译(和表达)所不能解决的文化问题。换句话说，即使是文化翻译，也不简单是通过语言的媒介把一种文化转换到另一种文化之中；文化翻译中的转换不是对等的传输，而是文化的一种形变或是思想的一次旅行。

基于这样一种理解，如果我们把“浪子回头”中的“浪子”从上述两种文化背景中抽取出来，忘却世俗的道德意义和基督教的宗教寓意，将字面意义也即中文字典中的“游荡不务正业的青年人”、“二流子”径直译为英文中的 stroller，lounger，saunterer，loafer，vagabond 等，假如我们再进而将这些英文单词译成法文的话，那么，这位“浪子”便可能成为“游手好闲者”和“漂泊无定的流浪者”，也就是波德莱尔和本雅明笔下的 flâneur。于是，这位中国古代和西方圣经时代的“浪子”就会发生“质”的变化，穿越时空而成为亲历现代性的大众的典型代表。这或许会成为翻译史上的一个笑话，但也可以视之为翻译中产生的文化误读，进而导致思想穿越时空的旅行。

第二节　作为价值仲裁者的译者

周蕾在《译者、背叛者；译者、悲悼者(或文化间等值的梦想)》①一文中分析了后殖民的跨文化相遇中，尤其是跨文化的文学翻译中固有的

① Rey Chow，“Translator，Traitor；Translator，Mourner(or，Dreaming of Intercultural Equivalence)”，*New Literary History*，2007，37，pp. 565-580.

一些问题：在东西方文化关系中，当把西方语言译成非西方语言时，后者要经过调整或改造才能适应前者，而在把非西方语言译成西方语言，或把“低劣”语言译成全球或现代化语言时(她称此为“逆向翻译”)，后者则无须调整；也就是说，在传统的翻译实践中(其实无论“正向”还是“逆向”)，西方语言始终是衡量译文的标准，非西方语言的表达总是要根据西方语言的准确性或正确性来判断其忠实与否。于是，在具体翻译实践中就出现了一种语言的等级制。同样，在跨文化的文学翻译中，一些语言获得了认可，成为衡量弱小语言的标准，而另一些语言及其文化则被非法化或被部分乃至全部消解，从而导致了文化的不平等。

周蕾在20世纪初的中国小说(巴金、鲁迅、郁达夫和萧红的作品)中看到了中国文化的一种“自反性”：在这种“自反性”中，“恰恰是‘自己的’文化，而非外来的或几乎未知的文化，成了人们感到幻灭和疏远的起因；正是自己的文化具有了过时的、非理性的、野蛮的他性”。① 她进而把文学中对传统的这种自反性表现与翻译行为联系起来，探讨在詹姆斯·克利福德所说的“后殖民弥漫的种族志权威危机”的状况下的“近似性”翻译和作为“价值仲裁者”的译者。翻译是以符号为中介的广义的语言交际过程，其最基本的意义不仅是技术上准确的词语对译，而且“包括口音、音调、气质、习惯、历史性以及部分记忆的、错误但却常常反复重申的，最终未予言说的内容”。② 这种翻译揭示了上述语言的等级制和文化的不平等，使译者陷入了类似于后殖民状况下本土知识分子的困境：充当“文化间的中介者”就意味着充当“背叛者，尤其是自己本土文化的背叛者”。“也就是说，如果把后殖民知识分子(说母语者、作家、思想家、受教育者、职业人员和文化工作者)的作用限定为在不同语言和读写能力之间交流的能力，那么，这种作用也可以把这样的知识分子置于文化译者/仲裁者的位置。”他的任务不是忠实于原文(指被殖民的本土文化)，而是背叛之，否定之，视其为不同步的和错位的，并认为这是本土文化得以继续生存的必要条件。③

弗朗茨·法农在《地球上悲惨的人们》中最精当地阐释了这种困境：当本土知识分子努力要创造一件文化作品时，他没有意识到他所用的技

① Rey Chow, “Translator, Traitor; Translator, Mourner(or, Dreaming of Intercultural Equivalence)”, p. 567.

② Rey Chow, “Translator, Traitor; Translator, Mourner(or, Dreaming of Intercultural Equivalence)”, p. 568.

③ Rey Chow, “Translator, Traitor; Translator, Mourner(or, Dreaming of Intercultural Equivalence)”, p. 570.

巧和语言都是从外来人手里借来的；他想要给这些工具打上民族的烙印，但却总是给人留下异国情调的印象。一句话，通过文化途径回到民族怀抱的本土知识分子总是奇怪地像个外来者，有时他毫不犹豫地使用方言以表示他愿意接近自己的人民，但他所表达的思想和所热衷的事物却不能用作衡量自己同胞所处环境的真实尺度。① 他渴望回到自己的人民中去，但却可能被视为一个“肮脏的外国佬”，② 得不到本族人民的承认；他只能生活在既是本族人又是外来者，既接近又远离本土文化的状况之中，在思想、语言和整个文化上都表现出一种杂交的特点；他也必须承受自身的“双重边缘化”，即被自己的民族和被他者民族视为“他者”，从而处于一种孤独的、悲哀的、忧郁的状态，一种居间的状态。

在某种意义上，法农描述的本土知识分子的困境也就是译者的困境。译者在把本族文学译入外国语言的具体翻译实践中，既不能圆满地忠实于本族文化，又不能完全达到目标语的标准表达，在用“他者”语言再现本族文化时不可避免地既充当了民族的“背叛者”，又没有改变作为他者语言/文化之他者的身份，于是就陷入了一种两难的尴尬境地。这是因为在把本族文学译成外国语言的过程中，本族文化中的一些基本要素，也即语言上的不可译因素必然会丢失，因此必然要采取一种“近似的”或“趋近的”译法，但问题是谁来制定评判这种“近似性”翻译的标准？如何弥补丢失成分造成的文化缺失？又怎样来证明这种丢失的合理性？就周蕾所举巴金的小说《家》的例子来看，译者沙博理（Sidney Shapiro）出生于美国，于第二次世界大战初期开始学习汉语，1947 年起定居中国，1963 年加入中国国籍，曾任人民政协委员，是施耐庵的《水浒传》、巴金的《家》和茅盾的《林家铺子》等作品的英译者。在某种意义上，他的译文对于英语读者来说无疑具有语言的权威性，但如果反过来用原文的标准来衡量，却又未免简化太多，省却太多，甚至省却了标志中国文化之主要特点的一些因素，而且是代表 20 世纪 30 年代中国文化转型时期之重要特点的因素。如周蕾指出的描写高老太爷去世的场面，除了原文的第 35 章在译文中变成了第 33 章外（可见译文简化的程度），有些重要场面也被略去：

> 众人都忙着死人的事情，或者更可以说忙着借死人来维持自己的面子，表现自己的阔绰。三天以后“成服”，——纷至的礼物，盛

① Frantz Fanon, *The Wretched of the Earth*, trans. Constance Farrington. New York: Grove, 1963, pp. 179-180.

② Frantz Fanon, *The Wretched of the Earth*, p. 221.

大的仪式，众多的吊客。人们所要求的是这个，果然全实现了。只苦了灵帏里的女眷：因为客来得多，她们哭的次数也跟着加多了。这时候哭已经成了一种艺术，而且还有了应酬客人的功用。譬如她们正在说话或者正在吃东西，外面吹鼓手一旦吹打起来，她们马上就得放声大哭，自然哭得愈伤心愈好，不过事实上总是叫号的时候多，因为没有眼泪，她们只能够叫号了。她们也曾闹过笑话。譬如把唢呐的声音听错了，把“送客”误当作“客来”，哭了好久才知道冤枉哭了的；或者客已经进来了还不知道，灵帏里寂然无声，后来受了礼生的暗示才突然爆发出哭声来的。①

在沙博理的译本中，这段文字被译成了两段简单的文字，而其余部分全被略去。请看译文：

Everyone was busy with the final rites for the deceased. Or perhaps it would be more accurate to say everyone was busy using the occasion to maintain face and display his own affluence.

Three days later, the Mourning Period officially commenced. Innumerable gifts came pouring in, dozens of ceremonies were conducted, droves of condolence callers arrived. This was what everyone had been looking forward to, and now the activities were at their height. ②

译文显然选取了笼统反映中国葬礼/悼念文化中消极的一面，把“借

① 巴金：《家》，北京，人民文学出版社，2010，第1版，第327页。

② Pa Jin, *Family*, trans, Sidney Shapiro. Peking: Foreign Languages Press, 1964. 周蕾自己补译了被删节的那段文字：

The women behind the curtain were having a hard time. Since guests kept arriving, the number of times they had to wail kept increasing too. At this point, wailing had turned into an art; it had, moreover, the function of socializing with guests. For instance, if, while the women were chattering or eating, the musicians started playing [to signal the arrival of guests], they would have to burst into a loud cry instantaneously-and the more sorrowfully, the better, of course. But most of the time they were simply shrieking as there were no tears. There had also been farces, as when signals of guests arriving and departing were confused. Mishearing "guests departing" for "guests arriving", the women would wail for a long time only to discover that it was unnecessary; or else, not knowing that guests had come, they remained utterly quiet until the master of ceremony prompted them, whereupon they would all of a sudden explode into a wailing noise.

死人来维持自己的面子”和“成服”时吊客送礼的场面，也即“仪式化的悼念活动”，译作一种民俗或者“落后”、“倒退”和“缺乏进步”的表现，将其“重新编码为低级的[语言和读写能力]”、“一幅讽刺漫画”，① 以赢得“进步”或“现代”或“优势”文化的注意。女眷假装悲伤、大声号哭的细节都被略去了。正如周蕾所说，这个假号哭的细节恰恰是“种族志研究的客体”，“属于五四时期中国知识分子中流行的一种进步思想，即以决心废除一切传统为标志的思想”，“至今在发展中世界仍然继续的一种发人深省的现代化——赶上西方世界——的冲动”。②

《家》作为一部寓言式自传所表现的正是中国从半封建社会向现代社会的转型时期：旧的时代已经过去(高老太爷之死)，新的时代即将到来(觉民和觉慧对新生活方式的选择和向往)。从这个意义上讲，巴金描写女眷在葬礼上假号哭的细节(以及紧继这个场面之后在译文中也同样被略去的描写吊客来了就伏在地上不动、吊客去了就睡觉或畅谈的“重孙和孝子”们，以及觉民两弟兄“不得不出来‘维持场面’”的细节)，都表明当时人们的一种“政治愿望”，一种趋向“现代化及其进步理性”的意志，“与小说中描写的其他家庭仪式、习俗和迷信活动一样，相当于民族志研究的一个奇异发现，一个古老习俗并不是由于它在传统场合中的重要性而被着重描写的，而恰恰是为了取得一种位移的效果——在外人眼里的一个荒诞场面”，“一出闹剧”，甚或是对这种悼念活动的“一个相当严苛的诊断”——不仅虚伪、操持不当，而且表示“深陷前现代野蛮状态的一种文化”的“令人窘迫的集体的日常活动”。于是，在巴金的文本叙事中就蕴含着“一种新的价值创造，蕴含于(相对于外在表达和公开仪式的)(心理)内化之中的一种可行的激进抵制和社会改良的方法”。③

这样一个重要的政治寓意却被作为“价值仲裁者的译者”忽视了，在译者进行段落筛选时被暴力地略掉了。当然，就《家》的英译本而言，译者并不是法农心目中的“本土知识分子”，译文也显然不是逐字逐句的“直译”全译本，而颇具浓重的“文化翻译”的色彩；而即使是出自“本土知识分子”译笔的“直译”本，这种“读”出来的寓意或“未言说的”含义也未必能“译”得出来。因此，译本在某种程度上“已经被译成一个不再属于作者的

① Chow, “Translator, Traitor; Translator, Mourner(or, Dreaming of Intercultural Equivalence)”, p. 569.

② Chow, “Translator, Traitor; Translator, Mourner(or, Dreaming of Intercultural Equivalence)”, p. 571.

③ Chow, “Translator, Traitor; Translator, Mourner(or, Dreaming of Intercultural Equivalence)”, pp. 566-567.

文本，读者的面目也不再清晰可辨了”。[①] 可以说，在文学翻译中，丧失是不可避免的；背叛也是必然的。译者本来就是“悲悼者”。他固然能够向外国读者传达本土读者对本土文化的那种理解，但那种传达总是“部分的”、“不完整的”、“必然出现偏差的”，因为译文没有释放出原文所包含的“本土残余物”。[②] 他“对本土文化的背叛是不平等的文化接触导致的一个必然的副产品”。[③] 然而，周蕾的主旨并非要说明译者在选择和删节时体现的翻译的政治，也不是要详释译者何以成为背叛者的缘由，而是在翻译、背叛和悲悼三者之间看到一种关联，从而指出作为译者的本土知识分子走向“本土化”的一条有效途径，这就是“忧郁的转向”。

第三节　作为忧郁者的译者

如周蕾在文章中简要追溯的，“悲悼”和“忧郁”的现代观念可溯至弗洛伊德 1917 年发表的《悲悼与忧郁》一文。文中，悲悼被认为是有益于健康的，规范的，因为悲悼表示与死者或所失物体的一种短暂的、即将结束的关系；而忧郁则相反，表示对物体之丧失的一种特殊的悲哀已经与整个复杂的情结混淆起来，掺杂着“愤懑和内疚”等“尚未程序化的负面情感”，因此会演变成“无法控制的自责和自贬”而长期存在。在简要论述了女权主义思想家朱迪斯·巴特勒在《性别麻烦：女性主义与身份的颠覆》中和文化理论家郑安玲在《种族的忧郁》中如何把“忧郁”作为一种理论的修辞方法，来分别探讨性别身份和种族身份的构成之后，周蕾将这种理论修辞的潜在用法用于文化翻译，认为忧郁的转向“能够在固守某一原始状态(语言、读写能力、文化)的同时，让悲悼者认识到这个原始状态已经受到了危害、伤害，丧失了能力、受到干扰或被偷窃——一句话，丧

---

① MacIntyre, *Whose Justice? Which Rationality?*. Notre Dame: University of Notre Dame Press, 1988, p. 384. 见〔美〕劳伦斯·韦努蒂《翻译，共同体，乌托邦》，《新方向：比较文学与世界文学读本》，大卫·达姆罗什、陈永国、尹星主编，北京，北京大学出版社，2010，第 1 版，第 192 页。

② MacIntyre, *Whose Justice? Which Rationality?*. Notre Dame: University of Notre Dame Press, 1988, p. 384. 见〔美〕劳伦斯·韦努蒂《翻译，共同体，乌托邦》，《新方向：比较文学与世界文学读本》，大卫·达姆罗什、陈永国、尹星主编，北京，北京大学出版社，2010，第 1 版，第 193 页。

③ Chow, “Translator, Traitor; Translator, Mourner(or, Dreaming of Intercultural Equivalence)”, p. 571.

失了”。[1] 周蕾认为这一双重修辞策略既具有本质化的意义又兼有解构的功能，既证明原文(本土文化)的存在又证明它不可挽回地丧失了，既证明某一不可译因素在目标语中的缺失又证明它幽灵般的持续不间断的在场。对受到伤害的原始叙事(被边缘化的本土文化叙事)来说，尽管不能战胜已经打败“我们的”主流文化，尽管本土语言的合法基础可能被一次性地破坏了，但我们至少可以忧郁。[2]

我们至少可以忧郁。我们看到，周蕾把20世纪初中国知识分子介于传统与创新之间的矛盾境地和文化翻译活动中译者作为原文(本土文化)之背叛者的尴尬处境联系在一起了，而“忧郁”似乎是走出这些困境的有效策略：“作为对文化翻译中……固有的背叛的补偿，忧郁的转向已经更新了译者的任务。经营过早夭折的本土残余物的这位(再)交易者现已不是背叛者，而是作为忠实的忧郁者浮出地表。”[3]那么，这里的“忧郁”究竟是什么意思呢？忧郁为什么能够补偿背叛？作为“背叛者”的译者何以变成“忠实的忧郁者”了呢？“忠实的忧郁者”能否或如何解决译者所遇到的文化上的两难问题？

在关于忧郁的理论发展史上，古代生理学的四液说和古代医学都把忧郁作为一种精神和身体疾病；而巴洛克时期出现的宗教忧郁说和现代精神分析学都认为忧郁是由某种缺失或丧失而导致的一种精神沮丧或消沉。后两种理论的重大贡献在于把忧郁与丧失，进而将其与悲悼联系起来，即忧郁之因在于未能对所失物体予以成功的哀悼。在弗洛伊德看来，忧郁不是与生俱来的(显然不是黑胆汁的过剩造成的)，而是主体把“丧失”物体的经验内化的结果：哈姆雷特的“忧郁”就是由于父亲的鬼魂占据了他的内心世界，从而将其内化的结果。在忧郁中，对所失物体的内化取代了原来的情感纽带，产生了一种新的经验模式和生命形式，并逐渐由此形成了忧郁主体的范式。按照弗洛伊德的定义，“丧失”不仅指某一所爱之人或物的丧失，而且包括祖国、自由、理想等抽象的东西，它们一旦失去，就会要求脱离与其相关的全部的本能冲动。[4] 但这很难实现，

---

① Chow, “Translator, Traitor; Translator, Mourner(or, Dreaming of Intercultural Equivalence)”, p. 572.

② Chow, “Translator, Traitor; Translator, Mourner(or, Dreaming of Intercultural Equivalence)”, p. 573.

③ Chow, “Translator, Traitor; Translator, Mourner(or, Dreaming of Intercultural Equivalence)”, p. 573.

④ Freud, *On Murder, Mourning and Melancholia*, trans. Shaun Whiteside, Penguin Books, p. 203.

因为即使在新的替代已经出现的情况下，人们习惯上也不愿意放弃对“旧爱”的情怀，因此，对所失物体的“悲悼”也是一个漫长痛苦的脱离过程，是逐渐修复记忆、寻找新的替代的过程，在这一点上，“悲悼”与“忧郁”的持续状态相似。当本能冲动找到了新的可以依附的物体的时候，悲悼的工作就结束了。

但“忧郁的工作”并没有结束。忧郁的一个最大特点“是一种深切痛苦的沮丧，失去对外部世界的兴趣，失去爱的能力，对任何行动的禁止和对自我感的减缩，把自重的感觉贬降到自遣、自辱的程度，最终产生将要遭罚的错觉”。① 弗洛伊德认为，这种自我批评实际上是把对所失物体的责怪移植到自我上来造成的：当悲悼者脱离了对所失物体的专注时，本能冲动没有转移到可以依附的新的物体上来，而是通过内化转移到自我，并使自我与所失物体达到认同，而正是通过向内在自我的这种逃避和与之相认同，对所失物体的依附才没有结束，实际上，它重新建立了一条内向的情感纽带。然而，弗洛伊德承认，大部分情感纽带在价值体现上都是矛盾的、双重的，而在爱的关系中，这种矛盾性只有在所爱之人丧失之后才最充分地表现出来。按照弗洛伊德所说，哪里有这种矛盾的情感纽带，哪里就有忧郁，也就是说，矛盾的情感纽带产生忧郁：哈姆雷特的忧郁产生于他对已故父亲的爱和妒恨；波德莱尔的“巴黎的忧郁”产生于那“比石头还重”的“珍贵的记忆”；② 而本雅明的忧郁则“为了拯救已死的物体而在沉思中拥抱这些物体”。③ 这就是人们常说的对所失之物(人)的爱恨交织的情感。

从精神分析学的角度看，这种爱恨交织的情感会以差异的方式不断出现，而对主体来说，每一次出现都是一次新的体验，都是一次新的生成，都能产生或多或少具有深刻含义的差分化，因此不是严格意义上的重复。此外，这种情感总是依附于特定的对象：人、物、观念、欲望、思想等，并不断转移，从一物转移到另一物，从一人转移到另一人，从过去转移到现在。这种转移总是沿着相像性的路线进行，遵循摹仿的逻辑，使主体回想起以前某一情感纽带的记忆踪迹。因此，主体必须在“他者”(所失之物或人)失去的情况下进入这个“他者”的情感世界，制造一种阅读“他者”语言的氛围，进而想象地摹仿或情感地参与“他者”的世界。

① Freud, *On Murder, Mourning and Melancholia*, p. 204.

② 〔法〕夏尔・波德莱尔：《恶之花》，第 290 页。

③ Walter Benjamin, *The Origin of German Tragic Drama*, trans. John Osborne. New York: Verso, 1977, p. 157.

说到底，精神分析学就是让人学会如何召唤和控制“鬼魂”，并与“鬼魂”快乐地共存，这样就能使“忧郁症患者”再次利用失去的物体，使内化的“鬼魂”重新出现或与之达成认同，从而建立一条新的情感纽带，即在情感上走出过去而进入当下的现实，并服务于当下的政治。

实际上，弗洛伊德并没有详细讨论这条内向化的情感纽带是如何发生变化，最终产生悲悼这种纪念活动的；但他确信，没有克服悲哀情绪、仍然与过去息息相关的忧郁具有一股潜在的生产力，或许是一股能动的、有改造能力的，最终能抵制消沉的忧郁。任何令人忧郁的损失，任何哀悼丧失的活动，都不能不改变人的自我，都不能不成为自我的组成部分；丧失就像所失物体的沉淀一样造就了一个人的性格，也可以说，自我就是无数次对所失物体的选择的积淀，仿佛博物馆、图书馆、档案馆或考古现场一样。如果说一件一件积蓄起来的收藏品决定了收藏者与所失去的过去的本质关系、决定了博物馆等机构的职能和品质的话，那么，丧失也可以从相反的角度决定人的性格的形成，就是说，人的品质不仅是经验的内在积累，而且也是经验中的无数次丧失在自我中忧郁内化的结果，于是，忧郁的机制就成了主体构成的起点。这里，如朱迪斯·巴特勒所说：

> 我们考虑的是各种不同的丧失：种族大屠杀的丧失，奴隶制下“人性”的丧失，流放带来的丧失，通过殖民化而被涂抹的丧失，被殖民主体进行强制性生产时导致的文化丧失，各种狂热活动导致的丧失，被否认的丧失及其视觉和文本效果，激活所失之物的救赎，由丧失导致的渴望。也许最难的是丧失本身的丧失：某物在某处、某时失去了，但却没有讲述这一丧失的故事；没有可以追溯这一丧失的记忆。一个破碎的视野隐约出现，使人走上了幽灵般的代理者的道路，对这个代理者来说，完全的“挽回”是不可能的，对他来说，不可挽回的东西自相矛盾地成了产生新的政治代理者的条件。①

巴特勒罗列的这些丧失无疑是无法挽回、无法解决、从事后的观点看无法弥补的；它们是死亡，是废墟，是暴力破坏后留下的无名。但这些不可挽回的丧失是如何成了新的政治代理者产生的条件的呢？按照本

---

① Judith Butler, “Afterword: After Loss, What Next?” in David L. Eng and David Kazanjian (eds), *Loss: The Politics of Mourning*. Ewing, NJ: University of California Press, 2002, p. 467.

雅明的方式来理解，思想恰恰是“从这种死亡的废墟中作为废墟而出现”的。[①] 从《德国悲苦剧的起源》到关于波德莱尔的研究，再到关于历史概念的思考，忧郁和丧失这对孪生概念几乎贯穿本雅明的全部著述。对本雅明来说，由丧失而引起的忧郁不仅始终与过去相关，而且始终与当下政治相关，事实上，只有固着于丧失、过去和政治上的失败，人才能避免对现在的消极对待，在这个意义上，“过去不是过去；过去是未来的源出，未来是对过去的救赎”。[②] 对过去的依附，对所失物体的依恋，以及由此产生的忧郁，使人对当下世界产生兴趣，促使人们在当下世界中采取行动，同时又能接近导致痛苦的历史根源，正如精神分析医生想象地或象征地进入病人过去的内心世界，并将其呈现给现在一样。

然而，对本雅明来说，忧郁并不是要医治的病症，丧失也不是要彻底抛弃的过去。本雅明在波德莱尔身上看到了一种“英雄主义的忧郁”，而且这是“对波德莱尔天才的最完美的定义”。[③] 厌倦、慵懒、无为和自得都不是他所期待的忧郁的结果；把自己经验过的丧失作为探讨历史变化的素材，通过对创伤的回忆体验经验世界的历史证据，进而把内在的废墟体验作为诗歌创作的原动力和原材料，这才是“忧郁者”的英雄壮举。在《德国悲苦剧的起源》中，作为废墟的外部世界被置于巴洛克寓言的凝视之下；在波德莱尔的诗中，经历忧郁的寓言改造的是已然变成废墟的内心世界。“巴洛克寓言从外部看到了尸体；而波德莱尔从内部看到了它。”[④]波德莱尔的英雄主义和他特有的现代忧郁与(相对于自然的)社会的商品化直接相关：忧郁的主体已不再像巴洛克时代的主体那样悲哀地观察自然史的永久灾难，而只能无望地接受、承受、忍受这一“赤裸的恐惧”，[⑤] 面对“死人比公共墓坑里还要拥挤的巨大的墓穴”时感到的那种原始的、婴儿般的恐惧，[⑥] 在商品拜物教和文化商品化的过程中感到自身

---

① Butler, “Afterword: After Loss, What Next?” in David L. Eng and David Kazanjian (eds), *Loss: The Politics of Mourning*. Ewing, NJ: University of California Press, 2002, p. 468.

② Butler, “Afterword: After Loss, What Next?” in David L. Eng and David Kazanjian (eds), *Loss: The Politics of Mourning*. Ewing, NJ: University of California Press, 2002, p. 467.

③ Walter Benjamin, “Central Park”, in *Walter Benjamin: Selected Writings*, vol. 4, Cambridge: Harvard University Press, 1996, p. 190.

④ Walter Benjamin, “Central Park”, in *Walter Benjamin: Selected Writings*, vol. 4, Cambridge: Harvard University Press, 1996, p. 190.

⑤ Walter Benjamin, “Central Park”, in *Walter Benjamin: Selected Writings*, vol. 4, Cambridge: Harvard University Press, 1996, p. 190.

⑥ 〔法〕波德莱尔：《恶之花》，第 271 页。

要被商品世界所吞噬的恐惧，或许也是被压迫人民（被殖民者）从历史失败者的角度面对历史时产生的那种恐惧。但这只是忧郁的一个方面，其另一个方面，相比之下更加重要的一个方面，则是愤怒。

愤怒无疑是一种破坏性冲动。如果说在本雅明勾画的忧郁的谱系中，巴洛克寓言是以破碎化为标志的，那么，在波德莱尔的现代性寓言中，愤怒则是投向商品世界的一件破坏性利器，可以把物的世界变成废墟。但愤怒何以会变成一股革命性的建构力量？本雅明认为历史唯物主义本来就是一种忧郁的记忆，它的任务是避免消沉，让人积极起来，从隐居遁世的消极状态中走出来，对现世生活抱有极大乐趣，对未来怀有美好憧憬。它能在瞬间把过去的闪现与现在的光亮聚集起来，构成“辩证形象”，组成一个星群。这个由形象构成的星群使我们一方面能在情感上勇敢地面对当下的危机，另一方面又能正视前一个时代所留下的废墟，因为这些废墟的形象已经成为我们的情感投资，与实现救赎、纠正历史错误、恢复失去的友谊、赢得被人拒绝的感情等动机紧密地联系起来，一句话，“辩证形象”就是“幸福形象”。这些形象也是感受，它们潜藏在无意识之中，始终不变，等待着复活。在本雅明看来，个体的这种“幸福形象”在一定的历史场合下必然与集体的“幸福形象”产生共鸣，因为过去从来不是某一个个体的过去，被遗忘的、失去的东西“必然在一个硕大的集体的历史空间中聚集起来，构成无数不确定的、变化的成分，生产出不断流动的、新的、陌生的产品”。① 所以，每当与历史上的失败者构成某种情感联系的时候，我们就会联想到我们自身主体性的历史构成，就会感到我们有足够的力量缩短历史的时间，打开历史的空间，进而使过去的形象与现在的具体环境产生碰撞，最终酿成革命。因此，对本雅明来说，法国大革命是罗马的化身，是罗马的革命形象的再生；这种以过去为情感基础的革命意识在结构上必然是忧郁的，而忧郁所蕴含的内核就是革命。

第四节　不可译之译

弗洛伊德精神分析学和本雅明唯物主义历史观中的“辩证形象”都证明忧郁具有辩证的两面性：一方面是由丧失而导致的情感萎靡，进而产

① Walter Benjamin, “Franz Kafka”, in *Walter Benjamin: Selected Writings*, vol. 2, p. 809.

生厌倦；另一方面是最强烈的情感专注，进而通过内化而产生新的生命力。后者或许才是周蕾所说的“忧郁转向”的本质所在。从翻译实践的角度来看，要求译者转向忧郁其实是对翻译工作提出了更高的要求：译者必须通过强烈的情感专注和对原文的内化来实现一种“近似性”的等值翻译。翻译的目标不是语言的完全对等或完全同一(complete identity)，而是文化的等值(equivalence)。按保罗·利科的说法，译者不能追求“完美的翻译”，完美的翻译只是一个理想，不是可以实现的现实；甚至等值也只能是可想、可求、可争取的目标，是由翻译所“生产”出来的一个理想，无论在语言的层面还是在文化交流的层面，都对译者构成了最大挑战，因为文化间翻译的问题说到底是价值判断的问题，是可比性和可通约性的问题，是文化等值和平等的问题，尽管也的确存在着文化的局限性和不相容性。因此，完美的翻译恰恰是译者所要悲悼的对象。① 译者的任务是“让一个死人活过来，呈现一个活人”，② 即本雅明所说的予原文以“来世生命”。而要让“死人”活过来，将其呈现为一个“活人”，就必须像哈姆雷特那样把死人的灵魂内化，让它占据译者的身心，使译者“完全占有、完美地理解作者的天才和意义，主题的性质，以及这门艺术用以描写主题的术语。然后他才能像原创那样正确地、同样鲜活地表达自己的思想；而逐字翻译的人则要在烦冗的转换中失去全部的精神”。③

屈莱顿早在17世纪就涉及译者在翻译过程中需要对原文精神进行内化的问题，这种内化不仅包括诗人的天才，而且包括对诗人的语言和译者自己的语言的准确掌握和运用。④ 在当代翻译理论中，劳伦斯·韦努蒂也结合自己的翻译实践强调了这个内化问题：

> 的确，翻译这位当代法国哲学家[德里达]的著作要求你是某种意义上的专家，你所占有的不仅有法语的语言知识，而且要有欧陆哲学传统的知识，不仅了解法英之间的翻译实践，还要掌握过去30

---

① Paul Ricoeur, *On Translation*, London and New York: Routledge, 2006. 参见 Rey Chow, pp. 574-576.

② Ezra Pound, "Letter to A. R. Orage, April 1916", quoted from Susan Bassnett, *Comparative Literature: A Critical Introduction*, Oxford UK and Cambridge USA: Blackwell, 1993, p. 150.

③ John Dryden, Preface to the *Life of Lucian*, 1711, quoted from Susan Bassnett, 1993, p. 149.

④ John Dryden, Preface to *Ovid's Epistles*, 1680, in *Translation-Theory and Practice: A Historical Reader*, Daniel Weissbort and AsttradurEysteinsson (eds), Oxford: Oxford University Press, 2006, p. 146.

> 多年来用来翻译德里达著作的话语策略。而即使拥有了所有这些不同的专门知识也不足以完成这项任务：你还必须有翻译德里达的欲望。①

翻译活动必须满足这两个条件：把原文内化的精神和语言准备，以及强烈的翻译欲望或冲动。值得注意的是，17 世纪末的屈莱顿和 20 世纪末的韦努蒂都用了“占有”一词，其英文 possess 似乎给人一种被鬼魂附身、与鬼魂相共存的恐惧感，而这恰恰是忧郁所要求的那种由未成功的悲悼产生的内化过程，自然也包括对丧失的恐惧。同样值得注意的是，屈莱顿和韦努蒂的所谓“内化”都是就翻译的准确性而言的，这又使我们回到了问题的原点：由于不可能实现完美的翻译(绝对的准确)，所以译者才为“所失”而“悲悼”，才要为由此造成的“背叛”而“忧郁”，才要采取一种“近似性”的等值翻译而充当“价值的仲裁者”。

从这个意义上说，哲学家德里达也是位“忧郁的”译者和“价值的仲裁者”，或许也在从事一种“近似性”的等值翻译。他指出，

> 我们从来只讲一种语言——而由于这种语言总是回归他者，所以它的存在是非对称的，总是为了他者、源出于他者，并由他者所保存。源出于他者，始终与他者并存，并回归他者。②

按照韦努蒂的解读，这里的“他者”指的是“文化制度或政治权威，可能涉及一种单语制(monolingualism)，一种学术或殖民话语的强行实施，寻求限制语言的使用并使之同质化”。③ 与生长在布拉格、把意地绪—德语或捷克—德语当作母语的卡夫卡一样，生长在阿尔及利亚的德里达也把法语作为母语或本族语，但“这种语言的源出、规范、规则和规律”却在别处。④ 德里达的“母语”(法语)的源出是法兰西，而不是他的出生地阿尔及利亚。正是在这个意义上，他自己的语言才是“他者”的语言；他

---

① Lawrence Venuti, “Translating Derrida on Translation: Relevance and Disciplinary Resistance”, *The Yale Journal of Criticism*, vol. 16, number 2 (2003): 2003, p. 237.

② Jacques Derrida, *Monolingualism of the Other; or, The Prosthesis of Origin*, trans. Patrick Menash (Stanford, Calif.: Stanford University Press, 1998), p. 40. Quoted by Venuti, p. 238.

③ Venuti, p. 239.

④ Derrida, *Monolingualism of the Other*, p. 41.

才只有一种语言，但这又不是他自己的语言；[①] 他才“从来不能称法语，我正对你们讲的这种语言，为我的母语”；[②] 于是才有了这样一个矛盾的陈述：

> 1. 我们只讲一种语言。2. 我们从来不只讲一种语言。[③]

我们只讲一种语言，但从来不只讲一种语言；或，我们只讲一种语言，而这一种语言也不是我们自己的。语言不是天赋的，而是社会地形成的。人通过文化渗透和教育获得语言；人在使用语言的过程中受偶然的社会环境的影响或主宰，因而赋予个体的语言用法以一种超越个体的、具有普遍性的、集体的典范性，也就是说，个体独具风格的语言应用变成了集体规范的语言应用，抑或，作为寄主的个体语言遭到了寄生的集体规范语言的侵犯和伤害，因为在个体与集体之间从来就没有平等，而社会环境的结构也始终是等级制的。

我们看到，在语言问题上，德里达与后殖民本土知识分子处于同样的境遇。他面对的他者语言也是一种霸权语言，代表语言/文化/政治权威的现代化语言，也是周蕾所说的在“逆向翻译”中用来衡量译文准确与否的标准语言。在由偶然的社会环境所决定的不平等的语言制度中，在由作为“他者”的文化制度或政治权威强行一种单一学术或殖民话语的多元文化时代里，要在这种“单语制”下实现准确的跨文化的文学翻译是可能的吗？德里达用另一个矛盾陈述回答了这个问题：

> 没有什么是不可译的；但在另一种意义上一切都是不可译的。[④]

他把这个矛盾陈述总结为“不可译的翻译”（untranslatable translation）。[⑤] 一切都是可译的；一切又都是不可译的。然而，译也好，不译也好，语言的功能没有停止；准确也好，不准确也好，语言在文化中的存在和作用方式没有改变。仅就任何翻译都会受到文化制度和政治权威的影响，而任何翻译同时又会发生文化和政治影响而言，确切的翻译只

---

① Derrida, *Monolingualism of the Other*, p. 1.

② Derrida, *Monolingualism of the Other*, p. 34.

③ Derrida, *Monolingualism of the Other*, p. 7.

④ Derrida, *Monolingualism of the Other*, p. 57.

⑤ Derrida, *Monolingualism of the Other*, p. 66.

能是一个神话，或一种神秘化："用任何一种能指工具把所指毫发无损地转换过来。"①与保罗·利科一样，德里达也认为这种准确的翻译只能是一个理想，但神秘化却又不可避免，因为每一种翻译都参与一种"居间的方法"，其一边是"绝对的确切，最适当、最充分的单义的透明性"，另一边是"最异常的和最晦暗的不确切性"。② 就连"确切"(relevant)一词也是不可译的，因为该词的源出不明：它可能是法语词(relevante)，因此可以译成英语，但也可能是被同化成法语的英语词，因此抵制翻译。这恰好说明了当下翻译的性质：作为能指的relevant实际上至少包含两个词，因此脱离了一对一翻译的正常轨道，表明所谓的确切翻译依赖于一种特殊的语言观，即认为"一种不可分解的统一的听觉形式与不可分解的统一的意义或概念相结合或发生意指作用"。③ 这是德里达在1998年阿尔勒文学翻译大会上以"什么是确切的翻译?"为题做讲座时，结合他在此前对《威尼斯商人》的讨论所提出的观点。这意味着，意义是单一的声音形式与单一的概念达到完美结合之时生产出来的，任何多义性词语的转换都将导致意义的丧失，而在翻译中，就连relevant这样看似完全透明的词也存有抵制翻译的因素，存在着可"读"而不可译的因素。

艾米丽·阿普特在《不可译因素：一个世界体系》一文中认为语言在构成性质上本身就是跨民族的，多语种的；语言在历史上的旅行不必非得留下帝国的踪迹，反倒能够为回应地缘政治而提供撰写文学史的一种方法，并称此为"翻译的跨国主义"(translational transnationalism)或"翻译的人文主义"(translational humanism)，它对应于一种批评实践，能够调整行间翻译、注释、注解和细读等文学方法，以满足当代语言政治的需要，抑或，用这些文学手法来解决嚣张的语言政治所带来的危机。她把这些语言政治的需要罗列如下：

> 支持跨国文学群体的语言流散。
>
> (北)美文学研究的国际化，来自内部的多语制。
>
> 对语言帝国主义的批判，尤其是全球英语以及英语与汉语争夺语言霸权的两极竞争。

---

① Derrida, "What Is a 'Relevant' Translation?", trans. Lawrence Venuti, *Critical Inquiry* 27 (2001), pp. 174-200.

② Derrida, "What Is a 'Relevant' Translation?", trans. Lawrence Venuti, in *Critical Inquiry* 27 (2001), p. 179.

③ Venuti, p. 240.

濒危语言的生态学和绝迹语言的统计学。

口音、土语、代码转换、暗语、双语现象在非标准语言应用中的影响。

翻译与战争：极易受到政治攻击的译者、记者(stringers)和文化阐释者。

反恐与反移民语言政治的混合(以建立语言档案和语言种族主义为例，或阿拉伯恐惧与西班牙裔恐惧的混合)。

对旨在减缩语言能力的立法的批判。唯英语(English-Only)政策自我挫败的狭隘地方主义。对英语外加其他语言(English-Plus)政策在世界经济中所占社会经济优势的视而不见。①

阿普特认为当代翻译研究(翻译跨国主义)不仅是语言冲突的权力政治与人文主义的语文学研究传统相遇的场所，而且也是比较文学对迄今尚未命名或被打入"不可译性"冷宫的文化和文学地带进行研究的领域。所谓不可译性实际上就是本雅明所说的可译性："不能通过语言交流的东西，仍然存留的'外语'的内核，只能在译文的来世生命中实现的难以言表的文本本质，或文学杰作努力争取但极少实现的启示性词语的神圣直义性。"②在另一处，阿普特把这种神圣的直义性与两种典型的(后)殖民语言克里奥耳语(由不同移民群体发展而来的许多不同族裔共享的一种已经本土化的语言)和洋泾浜语(两个以上操不同语言的群体之间用以交流的一种简化语言)联系起来。③ 在阿普特看来，克里奥耳语为后殖民少数族裔提供了杂交、混合和跨文化接触的一个平台，规定了后殖民语境下文学批评的范畴，同时也展示了一种创伤性的缺乏；而洋泾浜语恰好体现了翻译的一种"不完整性"，"目标语与它所再现的源语言中捉摸不定的、表达有误的或过多的言语之间[的]一种不平等的关系"。④ 创伤性的缺乏、翻译的不完整性、目标语与源语言之间的不平等关系，所有这些

---

① Emily Apter, "Untranslatables: A World System", in *New Literary History*, 2008, 39, pp. 583-584.

② Emily Apter, "Untranslatables: A World System", in *New Literary History*, 2008, 39, p. 584.

③ Emily Apter, *The Translation Zone: A New Comparative Literature*, Princeton: Princeton University Press, 2005, p. 245.

④ Saussy, Haun. *The Great Wall of Discourse and Other Adventures in Cultural China*. Cambridge, Mass.: Harvard East Asian Monographs/Harvard University Press, 2001, pp. 78-79; 转引自 Apter, *The Translation Zone: A New Comparative Literature*, p. 247.

既标志着作为悲悼者和背叛者的译者所面对的语言困境，也标志着德里达、卡夫卡和后殖民语境下无数本土知识分子所面对的语言、文化和政治困境。与克里奥耳语和洋泾浜语一样，德里达渊博的哲学语汇和卡夫卡典型的习语表达都是一种混合言语，既体现了犹太本族语言的话语传统，又兼具法语学术话语/德语文学话语的特点，从这个意义上，他们所从事的就是对所接受的两种或多种语言的翻译工作，而且是在语言的普通应用中从事包括自己语言在内的翻译，而这种翻译的目的是要回归一种"绝对的习语"，寻找"一种尚未听说过的语言"，发现"一首独一无二的以前尚未发过声的诗歌"。①

如果说用"绝对的习语"书写"诗歌"只是一个渴望(正如完美的翻译也只是一个愿望)，因为并不存在用来书写这种诗歌的超验的元语言，如果说洋泾浜语和克里奥耳语代表语言之间的不可通约性，而一种神圣的"行间翻译"的理想恰恰又在这种不可通约但却多孔的语言内部得以实现，那么，在多元文化语境下从事一种跨文化的文学翻译就是可能的，同时，用德里达的单语论解构语言的民族主义，在悲悼/忧郁的过程中把翻译中不可避免地丢失的不可译因素内化，进而在翻译所创造的"来世生命"中建立一个多元、平等、包容性的世界文学体系，也就不是不可能的了。毕竟，在理论的层面上，本雅明的语言救赎论已经"规定"了译者的救赎使命；德里达的解构主义打破了原文与译文、原本与拷贝之间的二元对立，进而把翻译提高到原创的地位；西苏的女性书写理论把译者置于一个"居间"地带，在两种意义、两种语言之间，一个既不属于男性也不属于女性的双性空间里飘移；凯西·梅泽的"读写合成论"把译者看作读者和作者；而女性主义的"语言介入论"则把翻译视作一种政治活动，女性译者可以在无休止的重读和重写中任意操纵文本，获得书写的快感。翻译/书写丰富了原文，绝非背叛原文。②

在分析阿契贝对康拉德的批判时，周蕾指出，文化翻译充满了价值转换，这种转换可以在多种语言之间进行，也可以在单一语言内部进行。康拉德在单一语言(英语)的作品中把"非洲"和"英格兰"相并置，明显揭示出两种文化之间的差异和等级制；巴金用单一语言(中文)描写了葬礼上"悲悼"(虚假的，并非为真正的丧失而"叫号")的女人们，揭示出在那个特定历史时期中国文化中固有的、不能用语言通约性来证明的伦理指

① Derrida, *Monolingualism of the Other; or, The Prosthesis of Origin*, p. 67.

② Bassnett, *Comparative Literature*, p. 157.

向。这都说明了在跨文化翻译以及语际翻译中“译者”作为“悲悼者”的“背叛者”(如她的文章标题所示)的命运，然而，根据忧郁的时间逻辑和内化过程，文化中固有的抵制翻译的因素，也即众多论者所说的“不可译”因素，可以通过内在转化而构成一种新的语言范式，即语言等值的范式，以此来抵消语言/翻译中固有的等级制和不平等(克里奥耳语、洋泾浜语和以美国黑人英语为代表的“从属性语言和方言”都证明了这一点)。在这个意义上，译者与其说是悲悼者，毋宁说是炼金术士，甚或是“食人魔”和“吸血鬼”：翻译活动是吞噬原文的物质过程，是使原文发生形式和质量嬗变的化学过程，是吮吸原文的血液、滋养译文并予其以强壮的新生命的“输液”行为，[①] 这恰恰是艺术创造的行为过程。不消说，翻译是以语言为媒介的一门艺术，而译者则是语言艺术家。谁想当遭人唾弃的背叛者呢?

周蕾在文章的结尾引用了1992年诺贝尔文学奖得主德里克·沃尔科特的一段话，他说，加勒比海地区的文化不是正处于进化的过程之中，而是早已形成；其城市和文化的规模不能按旅游者或流放者(外来者)的标准来衡量，而应按自己的市民和自己的建筑的标准。如是，就不会有那么多“热带的忧郁”了。[②] 抑或说，跨文化的等值翻译只是一个“梦想”。如果我们按照翻译研究史上的“语言转向”和“文化转向”来顺势理解周蕾提出的“忧郁转向”的话，那么，“那种专事忧郁的跨文化等值翻译”无疑指一个新方向。翻译或翻译研究已经转向“忧郁”：翻译中的丧失不可避免且不可挽回，但我们总可以在忧郁中保留与所失客体的联系，与历史的联系，与原文(本土文化)的联系，并借此转向新的具有革命性的生产，一如本雅明译波德莱尔，波德莱尔译爱伦·坡。真正创造性的文学书写也许就是文学翻译过程中思想的旅行。

第五节　作为创作之源的翻译

1840年，美国著名小说家埃德加·爱伦·坡写了短篇小说《人群中的人》。小说用的是第一人称叙述视角，透过“我”乖僻怪异的视觉描写了19世纪中叶光怪陆离的伦敦。小说开始时，久病初愈的叙述者坐在咖啡馆里，抽着雪茄，浏览报上的广告，观察周围的环境和人群，时而透过

① Bassnett, *Comparative Literature*, p. 155.

② Chow, "Translator, Traitor; Translator, Mourner(or, Dreaming of Intercultural Equivalence)", p. 577.

咖啡馆的窗玻璃窥视眼前“这座城市的主要街道之一”：

> 这是这座城市的主要街道之一，整个白天一直人群熙攘，但当夜幕降临时，人群却骤然增长。而当街灯朗照之时，两股稠密而络绎不绝的人群从门前匆匆走过。我以前从未在晚上这个特殊的时分坐在这样一个地方，望着眼前翻江倒海般的人头，一种妙不可言的新奇感涌上心头。我终于放弃了旅馆里的一切，沉浸在对街上景象的沉思之中。①

故事由此开始转向了对伦敦大众的描写，包括“那数不清的各色身材、服饰、神态、步态、外貌和面目表情”。首先映入眼帘的是“贵族、商人、律师、店主、股票经纪人——社会上的显贵和普通人——消闲的人们和积极参与自己事务的人们”，其中有“住着奢华住宅的低级职员”和“有牢靠的公司工作的高级职员”。接着是“遍布于所有大城市”的“日益壮大的”扒手一族，“穿戴五花八门的”赌徒、纨绔子、军人、犹太商贩、职业乞丐，年龄不等的妓女；此外，还有卖馅饼的人，脚夫，煤炭装卸工，清扫工，街头手摇风琴师，耍猴者，打油诗人，叫卖的，卖唱的，衣衫褴褛的艺人，精疲力竭的各色劳工。“充满了一种喧嚣放纵的生命力，嘈杂刺耳，观之而生痛感。”

但当夜越来越深，嘈杂声越来越大，街灯越来越肆无忌惮的时候，一副面孔牢牢地抓住了叙述者：那上面写着警惕、吝啬、贪婪、冷淡、怨恨、嗜血、征服、欢乐、极度恐怖、紧张、极度绝望，那“胸膛里写着一部多么狂乱的历史啊！”他是一位个头矮小、身体消瘦、非常虚弱的老头儿，紧裹着身体的衣服里露出一块钻石和一把匕首，不能不令人怀疑这是刚刚作过案的一个江洋大盗。叙述者决定跟踪他。在浓浊潮湿、大雾笼罩的伦敦，他尾随老头儿走过了一条又一条狭窄的街道，穿过一堆又一堆拥挤的人群，一次又一次重复已经走过的路线。他时而步履艰难，时而迈开大步。但有一点是确定的：他虽然漫无目的，但从不离开人群；他是“人群中的人”。或许，他是坡在篇头引语中所说的“不堪忍受孤独”的正忍受着巨大不幸的人；或许他是故事开头和结尾都提到的那本不让人读的书，因为书里隐藏着不可告人的罪恶。

---

① 刘象愚选编：《爱伦·坡精选集》，济南，山东文艺出版社，1999，第1版，第151～160页。

然而，恰恰是这种不可告人的罪恶吸引了法国著名诗人波德莱尔，他把这篇故事翻译成了法文，可能是因为坡的诗歌中总是蒙上的那“一层不可解脱的忧郁”，① 或者是由于他“为了爱怪诞而投入怪诞，为了爱恐怖而投入恐怖的那种热情”，② 再就是因为他笔下的“浪荡子，这是美的理想在物质生活中的至高无上的体现……他的服装、饰物、武器和长烟斗证明他具有一种我们久违了的创造才能”。③ 不管原因是什么，我们看到波德莱尔翻译的坡影响了他自己的诗歌创造。我们不仅在他的《恶之花》中看到了《人群中的人》的影子，而且，更加重要的，则是坡笔下19世纪中叶的伦敦，成了波德莱尔笔下第二帝国的巴黎；伦敦阴森潮湿、拥挤狭窄、内外有别的街道成了巴黎大理石铺面、玻璃镶嵌、室内与街道连接的拱廊街。坡笔下整夜漫无目的地游荡的被人盯梢的小老头成了在拱廊街里游荡、“看起来无所事事……却隐藏着不放过坏人的警觉”的“不情愿的侦探”，这就是，“游手好闲者”。④

我们不知道坡笔下的一个小老头怎么会在《恶之花》中变成了“七个老头子”，但那“拥挤的城市！充满梦幻的城市，/大白天里幽灵就拉扯着行人！……突然，一个老人，黄黄的破衣裳/竟是模仿这多雨天空的颜色，/若不是他的眼中闪烁着凶光，/真会引来雨点般落下的施舍，……这百岁双胞胎，这怪诞的鬼魂，/以同样脚步向未知目标走去”。⑤ 这里的地点、人物、情节和氛围分明就是坡的《人群中的人》的翻版，而这七个老头子却不知何故又在“古老首都曲曲弯弯的皱褶里”变成了“小老太婆”，“她们行色匆匆，如同木偶一样，/她们拖着脚步，如受伤的野兽，……一个衰弱的幽灵，/穿过巴黎这熙熙攘攘的画面，/我觉得这一个脆弱的生命，/正悄悄地走向一个新的摇篮；……多少次我跟在小老太婆身后，……她们就这样走着，坦然而无惧，/穿越活跃的城市混混沌沌，/心中流血的母亲、妓女或圣女，/往日都曾是远近闻名的女人。……可我，远远地深情地望着你们，/不安的眼睛盯住不安的脚步”。⑥ 这小老太婆最后又变成了拾垃圾者：那“醉酒的拾破烂者”在“古

① 〔法〕波德莱尔：《波德莱尔美学论文选》，郭宏安译，北京，人民文学出版社，1987，第1版，第183页。

② 〔法〕波德莱尔：《波德莱尔美学论文选》，第188页。

③ 〔法〕波德莱尔：《波德莱尔美学论文选》，第197页。

④ 〔德〕本雅明：《发达资本主义时代的抒情诗人》，张旭东、魏文生译，北京，生活·读书·新知三联书店，1989，第1版，第59页。

⑤ 〔法〕波德莱尔：《恶之花》，第292，294页。

⑥ 〔法〕波德莱尔：《恶之花》，第295，299页。

旧的郊区中心，泥泞的迷宫，/人烟稠密又拥挤，孕育着暴风，/风吹压着火苗，把玻璃罩敲打，/在这盏路灯的红色的光亮之下，/常见一个捡破烂的，跌跌撞撞，/摇头晃脑，像个诗人撞在墙上”。①

波德莱尔的翻译在何种程度上影响了波德莱尔的创作，这是个问题。但就我们的论题而言，以上例子足以证明文化影响和思想旅行在翻译中的存在。更重要的是，波德莱尔从翻译坡的具体实践中所学到的甚或挪用的，不是象征主义的风格，不是形变的想象，更不是怪诞的语言表达，而是作品中的主体，都市景观中“被压迫的大众”，“大城市大众的形象对于波德莱尔来说具有决定意义”。② 尽管本雅明认为“人群中的人绝非游手好闲者”，但据他所说，波德莱尔认为把二者“相提并论是颇为恰当的”。③

从中国古代和《圣经》里的励志故事到欧美文学经典，从回头的“浪子”到在街上闲逛的游手好闲者，从伦敦街头“人群中的人”到巴黎拱廊街里的都市漫步者，现实中的人在不同时空里的任意穿梭不仅使他们在文学中鲜明地呈现了文学人物的日常性，而且，在他们与后世读者的相遇中，把昔日的街头景象、过往的生活经验和废墟里的现代性带到了当下，使其成为当下的历史，这个典型的人物形象也便成为文学和批评的认知对象，进而成为城市文化研究的对象之一。都市漫步者（Flâneur/Flâneuse），即“游手好闲者”或“闲逛者”——专指行走于城市大街小巷的一群人，他们从事的是一种“散步”、“漫步”和“观看”的活动，统称Flânerie，现已成为文学、社会学和城市文化研究中经常出现的次主题，是现代性和后现代性状况研究中不可或缺的一个人物或一种人类活动。20世纪30到40年代，本雅明发表了四篇关于“都市漫步者”的文章：1929年的《都市漫步者的回归》（“The Return of the Flâneur”）；1935年的《19世纪的都城——巴黎》（“Paris—the Capital of the Nineteenth Century”）；1938年的《波德莱尔笔下的第二帝国的巴黎》（“The Paris of the Second Empire in Baudelaire”）和1939年的《波德莱尔的一些主题》（“Some Motifs in Baudelaire”）。根据本雅明的分析，都市漫步者是19世纪巴黎街头和拱廊街里无时不在、无所不在的一个人物，是“人群中的人”；但都市漫步仅仅是一种转瞬即逝的社会现象，代表了19世纪一个短暂时期的文化，象征着现代性的过渡性的一面（其另一面则是永恒的自

① 〔法〕波德莱尔：《恶之花》，第318页。
② 〔德〕本雅明：《发达资本主义时代的抒情诗人》，第143页。
③ 〔德〕本雅明：《发达资本主义时代的抒情诗人》，第143页。

我感)。[1] 随着法兰克福学派文化研究活动的推广，“本雅明经典”再度被人们挖掘出来，都市漫步者这个处于危险境遇中随时可能受到威胁，但却以犀利的目光扫视城市每一个角落的人物，也就成了社会学家、艺术史学家、文学批评家和文化研究者们的热门话题。那么，这个人物缘何而来呢？

严格说来，本雅明笔下的都市漫步者是互文的结果：波德莱尔的散文和诗歌(《巴黎风貌》[*Tableaux parisiens*]和《巴黎的忧郁》[*The Spleen of Paris*])、爱伦·坡的短篇故事、巴尔扎克的小说、狄更斯的信件、马克思的商品拜物教理论以及关于巴黎的历史文献，所有这些构成了本雅明塑造都市漫步者这个形象的文献资源，而最主要的源泉则是波德莱尔对爱伦·坡的翻译。[2] 前面提到，本雅明关于这个人物的著述活动都发生在1929年到1939年这10年之间，而他翻译的波德莱尔《巴黎风貌》却是于1923年出版的，这无疑确立了本雅明笔下的都市漫步者与波德莱尔作品中形形色色的相关人物的必然关联。这些人物主要出现在论波德莱尔的四篇文章中，而这些文章的思想也源自翻译活动，即波德莱尔从对爱伦·坡的短篇故事的翻译中获得灵感，直接或间接地塑造了都市漫步者的形象。因此，要追溯这个人物或这种文化现象的来龙去脉，就必须从本雅明翻译波德莱尔开始，而要探讨本雅明对波德莱尔的翻译，又不可避免地要追溯波德莱尔对爱伦·坡的翻译。于是，我们就由曾经无人问津的一个小小的文学人物涉及文学史、翻译史和思想史的重大问题，即思想如何在文学翻译的旅行中得以重写、改写和塑形。

第六节　作为改写的翻译

波德莱尔先后选译出版了三部爱伦·坡的《奇异故事集》(*Histoires extraordinaires*)，分别于1856年、1857年、1858年、1863年、1865年发表。他的第一部选集收入坡的13篇故事，按顺序是：《毛格街血案》(“The Murders in the Rue Morgue”)、《失窃的信》(“The Purloined Letter”)、《金甲虫》(“The Golden-Bug”)、《气球骗局》(“The Balloon-Hoax”)、《汉斯·普法尔无与伦比的冒险》(“The Unparalleled Adventure of One Hans Pfall”)、《瓶中手稿》(“MS. Found in a Bottle”)、《卷进大漩涡》(“A Descent into the Maelström”)、《瓦尔德马病例真相》(“The

① John Rignall, *Realist Fiction and the Strolling Spectator*, New York: Routledge, 1992, p. 9.

② Keith Tester, *The Flâneur*, London and New York: Routledge, 1994, p. 7.

Facts in the Case of M. Valdemar")、《催眠的启示》("Mesmeric Revelation")、《荒山的故事》("A Tale of the Ragged Mountains")、《莫来拉》("Morella")、《莱吉亚》("Ligeria")和《梅增杰斯坦》("Metzengerstein")。

从波德莱尔的选篇来看，排在最前面的是爱伦·坡三篇最佳侦探故事中的两篇，也就是批评家们所说的"迪潘三部曲"中的两篇，另一篇是在这两篇中间发表的《玛丽·罗热疑案》("The Mystery of Marie Rogēt")，被收入最后一部选集。他笔下的大侦探C. 奥古斯特·迪潘都在这三篇故事中出现。值得注意的是，波德莱尔选篇的顺序并不是按坡发表这些作品的年代顺序：其中，《瓶中手稿》发表于1833年，是坡发表的第二篇故事，《莱吉亚》发表于1839年，而排在第一篇的《毛格街血案》却发表于1841年，《失窃的信》发表于1844年，而对我们的话题非常重要的一篇故事《人群中的人》则写于这两篇侦探故事之前，发表于1840年，被收入第二部选集。

如果把坡写这些短篇故事的年代与波德莱尔最初创作《恶之花》的时间加以比较的话，我们可以看出，坡写这些故事的时候(1832年至1844年)，波德莱尔《恶之花》中一些诗篇实际已经写出(1843年至1844年)，这些诗篇"十二年后出版时，诗人无须改动什么了"。[①] 换言之，坡和波德莱尔几乎是在同一时期创作的，但这不能说明波德莱尔原创的《恶之花》与坡的短篇故事之间的直接影响是不可能的。实际上，当1852年波德莱尔的创作进入高潮期的时候，《恶之花》中只有20来首诗问世，[②] 而1857年出版的诗集却收入了100首。从1847年到1857年这十年间，波德莱尔翻译并出版了坡的三部作品集中的两部，这就是说，《恶之花》中有80余首诗是在波德莱尔翻译坡的故事时创作的，因此，对于当时"还是一位年轻诗人"的波德莱尔来说，不能不在主题、人物、意象乃至风格等方面受到坡的影响。"他曾把爱伦·坡大段大段的话径直移到自己的名下，而并未曾想到有声明的必要。"[③]

早在1848年7月15日，波德莱尔就在《思想的自由》(*La Liberté de penser*)上发表了他翻译的第一篇爱伦·坡的短篇故事《催眠的启示》。此

---

① 郭宏安：《论〈恶之花〉》，《恶之花》，第17页。

② 郭宏安：《论〈恶之花〉》，《恶之花》，第153页。

③ 郭宏安：《论〈恶之花〉》，《恶之花》，第20页。"有人指责我模仿爱伦·坡！您知道我为什么如此耐心地翻译坡的作品吗？因为他像我。我第一次翻开他的书时，我的心就充满了恐怖和惊喜，不仅看到了我梦想着的主题，而且看到了我想过的句子，他在三十年前就写出来了。"

前，即1847年，波德莱尔就已经读过了伊莎贝尔·摩尼埃女士翻译的《黑猫》(“The Black Cat”)和《玛丽·罗热疑案》，第一次接触到坡笔下的侦探人物。1850年，他在《南方文学信使》上读到了约翰·丹尼尔关于坡的一篇评论文章，深刻认识到了坡的象征主义及其对法国象征派的重要意义，[①] 在此基础上，他于1852年发表了《埃德加·爱伦·坡：生活与作品》一文，此后，坡就以一个在物质至上的社会中被异化的艺术家的形象成为波德莱尔想象中的重要成分，波德莱尔也是从这个时候开始以使徒般的热情翻译坡的作品的。波德莱尔逝世后，他妹妹于1869年整理出版了他的散文诗，题为“巴黎的忧郁”，其中坡的影响更加清晰可见。

毫无疑问，波德莱尔通过翻译坡的故事发现自己与坡之间存有一种紧密的情感纽带或亲和性：他们所共享的不仅是趣味、感觉和思维习惯，而且有具体的语言表达和深邃的精神沟通。坡能够帮助波德莱尔澄清自己关于“美”和“完美”等“模糊和混乱的”观点；翻译坡的作品能帮助波德莱尔解决他自己当时正面临的美学问题，即语言表达的问题。由此可以得出一个简单的结论：不管影响是直接的还是间接的，诗人波德莱尔与译者波德莱尔都与原作者坡达到了思想、情感和身份的认同，他选择翻译坡的作品不仅仅是出于自己创作的需要，而更多的是两位天才之间“不谋而合，早有灵犀，一见之下，立即心领神会，契合无间”的认同感和亲和性。[②]

那么，他所面临的美学问题是怎么解决的呢？诗人—译者波德莱尔在坡的作品中看到了哪些可以直接借鉴的审美因素呢？在给《奇异故事集》写的前言中，波德莱尔写道：

> 他之所以赢得思想者们的欣赏，不是由于他那些物质性的奇迹，不管这些奇迹给了他多大的名气，而是他对美的热爱，他对美的和谐状态的认识，他那深邃而易懂的、精心勾画然而又像水晶珠宝一样准确透明的诗歌——他那令人叹为观止的风格，纯洁而奇怪，像锁子铠甲上的锁扣一样紧凑，自得而细密，稍微一动就会把读者推向预期的目标——而最重要的，是他那非常特殊的天才，他那独特的气质，使他能用一种无瑕的、醉人的和可怕的方式描画和解释道

① Jonathan Culler, “Baudelaire and Poe”, in *Zeitschrift für Französische und Literatur*, 1990, pp. 61-73.

② 郭宏安：《论〈恶之花〉》，《恶之花》，第20页。

德秩序中的例外。

在他那里，每一部作品的开头都是引人入胜的，把读者一下子卷入漩涡，而无突如其来之感。他的庄重唤醒了思想，使思想始终保持着警觉。人们感觉到某件严肃的事情正在缓慢地、一点一点地展露出来，它的全部意义就在于智力的某种不易察觉的偏离，就在于某种大胆的假设，就在于在各种能力的混合中掺入一剂不重要的自然。读者仿佛进入五里雾中，跟随着作者进行兴致盎然的推断。

我再说一遍，没有人能以更大的魅力讲述人生和自然的这些例外，大病初愈之人那热烈的好奇心，季节之末充满的那些令人倦怠的光辉，在潮湿和薄雾缭绕的闷热天气中，南来之风使神经像琴弦一样松弛和扩张；使双眼充满了并非来自心灵的泪水；那幻景先是令人怀疑，不久就令人信服，变成了书中无数种推理；荒诞置身于理智之中，以压倒一切的逻辑支配着理智；歇斯底里占领了意志的地盘，在神经与思想之间构筑起一道矛盾的墙壁，不和谐的态度甚至要用笑来表达悲伤。

爱伦·坡喜欢让人物在绿色或紫色的背景中运动，那里腐尸发出磷光，飓风卷来臭气。毫无生气的自然参与了生物的本性，如生物本性一样发出了超自然的痉挛般的震颤。空间的真相是通过鸦片来了解的；因为鸦片给一切色彩添加了魔幻的色调，使每一声聒噪发出最响亮的颤音。有时，那些壮丽的场面充满了光和色，突然在大地上展露；在最遥远的天际，我们看到了东方的城市和宫殿，太阳给覆在这上面的薄雾洒下了一片金光。

坡的人物们，毋宁说就是坡的性格，那些睿智的人，神经舒缓的人，以热烈的坚韧不拔的意志蔑视一切困难的人，他的目光像利剑一样紧盯着那越是凝视就越大的物体——这就是坡本人；他笔下的女人，光彩照人而身罹疾患的女人，即将死于上千种怪病的女人，她们用一种颇似音乐的声音说话，那还是坡本人；或至少就她们怪异的向往，她们的知识，她们那不可救药的忧郁而言，她们都十分明显地参与了其造物主的本性。①

从风格到主题，从情节到人物，从语言到怪诞，从矛盾的二元对立到辩证的有机统一，他对坡的这些赞赏和评论都表明波德莱尔自己的创作已经不知不觉地受到了坡的影响，实际上无一不是他自己作品的生动写照。

乔纳生·卡勒认为波德莱尔与坡的“相遇”主要是因为波德莱尔也把坡当作一位和自己一样的“被诅咒的诗人”(*le poétemaudit*)；他既是法国所陌生的外国人，又是美国所不熟悉的陌生人。② 按照新英格兰盛行的清教伦理准则，他是“施虐—受虐狂、嗜酒狂、瘾君子、狂躁型忧郁症患者、性变态和自大狂”；从艺术创作的角度来看，他是艺人，对世界满怀强烈的感性，内心里充满了恐惧，专注于别样的理智，陶醉于抒情的狂喜；而在风格上，他善用“马虎的韵脚”、“粗劣的句法”、“可怕的措辞”，更有对词语意义的“不负责任”，充其量是“押韵短诗的作者”。艾略特称坡为“青春期之前的才子”；詹姆斯说他的热情“是绝对原始阶段的反思的标志”；而哈罗德·布鲁姆则公然称坡为“法国的坡”：他具有亲法情结(故事的背景和人物经常都是法国的)；他在法国受欢迎是一个“丑闻”，一个“高卢神话”，他那些“可怕的措辞似乎需要有一种庄重的面具来掩盖一种合格的法语翻译”(这里也隐晦地批评波德莱尔的翻译是不合格的)。③

对坡的这些批评实际上也是波德莱尔于创作之初所遭遇的厄运。也许正是由于这种厄运，波德莱尔才在坡身上看到了自己的影子，看到了自己作为一个“被诅咒的诗人”的“他我”，承受着与坡一样被悲惨地在额头刺上了“倒霉”字样的命运。也许，文学史的迷人之处就在于，它能使我们在波德莱尔和坡这样两位天才作家之间看到一些惊人的相似之处。坡与波德莱尔之间不仅在主题、题材、风格、语言、意象、思想、态度等方面极其相似，而且身世也差不多相同：坡两岁时父母几乎同时病逝，由于长得漂亮而被一个没有孩子的富商收养；波德莱尔六岁丧父，母亲

① Baudelaire, “Edgar Allan Poe: His Life and Works,” introduction to *Les Histoiresextraodinaires*, in *Edgar Allan Poe: The Critical Heritage*, ed. Ian Walker, London and New York: Routledge, 1986, reprinted 1997, pp. 403-412. 译文参照了郭宏安的译文，《波德莱尔美学论文选》，第187～189页。

② Culler, “Baudelaaire and Poe”, p. 64.

③ Andreas Wetzel, “Poe/Baidelaire: Poetics in Translation,” in *Cincinnati Romance Review*, vol. 6, 1987, pp. 59-62.

改嫁，生活在身为资产阶级军官的继父的屋檐下；坡经过几番周折最终没有得到继承权而于18岁时离开养父母，独立门户，自费出版第一部诗集时甚至没有自己的姓名，署名“波士顿人”；波德莱尔为了不与资产阶级同流合污，于17岁时离家出走，开始闯荡江湖，为后来的创作积蓄力量。也许正是两人惊人相似的身世决定了他们之间的精神契合，或者说决定了波德莱尔对坡的认同。他在第一次读到摩尼埃女士的译本时就刹那间产生了与这位“怪诞”作家之间的亲和性和认同感，因此决定要翻译——确切说是要改写——这位美国诗人。正是波德莱尔的翻译和改写使当时在美国只以通俗、侦探和恐怖故事知名的小人物坡，曾受爱默生、詹姆斯、马克·吐温等大作家奚落的通俗作家坡，在大洋彼岸成了文学圣人，影响了马拉美、瓦莱里、兰波和波德莱尔本人在内的象征派诗人，以及画家夏尔·梅伦。无独有偶，这出悲剧后来在威廉·福克纳身上再度重演（20世纪40年代中期，福克纳的作品除《圣殿》外其余都已在美国绝版，但让-保尔·萨特的翻译和评论使福克纳首先在法国走红，继而又在美国复兴，成为战后美国第一个诺贝尔奖得主）。

另一方面，波德莱尔选择翻译坡的作品也是他抨击资本主义社会的时弊、痛斥资产阶级感性迟钝的精神状态、嘲弄美国民主制度的平庸和粗俗的利器，这也构成了《恶之花》及其后续作品的想象基础。[①] 在波德莱尔看来，美国对于坡是“一个巨大的牢笼，一间硕大的账房，他的整个一生都为逃离这种敌意氛围的影响而付出坚韧不拔的努力”。[②] 波德莱尔和坡都努力要逃避充满敌意的社会现实。对于坡那是“煤气灯罩下”隐藏着“巨大野蛮”的美国生活，是一个“贪婪的、渴望物质的”世界。这个现实也是波德莱尔的现实。“与爱伦·坡的接触，加深了波德莱尔对资本主义社会的痛恨，同时也助长了他的神秘主义和悲观主义倾向。”[③]在这个意义上，翻译坡的作品就不是一种翻译职业上的倾向性选择，而是出于审美情趣而对原文的改造，通过与坡的思想达到认同，尽可能准确地呈现坡的原叙述，来重组坡的感情和思想：他胸中郁结的愤懑，他在人群中倍感的孤独，他那不为世人所理解的痛苦，他那顾影自怜的高傲，甚至他那哀婉凄清的诗歌、阴郁离奇的故事和惊世骇俗的文章，都成了波

① Culler, “Baudelaaire and Poe”, p. 64.

② Lois and Francis E. Hyslop, Jr. (trans. and ed.), *Baudelaire on Poe: Critical Papers*. PA: Bald Eagle Press, 1952, p. 32.

③ 郭宏安：《论〈恶之花〉》，《恶之花》，第20页。

德莱尔自己的。[①] 与坡的相遇把波德莱尔改造成了他自己，诗人通过与另一个主体的相遇而生成了自我。

在这个意义上，译者的任务就是控制原文，重塑原文，颠覆系统的信息交流和直译的可能性，颠倒最初慑服译者、使他决定进行翻译的那种关系，给原文添加表面上看似缺乏但实际上却隐含于深层的一种意义和结构，这是译者自己的意义和结构，同时，通过对原文意图的发明和欣赏而提供一种理论的连贯性。这就是波德莱尔翻译坡的作品的“意图”和做法，一种摹仿和改写的翻译，一种既忠实地复制又诗意地重写的翻译。在这种翻译中，译者就是作者。

第七节 作为侦探的译者

波德莱尔的译文集为什么没有按出版的年代顺序排列坡的故事？为什么把《毛格街血案》和《失窃的信》放在开篇？或许是因为这两篇故事中的侦探与波德莱尔笔下的都市漫步者有某种渊源关系。从坡的创作顺序来看，他的“迪潘三部曲”是于 1841 年到 1844 年创作的，都是以巴黎为背景、讲述巴黎的一位落魄公子哥儿的故事，坡也因此被说成“具有法国情结”。这位公子哥儿出身“名门”，“不料命途多舛，就此沦为贫困，以致意志消沉，不思发愤图强，也无意重整家业”。他有一个怪癖，就是“为了深夜的魅力而偏爱深夜”。“等到时钟预报真正的黑夜来临……就和我（叙述者）臂挽臂地溜到大街小巷，或者继续日间的话题，或者到处游荡，走得老远老远，逛到深更半夜，在人烟稠密的城里，闪闪灯火和幢幢黑影中，寻求无穷的精神刺激，这种精神刺激只有默默观察才能领略得到。”[②]正是由于寻求刺激和乐于默默观察，迪潘才成了大侦探，他非凡的推理能力使他成为此后 150 年来侦探小说的原型人物，他的造物主也成了侦探小说的鼻祖。

把坡的侦探故事放在故事集之首，说明这些故事或故事中的侦探人物对于“译者波德莱尔”非常重要，而与其说侦探这个人物对于他非常重要，毋宁说侦探人物与“诗人波德莱尔”所描写的都市漫步者形象有着必然的逻辑关系。如果说，坡其人其作已经成为波德莱尔创作想象的必要成分，那么，波德莱尔也必然会在坡塑造的侦探迪潘这个人物身上看到

---

① 郭宏安：《论〈恶之花〉》，《恶之花》，第 20 页。

② 刘象愚选编：《爱伦·坡精选集》，第 164～165 页。

“漫游者”坡的影子。真实生活中的坡是个“不固定的怪诞的人”，“脱离轨道的行星”，“不停地从巴尔的摩到纽约，从纽约到费城，从费城到波士顿，从波士顿到巴尔的摩，从巴尔的摩到里士满”。[①] 这无数次伤心的旅行铸就的是“伟大而具有独创性的人”，“人群中的孤独者”，“一个如此孤独如此深为不幸的人，一个能够经常把一切社会制度看作违反常理看作骗局的人，一个受到无情命运的纠缠而常常说社会不过是悲惨的人们的混合……的人，一个自幼就被抛到自由生活中去碰运气的人，一个头脑被艰苦而持续的工作包围的人”，有时“为了逃避这一切躲进了昏天黑地的醉意中”的人，[②] 更重要的，一个善于思考而富于思想的人，这样一个人难免不对周围环境进行敏锐的观察，难免不对这些观察进行细密的推理，难免不把这些推理升华为对资本主义社会的诗意的批判。可以毫不夸张地说，坡本人就是他作品中的侦探，就是穿梭于伦敦街头的“人群中的人”，也是波德莱尔笔下在巴黎拱廊街上随波逐流、“游手好闲”的都市漫步者。

一个值得注意的事实是，坡笔下的侦探迪潘虽然与都市漫步者有某些相似之处，但并不是都市漫步者最早的原型。二者都从事观察和测绘都市图景的工作，都熟悉和采用古老的伪科学——面相术——的方法，都为都市街头的人群景象而陶醉，但两者之间仍存有一些重要的差别：侦探的观察是理智的，有明确指向的，必须要达到预期的社会目的；都市漫步者的观察是直觉的，漫无目的的，毫无社会指向。二者都是“人群中的人”，但侦探在人群中搜索的目标是固定的，寻找的是与特定案件相关的蛛丝马迹，他的活动总是集体的，他的证据总是确凿的；都市漫步者的目标是任意的，寻找的是“人群中的快感给予他数量倍增的愉悦”，[③] 他的活动总是个体的，他不寻找证据，而时刻都有转化为被动的商店橱窗的浏览者或消费者的可能。二者都对都市世界抱有由衷的好奇心，但侦探的好奇心总是与功利性和目的性紧密联系在一起，是理性的；都市漫步者的好奇心却总是与童年、与艺术相认同，是直觉的或本能的。在《现代生活的画家》中，波德莱尔称现代画家康斯坦丁·居伊（G先生）的天才始于他的好奇心，继而将其与早于《毛格街血案》一年发表的《人群中的人》的叙述者联系起来，而这个叙述者才是我们所说的都市漫步者的最早原型。

---

① 〔法〕波德莱尔：《波德莱尔美学论文选》，第169页。

② 〔法〕波德莱尔：《波德莱尔美学论文选》，第184～185页。

③ 〔德〕本雅明：《发达资本主义时代的抒情诗人》，第76页。

在波德莱尔眼里，这篇故事是出自“本世纪最有力的笔”的一幅画。画中，“一个康复的病人……刚刚从死亡的阴影中回来，狂热地渴望着生命的一切萌动和气息。因为他曾濒临遗忘一切的边缘……他投入人群，去寻找一个陌生人，那陌生人的模样一瞥之下便迷住了他。好奇心变成了一种命中注定的、不可抗拒的激情”。[①] 这里，我们不费任何气力就能看到大病之余得到强烈色彩印象的“现代画家”，其实就是大病初愈对一切都备感新鲜地去追逐“人群中的人”的人，他对世间万物怀有一种狂躁的好奇心，“哪怕最平淡无奇的事物，（他）都怀有浓厚的兴趣。……儿童看什么都是新鲜的……儿童专心致志于形式和色彩时所感到的快乐比什么都更像人们所说的灵感。……（他）那种直勾勾的、野兽般出神的目光应该是出于这种深刻愉快的好奇心”。[②] 这种出自童年的好奇心成了都市漫步者窥视都市景象的驱策力。虽然他的观察看上去是漫不经心的，倦怠的，超然的——其懒散的步态、冷漠的表情、毫无社会责任感的旁观者姿态，使他成为现代都市的局外人，然而，他对事物那种冷静但有些过分好奇的兴趣，对城市行人的抽象和概括的观察，包括商人、职员、扒手、赌徒、纨绔子、军人、小贩、乞丐、流浪汉、醉鬼、妓女、卖馅饼的人、脚夫、装卸工、清扫工、耍猴者各色人等，各色身材、服饰、神态、步态、外表和面目表情，其观察之细腻使他成为当之无愧的侦探，但对都市的阅读、理解和批判要远较侦探细腻、可信和深刻得多。

令人惊奇的是，上面对现代画家的描绘把坡的“人群中的人”，一个个体，改造成了波德莱尔笔下的“人群”，一个集体。坡的“人群中的人”如波德莱尔的“漫游者”一样“绝不独处”：[③] “如天空之于鸟，水之于鱼，人群是他的领域。……（他）生活在芸芸众生之中，生活在反复无常、变动不居、短暂和永恒之中……身居世界的中心，却又为世界所不知。”[④] 然而，对于活跃而多产的诗人来说，孤独和人群是同义语。“谁不会让他的孤独充满众人，谁就不会在繁忙的人群中孤独。”[⑤]“漫游者”是孤独而沉思的；他在与人群的普遍接触中“汲取一种独特的醉迷”，这是诗人的无与伦比的特权；他就像寻找躯体的灵魂，任何躯体对他都是敞开的；他就像“享受人群”的艺术家，表现出“对家居的痛恨和对出游的激情”，

① 〔法〕波德莱尔：《波德莱尔美学论文选》，第479～480页。

② 〔法〕波德莱尔：《波德莱尔美学论文选》，第480页。

③ 刘象愚选编：《爱伦·坡精选集》，第159页。

④ 〔法〕波德莱尔：《波德莱尔美学论文选》，第481～482页。

⑤ 〔法〕波德莱尔：《巴黎的忧郁》，郭宏安译，广州，花城出版社，2004，第1版，第29页。

把“品尝狂热的乐趣”和“不可言喻的狂欢”全部奉献给意外出现的行人。[①]不知是有意照搬还是出于无意，波德莱尔甚至引用了坡所引用过的拉布吕耶尔的那句话：“不能离群索居是多么的不幸啊!”这里再清楚不过的是，对于波德莱尔和对于坡一样，最大的快乐在于对沉浸于人群之中的迷醉，因为这种迷醉就是享受孤独。毕竟，帕斯卡尔也认为“几乎我们所有的痛苦都来自我们不善于在房间里独处”。[②] 难怪“人群中的孤独”以及“孤独的人群”竟然成为20世纪社会学家和哲学家思考的热门话题。

实际上，坡的“人群中的人”是个极其复杂的人物。他既是故事中在人群中追踪“重罪犯”的叙述者，又是在人群中被叙述者跟踪的人；他们两人其实都在享受人群中的孤独。然而，叙述者在享受孤独的时候充当了侦探，被跟踪的人则在享受孤独的时候成了被破译的“一本不让人读的书”，因为叙述者/侦探最终也没有弄懂这本书，除了跟踪之外，“我了解不到关于他的任何情况，也不了解他的行为”。[③] 于是，作为都市生活观察者的“重罪犯”和跟踪他的叙述者/侦探便在描写观察的文学文本中成了被观察的对象，而观察的主体则是作者爱伦·坡。进而推之，如果翻译的过程就是对原文进行破译的过程，就是在源语言和源文化中寻找意义和表达的蛛丝马迹的话，那么，译者无疑就是侦探。大侦探迪潘在分析案情的时候不是在破解语言之谜吗(《失窃的信》)？或者说，他不也是在努力完成译者的任务吗？于是，译者也就和作者一样成了观察的主体，都在从事侦探的工作，因而也在从事都市漫步者的“观看”的工作。当本雅明在20世纪三四十年代通过波德莱尔观察19世纪的都城巴黎的时候，我们就有了一个意义生产的链环：本雅明观察波德莱尔观察坡，或本雅明译波德莱尔译坡。[④] 这条意义生产的链环转而变成了一条思想旅行的路线，也就是观念或思想得以生成的一条逃逸线。

第八节 思想在翻译中的旅行

那么本雅明是如何通过波德莱尔观察19世纪的巴黎的呢？我们知道，本雅明研究的“波德莱尔笔下的第二帝国时期的巴黎”是拿破仑三世

① 〔法〕波德莱尔：《巴黎的忧郁》，第29～30页。

② 〔法〕波德莱尔：《巴黎的忧郁》，第64页。

③ 刘象愚选编：《爱伦·坡精选集》，第160页。

④ John Rignall, *Realist Fiction and the Strolling Spectator*, New York: Routledge, 1992, p. 10.

执政时期的1852—1870年的巴黎，经历了从狭窄的街垒到宽敞的拱廊街的改造。1852年是波德莱尔进入创作高潮的起点，是他把目光转向巴黎风貌、着力描绘资本主义大都会丑恶面貌的时期，因此也是他在恶之花园中漫游、走向地狱而不复归的时期。这时期他所面对的是作为资产者的读者，描写的是“谬误、罪孽、吝啬、愚昧”，“奸淫、毒药、匕首和火焰”，以及代表七宗罪的“豺、豹子、母狗、猴子、蝎子、秃鹫，还有毒蛇”(分别代表骄傲、嫉妒、恼怒、懒惰、贪财、贪色、贪食)，而“更丑陋、更凶恶、更卑鄙”的罪恶则是“厌倦”和“忧郁”。[①] 也许正是第二帝国时期的巴黎的这种“风貌”吸引了马克思主义文化批评家瓦尔特·本雅明的注意，使他与《恶之花》的作者产生了天才的契合。

本雅明于1919年7月开始翻译波德莱尔的《巴黎风貌》(妻子朵拉当时正考虑撰写或翻译一部侦探小说)，1923年10月以《夏尔·波德莱尔：巴黎风貌》为题出版，只发行了500册，但为译本写的序言《译者的任务》却成了语言哲学研究和西方翻译思想史上的一个里程碑。1925年，他翻译了马塞尔·普鲁斯特《追忆似水年华》的前几卷；1927年开始了宏大但没有完成的《拱廊计划》。与坡一样，本雅明也似乎有某种不解的巴黎情缘。虽然薄薄的《巴黎风貌》译本在本雅明卷帙浩繁的著述和博大精深的哲学、文学和文化研究中只是沧海一粟，但他重彩着墨的波德莱尔以及波德莱尔笔下的巴黎却在他的作品中举足轻重，对后世的城市文化研究发生了不可估量的影响。

前面提到，本雅明发表了四篇论都市漫步者的重要文章，除第一篇外，其余三篇都收入了《夏尔·波德莱尔：发达资本主义时代的抒情诗人》。第一篇《都市漫步者的回归》是他1927年在柏林逗留期间为室友弗兰茨·黑塞尔的《漫步柏林》写的一篇书评。文中，他追述了漫步者黑塞尔信步走进一个变成了现在的过去的柏林，把这座城市改造成了一种记忆术。于是，城市就变成了一本书(正如伦敦对于坡的叙述者是一本读不懂的书)，“一本彻头彻尾的史诗，一本不是把记忆作为源头而是作为缪斯的书”；[②] 它对于本地人和游客意味着不同的经验环境：本地人总是可以在城市的偏僻角落、一石一瓦中挖掘出童年的记忆，因为他没有白白

① 郭宏安：《论〈恶之花〉》，《恶之花》，第33页。

② Walter Benjamin, *Selected Writings*, *Volume* 2, 1972—1934, trans. Rodney Livingstone and others, edited by Michael W. Jennings, Howard Eiland, and Gary Smith, Cambridge, Massachusetts, and London: The Bleknap Press of Harvard University Press, 1999, p. 262.

在那里度过童年；而游客则走马观花，流于城市的表面和风景，只是在城市的空间里穿梭，但无法进入它的历史。在这个意义上，空间是进入时间的入口。城市里的每一条街道都是令人眩晕的一次经验，都把读者带入不仅仅属于作者本人的过去；他每走一步都会与柏油路发生共鸣，人行道上闪亮的燃气灯都会给双重的地面投上一束含混的光。而对孤独的漫步者来说，城市不仅仅意味着他自己的童年，不仅仅是他自己的过去，而揭示了我们以为最终已经归为过去的那种无止境的都市漫步。[①] 那么，柏林的漫步者是从哪里归来的呢？

他从某个不太遥远的过去归来，但不是柏林的过去，更不是罗马的过去。“漫步者是巴黎的创造。”阿波利奈尔和莱奥托[②]的作品是描写都市漫步的“最后经典”。伟大的回忆，历史的震惊，大艺术家的故居和皇族宫殿，这些都是都市漫步者留给外来游客的垃圾，而他所着迷的则是“跨过一道经过风吹雨淋的门槛，触摸任何一只老狗都会叼走的一片瓦”。正是巴黎人自己把巴黎变成了漫步者的天堂，成为“由活生生的人构成的景色”，也将其分割成辩证的两极：向漫步者敞开的外部景色和把他包围在内的客厅。而柏林人则“只想在城市里看到农村的景色”：动物园里神圣的树丛，从帐篷里感伤地看到树上的纷纷落叶，冬日里湖面上的八字形滑冰花样，以及秋天里从木桥下划过的浪漫小船。即便所有这些都不存在的话，柏林人也只想看到高架铁路上方一望无际的蓝天，层峦尽染的道道山脉，远离尘嚣的静谧小巷，和像远山一样空洞地反映时日的城内小区。一句话，柏林人仍然把城市和自然对立起来，因而没有更加充分地领略他们的城市。城市对他们来说意味着房屋建筑，而不是街道橱窗。房屋意味着居所，是永不停步的漫游者得以歇脚的地方。即使在这些歇脚的房屋内部，善于在房屋建筑之间体验、学习、认知和想象的那些漫步者们，也仍然没有停止观察。无论在哪里驻足，他们都在寻找意象。漫步者是精灵居所的神甫：他们以牧师的尊严、侦探的直觉、无所不知的博识搜索出藏在门槛下的家神和古代家居文化的丰碑。吉甸[③]、门德

① 参见〔德〕本雅明：《发达资本主义时代的抒情诗人》，第133～136页。

② Paul Léautaud (1872—1965)：法国作家和批评家。

③ Sigfried Giedion(1888—1968)：生于波西米亚的瑞士建筑史学家和批评家；著有《空间与建筑》和《机械化的主导》，对当代艺术产生了重要的概念影响。

尔松[①]和勒·柯布西耶[②]已经把人类居所转变成每一种可以想象的像光波和空气一样透明的过渡性空间。只有感觉到"现代性"已经来临的人才能对刚刚陈旧的过去投以新奇的一瞥。[③]

这一瞥是残酷的，因为从这一瞥中，波德莱尔认识到城市的变化比人心变得还快。"我们只能看到那些看我们的东西。……我们只能做我们禁不住要做的事。"这就是本雅明所阐释的、黑塞尔所深刻领悟的"漫步者的哲学"。巴黎与柏林之间的最大区别就在于柏林抵制漫步，视漫步者为疑犯；而在巴黎，漫步者则很轻松地"摆脱哲学家的理想而去街头漫游，到社会的丛林里亲眼观察豺狼的特征——这就是坡在'人群中的人'中予以肯定描述的人"。[④] 毫无疑问，这里，他把坡笔下的"人群中的人"视为漫步者。但在《波德莱尔的几个主题》中，本雅明认为，波德莱尔直接把坡笔下的"人群中的人"与漫步者相提并论(或者说把"人群中的人"直译成"漫步者")的观点"难以接受"。他认为"人群中的人绝非漫步者"。[⑤] 二者之间的区别似乎在于：巴黎的都市漫步者能在经过现代性改造的巴黎街头看到能唤起旧时记忆的东西，也就是他在《技术复制时代的艺术品》中所说的"光晕"；而伦敦的"人群中的人"就像柏林街角上的孩子一样，没有什么理由激励他到别的地方去漫步，街角就仿佛他的家。[⑥] 在《波德莱尔笔下的第二帝国的巴黎》的第二节"都市漫步者"(又译作"游手好闲者")中，本雅明明确指出，如果不是豪斯曼改造了巴黎街道，使第二帝国时期的巴黎拥有了独特的新发明——拱廊街，那么，街头就不会成为"漫步者的居所"，漫步者也不会在人群中扮演侦探的角色，在无所事事的背后隐藏着"不放过坏人的警觉"，爱伦·坡的侦探小说《玛丽·罗热疑案》也就不会被波德莱尔改写成"给一位过路的女子"了。接着，他又亲口谈到坡的《人群中的人》，而且说在伦敦的人群中步行的身份不明的人就是"都市漫步者"。据他的分析，这个漫步者不喜欢独处，每当感到孤独时就混迹于人群之中。而"波德莱尔喜欢孤独，他喜欢的是稠人广坐中的孤

① Erich Mendelsohn(1887—1953)：德国犹太建筑师，20世纪20年代以表现主义建筑著称，为百货商店和电影院设计了一种能动的功能主义建筑。

② Le Corbusier(1887—1965)：瑞士-法国建筑师，在现代建筑和城市规划的发展真起到了决定性作用。

③ Benjamin, *Selected Writings*, *Volume* 2, 1972—1934, p. 264.

④ Benjamin, *Selected Writings*, *Volume* 2, 1972—1934, pp. 263-264.

⑤ 〔德〕本雅明：《发达资本主义时代的抒情诗人》，第143页。

⑥ 〔德〕本雅明：《发达资本主义时代的抒情诗人》，第144，170页。

独”。[1] 这里，在本雅明看来最重要的是人群，是熙熙攘攘的百货商店，是商品琳琅满目的市场，是用钢铁和玻璃建造的，把历史与现在、室内与室外、私人场所与公共空间相连接的拱廊通道。坡的时代有没有这些设施都无关宏旨，重要的是他让不喜欢孤独的人走进路灯摇曳的黄昏微光之中，他让波德莱尔有了对大城市的无数自然和痛心的“惊颤”体验，从而写出了描写惊奇、重复、反感、恐惧、忧郁等情绪的诗篇，构筑了本雅明所分析的现代和当代城市经验的原型。在本雅明眼里，波德莱尔是一个在充满寓意的城市里描写人群和街道的充满寓意的诗人。在这个意义上，本雅明起初在都市漫步者这个人物身上表现出的矛盾性就在对城市和城市人群的体验中化解了。

无论是坡笔下的侦探或“人群中的人”，柏林的漫步者黑塞尔，还是波德莱尔诗中的漫游者或“人群”，他们最大的特点就在于他们共有的寓意。他们的忧郁，他们的凝视，他们的孤独，都表现了他们作为文人、艺术家和诗人的气质。城市的空间，城市的人群，城市的公开性，是他们的艺术和生存赖以获得保障的环境和条件。他们由于寻找生命的意义而从私隐的家居生活中走向街头，沐浴在大众的随波逐流之中；他们为了快速抓住稍纵即逝的现代性而保持十分的警觉，却又要给这警觉戴上一层无所事事的面纱；他们为了理解、参与和描绘现代都市这个巨大的垃圾场而不惜成为与拾垃圾者相伴为伍的游手好闲者、流氓阿飞、纨绔子弟，以呈现堕落时代的英雄主义的最后一线光辉。波德莱尔的诗人是街头大众的君主；他可以随意戴上任何一种面具，随意成为他自己或成为任何一个别人，随意探寻城市环境中恣意流动的人群的秘密，乃至人群中任何一个隐蔽的灵魂；他的存在取决于构成城市景观的偶然性。波德莱尔的诗人和艺术家能够改造事物的外表，能够在寻求满足的过程中埋葬令人不满的东西，从而改变否则便是痛苦的生存。他哀叹给他带来深深的耻辱和忧郁的巴黎，以不可抗拒的激情描写现代生活的画卷，但他没有被大城市以及代表大城市之现代性的资产阶级所压倒。他是现代性的英雄。

如此看来，本雅明在读者面前呈现的就是用波德莱尔的透镜透视过的诗人，用波德莱尔的阅读理解的坡的侦探，以及用波德莱尔的诗歌和散文描绘的巴黎现代生活的画家。在1927年开始的《拱廊计划》中，都市漫步者是与街头时尚、建筑表面、空间形式等紧密联系在一起的。他是

---

① 〔德〕本雅明：《发达资本主义时代的抒情诗人》，第68页。

都市生活的独特产物，是都市景观的辩证观察者，是在拥挤的大众中晃动的城市之魂。在他眼里，街道始终是开放和封闭的二分法，房屋建筑既表面呈现了光怪陆离的幻影，又是公民的居所；他既可以睁大眼睛目空一切地环视周围的景致，同时又能以侦探的眼光注视着随时会令他感到触目惊心的震颤。他是街头符码的破译者。他是被抛到人群中的商品，是在商品的迷宫里唤起童年记忆的梦醒者，也是在城市幻景中恣意穿行的梦游者。在本雅明看来，都市漫步者一旦变成商品，或履行了商品的功能，他作为都市漫步者的短暂存在就结束了；他对商品的陶醉反倒使自己成了消费者瞩目的商品，他以前变动不居的游荡现在也像商品一样被固定在特定的销售地点，被异化成时尚和商品，成为无常变化的历史境遇的一面镜子。而作为活生生的一个人的都市漫步者也就随之而成为一个概念，既是一个分析工具，又代表着一种生活方式，是工业革命之后与旅游同时出现的一个文化现象，具有社会的和审美的价值。

然而，一个不容忽视的事实是，这样一个概念是本雅明在翻译波德莱尔的《巴黎风貌》时形成的。换言之，波德莱尔在翻译爱伦·坡的短篇小说时为诗歌捕捉到了灵感与天才的契合；本雅明在翻译波德莱尔的诗歌时又重新为哲学史和文化史捕捉到了这种灵感和契合，这就是“人群中的人”和侦探这个人物给两位天才作家的启示。实际上，本雅明在翻译中把坡的“人群中的人”误译成“Flâneur”，并用该词交替指代坡、波德莱尔或在现代都市的人群里捕捉“光晕”的人。在这个意义上，作为译者的本雅明也是一个漫游者，一个在语言中漫游、通过语言的拱廊在文化中游荡的人。如他在《译者的任务》一文中所说，译者的任务是要“对所译入的语言发生意图影响，使之产生原文的回音”。译者的目的不同于诗人的目的，因为“译者针对的是语言的整体，把外来语言中的个别作品作为出发点；而诗人的意图则是自发的、原始的、图示的；译者的意图是派生的、终极的、构思的”。但在翻译过程中，译者为了实现这个目标，就要像侦探一样窥见两种语言(目标语和源语言)的异同，挖掘出他们背后隐藏的东西；就要像漫步者一样在两种文本中往返穿梭，寻找步步逼近“纯语言”的一个个“惊颤”；也要像诗人那样富有创造性，使语言超越文明或经济交际的特定局限性，提供抵制语言交流范式的思想洞见。于是，外在于忠实、典雅、达意的翻译就出现了。与巴黎的拱廊街一样，这些外在于语言的东西与语言内部的东西构成了一种辩证的统一，思想便在这种统一的缝隙中流淌出来，汇集成人类智慧的洪流。

翻译给人带来的启示是语言之外的东西，正如城市给漫步者带来的启示是城市本身所不能再现的东西。我们从本雅明译波德莱尔、波德莱尔译坡的经验中所学到的是，语言之间的交流远不限于词与词的转换，词语的背后是思想和文化的旅行。翻译中的叙述一旦超越了语言正常的传达能力，超越了人的正常理解能力，翻译就走出了常规，就为思想者点燃了思考的火花，为创造者提供了发明的机会，也为语言本身提供了“口吃”的条件。如果还用本雅明的一个隐喻来说明的话，那么，这种翻译的价值是直译者/游客所看不到的，只有创新的译者/漫步者才能观察得到。

第七章 文学与教育：阅读的艺术

第一节 回归经典

我们应该读什么书？怎么读？这个问题不仅关涉当下文学界热议的经典重读问题，而且关系到大学文学教育乃至整个高等教育如何发展，人文学科的命运，以及整个国民素质如何提高的问题。为了更加清楚地说明这个问题的严重性，进而将其与当下大力提倡的经典阅读、经典重读以及大学生素质教育联系起来，不妨先看看美国教育史上发生的两件事。

第一件事发生在 1871 年，美国出版了一本书，即《书与阅读：或，我该读什么书？我该怎么读？》(Noha Porter，*Books and Reading*：*Or*，*What Books Shall I Read and How Shall I Read Them*?)。书出版的当年，作者诺亚·波特当选为耶鲁大学校长。另一件事是，从 1869 年到 1909 年任哈佛校长的查尔斯·威廉·艾略特提出的"五英尺书架"计划(Five-Foot Book-Shelf)，他在多次演讲中提出让学生每天用 15 分钟的时间阅读经典，即非专业书籍的人文经典，四年毕业后所读的书可以摆满一个五英尺长的书架(初定是三英尺)，以此来实现文理教育(liberal arts education)和通识教育(general education)所确立的宏大目标。他还亲自和英语系教授威廉·奈尔逊选编了 50 卷必读经典，每卷 400～450 页；该系列经典于 1910 年出版，史称"哈佛经典"。①

那么，"五英尺书架"的计划是在什么样的背景下形成的呢？首先是 19 世纪末美国研究型大学的兴起。这种研究型大学的特点总体来说就是知识的专门化。越来越复杂的先进资本主义经济和科学的发展需要有大量可供专门利用的知识，在职业领域内也造成了对专门技术工人的大量需求，进而导致了知识的职业化和职业的专门化。大学恰好在两种意义上能够满足这一需求。"首先，它是授予资格的一种机构，为未来的职业

① A. Walton Litz，Louis Menand and Lawrence Rainey，eds.，*The Cambridge History of Literary Criticism*：*Vol VII*，*Modernism and the New Criticism*，Cambridge University Press，2000，Introduction，p. 10.

成员提供培训，并授予学位。其次，它把知识职业化，通过学科——即院系——组织专家，实际上垄断了生产学者的行业。”①不消说，研究型大学变成了专门人才（也即专家）的加工厂。它力主培养的是各个学科领域内的领军人物；他/她能够主持一个独立的研究领域，有清晰界定的主题和方法论；而一个独立的研究领域一方面要能够依据自然科学的模式来衡量进步，另一方面则必须确定科学和客观的资格和标准来促进和奖励新知识的生产。在这个意义上，现代研究型大学催生了一批具有学术专家水平的新知识分子阶层，他们肩负着研究和职业的双重使命，促成了一种职业化经济和一种执迷于纯科学的知识文化。但随着知识的细化、学生人数的急剧增加和学科的功利性需求，人们开始思考大学的使命究竟是什么这一问题。如果大学的功能不仅仅是学术的职业化和教育的功利性，那它也必然要满足一种非功利性的需求，也必须肩负起民主社会中通识教育（或文科教育、非专长教育）的使命，这就要求现代大学必须把文学艺术欣赏与职业训练结合起来，即除培养职业的专门人才外，还必须对这些专门人才进行通识教育也即人文教育，予以文学艺术的导引。实施这种通识教育的最好方法就是阅读经典。那么，什么是经典？

“哈佛经典”50 卷书中包含 132 种著作，确切说是这些著作中的篇章或摘录，其中涉及的领域有文学、哲学、历史、经济、科学、宗教、政治等（与文学息息相关的思想家的作品）；涉及文学领域内的文类/体裁包括诗歌、小说、戏剧、散文、史诗、寓言、文学批评、传记、日记、演讲集、序跋集、游记、书信、政治小册子等。这样一个书单的多样性规定了所谓“经典”的定义，也就是说，我们所说的经典不应该是狭义的文学经典，而应该包括人文、社会乃至自然科学在内。其基本定义是：不同学科内经过长期的时间考验、在历史上为不同时代的读者所阅读的人文和社会科学的著作。这说明了经典所必备的一个条件：既为同时代人所写和所读，也为后世读者所重读或重写，这是经典必备的一种“双重性”。这其中也蕴含着经典形成的过程，即从通俗或流行作品到经典作品的过渡。

“哈佛经典”在文类上为什么呈现如此的多样性？可以说，其文本的选择是独具匠心的，基于深刻的教育学和心理学原理，即要从感性和理性两方面培养学生的认知能力。文学作品的阅读是一种感性体验。文学

① A. Walton Litz, Louis Menand and Lawrence Rainey, eds., *The Cambridge History of Literary Criticism: Vol VII, Modernism and the New Criticism*, Cambridge University Press, 2000, Introduction, p. 9.

作品之所以作为经典而保存下来，是因为读者在阅读的时候产生了一种惊颤的感觉，一种反映真正的内在体验的感受，这种感受将随着时间的推移和复杂的内化过程而转变为意识、无意识、记忆、心理共鸣等促进人的个性发展的因素，因而对于人格的形成和个性的发展具有重大意义。在商品社会和消费文化的时代，真正能让人产生惊颤感觉的东西已经不多了。你只要想一想报纸上虚假的统计数字和乏味的新闻，电视里令人烦躁的商业广告和粉墨登场的雷人达人，地铁和公交车里拥挤不堪的陌生面孔，高速公路上拥堵的汽车长龙，甚至银行和取款机前那考验心态的等待，都使得现代生活变得不堪忍受，使真正有意义的感知让位于矫揉造作的肤浅感觉。对于行走于教室、图书馆和宿舍之间，每天为几个学分折腰的大学生来说，甚至连这种"肤浅的感觉"也难于体会得到，更谈不上所谓"全人"的培养。于是，大学的人文教育就由于这种"经验的匮乏"(本雅明语)而出现了问题。解决这一问题的办法，对于大学生来说，就是阅读文学作品，让学生在古希腊悲剧中经历命运的蹉跎，在阿里斯多芬的喜剧中感受市井小民的卑鄙，在圣奥古斯丁的《忏悔录》中沐浴灵魂的荣光，在但丁的《神曲》中经受炼狱里罪人遭受的各种惩罚和煎熬。

这种"经验的匮乏"当然是针对人类的"幼年"而言的(见阿甘本的《幼年与历史》[①])。对于文化批评家而言，"经验的匮乏"主要是工业化和消费社会造成的恶果：工业生产和商品消费使人类大踏步地脱离自然，失去了人类在"幼年"时亲历自然的机会，进而导致了人性的异化和丧失。在教育家眼里，工业进步导致的知识的职业化和职业的专门化使受教育者深陷狭隘学科的囹圄，机械地接受单纯刻板的书本教育，无法接触自然给人的全面熏陶，从而给人自身的素质造成了损害。甚至文学家也从理解人性的角度较为深刻地描写了现代教育亟待解决的问题。弗吉尼亚·伍尔夫以其敏锐的观察认识到，1910年左右(具体地说是1910年12月)人性和社会态度发生了根本性变化。这个时期的人面对"无数印象——微不足道的、幻想的、转瞬即逝的，或刻有明显钢印的印象"，这些印象构成了"星期一或星期二的生活"。过着这种生活的人"是扁平的，粗鲁的，是画在玩具板上的一张脸"，"没有深度，没有广度，没有复杂性"。在伍尔夫看来，这种扁平、粗鲁的人是由于不读书造成的；要想具有深度和广度并因此复杂起来，他/她必须读书，必须懂得"如何读一本

① 吉奥乔·阿甘本：《幼年与历史：经验的毁灭》，尹星译，开封，河南大学出版社，2011，第1版。

书”，或懂得如何纠正“错误的阅读方法”。这样他/她就可以在乔叟的书中看到“真实的天空、田野和他熟悉的但却圆满全面的人”，“有血、有肉，有勇气，有气质，有心灵、有头脑、有身体和有精神”的人。① 他是一个新生的读者，是“在户外歌唱的普通声音”，在多恩、蒙田、托马斯·布朗伯爵的书中“进行纯粹毫无功利性的阅读”，其性格和动机全然不同于从事职业或专业学习的人。伍尔夫于1910年所意识到的是外部生活与内在生活之间的一种迫在眉睫的危机，它危及文学经典的阅读，危及阅读的未来，因此也危及人自身和整个人类的命运。在这个意义上，她要教会年轻读者“如何读一本书”的愿望是与“哈佛经典”的目标相一致的。

然而，伍尔夫所指的阅读大体上是文学经典的阅读。这种阅读给人更多的只是感性的惊颤体验，这种体验要经过绵延时间的过滤而变成内在经验，或潜藏于意识之下，或沉积于无意识之中，经过精神的内化过程，在适当的外界刺激之下，才能服务于现实。换言之，仅仅单纯的感性的文学阅读还不能满足培养批判性思维的要求。从人格全面培养的角度来看，还必须有理性教育作为补充，以便培养批判性阅读的习惯，提高审美批评的能力，以弥补现实生活中缺乏的“深度体验”。于是，“哈佛经典”收入了哲学、经济、政治、科学、宗教等领域的经典。如柏拉图的《申辩篇》、《克里托篇》和《斐多篇》；培根的《新大西洋》；圣奥古斯丁的《忏悔录》；西塞罗的《论友谊》；亚当·斯密的《国富论》；达尔文的《物种起源》；柏克的《论崇高和美》；约翰·斯图亚特·穆勒的《论自由》；托马斯·莫尔的《乌托邦》；马丁·路德的《九十五条论纲》等，此外还包括犹太教、基督教、伊斯兰教以及中国儒学的经典。这些具有思想深度的哲理经典与文学经典构成了互补，使学生能从思辨的角度、以哲理的深度认识世界。

我们从这两个事实以及伍尔夫的例子中可以得出一个基本理念，这就是：大学教育本质上是阅读经典(这里当然包括不同学科的经典著作)。一所现代研究型大学如果要培养人格健全的人才，而不是单一的职业专家，那就必须把人文学科的经典阅读放到议事日程上来，将其作为占有一定比例的必修科目写入各个学科的教学大纲，而各个学科所必不可少的一种教育就是文学教育(literary education)。

---

① Virginia Woolf, “Notes on an Elizabethan Play”, in *Common Reader: First Series*, p. 53.

所谓文学教育只是一个新的提法，其实践早在民族语言和民族文学出现之时就已经存在了，如果认为聆听口传文学或阅读书面文学也是一种文学教育的话。但是，文学作为现代研究型大学的一个独立学科而存在却是相对较晚的事——英美大学的文学教育实际上开始于19世纪末，由作为独立学科的“英语”演化而来。如果文学教育要在现代研究型大学作为一门独立学科得以存活的话，那就必须有清晰界定的主题和符合时代要求的方法论。这个主题就是“阅读经典”，方法论则必然是“文本分析”。美国现在的一些名牌大学也在20世纪初开始注重大学的文学教育(即英语作为一门学科兴起的时候，同时也是文学批评作为一门学科而得以建立的时候)，将其视为通识教育的主干课或核心课程。

当时，耶鲁大学的耶鲁学院(Yale College)规定一年级开设每周3学时的英国文学课，占总学时的三分之一。设置文学课的两个基本目的是：(1)让学生掌握英国文学史的基本知识；(2)让学生了解一部分大作家，养成批判性阅读的习惯，并要求读懂原著中的每一个句子。要求学生在课堂上讨论，进行文本阐释，分析情节和人物并做一般的审美批评，这方面的经典必须包括莎士比亚的三部戏剧。二年级要求阅读的作家有斯宾塞、斯威夫特、莎士比亚、培根、弥尔顿、爱迪生、蒲伯、哥尔德斯密和格雷，目的是让学生掌握英国文学史的发展，明确文学批评的原则，对文学进行深度的艺术欣赏。

斯坦福大学设置文学课程有四个目的：(1)训练学生的思维能力和表达能力；(2)传授英语语言和英国文学、欧洲文学史的知识；(3)让学生掌握正确灵活的文学批评方法；(4)让学生对文学进行艺术欣赏，培养审美鉴赏能力。

康奈尔大学则有所不同，是以讲座形式开设文学课。每星期除周六外，其余每天都安排讲座，而且是为固定班级开设的，计算下来每个学生每学年约有200个讲座要听，讲座题目是14世纪以来的英国文学，要求学生在讲座前必须预先读有关作品，目的是培养学生的哲学思考和理论研究能力，促进精神能力的发展，培养全人(the whole man)。“全人”的具体定义是有思想、有情感、有想象力、有道德和有信仰的人(伍尔夫笔下“有血、有肉，有勇气，有气质，有心灵、有头脑、有身体和有精神”的人)。

清华大学西洋文学系于1926年建系时，系主任吴宓制定的纲领是：把学生培养成既了解西洋文明，又能创造今世之中国文学的博雅之士。博雅之士的标准是：渊博之学问，深邃之思想，卓越之识见，奇特之志节。其核心是树立起人性境界中最高的“神性”(爱默生的思想)，促进人的科学素质和人文精神的全面提升。而“了解西洋文明，又能创造今世之中国文学”，具有“渊博之学问，深邃之思想，卓越之识见，奇特之志节”的学生最终将落实在经典的阅读上，这也是目前提倡经典重读的最大伦理需要。

那么，经典重读，从以上的意义上讲，并不意味着简单的从枯燥的理论回归鲜活的文本，而必须考虑到以下三方面的问题：

(1)回归经典的当下教育意义，也就是从培养人的角度回答为什么重读经典的问题；

(2)必须从思想史、文化史以及文学自身历史的角度重新定义经典以及经典阅读的方法，也就是从经典的语境和时代要求来回答读什么和如何读的问题；

(3)同时还必须摆正经典阅读与批评思想和文学理论的有机关联，也就是从经典的批评和研究入手解决经典重读中理论的作用问题。

从这样几个角度思考经典重读的问题，我们就会看到，经典重读的目的其实不在于从喧嚣浮躁的批评理论和文化研究中摆脱出来(从“哈佛经典”的选择上看，摆脱哲理思辨的文学研究和经典教育是不可能的)，而在于对经典重新评价，根据新时代的要求重新确定文学和文学批评的目标，使之服务于教育的目的，也就是服务于提高人的精神素质，实现培养人生境界中最高的“神性”目标，这是学习文学、研究文学和批评文学的根本之根本，是文学研究者最基本的责任感和使命感，只有基于这种责任感和使命感的文学和批评活动才是真正的批评，才能生产出具有生命力的传世之作，从“宏观肤浅”的理论建构转向“深度哲理”的文本分析。

第二节　阅读与教育

把经典重读与大学教育联系起来，把文学批评与社会责任感和人类使命感联系起来，这恰恰是英国著名批评家F. R. 利维斯于20世纪上半叶所提出并予以实践的教育和文学批评思想。

F. R. 利维斯是20世纪上半叶对“英语研究”(现代文学批评的两个前

身之一，另一个是语文学研究）最有影响力的人物之一。他以激进地重新评价英国文学经典闻名于世。他的影响既在于评价活动本身也在于评价所涉及的特殊判断。他的目的是要教育学生成为未来的“普通读者”，以对文学本质的但不是还原式的理解将文学视为整个文化的总体表达。就知识背景而言，利维斯承继的是福楼拜或尼采的传统，他们都认为，广泛的文化教育与大众阅读的商业剥削相结合导致了公共感性的堕落，进而蔑视严肃创作，使大众的识别能力越来越低俗。虽然知识阶层并不是少数，但他们本身大部分都浸透着更大世界的商业和社会价值，即使比较隐讳。1932 年，利维斯出任剑桥大学唐宁学院英语研究部主任，此后 30 年他一直在该学院任教。剑桥的批评杂志《细察》（*Scrutiny*，又译《细绎》）也于同年创刊，利维斯很快就为其树起了战斗的旗帜，产生了深远的影响。《细察》为利维斯的批评提供了不可或缺的公共论坛。它评论当代文学，系统评价英国文学经典，就比较普遍的问题展开争论，其中最重要的是英国教育改革运动和马克思主义批判。

利维斯最有影响也是最有争议的著作是 1948 年出版的《伟大的传统：乔治·艾略特、亨利·詹姆斯、约瑟夫·康拉德》及之后发表的《重新评价》和《英国诗歌的新方向》。这些著作单纯从名称看就是经典的重读，意在通过分类、甄别、筛选，发掘“伟大的传统”，从而为文学学习和教学提供一套经典文本。但与我们的话题密切相关的著作是他 1932 年发表的《如何教阅读：艾兹拉·庞德入门》。1943 年，他又根据以前在《细察》上发表的文章出版了《教育和大学》。在翌年英国教育条例发布之前，他有效地总结了《细察》发动的长期的教育改革运动，尽管他自己的兴趣在大学而不是教学。《细察》运动试图解放教育方法和教学计划：强调导师和学生的个人判断力，鼓励把文学研究与其他文化科目联系起来。他的许多明确建议在 20 世纪 60 年代成立的英国大学（如华为大学、诺丁汉大学等）所培养的一代新人中得以充分地体现出来。最终，利维斯和《细察》在英国的最大影响并不在大学系所，而在大学的人文教育，尤其是文学教育。他认为，大学在恢复文化传统方面扮演着重要角色；文化传统不仅具有悠久古老的智慧，而且是抵制和控制物欲机械盲目发展的有力武器。这种文化传统的典型代表就是文学。如果说大学是社会的灵魂，那么文学就是大学的灵魂。如果大学的教育理念是塑造品位和确立标准，那么，大学的文学教育就是为这种品位和标准进行“知性”和“情感”的锤炼，培养学生良好的鉴别能力和批判能力。在他看来，文学是人文学科的核心，在培养智性和情感方面不可替代；文学具有塑造时代精神和拯救道德的功能(与他之前的阿诺德和之后的特里·伊格尔顿见解一致)，是捍卫人文价值、抵制堕落的物质文明的中坚力量；文学不仅统领人们的精神生活，而且能够延续文化传统，通过语言保持人类思想的精华，并以此影响其他学科。

为了实现这个目标，利维斯构想了一整套规划。在《英文学院概要》中，利维斯在考试制度、课程和授课方式三个主要方面提出了具体建议。他认为，既然大学的灵魂是文学，那么所有学习就都应该围绕文学的学习进行，而所有的文学学习又应该以17世纪为中心，因为17世纪是英国文学的黄金时期，17世纪之后英国出现了"感性的涣散"(艾略特语)，文化也随之与社会割裂开来，使文明和文化形成了一种二元对立，文明的有机整体丧失了，此后的社会进程便陷入了一种机械过程。需要进一步说明的是，利维斯的终极兴趣并不是文学本身，而是文学所生发的对生命价值的批判性领悟，他的批评最终也不是对作品的关注，而是读者对作品予以恰当反应的能力(或这种能力的缺乏)。早在剑桥英语学院建立时，英语作为拥有自身理论基础的一个独特学科的主张还未被广泛接受时，利维斯就坚决主张英语就是这样一个独立学科。经过他和追随者的努力，从第二次世界大战到20世纪60年代，英语已经成为英美大学人文学科中一个主导自治的科目。利维斯在这方面的主要成就是提出了经典问题。他透彻地认识到，我们选择传给后世用于教学的书是至关重要的，涉及判断力培养的问题，尤其涉及所培养的社会领袖的人文素质问题。那么，为什么阅读会影响判断力的培养？因为在阅读中，基本判断是不可避免的，那就是批评家作为预言家通过对作品的理解而要传达的作品的特殊意义。在这个意义上，读者就是批评家。读者对当代文化持一种批判态度，目的是改造他所面对的那种文化，这是他为自己规定的根本任务，而文学(对利维斯来说)从来不是某种事先存在的道德观的表达，而是要借助语言的创造性来改变现实、预见未来。

另一位英国著名文学批评家I. A. 瑞恰慈也就如何阅读的问题发表了《如何阅读一页书》(1942年)。该书是针对艾德勒和范多伦"不负责任的"《如何阅读一本书》而写的，本身就是瑞恰慈开创的"细读"的一个样板。他把阐释理论从诗歌研究扩大到整个"散文"领域，包括从宣传品到哲学的广阔天地。在《如何阅读一页书》和之前发表的《教学中的阐释》(1938年)中，他就像在《实用批评》中规定诗歌批评原则一样规定了散文批评的原则，为再后来论教学方法的著作铺平了道路。但是，无论在哪个阶段，重心的转移都没有改变他的根本目的。这就是他在1926年提出的著名论断："诗歌能够拯救我们。"①早在《实用批评》中，他就推荐把"一种阐释理论"放在"所有普通学校文学课的首位"。晚年，他进一步提出，人类的唯一希望就寄托在把可用于教学的阐释艺术作为学校课程设置这块基石上。

把经典阅读当作拯救现代人或某一民族之必要措施的不仅有思想家和批评家，还有文学家。著名英国诗人叶芝就是其中之一。在《统一爱尔兰》、《自由人杂志》和英语期刊《书人》中，叶芝敦促在爱尔兰流通文化。"文学社的工作就是一方面教导作家，"他于1892年断言，"另一方面教导读者，没有文学就没有国籍，没有国籍就没有文学。"②他认为必须为知识分子的工作创造读者，换言之，为他们的智慧创造需求："我们的目的就是帮助培育一个由有价值的男男女女组成的民族，使他们能为公共福利工作。"③对19世纪90年代的叶芝来说，书能够拯救爱尔兰民族。书是最容易生产的、便携的、可流通的文化形式：它们不能仅仅滞留在都柏林和伦敦等都市中心，或放在"运动领袖"的私人书架上，而必须在全国流通。就像戴着插羽毛的帽子的苏格兰人一样，书必须流传，"上到通透的山顶"，"下至青葱的峡谷"：

> 要组织课堂教授爱尔兰历史和语言，开设关于爱尔兰主题的讲座，建立阅览室……和不同的分支。有人计算过一间阅览室四面都摆放文章和杂志的话可以在一个乡村以每星期4先令……或5先令的花费维持下来……再加4或5英镑就可以把这样的阅览室变成一个图书馆，不仅藏有最好的爱尔兰书，而且藏有其他国家的杰作。……这些阅览室里的爱尔兰书……最重要的应该是……哺育想象力的书。④

当然，书必须是正确的书：这意味着经典的形成。1895年，叶芝忙于开列书目，越来越多的书目。他最有意义的活动是在《书人》上发表的

① I. A. Richards, *Poetries and Sciences*, W. W. Norton and Company, 1972. p. 78.

② William Butler Yeats, *Uncollected Prose*, I, ed. John P. Frayne and Colton Johnson. New York: Columbia University Press, 1976, p. 224.

③ William Butler Yeats, *Uncollected Prose*, I, ed. John P. Frayne and Colton Johnson. New York: Columbia University Press, 1976, I, p. 206.

④ William Butler Yeats, *Uncollected Prose*, I, ed. John P. Frayne and Colton Johnson. New York: Columbia University Press, 1976, I, pp. 207-208.

四篇系列文章，总题为“爱尔兰民族文学”。他开始讨论从“加拉南到卡尔顿”的19世纪文学，“当代散文作家”和“当代爱尔兰诗人”，最后在1895年10月以他的经典书目“最佳爱尔兰书”结束。① 叶芝把他自己的经典书目看作爱尔兰文学批评的开拓之举：“在像爱尔兰文学这样的一种文学中……不仅新，而且没有公认的批评，任何书目，不管多么具有个性，如果不全然是愚蠢的，那就是在一个扭曲的世界上的正义之举。”②不必说，叶芝的经典书目不全然是愚蠢的。他的一些选择（玛利亚·埃奇华斯、威廉·查尔顿、道格拉斯·海德、A. E.）一百年后都进入了英美大学的文学教学大纲；有些仍然在爱尔兰民间文学史（王尔德夫人）和传奇中（斯坦蒂士·奥格拉底）位居显要。有些诗人（萨缪尔·弗古森伯爵、詹姆斯·克拉伦斯·曼甘、威廉·阿凌海姆、艾米丽·劳里斯）是在得到叶芝评论之后才第一次受到批评家的注意。

在1925年于爱尔兰文学社所做的演讲《儿童与国家》中（后来发表于《爱尔兰政治家》），叶芝以新的模式提出改造爱尔兰精神的观点。正如30年前叶芝看到一个迫切需要书、亟待通过阅读得到拯救的爱尔兰一样，现在他看到了一个需要“训练”和教育的“可塑和接受”型民族。现在，爱尔兰文学经典不是作为出版项目而是作为课程设置出现的：“用旧的民间生活哺育未成熟的想象力，用贝克莱、他的影响创造的伟大的现代唯心主义哲学以及柏克哺育成熟的心智……爱尔兰就获得了新生、力量、武装和智慧。”③

第三节 自主阅读

弗吉尼亚·伍尔夫认为，任何历史，如果不查阅“褪色的、过时的、老式的图书馆”就不能是完整的。在这座图书馆里，“无名者沉睡……疲惫地相互倚靠，仿佛已经困倦得无法站立起来”。我们面对的一个更大的诱惑是一种特殊的浪漫情怀，感到“自己是一个救星，打着灯笼跨过年深

① William Butler Yeats, *Uncollected Prose*, I, ed. John P. Frayne and Colton Johnson. New York: Columbia University Press, 1976, pp. 359-364, 366-373, 375-387.

② William Butler Yeats, *Uncollected Prose*, I, ed. John P. Frayne and Colton Johnson. New York: Columbia University Press, 1976, p. 382.

③ William Butler Yeats, *The Senate Speeches of William Butler Yeats*, by Donald R. Pearce, W. B. Yeats. Indiana University Press, 1960, p. 172.

日久的垃圾去拯救某一无法超生的鬼魂”。[1] 这个鬼魂就是被遗忘在图书馆角落里的经典著作，就是人类几千年来累积的智慧，就是等待我们去深度发掘的精神宝藏。

伍尔夫不仅号召人们去挖掘埋藏在图书馆角落里的宝藏，还在金碧辉煌的“伟大的传统”之外孜孜不倦地探索，把我们带上了杂草蔓生的小路，在那里，默默无闻的作家曾经努力攀登帕纳苏斯山，帮助创造了后来大艺术家将其铸成永恒的普通语言和习俗。希望步其后尘的人会发现此路艰难，因为她提供给我们的只是一个入口，而不是固定的旅行路线。伍尔夫为阅读提供的方案是《随意性阅读》。这最充分地宣告了她的信念：是精神的自发兴趣而非规定的方法决定我们读什么、怎样读。虽然她毫不犹豫地提出“应该如何阅读一本书?”的建议，但她在这个标题的结尾加上了问号，并在开场白中坚持说“即便我能够自己回答这个问题，但答案仅仅适合于我，而不适合于你们”。伍尔夫在这篇文章中走的是近乎自由意志论的一条没有限制的路线。她始终坚持认为不应该允许法律或权威限制阅读的自由：“我们在别的地方可能受法律和习俗的制约——但在那里我们没有。”[2]我们不应指望批评家的严格教导，他写作是为了表明一种信念，也不应指望I. A. 瑞恰慈在《实用批评》中例示的颇具灵感的教诲，这本书系统地整理了控制当下文化状况的“方案”。瑞恰慈和伍尔夫，一个依赖于科学，另一个依赖于主观方法，但目标却是一致的：“让人的精神遗产更有用、更有效。”[3]

但如何能做到让人类精神更有用、更有效呢？大学生四年内该读多少书？读哪些书？如何读？我们究竟能用多少休闲时间阅读？怎样才能合理安排时间阅读，以便提高自身素质，享受更有意义的人生？回答这些问题可能不太具有今日学界侈谈的学术价值，但之于人的成长过程和个人素质的提高，可能比任何学术都更有意义。目前多有业内人士议论说，我们的教育，尤其是高等教育似乎出了问题；我们的素质，尤其是整个国民的素质似乎出了问题。但对于问题是什么、根源在哪里、有什么解决办法却讨论甚少。高等教育，也就是我们所说的大学教育，具体说来主要是教与学两方面，其主体是教师和学生，也就是说，教育的水

---

① Woolf, “Lives of the Obscure”, in *The Common Reader: Second Series*. London, 1932, p. 110.

② Woolf, “How Should One Read a Book?”, in *The Common Reader: Second Series*. London, 1932, p. 234.

③ Richards, *Practical Criticism*. London, 1929, p. 291.

平高低，要用教师和学生的工作能力来衡量：教师教的如何，学生学的怎样。梅贻琦先生曾经说："大学者，非谓有大楼之谓也，有大师之谓也。"担任哈佛大学校长长达20年（1933—1953年）之久的美国著名教育家科南特曾经说："大学的荣誉，不在它的校舍和人数，而在于它一代一代人的质量。"曾任哈佛大学文理学院院长的罗索夫斯基也说："最优秀的教师才能吸引最优秀的学生，才能产生最高质量的研究成果，才能获得外界最多的资助。"①

这三位大教育家的话极具合理性，道出了高等教育的真谛和新型大学办学的宗旨，但就具体的教与学而言，还必须加上一句，没有学生积极主动的配合，大师也未必能教出好学生来。"择师"的高质量和高标准只是问题的一方面，而"育人"的高质量和高标准还要靠学生的配合。学习从根本上说是一种自主学习，阅读就是这种自主学习的最重要体现。

就当下高等教育存在的问题来看，与阅读有关的问题主要有两个：第一是学生只听课不读书，第二是学者只写书不教书。第一个问题的原因在于大学的课程设置没有给学生留出充分阅读的时间，第二个问题的原因在于大学的晋级体制和"研究型"目标使得教师偏重研究和发表而轻视教学。于是导致了社会上很少有人读书，却又有很多人写书、做书、卖书的现象。实际上，早在18世纪的英国，萨缪尔·约翰生博士就已经在抱怨这种现象了："令人奇怪的是，这个世界有这么多人从事写作，却没有多少人专注于阅读。如果可以选择其他的消遣方式，人们一般是不会乐意读书的。读书一定要有一个外在动力来激励，比如竞争、虚荣或贪欲。"②梭罗在批判19世纪下半叶美国新英格兰的文化状况时也提到了相同的问题："即使被称为好读书的人，也不阅读最好的书。"而即使"一个人刚刚读过一本最好的英国书"，他也找不到可以与之讨论这本书的人。即使大学教授也只能"掌握希腊文的各种难点"，而不能"相应地掌握一个古希腊诗人的才智和诗意"，"把同情之心传达给机警和英雄的读者"；在康克德的小镇上，"大多数人都不知道只有希伯来这个民族拥有一部经文"，但却会为拾到一块银圆而费尽心力。③ 约翰生所抱怨的、梭

① 〔美〕亨利·罗索夫斯基：《美国校园文化》，谢宗仙、周灵芝、马宝兰译，济南，山东人民出版社，1996，第1版，第22页。

② 〔新西兰〕史蒂文·罗杰·费希尔：《阅读的历史》，李瑞林等译，北京，商务印书馆，2009，第1版，第244页。

③ 〔美〕梭罗：《梭罗散文》，苏福忠译，北京，人民文学出版社，2011，第1版，第186页。

罗所讽刺的，也正是世界经典著作和中华民族杰作在中国当下社会所处的境遇。

第四节 何谓阅读

为什么读书？如何读书？读什么书？古今中外，凡大学者无不谈论这些话题，无不借此话题发表见解，或闲聊小议，或作大文章。中国古代关于读书的原因、读书的方法和读书的内容的讨论，更是数不胜数。中国的阅读至今约有近四千年的历史，最早的读书人见于公元前 18 世纪到前 12 世纪，当时主要的读者群是统治者和巫师，这从政治和宗教两方面见证了识文断字对于控制人类意志的重要性，同时也说明“竞争、虚荣或贪欲”这些外在刺激因素自古有之。自秦代至今，中国始终拥有世界上最大的读者群。当然直到近代之前，这些读书人主要是官吏和僧侣。这似乎从一个重要方面表明了传统上中国人读书的目的：读书做官、光宗耀祖、做人上人。这也似乎说明了当代读书人为什么具有如此明确的目的性、功利性的历史原因。

西方人读书的目的却不这么单调。（尽管受到瑞恰慈的批判）艾德勒和范多伦在《如何读一本书》中把读书的目标规定为“为获得资讯而读，为求得理解而读”。① 萨缪尔·约翰生博士认为阅读是为了寻找力量，寻找什么是贴近我们自己的，什么是我们可以利用的。福楼拜阅读是为了活着，我读故我在。爱默生阅读是为了在作品中重温在自然中曾经感受到的美，领会美的发现者在展示美的时候所表现出的大智大悟，进而达到对现实世界的深度理解。在谈到早期的学者时，爱默生说：“（他）感受并沉思他周围的世界，使之按照自己心灵的逻辑得到重新安排，再加以新的表述。进入他心灵的是生活，出来的却成了真理。短暂的行动经由他的心灵，便产生出不朽的思想。世俗事务穿越他而过，出来时却变成了诗歌。”②对爱默生来说，“思想着的人”通过读书来消闲，“智慧的人”通过读书获得惊奇和愉悦，而会读书的人都是发明者，因为他从事的是“创造性的阅读”。③ 这种“创造性的阅读”是大学必须要提倡的，因为大学要

① J. Adler Mortimer, Charles van Doran, *How to Read a Book: The Classic Guide to Intelligent Reading*. New York: Touchstone, 1972.

② 〔美〕爱默生：《美国学者：爱默生讲演集》，赵一凡译，北京，生活·读书·新知三联书店，1998，第 1 版，第 8 页。

③ 〔美〕爱默生：《美国学者：爱默生讲演集》，第 11 页。

发挥更高的效用，就必须不仅仅教给学生基础知识，还必须教他们思考，鼓励他们创造，用“强劲的知识火焰，点燃这些年轻人的心智”。“学位礼服和(足能建造黄金之城的)教育基金也抵不过小小的一段至理名言。”①

哈罗德·布鲁姆把阅读作为一种孤独的习惯——阅读是为了增进自我，了解自我的真正价值(他为此也写了一本书，叫《如何读，为什么读》)。他把阅读当作一个乐趣，而不是一项教育事业(这多少有点令人遗憾)。这种乐趣是私下的，而不是社会的。因此，读者是孤独的，他为自己而读，不是为了超越自我之外的某种利益去读(这似乎弥补了上述遗憾)。如培根所说，读书“可助娱乐……助娱乐主要表现在闭门独处之际”；② 也就是“当阳光被遮盖，群星失掉了光彩，我们退回到油灯之下，凭借它微弱的光线，继续引导我们走向东方，那是黎明的所在”。③ 在这种孤独的时候，阅读可以帮助人了解自己心灵的隐秘，发掘作家心灵的隐秘，因而也在理解周围的人和世界的隐秘。《阅读史》的作者阿尔维托·曼古埃尔说：“我们每个人都阅读自身和周遭的世界，俾以稍得了解自身与所处。我们阅读以求了解或开窍。我们不得不阅读。阅读，几乎就如同呼吸一般，是我们的基本功能。”④英国女王伊丽莎白一世曾经这样描写她的阅读经历：“我多次走进美妙的圣地，阅读绿草如茵的语言，品尝其中的美味，细细咀嚼，慢慢回味，最后将其珍藏在记忆之中……因此我似乎感觉不到生命中的苦难。”⑤

这无疑是一种增进个人文化素质的阅读，也是能给自己带来一种幸福感的阅读，一种把阅读与生命融会贯通的消闲方式。“阅读使人充实。”⑥而所充实的是思想，是知识，是人生。书籍是宇宙意识的表达，阅读是获得普遍真理的基石，通过阅读而积累的学养将终成性格。这就是说，读者必然从所读之物中汲取生命的养料，而个人的性格则取决于所读之书的种类(各类经典)，所读之书的量(约翰生博士曾经规定年轻人每天要阅读 5 个小时左右，这样才能获得丰富的知识；哈佛大学校长艾略特提出的“五英尺书架”计划)，以及读书的方式。当代大学教育的问题恰恰在于最后一点，教育者把教育的任务视作解释和描述知识：课堂讲

① 〔美〕爱默生：《美国学者：爱默生讲演集》，第 12 页。
② 〔英〕培根：《培根随笔全集》，蒲隆译，南京，译林出版社，2011，第 1 版，第 214 页。
③ 〔美〕爱默生：《美国学者：爱默生讲演集》，第 10 页。
④ 〔加〕阿尔维托·曼古埃尔：《阅读史》，吴昌杰译，北京，商务印书馆，2002，第 1 版，第 7 页。
⑤ 〔新西兰〕费希尔：《阅读的历史》，第 216 页。
⑥ 〔英〕培根：《培根随笔全集》，第 215 页。

解相关书籍之要义，用多媒体展示事先准备好的引文，就连教科书也一经出版就已有样式齐全的课文译文、备课教案和练习答案，而未给学生留有任何亲历阅读经验的余地，未给他们留有思考分析的机会，因此也没有给他们充分的创造机会。对学生而言，"阅读"就是总结各段标题句和全文的中心思想，把可以完善学养的阅读经验置之一旁；"阅读"就是上网收集各种标准答案，以便为应付某种考试做好必要的准备；"阅读"就是死背教授总结过的抽象命题，全然不顾作者的思想、感受和作品给世界带来的震颤。这种"浓缩过的书就像普通的蒸馏水，淡而无味"。[①]就阅读而言，教育的核心是让学生手拿一本书独处阅读，在未受干扰的真实生活中体验一本书，在满足知识渴求的同时生动地意识到学习的乐趣。人类对知识的渴求和对学问的热爱是早期阅读的燎原之火，而知识的拓展和人类的进步更激发了人们对阅读的激情和敬重。

阅读是一种反应能力，象征着人类的进化和社会的进步。人类的读写能力是一种检索和组织信息的能力，记忆和提供或接受知识的能力，以及超越交际活动的时空界限、延长记忆时间、扩展记忆范围的能力。这种能力一旦通过阅读而与外界刺激联合起来，往往会推动重大的社会变革。美国的"宪法之父"本杰明·富兰克林甚至把阅读看作一个自由国家的公民的基本权利和神圣职责：美国公民必须能够阅读关乎人权的根本性纲领《美国宪法》(1787 年)。19 世纪以来，在发达国家，阅读已是人们习以为常的能力，不识字就被社会视为耻辱，不阅读或阅读量少就会遭到同胞的蔑视，被视为"没文化"。阅读，只为修养。而在 21 世纪的发达国家，如果没有阅读能力就无法在社会中生存。阅读已经成为进入人类社会的会员证。阅读，只为生存。

阅读是一种教育。西方社会儿童教育的一个不可或缺的部分就是阅读。西方思想史上伟大的宗教政治哲学家圣奥古斯丁少年时接受的古典教育就是阅读维吉尔的史诗、西塞罗的演讲、萨鲁斯特的历史和泰伦斯的戏剧，结果成为西方基督教哲学和政治哲学的奠基人。苏格兰作家罗伯特·路易斯·史蒂文森孩提时在母亲的教导下读过很多书，满脑子都是苏格兰爱情故事、冒险故事、加尔文教思想、圣歌和各种鬼怪传奇，结果这些都成了他后来创作的素材。美国伟大的浪漫主义诗人惠特曼 11 岁辍学，到一家律师事务所工作；律师喜欢他聪明爱读书，就自己掏腰包让他成为一家收费图书馆的会员。他读《天方夜谭》、司各特的历史小

---

① 〔英〕培根：《培根随笔全集》，第 21～54 页。

说、库珀的小说、莎士比亚、奥西安、荷马、古希腊悲剧、德国的尼伯龙根传奇、古印度诗歌，以及但丁等大作家的作品。在惠特曼看来，作品、作者、读者和世界在阅读活动中相互映照，相互关联，作品即世界，世界即作品；作者即读者，读者即作者；四者综合起来构成了一本永远等待着你去解码的神圣之书。

阅读是一种感觉。阅读是通过视觉进行的一种心理活动，是语言符号通过声音(朗读)或不通过声音(默读)进行的意指活动。386 年 8 月圣奥古斯丁和一个朋友在米兰的一座花园里就是以这两种方式读了圣保罗的《使徒书》：一个静静地默读，为了感觉这位先知的学问；另一个大声朗读，为了和朋友共享这位先知的启示。对圣奥古斯丁来说，阅读是思考和言说的一种形式；思想是由我们所知的事物构成的，是我们在心灵中用以言说的符号，这些符号一旦由口说出，就变成了语音符号，一旦写在书面上，就变成了文字，而文字的发明是为了与不在场的人对话。阅读对于圣奥古斯丁也是一种需要高难度技巧的视觉阅读：视觉的观看与心灵的思考同时发生；朗读的外在发声和默读的内在形象也同步出现。因此，阅读作为一种感知活动牵涉视觉、听觉、记忆和思考，是感性和理智的一种综合性训练。

第五节　如何阅读

朱熹说："读书三到：心到，眼到，口到……三到之中，心到最急。"胡适则在"三到"之上又加了"可以帮助心到"的"手到"：指用来"标点分段、查参考书、做札记"的本领，而做札记又包括"抄录备忘、提要、记录心得和作文章"的本领。① 弗兰西斯·培根说："读书不可存心诘难作者，不可尽信书上所言，亦不可只为寻章摘句，而应推敲细思。"②爱默生说："所有这些书籍(指他列出的从《奥义书》到《沉思录》等'神圣之书'的书单)都是普遍良心的庄严表达，而且它们对我们的日常作为而言，比年鉴或日报更为重要。但是它们是用来私下阅读的，是要放在曲拢的膝盖上阅读的。我们不能用嘴唇或舌尖来与其沟通，而必须用发自双颊的热情与心的悸动。"③

这些讲的都是"心到"。"心到"就是"用心读"，也是一种默读。6 世

① 胡适等：《怎样读书》，北京，生活·读书·新知三联书店，2012，第 1 版，第 7 页。

② 〔英〕培根：《培根随笔全集》，第 215 页。

③ 〔美〕爱默生：《美国学者》，第 14 页。

纪叙利亚的圣以撒这样描绘默读："我静心默读。品读诗句和散文，我身心愉悦。感受理解的妙趣，我默无声息，思绪凝聚，仿佛在梦境一般。沉寂延绵，记忆中的混杂得以消解，内心的思绪荡起欢乐的浪花，一浪接过一浪，令我惊讶，叫我欢心。"①默读是"轻松自如地反思和记忆所读内容的一个过程"。它是文字经过历次改革而变得清晰之后赋予阅读的一个新的维度，使阅读从朗读的公众行为变成缄默无声的私下行为，使思维通过视觉与文字的接触而直接领悟概念，同时把读者阅读时的内在心理活动隐蔽起来，把分类参考、比较对照、逻辑分析、价值判断等活动变成精神内化的一部分。在默读中，读者能与书本文字建立一种自由关系；他可以省去朗读时声音所占用的时间，在内心的无限空间里或汹涌澎湃，思绪万千，或曲径幽深，专注一念。他对所读之物或完整接受，或有所保留，或予以批判，或置之不顾。他或者面对现实，检视书中的新旧观念，或者坠入白日梦，借助想象绵延书中的未竟之业。总之，他是在作者和听者均不在场的情况下与书本进行的一种精神沟通，生发出一种心灵的振作，进而达到一种灵魂的升华。

朱熹所说的"眼到"是把阅读看作一种整体的认知活动，是心、眼、口的相互配合，强调的是读书时要认真、刻苦，不能只口读或眼读而不用心读。然而，阅读也确实是一项独立的视觉认知活动。广义而言，"眼到"之处就是阅读所及之点。我们在自然中观景，在博物馆中看画，在街头凝视流动的人群，在废墟饱览昨日建筑的黄花，这无一不是阅读，无一不是用眼睛或视觉的学习。古罗马演说家西塞罗说："我们的感官最敏锐的部位是视觉。"用眼睛看文章比只用耳朵听能记住更多的内容，当然，他还是从一个演说家的角度来谈的。圣奥古斯丁也称赞世人把眼睛当作经验世界的窗口。而圣托马斯·阿奎那则干脆把视觉看作是"最伟大的感官，我们借它来获取知识"。

"眼到"是视觉的阅读，也是一种图像的阅读。中国的象形文字本身就是一种视觉盛宴。据说中国在18世纪就诞生了彩色连环画，且非常流行。西方基督教大教堂里的象征图像已经和表意文字相差无几了。哥特式大教堂修建的目的就是要通过视觉形象向人们灌输基督教信仰，在这个意义上，建筑已经成为宗教的附庸。典型的大教堂的布局可以昭示这一点：主殿设在正东，面向耶路撒冷，象征着信徒对那座和平圣城的向往；西厢面朝落日，墙上的图画通常是末日审判的场面，其宗教寓意不

① 〔新西兰〕费希尔：《阅读的历史》，第148页。

言而喻；北面见阳光最少，展示的是《旧约》中的故事，意味着《旧约》中的犹太人一直生活在黑暗之中(至今未见天日!)；南面则阳光明媚，描绘的是《新约》中的情景，意思是说耶稣基督给人类带来的福音照亮了世界。此外，教堂里的每一尊雕像、每一件家具、每一片彩釉玻璃都以图像表现出某种宗教和社会意义。哥特式大教堂始建于13世纪的法国，后来很快传遍欧洲，其圣像艺术的影响不亚于《圣经》本身的传播。到了14世纪，教堂彩釉玻璃上的图案花饰开始出现在羊皮纸或纸制书上，有的与文字并列，有的出现在文字的边白，有的是微型全页绘本，有的是手染木刻印版。这些图像通常包括"天使报喜图"，《旧约》的四大先知，《新约》的四头"公牛"(马太、马可、路加、约翰)，《创世记》和《出埃及记》，约伯与天使搏斗等故事。这些图像一般都配有文字诠释，经过润饰渲染，成年累月地为普通大众所乐读，耳熟能详，号称"穷人的圣经"。阅读这些图像书和阅读教堂彩釉玻璃上的图画本质上是同一种视觉阅读活动，其实与阅读书本上的文字描写没有什么区别(尽管莱辛认为区别很大)。

"口到"和"眼到"一样首先是与"心到"的配合。但口到还可以解作一种出声的阅读，即大声朗读。《哈佛通识教育红皮书》中说道："阅读，无论是朗读还是默读，都是一种艺术。"①朗读是一个阅读者和一大群听众共享信息的有效途径。在中世纪的欧洲，朗读《圣经》诗篇和圣人的生平故事是本笃教的重要日常事务之一。在文艺复兴初期，当个人阅读能力还不十分普及的时候，尤其在较小的乡镇和农村，公共阅读即朗读已经和布道、演讲、绘画、交谈等一样成为一种大众教育媒介，把文字的力量——书籍、小册子、告示、公文等政治和宗教宣传——传播到识文断字者之外的广泛大众之中。英文中"讲座"(lecture)一词源自拉丁语的lectio，指的就是教师根据自己的理解朗读《圣经》或标准评注。朗读和演讲一样也是朗读者借以抒发胸臆、表达情感的极好机会。朗读者以激情四溢、抑扬顿挫的语调把复杂的情感和深邃的思想传达给明心见性的听者。

阅读是一项艰苦的工作，需要付出极大的努力和长期的坚持才能有所收获。重要的是我们要把阅读当作一种学习乃至生活习惯来培养，当作自身文化素养来提高，当作一种人格魅力来提升。中国古人凿壁借光，悬梁刺股，读书三余("冬者岁之余，夜者日之余，阴雨者时之余")，说的都是抓紧时间，发奋读书；只有读书百遍，才其义自见；只有读书破

① 〔美〕哈佛委员会：《哈佛通识教育红皮书》，李曼丽译，北京，北京大学出版社，2010，第1版，第96页。

万卷，才下笔如有神。我们在月光下，在路灯旁，在车站的人群中，在孤寂的旷野里，手捧一书一报，心中念念有词，眼睛辨识着书页上的文字，耳朵聆听着心中默读的声音，鼻子嗅闻着纸墨的香气，手指触摸或粗糙或柔软或平滑或坚硬的书页，而口中也会常常浸满舌尖舔过指头翻书的味道。你的感官得到了综合性练习，你的知识得到了无比丰厚的充实，你的思想也在无意识中得到了升华。最重要的是，你在别人的生活中体验到了你自己有限的生命所无法体验的各种经验，你的生命也由此而延长，更有价值，更有意义。

新西兰作家史蒂文·罗杰·费希尔在《阅读的历史》中这样描述阅读：

> 古往今来，不论长幼，谁都无法否认它的重要性。对于古埃及的官员来说，它是“水上之舟”；对于四千年之后心怀志向的尼日利亚小学生来说，它是“投射到幽暗深井里的一缕光”；对于我们大多数人来说，它永远是文明之声……此乃阅读。
>
> 阅读之于思想，正如音乐之于心灵。阅读给人以激励，给人以力量，使人陶醉，使人充实。白纸上，电脑屏幕上的那些小小的黑色符号，让我们感动而泣，让我们开启新生活，感受新观念、新见解，让我们的心灵得到启迪，让我们的生存井然有序，把我们与世间的万物相连。……毫无疑问，世间中最神奇的事莫过于阅读。①

艾德勒和范多伦认为为获得资讯而阅读和为增进理解而阅读是两种完全不同的阅读：一种是读得懂的东西，另一种是必须要读的东西。第一种为资讯的阅读规定了我们所读的东西是报纸和杂志，是向我们提供更多我们所不知的信息的读物，我们所要掌握的不是语言的理解力、深奥的哲理和人生的奥义，而是信息高速公路上不停传输的有关当代生活的信息，如科技的发展，社会的变革，战争的爆发，以及频仍的自然灾害等。而资讯其实不止于每日新闻和当代时讯，还包括对知识积累的补充，对原有的理解力的增进，以及对智力的一种更高层次的启发，因此，为获得资讯的阅读是一种学习，一种深思熟虑的探究，一种在无人指导的状况下进行自我发现的学习。自我发现的学习不仅是必要的，而且大大优于指导型的学习，只有当学生懂得了如何阅读自我、如何阅读世界、如何用自己的头脑思考自我和世界，进而增进知识和理解力，他才能成

---

① 〔新西兰〕费希尔：《阅读的历史》，第1页。

才。为了达到这样的结果必须避免犯一个普遍性的错误，那就是“读的多就是读的好”；从正面来说，就是“读书不在多而在于精”。

这种“精”的阅读就是为增进理解的阅读，是必须要进行的一种主动阅读。主动阅读不仅是为了获得资讯，而且需要敏锐的观察、可靠的记忆、深邃的思考、逻辑的分析和极强的想象力，用所有这些去应对面前的书向你提出的挑战。这种阅读是从感性到知性、从模糊到清晰、从理解到创造的过程。这样的阅读是爱默生所说的“创造性阅读”，这样的读者是爱默生所说的“发明者”，是敢于在无尽的反讽中寻找自我的人，也是把生命注入没有边界的时间之中以便满足“阅读情欲”的人。

培根把书分成只需部分读的、只需涉猎的和必须全读的，后者还必勤必细。① 罗斯金也把书分成两类：一时的好书与永久的好书。一时的好书是一些“有益或有趣的谈话”，“生动有趣的旅行记叙”，“轻松愉快而又充满机智的问题讨论”，各种“悲喜故事”或“事过境迁，由当事人亲自提供的确凿事实”。但就本质而言，“书籍不是讲话，而是著述；而著述的目的，不仅在于达意，而且在于流传”。真正的好书是作家对某事物“特别了然于胸”，逢“世间福分机缘”允许他把握的、“他极其渴望能将它著之篇章，以垂久远；镂之金石，才更称意”的书籍。真正的好书是作家的“精华所在”，是他的“一座丰碑，一篇至文”，是他最“值得入人记忆的话”。②

阅读荷马和莎士比亚，阅读巴尔扎克和狄更斯，阅读爱默生和福克纳。无论是原著还是译文，他们都“值得(富有进取心的学生)花费年轻的岁月和珍贵的时光”，因为阅读这些具有真正精神的货真价实的书“是一种高贵的练习……是今日的各种习惯尊崇的任何练习都无法比拟的”。“书是世界宝贵的财富，是一代又一代人的健康遗产，一个又一个民族的健康遗产……(即使)摆放在小家小户的架子上也显得自然而不失身份。”“书的作者是每个社会的自然而然的不可抗拒的贵族，对人类产生一种连国王和皇帝都望尘莫及的影响。”③这就是书籍的魅力，经典的魅力，思想的魅力。人类留给这个世界的宝贵遗产恰恰是最高贵的人从关于这个世界的经验中提炼出来的思想，这种思想在进入作品之前就已经过千锤百炼，就已字字珠玑，就已妙趣横生。读书必将提高我们的个人素质，也必将提高我们的生活质量。如普鲁斯特所说：“阅读教导我们要提高生

---

① 《英国散文精选》，高健选译，上海，上海译文出版社，2010，第1版，第22页。

② 《英国散文精选》，第296～297页。

③ 〔美〕梭罗：《梭罗散文》，第181～183页。

活的价值。这种价值我们过去未能予以重视，现在只是通过书籍才知道它有很大的价值。”①

我们阅读是因为我们感到我们必须知道 what's what，who's who and why's why。我们阅读是因为我们似乎应该知道谁是普鲁斯特，谁是卡夫卡，谁是萨特。我们阅读是因为在数百名说话的人中只有一人能够思想，而在数千名思想的人中只有一人能够看到(罗斯金语)，而我们所读的经典作家就是不仅能思考世界而且能够看到世界本来面貌的人。问题在于：我们在阅读中应当关注什么？我们如何把阅读与人生关联起来？我们又要把哪些智力的、情感的、道德的因素注入我们的阅读之中？如果大学教育的目标是要让学生在学习中感到愉悦，在掌握知识的过程中获得满足，进而在成熟的同时成为全人，那么我们就应该让学生去亲历作家们在想象性创造中经验的真知灼见。归根结底，大学生的职责不是去完成大纲制定者或教育者所期待他在特定时间内必须完成的任务，而是要首先发现自我，学会用这个自我去和其他人建立联系，与他们的自我进行一系列私下的、毫无虚荣矫饰的对话，进而在发现他人的同时发现世界。在这个意义上，教育的核心就是要让学生手里拿着一本书，在自由的心灵状态下孤独地阅读。

这种自由状态下孤独的阅读培养的就是陈寅恪提倡的“独立精神、自由思想”，这种精神和思想一旦与“自强不息，厚德载物”有机地结合起来，那么，对个体的人的全面提升就不是件难事了。即是说，我们作为个体的人，不但要立坚韧强毅之志，不屈不挠，知难而进，掌握过硬的技术本领和领导才能，还要为真理而上下求索，唯智慧而孜孜不倦，真正从人的角度出发。把自己培养成真正的人！一个有独立精神、会自由思想的人！

① 〔法〕普鲁斯特：《追忆似水年华(下)》，第 1623 页。

第八章　文学传统：简化的谱系

第一节　古典悲剧

文学是文明的重要组成部分。在西方文明的黎明，令人“心怦怦然而向往之”（孙中山语）的希腊艺术和文学不但把一个人口不过几千的小小城邦变成了奇迹，也为人类创造了后世几乎不可媲美的辉煌，给世界文明留下了一座永不枯朽的丰碑。希腊文学也因此像体现古希腊精神的“奥林匹亚”一样，以其“卓越”或人类心智的最伟大成就傲然立于世界文学之林。

文学也是一个连续不断的故事，讲述着人类自有记忆以来所经历过的往事。那里有原始人与自然界浑然一体的真实与浪漫，有先民认识自然界风云变幻的惊愕与惶恐，有古人感触自然界万千奥妙的诧异与敬畏，也有现代人征服自然界无尽资源的欢乐与悲苦。人与自然的统一和对立记载了人类为求生存而谱写的一部绚丽多姿的历史，因此也成为作为“人学”的文学的恒定主题。

西方文学就是这样一种“人学”。它是一个伟大的传统。自古希腊文学形成经典以来，这个传统经历了古罗马、中世纪、文艺复兴、古典主义、启蒙运动、浪漫主义、现实主义、自然主义、现代主义以及后现代主义等不同时期的发展，记载了西方文明发展的全过程。在这个意义上，一部西方文学史也就是一部西方文明史，而这部历史的主体无疑是构成其主题，来自不同时代、不同民族、不同作家的文学名著。

在漫长的历史发展过程中，这些名著作为经典而存留于国家图书馆、教学大纲和大学讲堂，以及种族或民族记忆之中，其情节、人物、主题和形象以本质的相似性反映了人类心智的复杂和错位，其语言的逻辑、规则和创造性使用为表达激情的人生提供了准确的形式和切合的参照，而其情感结构、悲怆力和心理机制也正是我们在人类世界上面对喜悦或悲伤时所需要的那种超凡能力。文学的真正功能就是要在一个已经忘却了人之存在的世界上为人自身创造一个有意义的生存之地；后世阅读前辈留下的经典名著也正是为了接受那份未签名的礼物，继承那份永世流传的遗产，阐释那部唯一能满足人之基本需求的神话。

无数文学杰作就是为了这个基本需求而面世的。人们耳熟能详的古希腊悲、喜剧，如埃斯库罗斯的《阿伽门农》《奠酒人》和《欧墨尼得斯》；索福克勒斯的《安提戈涅》《俄狄浦斯王》和《俄狄浦斯在科罗诺斯》；欧里庇得斯的《美狄亚》和《酒神的伴侣》；以及阿里斯多芬的《鸟》和《吕西斯特拉特》，都是应人的精神需求而诞生的。这四位剧作家中的前三位是举世无双的悲剧作家，他们代表了古希腊乃至迄今为止的悲剧发展的顶峰；另一位是在希腊悲剧盛极将衰的时候对所有人、所有事都予以嘲讽的喜剧作家，他以卓越的嘲弄手法和令人钦佩的荒诞体现了古希腊的另一种辉煌。诚如阐释者所言，“这些伟大的希腊剧作家感兴趣的是人的生活方式，情感的力量，神的本质和人类理解的局限性”。① 这后三个方面尤其体现在悲剧中。

就悲剧而言，它“诞生于探索精神与诗歌精神相遇的地方”，在太阳的高度“于生活的不和谐之音中奏响一个和弦”(埃斯库罗斯语)。超凡的诗歌才能与对黑暗的苦难现实的领悟相遇时撞击出了悲剧的火花。在悲剧中，真即美，美即真。悲剧作家在剧中所要体现的就是以诗人的博大胸怀容纳那蕴含着痛苦和快乐的真实。悲剧让人在一种特有的快感之中感受痛苦、悲伤、灾难、怜悯、恐惧、激情和被净化了的情感。然而，这种感受绝不同于现实生活给我们带来的忧伤，它超越了痛苦，到达精神的高度，进行的是精神的斗争，感受的是灵魂的力量，守护的是生命的尊严，因此，悲剧人物及其观众所面对的也只能是凄惨而使心灵震颤的、只有伟大的灵魂才能忍受的痛苦和死亡，一种更深远更终极的精神现实。它们不仅是最伟大的，而且，作为概念系统和生活方式，也是哲学迄今所能拥有的全部。

一旦走出这个精神现实，来到生活的表层，开始数落某位王子的愚蠢，描绘某位王公的放荡，戏说某个绅士的粗鄙，或歌颂小人物的豪迈和狂放时，我们就来到了喜剧的天堂。这里没有撕裂肺腑的悲伤，却有纵情喧闹的欢乐；没有与命运抗争后的壮烈，却有充满无尽活力的生命的激情；没有皇室王族内部的明争暗斗，却有市井小民的幽默和荒诞。然而，崇高与荒诞之间本来就是没有什么界限的。阿里斯多芬的喜剧情节看似胡闹，但没有透顶的粗鄙；他描写的生活似乎琐碎俚俗，但绝对

① Helaine L. Smith, *Masterpieces of Classic Greek Drama*, Westport, Connecticut and London: Greenwood Press, 2006, Preface, ix.

没有肮脏和腐朽；他笔下的人物看起来不太正经，但绝不虚伪下流。他以一种喧闹、粗野、滑稽的旧喜剧给悲剧中的古希腊英雄套上了层层别致的捉弄人的光环。

阿里斯多芬“向我们敞开了前5世纪雅典人的生活——宗教的、政治的和家庭的生活的窗口。从这种阅读中，我们尽可能地接近了那段遥远的现实，把它栩栩如生地呈现在眼前”。[①] 然而，悲、喜剧仅仅是古希腊辉煌成就的一小部分，因此也仅仅是人类文明的一个微小的方面。如果从文学的终极目的来看，我们作为读者除了从阅读中获得愉悦和快感外，更重要的还在于对精神的启迪，对心灵的洗炼，从而加深我们对世界和对自己的认识。这就把我们从悲、喜剧的文学传统带到了另一个较有深意的传统：哲理文学。

第二节　哲理文学

希腊经典时代的柏拉图的《理想国》(又译《国家篇》)，拉丁经典时代的圣奥古斯丁的《忏悔录》和《上帝之城》，中世纪但丁的《神曲》，文艺复兴时期人文主义者托马斯·莫尔的《乌托邦》，启蒙运动时期伏尔泰的《老实人》，代表浪漫主义精神的歌德的《浮士德》，对浪漫主义报以回应的克尔凯郭尔的《非此即彼》，19世纪末为现代主义和后现代主义铺垫道路的尼采的《查拉图斯特拉如是说》，现代主义之开拓者的郝胥黎的《美丽新世界》，走向后现代主义的博尔赫斯的《迷宫》。这些名著的时间跨度从公元前347年到1962年，可谓悠久。而且，在文学形式和样式上也呈多样性，包括哲学对话(柏拉图)、自传(圣奥古斯丁)、长诗(但丁)、戏剧(歌德)、小说(伏尔泰和郝胥黎)、短篇故事(博尔赫斯)，以及无法分类的混合样式(托马斯·莫尔、克尔凯郭尔和尼采)，但这些作品的共同点还是它们蕴含的深刻的哲理性。

顾名思义，“哲理文学”既指对文学做出重大贡献的哲学著作，又指蕴含着丰富的哲学意蕴，从而有益于哲学探讨的文学作品。人们通常以为文学是描写人和故事和事件的，哲学是解释人性和思想的。德勒兹认为文学是生命在构成思想的语言内部的旅行。这个定义实际上打破了哲学与文学的界限，因为哲学和文学都可以说是生命在语言中的旅行。没

① Helaine L. Smith, *Masterpieces of Classic Greek Drama*, Westport, Connecticut and London: Greenwood Press, 2006, pp. ix-x.

有语言，哲学和文学都无法表达自身。况且，没有文学的表达方式，哲学就是枯燥的，而没有哲学意味的文学其实根本算不上是文学。无论是哲学还是文学都必须以生活世界为本，都必须以人和世界为主体；作为人学的文学必然蕴含着丰富的用以指导人生的哲学道理。庄子的“艺术的人生”实际上也是哲理的人生。这种人生的终极目的说明了文学与哲学的相互包容性，而二者又都靠权力意志的驱动。

然而，哲学与文学之间的关系是非常复杂的，仅仅用相互包含并不能完全说明二者的关系。从哲学和文学的缘起来看，二者都源于口传文化，都源于现实表面的“生活世界”，但是，要达到哲理的高度，这些口传文化和“生活世界”都必须经过语言而到达书写的层面，没有书写，没有文字，哲学和文学都是不可能的。“书写使哲学思考成为可能。反之，对书写和文学传统的领悟将澄明我们对思维的理解。哲学体与文学体相得益彰。”①然而，概念的表征与经验世界的表征并非总是同一的。哲学家站在真理的基石上，手里握着真理的大斧，毅然决然地向世人宣告说他劈开了宇宙，解开了世界之谜，拿到了人性的钥匙。然而，不幸的是，究其实，他和站在生活世界之表面(据说缺乏哲理深度)的文学家一样，也是以幻觉为基础的，他所成就的不过是概念的神话。

就书写的本质而言，无论是哲学还是文学，其目的都在于阐释和重新阐释，检验和重新检验，澄明和反复澄明。从这个视角出发，我们可以厘出哲理文学的三个特点：首先，哲理文学作品是具有丰富哲学内涵的文学文本，包括以文学形式表达哲学思想的著作，和通过对世界和人类状况的犀利观察激发哲学思考的文学作品。其次，哲理文学是再现某种思维或认知方式的作品。这类作品所表达的是哲学无法用概念和逻辑表达的东西，是唯有文学语言所能触及的非理性的或神秘的东西，因此是令哲学家头痛但又为哲学提供进入人类生存状况之最深路径的文学作品。最后，哲理文学名著能够跨越时空而永存。它为后世哲学提出了不断重新阐释的问题和命题，因此具有阐释的开放性和对终极意义的抵制性。这也是哲理文学的基本定义。②

然而，对待文学和哲学不能仅仅采用形式主义或历史主义的方法。哲理文学作为一种文类贯穿文学史的始终。它产生于一个特定的语境，

① Thomas L. Cooksey, *Masterpieces of Philosophical Literature*, Westport, Connecticut and London: Greenwood Press, 2006, p. 4.

② Thomas L. Cooksey, *Masterpieces of Philosophical Literature*, Westport, Connecticut and London: Greenwood Press, 2006, pp. 5-6.

即由于特定的历史或社会环境构成的一个关系网络。文学和艺术从根本上说就是对这些语境、环境和关系的重构。艺术并非从生活固有的地表浮出；并非由于我们能说、能画、能唱、能运动而产生。文学和艺术产生于生活事件，即能够改造或重塑生活之潜能的事件。艺术家的能力和艺术的质料并不决定艺术的创作；决定艺术创作的是事件、连接、相遇和偶然发生的事件。这些构成了生活或社会环境，文学、雕塑、绘画或电影等艺术在这个社会环境中产生和发展，因此，生活生产了绘画、书写、言说、运动、雕刻、建筑和舞蹈等表现形式，这些表现形式进而生产了自己的主体。

从根本上说，现代主体的生产依然始于古希腊的“认识你自己”这句名言。无论是那喀索斯在水中看到的倒影，还是伍尔夫在大厅里的镜子中看到的神秘女人，无论是列宁在托尔斯泰的镜子中看到的19世纪末的俄国社会，还是列维纳斯在镜子中看到的那张脸，现代人都通过认识自然来认识自我，或通过认识自我来认识自然，由此形成的主体都是扭曲的、变形的、不完整的。现代人继承了“认识你自己”的古典哲学传统，发现生活的意义不在于人与神的关系，而在于人与自身、与人类同胞、与自然的关系，因而把重心放在了现世经验上，即对人的智力、身体和精神的关注，关注这三者间的和谐发展，也因而有了古希腊奥运会上五项全能外加音乐和诗歌的比赛项目，充分体现了古希腊人的“身体诗学”。然而，现代人似乎忘记了刻在阿波罗神殿牌匾上的另一句名言：“凡事勿过度。”在某种可以肯定的意义上，这是对通过奥林匹亚操练而达到的身体机能的抑制，也即意志力的修炼。“认识你自己”的最佳结果是“自知之明”；绝不狂妄自大，了解人的能力极限；或不被幻觉所蒙蔽，能够直视“物自体”。古希腊艺术，无论是荷马史诗，帕台农神殿，还是阿波罗雕塑，所表现的都是对现实最直接的、最赤裸的观照，都是激情与抑制的完美结合，这是真正的古希腊精神，也是古希腊悲剧在其特定语境下表现的真正意义。

第三节　浪漫主义

如果说“凡事勿过度”在古典主义那里是对激情的抑制，那么，在新古典主义那里，人类激情则被视为一股巨大的力量，诚如浪漫主义之于创造性想象。然而，浪漫主义视创造性想象为建构性力量，大力提倡发扬；而新古典主义则视激情为破坏性力量，必须严加克服。激情有害健康、社会礼仪和个人心理。激情给理解设置了障碍，是对理性的严重污染。激情于是与理性构成了二元对立。何为理性？对于文艺复兴时期的人文主义者，理性代表中世纪的经院哲学；对于伏尔泰和大百科全书派，理性代表世俗的知性；而对斯威夫特来说，理性是一种实用性共识。这种共识是18世纪认知理论的基础。约翰·洛克认为人类的心智本是一块白板，世间万物在那块白板上留下了最初级的感官印象，经过非常复杂的变化和综合，最终形成了观念。人们之所以能走到一起，是因为他们对同样的事物有相同的感受，是因为他们面对同一个太阳，接受相同的教育，阅读相同的书籍，在相同的环境中长大。与此相应的新古典主义文学理论提倡摹仿的对象就是全人类共享的基本经验。他们用来表示创造力的一个术语是“理智”，而用以象征创造性的意象则是位于新古典主义艺术核心的镜子。

镜子接收光，折射光；与其相对应的是散射出光的灯。接收与发射，镜与灯因此构成了对立，但不应该是绝对的敌对，而应该是辩证的互补，因为没有发射就没有接收，反之亦然。在镜与灯的互补中，新古典主义的理智被改造成了浪漫主义的想象。在生活世界的坩埚中沸腾的原始经验，粗糙而无序，倔强且顽皮，却可以通过“第二想象”转而成为艺术的创造。艺术家能够调动全部的心理力量，包括情感和理智，把这个无序的世界变成有机的统一。无激情的理性难以独立完成这一任务，必须由作为第二想象之基础的第一想象来完成。想象是灵魂，想象是生命力，想象是一与多的有机统一。它是所有正常人都具有的基本的认知能力，但这种认知不是纯粹的接收，而具有把无序变成有序、把无意义变成意义的能力。这种创造性的想象贯穿华兹华斯诗歌的始终：时而倾向于洛克的自然影响说，时而转向相反的精神独立论，时而彰显为理性与自然的妥协。

何为自然？解构主义者习惯于从反面释之，即用“人工”、“人造”、“矫揉造作”、“人为干涉”、“立法”、“遮蔽”、“魔幻”、“超自然”等反义词来解释“自然”的正面意义。但是，自然(野生世界)与文化(人类社会)的对立在艺术创作中并非泾渭分明。据说新古典主义者把自然内化，以无机的自然环境为人类世界的楷模；浪漫主义者把主观经验的生活凌驾于宇宙之上，并视后者为生命之所在。然而，经过内化的自然和主观经验的生活，人类社会的无机模式和动植物世界的有机模式，二者间区别何在呢？在生机论中，二者密不可分，缺一不可。二者间的相关性和相互依赖性才是至关重要的第一原则。诗歌与生命体一样，必然是一个有机整体，只有各个部分相互紧密关联才能构成这个整体：目的与方法是不可分的；形式与内容是不可分的；创造的过程与创造的产品是不可分的；艺术创造遵循其内在的生态逻辑。新古典主义对自然的内化和浪漫主义对自然的主观经验其实是一回事。

于是可以说，浪漫主义文学是一种把自然内化进而抒发人的内心情感的文学。“浪漫主义”作为专有名词首先见于德国诗人施莱格尔的著作，无疑指先于美国浪漫主义的“英国浪漫主义”、“法国浪漫主义”和“德国浪漫主义”。作为一场运动，浪漫主义滥觞于18世纪末和19世纪初，涉及艺术、文学、音乐、哲学、政治和普遍的文化感性。由于深受美国独立战争和法国大革命的影响，因此，酿成大革命的文学也必然成了浪漫主义的先导。但浪漫主义由于过于强调个人主义、主体性和自发性，反对客观性和经验主义，因此又常常被视为对此前的启蒙运动和理性时代的反叛。

后世阅读浪漫派，追随浪漫派，批判浪漫派，就在于他们那难以被遮蔽的“灿烂的光辉”。后世对他们的怀念也足见他们的光辉何等灿烂！

当歌德的死讯传来，我们说：
欧洲最聪明的头已安葬。
铁器时代的医生，
歌德完成了他的朝圣。
他了解痛苦的人类
他懂得每一个弱点，每一个伤痛；
说：这是你的伤，你的伤！
他守望欧洲的末日
炽热的力量，阵阵的梦想；
他眼观狂飙的漩涡，
骚动终结的生活——
他说：终结无处不在；
艺术仍有真理，那是避难之所！
而若知道事物的成因，
看到脚下恐怖的流动
或失去理智的苦痛，

那轻率的命运，就是幸福。①

这是马修·阿诺德缅怀歌德的一首诗。但当这位维多利亚时代的学究返回祖国，阅读自己民族的浪漫大师华兹华斯的诗歌时，他或许不会这样缅怀，因为华兹华斯的诗是“六十年沉思的积累，是人与自然的交流和人性的显现。我们要沿着他自己走过的路，以他那样的心情和思维方式来读他的诗歌”。② 简单地看一眼、翻一翻阿诺德编辑的《华兹华斯诗歌精选》，是不能解决问题的。一位莫利勋爵说，华兹华斯“是一位教师，否则他什么都不是”；而且，德林瓦特补充说：“只有在把大自然的宁静和秩序传给令人类窘迫和混乱的世界之时，他才教得最好。”③这句朴实得直截了当的赞誉准确地道出了华兹华斯以及整个浪漫派的“创造性想象”的内涵：创造性想象不是从严酷现实的逃避，相反，在工业资本主义急遽发展的英国社会，创造性想象是罕见的非异化劳动之一，是对理性主义和经验主义意识形态的活的批评，它以文学神秘的有机统一应对资本市场上碎片化的个人主义，在这个意义上，文学(或者说浪漫派诗歌)不再是一种书写样式，而是具有深刻的社会、政治和哲学内涵的一种意识形态。想象力成了一股政治力量。

由华兹华斯、柯勒律治、济慈、雪莱和拜伦(以及司各特和玛丽·雪莱的小说)汇成的这股强大的政治力量震撼了稍后在遥远的新大陆出现的一代美国作家。他们中有诗人、小说家、散文家和政论家；他们都把英国浪漫派当作先驱和开拓者，但不满足于机械的摹仿，而致力于创作具有美国特色的民族文学。库珀的《最后的莫西干人》就肩负着这样一项双重使命：在风格上终结了对欧陆尤其是英国文学传统的摹仿，在意识形态上表明美洲土著印第安人的文化传统已经结束。在蛮荒与文明的冲突中，在欧洲移民与土著印第安人的两种文化的冲突中，真正的美国身份和性别角色得以确立起来。这部浸染着浓重浪漫色彩的小说在审美形式和思想内容两方面都标志着美国民族文学的诞生。

朗费罗是在伦敦西敏寺教堂的诗人角占有一席之地的第一位美国诗人，也因此被誉为“美国的丁尼生”。他的叙事长诗代表着新英格兰“炉边派”诗的佳作，而他翻译的但丁的《神曲》则以中世纪文学的熠熠光辉照亮

① 转引自〔英〕约翰·德林瓦特：《世界文学史(下卷)》，陈永国、尹昌译，北京，北京大学出版社，2011，第1版，第507～508页。

② 转引自〔英〕约翰·德林瓦特：《世界文学史(下卷)》，第523页。

③ 转引自〔英〕约翰·德林瓦特：《世界文学史(下卷)》，第530页。

了新英格兰清教徒的文学视野，唤醒了他们沉睡的文学意识，贬抑了他们狭隘的宗教盲从，从市井文化和家居生活的角度表明诗歌和历史是如何帮助建构了美国身份的。与朗费罗诗中描写的新英格兰风景和炉边花絮相映照的是斯托夫人的《汤姆叔叔的小屋》。这位“制造了一场大战的小夫人”（林肯语）在这部小说中呈现了内战前的美国的另一番图景：奴隶制的残酷，奴隶家园的毁灭，奴隶主的堕落。就文学本身而言，她的这部小书还开创了至今兴盛未衰的一种样式——以托尼·莫里森为发展顶峰的奴隶叙事。《汤姆叔叔的小屋》在当时以仅次于《圣经》的销量和二十几种语言的译文成为世界范围内最具影响力的美国小说，并以多种方式促进了美国流行文化的发展。

美国超验主义的哲学基础主要是康德的先验论和谢林的精神实体说。但英国的浪漫派，尤其是华兹华斯的诗歌和柯勒律治的文学批评，也给他们以重要启示。作为一场社会和宗教的抗议运动，超验主义旨在重新检验欧陆传统哺育下的历史价值，审视作为个体的人的精神自足性，抵制美国宗教和社会中弥漫的物质主义、理性主义和自由主义的千篇一律，它所唤醒、释放并使之成熟的进步力量促成了接踵而来的“美国文艺复兴”。超验主义者们注重街头、磨坊、农舍和市场上的生活现实，试图给最卑贱的人们和最寒微的追求以诗意的崇高和宗教的冲动，赋予其神秘感和惊奇感，快乐和恐惧，使人们既感到对宇宙的敬畏，同时又力求与万物的合一。他们把人的自身修养当作终生的教育目标，开设俱乐部，出版杂志，兴办实验学校，开展巡回演讲，并认为这是促进教育和终生学习的极好机会。

属于这一派的重要作家们都广泛关注各种民众改良运动，都认识到这些改良运动产生的巨大文化影响，因此也在自己的作品中反复使用改良的意象。对爱默生来说，最重要的方面是那在别人看来阴暗、野蛮，甚至不道德的改良冲动：“没有雷电，空气将腐烂”，“没有偏见和狂热的作料，便没有刺激，没有效率”（《改良》）。所以，他尽着笔墨的是诙谐的乡下人，尖酸刻薄的卡车司机，和满嘴行话的爱尔兰厨子，由此而达到了语言改良的目的。作为“狂暴的意象主义者”（马蒂厄森语），梭罗以意象的暴力和匕首般的反讽把同时代人从洋洋自得的美梦中唤醒，以《瓦尔登湖》的时代感性抨击旧的习俗，用加拿大伐木工的形象嘲弄堕落的改良者，利用文化的含混性给改良下了全新的定义。惠特曼则深谙文学作为镜子的功用，由于“生活在世界上最激进的城市里”，所以也最熟悉民众的改良：戒酒，禁娼，反对死刑，提倡农业平均主义、劳工改革和废除奴隶制。但他不是虚无主义者，本质上也不是政治活动家；他在自己倡导的改良文化中接受了惨痛的教训，因此要求他的时代和他的美国“把恶与善放在同一个平台上，从中看到一个相同的目的”(《瓦尔特·惠特曼的工作间》)。《草叶集》中那些感性的、色欲的、幽默的意象以解构的方法把民众的颠覆性想象变成了文学的艺术。

这种颠覆性的美国想象在人称“黑暗作家”的爱伦·坡、霍桑和麦尔维尔那里变成了颠覆性的美国幽默，并把这种幽默与超验主义的信念、各种民众改良和经典的文学原型结合起来，把无政府的大众文化变成了一种严谨的风格化了的讽刺。这些文学原型和大众文化当然也包括内战前美国的妇女文化。女性作家在衰落的习俗与开放的女性之间开拓出一条中间道路，在艺术上最勇敢地展示了妇女的力量，形成了批评家们所说的那种“痛苦的文学”。这种文学的基本前提是：既然妇女的能量找不到释放的适当出口，那就把它释放到妇女自身，让它在妇女的内心里燃烧，时刻都可能像火山一样穿过平静的外表爆发出来。艾米莉·狄金森就是这种痛苦文学的典型代表，所以常常与霍桑和麦尔维尔相提并论，被视为透过当时肤浅的乐观主义而以叛逆的姿态探讨黑暗的哲学真理的前现代作家。

第四节　现实主义

与这些美国经典作家相媲美的是同时代的法国作家，大仲马、福楼拜和雨果，他们都活跃在19世纪30至60年代的法国文坛。大仲马的《三个火枪手》和《基度山伯爵》，福楼拜的《包法利夫人》，雨果的《巴黎圣母院》和《悲惨世界》等作品是从浪漫主义步入现代主义的阶梯，它们和加缪的《陌生人》、《瘟疫》以及圣埃克絮佩里的《小王子》一起构成了19—20世纪法国文学的里程碑。从雨果1831年发表《巴黎圣母院》到加缪1947年发表《瘟疫》，在近120年的历史跨度中，法国文学经历了从浪漫主义到现代主义的转变，从抒发个人情感转向了对人本身的特殊关注，从对英雄历史和异国风情的关怀转向了对冷漠的世界、现代瘟疫、异化和孤独的描写。在这个时间跨度里，法国文学还经历了现实主义、象征主义、自然主义、超现实主义和存在主义等文学运动，出现了巴尔扎克、斯汤达和左拉等小说艺术大师，以及20世纪气势更加恢宏、思想更具深度的书写者普鲁斯特、纪德、马尔罗、波德莱尔和萨特。

这些书写者的共同特点在于他们代表了自己所处的时代，用小说描写了他们目睹的社会变革、政治斗争和文明的演进，以深化的理解展示了人类世界和生存环境的关系。《巴黎圣母院》在描写作者目睹的1830年的“7月革命”的同时，也掺杂了1789年法国大革命之后的动荡和变迁。《悲惨世界》不仅描写了这些变迁导致的非正义，而且提出了促进社会进步的种种可能性。大仲马也描写了自己生活的时代和历史，但侧重点在个人所遭受的非正义和复仇。福楼拜则把眼光放在了平凡生活中普通人的平凡事迹上。虽然这三位作家都生活在同一个时代，同属巴黎的文学圈子，但看待人生价值的视角却不是相同的：雨果从乐观主义出发认为通过善意可以消除痛苦和贫穷；大仲马认为个人的不懈努力和奋斗能解决社会的不公平和非正义；而福楼拜则认为人无力发现生存的意义，因此也没有幸福可言，从而产生幻灭感。他的这种人生观影响了20世纪的现代主义作家。

加缪就是受这种幻灭感影响的具有代表性的20世纪法国作家。“荒谬”是加缪的主题词，是他正视扭曲的不稳定的现实生活的视角。“荒谬”既是人类团结和行动伦理的基础，又是人的孤独和悲惨处境的根源，是人在与世界、与他人的关系中面临死亡时必然产生的一个念头：人生的意义就在于通过团结和努力去战胜痛苦。与大仲马一样，圣埃克絮佩里也似乎要远离他所生活的时代和社会，把个人的生存置于集体的努力之上，以永恒的爱情和友谊避免弥漫于生活世界的死亡和毁灭。这是法国现代主义的核心主题之一。

如果我们把福楼拜看作法国现代主义的源头之一，那么，相比之下，英国的现代主义就可以说始于康拉德的《黑暗的心》(1899年)，而终于伍尔夫的《达洛卫夫人》(1925)，中间有福斯特的《霍华德庄园》，乔伊斯的《一个年轻艺术家的肖像》，劳伦斯的《恋爱中的女人们》和艾略特的《普鲁弗劳克的情歌》和《荒原》，以及叶芝的诗歌。康拉德与现代主义的联系不仅在于他刻画了殖民主义的“文明”和帝国主义的“进步”，而更重要的在于他描写了政治和经济扩张的现代世界上的道德沦丧——“黑暗的心”就是一个丧失了道德中心的毫无意义的现代世界。现代主义文学中进退维谷的主人公，在价值和信仰匮乏的世界上被异化了的主人公，在这部作品中首次登场。此外，他还开创了一种标志着早期现代主义特点的新的叙述风格，即与读者保持距离，既不见其人也不闻其声的叙述者，这是早期现代主义小说的叙事特点。

《印度之行》的作者福斯特是中国读者非常熟悉的，也常常被中国读者看作与殖民主义相关的“社会风俗”作家(有时竟与奥斯汀相提并论)，他与布鲁姆斯伯里文化圈也有着千丝万缕的联系。英国读者和批评家更为推崇他的《霍华德庄园》。他之所以被视为现代派作家，也许是因为他在这部小说中描写了当时英国所面临的严峻问题：自由价值的侵蚀，城市和帝国的扩张，阶级之间的分化。所有这些都展示了现代生存状况中的二元对立：自由主义与保守主义，文化与资本主义，乡村与城市。此外，他的叙述风格也由于全球图景的巨变而发生了视角的转变，虽然没有彻底打破传统的散文叙述习惯，却表现出了对象征主义的依赖。福斯特的现代主义主要以他的道德哲学为体现，既要揭示现代性带来的道德和哲学挑战，同时又不急于对众多矛盾和冲突下结论。

在英国现代主义作家中，除了伍尔夫属于英国现代主义源头的布鲁姆斯伯里文化圈，以及福斯特与这个圈子密切相关外，其他人(包括庞德)都被称为“1914年的人”(温德海姆·刘易士语)。他们或是移民(康拉德和艾略特)，或是痛恨英帝国主义侵略的爱尔兰人(乔伊斯和叶芝)，要么就是出身低微、感到受主流排挤的英国人(劳伦斯)。这样一种生存背景决定了他们对男权或父权社会以及家庭的摈弃，而遁入异化的个体意识或内心世界，从心理角度探讨现代世界上碎片化的生活经验，注重对人物的内在冲突的刻画。这样一种文学必然要打破传统的叙事技巧，采取一种新的风格、新的语言来表现一个新的现代世界：为表现现代人的不稳定感和破碎感而采用停顿、断片和省略；为再现现代人的内心恐惧和异化而采用荒诞而不合逻辑的意识誊写；或为描写现代性的零碎经验而采用拼贴、仿古和语义的层级化。可以说，语言和风格的“标新立异”是英国现代派的最大特点。

如果说这些小说家和诗人不能展示英国现代文学的一幅全景图，那么，辛格的《西方世界的花花公子》，萧伯纳的《圣女贞德》，奥卡西的《裘诺与孔雀》，柯华德的《私人生活》，贝克特的《等待戈多》，奥斯本的《愤怒的回顾》，品特的《生日宴会》，斯托帕的《罗森克朗茨和吉尔登斯坦已死》，弗里埃尔的《译文》和丘吉尔的《脱衣舞女》等剧作无疑为上述偏颇做了补充。从1907年到1982年，这些剧作家及其作品几乎涵盖了整个20世纪的英国和爱尔兰戏剧。这里我们把爱尔兰人辛格、奥卡西、贝克特和弗里埃尔与英国人相提并论，主要原因在于他们使用共同的语言——英语。此外，英格兰和爱尔兰之间的戏剧交流历史悠久，可以追溯到17世纪。王政复辟时期著名的爱尔兰剧作家康格雷夫在去牛津大学之前曾在都柏林的三一学院师从斯威夫特。此后几个世纪里，著名戏剧家无不往返于伦敦和都柏林进行创作和演出，到了19世纪末，“新戏剧”(The

New Drama)的发展使现代戏剧臻于成熟，英国和爱尔兰现代戏剧便也结下了密不可分的姻缘。

从定义上说，“现代戏剧”起源于欧洲的现代主义运动，其恒定模式是现实主义或自然主义，在挪威剧作家易卜生的社会问题剧问世之后，人物与环境相统一、情节与政治或社会问题的探讨相统一的原则广为英国和爱尔兰戏剧所用，从而把现代戏剧推向了现代主义的高潮，尤以贝克特的《等待戈多》为顶峰。作为荒诞派戏剧的代表作家，贝克特是透过模糊的镜片来看待人类生存境遇的，并把这种模糊的透视转移到舞台上来。显然，贝克特受到法国和德国存在主义哲学的影响，他想让观众通过一种没有明显剧情发展和缺乏意义的舞台对白去追问生存的意义，去追问那些无形的价值，如上帝的存在、爱国主义、爱情、友谊、荣誉、权力，甚至学术成就。

弗里埃尔被公认为是目前在世的最伟大的爱尔兰剧作家，他的《译文》被认为是迄今为止最重要的爱尔兰政治戏剧之一，描写的是19世纪初英国军队对爱尔兰的殖民主义侵略，但所反映的政治局势却是当代的(该剧写于20世纪70年代)，是在21世纪初也仍然存在的问题：语言交流的障碍，文化翻译的失败，纯粹交往的不可能性，而作为文化载体的语言之间的斗争实际上也是权力斗争，最后，一切灾难性的政治错误都可以“转译”为个人的灾难和痛苦，因为当灾难吞没某个社区时，忍受悲剧之苦的还是这个社区里普通的男男女女。

丘吉尔的《脱衣舞女》是一部社会喜剧，探讨的是在男人统治的当代世界上女性成功的本质：在经济、社会、职业和个性等方面，成功的女性仍然步男性的后尘。丘吉尔意在说明，英国妇女仍然扮演着“贤妻良母”的性别角色，为了获得职业上的成功，她们就必须放弃生儿育女的愿望，没有人能二者兼得。由此可见，丘吉尔的剧作反映了当代英国社会中妇女的现状，作为主流，她的剧作既体现了当代戏剧的新感性，又倡导女性主义、女同性恋权利以及对有色人种的容忍和尊重。她剧中的女性并不是在“男人世界上”获得成功的女性“小资”，不是偏重姐妹情谊的女性，而是堂堂正正的妇女。她主张采取集体行动争取所有妇女的平等和正义，因此被誉为社会主义女性主义作家。《脱衣舞女》首场演出在英国、北美和爱尔兰均获得了巨大成功。

社会、性别和种族问题也是20世纪美国戏剧的主要关怀。王尔德的《我们的城镇》，威廉斯的《欲望号街车》，米勒的《推销员之死》和《坩埚》，奥尼尔的《进入黑夜的漫长旅行》，汉斯贝里的《阳光下的葡萄干》，阿尔比的《谁害怕弗吉尼亚·伍尔夫?》，谢泼德的《被埋葬的孩子》，马梅特的《苏格兰便帽》和威尔逊的《钢琴课》，都从各个角度反映了美国现代戏剧的新感性，同时也对性别和族裔问题给予了极大关注。

在这些剧作家中，奥尼尔是获得世界声誉的第一位美国戏剧大师，他的《天边外》震撼了观众，震撼了整个现代世界，让人们看到了错误的选择是如何毁掉生活的。他的剧作不但探讨周围的病态社会，而且让人感悟到生与死的终极意义。他在手法上不拘一格，现实主义、象征主义、表现主义，意识流、旁白、合唱、面具，凡是可以有效地传达信息的手法他都用上了。《进入黑夜的漫长旅行》集所有这些手法于一剧，几乎包括他通常描写的全部主题和关怀，以及最复杂的人物刻画，堪称典范。

王尔德的《我们的城镇》在表面上讲述了两家人的生活，但实际上却以最微小的生活细节揭示了人生的短暂和构成这个短暂人生的悲伤和痛苦。威廉斯是以《玻璃动物园》确立声望的，但《欲望号街车》却是他的代表作，汇集了各种新的舞台表现手法和对人物的心理刻画，生动地表现了个人与社会的分裂，被美国戏剧批评家协会选为20世纪美国最重要的戏剧。米勒曾坦然承认《欲望号街车》给了他活力和勇气去进行更自由的实验和探索，但米勒所关心的却是个人与社会的关联而不是分裂，注重的是人的道德和社会责任感而不仅仅是如何实现“美国梦”。正是由于这种道德探索以及对个人言行冲突的检验，批评家才把他的《推销员之死》和《坩埚》看作是姊妹篇。

20世纪70年代美国的戏剧实验发展到“外百老汇之外”(Off-Off-Broadway)，涌现出了一大批优秀的剧作家，谢泼德就是其中之一。他的《被埋葬的孩子》以现实和超现实的混合手法描写了一家三代的生活，以人物怪异的行为和夸张的心理疾病反映了三代人之间的冲突，揭示了美国小镇生活的蜕化和腐朽，家庭生活中的背叛、不负责任和情感匮乏。20世纪80年代目睹了一位非裔美国剧作家的崛起，即奥古斯特·威尔逊。为他赢得第二个普利策奖的《钢琴课》探讨了非裔美国人该如何对待自己种族遗产的问题。在非裔美国人的历史感性中，“钢琴课”所象征的奴隶制是一个关键的时期，既不能忽视也不能忘掉，它是把文化遗产与种族未来相连接的桥梁。过去是一种更充实的现实生活的基础，也是一个更加美好的未来的保证。

第五节 “垮掉”文学

如果说奥尼尔的《天边外》带动了美国现当代的戏剧探索，把美国社会、家庭和个人的病态搬上了舞台，与欧陆戏剧的荒诞再现构成互补，因而具有了普遍性，那么，能够代表“二战”后美国文学创作的则是20世纪六七十年代以“垮掉分子”身份出现的一批年轻人。他们发动了一场独具美国特色的文学运动，俗称“垮掉的一代”。这场别具一格的美国文学运动也生产了别具一格的作品，包括霍姆斯的《去》，凯鲁亚克的《在路上》和《达摩流浪汉》，金斯堡的《嚎叫》，巴勒斯的《赤裸的午餐》，卡萨迪的《第一个第三》和伍尔夫的《电子冷却酸性检测》。

1944年，凯鲁亚克、金斯堡、巴勒斯和汉克（首次使用“垮掉”一词的几位作家）在纽约市哥伦比亚大学和时代广场一带的会面标志着“垮掉的一代”的开端。这里的“一代”并非指出生在同一个时代的一代人，而指反叛老一代人的叛逆艺术家，因此，“垮掉的一代”这个术语指的是要打破旧的传统束缚、以反叛一切为宗旨的作家。他们的口号是“凡是可以反叛的都要反叛”。他们根本不需要学术界和批评界来确立地位和声誉，而是通过报刊和电视使他们的作品和名字家喻户晓。他们反叛20世纪40年代美国日趋明显的物质主义和高压政治，反对50年代的保守主义和冷战氛围，并寻找出路逃离由警察和国家机器控制的强制文化，这个出路就是文学。

凯鲁亚克的《在路上》以“自发的风格”描写了一次“寻父”经历，或至少是寻找一个有远见有智慧的父亲，一个能够讲“道”（the Word）的先知，一个不同于他自己的父亲、与传统社会和家庭价值相悖逆的父亲。作者以虚构的形式描写了现实生活中实际发生的事件（只改变了人名和地名），这种叙事方法成了“垮掉”文学的特有标志，为后来的新新闻主义文学奠定了基础。《达摩流浪汉》是他的另一部成名作，仍然以半虚构的方式叙述了《在路上》发表之后作者的生活，即在美国主流文化之外经历的另一种生活。在这种生活中，主人公告别了《在路上》中的虚无、犯罪和狂热，而以冷静、镇定和渊博的知识对待生活。颇为有趣的是，小说的主人公对东方的佛教发生了极大兴趣，并要履行达摩，即一个佛教徒所应履行的宗教和社会义务，以此来批判美国的物质主义和金钱至上。

金斯堡是社会主义者，妻子曾经在新泽西一个共产党组织里担当书记职务。20世纪30年代，在美国人眼中，共产主义是一种“圣战的宗教”，“上帝的外表”浸透着“阶级意识”（金斯堡语）。但是，马克思主义还不足以理解“就美国社会的全部罪恶对我们造成的心理影响”。虽然凯鲁亚克公开宣称“垮掉派”不投身政治，只对神秘主义感兴趣，但金斯堡却认为凯鲁亚克的表现主义美学可以用于政治目的。然而，他自己的代表作《嚎叫》虽然表达了一代嬉皮士对美国社会的不满，抨击了美国社会对不同政见和非主流文化的压制，但贯穿全书的却是抽象的诗歌形式，探讨诗歌的韵律和结构，而不是政治或个人问题。

巴勒斯的创作目的是重新思考语言及其记录和阐释经验的能力。他的《赤裸的午餐》是美国文学史上的一个里程碑，题材和语言的运用引起了激烈的争论，在美国许多地区被查禁，实际上是美国现当代史上由于语言猥亵而被告上法庭的最后几部书之一(在此之前《嚎叫》也曾受审)。该书描写的是一个中间地带，是幻想中的某一现代城市，那里居住着性变态者，那里除了隐私之外一切应有尽有。小说中的人都机械而非理智地看待世界，根据神经病理而非情感来理解事物。他们的行为是靠外界刺激而非潜意识来支配的。小说的震撼之处在于它勇敢而一丝不苟地从心理学角度描写了人向机器的转变。

如果说“垮掉的一代”在美国现代史上最混乱的文化冲突中，面对核战争的威胁、歇斯底里的反共浪潮和排除异己的文化压制而创造出了独具美国特色的文学的辉煌，那么，20 世纪美国文学中最具想象力、最耐人寻味、拥有最大读者群的却是美国犹太作家的作品。美国犹太族裔作为战后美国社会的一个特殊群体，他们的希望和梦想，他们面对的挑战和困境，成了这些犹太作家的恒定主题。反映这些主题的作品包括卡汉的《大卫·勒文基的崛起》、叶齐尔斯卡的《养家糊口的人》、戈尔德的《没钱的犹太人》、亨利·罗思的《醒来》、勒文的《老友》、贝娄的《奥吉·马齐历险记》、马拉穆德的《助手》、珀托克的《入选者》、菲力普·罗思的《波特诺伊的抱怨》和奥齐克的《斯德哥尔摩的弥赛亚》。

犹太人向美国(新英格兰)的迁徙最早可以追溯到 1654 年，美国犹太文学的创作就是在那时开始的。《诺顿美国犹太文学选集》按照年代顺序把美国犹太文学分成五个时期：(1)迁徙文学，1654—1880 年；(2)大浪潮，1881—1924 年；(3)困难时期的从边缘到主流，1924—1945 年；(4)成就与矛盾，1945—1973 年；(5)彷徨与回归，1973 年之后。无论哪个时期，美国犹太文学描写的都是他们在异邦(美国环境下)构建犹太人身份实现“美国梦”的斗争。

对马拉穆德来说，每一个人都是犹太人，因为每个人的生活无论看上去多么甜蜜和充实，本质上都是悲惨的，没有犹太人生活与非犹太人生活之分。犹太人的历史开始于上帝赋予这个民族以精神性，接着而来的却是对这种精神性的背叛，民族的毁灭、流放，以及对道德义务、人类责任和偶尔的欢乐的维护。这不仅仅是犹太人的命运，也是人类普遍的遭遇。每个民族都有自己的遗产，都有自己的过去。犹太人为保护自己民族的遗产而奋斗得太久、太辛苦，所以对自己民族遗产和民族身份的意识也就最强烈。《助手》中食品杂货店的犹太店主以艰苦卓绝的斗争和富于人性的同情体现了这一深刻的主题，这部作品也被誉为马拉穆德的最佳小说。

索尔·贝娄是读者最熟悉的美国犹太小说家。他有三部作品获得国家图书奖，《奥吉·马齐历险记》就是其中一部，以对流散中的犹太性的鲜活描写确立了他作为20世纪美国重要小说家之一的地位。一般认为，小说最能充分地体现贝娄的创作天才，但他描写20世纪家族史的短篇故事也同样魅力四射，可以与蒂利·奥尔森和威廉·福克纳相媲美。他笔下的所有人物都为犹太人的身份所苦，都忍受罪恶人性的宰制，都在难以忍受的生存状况下挣扎。然而，他们还不仅仅忍受，他们还行动，说话，给天底下的每一个人写信，包括尼采、斯宾诺莎、艾森豪威尔，甚至天堂里的上帝。他们需要明白究竟怎样才算是真正做人。也许哲学家回答不了这个问题，但小说家却以生动的形象、动人的故事展现了问题的答案。

亨利·罗思和菲力普·罗思并不是同时代人。亨利生于1905年，1934年发表《醒来》，以诚实的现实主义手法和卓越的艺术技巧而一举成名。但奇怪的是，直到60年后的1994年，他才发表第二部小说，即四卷本的《粗暴的河流》的第一卷。期间，他曾尝试写作无产阶级文学，但没有成功。菲力普·罗思生于1933年，并为自己生为犹太人而倍感骄傲。1959年发表第一部作品《再见哥伦布》，获得了美国国家图书奖，并得到了两所大学的教职。10年后，他发表《波特诺伊的抱怨》，以第一人称描写了一个犹太男孩的性变态，夹杂着60年代城市的动荡和骚乱，反越战的抗议，性解放和女权运动。他承认自己深受卡夫卡的影响。

著名当代犹太女作家奥齐克曾于1970年号召犹太人在流散中创作永久的犹太文学。她在作品和公开演讲中主要关心的是犹太历史、犹太教和犹太文化，以及在当代社会中，尤其是在大屠杀之后的美国作为一个犹太人究竟意味着什么的问题，而作为一个小说家，这个政治问题常常转化为美学与道德之间的一种特殊的对立矛盾。她把意第绪语说成是“一片乌云中的一点黑暗”，这是她卓越的隐喻技巧，“没有对记忆和历史的隐喻，就不能想象他者的生活”。因此，文学是救赎的手段，这是《斯德哥尔摩的弥赛亚》的主题。

第六节 活在当下

我思故我在。我思我不在。我思我在吗？笛卡儿说了一句话，人便具有了现代主体性。然而，“我思”确立了“我”与“思”的一种关系。“我”是一个确定的、持续存在的主体；“思”是对“我”进行分析、怀疑、确证的思考过程。这意味着思考的结果不一定是我在，也不一定是我不在，但可以确定的是所提出的问题：“我在吗?”如果“我在”的“在”是“存在”，那就不应该仅仅指已然的存在，或已然的生活经历，不应该仅仅是在流动的现时中把一个“以前”和一个“以后”综合起来的混合体。人是这样一种混合的存在吗？文学艺术是这样一种混合的存在吗？历史或传统由于类似上述的“我思”而“存在”吗？如此挂一漏万的简化的谱系并不能证明“伟大的传统”的存在，不能说文学由于反映了与生活世界的相像性就具有了再现性，也不能说文学说出了作者对生活世界的感受、描绘了作者的个人体验就具有了表现性。文学艺术不具有任何再现性和表现性，有的只是知觉对象和情感反应。

德勒兹和瓜塔里所说的知觉对象和情感反应是自治的和自足的存在，与经验或已经体验过它们的人毫无关系。① 文学艺术就是这种自治和自足的知觉对象和情感反应，因为文学艺术的伟大就在于它的独立存在，在于它对日常生活和人类经验的不可逆转，在于它对现存世界的“小化”；因此也不再依赖于一个认知主体或一个已经构成了的世界。顺理推之，一部优秀的文学作品也不一定非得依赖传统而存在。德勒兹和瓜塔里把文学艺术视为知觉对象和情感反应的观点源自他们对现代派的阅读。但现代派虽然提倡艺术的自治，却仍然诉诸传统、历史或文化。德勒兹和瓜塔里则不然。他们认为文学艺术一经生产出来，就脱离了人类历史或既定传统，脱离了它们所源自的日常生活，不可能回归到过去，回归到传统，或回归到起源。艺术所敞开的那种生活就仿佛电影中的影像，就仿佛一个个虚拟的画面，从根本上说还不是人类的(而是机器的)，还不是现在的(而是未来的)，还没被赋予特定的形式或经验(而是原生态的)；它需要观者/读者的认知和感受，而认知和感受的时刻必然是当下。如同戈达尔所说，影片呈现的一个个影像就是当下的现实。当下不可能被表现为持续的或自在的时间或历史。当下，或眼下的时刻，不是人类已然

① Deleuze, *Cinema 2: The Time-Image*, 1989, p. 80.

经历过的那个完整的意义世界，而是铸成现时生活的那些不同的情感反应或相遇，只有从某一特定的视角把这些反应和相遇综合起来时，才会有人类生活或世界历史。

生活是由无数差分化的力构成的多元体。在这个多元体中，只有物质具有表现性，不仅表现为震颤的、自治的和非人的力，而且表现为与人的目光的相遇。当你从日常行为和意义语境中提取某种物质，使其与生活中的另一种倾向相遇，即与精神相遇时，你便在物质与精神的结合中体验到了力，体验到了真正的生活，你便通过自己的意愿和感知组织了你的物质的身体，进而使你体验到物质是为你而存在，而非为其自身而存在的，因此而感到物质的力。人依靠这两种倾向生活：物质是空间的、非关系性的、延展的、分离的、无未来指向的；精神是内在的、想象的、关于未实际发生的事物的，允许与潜能或可能发生的事物建立关系。艺术家的伟大就在于他/她能够既采纳已经发生过的关系，又能打开未发生的关系的潜能。他/她所要捕捉的不是生活本身，不是构成生命意义的人性，而是把生活作为一股促成变化的力量，挖掘其潜藏的色彩、线条和光度，进而提供新的感知，而非已然的生活。这就是艺术创造的生命力。①

活在当下既是文学艺术的生成哲学，也是每一个当代人的生命哲学。无论是包法利夫人还是海斯特，无论是亚哈还是盖茨比，他们都不仅是我们记得的作品中的人物，同时也是当下生活中最具日常性的人。他们的喜怒哀乐、成败挫折、贪婪偏执、悔恨傲慢等情感反应，包括理解、调和、创造，绝望、孤独、丧失，都是现实/虚构的人与外界相遇的结果。人，活在当下的人，在文学中比在现实中更鲜活，即在最熟悉、最具日常性的当下时刻最清晰地呈现出来。人的日常性并不是神秘玄奥的。科学、医学、神学、宇宙论不能呈现日常生活中人的复杂性、能动性和潜能，而必须到模糊的运动、人与其他人的互动以及与社会和政治的分子式连接中，去寻找作为人之定义的情感、意义和欲望，而在文学和批评中，情感、意义和欲望则体现为某些概念、某些力、某些行为倾向的联合。人与文学处于同一的关系之中。

① Claire Colebrook, *Deleuze: A Guide for the Perplexed*, London and New York: Continuum, 2006, pp. 98-99.

第九章　文学与解放：解殖的书写

第一节　后殖民书写

与后现代主义一样，后殖民主义是一个很难定义的概念。按利奥塔所说，前缀“后”(post-)表示一种信念，即我们有必要也有可能打破传统，建立绝对新的生存和思维方式。① 利奥塔断定这一突破实际上是忘记或压抑过去，也就是重复而不超越过去，但不必非得忘却或重复不可。根据这种说法，“后殖民”和“后殖民主义”这两个术语就必然指殖民主义结束之后的一个时期。罗伯特·杨把西方殖民主义或帝国主义扩张的源头追溯到1492年，也即哥伦布发现美洲“新大陆”的那一年。② 但是，如果我们把殖民主义定义为“帝国在政治、经济、文化、军事、宗教等方面的扩张，或占领、奴役和剥削弱小民族的殖民化进程”的话，那么，真正意义上的殖民主义应该开始于1498年，即葡萄牙占领果阿的那一年，因为达·伽马率领贸易船队去往印度时目的很明确，就是要在印度建立一个殖民地，以垄断印度至欧洲的海上香料贸易。这个扩张进程一直持续到1945年第二次世界大战结束。从历史时间上看，这的确是事实：20世纪50年代末和整个60年代，反殖民主义的斗争风起云涌，亚洲、非洲、拉丁美洲等地的被殖民国家相继独立，到了70年代，世界已经进入了民族—国家的时代，世界范围内的解殖进程已接近尾声，进而迎来了“后殖民”时期。然而，正如杨自己所说，世界的经济体系仍然是在西方的控制下发展的，就政治、经济和军事力量而言，西方仍然掌握着主控权。政治上的解放并没有带来经济上的解放，而没有经济上的解放，政治解放只是空谈。③ 即便在政治、经济和军事等方面逐渐式微的“大英帝国”，由于其标准英语的语言优势和具有悠久历史的文学经典，其作为审

① J. Lyotard, *The Postmodern Explained to Children*: *Correspondence 1982—1985*, Julian Pefanis & Morgan Thomaseds. Stanford: Stanford University Press, 1992, p. 90.

② 如果把哥伦布出于商业和探险目的的航海旅行看作是殖民主义和帝国主义扩张的开端，那么，哥伦布所效仿的马可·波罗的欧亚之旅(13世纪)是不是可以视作先驱呢？

③ Robert J. C. Young, *Postcolonialism*: *A Historical Introduction*, Oxford, UK: Blackwell Publishers, 2001, p. 5.

美趣味和价值试金石的文化生产仍然主导着当今的后殖民世界。[①] 或者可以说，旧殖民主义阴魂未散，新殖民主义就已粉墨登场了。

“后”的另一种解释或许比年代顺序说更具合理性，即采纳“后结构主义”之“后”的意思：不是指继结构主义（与后结构主义）或现代主义（与后现代主义）或女性主义（与后女性主义）“之后”的时间概念，而是指对前者（结构主义、现代主义、女性主义）的修正、反抗或抵制，在概念上超越前者或取代与前者的界限。从这个视角出发，凡是反殖民的文本，拒绝和批判任何殖民主义干涉或帝国主义侵略（如以促进世界文明、保证人类进步和振兴落后文化等为借口的侵略）的文本，都可以说是后殖民主义文本，因为这些文本“超越”了殖民主义的限域，破解了殖民主义的意识形态，并反戈一击，对其进行毫不留情的解构和批判。

从总体上看，后殖民主义是对“殖民后果健忘症”的一种理论抵制，重温、回忆、质疑殖民历史的一场运动。它致力于前殖民地社会和全球范围内的殖民主义经历、历史创伤及其在当下影响的研究，包括奴隶制、移民、压迫、抵制、种族、性别、场所等主题，以及对欧洲宗主国的历史、哲学、人类学和语言学等话语的“逆写”。因此，这个术语既包括帝国主义和殖民主义时期的情形，又包括殖民主义历史终结之后的状况。从地域上说，它包括对罗伯特·杨所说的“三大陆”的描述，即亚洲、非洲和拉丁美洲（杨以此代替“第三世界”）；也包括西方的少数族群、美国土著和非裔、英美的亚裔和加勒比海人以及澳大利亚土著。而探索形式则不仅仅是后殖民理论，还包括文学、艺术、电影、历史、语言、新媒体等。但不管怎样界定，其基本客体是殖民主义的话语和意识形态及其在殖民主义期间和之后产生的破坏性后果。霍米·巴巴就后殖民批评总结道：

> 后殖民批评见证在现代世界秩序中争夺政治和文化权威的不平等的和不均衡的文化再现力量。后殖民视角产生于在东、西、南、北的地缘政治分野中对第三世界国家和“少数族群”话语的殖民证据。他们介入现代性的意识形态话语，试图给国家、种族、群体和民族的不均衡发展和区别性的、有时是不利的历史提供一个权威性标准。他们围绕文化差异、社会权威、政治歧视等问题进行批评修正，以便

---

① Bill Ashcroft, Gareth Griffiths, and Helen Tiffen, *The Empire Writes Back: Theory and practice in post-colonial literatures*. London and New York: 1989, p. 7.

> 揭示现代"理性化"内部的那些敌对和矛盾的时刻。我们出于自己的目的而用于尔根·哈贝马斯的话说，在最普遍的理论层面上，后殖民研究致力于对"意义丧失、反常状态"等社会病变的探讨，它们已经不再简单地属于"阶级敌对问题了，而进入了广泛的历史偶然性之中"。①

这个定义只是针对后殖民理论和文化批评而言的。在文学领域，《帝国逆写》的作者们也规定了"后殖民"这一术语的具体用法：

> 我们用"后殖民"这个术语指从殖民化开始到今天受帝国进程影响的所有文化。这是因为在由欧洲帝国侵略开始的整个历史进程中，占领始终在持续着。我们还认为用这个术语指近年来出现的跨文化批评以及构成这种批评的话语，是最为恰当的。②

按照这个定义，该书作者们把非洲各国、澳大利亚、孟加拉、加拿大、加勒比海地区、印度、马来西亚、马耳他、新西兰、巴基斯坦、新加坡、南太平洋诸岛国以及斯里兰卡等国的文学都算作后殖民文学。虽然美国在第二次世界大战之后占据了强国的地位，扮演了新殖民主义者的角色，但在此前二百多年的历史中它与宗主国的关系仍然是后殖民性质的，所以也包括在这个范畴之内。③ 后殖民文学的特点主要体现在其殖民地经验、与宗主国的紧张关系及其与帝国中心的文化差异上。上述定义基本上把后殖民文学分成两个阶段：从殖民化开始到殖民地独立的整个帝国时期，和殖民地独立后的时期。殖民化时期的文学又可分为两种：一种是由持殖民立场、维护宗主国权力的文化精英所写的文学，包括小说、故事、游记、备忘录、杂记、散文甚至诗歌等；另一种是由受过英语教育、经过殖民者特许的土著人所写的文学，如印度上层社会精英或非洲传教士写的文学。这两种文学统称为早期后殖民文本，其潜在的颠覆性目前尚有待证实。

对殖民历史最具颠覆性的是后殖民社会生产的后殖民文学，即1945年以后陆续获得独立的国家和地区生产的文学，帝国的大厦坍塌之后由

---

① Homi Bhabha, "Postcolonial Criticism," in *Redrawing the Boundaries: The Transformation of English and American Literary Studies*. Stephen Greenblatt and Giles Dunneds. New York: Modern Language Association of America, 1992, p. 436.

② Ashcroft, Griffiths and Tiffen, p. 2.

③ Ashcroft, Griffiths and Tiffen, p. 2.

前帝国属民所写的文学，它们构成了“帝国逆写”的文本。就形态而言，这些文本主要分为四种：

> 第一种是民族的或地区的文本，强调特定民族和特定地区的文化特性；第二种是宣传种族遗产的文本，强调散居于世界各地的不同种族的殖民经验，如非洲黑人的离散书写；第三种是不同程度的比较模式，试图在两种或多种后殖民文学之间进行语言、历史、文化的比较；第四种是综合性的比较模式，试图把杂交性和类并性当作所有后殖民文学的构成性特征。①

所有这四种形态都把语言用作斗争的武器，通常采用废除和挪用两种策略。废除就是拒绝宗主国的语言优势，拒绝宗主国语言的审美范畴、规范或标准用法以及词语中的传统或固定意义。挪用是指用“并非自己的语言传达自己的精神”，即以宗主国的语言为媒介，用不同方式表达不同的文化经验，或用宗主国的语言表达自己的文化经验。② 后殖民社会中的语言群体大致分为三类：一类是单语社会，即以小写的英语为土著语言的殖民地；第二类是双语社会，如印度、非洲、南太平洋诸岛、加拿大魁北克地区等；第三类是多语社会，如加勒比海地区。在双语和多语社会，小写的英语呈现多种区域性变体，一方面为所有操英语者提供了词汇，另一方面又构成了与其他英语地区极为不同的区域或民族特性。③

总体来说，后殖民文化理论和后殖民文学思潮属于既密切相关但又界限分明的两大阵营。理论无疑源自对现存文学的阅读、阐释和评价；而现存文学本身不仅面对如何进入经典的问题，而且面对在跨文化语境中改造传统的想象形式，使之适合于新形势下语言表达的偶然性的问题，进而构筑符合自己民族特性的叙事结构。后殖民书写注重文本传达的“信息—事件”，坚持把书写当作能够发挥不可估量的社会作用的一种社会实践，因此，书面文本是作家提供的社会环境，在这个环境中，读者对特定话语描述的特定“事件”的参与将决定文本的意义。这种“话语事件”包含着话语作为交流的全部生产和消费特征，而其参与者又本质上是缺席的，因此是后殖民文学中最重要的环节。换言之，由于作者和读者处于永不谋面的话语空间之中，意义，或“信息事件”，就只能存在于书写行

① Ashcroft, Griffiths and Tiffen, p. 15.

② Ashcroft, Griffiths and Tiffen, pp. 38-39.

③ Ashcroft, Griffiths and Tiffen, pp. 39-40.

为与阅读行为之间的社会缝隙之中，就只能在作者、读者和环境的三重互动中得以实现。在这个意义上，后殖民就是一种阅读方式。

第二节 “杂交”之源

莫罕达斯·卡拉姆昌德·甘地并不是后殖民文化批判中经常出现的名字。然而，按照罗伯特·杨的说法，甘地“对英国统治印度之合法性之说的抨击，他对西方现代性的广泛的文化批判，他提倡的文化阈和杂交的思想，他为抵制和对抗英国强权而制定的详细策略，他对他所挑战的那种现代性所生产的技术的熟练使用，他对父权制、种姓制度、资本主义竞争、工业劳动状况以及印度财富严重失衡状况的质疑”,① 都无疑使他成为反殖民斗争的先锋战士和思想家。

甘地著名的非暴力不合作思想初看起来并不符合殖民地人民解放斗争的要求，而一旦深究其理，其深邃的思想内涵却证明这是一项非常有效的从殖民主义内部瓦解殖民主义的解殖策略。在甘地看来，反殖民主义不仅是一场物质战争，而且是一场精神战争。殖民主义的长期统治已经在殖民者和被殖民者中造成了文化和心理病变，因此，彻底的解放必然是殖民者和被殖民者的心理解放。按照这种理念制定的抵抗策略是“以子之矛攻子之盾”的一种抵抗心理学，即从所抵抗的那种文化内部汲取思想和策略来对抗之。除此之外，甘地还吸取印度反殖民斗争和殖民文化的经验，提出了“杂交”这一重要的思想和政治策略。就作为政治家的甘地而言，这种杂交首先是政治风格上的，即把不相协调的派别、文化、种姓和阶级综合起来，听取各方意见，采纳合理观点，致使他在政治上不但得到了印度资产阶级精英的支持，而且受到广大农民的欢迎。此外是宗教思想的杂交，即自由接受来自基督教、佛教和伊斯兰教的思想，但他的根依然是印度教。对各种宗教思想的这种创造性综合或发散式接受使他清楚地看到，一切宗教传统实际上都源自同一个上帝。这是用外来文化修正自己文化之根的一种杂交。

众所周知，后殖民理论中的杂交思想是霍米·巴巴提出、萨尔曼·拉什迪加以文学再现的。这两人都是印度少数群体的成员，他们都生长在既提倡种族纯洁又奉行种族差异政策的印度，在思想上深受甘地这位

① Young, *Postcolonialism: A Historical Introduction*, Oxford: Blackwell Publishers, 2001, p. 337.

政治领袖的影响。甘地提出在不同文化的不同人口中实行语言和文化杂交，这正是巴巴在巴赫金的"意图性"语言杂交的启发下提出的分裂式文化杂交的思想。甘地在政治上实践的杂交化触动了印度文化中矛盾的但却积极能动的因素，而巴巴则将这些因素改造成了阅读现代性的一种方法。然而，巴巴并非仅仅受甘地的杂交思想的影响，在某种程度上，美国早期的黑人运动领袖 W. E. B. 杜波依斯也是杂交理论的先行者。在《文化的定位》的最后一章中，巴巴把杜波依斯的《黑人民众的灵魂》作为他这部著作的先驱，并在最后一页引用了杜波依斯的一段话："社会学知识如此令人悲哀地混乱，以至于进步的意义，人类行动快与慢的意义，人类可完善性的极限，在科学的岸边都成了被掩盖的、没有答案的谜。埃斯库罗斯为什么在莎士比亚出生两千多年前就开始吟唱？文明为什么在欧洲兴旺而在非洲闪烁，燃起了火焰，最后又熄灭了呢？只要这个世界在这些问题面前装聋作哑，那么这个国家是不是就可以拒绝给那些曾给海上霸权唱过悲歌的人自由的机会，而声称它的无知和没有光环的偏见呢？[①]"

肯尼斯·莫斯顿曾就巴巴和杜波依斯的两部著作做过比较研究，发现巴巴的后殖民文化研究与杜波依斯的后奴隶制黑人研究在术语上有许多重叠。比如，双重性(doubling)。杜波依斯用这个术语指后奴隶制一代人的矛盾意识，即拥有民族身份，但又在那个民族内部受到种族压迫。巴巴在后殖民理论中提到了一个特殊的"世界场所"，它既是一种形式的"审美距离"，也是使"政治过程具有双刃"的各种"功能"。与此相关的是矛盾情感(ambivalence)，即感到自己已经成为问题的一种情感。在杜波依斯那里，这是指主导社会成员注意到了他者，并且一直以来就想向后者提出的问题，任何问题；在巴巴那里，则是殖民者在殖民化过程中就已经形成和内化的问题。另一对相关术语是杂交(hybridity)和跨学科性(interdisciplinarity)。对杜波依斯来说，美国黑人文化本身就是一种非常有繁殖力的杂交，在特定情况下可以导致一个群体从另一个群体相对的文化独立。巴巴对杂交的解释并不像杜波依斯这样简单，它首先产生于摹仿，在摹仿的过程中必然会造成某种丢失，或者造成对被摹仿者的破坏。莫斯顿认为巴巴本人的理论就是这样一种杂交，或跨学科性研究。第三对术语是移民和民族艺术。对这两位理论家来说，后奴隶制的世界和后殖民的世界都是移动性极强的世界，而所有这些"移动"都开始于"贩

① Homi Bhabha, *The Location of Culture*, New York: Routledge, 1994, p. 255; W. E. B. Du Bois, *The Souls of Black Folk*, New York: New American Library, 1982 [1903], p. 275.

奴路”，杜波依斯称之为“被强迫的移民”，而巴巴则用“民族播散”(dis-semi-Nation)来表示后殖民时代的人口流动。① 而就“民族艺术”这个术语而言，杜波依斯和巴巴都把某种特定的艺术形式(音乐之于杜波依斯，诗歌、小说和电影之于巴巴)作为黑人面对世界说话的方式。“黑人的民间音乐——奴隶有节奏的呼喊——不仅仅是今天美国唯一的音乐，而且是大洋此岸的人类经验最美丽的表达。”②对巴巴而言，本身就是民族遗产的这些黑人民歌已经是这个民族的杂交产物，而且已经代表这个民族转移到社会和文学的叙事领域中来了。

杜波依斯的《黑人民众的灵魂》是美国后奴隶制时代的一部真正的政治理论著作，它对美国黑人民权运动起到的巨大推动作用是不可估量的。他对黑人种族和非洲后裔的本质主义研究既是生理的，也是文化的，因此，无论在哪种意义上，他的这部著作都可以说是桑戈尔“黑人性”理念的前身，也可以说是巴巴后殖民理论所继承的不可或缺的一笔遗产。

第三节 “黑人性”

利奥波德·塞达尔·桑戈尔是提出“黑人性”(negritude)概念的两位重要的非洲黑人思想家之一。1960 年塞内加尔独立时，他当选为塞内加尔共和国第一任总统。他不仅是位了不起的政治家、思想家，还是著名的抒情诗人，是操法语的“黑色非洲”的原型人物和代言人。他的口号是同化法国文化而不被它所同化，即在从法国文化中汲取有益因素的同时保留非洲土著文化的价值：黑人女性、非洲艺术、黑人音乐和非洲特有的“黑人性”。这一文化移植原则促成了一种新的法属非洲的人文主义，也即他自己在诗歌中歌颂的黑人的骄傲，黑人旋律和节奏的美，以及黑人无忧无虑的内心安宁。他歌颂非洲的过去、非洲的民俗、非洲的传统；他也歌颂非洲的现在、非洲的伤痕、非洲的希望；他还歌颂非洲的未来、非洲的梦想、非洲的普遍友爱。他要把最朴素、最底层的非洲农民从现今的奴隶制中解放出来。

虽然桑戈尔不是第一个提出“黑人性”概念的人(艾米·塞萨尔于

① Kenneth Mostern, “PostcolonialismAfter W. E. B. Du Bois”, in *Postcolonial Theory and the United States: Race, Ethnicity, and Literature*, edited by Amritjit Singh and Peter Schmidt, Jackson: University Press of Mississippi, 2000, pp. 258-276.

② W. E. B. Du Bois, *The Souls of Black Folk*, New York: New American Library, 1982 [1903], p. 256.

1935年发表在《合法辩护》上的一篇文章中首次提出)，但他却是“黑人性”理念的最佳阐释者。在给这个术语的多次定义中，桑戈尔坚持“黑人性是黑人非洲文明的遗产、价值和精神”；“是黑人非洲文化价值的总和”。在另一处，他还区别了“源头的黑人性”，即白人来到非洲之前的黑人文化，和“作为有效的解放工具”的黑人性，也就是当下由于长期受压迫而导致的激进的黑人性。[①] 可见“黑人性”的定义并不是一成不变的。塞萨尔在著名长诗《归国笔记》(1938—1939年)中描写了黑人性的四个方面：肤色、种族、心理和人权。在一次访谈中，他将其具体定义为：“身为黑人的意识，简单地承认一个事实，即接受自己是黑人的事实，并为黑人的命运、历史和文化负责。”[②]萨特曾借用海德格尔的术语将其简洁准确地定义为“黑人在世界中的生存”，[③] 即黑人以某种方式实现他们与周围世界的关系，包括对宇宙的理解，灵魂的张力，自我与他者的选择，克服严酷环境的生活经验，简单说，是黑人的灵魂，是非洲黑人数个世纪以来始终沐浴其中的文化氛围，这种氛围就是桑戈尔所说的非洲文明的“精神”或“黑人世界价值的总和”。

在桑戈尔看来，黑人是具有特性的一种存在，其与生俱来的独特价值不同于白人的价值。“传统上，黑人始终源于大地、属于大地、依靠大地。他是感性的，感情奔放……既是主体又是客体。他感觉胜过理解。……黑人不缺少理性。他的理性不是推论的；而是综合的。白人的理性是实用性分析；黑人的理性是参与性直觉。”[④]这种心理透视显然忽视了黑人的社会经济环境和种族文化的交叉，而过分强调黑人文明的农业方面。然而，这种特殊的黑人心理，也即“黑人的天才”，是原始文明的结晶，集结着这个种族受难的一块块伤疤，它们始终都会留在这个种族的集体记忆之中。对20世纪的黑人来说，“黑人在世界中的生存”也包括黑人种族的骄傲，他们对西方种族主义和帝国主义的叛逆，以及为总体自由而进行的艰苦斗争。一旦获得了自由，他们的激进性就会消失；

---

① L. S. Senghor, “An Interview, June 1959”; and “Rapport sur la doctrine et le programme du perti”, given at the Constitutive Congress of the African Assembly Party (P. R. A.), mimeographed, 1959, p. 14.

② Aimé Césaire, An Interview, June 1959. In Césaire, A. *Notebook of a Return to My Native Land*. MireilleRosello with Anne Pritchardtrans. Newcastle Upon Tyne: Bloodaxe Books, 1995.

③ Sartre, “Orphée noir”, preface to L. S. Senghor's *Anthologie*, p. xxix.

④ L. S. Senghor, *L'esthétique négro-africaine*, *Liberté*, NégritudeetHumanisme, tome I, Paris: Seuil, 1964, p. 302.

他们就会与其他种族和民族建立新的生存关系，就会为“普遍的饥渴”而最终生产出“鲜美多汁的果实”。未来的黑人必将重获已被压制的自豪和种族的历史意识。他们将再次扎根于非洲文化和历史，谱写自己的“黑人性的史诗”，歌颂自己的“黑人性的辉煌时代”。

第四节 黑人文化

弗朗茨·法农在阿尔及利亚获得政治觉醒，通过阿尔及利亚革命而理解了解放斗争的意义。在法农看来，解放不仅仅是国家的政治独立，而且是社会的再造，是人的自我解放和再生，是人们消除殖民影响、重建人际关系(包括与前殖民者的关系)的过程。重要的是，法农认为自我解放与人民的解放斗争即便不是同一回事，但也密切相关。作为精神分析学家，他根据早年对少数人与多数人关系的敏锐观察，根据自己的亲身经验，就殖民主义对人际关系造成的扭曲影响进行了深度分析，写成了1952年发表的《黑皮肤，白面具》。但他明白，对个体环境的分析离不开对社会环境的分析，所以便从个体研究转向了群体和社会研究。

1953年后，法农开始参与阿尔及利亚民族解放阵线的活动，经历了阿尔及利亚革命的高潮，于1956年正式加入民族解放阵线，此后便把余生献给了解放事业，直到1961年12月6日在华盛顿逝世。他的另三部作品，《地球上受苦难的人们》(1961年)、《即将发生的非洲革命》(1964年)、《气息奄奄的殖民主义》(1967年)，都是他阿尔及利亚革命经历的总结和升华。法农提倡的是双重使命，既要解放黑人又要解放所有受压迫的民族，因此，他拒绝无限制地接受“黑人性”。“黑人性”只是一种暂时的需要，最终必然让位于更加普遍的革命。的确，黑人的过去和非洲的历史使他倍感骄傲，因为那也是他自己生活的一部分；但他并不赞同桑戈尔等人为“黑人性”规定的意义，把“黑人性”绝对化。政治和文化的解放，所有殖民地人民的解放，才是他真正关心的问题。法农指出，要获得解放全人类这样一种国际主义意识，首先必须有一种民族意识，自我的意识：“自我的意识并不是关闭交流的大门。哲学思想教导我们，它恰恰是交流的保证。民族意识不是民族主义；只有民族意识才能使我们获得国际意识。”①

① Frantz Fanon, *Black Skin, White Masks*, New York: Grove Press, 1967, Chap 5 and 6.

正是基于这个思想，法农才提出了“黑人大多数的消失”这一说法。他认为不能把“黑人性”视为某种形式的“黑人民族主义”，而应视为一种文化现象；“黑人性”只是黑人被殖民社会自我觉醒的一个阶段。超越这个阶段不是回避黑人文化，而恰恰是要正确分析黑人文化；不是将其内化，而是将其放到适当的位置，投入到所有殖民社会人民的解放斗争之中。换言之，黑人文化不属于哪个民族，而属于整个非洲或全世界。“民族意识和民族文化的问题在非洲具有特殊意义。非洲民族意识的诞生严格地对应于非洲意识的诞生。非洲人对民族文化的责任也是对‘黑人非洲’文化的责任。”①毋宁说，这是一种国际主义或世界主义意识，法农要建立第三世界体系的思想也基于这种意识。他认为第三世界要坚定不移地走社会主义道路，坚持人是最宝贵的财产这条原则。但是，第三世界也不能仅仅满足于民族的历史价值；解放斗争不是为了让某一民族文化恢复以前的价值和结构，而是要重新分配人类关系，建立一种新人文主义，表达全体人民的意愿和期待，并在全体人民的支持下，达到文化发展和革新的最理想状态。

这就是法农在《地球上受苦难的人们》中勾画的后殖民或解殖斗争胜利后的世界图景。如巴巴所说，这是一项伦理的和政治的事业，一个行动计划，也是一个远大抱负，它的实现不能依赖资产阶级民族主义或任何狭隘的民族主义，因为“民族主义如果不加以解释、丰富和深化，如果不尽快转变成社会和政治意识，转变成人文主义，那就只有死路一条”。② 巴巴总结说：《地球上受苦难的人们》擅长预言和论战，而缺少政策和规划。然而，书中一种普遍化的分析使它成了斯图亚特·霍尔所说的“解殖的圣经”。法农逝世后不久，他提倡的第三世界体系就已经成为非洲被殖民国家争取独立的口号，成了马格里布联盟、西非、南非和安的列斯群岛的泛非主义运动的象征，③ 尽管当时在拉丁美洲、亚洲或中东的影响还很有限。

① Frantz Fanon, *The Wretched of the World*, Richard Philcox trans., with commentary by Jean-Paul Sartre and Homi K. Bhabha. New York: Grove Press, 2004, p. 179.

② Frantz Fanon, *The Wretched of the World*, Richard Philcox trans., with commentary by Jean-Paul Sartre and Homi K. Bhabha. New York: Grove Press, 2004, p. 144。

③ Frantz Fanon, *The Wretched of the World*, Richard Philcox trans., with commentary by Jean-Paul Sartre and Homi K. Bhabha. New York: Grove Press, 2004，前言，第16页。

第五节 “东方学”批判

爱德华·萨义德的《东方学》出版于1978年，这部著作被公认为是后殖民主义的催化剂和基准点，代表了后殖民理论的第一阶段。斯皮瓦克认为该书是研究殖民话语的开创性文本或“原始资料”，通过这本书，“边缘性”本身已经成了英美学界的一门显学，成为学科建制内理论之花盛开的一座花园，边缘人物可以在那里“言说、被言说、甚至被代言”。[①] 萨义德的《东方学》及其后续的相关研究无疑使殖民地和宗主国成为英美文学和文化理论的核心主题，并对西方和非西方地区的后殖民知识分子发生了构成性影响。

《东方学》秉承福柯的知识/权力模式。按福柯所说，知识和权力相辅相成，缺一不可：知识生产权力，权力的运作生产知识。他认为有必要依据“权力的战略策略”来分析“话语的形成和知识的谱系”。“战略策略是通过移植、分配、划界、区域控制和领域组织而部署的，所有这些构成了一种地缘政治学。”[②]萨义德恰恰是采用了这种地缘政治的视角，把地理学、政治学、文学、种族学、语言学和历史学等学科统统置于“东方学”这个名目之下，这些知识话语的共同点是把东方作为研究客体，并通过权力关系生产关于东方的知识形式。换句话说，这些知识形式，或“东方学”，制定了自己的运作规则、真理范畴和生产标准，对符合标准的予以支持，否则予以拒绝，从而构成了宏大复杂的东方话语，在知识分子中造成了一种只有西方人才真正了解东方的错觉。

这里最重要的是意志的作用，也即西方的“认识意志”，它为自己建构了一个认识对象，称为“东方”，然后划分其区域，随意考察其属性和特点，并据此得出结论。这种权力/知识运作或知识生产的结果就是描述东方的文本/知识，是欧洲人旅行、贸易、研习、挖掘、描述和随意分析东方素材的结果。反过来，他们又用如此生产的文本/知识来证实西方对东方权威的合理性，尤其是对东方实行殖民主义掠夺的合理性。萨义德在对18世纪西方的“东方学”进行了详尽研究和分析后指出，尽管此时的东方学研究主要基于启蒙运动的思想和观点，对知识的态度和组织方式已有了重大改变，但他们对东方的认识仍然是否定的，仍然基于古老的

① Gayatri C. Spivak, *Outside the Teaching Machine*, New York: Routledge, 1993, p. 56.

② Michel Foucault, "Questions on Geography", in *Power/knowledge*, C. Gordon ed. Hemel Hempstead: Harvester, 1980, p. 77.

原型和无法证明的数据，所描写的都是东方的残忍、堕落和淫荡，东方人的懒惰、虚伪和非理性，以及东方社会的暴力和混乱。

> 与从不同角度被视为落后、颓废、未开化和愚钝的所有其他民族一道，东方人也被放在了由生理决定论和道德政治训诫构成的一个视窗内。东方人就这样与西方社会中的一些因子(罪犯、疯子、女人、穷人)联系在一起，他们的共同之处就是充其量被描述为可悲的外来者的身份。东方人很少被正眼相看，而是被看穿，不被当作公民甚或人来分析，而是被当作需要解决或限制的问题，或——如殖民强国公开垂涎其领土一样——干脆占领之。①

萨义德非常清楚地指出，“东方”是东方学发明的一个范畴；“东方学”是权力话语，它从西方认识论内部外化出来一个“东方他者”，也就是欧洲在限定自我的同时杜撰出来的一个他者；任何人想要描写“真正的”东方都注定要陷入东方学的话语。他的结论很简单：批判知识分子必须把“东方学”扔进历史的垃圾箱，而不要试图“真实地”“再现”它。

在1983年出版的《世界、文本、批评家》中，萨义德提出了“一切批评和哲学的一个重要问题”，即“再现”的问题。实际上，《东方学》中对东方学的批判也是围绕“再现”展开的：东方不能再现自己，只能被再现，而用以再现东方的话语又是受西方权力监控的。这里“再现”一词具有双重含义：一个是政治含义，如民主代议制中由少数人代表大多数人的“代表”；另一个是哲学和美学的含义，如凡·高的画以二维的色彩形象“再现”了向日葵。这两个含义的共同之处是“取代”：大多数人被少数人所取代，田地里的向日葵被画布上的所取代。同样，在“东方学”中，东方学学者就仿佛政治家和画家一样，他们擅自决定说另一种文化不能代表自己，所以便由“我们”来代表：“我们”不用咨询他们就可以代表他们、描写他们、言说他们，且不顾这种描写和言说与现实的距离有多远。

由于批评家们指出《东方学》忽视了与西方态度相平行的本土抵制问题，萨义德在1993年出版的《文化与帝国主义》中用占全书四分之一篇幅的专章(“抵制与对抗”)讨论了这个问题。他的基本思想是：无论统治制度多么绝对，都必然会有疏漏的地方。广义而言，有两种抵制：一种是与外来力量相抗衡的抵制，他称为“主要抵制”；另一种是“观念的抵制”，

---

① Edward Said, *Orientalism*, Harmonsworth: Penguin, 1978/1985, p. 207.

他称为"次要抵制"。殖民主义时期的反殖民斗争必然采取第一种，而当下后殖民时期的抵制显然是后一种，即所有民族解殖化后的文化抵制。从这种文化抵制中产生出三个重要话题：一个是坚持完整、连贯、统一看待群体历史的权利；第二个是把抵制当作构思人类历史的一种选择；第三个是抛弃提倡分离主义的民族主义，而以比较全面的观点看待人类社会和人类解放。① 文化不仅是抵制的场所，而且是抵制的手段。殖民者和被殖民者、帝国主义者和后殖民时期自由的民族都在文化中，并以文化为武器相互斗争；虽然后者与前者相比处于劣势，因为他们必须用殖民主义者或帝国主义者留给他们的遗产进行抵制，但是，奴隶是能够用主人的工具捣毁主人的房屋的。诚如他在《知识分子的表征》中所描述的，知识分子既可以是自己文化的局外人，也可以是自己文化的局内人：这是后殖民时期知识分子的特殊位置。作为后殖民批评的"发起人"，萨义德既是后殖民研究领域的局内人，同时又超越了这个领域而发挥了公共知识分子的作用：时刻警惕权力的运作和滥用，抵制武力或压制，永远不离开边界或领域之间的位置——其实这是一个并不舒适的位置，但只有在这个位置上，真正的知识分子才能正视政治和文化的全球局势。

萨义德的东方主义批判采取了"他者注视"的方法，影响了后续的女性主义批评、性别研究、人类学、比较文学、文化研究和后殖民理论。"他者注视"不仅从弱小民族的角度探索他者如何产生，而且透视欧洲自我何以成为了普遍自我。这个方法很快就被黑人批评用来"回视"白人，被女性批评用来"回视"男性，被同性恋批评用来"回视"异性恋，当然也被后殖民批评用来"回视"殖民话语。在这个意义上，《东方学》中的"东方"早已超越了地域的界限，用来指代一切被压迫的弱势群体，所有"非西方"地区，以及围绕性别、阶级、理性，或与白人、西方、中产阶级、异性恋男性相关的任何范畴；"殖民"也成了"压迫"、"剥削"、"侵略"、"暴力"的代名词。然而，《东方学》的影响还不仅止于方法，它在政治和文化批判方面的影响已经走出美国，"旅行"到欧洲、亚洲、非洲、拉丁美洲和世界其他地区；同时，它也经受了时间的考验，就其问世三十余年多次再版却依然有很大需求这个事实而言，它验证了萨义德自己的"理论旅行"之说。

萨义德的《东方学》为后殖民研究奠定了坚实的理论基础和方法论后，

---

① Edward Said, *Culture and Imperialism*, London: Chatto and Windus, 1993, pp. 259-261.

便走出“东方学”，进入了更广阔的跨学科领域，尤其是在英美学界非常活跃、尽管仍有争议的后殖民研究领域。许多被冠以“后殖民”之名的小说家、诗人和学者纷纷致力于发展萨义德开启的揭露帝国主义意识形态、祛除其伪装的事业，带动了来自不同学科的学者，他们首先对边界、摹仿、共谋和杂交等问题进行研究，进而涉及种族、移民、族群等问题，同时向白人女性主义发起了挑战。他们的研究唤起了一种鲜明的后殖民意识，在全球和跨国语境内掀起了研究他性和克里奥耳化的热潮。这些人中有以霍米·巴巴和斯皮瓦克为代表的后殖民知识分子，有以亨利·路易·盖茨为代表的非裔美国学者，有以琳达·哈琴为代表的加拿大后现代主义理论家，有以斯图亚特·霍尔为代表的英国文化研究学者，也有以萨尔曼·拉什迪为代表的英联邦小说家。1989 年以后，由多学科汇成的这股强大的后殖民主义洪流开始进入大学讲堂，相关的理论和方法文集相继面世，其中最引人注目的有澳大利亚批评家比尔·阿什克罗夫特、加莱斯·格里菲斯和海伦·蒂芬合作编辑的批评文集：《帝国逆写：后殖民文学的理论和实践》(1989 年)、《后殖民研究读本》(1995 年)和《后殖民研究的关键概念》(1998 年)。此期间帕特里克·威廉斯和劳拉·克里斯曼合作出版了《殖民话语和后殖民理论读本》(1993 年)；此外，还有几部重要的后殖民文学和理论的本科生教材，其中有艾勒克·波西莫的《殖民和后殖民文学：迁徙的隐喻》(1995 年)，里拉·甘地的《后殖民理论：批评导论》(1998 年)，德尼斯·瓦尔德的《英语后殖民文学：历史，语言，理论》(1998 年)和安妮亚·鲁姆巴的《殖民主义/后殖民主义》。

第六节　第三空间

霍米·巴巴是处在“边界位置”的后殖民知识分子。他在 20 世纪 80 年代发表了一系列“种子”文章，1994 年以“文化的定位”为题结集出版，继而成为后殖民主义批评的三大理论家之一。巴巴的理论起点是萨义德的东方主义批判和福柯的知识/权力模式，但就他的主要关注点(后殖民身份、殖民话语中的矛盾心理、摹仿、杂交和民族)而言，他严重依赖弗朗茨·法农的革命理论和精神分析学，也许正因影响源如此之多，他才以文本“混乱、不可渗透、不必要的复杂”而被有些批评家称为“政治神话化和理论混乱的大师”。①

巴巴最常用的一个批评术语是“矛盾心理”。在弗洛伊德精神分析学中，“矛盾心理”指“性本能”和“死亡本能”、“爱”和“恨”并存的一种精神状态。巴巴认为，殖民话语的客体就处于这种矛盾状态之中：想要同时处于两个位置——既是殖民者又是被殖民者，既是被嘲弄的对象又是所欲求的对象，既是认同又是否定的一个过程。他认为，认同不是证实和恢复以前曾有的身份，不是去身体力行以前的预言，而始终是身份形象的生产，并在对那个形象的假想中改造主体。② 认同实际上是在与他者的关系中寻找自我的位置，是在他性的区别性秩序中再现主体。只有通过他者，主体才能建构自己的身份，在证实自己身份的同时找到自己的欲望所在。就被殖民者而言，他不仅想要占据殖民者的位置，而且要从那个位置上俯看自己，既要保全自己又要与他者相像，这是分裂和重叠的过程；而殖民者也同样处于一种认同的矛盾心理之中，在狂想与迫害之间摇摆。殖民认同是在殖民者与被殖民者、欲望与恐惧之间进行的矛盾的身份认证。

在《他者问题：原型、区分和殖民话语》一文中，巴巴指出，殖民话语生产两种不同的相互对立的殖民主体：作为他者的被殖民者被呈现为固定不变的、已知的和可预见的，其原型是无序、无政府和放纵。原型是一种复杂的、含混的、矛盾的、既焦虑又自信的再现模式。殖民原型共分两种：一种相似于物恋，把陌生的令人不安的种族(和性)差异与熟悉的、众所接受的物体联系起来；它是一种复杂的信念，同时在快感和恐惧、(对差异的)承认和否定之间徘徊。另一种类似于拉康提出的儿童的镜像阶段，当儿童第一次在镜子中看到并识别出自己的形象时，他既为识别出自己的形象而高兴，同时又由于在形象中看到了差异(像自己但又有所不同)而感到不快。相似于物恋的原型首先用物掩盖自己缺乏的东西(如精神分析学中的恋物癖用内裤或阴毛代替生殖器)，巴巴说这种原型利用隐喻和换喻建构主体，想象性的原型则通过攻击性(敢于直面自己的形象)和自恋(从自己的形象中获得快感)来建构。这仍然是一种矛盾心理，其中，被殖民者众所周知的事实被没完没了地重复，仿佛不重复就得不到证实一样，如黑人的动物性、东方苦力的不可思议性和爱尔兰人的愚蠢等。这就是说，原型的设置是为了掩盖一种恐惧，通过重复被殖

① Arif Dirlik, “The Postcolonial Aura: Third World Criticism in the Age of Global Capitalism”, in *Critical Inquiry* 20, 1994, pp. 333-334.

② Homi Bhabha, *The Location of Culture*, London: Routledge, 1994, p. 45.

民者众所周知的故事来解除殖民者的权力危机，通过把被殖民者建构为他者来巩固殖民者的主体地位。

殖民话语的另一个类型是摹仿：摹仿是殖民权力/知识生产的一个策略，是要通过包容而达到排除的目的，接受"少数好的土著"而排除"大多数坏的土著"，从而培养改造过的被认可的他者。摹仿也是一种矛盾，因为它要求既有相似性又有相异性，"几乎相同但又不完全相同的一种差异"，[①] 意思是说，被殖民者想要成为殖民者，但又总是有所不同。摹仿将使殖民者产生一种幻觉，他将在自己身上看到被殖民者的影子，因此会感到来自被殖民者的一种威胁。这种威胁直接来自被殖民主体对文化、政治和社会的一种独特意识，这就是认识到所有这些意识形态和再现都是虚假的，都是法农所说的"面具"，仿佛战争中使用的烟幕弹。但摹仿不是一种抵制形式，而是殖民过程。它与前面讲到的矛盾心理和原型相关：摹仿的结果是既挪用被殖民主体这个他者，同时又对不相似的因素加以肯定；既证实相似性又肯定差异性，因此向标准化的殖民知识生产发起了挑战。

巴巴的标识性观点是杂交。巴巴认为，抵制不一定非得采取对抗性的政治行动，或简单地拒绝、否定、排斥另一种文化的"内容"。抵制可以在一个边缘地带（也就是甘地所说的阈限里）进行。在这个边缘地带，殖民者的语言，这种语言携带的每一个概念，包括它暗示的权威性，都必然在被殖民者的文化中再生、更新和重新阐释（如英国传教士在孟加拉分发《圣经》的例子）。这个杂交场所的重要之处在于竞争的双方都不是单向的，而是互动的，因此总是有产生其他场所的可能。巴巴曾举了许多生动的例子来说明边缘地带的杂交，如 1806 年韦洛尔大屠杀发生之前，印度人曾把印度士兵的军服变成了一系列基督教符号，使其成为杂交场所。1857 年叛乱的起因曾是一个谣言，传说来福枪的子弹被涂上了猪油和牛油；最著名的是在兵变之前，印度信使携带着印度的传统薄饼从一个村庄到另一个村庄，所传递的是恐惧的信号，对于权威而言，这种恐惧比敌意还要可怕。巴巴结论说：边缘地带的杂交揭示了边界经验的恐慌，叛乱的场所成了一种文化杂交，"恐惧和焦虑、影射和恐慌以流通的形式在殖民者与被殖民者之间传播"，[②] 造成了文化的不稳定，揭露了英国历史编纂的不确定性，从而归还了殖民话语所否定的东西。

---

① Homi Bhabha, *The Location of Culture*, London: Routledge, 1994, p. 86.

② Homi Bhabha, *The Location of Culture*, London: Routledge, 1994, pp. 206-207.

巴巴也用矛盾心理和杂交来解释民族叙事。在巴巴看来，民族始终在私下与公开、合伙与社团、进步与倒退之间徘徊；民族的文化再现和矛盾叙事也离不开类似的两极化：归属与异化、习惯与权力、秩序与放纵、正义与非正义。民族就存在于这些矛盾的两极之间，仿佛法律自身就在法律条文与法律精神之间的灰色地带一样，在那里，法的精神并不与法的条文完全一致。民族就存在于这些杂交的边缘地带和矛盾话语之中。任何一种民族叙事都必然包含着时间的“重叠和分裂”，如民族的过去和民族的现在，和空间的“重叠和分裂”，如民族叙事内部夹杂着少数族群的话语、异族的异质历史、敌对的权威和鲜明的文化差异等。[①] 这些差异不允许用单一的意思来解释，而必须使用多学科的知识和话语，正是这些多学科的知识和话语构成了文化的状况和语境，因此，也只有这种跨学科性、意义的杂交，以及不同言说之间的矛盾心理，才能揭示叙事行为是如何建构民族的。

边界区域、边缘地带、阈限空间，这些就是巴巴采纳的后殖民视角，它们能够促成一种文化杂交，因此也是促成文化差异的先决条件。巴巴称它们为“杂交的第三空间”，少数族群或从属阶级在这里言说、抵抗、重构历史、建构身份。在第三空间里，文化符号不是固定的，而是可以挪用、翻译、重读或重新历史化。这里没有原始意义，没有文化纯洁，也没有思想、历史或文化的进化发展；这里只有文化差异，一切文化意义都可以在这里建构或重构，因此，他把文化的位置定在这里。文化存在于层级之间；只有承认文化杂交、流散和差异，文化的中介性才能取代民族主义的一统论和殖民话语的二元论。

第七节　底层人

佳亚特里·查克拉沃蒂·斯皮瓦克作为重要的后殖民知识分子的声誉部分源自她对欧洲文学和哲学的不懈批判。她认为，正是欧洲的文学和哲学为欧洲殖民主义提供了意识形态的支撑。她的著述可谓卷帙浩繁，包括文章、著作、访谈和译著；话题广泛，从后结构主义思想和文学批评、欧陆哲学、精神分析学、女性主义理论、马克思主义和后马克思主义，到被后殖民民族—国家的政治再现、被排除在外的“底层人”、国际劳动分工、普遍人权话语的界限和国际发展策略，再到 19 世纪和 20 世

① Homi Bhabha, *The Location of Culture*, London: Routledge, 1994, p. 148.

纪文学的解读和批评。她还在孟加拉和印度的乡村开办了学校。她在 20 世纪 50 年代末开始学术生涯，到 80 年代和 90 年代成为英美文学和文化研究领域内后殖民知识分子的代言人。进入 21 世纪以后，斯皮瓦克拒绝给她的理论著述冠以“后殖民”的称号(艾贾兹·阿赫默德、阿里夫·德里克、迈克尔·哈特和安东尼·奈格里也同样拒绝这个称号)，因为她(他们)认为后殖民理论太注重殖民统治的历史和过去，而忽视了当下世界银行和国际货币基金组织对全球经济的控制和结构调整。但她前期的后殖民理论和文化批评仍然在这个领域里占有举足轻重的位置。

与萨义德和巴巴一样，斯皮瓦克的理论起点也是法国后结构主义者，主要是德里达、福柯和拉康。对斯皮瓦克来说，这几位思想家的后结构主义理论不仅代表了一种新型的知识帝国主义，而且为她提供了概念武器，使得她能够依此质疑西方帝国主义的文化和哲学基础。她比较重视再现，并区分了两种再现方式：代表(政治代议制)和描述。这两种方式的发散和聚敛常常是转换的，比如，当你以后殖民批评家的身份说话，因此也代替后殖民批评家说话时，你既代表后殖民批评家，又在描述后殖民批评家，同时也在进行一种后殖民批评家的自我再现。她真正关心的问题是：谁在代表谁？如何代表？

斯皮瓦克的第一部文集《在其他世界上》强调了文本与世界的关系，标题就以 worlds 这个复数名词表明世界的分化或国际劳动分工：第二次世界大战以后，世界分成了“第一世界”和“第三世界”，它们中间是在话语上被边缘化的“第二世界”，也许还有“第四世界”。这种划分的前提是把“第三世界”排除在外，所有被殖民国家和人民都被排除在西方历史之外，因为正是欧洲列强把地球瓜分成各不相关的“世界”的，把亚洲、非洲和南半球的国家变成了“殖民地”。她在《三个女性文本和帝国主义批判》一文中分析了“第三世界”的划分：“伯莎·梅森必须扮演她的角色，上演把‘自我’改造成虚构的他者的戏，给房子点一把火，烧死自己，这样，简·爱才能成为英国小说中的女性个人主义者。”①简·爱这个人物是帝国主义意识形态的产物，而斯皮瓦克的分析却是依据“第三世界妇女”的普遍建构进行的。

斯皮瓦克最感兴趣的“第三世界妇女”是孟加拉作家马哈斯维塔·德威，她曾把后者的一些短篇故事译成英文，关于这些故事的分析文章后

① G. C. Spivak, *In Other World: Essays in Cultural Politics*, London: Routledge, 1988, p. 270.

来集成了以“想象的地图”为题的文集。德威细腻地再现了底层妇女，但没有像底层妇女那样说话，也没有把底层妇女写成一个个人主义者。德威的作品不是像西方文本那样描写政治行动或政治意识，而是纯印度女性传统想象力的爆发。她警告西方世界不要根据自己的标准来阅读非西方世界，既不能把第三世界的文本放在民族主义和普世主义的语境下加以同质化，也不能自动地用西方的正统方法(个人主义)来评价一切文学。她自己的阅读实践关注对底层人的不同再现方式，即底层人的主体位置是如何通过种族、阶级、性别和帝国主义的话语得以建构的。她认为应该把历史和文学这两门学科与陌生但却必要的理论、再现机制和研究者的立场结合起来，以便再现帝国主义档案中和当地父权制下的女性，进而用第三世界的女性文本衡量和修正第一世界的方法论和理论的界限。

斯皮瓦克的第二部文集《在教学机器之外》把焦点转向了集学者、知识分子和艺术家三种身份于一身的“杂交儿”的责任问题。虽然书的题目把范围限定在大学之内，但广义上涉及西方所有的知识生产机构，包括移民和流散群体。后殖民学者、作家和文本如何看待第一世界的“边缘”，如何划清“移民”和“后殖民”的界限，这是她在这部文集中考虑的主要问题。比如，当第一世界的“边缘”或“外部”进入大学时，用什么样的教学机器来界定这个“边缘”的轮廓？她既反对第一世界的学者只对少数族群意识很强的第三世界作家感兴趣，也不赞成过分狂热地忙于给边缘定位和再现。

斯皮瓦克在《底层人能说话吗?》一文中认为拉纳吉·古哈领导的底层人研究小组的研究是非常有益的。她把他们的工作看作一种介入行动，这种行动可能会改变关于帝国主义和抵抗的教学，并从中得出两个重要结论：一是从追溯底层人的意识到图绘殖民历史编纂所建构的主体立场及其影响，这是一种策略，它把“意志”看作政治和历史形态的结果，而不是原因。也就是说，在研究小组设定一种底层人意识或主体性的地方，斯皮瓦克看到了来自政治、经济、性、历史等方面的许多有趣的线索。另一个结论是强调研究底层人的历史学家要警惕陷阱，不要与所研究文本的压制性达成共谋。她在古哈等人的工作中察觉到了这一点。对于“底层人能说话吗?”这个问题，她的回答是否定的。底层人仅仅是殖民历史的产物，“农民”只是一种无法追溯的意识的标识。底层人的声音无法追溯，无法让他们说话；抵抗的农民都被建构成“罪犯”或“叛乱者”。批评家不应该再次追溯已经被帝国主义压制的声音，因为那是不可追溯的，再次追溯就等于再次生产底层人，而没有改变被殖民者的形象，因而与帝国主义达成了共谋。

斯皮瓦克不同于巴巴的地方是她坚持关注经济和国际劳动分工。她反复强调马克思关于劳动决定资本的思想仍然适用于新的帝国世界，无论是在文化上还是物质上：第三世界生产第一世界的财富和文化的自我表征；美国的教育制度无论在技术上还是在财政上都是第三世界资助的。用罗伯特·杨的话说，斯皮瓦克“把历史的问题带进了历史书写的历史现在时：总体来说，她关注的不是历史追溯的过程或对殖民主义自身的重新阐释，而是对当下学术界新殖民主义形式的批判”。[①] 她的文化批判以后殖民主义为内容，采纳的却是解构主义的方法。

在其最重要的著作《后殖民理性批判：正在消失的当代历史》中，斯皮瓦克讨论了解构主义的诠释学、它的起源以及它在解决他者问题时采用的方法。她首先展开对康德的解构阅读，试图用“本土告密者”这样一个概念破解中心与边缘的二元对立，以此说明这位德国哲学家何以努力把西方哲学从形而上学的沉睡中解救出来。在这个语境下，德里达的解构思想已经成为“对不可能性的经验”，[②] 这意味着正义和法律、伦理学和政治学、才能和责任感都是无结构的结构，因为两项中的前一项既不是可用的，也不是不可用的。这说明解构主义的最后防线就是证明形而上学和欧洲中心主义已经没有出路，只能与西方知识结构进行协商，而这种协商就是后殖民主义自身。

第八节 “黑鬼”归来

莉莲·凯斯特鲁在她的专著《艾米·塞萨尔》中这样评价这位来自西印度群岛的法国黑人：“法国文学史上我还没有看到有人把种族意识、艺术创造和政治行动这些如此不同的因素如此高度完整地统一起来。我没有看到任何人像塞萨尔那样极度专一同时又那样复杂。”[③]这位传记家还说，要想理解这位诗人，就必须了解他的出生地法属西印度群岛的马提尼克岛。那里的白人珠光宝气，骄奢淫逸，而黑人大众则饥寒交迫，一贫如洗。旧的奴隶制和新的资本主义剥削联手横行肆虐，致使黑人大众

---

① Robert Young, *White Mythology: Writing History and the West*, London: Routledge, 1990, p. 158.

② G. C. Spivak, *A Critique of Postcolonial Reason: Toward a History of the Vanishing Present*, Cambridge: Harvard University Press, 1999, p. 40.

③ Lilyan Kesteloot, *Aimé Césaire*, Paris: Editions Pierre Seghers, 1962, p. 9.

不但遭受物质贫穷，而且陷入精神和道德的崩溃：失业、饥荒、恐惧、绝望、意志消沉和彻底厌世。而非白人"有色精英"的狂妄猖獗更使水深火热之中的真正黑人大众雪上加霜。

由于睿智和勤奋，塞萨尔有幸被送到法国接受教育，先在路易—格兰中学接受中等教育，后在法国高师学习文学。在高师时，他遇到了桑戈尔。完成学业后，他回到了马提尼克岛，曾当过马提尼克岛首都法兰西堡市市长，1946 年当选法国第四共和国议会宪法委员会委员。他曾加入法国共产党，后来因在党内的积极活动越来越受到法国文人的轻视而退出。他一生著述颇丰，主要著作发表于 1939 年至 1982 年之间，这正是殖民列强与殖民地之间的关系发生巨变的一个时期。塞萨尔不仅把文学用于意识形态和政治目的，要求平等和独立，而且通过文学创作参与了解殖运动，肯定了新文化的存在，发出了新的不同的声音。

据《帝国逆写》中列出的四种后殖民文本的批评模式("民族的"或地区的模式、基于种族的模式、比较的模式注重杂交融并的较为综合的比较模式)，塞萨尔的《归国笔记》将为这些后殖民批评模式提供一个生动的文本。该诗发表于 1939 年，但诗中的内容实际上可以回溯到 1931 年塞萨尔来到巴黎的时候。期间，他接触了一些来自非洲、加勒比海地区和美国的作家。他们以文学为武器，反对和抵抗殖民主义和种族主义。实际上，20 年前，美国哈勒姆文艺复兴的作家就已开始用小说和诗歌探讨非洲的过去，像让·普利斯-玛尔斯这样的海地作家也在挖掘被殖民话语压制的海地—非洲民间文化。此外，他还与来自安的列斯岛和非洲的同学(包括桑戈尔和列昂·达玛)一道接触了法国超现实主义。1941 年，他见到了安德烈·布勒东，"如果没有安德烈·布勒东的帮助，也就是说，如果不通过安德烈·布勒东，有些诗我就无法阅读，有些景色——包括我出生的小岛——我就无法欣赏"。① 从 1931 年到 1941 年，塞萨尔经过 10 年的摸索和学习，找到了诗歌创作的素材——悠久的非洲文明，以及诗歌创作的形式——法国超现实主义。

非洲是塞萨尔一生全部作品的核心。在某种意义上，《归国笔记》是他诗歌创造的起点，也是他全部作品中的代表作，记述了他寻找非洲文明、寻找失去的身份和合法位置的经历，生动地再现了全世界被殖民者和被压迫者的苦难。该诗一开始就描写了被殖民者的贫穷和异化："离开。/因为有狼人和豹人，我将是一个犹太人/一个非洲黑人/一个来自加

① A. Césaire, "Témoignage", in *Nouvelle Observateur*, no. 49. Paris: 5 Mai 1966, p. 37.

尔各答的印度人/一个来自哈勒姆的没有选举权的人。”①“离开”是逃跑，是离开自己的过去，离开祖先的文明，成为流散海外的流亡者：“我对自己说波尔多和南特和利物浦和纽约和旧金山/这个世界的每一块土地都有我的印记/摩天楼脊椎上有我的跟骨/宝石的亮光中有我的肮脏！/谁能提出更好的主意？/弗吉尼亚，田纳西，佐治亚，阿拉巴马。”②这里提到的城市首先是贩奴路线的必经之地，其次是种族主义猖獗的美国南方。黑人种族的经历和他自己在电车上亲耳听到祖先受到侮辱的经历，使诗人认识到了自己的“黑人性”，他的身份，他的自我，他与海地革命的联系：“孤身一人，被白人性监禁/孤身一人，公然蔑视白色死亡的白色呼喊/(杜桑，杜桑-卢维图尔)。”③这是“黑人性”概念的首次提出和定义。海地代表了黑人性，也代表了黑人的叛逆和解放。这位杜桑-卢维图尔是海地革命的著名领袖之一，最后在法国死于狱中。诗中，他是基督式人物，为了拯救他的人民而牺牲自己的一个救世主。接着，诗人用一系列的否定和肯定来界定“黑人性”的意义：“我的黑人性不是一块石头，它的耳聋/猛击白日的喧嚣/我的黑人性不是长在地球/瞎眼上的一潭死水/我的黑人性不是一座塔也不是大教堂//它跳入大地的红肉之中/它跳入天空的炽肉之中/它刺透它诚实耐性的透明的绝望。”④诗人仿佛汇聚了黑人种族的全部力量，面对宇宙发出庄严的誓言，要唤醒同胞，起来斗争。通过一系列否定，他把黑人性从一系列否定的联想中解放出来，摆脱了战争(塔)和宗教(大教堂)所代表的征服、控制和占领的语境。通过把技术和帝国主义与欧洲或白人联系起来，把自然或人性与非洲或黑人性联系起来，诗人把欧洲和非洲对立起来了。

在诗的结尾，诗人完成了自我发现，完成了对非洲的发现，当然也找到了自己的身份。于是，“我欢呼！/我的祖父气息奄奄，我欢呼！/旧的黑人性自行消亡……/白人说他是好黑鬼，真的是好黑鬼/好黑鬼有好主人/痛苦伤害了他的前胸和后背/他们培植了他的大脑，说命运/向他压

① A. Césaire, *Notebook of a Return to My Native Land*, MireilleRosello with Anne Pritchard trans. Newcastle Upon Tyne: Bloodaxe Books, 1995, p. 85

② A. Césaire, *Notebook of a Return to My Native Land*, MireilleRosello with Anne Pritchard trans. Newcastle Upon Tyne: Bloodaxe Books, 1995, p. 91.

③ A. Césaire, *Notebook of a Return to My Native Land*, MireilleRosello with Anne Pritchard trans. Newcastle Upon Tyne: Bloodaxe Books, 1995.

④ A. Césaire, *Notebook of a Return to My Native Land*, MireilleRosello with Anne Pritchard trans. Newcastle Upon Tyne: Bloodaxe Books, 1995, p. 115.

来，抓住了他的衣领；他无力/抗争自己的命运……”①“好的黑鬼”是旧的黑人性，代表着逆来顺受，代表着宿命论，也代表着白人的殖民话语。但那是祖父的一代，他们行将就木了，随之而去的还有他们信奉的一切。而最重要的是，要当“好的黑鬼”，“他必须完全相信自己的非人性”。随着“好的黑鬼”的消失，视野展开，地平线退去，未来无限地扩展开去。在那壮丽的远景中，贩奴船被撞得粉碎，路上吃着炸洋葱圈的肮脏的黑鬼在他那充溢的血液中发现了自由，品尝到自由苦涩的味道，于是，那肮脏的黑鬼站起来。“坐着的肮脏的黑鬼突然站立/在船舱里站立/在客舱里站立/站立//而且/自由了。”②

《归国笔记》讲述的是作者自己的生活故事，但却反映了一个种族的悲惨命运，自这首长诗发表之后，黑人的个体命运与黑人种族的整体命运便没有再度分开的可能了。除了对“黑人性”这个现已颇有争议的概念予以诗意的解释外，它还为目前多以杂交和融合为背景的后殖民研究提供了生动而内容丰富的例证，对被殖民国家的作家来说，这是创造新的文化语境、发出新的文学声音的经典例证。塞萨尔“回归”非洲的古老文明或文化遗产，以此抵制帝国主义和殖民主义的异化，不应仅仅因为是诗人的想象虚构而视其为不真实或虚假，也不应该由于其“回归历史和过去”而认为它与现在无关。仅就当下后殖民文学中盛行的“加勒比性”(caribbeanness)和“克里奥耳性”(Creoleness)而言，“黑人性”也必然是与其相并存的后殖民文学研究的必要组成因素。

第九节 传统的瓦解

钦努阿·阿契贝 1964 年以“作家在一个新的民族里的角色”为题做了一次演讲，演讲中说：“对我而言，作家首先必须处理最基本的主题。这个主题——简单说——就是非洲各民族并不是首先从欧洲人那里听说文化的；他们的社会不是没有思想，而是常常出现有深度、价值和美的哲学，他们有诗歌，而最重要的是，他们有尊严。殖民时期许多非洲民族丢失的正是这种尊严，现在他们必须重新获得的也正是这种尊严。”尽管非洲作家所接受的都是西方教育，但他拒不认为非洲作家

① A. Césaire, *Notebook of a Return to My Native Land*, MireilleRosello with Anne Pritchard trans. Newcastle Upon Tyne: Bloodaxe Books, 1995, pp. 127-128.

② A. Césaire, *Notebook of a Return to My Native Land*, MireilleRosello with Anne Pritchard trans. Newcastle Upon Tyne: Bloodaxe Books, 1995, p. 131.

会背叛自己的民族；非洲人也不会抛弃他们的作家，实际上，他们往往会期待作家来领导他们参加反殖民斗争。他认为一个小说家首先应该是一个教师，“让我的读者明白他们的过去——尽管有那么多不完善的地方——但那并不是第一批欧洲人代表上帝把他们拯救出去的那个漫长的野性之夜。……艺术固然重要，但我所说的那种教育也很重要”。①

显然，带领人民重新获得失去的尊严，这是作家义不容辞的责任；而非洲作家面对的最迫切任务则是揭露和抨击全世界的非正义，尤其要揭露和抨击非洲社会的非正义。除了教育人民外，作家还必须是社会批评家。作家能够而且必须影响社会，因此，他也必须是社会改良者和革新者。文学，尤其是非洲文学，不可能脱离政治和社会问题，作家必须客观、公正、不掺入任何个人情感地在作品中处理这些问题。客观性是一切知识探讨的前提。非洲的过去并不是一首带有技术色彩的田园诗，它也和其他民族的过去一样，有好的方面，也有坏的方面。这就是他在创作《瓦解》和《神箭》时遵循的指导原则。

作为黑人非洲迄今为止最重要的小说，《瓦解》自 1958 年发表以来，已被译成 50 多种文字，出售 800 多万册。小说的一个重要主题就是在一个不断变化的世界上寻找已经失去的价值，在历史的循环中寻找伯利恒，等待耶稣的再次降临。正因如此，阿契贝才在叶芝的《第二次降临》中选取“things fall apart”作为小说的标题。与叶芝一样，阿契贝也通过一系列时代循环勾画了人类历史的轮廓；不同的是，他采用的是非洲人的，而不是欧洲人的视角。叶芝预见的历史循环是从我们所处的文明时代向一个新的野蛮和原始时代的转化；阿契贝则表明非洲已经由于白人基督徒的入侵而断裂，因此，他要重写殖民主义的历史。而且与大多数殖民书写不同，不是写没有开化的原始非洲，而是写文明的非洲人的礼仪、传统和价值，它们逐渐被白人的礼仪、传统和价值所取代。他所要说明的是，白人的传统和价值并不总是好的、文明的、优越的，而非洲的传统和价值也不总是坏的、原始的、卑劣的。它们不过是社会的不同组织方式而已，都不是完善的。

《瓦解》中的第一个循环是 19 世纪末英国人入侵尼日利亚之前的伊博部落。到 20 世纪初，这种部落生活就让位于欧洲化的非洲，而欧洲渗透

① Chinua Achebe, “The Novelist as Teacher”, in *New Statesman*, 29 January 1965, pp. 161-162; reprinted in *Commonwealth Literature: Unity and Diversity in a Common Culture*, ed. John Press, London: Heinemann, 1965; and in Achebe's *Morning Yet on Creation Day: Essays*. London: Heinemann, 1975, pp. 44-45.

的结果则预示了另一个时代的到来，即后殖民的非洲。小说在一个层面上描写了主人公奥贡喀沃所处的困境，他面对强大的外来力量而固守社会的传统价值；在另一个层面上，小说也描写了整个部落的困境，他们在保持传统价值的同时受到了更为强盛的一种生活方式的威胁。小说在结构上也分两部分：第一部分(一至十三章)描写伊博社会的传统生活；第二部分(十四至二十四章，第二十五章为结局)描写传统价值的"瓦解"，以及奥贡喀沃及其部落，进而是旧非洲的消亡。故事一开始就讲述伊博族尊重的传统价值：如"年龄被敬重"，而"事业更受推崇"等。奥贡喀沃的父亲乌诺卡一辈子一事无成，欠了一屁股债。奥贡喀沃对此始终耿耿于怀。他痛恨"父亲的失败和软弱，直到现在他还记得，有一次一个女伴对他说他父亲是个阿格巴拉的时候，他的心里有多么难受"。"阿格巴拉"不仅是女人的称呼，而且还指没有头衔的人。从那时起，他就决心痛恨父亲所爱好的一切：温和和懒惰。这种痛恨已深入骨髓，成为他性格中不可或缺的成分。也许正因如此，他脾气火爆，令妻子们整天战战兢兢；也许正因如此，他"恐惧失败，恐惧软弱"；而且，这恐惧是深埋在心底的。由于这种恐惧，他甚至在神圣的"和平周"打了他的妻子；由于这种恐惧，他甚至亲手杀了他视如己出的养子。

痛恨软弱和失败就是奥贡喀沃恪守的个人价值，而把新生的双胞胎丢在凶森林里任其死去则是伊博族的社会价值。正是这两种价值使奥贡喀沃的大儿子恩沃依埃背叛了他，背叛了他尊崇的个人价值，以及整个部族亘古至今恪守的社会价值。他皈依了白人宗教，以求慰藉。当奥贡喀沃再次因恐惧而失手杀死了一个族人时，他被逐出了乌姆奥菲亚部落。他一走就是七年。这期间基督教传教士和英国政府官员来到了乌姆奥菲亚。他们修起了教堂，凑合了一小撮信徒，包括奥贡喀沃的儿子恩沃依埃。对此，叙述者这样说："迷住他的并不是什么三位一体的疯狂道理，那个他不懂，而是这种新宗教的诗歌，不知咋地像是触到了他的心灵深处。一个模糊的问题一直在折磨着他幼稚的心，那首关于兄弟们坐在黑暗和恐惧中的圣歌仿佛回答了这个问题——为什么双生子在森林里哭叫？为什么要把伊克美弗纳杀死？圣歌浇在他苦旱的灵魂上，卸去了他心头的重负。圣歌里的话像一粒一粒冰雹，落在了喘息着的大地干渴的嘴里，融化了。恩沃埃依的幼小心灵完全茫然了。"①

① 〔尼日利亚〕钦努阿·阿契贝：《瓦解》，高宗禹译，重庆，重庆出版社，2009，第1版，第132页。

这里，读者不用仔细研读就会发现阿契贝的叙述方法发生了变化。当他在第一部分中叙述非洲主人公奥贡喀沃的一个个过激行为时，他用的是朴素的现实主义。而当他在第二部分描写基督教传教士和英国政府官员时，则采用了极端的讽刺手法，如对布朗先生和史密斯神甫的描写：一个貌似温和，另一个则放荡无度，但他们实际上是用不同的方法达到相同的目的，即破坏土著文化的价值。布朗发现对部落宗教发起正面进攻不会取胜，于是就开办学校，通过识字读书向土著人灌输欧洲价值。他们懂得，如果没有土著人的帮助，英国殖民者就不会成功。到小说结尾时，主人公奥贡喀沃孤身一人抵制西方的影响，当发现得不到族人的帮助、独立难支时，他自杀了。小说标题中所说的“things”到此时已经无法挽回地“瓦解”了。

然而，历史的全部力量仿佛都汇聚在小说的最后一章，第25章里。读者此时看到的是一个人的内心活动，即作为欧洲行政官之原型的地区行政长官的内心，一个“非洲通”。他满脑子种族偏见，因为他无法理解奥贡喀沃的命运，更不能理解他命运中的那些人性成分，他甚至在计划写的一本非洲历史书的标题中加进“原始氏族”的字样。当他出于无奈让他的手下把奥贡喀沃的尸体从树上取下时，奥比埃里卡看着朋友的尸体对行政长官发怒了，而后者只是坦然地陷入了沉思：“多年以来，他辛辛苦苦地把文明带到非洲的各个地区，自己倒懂得了很多事情。其中有一件事，就是教区行政长官绝不应该去留心把一个吊死的人从树上取下来这类不光荣的琐事。留心这一类事，会使本地人瞧不起他。在他计划写的那本书里，他要强调这一点。”①小说的讽刺意义在此凸显无遗：奥贡喀沃之死代表了伊博族(非洲)文化之死；不但行政长官只计划用一节相当长的文字(但绝不是一整章)谈及此事，就连奥贡喀沃的族人也没有真正奋起反抗，任凭这段历史就这样消亡了。只有奥贡喀沃逃脱了这个讽刺，而代价却是自己和整个民族的命运。

第十节　森林之舞

渥雷·索因卡1986年接受诺贝尔文学奖时，颁奖仪式上斯图尔·爱伦这样介绍说：“他的名字使人想起深深扎根于非洲土壤又具有全球眼光的诗剧。……他是充分利用独特的文学和语言的武器库为人类精神奋战

① 〔尼日利亚〕钦努阿·阿契贝：《瓦解》，第185页。

的作家和战士。”[①]“扎根于非洲土壤又具有全球眼光”这番评价是公允的，阿契贝和美国黑人批评家小路易·盖茨都对他获奖给予真诚的祝贺和高度的评价。作为多产作家，他的戏剧、小说、诗歌和散文不但深入非洲读者之心，而且赢得了全世界读者的青睐，在这方面，他也许是任何非洲作家都无法与之媲美的。作为政治活动家，他曾任非洲作家联合会秘书长，抗议非洲和拉丁美洲各国政府对作家的政治迫害，包括审查和监禁；同时，他始终不忘努力建立以民主社会主义为制度的泛非洲大陆。在盖茨看来，索因卡的独特之处就在于他能够把政治和艺术清楚地区别开来，他从来不用一对一的关系来反映现实：“也许可以公平地说，他作为作家和政治活动家的最令人羡慕之处就是他总是以最令人信服的方式赋予其艺术和政治行为以独特的形式——既分离又平等。”[②]

他的第四部也是最细腻的一部剧作《森林之舞》于1960年10月庆祝尼日利亚独立时首次上演(剧本的一些部分曾在1959年伦敦的“索因卡之夜”上朗读过)，标志着他艺术和政治思想的成熟。与沃尔科特的《猴山之梦》一样，《森林之舞》充满了直接取自传统宇宙论的意象和象征(源自他翻译的D. O. Fagunwa的小说)。作为他的第一部严肃剧作，《森林之舞》明显摆脱了此前剧作中对社会问题的肤浅讽刺，而转向了对道德和精神问题的深度思考。剧中使用了大量的约鲁巴宗教和神话因素，这是因为他感到有必要处理严肃的生存问题，同时也表明他作为艺术家的进步，需要有一个更大的思想框架来容纳他自己的精神需要和想象视野。考虑到该剧上演的时间，当时民族主义正竭尽全力描画一幅后殖民的乌托邦图景，各个殖民地争相独立。索因卡对后殖民前景表示怀疑，于是回到了殖民时期以前的漫长历史时期，回到了非洲的神话时代，从而把殖民历史简化为非洲悠久文明中的一个微小插曲，并以欧洲历史为参照框架，以彰显现在与过去之间的连续性以及后殖民当下的矛盾。

剧情一开始就仿佛弥漫着一股失望的情绪。戴姆凯做图腾时错砍了当地最神圣的一棵树。之后，他的徒弟在雕刻图腾时不明不白地死了；应该来参加庆祝仪式的祖先没有到场，到场的却是一对“疯子”，叫男幽灵和(怀孕了的)女幽灵。一切都不对头。显然，诸神对此极为不满。对

① Sture Allen, “Introduction to Wole Soyinka's Nobel Lecture, 8 December 1986”, in *Black American Literature's Forum* 22.3 (Fall 1988), p. 427.

② Henry Louis Jr. Gates, “Being, the Will, and the Semantics of Death”, in *Perspectives on Wole Soyinka: Freedom and Comlexity*, Ed. Biodun Jeyifo, Jackson: University Press of Mississippi, 2001, p. 64.

此负责的是道开场白的阿洛尼，他是智慧精灵。他没有按人类的要求送他们的祖先过来，而送来了两个不安分的幽灵。但他并未像虐待狂那样陶醉于人类的折磨，而是出于神的本性观察着活在永恒时间里的人类。他清楚地知道，不管人类怎样努力建设这个新社会，他们都无法逃脱罪恶和痛苦的严重后果。在约鲁巴宗教中，阿洛尼是胸口透红的太阳鸟，他无时不在，无处不在，是永恒的精神。他可以展示过去和现在，可以瞻望未来，因此也能揭示整个人类历史。实际上，索因卡在剧中借阿洛尼之口说话，因为他是根据因果链来理解人类历史、理解人类的罪恶及其惩罚的。

首先，用来做图腾的树应该是阿拉巴，那是埃舒奥罗的圣树，而被奥贡占身的戴姆凯却钻进伊博奥罗的树丛里，开始雕刻那里最重要的树。他至少犯有两宗罪：擅自闯入圣地和冒犯神明。他的徒弟奥列姆勒崇拜奥罗，曾警告过他，而且比他爬得高、看得远，知道戴姆凯的疏忽和冒犯会引来灾难。他知道他敬奉的神灵从不原谅亵渎。戴姆凯不但没有听从徒弟的警告，反而出于嫉妒置他于死地。显然，奥罗的复仇已经不可避免，因为“蔑视奥罗的人，将瞬间被奥罗吞噬”。何况戴姆凯已经不止于蔑视了。当群众围着图腾舞蹈时，戴姆凯却离开了。他不满足于自己的作品，他觉得图腾应该更高一些，像阿拉巴原来那样高，但他头晕，必须把树砍断才能进行雕刻。他坦白说：“我想爬那么远那么高，可再走一步我就会头晕。我的手燃烧着火焰想要去做活的地方，我的手颤抖着想要去铸型的地方，我的身体却无法到达。那是不是没有臻于完善呢？如果我能把身体提高，高于我能到达的地方，我会愿意从那里摔死。”①这意味着戴姆凯不满足于他的雕刻，也表达了索因卡对此时自己的艺术创作的态度。

接下来戴姆凯坦白说，实际上图腾是乌龟夫人做的，“你几乎可以说她控制了我的头脑”。这位乌龟夫人属于特洛伊的海伦、克利奥帕特拉和狄多的传统，是能挑起男人的野性和激情，导致战争和流血的那类女人。毋宁说，戴姆凯的图腾献给了战争和淫欲，而这恰恰是未来几年里将要在这里发生的。在这个意义上，图腾既象征着尼日利亚的过去，又象征着尼日利亚独立后的未来。图腾成了这个新的群体的决定性因素：奥贡和戴姆凯将不惜一切代价保护它；埃舒奥罗及其追随者将不惜一切代价

① Wole Soyinka, *A Dance of the Forests*, New York: Oxford University Press, 1963, p. 19.

捣毁它。双方的斗争是全剧的核心。围绕这个核心展开的情节是戴姆凯与那对幽灵之间的关系。从他们出现的时候起，戴姆凯就怀疑他们可能是他徒弟的魂灵回来折磨他。他还担心阿洛尼掌控着整个庆祝活动，那样的话，他谋杀徒弟的事终将被揭穿。于是，他怀着负罪的心理，不断试探两个幽灵，最后终于无法承受内心的折磨。事实上，戴姆凯并不是具有创造精神的艺术家，而是怀有负罪感、被鬼魂萦绕、身穿新衣的已死的旧魂灵。

第二部分剧情进行到一半的时候，森林王下令让女幽灵生下了已经怀胎数百年的孩子。女幽灵曾经是被贩卖的奴隶，在马塔·卡里布时代就死去了。按照约鲁巴信仰，由于邪恶或魔力，胎儿能在子宫里生长许多年，即便今天，索因卡的家乡仍然流传着怀胎十几年的传说。这样的胎儿一生出来就不正常，不健康，没有成活的希望。《森林之舞》中，女幽灵生下的孩子叫阿比库，即“半个孩子”的意思。他一会说话就痛苦地呼喊：“我在等待母亲/感到这恐惧，/感到这恐惧，/我从子宫/逃向被玷污的子宫，现在呼喊/我将是死婴。/我将是死婴。”①过了不久，他离开了母亲，与红衣人在一起玩一种类似于高尔夫的游戏，实际上是生死游戏。红衣人实际上是专门来寻找新生儿的死魂灵，当阿比库输掉全部滚球后，红衣人就可以证明阿比库输了这场生死游戏，带他走了。对阿比库来说，这个结局是命中注定的。索因卡用“半孩儿”这个人物来补充图腾的故事，用来象征独立之时的尼日利亚：在找到病因、做出适当的牺牲之前，尼日利亚这个新生儿将经受动荡、延长的生命循环和夭折的考验。

《森林之舞》在结构上分三部分：第一部分几乎占全剧的一半，是现在时，主要表现邪恶的暂时胜利和人类无法摆脱邪恶的困境。第二部分是回忆，回到了马塔·卡里布时代，一个暴力世界。第三部分展望未来，给人一种黑暗的预兆，将比过去或现在更加暴力和可怕。与此相对应的是三个象征：图腾、半孩儿和舞蹈。剧中许多象征性的舞蹈给人一种魔鬼附身的印象，而真正的舞蹈则是被迫的牺牲之舞，也是催眠之舞：戴姆凯最终没有救活阿比库，所以要为这次失败付出代价。他头戴祭祀的篮子，被迫爬上图腾顶端，埃舒奥罗点着了火。所有这些都说明这个年轻的国家将被它自身培育的邪恶所毁。奥贡不敢面对戴姆凯遭受的酷刑，

① Wole Soyinka, *A Dance of the Forests*, New York: Oxford University Press, 1963, p. 74.

逃跑了。显然，不管他代表什么样的邪恶势力，他都无法应付新形势；他恰恰在他的爪牙最需要他的时候逃跑了，说明他所代表的势力有多么不可靠。而只有当奥贡逃跑之后，漆黑的森林才得见黎明。这个象征表明，新社会必须在经历大动荡，甚至军事反击之后，才随着真正的黎明到来。尼日利亚不会“瓦解”；它的公民将经过战火的锤炼，并将走向美好的明天。

第十一节 关系哲学

自塞萨尔和桑戈尔于20世纪30年代末提出“黑人性”，除了有人就萨特和布勒东当时所做的评论发表一些议论外，没有人就其合理性提出更大的异议。到60年代，马提尼克岛作家爱德华·格里桑提出把加勒比海人或流散的加勒比海人从“黑人性”中分离出来。他认为“黑人性”追求单调的起源、同质性和纯洁性，是要求普遍黑人身份、单一文化遗产和前殖民非洲之根的一种元叙述，是对全世界黑人的一种中心化和总体化，这与白人的普世主义达成了共谋。他提出，加勒比海地区有不同于其他地区的独特身份，即异质性、破碎性和临时性，不再像桑戈尔所说的那样普遍、统一和固定。于是，他提出用“安的列斯性”(Antillanité)这个术语来代替“黑人性”，质疑其概念，破除其神话。“我们必须抛弃普遍性的观念。普遍性是一个幻觉，一个欺骗性的梦。”①他提倡以一种“混沌世界”理论为基础的世界观，把这个“混沌世界”定义为“当下世界总体性内各民族文化之间的差异、复杂关系、排斥、吸引、默许、对立和冲突”。② 他的基本理论前提是，当下世界各国文化正处于不断的流动和不可预见的状态；少数族群的身份是多元的、破碎的；历史是非线性的、反目的论的；而语言则是多语的、非等级制的。所有这些都近似于远离中心，趋于边缘，注重局部性、地区性和非总体性的后现代思想。

从根本上说，格里桑是从“黑人性”向“克里奥耳性”(Créolité)过渡的桥梁。在《诗学意图》中，格里桑号召加勒比海作家放弃黑人美学，开创一种新的感性，这种感性深深扎根于加勒比海地区的新文化地带。在他看来，加勒比海作家的根就在它们现在生长的地方，而不是想象的或梦幻般的非洲；他们的现实就是他们所散居的这片大海，而不是那片遥远

① Edouard Glissant, *Introduction à unepoétique du Divers*, Paris: Gallimard, 1997, p. 136.

② Edouard Glissant, *Introduction à unepoétique du Divers*, Paris: Gallimard, 1997, p. 82.

神奇的蛮荒大地；他们所要描写的是一个拥有多种族、多元文化的新世界，而不能单纯地再现拥有单一种族的旧世界。也就是说，位于“黑人性”与“克里奥耳性”之间的“安的列斯性”承认加勒比海地区人的非洲渊源，但与“黑人性”不同的是，它也承认非洲文化已经在新的流散空间里发生了根本变化。实际上，“安的列斯性”突出了加勒比海地区两个鲜明的地理特点，即海洋和陆地。这正是其复杂多元的经验之所在。因此，加勒比海地区的文化便以“我们”代表的不同人口和以“关系”代表的文化社会而与旧世界的“黑人性”区别开来了。

格里桑自己的文学实践精确地体现了他倡导的“克里奥耳性”，标志着法属加勒比海地区文学的转折点，即从身份、根源、创新和歌颂非洲之独特性的浪漫主义向一种解放的政治学和解放的诗学转移。就文学而言，这意味着破除单一的黑人诗学，建立以“我们”为名的一种集体表达方式，并据此建构一种“关系”诗学。“关系”是格里桑使用的最重要的哲学概念；“关系”是把团结与开放综合起来的一种形式，是对多样化和接受他者之差异的一种促进。“关系并不传递或连接原则上已经可同化或可相互比较的因素，因为关系常常把这些因素区别开来，从任何一种总体性中把它们转移出来——因为关系的作用始终是改变构成它的每一个因素，因此也改变各因素之间的关联，它自身也将再次改变。”[①]文学的任务就是阐明个别主体、他们的社会与社会外部之间的关系。格里桑称这种小说为“探讨我们中的我、他者中的我、我们中的我们的含义的小说”。[②] 他的几部重要小说都是探讨这种“关系”的。

小说《马勒摩尔》无情地再现了瓦解、异化、无能的马提尼克岛社会。按他自己的说法，这部小说“记录了残酷的瓦解……我们在无穷尽地消失，是世界间摩擦的牺牲品”。[③] 为了生动地表现外部世界的瓦解，小说的结构也显然是脱节的：全书共分13章，讲述了在1788年到1974年之间发生的一些事件，各个事件之间没有逻辑关联，各章也不是按年代顺序排列的，如果没有各章中重复出现的人物的话，这本书就是活生生的“千高原”。各章的文本形式也各不相同：诗歌、讽刺独白、准自传、非现实的神话话语或某个人物的谵妄心理的记录。贯穿全书的是一个始终如一、尽管相当绝望的集体叙述的声音：“我们”。这个第一人称复数的“叙述者”既面对人物也面对读者，但究竟是谁却不得而知。叙述者“我

① Edouard Glissant, *Poétique de la relation*, Paris: Seuil, 1990, p. 186.

② Edouard Glissant, *Poétique de la relation*, Paris: Seuil, 1990, p. 186.

③ Edouard Glissant, *Le Discourantillais*, Paris: Seuil, 1981, pp. 14-15.

们”的身份就是小说试图探讨但没有给出答案的问题：“我们，未给出答案的重大问题。”①也就是说，“我们”没有特定所指，是多元的和包容的，但也是未加区别的；他们即我们，我们即他们；“我们”既是叙述者也是被叙述者。“我们”就好比由不同声音唱出的一首歌，暗示了故事中奴隶逃进森林时的一种集体意识，当所有人尚未把你我、生死、灵肉区别开来时，当我们开始学说个体的我，思考个体的我，当个体的我一个一个地增加时，个体的主体性就开始累积成集体的主体性了。

《指挥官的案件》是格里桑“‘我们’的小说”的第二次尝试，开头和结尾都明确提到建构集体身份的问题。该书与《马勒摩尔》有一点不同之处，即具有强烈的历史连续性，追溯了一个家族四代人的历史，每一代占一章，构成了第一部分的四章；第三部分追述了主要人物玛丽·塞拉的生活(1945—1979 年)。尽管集体和个体的历史都具有连续性，但集体意识的问题仍然没有解决，“我们”仍然没有明确的定义；这要在他的另一部小说《硬木》中才能初步解决。《硬木》在形式上打破了前两部小说的僵局，把叙述分成若干部分，每一部分有一个实名的叙述者，最重要的叙述者马蒂厄负责 18 个部分中的 5 部分。马蒂厄是格里桑以前小说中的人物，是作者比较熟悉的，但也正因为如此，他才以叙述者的身份批评作者如何创造了他，如何利用了他。格里桑实际上是借马蒂厄之口检讨自己以前的创作：“作者仍然陶醉在把村民们、他们的后裔、他们的面孔合并成一个模糊的过分强大的单一身份的乐趣之中。”②换言之，格里桑开始为此前作品中抹掉人物间差别的做法感到愧疚，因为这些差别才是他们建立“关系”的坚实基础。在这部小说中，他克服了这个缺点，让不同的叙述者处于同一个文本现实之中，他们相互间意识到各自的存在，因而构成了“众声喧哗”的平等对话，即使作为重要叙述者的马蒂厄也没有任何特权。

这种叙述的累积效果必然是故事中的人物和事件被轻视了；叙述者的主体间性结构受到了特别的强调，因为他们之间的关系淹没了原始内容和叙事的渊源，同一个叙事的不同版本由一个阐释者串联起来，建立起逻辑联系，且不管这个阐释者是读者还是人物。不同的叙述者之间虽然可以相互颠覆，但他们构成的多元声音却不是脱节的，各自的声音也不是孤立的。事实上，故事的结尾暗示说，这个互文网络没有终点，它将无限延展，超越格里桑自己的全部小说，而与其他小说家的故事融合，

---

① Edouard Glissant, *Malemort*, Paris: Seuil, 1975, p. 34.

② Edouard Glissant, *Mahagony*. Paris: Seuil, 1987, p. 33.

甚至与外部世界融合，构成新的网络，“每一个故事在世界上空稀释，也许是在世界中稀释，有时只是为了强化在遥远的地方刚刚出现的另一个网络”。[①] 他意在说明：集体声音（意识）始终是个体声音（意识）的繁殖，它们的统一只能以它们的相互关系为基础，而叙述就是这种关系的具体化。这或许也是加勒比海地区后殖民文本的“克里奥耳性”。

格里桑意在创建一种新的加勒比海感性和一种新的加勒比海文学。这种新的文学的目的就是既重构集体的历史记忆又表现现存的断裂。他坚信加勒比海地区各民族的多元历史将使他们在即将出现的历史意识中拒绝西方的线性历史和等级制。对他们来说，重要的不是单数的大写的历史，而是复数的小写的历史、复数的故事，以及破碎、多元、聚敛的经验。他在这种新文学中所用的叙述技巧采纳非线性的时间维度，在不同的叙事之间展开多声部的戏剧冲突，从而使加勒比海地区各民族的历史达到一种潜在的融合。加勒比海地区的作家不必关注历史的顺序，也不必怀旧，但必须有“对过去的预言视野”，进而展示过去如何才能有益于加勒比海地区人民的未来。

第十二节　伊甸之梦

德里克·沃尔科特的出生地是加勒比海地区的圣卢西亚岛，1979 年获得独立。他生长在法语的语言环境，天主教的宗教氛围，但却在讲英语的卫理公会家庭里长大，而他的种族背景又是非洲和欧洲的对立融合。这样一种复杂的出身决定了他与西印度群岛人民矛盾而复杂的关系。在 1970 年的文章《黎明所说》中，他专门谈了这个他经常回避却又无法不提及的问题。他认为，在加勒比海地区，“人民”这个词有三个范畴：一是旅游业和商业投资把这个地区变成了外来游客的一种独特文化；二是国家，它与旅游业串通，把这个地区的文化建构成为一种非政治性文化，主要是为了分得红利；三是与黑人民权运动相关的知识分子，他们的政治活动取决于他们如何把黑人浪漫化。这些知识分子为了成为知识分子而让穷人保持贫穷，让个体保持孤立，因为物质主义和个人主义是殖民时期的理想。基于民间艺术的一种统一的民间文化不过是国家和旅游业为了赚钱而虚构出来的，在这种情形下，奴隶的后代“既软弱又多彩，用

① Edouard Glissant, *Mahagony*, Paris: Seuil, 1987, p. 242.

假造的愤怒或商业的满足掩盖着他们的痛苦”，① 而那些知识分子则有“白肤色的妻子，褐色的孩子和稳定的工作”。②

沃尔科特在文章中表达了要与西印度群岛“人民”认同的愿望。即使在定居美国之后，他也没有忘记加勒比海地区的人民，没有加入美国国籍，没有尽享作为国际著名诗人的新的美国生活。的确，20 世纪 80 年代初发表《幸运的旅行者》时，他开始融入更加广泛的国际文化和政治氛围，但加勒比海地区仍然是他不可逾越的“民族性”。1990 年，他发表了可以视为加勒比海地区民族史诗的《欧梅尔奥斯》。1992 年获得诺贝尔文学奖后，他回到圣卢西亚时曾深情地说：“我的全部作品都是描写这座岛屿的。”③《幸运的旅游者》虽然描写了诗中说话者面对第三世界的饥荒、疾病、饥饿而无可奈何的困境，但在接受这部后殖民文本的环境（北）与这部文本再现的主体（南）之间仍然存在着一种不平衡的关系。这是沃尔科特作品中常见的一种关怀，也表明他思想和情感的一种矛盾状态：他一方面要忠实于圣卢西亚的人民，忠实于加勒比海地区的文化，另一方面，他又必须利用欧洲的文学传统、西方的古典神话和艺术为西方读者翻译他的本土经验。这种矛盾一旦转化到政治、殖民主义及其后果以及本土文化等主题上来，就会以含混的艺术形式表现出来，这是后殖民作家在当今世界上获得成功的一个重要策略。沃尔科特恰恰是由于采取了既不共谋也不敌对的立场，用“异国情调”的策略传达复杂而含沙射影的政治信息，从而得到读者和批评家的赏识。

实际上，早在 1967 年发表的一篇文章《友谊》中，他就清楚地区别了美国黑人的境遇和西印度群岛黑人的境遇。美国黑人有真正的抗议文学传统，而西印度群岛所需要的是一种自我批评的讽刺文学。知识分子和政客常常采取快捷手段，颠倒种族主义或压制自由。但这个地区需要的是创造力而不是修辞和自怜。他还说，西印度群岛之所以没有抗议文学是因为这里没有什么可抗议的，既没有美国黑人面对的种族歧视，也没有文化的压制。西印度群岛甚至不同于海地、阿尔及利亚或古巴；独立是和平地到来的，并不是通过斗争换取的。唯一令人愤怒的就是经济上依赖英国和美国。由于这种依赖，知识分子就开始自恨，仇视社会，用

① Derek Walcott, “What the twilight Says: An Overture”, in *Dream on Monkey Mountain and Other Plays*, New York: Farrar, Straus and Gilroux, 1970, pp. 7-8.

② Derek Walcott, “What the twilight Says: An Overture”, in *Dream on Monkey Mountain and Other Plays*, New York: Farrar, Straus and Gilroux, 1970, p. 35.

③ Paula Nurnett, *Derek Walcott: Politics and Poetics*, Gainsville: University Press of Florida, 2001, p. 318.

幻想的修辞想象一个非洲黑人的大西洋，或通过马克思主义来灭绝历史。新世界的作家随时更换主子，为政治而牺牲艺术。甚至西印度群岛的军事也是模仿的、陈旧的，那是慷慨的“敌人”撤退后剩下的愤怒的资产阶级。

> 我们必须足够真诚地拒绝一个从不是伟大但却卑贱的过去，不要把我们的历史分割成无数个大屠杀。……现在的时代单调、平庸、极具讽刺性。我们需要遭到辛辣的讽刺，那样就能表明我们已经变得多么迟钝，或者让那能使平庸闪光的才能给我们启迪。①

这种“辛辣的讽刺”和“能使平庸闪光的才能”便是他 1970 年发表的《猴山之梦》。实际上，该剧只是一组剧中的压轴戏。一起发表的还有另外三部戏剧：《多芬的大海》、《T-简的兄弟们》和《马尔科松，或雨中的六个人》，在这四部剧本之前是上述文章《黎明所说》。出版之前，这几部戏剧分别于 1954 年、1958 年和 1959 年开始上演。《猴山之梦》也于 1959 年开始上演，是沃尔科特最受欢迎也最具政治意义的、描写加勒比海地区黑人的一部力作。它探讨的是黑人的殖民心理。这是一部两幕戏，每一幕都从萨特给法农的《地球上受苦难的人们》写的前言中引用一段话作为题词。第一段题词写道：

> 因此，在有些精神病症状中，产生幻觉的人厌烦了每日受恶魔的侮辱，在晴朗的一天开始聆听夸奖他的天使的声音；但是，恶魔还是叫个不停；不过从那时起，他们变换着相互祝贺。这是一种防御，但也是故事的结局。自我被分解了，病人向疯狂迈进。②

萨特的“故事的结局”，殖民主义在殖民者与被殖民者之间造成的异化和心理疾病，就是沃尔科特这部戏的开始。萨特和法农描写的殖民地状况在剧中主人公身上集中体现出来：一个年迈、没有文化的烧炭工，没有家人，没有朋友，孑然一身，住在猴山上的雨林中。他的真名叫菲利克斯·霍本，但他已经记不起来了。他把别人送给他的绰号深深地内化，致使他忘记了自己的名字。这个绰号就是马卡，猴子的意思，摹仿

---

① Derek Walcott, “Fellowship”, in *Sunday Guardian* (15 Jan. 1967), p. 8.

② Derek Walcott, *Dream on Monkey Mountain and Other Plays*, p. 211.

人的人，人性被抵消的人，或者，被非人化了的人。剧中一位混血儿警官这样嘲笑他：

> 太初有猿，猿没有名，所以上帝叫他人。现在猿有了许多部落，有大猩猩，狒狒，马来猩猩，黑猩猩，蓝屁股猴，指猴，上帝看着他的作品，看着它是好的。有些已经拉直了脊椎骨，开始直立行走，但有一个部落却不幸地落在了后面，那就是黑鬼。①

剧情开始时，马卡下山进城卖炭，喝醉了酒，大闹酒店，由于"酗酒和扰乱治安"罪被投入监狱。狱中，当被那位非白非黑的混血儿嘲弄了一番后，马卡进入了恍惚的梦境。梦境中的一幕又一幕情景便在舞台上表演出来，现实世界里的人成了梦境中的人物。梦中，马卡沿着"贩奴路"一路走去，经历了非洲黑人所经历的坎坷，还实现了做非洲王中王的愿望。可以说，他必须经历这个怀旧的步骤才能解放自己，把自己从忘却的状态中拯救出来。他仿佛在实践着法农早已下定的决心："我绝不会为复兴一种非正义的未被承认的黑人文明而贡献一切。我绝不会使自己成为过去任何时代的人。我不想牺牲现在和未来而歌颂过去。"②他必须报复曾经压迫过他的白人世界，捣毁白人所取得的一切成就，最后杀死他心中暗自敬仰的白色女神。星期日早上醒来，他发现自己经历了一次夜的洗礼，经历了一次炼狱的旅行。他记起了自己的名字，知道了自己是谁，被释放出狱，从他的精神之狱中走了出来，高高兴兴地回猴山去了。出狱时，他说：

> 主啊，我就像大海里的一棵树，从一个海岸冲到另一个海岸。我手指的枝丫，我脚的树根，什么也抓不住，可现在，上帝啊，它们找到了根基。让我再次被薄雾吞噬吧，让我再次被忘记吧，这样，当迷雾散开的时候，人们抬头望去，就会看见一小片开阔地上有一个小屋，屋顶冒出一缕青烟，说"马卡住在那里，马卡住在他一直住着的地方，在他的人民的梦中"。③

---

① Derek Walcott, *Dream on Monkey Mountain and Other Plays*, pp. 216-217.

② Frantz Fanon, *Black Skin, White Masks*, trans. Charles Lam Markman, New York: Grove Press, 1967, p. 60.

③ Derek Walcott, *Dream on Monkey Mountain and Other Plays*, p. 326.

沃尔科特自己说："这出戏是一个梦，是主要人物心中的特定的梦，也是作者心中的梦，作为梦，它是不合逻辑的，派生的，矛盾的。它的来源是隐喻。"①就剧情而言，舞台上上演的是一场梦，抑或是梦中梦；在现实中，它也是一场梦，即沃尔科特的创造性想象，是人类精神获得终极解放的一场伊甸园之梦。但是，马卡经过这次漫长的内心旅行或炼狱的洗炼后，回到了"他一直住着的地方，他的人民的梦中"，那是作者想象的世界，神话的世界，记忆中的世界。在马卡身上，作品中的世界和世界中的作品汇聚在一起，但他的意义却超越了人物自身，超越了梦自身，甚至超越了作者自身，成为加勒比海地区贫穷而受压迫的黑人的代表。他们就仿佛是马卡，手掌中放着燃烧的炭火，口中唱着解放的歌，正努力拯救面临死亡的病人，以及在绝望中生不如死的人民。

第十三节　逆写经典

简·里斯重写了维多利亚时期的著名小说《简·爱》。原著情节并不复杂：简·爱爱上了雇主罗彻斯特，却发现他已经结婚。他的妻子是来自西印度群岛的伯莎，现已是阁楼里的疯女人。里斯的《藻海无边》重写了这个故事，从不同方面颠覆了原著的中心，讲的已不是罗彻斯特的故事，而是伯莎的故事，加勒比海地区人的故事，也是殖民和后殖民时期殖民者与被殖民者之间关系的故事。

里斯生于位于加勒比海的大安的列斯群岛的多米尼克，那是哥伦布最先发现的地方，也被认为是加勒比海地区最美的地方。里斯出生时，多米尼克还是英国的殖民地。她十几岁时就来到了帝国中心伦敦，经历过巴黎左岸湍急的艺术潮流的洗礼，目睹了大英帝国的没落，以及20世纪五六十年代大批移民的涌入。她的艺术创作从20世纪20年代中期开始，到1939年发表《早安，午夜》之后进入沉寂，但却在1966年以《藻海无边》震惊文坛，此后一直持续到70年代末。从时间和空间上看，里斯的创作跨越了殖民和后殖民两个时期。然而，从作品的思想和内容来看，她属于她的出生地，骨子里似乎从来没有改变她的加勒比海情结。

《藻海无边》的根也在加勒比海。如果她于1934年发表的《黑暗中的航行》写的是她在英国的亲身经历，那么《藻海无边》就超越了英国经历而

① Derek Walcott, *Dream on Monkey Mountain and Other Plays*, p. 208.

把“蛮荒”与“文明”对立起来。据说她写这本小说的理由主要是不满于勃朗蒂对伯莎的描写，而感兴趣于“《简·爱》里的疯婆子”，除了这位“‘纸老虎’的神经病，克里奥耳的景色全都不对，而最重要的是……罗彻斯特的残酷”，后者最令她痛恨。[①] 里斯于1957年重读了《简·爱》，此时，她感到自己已经忘记了克里奥耳人。但在读了小说之后，她觉得勃朗蒂好像对西印度群岛有成见。连《维莱特》中的主人公也竟然在去往瓜德罗普岛途中溺水身亡！后来在一次访谈中她说：“夏洛特·勃朗蒂一定与西印度群岛有什么过节，我对此很生气。不然的话，她为什么要把一个西印度群岛人写成那么可怕的一个疯子，那么着实让人害怕的东西？”[②]这种愤怒的结果就是重写《简·爱》，重新塑造勃朗蒂笔下的伯莎。

《藻海无边》共分三部分：第一部分写安托瓦内特(《简·爱》中的伯莎)在牙买加的一个奴隶庄园里度过的恐怖和孤独的童年。她出身于白人克里奥耳家庭，奴隶解放后家里一贫如洗，在一个种族纷争的社会里挣扎着过活。母亲再婚后生活有所好转，但在一次黑人纵火后，母亲由于这场大火烧死了儿子、毁掉了庄园而疯了。第二部分罗彻斯特讲述他和安托瓦内特的婚姻，他们在多米尼加迎风岛上的蜜月，以及后来他们如何逐渐疏远，变成了仇敌的经过。第三部分安托瓦内特讲述她在阁楼里的最后岁月，这是他们离开西印度群岛后罗彻斯特监禁她的地方。故事结尾时，安托瓦内特按着梦中情景放了一把火，烧毁了桑菲尔德庄园。

《藻海无边》首先是对《简·爱》的逆写，是对一部殖民文学经典的后殖民回写。里斯在叙述声音上进行了细心的安排：故事的第一和第三部分由安托瓦内特叙述，中间插入了罗彻斯特的叙述，而且，安托瓦内特的两部分叙述逻辑关联很强，如果把罗彻斯特插入的成分去掉，她的故事仍然是完整的，尤其是她的三个梦(第一部分中两个，第三部分中一个)相互关联，前后照应，使读者感到她的完整故事被罗彻斯特“打断”了。此外，她语言清晰，意思清楚，丝毫没有神经病或暴力倾向，祛除了《简·爱》中的“妖魔化”。第三，里斯没有让安托瓦内特一直讲下去，把罗彻斯特的叙述安排在中间，而且给了他最大的篇幅(第一部分61页，第二部分108页，第三部分13页)，有意通过罗彻斯特自己的叙述来刻画一个复杂的英国上层社会男人的形象，由于自己严重的情感创伤毁掉

① Jean Rhys, *The Letters of Jean Rhys*, Francis Wyndham and Diana Mellyed, New York: Viking, 1984.

② Hannah Carter, “Fated to be Sad: Jean Rhys Talks to Hannah Carter”, in *Guardian*, August 8, 1968, p. 5.

了一个年轻可信的加勒比海妇女，从而使二者形象的对比更加鲜明。

《藻海无边》也是对《奥赛罗》的逆写。在主题上，《奥赛罗》中描写的帝国、殖民化、奴隶制、种族关系、种族混杂、男性控制女性的欲望等，也都是《藻海无边》所关注的问题。在人物对应上，除了丹尼尔和伊阿古、桑迪和卡西欧之间的对应外，安托瓦内特和奥赛罗都是被殖民的他者和叛逆的受害者；安托瓦内特和戴斯德蒙娜都是受丈夫欺凌、被男权社会毁灭的女性；罗彻斯特和奥赛罗都是握有权力的男性，可以随意向配偶施行报复。实际上，里斯分别让安托瓦内特和罗彻斯特代表奥赛罗的两个重要方面：她和那位将军一样，也是被一位来自大都市的、她信任的人所毁，成了被殖民的他者。她同意了这场撮合的婚事，不但失去了自己的一笔财产和独立性，而且还爱上了这个男人，结果被他玩弄了感情，损坏了她的纯洁，背井离乡，最后在禁闭中度过余生。奥赛罗和罗彻斯特虽然出身、年龄、成就和命运各不相同，但他们都是男人和丈夫，都被妻子在他们心中搅起的情感和欲望所改变，都偏执地控制妻子的感情，都认为自己在道德和法律上有权惩罚妻子的所谓背叛。这部小说和那部悲剧之间的这种平行比较可以无限制地进行下去，在其他人物、情节，乃至行为方式和道德规范等方面，都可以看出里斯对莎士比亚的后经典逆写充实和证实了她对勃朗蒂的后殖民逆写，进而使《藻海无边》摆脱了它所源出的原型，成为一部独立的后殖民杰作。

小说中的另一个小角色克里斯托芬被认为是对抗殖民话语的一个人物。斯皮瓦克认为她是“文本中第一个阐释者和被命名的话语主体”，[①]里斯把话语权交给了她，只有她能够解释和分析罗彻斯特的心理和行为，与他进行面对面的抵抗。然而，克里斯托芬毕竟是个边缘人物，如果进一步与《奥赛罗》中的人物类比的话，她就是悲剧中的艾米利亚，尽管有一些不同之处：不像艾米利亚那样顺从，没有遭到罗彻斯特的暴力迫害，因此也没有取代安托瓦内特的主角地位。所以，斯皮瓦克认为，在描写克里奥耳白人的一部小说中，在对欧洲小说传统内的一部英国经典小说的重写中，她不可能成为核心人物。问题不在于她是否能批判殖民话语，而在于她被殖民的社会地位和她的对抗话语。给人印象颇深的是，在与罗彻斯特对话时，她并没有谈她自己和她的同胞如何受殖民主义的迫害，而是痛斥罗彻斯特对妻子的利用，他如何祈求安托瓦内特嫁给他，如何

---

① G. C. Spivak, “Three Women’s Texts and a Critique of Imperialism”, “*Race*”, in *Writing, and Difference*, ed. Henry Louis Gates Jr. Chicago: University of Chicago Press, 1986, pp. 252-280.

骗得她的财产，如何拒绝她的爱，如何毁掉了她的灵魂。克里斯托芬关心的不是钱财，并没有把钱与黑人奴隶的劳动联系起来；她关心的是一个克里奥耳女人如何被一个英国上层社会的白人男性所伤害。

对里斯小说的后殖民研究开始于20世纪70年代末。最早的是印度作家德苏扎，他认为里斯虽然加入了英国国籍，但她没有通过贬低其他种族来讨好英国人。海伦·蒂芬认为里斯的女性/男性、西印度群岛/英国的二分法反映了殖民者/被殖民者和主/奴的关系。斯皮瓦克认为里斯的小说是寓言，讲述的是殖民者与被殖民者之间的暴力关系。这些早期的后殖民批评虽然过于简单化，但为后来的深入研究开辟了道路。《藻海无边》是否是后殖民小说，其作者是否能代表西印度群岛或克里奥耳人，围绕这两个问题的讨论已经发展成了一场文化战争。尤其是小说结尾时安托瓦内特梦见她从燃烧的房顶上跳了下来，这被认为是回归故里。另一种观点认为，不管她那个时候有什么梦想和希望，她都不可能真正跳下去，就种族历史和那个地区的历史而言，那只能是幻想。还有一种观点认为，结尾时安托瓦内特看到了火苗中的生命之树，而这正是加勒比海地区美洲印第安人传奇的核心。至于作者的作家身份，除了作为女性作家、殖民作家、现代派作家外，她的“克里奥耳性”无疑会引起后殖民文学批评的更大关注。

第十四节　午夜挽歌

萨尔曼·拉什迪1947年6月生于印度孟买的一个穆斯林家庭，是这个穆斯林商人之家的独生子。他出生的同一年印度独立。成年之后，他以自己的脑袋为赌注写了一本《撒旦诗篇》，生造的那个著名的短语被阿什克罗夫特、格里菲斯和蒂芬用作后殖民研究经典的一本书的书名，并被列为全球十大公共知识分子之一。他无疑是后殖民阵营中最知名的人物。他1975年开始写作《午夜的孩子》，1979年完成，1981年发表后当年获得布克奖，1993年再度获得“布克之布克奖”。1982年，他在《想象的家园》中说：“过去是家园，尽管是失去的时间迷雾中一个失去的城市里的一个失去的家园。”①这句话的伤感口吻和挽歌情调在1982年似乎来得过于超前，那应该是他被永久剥夺印度国籍时所说的话。一般来说，

① Salman Rushdie, “Imaginary Homelands”, in *Imaginary Homelands*, London: Granta, 1991, 1992, p. 9.

人们往往不太怜惜失去的时间，但往往会怀念失去的城市和曾经在那个城市里拥有的家园。显然，对拉什迪来说，这个城市不是伦敦，而是孟买，这个家园也不是英国，而是印度。他在那里度过了童年，也是“午夜的孩子”的童年。这是任何其他城市和国家都无法取代的。

小说开篇讲述一个孩子在午夜出生时的情形：“话说有一天……我出生在孟买市。”“话说有一天”这个短语的英文是 once upon a time，在拉什迪的小说中暗示一个特殊的幻想语境，它属于一个已经失去的过去时刻。但作者并不是在讲童话故事，因此即刻又给出了具体的历史日期：“1947年8月15日。”而且要精确到具体的时刻：“午夜十二点钟声敲响的时候”，“时针和分针重叠在一起的时候”，这意味着作者要向历史负责，他出生的时候恰好是印度庆祝独立的时候，“外面人山人海，天空中放着焰火”。个人的命运就这样不可分割地与国家的命运连在了一起。他，萨里姆·西奈，以及在这个时刻降生的所有孩子们，就和这个国家一样，面对新的生机，面对新的可能性，大有开垦一片肥沃处女地的可能。

《午夜的孩子》共分三部分。第一部分八章，讲述萨里姆出生前从1915年到1947年的一段时光，那是祖父那代人的生活，也是历史的开端。家族的第一个人阿达姆(Aadam，只比亚当 Adam 多了一个字母)踏上了这条记载着丧失和幻灭的小路。这片土地本来是一个乐园，生活在这个乐园之中的人们天真烂漫，有归属感，尽享家庭的温暖。而当旅途归来，旅行者以“见过世面的眼光观察一切的时候”，他感到难过了。他回到了家里，却仿佛与世隔绝；他学成了医生，却感到周围充满了敌意。印度的现代性叙事就开始于这种复杂的矛盾心理，困惑、怀疑和信仰的丧失。小说第二部分的时间跨度是从1947年到1965年，这是萨里姆诞生之后的故事，也是新印度诞生之后的故事。叙述进行到第116页时，叙述者才出现，也就是说，他在第一部分中仿佛一个不在场的历史学家，讲述着他并未亲身经历的故事。正因如此，这部分才安排了一个听者。讲故事的人和听故事的人与《特里斯坦·商狄传》明显构成了互文性。

第二部分中叙述者开始讲述自己的故事，也讲梅斯沃德家孩子们的故事。他们是午夜的孩子们；他们学习传心术；他们的童年经历是亲密的，但也是痛苦的。然而，这些午夜的孩子们却在改变着历史，改变着世界，仿佛在出生那一瞬间就播下了未来的种子，那种子将使世界发生天翻地覆的变化。然而，“午夜的孩子们”其实生不逢时：1947年8月15日从午夜到凌晨一点全印度一共生下1001个孩子，按照印度的出生率，这个数字大致准确；按照印度的信仰和《天方夜谭》的经典故事，这是个幸运数。但不幸的是，其中420个孩子没有成活，而在印度文化中，420这个数字亘古以来就与诈骗、欺骗、诡计相关。而且，这个数字还与拉什迪喜欢看的一部影片 *Shree 420* 构成了互文性。幸存下来的581名儿童都有心灵感应，可以通过萨里姆的心理相互联系。于是，他们组成了“午夜孩子议会”，这个议会的英文缩写 MCC 却又与印度的临时国会的缩写相同。这个“午夜孩子议会”最终解体了，581人中，只有三个人算是出人头地了(影射甘地、尼赫鲁和英迪拉·甘地)，包括叙述者在内；其余的依然是一个模糊的集体，是表示希望和可能性的隐喻，但希望破灭了，可能性也被否定了，他们终将被毁灭。

第三部分讲1970年到1978年间发生在东巴基斯坦的事件——巴基斯坦的解体，孟加拉国的建立。有趣的是，萨里姆的鼻子(鼻子贯穿整个故事，第二部分中，父亲因为儿子的鼻子长得不像他的，而怀疑母亲不忠，但实际情况是，孩子出生时，护士就给调了包)发生了奇迹：他能闻出阴谋、复仇和矿山。于是，他的“鼻子”被带到了东巴基斯坦，成了暗杀队的“一条人狗”，还目睹了孟加拉战争中的伤亡。萨里姆本人失去了记忆，与猴山上的马卡一样不认识自己了，没有了感觉，无私的意识把他变成了动物。当奇迹再度发生时，他恢复了记忆，通过另一个午夜孩子回到了孟买。故事以英迪拉·甘地夫人的失败告终，但希望仍在，新的神话依旧在创造。在独立之夜庆典上，尼赫鲁宣布觉醒和宽容的印度仍有乐观的前景，尽管那已是一种“悲哀的民族主义”了。

拉什迪秉承《摩诃婆罗多》的传统，认为任何领导人都不会绝对清白和无罪。故事中，英雄人物(天才领袖)创造的历史似乎在走下坡路。莫罕达斯·卡拉姆昌德·甘地在印度独立后不久就被暗杀了；尼赫鲁也没有寿终正寝，过早离开了人世。他的继承人是寡妇(英迪拉)。寡妇之后是一个喝尿的昏庸之辈。拉什迪对印度领袖和印度独立的描写是漫画式的，极尽讽刺之能事，与当年丘吉尔说老甘地是半裸的苦行僧相差无几。萨里姆本人却由于在母亲的银色痰盂里洗过脑而成了“buddha”。但在乌尔都语中，小写的 buddha 的意思是“老人”；大写的 Buddha 才是“在菩提树下彻悟的人”。由于菩提树早已绝迹，萨里姆只好坐在一棵梧桐树下。后来到了丛林里，萨里姆盘腿(佛陀的坐姿)坐在一棵银叶树下，俨然成了一位救世活佛。但他最终不像佛陀那样温顺；他心中搅起了无限的悲观、徒劳和羞辱之感，他堕入了无名、无史、无记忆的地狱之中。这片魔幻丛林曾经惩罚过那些行为不端之人，现在开始惩罚他了：一条透明的瞎蛇咬了老人/佛陀一口，把毒液浸入他的脚后跟。这是蛇第二次咬他，第二次向他灌输毒汁，把他从彻底的忘却中拯救出来，尽管此时他还不能想起自己的名字。当他们最后走出丛林的时候，已经是1971年10月了。

在某种意义上，《午夜的孩子》是虚构的虚构，是书写的寓言，也是文本的解构。拉什迪写萨里姆，萨里姆写小说，再把小说讲给他的唯一听者帕多玛。帕多玛是做泡菜的女人，而做泡菜的女人一般都是不识字的，更不用说能读懂英文了。所以，拉什迪的小说被萨里姆用口传的方式讲给了一位底层妇女，一个没有文化但并非没有智慧的女性土著。她有时评论一番，有时做出判断；这些评论和判断都是对萨里姆的思想和行为的批判。她作为批评家的信条是“接下来”主义：接下来是什么，接下来将怎样？这些问题使小说的真正读者时刻保持警觉而不至于沉浸其中。这在方法上可以说是后现代主义的自省技巧。这种自省通过自我的叙事、弱点和错觉而贯穿于民族的历史之中。拉什迪热爱作为小说背景的那片土地，那片他始终眷恋、由于《午夜的孩子》重现了自己的童年而更不能忘怀的那片土地。最终，他在这片土地照给自己的镜子中看到了自己的卑微，明白了自己的失败，而那竟然是一个民族的梦。

拉什迪还试图通过文学作品来表达甘地和杜波依斯等人提出的“杂交”思想，以此反映东西方的后殖民文化关系。在1994年发表的《东方，西方》中，他把全书分成三个对等的部分：“东方”(纯粹东方的故事)、“西方”(纯粹西方的故事)和“东方，西方”(东西方融合的故事)。他说“我开始考虑称这些故事为‘东方，西方’时，题目中最主要的部分是逗号。因为在我看来，我就是那个逗号——至少我就活在那个逗号之中。”[①]逗号表示拉什迪视角的转变，是他对分离但却相互关联的世界的理解，这是他描写的一种“杂交”形式。在翌年发表的《穆尔人的最后一声叹息》中，他勾画了《午夜的孩子》之后的那段历史。题目中的那声叹息是安达卢西亚最后一位国王穆罕默德十一世于1492年发出的：他回头看了看他的阿尔汉布拉宫，叹了一口气，就结束了阿拉伯伊斯兰教对伊比利亚半岛的统治。虽然1492年这个年份和穆尔人的西班牙对于拉什迪就如同印度一样重要，但他的重点不在历史，而在历史可能性的终结。小说结尾时，穆罕默德的叹息在亚伯拉罕和摩拉斯的哮喘声中回响。肺部“不再听他使唤”的摩拉斯与耶稣关联起来，他们都在同一个年龄死去。他也和阿瓦隆

① Salman Rushdie, “Interview: Homelessness is where the art is”, in *The Bookseller*, 15 July 1994, p. 49.

的亚瑟王和洞穴中的巴巴罗萨关联起来，因为他们终将醒来再次率领征战的大军。这种关联就是《东方，西方》中的逗号，是甘地的“阈限”，巴巴的“边缘”，这里的文化是杂交的文化，这种文化哺育出来的人是第三种人，“杂交儿”。但拉什迪并不是悲观主义者，因为他的主人公和耶稣、亚瑟、巴巴罗萨一样，都将复活，尽管小说的主导精神是为失去的理想、为印度、为家乡、最终是为他自己唱的一首挽歌。

第十五节　幽黯的文明

V. S. 奈保尔出生在特立尼达讲印地语的贫穷的乡下。14 岁时，他下定决心离开特立尼达，去寻找他的印度之根。父亲是当地的一名记者，常常根据自己的爱好让他阅读一些严肃文学，并给他灌输了当作家的念头。当有幸获得了牛津大学奖学金后，他便移居英国，读书期间就开始了文学创作，发表了几十部作品，获得了许多重要奖项，2001 年获诺贝尔文学奖。他的创作生涯和成就与阿契贝、索因卡、沃尔科特、拉什迪一样，给世界文坛带来了巨大的文化和政治变革，也是后殖民文学丰碑上的一个亮点。他在特立尼达出生，属于亚洲印度少数族裔，这一背景时刻使他感到无论在特立尼达的黑人地区，还是在英国的白人世界，他都是一个外来者，一个局外人，也给了他一种独特的视角来看待后帝国文学中的解殖化、帝国主义和黑白关系。他给自己的定位是：一个四海为家的前殖民作家，而不承认自己是西印度群岛作家。他描写印度和其他新兴独立国家的弱点，为被殖民者的软弱和被剥削而感到耻辱。他一方面谴责欧洲帝国主义的奴隶制及其给前殖民地带来的问题，另一方面又称赞它把和平和现代思想带给了世界落后地区，否则这些地区会仍然活在中世纪，饱受战乱和贫穷的折磨。

奈保尔的印度情结是与生俱来的。印度的形象占据了他孩提时的想象空间，赋予他浪漫、怀旧和幻想的激情，同时也给他个性或主体性的形成注入了焦虑和矛盾。在这个意义上，我们可以把他的三次印度之旅看作他寻找自我的心灵之旅。这三部通常被称为“印度三部曲”的游记是：《幽黯国度：记忆与现实交错的印度之旅》(1965 年)、《印度：受伤的文明》(1976 年)和《印度：百万叛变的今天》(1990 年)。前两部游记凸显了自我的心灵洗炼，实际上是在探讨自我、他者、殖民欲望、知识、权力和意识形态等方面的问题，并不亚于探讨同类主题的后殖民小说。在《幽黯国度》中，他承认虽然熟悉印度习俗，但仍然是局外人。他本质上是新世界的产物，追求的是个性、自由、社会正义、成就和现在；他所了解的印度信仰含有被动性、宿命论、来世生活、自我中心等。而他到了印度后目睹的却是枯瘦的穷人、封建的社会关系、扼杀人性的经济和社会体制、无能的和腐败的政治、不关心别人、为恪守陈规旧习而牺牲人际关系和效率等。更糟糕的是，他发现印度人不可能也不愿意看到自己的缺点和存在的严重问题。奈保尔第一次到印度时并不是以游客的身份出访，而是某种意义上的还乡。但这次还乡却给他留下了非常痛苦的记忆，也祛除了他童年时形成的印度的魔幻光环。

这次去魅和幻灭的经历之后，奈保尔希望能与这片“幽黯国度”保持距离，把自己视为一个殖民地人。他选择了莫罕达斯·甘地作为代言人，以表达他自己的失望，并借甘地之口向他感到如此疏远的一个社会发起攻击。然而，这个选择被证明是错误的。甘地自己也和他一样对印度的那些弱点抱有一种“非印度人”的态度：他不像印度人那样看待印度，而是像游客一样有一种非常直接的认识，渗透性的认识，径直深入到这个停滞不前、腐朽败落的社会的根源。结果证明，在印度一年的游历中，他并“没有学会接受印度的现实。我体会到的是，在印度我是一个异乡人、一个在殖民地长大的印裔特里尼达人，没有过去，没有祖先。”①最后，他匆匆地、草草地结束了第一次印度之行，离开了那个国家，留下的只是一份怅惘和自责。可以说，这次还乡令他失去了想象中的印度，造成了他的自我危机，只有通过书写，把旅途上的一幕幕重新在书写中上演，他才能解除失去自我的痛苦，创造一个新的自我。

他的第二次印度之旅恰好是印度独立后的危急关头。但他这次旅行不是为了寻根，不是为了建构自我，而是为印度而来印度。显然，独立后的印度仍然不是令人满意的。民族主义运动的目标是现代化。民族主义者总是要利用一个有用的过去来调动人民的政治热情。奈保尔认为把过去理想化的做法是非常危险的，会使人依附过去，不思改革，进而导致社会的停滞和落后。这个问题的根源在甘地。他领导人民抵抗英国人，他心目中效仿的英雄是罗摩，这等于说：印度曾经有过辉煌的过去，有过独立的印度文化，有过悠久的历史。但是，奈保尔认为，在现代世俗化的国家里，恢复过去是绝对不可能的，而一味强调过去的荣耀和历史的辉煌，只能使人们活在过去，忘记现在。此外，甘地由于信仰而强调

---

① 〔英〕奈保尔：《幽黯国度：记忆与现实交错的印度之旅》，李永平译，北京，生活·读书·新知三联书店，2003，第1版，第379页。

精神修养，也就是从现实中隐退出来，放弃对世界的幻觉而求得个体的精神自由。他的确想帮助底层人民摆脱奴役，使其成为现代印度的组成部分，但他诉诸传统价值，结果适得其反。

这些或许就是印度这个古老文明的伤痕所在，但还不止如此。“史书历数着战争、征伐和劫掠，却没有关注智识的枯竭，更没有留意这个国家的智识生活是什么样的——这个国家对人类文明的贡献还是在遥远的过去完成的。”[①]这不仅令本来已经古老的文明变得更老，而且在智识上愈发狭小和脆弱。印度自恃是一个大国，“以其伟大的过去，以其文明，其哲学，以及近乎神圣的贫穷”为骄傲，[②] 这个过去其实是种姓制度的过去，这个骄傲也意味着以种姓制度为自豪，正是这种骄傲和自豪导致了印度在现代世界中没有立足之地，导致它停滞不前，在近代伤痕累累。印度必须彻底根除这一制度，才能换来新的民族身份。种姓制度、辉煌的过去和古老的社会，它们存在的保证是宗教。印度教在它的信徒中灌输“旧有平衡”的观念，令信众欣然接受“印度的困境”；他们相信人的命运是注定的，人不能改变自己的命运；人一生下来就已经被固定在特定的位置上，如果思图改变，那就违背了印度教的再生循环，破坏了来世的幸福。然而，奈保尔并不悲观，旧有的平衡已经过去，剩下的只有混乱，而从这混乱中，从旧的印度教的坍塌中，从叛逆和拒绝的精神中，印度正在学习新的观看和感觉的方式。

奈保尔的印度游记在一个层面上是他的心灵笔记，旅游成了他的一种认识工具，以此拆解他的殖民主体。在另一个层面也是比较重要的层面上，他试图通过旅游建构一个文本来歌颂一位四海为家的游子，把那游子的凝视和愿望与世界主义文化融合起来。但他由于过分注重空间的旅行而忽视了时间中的旅行，过分注重印度的大地而轻视了印度的历史，所以他对印度的建构就非常符合殖民话语的范式，在这个范式中，殖民话语的客体，即印度，既是欲望的客体又是嘲讽的客体。在这个意义上，如果我们把奈保尔看作根植于印度、把西方话语完全内化的殖民主体的话，那么，他的两部与殖民话语密切相关的印度游记（由于话题的相关性，第三部在此不予讨论）就可以说是“奈保尔逆写奈保尔”了。

---

① 〔英〕奈保尔：《印度：受伤的文明》，宋念申译，北京，生活·读书·新知三联书店，2003，第1版，第10页。

② 〔英〕奈保尔：《印度：受伤的文明》，第30页。

第十六节 受伤的文明

阿妮塔·M. 德赛 1937 年出生在印度，父亲是印度人，母亲是德国人。20 世纪 90 年代以前，他们先后在德里、加尔各答、孟买和其他印度城市居住。1990 年后，德赛时常去美国，但没有定居。她 1958 年结婚后开始写作，描写印度，印度的人民，印度的大地。她笔下的人物都是边缘、错位、被剥夺权利的人。她最喜欢和敬佩的外国作家是加缪和陀思妥耶夫斯基。因此，在社会和文化主流之外寻找别样世界是德赛许多小说的主题，这限定了她笔下人物的自我认同，也反映了作家与其所处社会的认同问题。当有人就她自己的混血儿身份提出问题时，她说她是百分之百的印度人，印度是她的整个世界。“我像印度人一样感觉印度，但我觉得我像一个局外人那样思考印度。”①

像局外人一样思考印度，与印度保持一定的批评距离，这是理解德赛作品的关键。与拉什迪和奈保尔不同的是，她没有把印度民族作为故事的中心，而是把当时印度发生的一些政治事件作为故事背景，如在《白昼的清晰之光》中，印巴分治、印度政府宣布的“紧急状态”都仅仅是历史背景，而真正的用意在于戏剧性地描写人物的个人危机，尽管作者就人物刻画和情节做出的选择把性别和民族的政治问题摆到桌面上来了。在一个层面上，《白昼的清晰之光》详细描写了妇女的经历：女儿、妻子、寡妇、未婚成年妇女的经历，显然涉及性别政治和父权制问题；在另一个层面上，虽然有关政府政策的政治问题只是作为背景简略提及，但这部小说无疑把家庭的等级关系建立在整个民族的历史和文化基础之上。小说中的人物刻画、叙述声音和象征主义把民族和家庭紧密关联起来，因此使读者能够透过民族主义和世界主义的视角来看待性别关系。

正如奈保尔批判印度民族只有过去、没有现在和未来，只生活在辉煌的过去之中一样，德赛认为印度妇女也是在神话和传奇中哺育长大的：她们从小就被灌输做“母亲女神”和“忠贞妻子”的观念，并一生致力于实现这个“民族”理想，尽管在现实生活中，她不过是一个苦力，首先效力于父亲，然后效力于丈夫。她不能也不敢反抗，因为一旦对这些神话和

---

① Corinne Demas Bliss，“Against the Current：A Conversation with Anita Desai”，in *Massachustts Review*，29，1988，p. 527.

传奇提出疑问，那就等于动摇了印度家庭继而是整个印度社会的基石。这就是德赛在她的重要小说《白昼的清晰之光》中表达的主要思想。德赛的小说比拉什迪的《午夜的孩子》早一年发表，但在对记忆的利用和描写个人身世与民族历史的关联方面却可与拉什迪同日而语。正如她在称赞拉什迪的小说时所说：个人的历史如果不通过民族背景来看待就会毫无意义，而民族的历史如果不通过个人生活表现出来也将毫无意义。

《白昼的清晰之光》主要描写了毕姆和塔拉姐妹俩的生活，并透过这种生活展示了过去与现在的关系。姐姐毕姆留在家里照顾姑妈和弟弟；而妹妹塔拉则嫁给了一位外交官，过着旅居国外的现代生活。毕姆生活在过去，塔拉生活在现在。就她们在德里的家居地理来看，毕姆住在旧德里，塔拉的外交官住宅则在新德里：前者是因循旧习之地，后者则代表着进步和现代性。故事一开始，塔拉礼节性地回家度假，不是为了见姐姐，而是为了见弟弟。姐妹俩见面免不了回忆起童年的往事，愉快的和令人伤感的往事，她们共同经历的苦辣酸甜，她们之间严重的意见分歧等。但是，并不是所有往事都是共享的；她们各自有各自没有袒露的秘密。塔拉想起了她目睹父亲把一个注射器压在母亲胳臂上的情景："她的头猛地向后仰去，或由于震惊，或由于疼痛——塔拉看到母亲抬起下巴，灰白的头发散在枕头上；她听到一声长叹，就像突然被扎破了的气球的声音。塔拉浑身颤抖着跑开了；她确信她看见父亲亲手杀死了母亲。"①这种恐惧感伴随着她的一生，即便后来姑妈米拉、毕姆和哥哥拉加向她解释了父亲究竟在做什么，她仍然不能释怀，这也是她与家庭疏远、与自己疏远的主要原因。

小说的第二和第三章中，姐妹俩接着回忆往事：患糖尿病的妈妈如何不能照顾她们，父亲由于把全部精力都放在母亲身上而忽视了她们的成长；于是，她们便与被遗弃的寡妇姑妈米拉相依为命。记忆中渗透了拒绝与亲密、错位与重新找到位置的辩证法，她们的童年经历对于她们的集体意识和个人意识的形成起到了不可估量的作用。在揭示这两种意识的时候，小说采取了非固定性叙述声音的手法，即让个别人物叙述故事的同时，允许其他人物进入自己的意识，从而揭示在集体意识的边缘处潜伏的未言说和不可言说的情感。在第四章也是最后一章中，当毕姆与塔拉和她丈夫巴库尔一起坐在花园里，谈起了她们迄今没有提起的"米

---

① Anita Desai, *Clear Light of Day*, New York: Harper & Row Publishers, 1980, pp. 22-23.

拉姑妈"之死时，他们三个人都沉默了，不是因为对姑妈之死怀有一种集体悔恨，而是因为提到姑妈之死这件事将打破他们这次来访的礼节性交际："他们坐在那里，就仿佛坐在井底，被石墙包围着，被胶状的井水粘住了。"[①]这是姐妹和好的时刻，但也是仍然被家族的腐朽和死亡萦绕的时刻，致使她们感到这是一个不能提起但又无法忘记的陷阱，它来自过去的束缚，或沉重的历史负担，是她们难以摆脱的一种矛盾情感："他者从来都不在我们之外或离我们而去；当我们认为我们最亲密地以最本土的方式谈论'我们之间'的事情时，它总会清晰地出现在文化话语之中。"[②]

最后一章中，记忆和叙述把过去与现在联系起来；记忆变成了因果，过去的经历得到了重新阐释，具有了新的意义。塔拉承认她的婚姻是一种逃避：逃避家庭，逃避责任，逃避自己内心的恐惧。对毕姆而言，走出过去的阴影和被鬼魂萦绕的地方，去享受白昼的清新阳光，意味着放弃她长久固守的一切：家庭、亲情和责任。回到自己的房间里，在那醒悟的沉默中，她承认自己给予别人的爱不是均等的；她需要原谅别人，也需要被原谅。小说结束时，她去参加了一次歌曲音乐晚会，"在布满灰尘的星光下聆听一小曲音乐"，她突然想起拉加读过多遍的艾略特的《四重奏》，里面有这样一行诗："时间是破坏者也是保存者。"这句诗的意思仿佛从漆黑的夜空落下来，像斗篷或一对羽毛翅膀一样落在她身上。她看到眼前这个乐队既有未成熟的学徒，又有年迈体衰、经受过无数次失败和幻灭的老师，而在内心里，她看到自己的房子和它特殊的历史，她和家人各自不同的经历："不要把它们束缚在一个死气沉沉的牢狱里，而要给它们扎根的土壤，给它们成长和播散的洪水，去开始新的经历和新的生活，但这些新的经历和生活始终来自同一片土地，同一个黑暗的秘密。那片土地包含着全部时间，过去和未来。它由于时间而黑暗；它由于时间而富有。她最深切的自我曾经居住在那里，妹妹的、兄弟们的、所有与她共享时间的人的最深切的自我都曾经在那里居住过。"[③]

这就是拉什迪在《午夜的孩子》中重现了自己的童年而更不能忘怀的

---

① Anita Desai, *Clear Light of Day*, New York: Harper & Row Publishers, 1980, p. 152.

② Homi Bhabha, ed. "Introduction: Narrating the Nation", in *Nation and Narration*, London: Routledge, 1990, p. 4.

③ Anita Desai, *Clear Light of Day*, New York: Harper & Row Publishers, 1980, p. 182.

那片土地；是奈保尔感到与自己血肉相连但最终无法面对的“幽黯国度”；对德赛而言，这背景，这情景，这行为，似乎是在追忆一种失去的文化，但在当下的社会中，这追忆或许是错位和流散的一股潜流，也是一个文明的“受伤的”遗产。在这个意义上，德赛和她的作品都是殖民文化的产物，这种文化给印度的“特权”妇女套上了双重枷锁，在某种程度上，现在把她们从传统中解放出来，但又强加给她们一套新的束缚。换言之，无论把德赛看作第一世界语境中“流散”的“第三世界”作家，还是印度独立后源生于殖民主义的后殖民作家，她都继承了殖民遗产，作品中都反映了殖民时期和新殖民时期的矛盾和冲突，描写了印度上层社会妇女的异化和无归属感，展示了20世纪后期即后殖民时期离散、流亡和移民的一幅想象的地图。

第十七节　无边的草原

正如《帝国逆写》的作者们所说，文学是帝国文化产业的核心，如同君主制是帝国政治的核心。[①] 后殖民文学是后殖民研究重点中的重点，其备受争议的定义往往将其界定为“用英语写的文学”，即伴随着大英帝国兴衰的文学。这个狭隘的定义排除了法属殖民地文学或用其他语言创作的殖民地文学。萨义德的《东方学》把欧洲殖民主义当作殖民话语，即通过文本语码的方式再现、想象、翻译、遏制和管理冥顽不化的“东方”文化的研究，把殖民霸权的社会、政治和制度语境编入影响深远的思想体系或意义网络，从而把后殖民实践从单纯的文学扩展到文学外的各个思想和文化领域，使之成为一门真正的跨学科研究。[②] 波西莫等后继者秉承萨义德的旨意，把注意力放在了对英国殖民主义的文本反应上，也即被殖民的世界如何迫使殖民者及其妻子(儿女)通过游记、书信、历史、小说、诗歌、史诗、法律文献、笔记、备忘录、传记、翻译甚至审查来表达他们各自的态度。在这个意义上，帝国本身也界定了英国文化的自我再现和叙述感性的文本范围。这些想象的和非想象的文本实际上发挥了一种双重作用：一方面，帮助英帝国聚敛了财富，另一方面，为民族

---

① Ashcroft, etc. *The Empire Writes Back: Theory and Practice in Postcolonial Literatures*, p. 3.

② Leela Gandhi, *Postcolonial Theory: A Critical Introduction*, New York: Columbia University Press, 1998. The last two chapters on "Postcolonial literatures" and The Limits of postcolonial theory", pp. 141-175.

和殖民文化提供了高尚的自我形象。正如萨义德所说，维多利亚文学给帝国主义奠定了英国文化身份的基石。

后殖民的反文本性开始于本尼迪克特·安德森。他坚持认为民族性的根基是文本；民族是想象的和文化的产品，而不是帝国和科学实体。甚至最小民族的成员也不是都相互认识、相互接触，他们甚至没有相互听说过，但他们每一个人的心中都有一个相互交流的形象。① 于是，反殖民的小说和反殖民的民族主义就走到了一起。小说包含了作为民族之本质的多元因素，小说中的人物、其作者和读者通过书面交流，在精确的时间中向前推进。小说代替了民族。詹姆逊等马克思主义批评家认为正出现的第三世界小说尤其致力于反映民族现实，② 本章所述的印度的殖民和后殖民作家似乎证明了这一点。也就是说，反殖民地小说家虽然不都是，但大多数是民族主义者。

然而，后殖民文学理论往往不提倡反殖民小说的反文本性。反殖民小说家的"杂交"产品一方面"不可能回归或重现前殖民文化的绝对纯洁"，另一方面也不可能创造完全独立于欧洲殖民历史的民族或地方特色，因为这本身就符合殖民的杂交性。③ 像萨尔曼·拉什迪、本·奥克利、迈克尔·昂达杰和巴拉迪·穆克吉等反殖民小说家都是"移民"作家，他们像后殖民理论家一样，擅长"挪用"和进行多元文化的"类并"；他们的"移民小说"明显地诉诸杂交性。因此，一味坚持让"世界主义"或"移民"作家真实地再现"第三世界"，就等于把后殖民文学理论推向危险的边缘。"一切后殖民文学都是跨文化的。""后殖民文本始终是复杂的杂交的文本。""殖民主义必然导致文化的杂交化。""不可能回归或重现前殖民文化的绝对纯洁。"④

《帝国逆写》的作者们于 1989 年该书出版时就把后殖民批评界定为两种态势：

> 一方面，通过阅读特殊社会和历史语境中的特殊的后殖民文本，

① Benedict Anderson, *Imagined Communities: Reflections on the Origin and Spread of Nationalism*, 2nd edn. London: Verso, 1991, p. 6.

② Fredric Jameson, "Third-World Literature in the era of multinational capitalism", in *Social Text*, vol. 5, no. 3, pp. 65-88.

③ Ashcroft, etc. *The Empire Writes Back: Theory and Practice in Postcolonial Literatures*, pp. 195-196.

④ Ashcroft, etc. *The Empire Writes Back: Theory and Practice in Postcolonial Literatures*, pp. 39, 110, 129, 185, 196.

并研究这些文本的生产对这些语境的影响，另一方面，通过“修正”寓言、反讽、隐喻等既定比喻和模式，并根据后殖民的话语实践重读“经典”文本。①

显然，这两种态势都注重阅读，都旨在创造关于文本性和文学性的颠覆性叙述。23年后，比尔·阿什克罗夫特在《我们时代的文学：21世纪的后殖民研究》一书的前言中再次提出后殖民研究究竟是什么的问题。他指出，当代理论关注“欧洲对被殖民社会产生的政治和文化影响，以及这些社会对这些影响的实际反应”，后殖民研究就是这种理论的一个分支。他补充说：

> 后殖民这个术语指的是后殖民化时代，而不是后独立时代，它既不是编年史，也不是特定的本体——不是“殖民主义之后”，也不是一种存在方式。后殖民是一种阅读方式。②

毋庸讳言，从《东方学》到《帝国逆写》再到《我们时代的文学》，后殖民研究(Post-colonial Studies)无疑对大量的文化发展进行了阅读式分析，包括种族和种族主义，各种反殖民的民族主义表现，民族观念的消解与民族关怀的持存，语言和语言的挪用，文学样式的改造，族群及其与国家的关系，前殖民地人口越来越大的流动等。在21世纪，后殖民研究所涵盖的内容势必大大超过上述的罗列。现存的兴趣领域和学科界限不断扩大和延伸，超越了原始的殖民化时刻，纳入了种族、性别、阶级等特殊命题，从文本批评、历史研究、文化人类学、文学理论、翻译理论、世界文学、流散研究等批评角度进行跨学科、跨文化、跨国界的研究。后殖民研究是一个多元共存的领域，是阿什克罗夫特所说“欢愉的批评民主”，③ 其方法的多样性、学科界限的多孔性、文化和民族特性的块茎式蔓延，以及学者探讨欲望的最大显性，似乎引起了当代知识生产范式的

① Ashcroft, etc. *The Empire Writes Back: Theory and Practice in Postcolonial Literatures*, p. 194.

② Bill Ashcroft, Ranjini Mendis, Julie McGonegal, and Arun Muherjee (eds.), *Literature for Our Times: Postcolonial Studies in the Twenty-First Century*, Amsterdam and New York: Rodopi, 2012, pp. xv-xvi.

③ Bill Ashcroft, Ranjini Mendis, Julie McGonegal, and Arun Muherjee (eds.), *Literature for Our Times: Postcolonial Studies in the Twenty-First Century*, Amsterdam and New York: Rodopi, 2012, p. xvii.

转变：新知识并非产生于单一学科的内核，而产生于不同学科之间的缝隙。“作为一种阅读方式，后殖民主义现已延伸到当代社会政治的各个领域，并拒绝边界。显然，后殖民研究太强悍、太任性，以至于无法规训。它已经成为一片几乎没有栅栏的绿草如茵的草原。”①

① 在这片草原上栖居的“草民”有：“情感研究、自传、贱民研究、流散研究、性别研究、原住民研究、语言学、移民、东方主义、跨文化理论、跨民族主义、创伤研究、翻译研究。它们与世界文学形成一种共边关系，与世界主义概念相重合，并检验伦理学和人权的文学维度。它们涉及恐怖主义、新帝国主义、全球化、后现代状况等全球性问题，同时维护注重个别作家的传统，尤其注重前殖民地国家的作家。”Bill Ashcroft, Ranjini Mendis, Julie McGonegal, and Arun Muherjee (eds.), *Literature for Our Times: Postcolonial Studies in the Twenty-First Century*, Amsterdam and New York: Rodopi, 2012, pp. xx-xxi.

后记：文学教育：人何以为人？

斯图尔特·艾伦在其《媒介、风险与科学》的第八章“人类的影子：机械机器人、生物机器人、电子机器人、克隆人”开头就提出了“人是什么？”这个问题。接着试图从生物技术的高端发展来证明人的定义已经改变，或者，人与人所创造的机器、生命与非生命之间的界限已经模糊了。[①] 作者接着用“弗兰肯斯坦创造的怪物”为题，用一小节专门讨论了玛丽·雪莱的《弗兰肯斯坦》中瑞士科学家维克多·弗兰肯斯坦用零碎的尸骨创造的“人的恐怖幻影”，这个“幻影”如何感到孤独而需要一个同伴，遭到拒绝后如何杀死了创造者的妻子，创造者如何苦苦追寻这个“该死的地狱般的恶魔”，也想让他“饱饮极痛之浆”，“感受……绝望之情”，而就在他复仇失败、将要告别人世、告诫朋友“放下野心，在和平宁静中寻求幸福”的时候，那个怪物来到了他床边，在悲愤之中宣布“我的心是这样造的：它容易为爱和同情所感动，而一旦陷入恶行和仇恨所带来的痛苦，它就无法轻易地承受这一剧烈转变所带来的折磨，那种折磨是你所无法想象的”。然后他要求用自己准备好的柴堆“将自己不幸的躯体烧成灰烬”。[②] 自1818年玛丽·雪莱的小说问世以来，批评家就断定这是一部现代性神话，是对作为现代性之主要标志的现代科学的严厉批判。但在斯图尔特·艾伦看来，小说批评的不是科学，而是“控告那些拒绝为自己的行为负责的科学家”，那个怪物之所以如此残暴，是因为“他的创造者没能承担起对他应负责任的道义责任”。[③]

这样一种解释无疑把科学家拉上了道义的审判台，而用人道主义的准绳来衡量科学的文学家也不止玛丽·雪莱一人，霍桑的短篇杰作《拉帕其尼的女儿》讲的就是一位生物科学家拉帕其尼做的一项科学实验，在女儿出生的同时种植了一棵毒树，女儿长大后专门浇灌侍弄，致使女儿浑身浸染了毒素，花草飞虫见之立死，就连这位“科学的园丁”自己也要戴

① 〔英〕斯图尔特·艾伦：《媒介、风险与科学》，陈开和译，北京，北京大学出版社，2014，第1版，第209页。

② 〔英〕斯图尔特·艾伦：《媒介、风险与科学》，陈开和译，北京，北京大学出版社，2014，第1版，第213页。

③ 〔英〕斯图尔特·艾伦：《媒介、风险与科学》，陈开和译，北京，北京大学出版社，2014，第1版，第213页。

着防毒面具见那些花、树和自己的女儿。女儿新结交的男友乔万尼也因为经常接近女友而具有了毒性（与弗兰肯斯坦不同，拉帕其尼有意为女儿安排了同伴）。但能够解毒的良方只有死亡。当女儿喝下另一位科学家给她的解药而死去时，叙述者感叹道："这个可怜的牺牲品，这个人类发明和被歪曲了的人性的牺牲品，这个被邪恶的智慧做出的种种尝试注定了命运的牺牲品，就这样倒在她父亲和乔万尼脚下毁灭了。"

霍桑的故事与《弗兰肯斯坦》的共同之处就在于，两篇故事中的科学家都是偏执狂式的人物，都由于追求理想、试图改善人性（在这一点上与歌德的浮士德相同）而导致了自己的垮台，或使自己亲近的人成为受害者（这一点恰恰是歌德所克服了的，浮士德最后战胜了恶魔），而使用的工具都是科学。他们所犯的是同一个错误：弗兰肯斯坦未能为自己的造物负起道德责任，拉帕其尼则扭曲了女儿的人性，究其实，也是未能负起道德责任的问题。除此之外，按霍桑自己的说法，他笔下的科学家拉帕其尼就是"缺少对人类灵魂的爱和敬仰……是智力与心灵的分离"。

作为科学家，弗兰肯斯坦和拉帕其尼都有热切的对人类理想的追求，都为科学事业奉献了自己的全部身心，都为改造人类身体的生物科学所执迷以至于达到了伤害身体的地步。在当代环境下，这两位狂想的科学家令人想起实验室受精的人类胚胎实验，或转基因食品给身体带来的永久性伤害，甚或以原子弹在长崎和广岛的爆炸为具体体现的有害的科学。在想象的、经过艺术加工的世界里，他们是造物主，是伊甸园的主人，但他们与上帝的区别（抑或是共同点）就在于，他们未能管理好自己的造物，使纯真的伊甸园变成了堕落后的伊甸园，是人类变得聪明之后反过来利用这种聪明伤害人类自身的伊甸园。作为想象中的人，他们缺少道德关怀，缺少对人类身体和灵魂的"爱和敬仰"，他们的造物甚至不如阿西莫夫作品中的机器人。阿西莫夫规定，他的机器人必须遵守不得伤害人类整体、不得伤害人类个体、不得伤害机器人自身、必须听从人类的命令、看到人类受到伤害时不得袖手旁观的伦理律令。因此，这些造物终究不是健全的人，或者说，他们的造物主没有把他们培养成具备完美人性的健全的人。

这里，我们似乎没有回答人是什么的问题，但涉及规定了人之为人的完美人性。弗兰肯斯坦和拉帕其尼的造物之所以不是完美的，主要是因为造物者本身对灵魂的忽视而导致了造物灵与肉的分裂。在从古巴比伦到基督教的创世神话中，人与神要么是同源的（人是用神的血造的），要么是同形的（上帝根据自己的形象造人），这些神话注重的是人的形式，也即身体的创造，而忽视了灵魂的塑造。古希腊哲学尤其是斯多葛哲学在对人的认识上注重人的心灵，即心灵的内在态度，包括人的批判力、判断力和辨别力，这些是人性的基本要素。在与宇宙的相互关系中，人由于有了人性而发挥主导作用，既与自然和谐一致，同时又在道德上独立于自然。人的心灵，人之为人的特性就在于他的多面性和多样性，丰富性和微妙性，这是不能用精确的几何学和理性的科学方法来检验的。这是因为，人通过感性认识浩瀚的大千世界，现实地把握周围的生活世界。然而，如蒙田所说，在与自然界的接触中，只有人能够通过理智看到自然界的万千景象，并能用想象把这些不变的景象酣畅淋漓地用画面表现出来，而在这个画面上，人本身竟然是最小的笔触！在布鲁诺看来，这正是人类认识的进步：人首先感性地认识到宇宙的无限性，然后通过理智用宇宙的这种无限性来衡量自己的有限性，进而意识到了自身的无限性。这或许是古希腊人提出的“认识你自己”的真正意味。但是，人认识到自身的无限性并不见得是件好事，人一旦抹去了自己的卑微便会变得自大起来；人一旦能够利用自身蕴藏的巨大潜力便会无所顾忌。也许正因如此，古希腊人才又说“凡事勿过度”。认识到自身的无限潜力因而无限度地恣意地偏执地发挥，这就是导致弗兰肯斯坦和拉帕其尼的致命错误的原因。

人之所以为人(人是什么?)是由人所不是的东西界定的，人之所是又不外乎感性和理性这对处于对立分裂状态的矛盾因素。苏格拉底把人之所以为人的原因归结为人有感觉、欲望和情欲，更重要的是人有灵魂，有思想，不仅能够感觉自然，还能用自己的理智去思考自然，换句话说，人之所以为人是因为人有心灵。柏拉图和亚里士多德秉承宗师的思想，都认为心灵之所以为人的根本是因为人通过心灵获得知识，知识即美德，人获得知识或美德的途径是接受教育。这种教育就是通过学习和实践增进心灵的发展。在柏拉图，这种学习和实践就是运用思维和回忆获得真知，使学习主体增进理性，以善行事。在亚里士多德，这种学习和实践是通过感觉认识世界，运用概念进行思考，获得理性知识，使人成为理性的动物。他们还把教育与艺术相类比，认为教育就如同艺术，首先是效法自然，依照受教育者的心灵或天性进行，然后对其“缺漏”进行补缀。因此，教育是个性化的，教育是自由的，教育是理性的和谐发展。

按照杜威的说法，人性中含有变和不变的成分。不变的成分就是现代心理学所说的本能，是与人的本性不可分割的部分，比如人需要吃以维持生存，无论野蛮人还是文明人都不能改变吃的本能；但是，野蛮人与文明人的区别之一也许是，文明人是绝对不会食人肉的。因此，杜威肯定地告诉我们人性是变化的，是可以改变的。[①] 他还说：

> 如果人性是不变的，那么，就根本不要教育了，一切教育的努力都注定要失败了。因为教育的意义的本身就在改变人性以形成那些异于朴质的人性的思维、情感、欲望和信仰的新方式。如果人性是不变的，我们可能有训练，但不可能有教育。[②]

对杜威来说，教育的本质就是改变人性，改变人的心性，如果没有教育导致的心性的变化、人性的改变、新态度的形成，那么，熟练技能的训练就无异于蚂蚁搬家、蜜蜂产蜜和海狸筑桥。前者是人心的教育，后者是动物性的技能培养。杜威这里所区别的教育和训练其实正是现代大学所力图有机结合并着力实现的两个教育目标，即通过心性教育而培养学生的社会责任感，通过技能训练培养学生的技术专长。二者的结合才是现代通识教育所提倡的最终目标。

这意味着，人类从野蛮向文明的进化主要是通过改造人性，而改造人性的手段主要是教育，即改变人的思维、情感、欲望和信仰，使之朝着完美的方向发展，向终极的善发展。这不同于仅仅培养本性的技能的训练，杜威举例说一个演奏家可以通过训练获得很高的演奏技能，但他必须通过欣赏和创作才能上升到一个更高的境界，而欣赏和创作的升华过程就是教育的过程，是人的审美化过程，也是人之为人的唯一途径。欧洲文艺复兴时期一位重要的人文主义者、教育理论家维夫斯写过这样一段父与子之间的对话：

> 父：我的好孩子！爸爸能跟你说会儿话吗？
>
> 子：当然可以，爸爸。不过能不能说点让人高兴的事情啊。
>
> 父：好的，你的小狗，Ruscio，它是动物还是人呢？
>
> 子：照我想来，它当然是动物了。
>
> 父：什么是你作为人所有而它所没有的呢？你吃，你喝，你睡，你走，你跑，你玩。所有这些事它都会做。
>
> 子：但我是人。

---

① 〔美〕约翰·杜威：《人的问题》，付统先、丘椿译，上海，上海人民出版社，1986，第1版，第150～151页。

② 〔美〕约翰·杜威：《人的问题》，第155页。

父：你知道人何以为人吗？你知道你拥有的东西使得你是人而不是小狗吗？关键就在下面这一差异上：它变不成人。而你，当然了，只要你想就能变成人。

子：等等，爸爸！我真的能想变就变吗？

父：有个地方，要是你的小狗去了，它也有可能变成人回来。

子：我愿意去那里，爸爸。可是那个地方在哪里呀？

父：就在学校里。①

从这个简单朴素的对话中，我们可以看出文艺复兴时期的人文主义思想家对人的价值和教育的价值的评估。首先，人要成为人就必须接受教育，否则就可能不会成为人；其次，动物，尤其像狗这样聪明的动物，如果接受教育，也可能成为“人”。当然这里的“人”不是具体的有人形的人，而是抽象的、具有人之精神的人，有人性的人。学校是使人能成为人的地方，是使人能具有完美人性的地方，而且是唯一可以达到这个目的的地方。人之所以生来是人，是因为人规定了人生来就是人，是因为人规范了人自身的文明进程，是因为语言的施为性和社会的规范性赋予人以人性。这里，“人性”的概念是抽象的，是现象世界和精神世界共同作用的结果，也就是人的文明进程的结果，因此人同时受制于自然规律和精神规律。从进化论的角度看，人是自然界的一部分，是自然界发展到一定程度出现的一个物种，即人类。在德国古典主义哲学中，人类是宇宙的一部分。人类作为一个整体而存在，个体并不为个体自身而存在，而为本民族而存在，进而为自由的“世界公民”而存在，而一旦个体与类达到了统一，完整的人性也就实现了。这意味着，完整的人性是以个体的彻底完善为前提的，只有当每一个个体都代表他的民族、他的时代、他的类，我们才能看到完整的人性。在中国，这种完整人性的体现，或者说人性价值的完美体现，是在尧舜禹时代；在西方，是古希腊时代。随着历史的发展，人类从整体上成长了，人类社会发展了，时代也可以说“进步”了，但个体的人却可以肯定地说不能代表整体的类了，甚至不能代表自己所处的时代了，这又意味着人类的整体成长是以个体人性的堕落为代价的。

这种个体人性的堕落一方面是人类在一定历史发展时期力图自救的

---

① 〔西〕费尔南多·萨瓦特尔：《关于教育的对话》，《教育的价值》，李丽、孙颖屏译，北京，北京大学出版社，2012，第1版，第168页。

动因，因此，另一方面，也促成了人类文明发展的巅峰。在这种巅峰时期之一的文艺复兴时期，人文主义教育家提出的核心教育思想是：how to make man human。显然，如上面所说，这里的 man 指的是用以区别于其他物种(动物、植物)的人类，而 human 则是用以显示人类自身之本性的人性。教育归根结底就是要通过各种有效的途径把作为物种的“人”的“人性”挖掘出来，发挥其潜力，致使人性达到至善。

希腊先哲提倡培养的是多方面和谐发展的人，即身心的和谐培养，以体育和音乐为媒体的身体和心灵的和谐发展，目的就在于使爱智和激情张弛得宜，配合得当，和谐发展，最大限度地发挥人的多样性潜力。这就是最早的“全人”的培养目标。柏拉图本人就是这种“全人”的典型代表：他是具有多方面文化修养、身体和心灵和谐发展的人。柏拉图的所谓身体和心灵的和谐，指的是用体育负责身体的教育，用音乐负责心灵的教育。这两种教育说到底是快乐与痛苦的训练，而快乐和痛苦又是儿童最先有的知觉，所以教育必须从儿童时期开始。

> 我所谓的教育，就是指对儿童适当的习惯给予善端的培养——当把欢乐、友谊、痛苦和憎恨都适当地植根于儿童心灵中的时候，他们对这些性质固然还不能明白，但一旦获致了理性，就会发现这些都是互相和谐的。这心灵的和谐达到完善的境地时，即是道德；而那种依于欢乐和痛苦的特殊训练——它从始至终总在引导着你去恨你所应该恨的，爱你所应该爱的——是可以分开来的；我看这可以正确地称为教育。①

柏拉图的这些观点都是借老师苏格拉底之口提出的。其中一个重要理念是智慧在于“自知其无知”。凡有智慧的人并不是天生就有智慧，而是知道自己没有知识，所以必须通过学习获得知识。知识包括一切善。在这个意义上，获得智慧就是获得道德，因为智慧或知识能帮助人辨明是非善恶，以至正确地行事，做自己应该做的事。所以，教育的最终目的是使人从桎梏中解放出来，从阴暗的洞穴里走到明媚的阳光下，从对变化的现象世界的感性认识到达对本质的理念世界的理性认识，这样的人就是哲学家和君王。

苏格拉底/柏拉图的“和谐即善”、“知识即德”的观念都基于人对自身

① 《古希腊教育论著选》，张法琨选编，北京，人民教育出版社，2007，第1版，第196页。

的认识，即古希腊的名言“认识你自己”。这句名言跟随人类已经 2500 年之久，但我们还是不确知它出自谁之口：毕达哥拉斯？泰勒斯？比亚斯？斯巴达的基罗还是苏格拉底？但不管出自谁之口，它被刻在古希腊德尔菲阿波罗神殿的牌匾上，现在仍然是人类智慧发展史上的巅峰。西塞罗说：“认识你自己就是认识你自己的精神。”①精神是什么？维柯解释说：“精神是上帝最为清晰的影像”，是“大智大善的上帝的影像”。② 这就是说，你的精神具有神性，如此高贵，如此伟大，如此卓越，它和上帝一样由于理性而超越万物，但又必须通过理性、通过感知活动、通过记忆和创造力甚或想象力来理解。精神之于肉体就如同上帝之于宇宙，宇宙消亡，上帝仍在；肉体腐烂，精神依存。就创造而言，上帝是自然的造物主，精神则是艺术的上帝。这种独一无二的禀赋，这种只有上帝才具有的神性，就是精神的本性；它是一种神圣的思想的能力，一种塑造事物形象的能力，一种能够感知、识别、理解千差万别的事物的能力。这里的思想、塑造、感知、识别和理解都是从怀疑开始的，因为怀疑本身就是思考，就是认识的开端。那么，谁在思考呢？谁在认识呢？谁在提出质疑呢？从事这些认识活动的人，也就是我们现代人所说的认识的主体，首先认识到事物的无限性，承认这种无限性来自于无限的事物，因而事物的无限是存在的，而我们自身的认识是有限的和不完善的，因而也承认了自身的无知。所以古希腊哲人才教导我们要“认识你自己”，所以苏格拉底才说真正的教育者是“自知其无知”者，真正的全人的培养也必然是对这种至善心灵的培养。按照维柯的说法，学者与俗人本来都是无知的，其唯一的区别在于：俗人认为自己有知，而学者认为自己无知。③

苏格拉底和柏拉图生活的年代统称为“圣贤时代”，之所以如此称谓，是因为在这个时代，不仅古希腊的先哲们提倡一种“认识自己”和认识自然的和谐教育，在世界其他地方，也有圣贤们提出相同的教育思想，如中国的老庄和孔子，印度佛教和其他宗教的圣哲们，以及后来发展成犹太教的希伯来先知们。简单地说，圣贤时代的贤哲们提倡的教育注重个人的心性训练，这种心性训练的结果是既有利于社会又有利于个体的“完人”，其通过教育（修身养性）获得的德性也就是后来经过中世纪频仍的战争和世俗的权力斗争而丢失的、文艺复兴时期所力图复兴的那种人性。

---

① 〔意〕维柯：《大学开学典礼演讲集：维柯论人文教育》，张小勇译，上海，上海人民出版社，2012，第 1 版，第 4 页。

② 〔意〕维柯：《大学开学典礼演讲集：维柯论人文教育》，第 5 页。

③ 〔意〕维柯：《大学开学典礼演讲集：维柯论人文教育》，第 44 页。

所不同的是，在一千多年的历史演变中(从公元前6世纪到15世纪)，经过犹太教、基督教和伊斯兰教的宗教“洗礼”，人性已经被赋予了不同的意味，即人生来就是有罪的、堕落的，正因如此，文艺复兴时期的人文主义思想家重又把人性看作上帝的最高创造来赞扬；把对古典学问的敬仰与对人类能力的至高信任结合起来，并着力挖掘和发挥人自身蕴藏的巨大潜力。于是，人文主义就把教育的目标确定为 to make man human。这意味着作为人(man)的人不一定是具有“人性”(human)的人，因此教育的目的就是要使人成为人，教育的手段就是如何使人成为人，具体来说，就是要通过恢复古希腊的和谐教育和中世纪的文理“七艺”(逻辑、语法、修辞、数学、几何、天文、音乐)，来培养多才多艺的“全人”。达·芬奇就是这种“全人”的典型。他是整个欧洲文艺复兴时期最完美的代表。他是一位思想深邃、学识渊博、多才多艺的画家、寓言家、雕塑家、发明家、哲学家、音乐家、医学家、生物学家、地理学家、建筑工程师、军事工程师，甚至是艺术理论家。他是一位天才，一面热心于艺术创作和理论研究，研究如何用线条与立体造型去表现形体的各种问题；同时也研究自然科学，为了真实感人的艺术形象，广泛地研究与绘画有关的光学、数学、地质学、生物学等多种学科。他的艺术实践和科学探索精神对后代产生了重大而深远的影响。但也恰恰是在文艺复兴时期，在这个注重挖掘人的天赋潜力、提倡多元发展的时代，学科开始分化：文法分为文法、文学、历史等；几何学分为几何学和地理学；天文学分为天文学和力学。到了十七八世纪，学科分化更进一步：辩证法分为逻辑学和伦理学；算术分为算术和代数；几何学分为三角法和几何学；地理学分为地理学、植物学和动物学；力学分为力学、物理学和化学。在学科发展史上，中世纪的“七艺”处于承上启下的重要地位，而文艺复兴则是现代学科细化的开端。

然而，几个世纪的文艺复兴运动虽然在艺术领域取得了巨大成就，人的自觉性和主体性大大提高，推动了17世纪以后的工业现代性和物质文明，但人的理性的觉醒和成熟并没有摆脱基督教关于人“性本恶”的宗教桎梏，宗教对于人的精神束缚和压制反倒愈演愈烈。只有到了18世纪的启蒙运动时期，启蒙运动的伟大旗手卢梭才从儿童教育的角度提出“人性本善”的观点，挑战了基督教的原罪说，也正因此，他的《爱弥儿》一经出版就遭禁，被焚烧。卢梭认为儿童在12岁之前是理性的睡眠期，不应进行道德和知识教育，而应该让他们不断地活动，在自然中仔细观察，积累经验，在对自然的经验中接受更好的自我教育，按照自己的想法而不是别人的想法行动。儿童有自己的表达思想和情感的方式，有自己的成长过程。童年不是为成年做的准备，而是人生中一个独立的发展阶段，有其固有的价值，尤其是痛苦和幸福的价值，不能让暴力的教育抹杀儿童时期的幸福而为所谓的未来做打算。更重要的是，卢梭为儿童教育提出了四条准则：(1)让他们使用大自然赋予他们的一切力量；(2)满足他们与生理需要相关的一切需要；(3)只给他们真正的需要以帮助；(4)让他们识别哪些是产生于自然的，哪些是产生于内心的。这些准则的基本精神是："给孩子多些真正的自由，少让他们养成驾驭他人的思想。"①卢梭提倡三种不同的教育：第一种是儿童的自然教育，其实是要在自然与人性之间树立一种和谐的关系，他称之为"受之于自然的教育"，这种教育能促进儿童才能和器官的发展。第二种教育是"别人教我们"如何做事的教育，他称为"受之于人的教育"。第三种教育是受之于事物的教育，或者说受之于经验的教育，也就是在对事物的经验中接受教育。如果这三种教育正确和谐地发生在同一个人身上，互相圆满地配合并取得完美的效果，那么，所培养的人就一定是"全人"或"完人"。

德国哲学家康德也持相同的观点，他说："人要想成为人，只有教育这一条路好走。除了接受教育在他身上所成就的东西，他什么也不是。重要的是要注意下面这一点，即人只有通过同样受过教育的人，才能得到教育。"②康德这番话的前半部分与维夫斯的观点完全一致，意即，人如果不接受教育就与动物相差无几；不过他又强调指出这种教育必须来自同样受过教育的人。教育不是一夜之间就可以成就的事，而是要经过长时间的积累，经过训练、培养、运用所学到的知识才能逐步得以完善的。教育的演进依赖前人积累的知识。知识和教育是相辅相成的：教育有赖于知识，知识也有赖于教育。但知识并不等于教育——教育是一门艺术。在这门艺术中，"有一个道理尤其值得那些负责制订教育计划的人(在制订计划前)注意，那就是：对孩子们的教育，不应以当前人类状况为准，而应以未来人类可能获取的更佳状况为准——这里所说的更佳状况是指，合乎人性的理念及其所有的使命"。③ 康德特别提到真正的教育不是像父母那样只关心孩子们在这个世界上过得好不好(为"家"，或用现在的时髦追求来说，是"为钱")，也不是像王侯们那样只关心能不能把臣民变成他们实现自己目的的工具(为"国"，或用现在时髦的追求来说，是

① 〔法〕卢梭：《爱弥儿》，彭正梅译，上海，上海人民出版社，2014，第1版，第22～23页。

② 〔西〕萨瓦特尔：《教育的价值》，第176页。

③ 〔西〕萨瓦特尔：《教育的价值》，第176页。

“为权”)，而真正的教育者所关心的应该是普世之善，人性之善，也就是以世界之至善为终极目标，所以康德说：“好的教育是世界上所有‘善’的源泉。”[①]它的终极旨归不是当下，不是个体眼前的物质利益，不是某一家族的兴旺或某一国家的强大，而是全人类的整体至善，它是面向人类整体的未来的。

好的教育就是顺应人性的教育，就是以普世之善、人性之善、世界之至善为目标的教育。需要说明的是，这里的“善”和“至善”既不是“精英主义”，也不是“世界一流”。按照《废墟中的大学》的作者比尔·雷丁斯的说法，“一流”是一个评判标准，一个价值单位，它所衡量的是“物有所值”；它所打造的是一个内部消费市场，学生是这个市场上的消费者，学生在选择大学的时候，就像商品消费者浏览商店橱窗里的商品，在做出决定之前必须考虑是否“物有所值”，而这种“物有所值”在学生毕业时又将其自身变为商品。雷丁斯还认为“一流”的理念把大学变成了公司，它的“绩效指标”把大学内部和外部的评价变成了一种“会计学”，它迎合了“生产和加工信息方面的技术资本主义的需要”，而忽视了“所有基本的文化成分”。更重要的是，“一流”的理念由于把人为的“绩效指标”当作唯一的衡量标准，而取代了正当教育的文化诉求，把市场竞争的意识和机制引入了学术界，导致了学术的“量”的倍增和“质”的递减，并豢养了一种只看“量”而不懂“质”的官僚机构。由此，大学已不是原本概念中的大学，教育也不是自古典时代就提倡的普世教育了。[②] 这里明确指出的现代大学的一个重要缺失是文化成分和对文化的诉求。与“一流”理念相比，“精英主义”虽然没有忽视文化成分，但它只把教育对象规定为适龄人口的15％。它虽然注意到了文化成分和文化诉求，并将其作为培养的主要目标，提倡培养学生的社会责任、人文精神和科学素质，用高贵的教育理念培养学生高贵的修养，但是，精英教育只是针对少数人的，绝大多数人并不能得到这个机会。况且，在用得不当的地方，这种“精英主义”往往给人一种错觉，即只要有权或有钱就可以接受精英教育，继而可以产生布什一样的精英家族，或产生比尔·盖茨这样的天才。如此看来，精英教育就与“一流”的追求没有什么本质的不同了。真实情况是：精英意识不是靠社会地位、权力金钱堆起来的，而是靠学生自己的艰苦历练打造出来的。富家子弟和官宦子弟单凭金钱和特权进了“世界一流”，但如

---

① 〔西〕萨瓦特尔：《教育的价值》，177页。

② 〔加〕比尔·雷丁斯：《废墟中的大学》，郭军等译，北京，北京大学出版社，2008，第1版，第20～49页。

果没有个人的历练，仍然不能成为“一流”人才。即便精英主义在世界历史上的确培养出不少出类拔萃的人才，但这种教育仍然不是普世的，仍然缺乏“普世之善”。

那么，“普世”究竟指的是什么呢？尼采在谈到现代学校和现代教育时说：

> 现代学校/教育的目标将必须是：让每个个体都获得进步，让所有的个体都能得到发展，通过这种方式可以增加知识，并从知识中知晓，他们可以获得最大可能的幸福和收益。每个人都将必须有能力去准确地评价他自身，将会必须知道他能从生活中得到多少。①

尼采至少涉及普世教育的两个重大问题：让社会上每个个体都得到发展，从而能最大限度地发挥所受教育的能量并获得“最大可能的幸福和收益”，而且，受过这种教育的每个个体都必须有准确评价自身的能力，都能正确地判断自己之所需和所得。这里，我们似乎又看到了栖居于小小的雅典城邦之上的古希腊人的奇特之处，即他们都是思想者，都喜欢动脑子，就是具有我们现在所提倡的批判性思维，而喜欢动脑子又源自于他们有太多的“闲暇”。古希腊语的“闲暇”一词就是现代英语中“学校”一词的原型，意思是用于求知的闲暇(skholé：leisure spent in the pursuit of knowledge)，而“哲学”一词的古希腊语词根则是“热爱智慧者”(philosophos：lover of wisdom)。因此，闲暇/学校与求知不可分割地联系在一起，或者可以说，学校是求知的场所，来求知的人表达的是对知识和智慧的无限热爱，寻求的是对存在万物的深刻理解，增进的是个体的文化素养和文明程度，进而使每个个体的才能得到最大限度的发挥，以便对整个社会、整个人类的文明做出贡献。这便是“认识你自己”的真正意味。这里，我们看到，尼采所说的“所有个体都获得进步”、“所有个体都能得到发展”，以及个体有能力评价自己，并知道自己能从生活中获得多少的教育目标，这在古希腊社会中已经是一个不可辩驳的事实了。

显然，个体正确评价自己的能力取决于个体正确认识自己的程度。人怎样才能学会认识自己？在多大程度上才算认识了自己？掌握了多少知识才可以达到认识自己的目标？要正确回答这些问题必须抛开“绩效指标”的思维方式，也就是说不能用量化的标准来衡量。卢梭的爱弥儿拥有

① 〔西〕萨瓦特尔：《教育的价值》，第182页。

的知识可以说少之又少，但一旦拥有了就没有一丁点儿的一知半解；他知道有许多事物是他现在(孩提时)所不能了解的，但将来是可以了解的；他也知道有许多事物他自己永远也不会了解，但总会有别人能够了解。这是一种胸怀，一种包容心，一种对待学习的客观态度。这种态度能使他对自己有一个客观的判断，能够使他把自己想要了解的事物想清楚，进而完成自己所能承担的任务，就是说，能正确把握自己求知的“度”，而不至于被狂妄野心所掌控(所谓“凡事勿过度”)。事实上，我们的确无法衡量究竟掌握了多少知识才算是“知识渊博”。叔本华曾认为知识渊博的人不一定是思想者，而只是一个读者或学习者，他从一本书到另一本书，阅读权威，累积观点，将其归类整理，但不深入思考，他们只是书本一哲学家。如此看来，就个体发展的前景而言，与其说培养一个知识渊博者，倒不如培养一个善于学习、懂得如何学习的人，也就是既有良好的学习习惯，又懂得学习方法的人。

19世纪瑞士著名的民主主义教育家裴斯泰洛齐①也主张“和谐发展的教育”理论。他也从人自身的天性出发，要求教育必须符合天性，符合受教育者所追求的理性，即人道，扶持他力量和天赋的发展；教育不是灌输，不是塑造，是挖掘受教育者的潜力，而挖掘并充分发挥他的潜力，重要的是使受教育者内在的三种力量和谐发展。第一种是脑，即精神的或理智的力量，指人的所有思想和精神功能，包括感受、记忆、想象、思考和语言。第二种是心，即与感情相关的一切，包括爱、信赖、信仰、美、善以及对道德标准的追求，因此可以说是道德或伦理的力量。第三种是手，即与身体的力量相关的一切，指从事实际工作的力，熟练的技术和体力的结合，健全的理智、美好的愿望和卓有成效的行动的结合。这三种力量实际上代表了三种不同的教育，这三种教育的和谐发展才是理想的教育，能够协调因而并用脑、心、手的学生才是专心致志学习的学生，不把学习当作负担的学生，也不是只为追求学分而用功的学生。

按阿伦特的观点，学校应该教会学生的是认识世界的方法，让学生看到世界是什么样子，从它古老的面貌看到它的过去，因为过去是现在的组成部分；再从过去回到现在，因为现在就是过去的具体呈现，这就是阿伦特所说的教育必须呈现给受教育者的一个尽可能作为整体的世界，

① 裴斯泰洛齐(Johan Heinrich Pestalozzi，1746—1827)，19世纪瑞士著名的民主主义教育家，热爱教育事业的奉献精神，对教育革新执着追求，在教育理论上有许多独创建树，为世界教育发展做出了重要贡献。

不能呈现作为整体的世界的教育就不是全方位的教育，不是全方位的教育就是空洞的，就容易在浮华的辞藻中导致情感和道德的堕落，因而不可能培养出有良好教养的人。有人会说，卢梭的爱弥儿爱自然，探索自然，拥有的知识仅仅是关于自然的知识，接受的训练也仅仅是感官的训练，他所获得的知识都是通过亲身与物理自然接触而经验地获得的，而缺乏理性的消化和吸收，因此不是阿伦特所说的全方位的，他所认识的自然也就不是整体的世界。那么，问题的另一面就出现了：如何既保持爱弥儿的“自然状态”，同时又能转向有能力把人类提高到普世水平的“理性状态”？这是康德所面对的困境。康德认为理性有能力将人类提高到普世的水平。但在理性与自然之间，在理智与感觉之间，总会出现一种难以解决的悖论：达到理性的目标就会毁灭自然，人类一旦成熟了就会忘记童年。席勒为解决这个困境提供的方法就是“美育”，即通过“美的教育”达到或恢复古希腊人的完美和谐的人性。进行这种“美的教育”的最好媒介，按照席勒的观点，就是艺术。美的确通过艺术表现出来，但艺术所呈现的不一定都是美，一位艺术家要达到最高的美，就不仅要描写自然、模仿自然，而且还要偏离自然。这种偏离是因为艺术是凭借感觉和意见的一种认识，它不具有自己的独立价值，但却是人类知识和人类生活走向最高阶段的一个预备阶段，在这个意义上，艺术的最终价值体现在它的教育功能上，是要把艺术品放在博物馆里让“大众读者”观赏学习，而不是放在家里等待它升值。

按亚里士多德的说法，人与动物的一个区别就在于人最善于模仿，而模仿是人获得知识的一种手段。我们在看到极其逼真的艺术再现时总会产生一种快感，“这是因为求知不仅对于哲学家，而且对于一般人来说都是一件最快乐的事……人们乐于观看艺术形象，因为通过对作品的观察，他们可以学到东西，并可就每个具体形象进行推论”。[①] 可见，“凭借艺术”的求知并不是纯自然的，因为艺术中的自然是经过艺术家改造或创造的自然，求知者必须通过逻辑的推理才能学到艺术（家）所乐于教给他的知识。据此而论，从爱弥儿的“凭借自然”的求知，到康德的“凭借理性”的求知，在席勒的“美的教育”中通过“凭借艺术”的求知而达到了统一，这或许就是杜威所说的从“凭借自然”到“凭借艺术”的一场知识革命。[②] 如果按杜威的设想为教育寻找一个“由民族国家来实施，与此同时

① 〔古希腊〕亚里士多德：《诗学》，陈中梅译注，北京，商务印书馆，1996，第 1 版，第 47 页。

② 〔美〕杜威：《人的问题》，238 页。

教育过程的全部社会目的则既不受国家限制，也不受国家约束，还不被国家腐蚀”这样一个理想的自由王国的话，[①] 那么，艺术所提供的恰恰就是这样一个自由的国度。

然而，亚里士多德说人们从艺术的快感中求得知识，并不等于说艺术只满足人对快感的要求，或桑塔亚纳所说的对“娱乐的要求”，[②] 或者纯粹出于享乐主义而诉诸艺术。亚里士多德在《尼各马可伦理学》中还有一句名言：“为消遣计而努力和工作那是无聊的和十足孩子气的。”这意味着艺术家的努力和工作绝不是为消遣和求得快感（弗洛伊德的快感论和白日梦在这里派不上用场）；艺术观照者的努力和工作也不是纯粹出于“娱乐的要求”。按卡西尔所说，即使艺术给人提供了享受，那也仅仅是对形式的享受。“喜爱形式是完全不同于喜爱事物或感性印象的。形式不可能只是被印到我们的心灵上，我们必须创造它们才能感受它们的美。”[③]这里，卡西尔所说的“我们”显然不仅指创造艺术的艺术家，还包括欣赏艺术的观照者。如果艺术家的眼睛不只是反映或复写感官印象，那么观照者的眼睛也不应该仅只反映或复写艺术家的感官印象；如果伟大的艺术家凭借他/她对色彩和声音的敏感性从静态的材料中引出动态的形式和生命的力量，那么，作为求知者或学习者的观照者也必然会从静态的画面或字里行间读出艺术家赋予其中的那种动态形式和生命力，而且还不止如此，他/她还要经过对艺术美或快感的内化或客观化而创造出新的文本。这就是“凭借艺术”的学习过程。

凭借艺术的学习过程是一个综合过程。综合不是回避对立的、把各种矛盾价值简单组合起来的肤浅的混合。综合是一种科学方法，是事物从单一性状态向多样性状态转化发展的过程，在这个过程中，事物经过转化和发展而获得了新的价值。从生物进化的角度看，“最高等的生物就是高级的综合结构”。人类社会的发展就是在综合的过程中从简单的、不确定的、没有关联的状态发展成由复杂多样的种类构成的巨大的综合体。[④] 从人格学的角度看，正常的人格普遍处在综合的关系之中，真正的个体是一种高级综合的不和谐的和谐，而天才就在于能够把丰富多彩

① 〔美〕杜威：《民主主义与教育》，《教育的价值》，190 页。

② 〔西〕桑塔亚纳：《美感》，〔德〕恩斯特·卡西尔：《人论》，甘阳译，上海，上海译文出版社，1985，第 1 版。

③ 〔德〕卡西尔：《人论》，203 页。

④ 〔英〕赫伯特·斯宾塞：《心理学原理》，《综合哲学体系（第四卷）》，斯图加特，1882，399 页。转引自〔德〕古茨塔夫·勒内·豪克：《绝望与信心——论 20 世纪末的文学和艺术》，李永平译，北京，中国社会科学出版社，1992，第 1 版，第 209 页。

的现实综合起来。意识本身就起源于一种综合活动。① 从心理人类学的角度来看，正常的人格是一个多样化的统一体，文化发展的过程是由综合到分裂再到更高阶段的有机统一的过程，而艺术的开端和基础就是对世界体验的综合。② 现象学派价值伦理学的创始人马克斯·舍勒认为综合是一个再升华的过程，是通过把相互对立的矛盾因素调和起来而建构一种新的均衡，进而产生新型的“全人”。这种新型的“全人”一方面处于精神与本能、理性和感性的巨大张力之间，另一方面又能把二者和谐有序地融合成一种生存方式和一种行动。基于这样一种哲学思考，舍勒于1929 年就预见到未来的哲学一定是东西方思维方式统一在一起的世界主义哲学，尤其令人惊讶的是，他预见到当时针锋相对的资本主义和社会主义经济制度会得到调和。1972 年中美对话、1982 年中国经济改革这两大历史事件充分地证明了舍勒预见的准确性。③

从分裂的、矛盾的对立走向均衡的、和谐的综合，这是当代世界格局的发展趋势。这种存在方式也就是艺术中蕴含的不和谐的和谐状态。这意味着，世界格局中各民族文化的综合并不是大一统的融合，而是在矛盾的对立中求和；艺术中的和谐的不和谐状态也不是指消除了张力的一块铁板，而是部分与整体的有机统一。综合本身并不是目的，综合的目的在于从对立双方的综合中产生第三者。据说欧洲从中世纪鼎盛时期到文艺复兴后期，在意大利的帕多瓦大学，一个教授在授课时总要有另一个持反对意见的教授在场，以便从二者的争论中产生不再对立的相对真理(1592 年到 1610 年，伽利略在这所学校执教，他对天文学、物理学和数学的巨大贡献就是在这种对立的教学环境中产生的)。④ 艺术巨匠达·芬奇注重经验观察，但他同时也是冥思苦想的观念艺术家，在艺术理论中，他第一个指出部分与整体的有机统一的思想：部分希望寓于整体之中以得到更好的保存；部分倾向于与整体达到统一以期避免自身的不完善性。英国诗人霍普金斯认为，艺术、文学、音乐以及促进人类真正交流的任何表达方式都是一种综合，这种综合就像“帕那苏斯山”，即诗歌、音乐和学问的发源地，在那里，不但各异的艺术风格达到了统一，

① 〔法〕皮埃尔·雅内：《无意识心理学》，巴黎，1889，第 478 页。转引自〔德〕豪克：《绝望与信心——论 20 世纪末的文学和艺术》，第 210 页。

② 〔德〕E. 施燕：《人类存在的基本形式》，柏林，1929，第 14 页。转引自〔德〕豪克：《绝望与信心——论 20 世纪末的文学和艺术》，第 211 页。

③ 〔德〕马克斯·舍勒：《调和时代的人》，《政治学》，柏林，1929 年，第 40～48 页，转引自〔德〕豪克：《绝望与信心——论 20 世纪末的文学和艺术》，第 212～213 页。

④ 〔德〕豪克：《绝望与信心——论 20 世纪末的文学和艺术》，221 页。

就连神、人和动物也在那里和睦相处、繁衍生息，而其综合性生产的产品则是更高的一种艺术风格。英国诗人、批评家艾略特明显表现出了这种矛盾的综合，我们从他身上看到的不仅是诗歌与批评之间的张力。在他的诗歌中，怀疑与信仰、无意义与意义、混乱与秩序融为一体。这是现代主义的一种综合，在这种综合中，我们看到的是人类在苦难世界中的经历和感受，其中包括艺术和夜莺，音乐和宗教，高尚的渴求和低俗的玩笑，崇高的爱情和令人厌恶的性发泄，就连历代诗人予以热情歌颂的四月也变成"最残酷的"了；大地和灵魂都已成为毫无意义的场所。诗人所呈现的恰恰是一个毫无整体感的世界，一个破碎不堪、凄凉阴郁的"荒原"，我们又一次来到了文明的废墟之中，而我们从这片废墟所掩盖的历史意识和诗人内心深刻的绝望中所感受到的，恰恰是艺术的魅力和生活本身的魅力，那就是从无数对立的矛盾情感中寻求的超越对立从而走向和谐的整体性。

陀思妥耶夫斯基曾经说过这样一句话："美能拯救世界。"在如此疯狂、偏执，甚至血腥的世界上，美怎样来拯救世界？美靠什么来拯救世界？对哲学美学家席勒来说，美是开发德性的一个中介，通过这个中介，自然天性的无序可以与纯粹理性的专断联系起来。对诗人波德莱尔来说，美是"恶中之美"，是"恶之花"，"美是可怕的，而可怕又是美的，"他为这种可怕的美写了一首《献给美的颂歌》，诗中说美既是地狱般的，又是天堂般的；美的面纱下掩盖着恐怖和凶杀，但这并非是不迷人的；美究竟来自天堂还是来自地狱，这对波德莱尔无关宏旨，重要的是，美可以使他易于忍受丑恶的世界。对于影响了整个世纪的立体主义艺术来说，美是不规则的，不对称的，不和谐的，因为这种不和谐恰恰是人对生活的精神错乱般的痛苦体验。在"一些人流着伤心的泪水，而另一些人则随着轻松愉快的音乐喜剧翩翩起舞"(索尔仁尼琴语)的当今世界上，对美的种种理解和表达意味着存在着关于美的不同价值观。德国风景画大师丢勒认为艺术深深地扎根于自然之中，谁能从自然中抽取它，谁就能占有它。而意大利美学家克罗齐则认为美的河流和美的树木纯粹是修辞学的说法。从这两种不同的意见之中，我们可以区别出一种机体的美和一种审美的美。机体的美与我们在风景画大师的画里见到的审美的美是完全不同的。我们可以用卡西尔的一段话来回答美怎样拯救世界、拯救人，从而达到美育的普世至善的目标这个问题：

> 我们可以漫不经心地欣赏一处风景并感受到景色的宜人，欣赏着柔和的微风，清新的草地，令人愉悦的五颜六色，以及鲜花的芬芳香

味。但是这时我可能在心中经历了一个突然的变化。随即我以一个艺术家的眼光看这风景——我开始构思一幅图画。现在我进入了一个新的领域——不是活生生的事物的领域，而是“活生生的形式”的领域。我不再生活在事物的直接实在性之中，而是生活在诸空间形式的节奏之中，生活在各种色彩的和谐和反差之中，生活在明暗的协调之中，审美经验正是存在于这种对形式的动态方面的专注之中。①

这样一种欣赏美的境界是“无目的性的”，“无为的”，是对人的各种感官的一种综合的训练。在这种审美境界中，山水、鲜花和草木都变成了“图画般的文字”，正如我们在阅读优秀的诗歌和其他文学作品时，那行行娟秀的文字都变成了“会说话的图画”(菲利普·锡德尼语)，因为此时我们并非出于某种目的论的摹仿的角度来看待眼前的山水和文字，既不靠幻想也不靠修辞来说服自己相信眼前动人的美。在这种审美状态中，绘画和诗歌给人提供的是一个认识的或精神的共同体。这个共同体关注的是充满意义的整体关联，在这种关联中，人能够超越直接给定的意义而进行一种自由价值的追寻。在这种审美状态中，图书馆里每一本如画的文字或博物馆里每一件会说话的图画都会创造一个无冲突的空间，这是缪斯的空间，是艺术的空间，也是大学应被铭刻其上的一个空间。大学就是这样一个在“无为”中寻求价值的自由的共同体，也是有学问的人得以聚会、通过交流而追求智识文化的一个空间。这样的大学不要求学生了解天底下所有的知识，不要求他们掌握全部赖以求生的技能，而要求他们对知识进行思考和推理，掌握获得真理的方法，以获得真理为共同目标，以所学学科对自身的影响为旨归。正如文学欣赏的文本是为审美的主体创造的，大学的课程也是为文明的主体即有教养的人开设的。艺术和文学的力量是无形的，但也是无穷的，巨大的，它们提供给人类的是一种理性的善举，是使人超越自己、超越物质世界的一种想象。在这种想象中，人可以不断地更新自己。大学教育提供给学生的正应是这样一种想象力。大学应该是区别于传统有机主义和封建社团建制的一个新型的思想家共同体。

最后，我想用豪克的一段话来结束本书的讨论：

人只要不失去对非功利性东西的渴求，就不会退回到狭隘的史

---

① 〔德〕卡西尔：《人论》，第193页。

前意识中。只有这种渴望才能使人保持他在宇宙中的特殊地位。人在宇宙中，尤其在他自己的内心深处和由想象力构成的奇妙迷人的场景中永远是个猜谜者。最伟大和最神秘的戏剧总是展现在个人和集体的心理世界中的。①

① 〔德〕豪克：《绝望与信心——论20世纪末的文学和艺术》，第240页。

参考文献

[1] Abrams, M. H. *The Mirror and Lamp: Romantic Theory and the Critical Tradition*. London and New York: Oxford University Press, 1981.

[2] Achebe, Chinua. "The Novelist as Teacher" // *New Statesman*, 29 January 1965, pp. 161-162; reprinted in *Commonwealth Literature: Unity and Diversity in a Common Culture*, John Press ed., London: Heinemann, 1965; and in Achebe's *Morning Yet on Creation Day: Essays*. London: Heinemann, 1975.

[3] Allen, Sture. "Introduction to Wole Soyinka's Nobel Lecture, 8 December 1986" // *Black American Literature's Forum* 22. 3. Fall 1988: 427.

[4] Anderson, Benedict. *Imagined Communities: Reflections on the Origin and Spread of Nationalism*. London: Verso, 1991.

[5] Apter, Emily. "Untranslatables: A World System" // *New Literary History*, 2008, 39: 583-584.

[6] ——. *The Translation Zone: A New Comparative Literature*. Princeton: Princeton University Press, 2005.

[7] Arnold, Matthew. "The Function of Criticism at the Present Time", in *The Norton Anthology of Theory and Criticism*, Vincent B. Leitch, etc. eds. New York and London: W. W. Norton & Company, 2001.

[8] Bill, Ashcroft Gareth Griffiths, and Helen Tiffen. *The Empire Writes Back: Theory and practice in post-colonial literatures*. London and New York: 1989.

[9] Bill, Ashcroft Ranjini Mendis, Julie McGonegal, and Arun Muherjee eds. *Literature for Our Times: Postcolonial Studies in the Twenty-First Century*. Amsterdam and New York: Rodopi, 2012.

[10] Augé, Marc. *Non-Places: Introduction to an Anthropology of Supermodernity*. John Howe trans. London and New York: Verso, 1995.

[11] Bakhtin, Mikhail M. "Epic and Novel: Toward a Methodology for the Study of the Novel", in *Critical Theory Since Plato*, Hazard Adams and Leroy Searle (eds.), third edition. Beijing: Peking University Press, 2006.

[12] Barnes, Djuna. "Greenwich Village As It Is" // Liz Heron ed. *Streets of Desire: Women's Fictions of the Twentieth-Century City*. London: Virago Press, 1993.

[13] Barthes, Roland. *On Racine*. Richard Howard trans. New York: Octagon Books, 1983.

[14] Bassnett, Susan. *Comparative Literature: A Critical Introduction*. Oxford, UK

and Cambridge, USA: Blackwell, 1993.

[15] Baudelaire, Charles. "Edgar Allan Poe: His Life and Works. Introduction to Les Histoires extraodinaires" // Ian Walker ed., *Edgar Allan Poe: The Critical Heritage*. London and New York: Routledge, 1986, reprinted 1997.

[16] Benjamin, Walter. *The Arcade Project*. H. Eiland and K. McLaughlin trans. Cambridge, MA: Belknap Press of Harvard University Press, 1999.

[17] ——、"Central Park" // Walter Benjamin: *Selected Writings*, Vol. 4, Cambridge: Harvard University Press, 1996.

[18] ——. *Walter Benjamin: Selected Writings*, Vol. 2, 1927—1934. Cambridge and London: The Belknap Press of Harvard Press, 1999.

[19] ——. *Illuminations: Essays and Reflections*. New York: Schocken Books, 2007.

[20] Bennington, Geoffrey. "Derridabase", in Geoffrey Bennington and Jacques Derrida, *Jacques Derrida*, Geoffrey Bennington, trans. Chicago, IL: University of Chicago Press, 1993.

[21] ——. *Selected Writings*, Vol. 2, 1972—1934. Rodney Livingstone and others trans. Michael W. Jennings, Howard Eiland, and Gary Smith eds. Cambridge, Massachusetts, and London: The Bleknap Press of Harvard University Press, 1999.

[22] ——. *The Origin of German Tragic Drama*. John Osborne trans. New York: Verso, 1977.

[23] Bhabha, Homi. *The Location of Culture*. New York: Routledge, 1994.

[24] ——. *Nation and Narration*. London: Routledge, 1990.

[25] ——. "Postcolonial Criticism" // *Redrawing the Boundaries: The Transformation of English and American Literary Studies*. Susan Dick, Stephen Greenblatt and Giles Dunn eds. New York: Modern Language Association of America, 1992.

[26] Bishop, Philip E. *Adventures in the Human Spirit* (Sixth Edition). London etc.: Prentice Hall, 2011.

[27] Bliss, Corinne Demas. "Against the Current: A Conversation with Anita Desai"// *Massachusetts Review*, 29, 1988.

[28] Blanchot, Maurice. *L'entretieninfini*. Paris: Editions Gallimard, 1969.

[29] ——. *Le livre àvenir*. Paris: Editions Gallimard, 1959.

[30] ——. "Kafka and Literature", in *The Siren's Song: Selected Essays by Maurice Blanhot*. Sacha Rabinovitch trans. Gabriel Josipovici ed. Sussex: Harvester, 1982.

[31] ——. *The Space of Literature*. Ann Smock trans. Lincoln, NE: University of Nebraska Press, 1982.

[32] ——. *La par du feu*, Paris: Editions Gallimard, 1949.

[33] Bourdieu, Pierre. *The Rules of Art: Genesis and Structure of the Literary Field*. Susan Emanuel trans. Stanford, CA: Stanford University Press, 1996.

[34] Braudel, Fernand. *Civilization and Capitalism*, 15th-18th *century*: *Volume* Ⅲ, *The Perspective of the World*. London: University of California Press, 1984.

[35] Butler, Judith. "Afterword: After Loss, What Next?" // David L. Eng and David Kazanjian eds. *Loss*: *The Politics of Mourning*. Ewing, NJ, USA: University of California Press, 2002.

[36] Carter, Hannah. "Fated to be Sad: Jean Rhys Talks to Hannah Carter" // *Guardian*. August 8, 1968: 5.

[37] Césaire, Aimé. "Témoignage" // *Nouvelle Observateur*, no. 49. Paris: 5 Mai 1966.

[38] ——. *Notebook of a Return to My Native Land*. Mireille Rosello and Anne Pritchard trans. Newcastle Upon Tyne: Bloodaxe Books, 1995.

[39] ——. An Interview, June 1959. In *Notebook of a Return to My Native Land*.

[40] Certeau, Michel de. *The Practice of Everyday Life*. Berkeley: University of California Press, 1984.

[41] ——. *L'Invention du quotidian*. 1. *Arts de faire*, "Folio-Essais", Gallimard, 1990.

[42] Chow, Rey. "Translator, Traitor; Translator, Mourner (or, Dreaming of Intercultural Equivalence)" // *New Literary History*, 2007, 37: 565-580.

[43] Cixous, Hélène. *Three Steps on the Ladder of Writing*. Sarah Cornell and Susan Sellers trans. New York: Columbia University Press, 1993.

[44] Crang, Mike and Nigel Thrift eds. *Thinking Space*. London and New York: Routledge, 2003.

[45] Colebrook, Claire. *Deleuze*: *A Guide for the Perplexed*. London and New York: Continuum, 2006.

[46] Cooksey, Thomas L. *Masterpieces of Philosophical Literature*. Westport, Connecticut and London: Greenwood Press, 2006.

[47] Culler, Jonathan. "Baudelaire and Poe" // *Zeitschrift für Französische und Literatur*, 1990.

[48] Da Vinci, Leonardo. *Leonardo on Painting*. Martin Kemp ed. New Haven and London: Yale university Press, 2001.

[49] Damrosch, David. *What Is World Literature*? Princeton and Oxford: Princeton University Press, 2003.

[50] Deleuze, Gilles. *Essays Critical and Clinical*. Daniel W. Smith and Michael A. Greco, trans. Minnesota: University of Minnesota Press, 1977.

[51] ——. *The Fold*: *Leibniz and the Baroque*. Tom Conley trans. Minneapolis: University of Minnesota Press, 1993.

[52] ——. *Cinema 2*: *The Time Image*. Hugh Tomlinson and Robert Galeta trans. Minnesota: University of Minnesota Press, 1989.

[53] ——. *Negotiations*. Martin Joughin trans. New York: Columbia University

Press, 1995.

[54] Deleuze, Gilles and Guattari, Pierre Félix. *Kafka: Toward a Minor Literature*. University of Minnesota Press, 1986.

[55] De Man, Paul. *The Resistance to Theory*. Foreword by Wlad Godzich. Minneapolis, MN: University of Minnesota Press, 1986.

[56] Derrida, Jacques. "The Animal That Therefore I Am (More to Follow)" // *Critical Inquiry*, Winter 2002.

[57] ——. *Monolingualism of the Other; or, The Prosthesis of Origin*. Patrick Menash trans. Stanford, Calif.: Stanford University Press, 1998.

[58] ——. "What Is a 'Relevant' Translation?". Lawrence Venuti trans. *Critical Inquiry* 27 (2001): 174-200.

[59] ——. "'This Strange Institution Called Literature': An Interview with Jacques Derrida". Trans. Geoffrey Bennington and Rachel Bowlby, in Jacques Derrida, Acts of Literature, ed. Derek Attridge, London: Routledge, 1992.

[60] ——. "Passions: 'An Oblique Offering'". David Wood trans., in David Wood ed., *Derrida: A Critical Reader*, Oxford: Blackwell, 1992.

[61] ——. "Demeure: Fiction and Testimony", in Maurice Blanchot, *The Instant of My Death*. Stanford: Stanford University Press, 2000.

[62] ——. *Positions*. Alan Bass trans. Chicago, IL: University of Chicago Press, 1981.

[63] ——. *Margins of Philosophy*. Alan Bass trans. Chicago, ILL: University of Chicago Press, 1982.

[64] ——. *Writing and Difference*. Alan Bass trans. Chicago, ILL: University of Chicago Press, 1978.

[65] ——. *Dissemination*. Barbara Johnson trans. Chicago, ILL: University of Chicago Press and London: Athlone Press, 1981.

[66] ——. *Parages*. Paris: Editions Galilée, 1986.

[67] ——. *Signsponge*. Joshua Rand trans. New York, N. Y.: Columbia University Press, 1984.

[68] Desai, Anita. *Clear Light of Day*. New York: Harper & Row Publishers, 1980.

[69] Dirlik, Arif. "The Postcolonial Aura: Third World Criticism in the Age of Global Capitalism" // *Critical Inquiry* 20, 1994, 333-334.

[70] Drouet, D. "Index des references littératures dans enparticulier, selon Deleuze", in B. Gelas and H. Micolet eds. *Deleuzeet les écrivains*. Nantes: Cécile Defaut, 2007.

[71] Dryden, John. Preface to *The Life of Lucian*, 1711, quoted from Susan Bassnett, 1993.

[72] ——. Preface to Ovid's *Epistles*, 1680 // *Translation-Theory and Practice: A Historical Reader*. Daniel Weissbort and Asttradur Eysteinsson eds. Oxford:

Oxford University Press, 2006.

[73] Du Bois, W. E. B. *The Souls of Black Folk*. New York: New American Library, 1982 [1904].

[74] E. Hyslop, Lois and Francis Jr. (trans. and ed.) *Baudelaire on Poe: Critical Papers*. PA: Bald Eagle Press, 1952.

[75] Eagleton, Terry. *Literary Theory*. Minneapolis: University of Minnesota Press, 1983.

[76] ——. *Marxism and Literary Criticism*, Berkeley and Los Angeles, CA: University of California Press, 1976.

[77] ——. *The Event of Literature*. New Haven and London: Yale University Press, 2012.

[78] ——. *How to Read Literature*. New Haven and London: Yale University Press, 2013.

[79] Fanon, Frantz. *The Wretched of the Earth*. Constance Farrington, trans. New York: Grove, 1963.

[80] ——. *The Wretched of the World*. Richard Philcox trans. New York: Grove Press, 2004.

[81] ——. *Black Skin, White Masks*. New York: Grove Press, 1967.

[82] Freud, Sigmund. *On Murder, Mourning and Melancholia*. Shaun Whiteside trans. Penguin Books. 2005.

[83] Frye, Northrop. "The Archetype of Literature", in *The Norton Anthology of Theory and Criticism*, Vincent B. Leitch, etc. eds. New York and London: W. W. Norton & Company, 2001.

[84] Foucault, Michel. "Questions on Geography" // *Power/knowledge*. C. Gordon ed. Hemel Hempstead: Harvester, 1980.

[85] ——. "What Is an Author?", in *The Norton Anthology of Theory and Criticism*. Vincent B. Leitch, etc. eds. New York and London: W. W. Norton & Company, 2001.

[86] Gandhi, Leela. *Postcolonial Theory: A Critical Introduction*. New York: Columbia University Press, 1998.

[87] Gates, Henry Louis Jr. "Being, the Will, and the Semantics of Death" // *Perspectives on Wole Soyinka: Freedom and Complexity*, Biodun Jeyifo ed. Jackson: University Press of Mississippi, 2001.

[88] Glendinning, Simon. *On Being with Others: Heidegger-Derrida-Wittgenstein*. London: Routledge, 1998.

[89] Glissant, Edouard. *Introduction à une poétique du Divers*. Paris: Gallimard, 1997.

[90] ——. *Poétique de la relation*. Paris: Seuil, 1990.

[91] ——. *Le Discourantillais*. Paris: Seuil, 1981.

[92] ——. *Malemort*. Paris: Seuil, 1975.

[93] ——. *Mahagony*. Paris: Seuil, 1987.

[94] Godard, Jean Luc, and David Sterritt. *Jean-Luc Godard: Interviews*. Oxford: Univ. Press of Mississippi, 1998.

[95] Hall, Stuart, and Tony Jefferson eds., *Resistance through Rituals: Youth Subculutres in Post-war Britain*, second edition. London and New York: Routledge, Taylor & Francis Group, 2006.

[96] Hoggart, Richard. *The Uses of Literacy*. Penguin Books: 1957.

[97] ——. *Mass Media in a Mass Society: Myth and Reality*. London and New York: Continuum, 2004.

[98] Horkheimer, Max. *Criticial Theory: Selected Essays*. Matthew J. Oconnell and others trans. New York: The Seabury Press, 1972.

[99] Jameson, Fredric. "Third-World Literature in the Era of Multinational Capitalism"// *Social Text*, Vol. 5, no. 3, 65-88.

[100] ——. *Brecht and Method*. London and New York: Verso, 1998.

[101] Kamuf, Peggy. *The Division | of Literature or the University in Deconstruction*, Chicago, IL: University of Chicago Press, 1997.

[102] Karl, Fredeick. *Franz Kafka: Representative Man*. New York: Ticknor and Fields, 1991.

[103] Keenan, Thomas. *Fables of Responsibility: Aberrations and Predicaments in Ethics and Politics*. Stanford, CA: Stanford University Press, 1997.

[104] Kesteloot, Lilyan. *Aimé Césaire*. Paris: Editions Pierre Seghers, 1962.

[105] Kofman, Sarah. *Nietzsche and Metaphor*. Duncan Large trans. London: Athlone Press, 1993.

[106] Lambert, Gregg. "On the Uses and Abuses of Literature for Life" // *Deleuze and Literature*. Ian Buchanan and John Marks eds. Edinburgh: Edinburgh University Press, 2000.

[107] Lecercle, Jean-Jacques. *Badiou and Deleuze Read Literature*. Edinburgh: Edinburgh University Press, 2010.

[108] Litz, A. Walton, Louis Menand and Lawrence Rainey eds. *The Cambridge History of Literary Criticism: Vol. VII, Modernism and the New Criticism*. Cambridge University Press, 2000.

[109] Lukes, Steven. *The Curious Enlightenment of Professor Caritat*. London and New York: Verso, 1995.

[110] Lyotard, J. -F. *The Postmodern Explained to Children: Correspondence* 1982-1985. Julian Pefanis & Morgan Thomas eds. Stanford: Stanford University

Press, 1992.

[111] MacCabe, Colin. *Godard: Images, Sounds, Politics.* Bloomington: Indiana University Press, 1980.

[112] Marcuse, Herbert. *Negations: Essays in Critical Theory.* Jeremy J. Shapiro trans. London: Allen Lane The Penguin Press, 1968.

[113] Macherey, Pierre. *A Theory of Literary Production.* Geoffrey Wall trans. London and New York: Routledge, 2006.

[114] MacIntyre, A. *Whose Justice? Which Rationality?.* Notre Dame: University of Notre Dame Press, 1988.

[115] Miller, J. Hillis. *Hawthorne and History: Defacing It.* Oxford: Basil Blackwell, 1991.

[116] ——. *The Ethics of Reading: Kant, de Man, Eliot, Trollope, James and Benjamin.* New York: Columbia University Press, 1987.

[117] Moretti, Franco. "Conjectures on World Literature" // *New Left Review*, 1, Jan Feb 2000, 54-68.

[118] Mortimer, J. Adler and Charles van Doran. *How to Read a Book: The Classic Guide to Intelligent Read.* New York: Touchstone, 1972.

[119] Mostern, Kenneth. "Postcolonialism After W. E. B. Du Bois" // Amritjit Singh and Peter Schmidt eds. *Postcolonial Theory and the United States: Race, Ethnicity, and Literature.* Jackson: University Press of Mississippi, 2000, pp. 258-276.

[120] Nancy, Jean-Luc. *The Birth to Presence.* Brian Holmes et al. trans. Stanford, CA: Stanford University Press, 1993.

[121] Nurnett, Paula. *Derek Walcott: Politics and Poetics.* Gainesville: University Press of Florida, 2001.

[122] Pa, Jin. *Family.* Sidney Shapiro, trans. Peking: Foreign Languages Press, 1964.

[123] Pound, Ezra. "A Retrospect" // David Lodge ed. 20th *Century Literary Criticism.* London and New York: Longman, 1972.

[124] ——. "Letter to A. R. Orage, April 1916", quoted from Susan Bassnett, *Comparative Literature: A Critical Introduction.* Oxford UK and Cambridge USA: Blackwell, 1993.

[125] Rhys, Jean. *The Letters of Jean Rhys.* Francis Wyndham and Diana Melly eds. New York: Viking, 1984.

[126] Richards, I. A. *Practical Criticism.* London, 1929.

[127] ——. *Poetries and Sciences.* W. W. Norton and Company, 1972.

[128] ——. Complementarities: Uncollected Essays, ed. by John Paul Russo. Cambridge, MA: Harvard University Press: Cambridge, Massachusetts, 1976.

[129] Rignall, John. *Realist Fiction and the Strolling Spectator*. New York: Routledge, 1992.

[130] Ricoeur, Paul. *On Translation*. London and New York: Routledge, 2006.

[131] Rushdie, Salman. *Imaginary Homelands*. London: Granta, 1991, 1992.

[132] ——. "Interview: Homelessness is Where the Art is" // *The Bookseller*, 15 July, 1994.

[133] Saint-Beuve, Charles Augustin. "What Is Classic?", In *Harvard Classics*, *Vol*. 32, *Literary and philosophic Essays*: *French*, *German and Italian*, New York: P. F. Collier & Son, 1910, pp. 126-139.

[134] Said, Edward. *Culture and Imperialism*. London: Chatto and Windus, 1993.

[135] ——. *Orientalism*. Harmonsworth: Penguin, 1978/1985.

[136] Sartre, Jean-Paul. *The Family Idiot*: *Gustave Flaubert*, 1821-1857, Vol. Ⅱ, trans. Carol Cosman. Chicago and London: The University of Chicago Press, 1987.

[137] ——. "What Is Literature?" // *Norton Anthology of Theory and Criticism*. Vincent B. Leitch ed. New York and London: W. W. Norton & Company, 2000.

[138] ——. *Literature & Existentialism*. Bernard Frechtman trans. New York: The Citadel Press, 1962.

[139] ——. "Orphée noir", preface to L. S. Senghor's *Anthologie*.

[140] Sassen, Saskia. *Global Networks*, *Linked Cities*. New York: Routledge, 2002.

[141] Saussy, Haun. *The Great Wall of Discourse and Other Adventures in Cultural China*. Cambridge, Mass.: Harvard East Asian Monographs / Harvard University Press, 2001.

[142] Schopenhauer, Arthur. *The Art of Literature*. T. Bailey Saunders trans. New York: Dover Publication, INC., 2004.

[143] Senghor, L. S. "An Interview, June 1959"; and "Rapport sur la doctrine et le programme du perti," given at the Constitutive Congress of the African Assembly Party (P. R. A.), mimeographed, 1959.

[144] ——. *L'esthétique négro-africaine*, *Liberté*, *Négritude et Humanisme*, tome I. Paris: Seuil, 1964.

[145] Sinfield, Alan. *Literature*, *Politics*, *and Culture in Postwar Britain*. Berkeley, CA: University of California Press, 1989.

[146] Soyinka, Wole. *A Dance of the Forests*. New York: Oxford University Press, 1963.

[147] Spivak, Gayatri C. *Outside the Teaching Machine*. New York: Routledge, 1993.

[148] ——. *In Other World*: *Essays in Cultural Politics*. London: Routledge, 1988.

[149] ——. *A Critique of Postcolonial Reason*: *Toward a History of the Vanishing Present*. Cambridge: Harvard University Press, 1999.

[150] ——. *Three Women's Texts and a Critique of Imperialism*, *Race*, *Writing*,

and Difference. Henry Louis Gates Jr. ed. Chicago: University of Chicago Press, 1986, pp. 252-280.

[151] Smith, Helaine L. *Masterpieces of Classic Greek Drama*. Westport, Connecticut and London: Greenwood Press, 2006.

[152] Starobinski, Jean. "Les cheminées et les clochers" // *Magazine littéraire* 280, September 1990.

[153] Tester, Keith. *The Flâneur*. London and New York: Routledge, 1994.

[154] Thompson, E. T. *The Making of the English Working Class*. Harmondsworth: Penguin, 1963.

[155] Venuti, Lawrence. "Translating Derrida on Translation: Relevance and Disciplinary Resistance" // *The Yale Journal of Criticism*, Vol. 16, No. 2 (2003): 2003.

[156] Wagenbach, Klaus. "Prague at the Turn of the Century" // Mark Anderson ed. *Reading Kafka: Prague, Politics, and the Fin de Siècle*. New York: Schocken, 1989.

[157] Walcott, Derek. *Dreams on Monkey Mountain and Other Plays*. New York: Farrar, Straus and Gilroux, 1970.

[158] ——. "Fellowship" // *Sunday Guardian*. 15 Jan, 1967.

[159] ——. "What the twilight Says: An Overture," in *Dreams on Monkey Mountain and Other Plays*. New York: Farrar, Straus and Gilroux, 1970.

[160] West-Pavlow, Russell. *Space in Theory: Kristeva, Foucault, Deleuze*. Amsterdam-New York: Rodopi, 2009.

[161] Wetzel, Andreas. "Poe / Baudelaire: Poetics in Translation" // *Cincinnati Romance Review*, Vol. 6, 1987.

[162] Williams, Raymond. *Culture and Society*, 1780—1950. Harmondsworth: Penguin, 1961.

[163] ——. *Culture and Society*. London: Chatto and Windus, 1958.

[164] ——. *The Long Revolution*. London: Chatto and Windus, 1961.

[165] ——. *Marxism and Literature*, Oxford: Oxford University Press, 1977.

[166] Wolfreys, Julian. *Critical Keywords in Literary and Cultural Theory*. New York: Palgrave Macmillan. 2004.

[167] Woolf, Virginia. *The Complete Shorter Fiction of Virginia Woolf*, *Second Edition*. Susan Dick ed. San Diego, New York and London: Harcourt Brace & Company, 1989.

[168] ——. "Notes on an Elizabethan Play", in *Common Reader: First Series*. Mariner Books. 2002.

[169] ——. "How Should One Read a Book?", in *The Common Reader: Second Series*. London, 1932.

[170] Yeats, William Butler. *Uncollected Prose*, I. John P. Frayne and Colton Johnson eds. New York: Columbia University Press, 1976.

[171] ——. *The Senate Speeches of William Butler Yeats*, by Donald R. Pearce, W. B. Yeats. Indiana University Press, 1960.

[172] Young, Robert. *White Mythology: Writing History and the West*. London: Routledge, 1990.

[173] Young, Robert J. C. *Postcolonialism: A Historical Introduction*. Oxford, UK: Blackwell Publishers, 2001.

[174] 达尼埃尔·阿拉斯:《我们什么也没看见:一部别样的绘画描述集》,何倩译,北京,北京大学出版社,2007。

[175] 钦努阿·阿契贝:《瓦解》,高宗禹译,重庆,重庆出版社,2009。

[176] 斯图尔特·艾伦:《媒介、风险与科学》,陈开和译,北京,北京大学出版社,2014。

[177] 爱默生:《美国学者:爱默生讲演集》,赵一凡译,北京,生活·读书·新知三联书店,1998。

[178] 埃里希·奥尔巴赫:《摹仿论:西方文学中所描绘的现实》,吴麟绶等译,天津,百花文艺出版社,2002。

[179] 阿兰·巴迪欧:《世纪》,蓝江译,南京,南京大学出版社,2011。

[180] 巴赫金:《巴赫金全集》,石家庄,河北教育出版社,1998。

[181] 巴金:《家》,北京,人民文学出版社,2010。

[182] 瓦尔特·本雅明:《发达资本主义时代的抒情诗人》,张旭东、魏文生译,北京,生活·读书·新知三联书店,2007。

[183] 波德莱尔:《夏尔·波德莱尔美学论文集》,郭宏安译,北京,人民文学出版社,1987。

[184] ——《巴黎的忧郁》,郭宏安译,广州,花城出版社,2004。

[185] ——《恶之花》,钱春绮译,北京,人民文学出版社,1986。

[186] 彼得·伯尔纳:《歌德》,关惠文等译,北京,人民文学出版社,1986。

[187] 博尔赫斯:《博尔赫斯全集·小说卷》,王永年、陈泉译,杭州,浙江文艺出版社,1999。

[188] 博尔赫斯:《博尔赫斯全集·诗歌卷》,王永年等译,杭州,浙江文艺出版社,1999。

[189] 布莱希特:《布莱希特论戏剧》,北京,中国戏剧出版社,1990。

[190] 莫里斯·布朗肖:《从卡夫卡到卡夫卡》,潘怡帆译,南京,南京大学出版社,2014。

[191] ——《文学空间》,顾嘉琛译,北京,商务印书馆,2003。

[192] 德勒兹:《批评与临床》,刘云虹、曹丹红译,南京,南京大学出版社,2012。

[193] ——《普鲁斯特与符号》,姜宇辉译,上海,上海译文出版社,2008。

[194] 雅克·德里达：《论文字学》，汪堂家译，上海，上海译文出版社，1999。
[195] ——《文学行动》，赵兴国等译，北京，中国社会科学出版社，1998。
[196] 约翰·德林瓦特主编：《世界文学史》，陈永国、尹晶译，北京，北京大学出版社，2011。
[197] 约翰·杜威：《人的问题》，付统先、丘椿译，上海，上海人民出版社，1986。
[198] 史蒂文·罗杰·费希尔：《阅读的历史》，李瑞林等译，北京，商务印书馆，2009。
[199] 冯宪光主编：《新编马克思主义文论》，北京，中国人民大学出版社，2011。
[200] 米歇尔·福柯：《宫娥图》，见陈永国主编：《视觉文化研究读本》，北京，北京大学出版社，2009。
[201] 福柯、布朗肖——《福柯/布朗肖》，肖莎等译，开封，河南大学出版社，2014。
[202] 傅雷：《世界美术名作二十讲》，北京，生活·读书·新知三联书店，2010。
[203] 歌德：《歌德谈话录》，朱光潜译，北京，人民文学出版社，1978。
[204]《古希腊教育论著选》，张法琨选编，北京，人民教育出版社，2007。
[205] 哈佛委员会：《哈佛通识教育红皮书》，李曼丽译，北京，北京大学出版社，2010。
[206] 马丁·海德格尔：《尼采(上卷)》，孙周兴译，北京，商务印书馆，2002。
[207] 苏珊·海沃德：《电影研究关键词》，邹赞等译，北京，北京大学出版社，2013。
[208] 古茨塔夫·勒内·豪克：《绝望与信心——论20世纪末的文学和艺术》，李永平译，北京，中国社会科学出版社，1992。
[209] 胡适等：《怎样读书》，北京，生活·读书·新知三联书店，2012。
[210] 桑德尔·L. 吉尔曼：《卡夫卡》，陈永国译，北京，北京大学出版社，2010。
[211] 卡夫卡：《卡夫卡全集》，叶廷芳主编，石家庄，河北教育出版社，66、76页。
[212] 弗莱德里克·R. 卡尔：《福克纳传》，陈永国等译，北京，商务印书馆，2007。
[213] 恩斯特·卡西尔：《人论》，甘阳译，上海，上海译文出版社，1985。
[214] M. 克莱因：《数学：确定性的丧失》，李宏魁译，长沙，湖南科学技术出版社，1997。
[215] 雷加选编：《世界文学佳作八十篇》，太原，山西人民出版社，1983。
[216] 中国社会科学院文学研究所文艺理论研究室编：《列宁论文学与艺术》，北京，人民文学出版社，1983。
[217] 刘象愚选编：《爱伦·坡精选集》，济南，山东文艺出版社，1999。
[218] 楼宇烈：《王弼集校释》，北京，中华书局，1980。
[219] 卢梭：《爱弥儿》，彭正梅译，上海，上海人民出版社，2014。
[220] 亨利·罗索夫斯基：《美国校园文化》，谢宗仙、周灵芝、马宝兰译，济南，山东人民出版社，1996。
[221] 赫伯特·马尔库塞：《爱欲与文明：对弗洛伊德思想的哲学探讨》，黄勇、薛民

译，上海，上海译文出版社，1987。
[222] 马海良：《文化政治美学：伊格尔顿批评理论研究》，北京，中国社会科学出版社，2004。
[223]《马克思恩格斯选集》，北京，人民出版社，1973，1995。
[224]《马克思恩格斯全集》，北京，人民出版社，1972，1973，2002。
[225]《马克思恩格斯论文学和艺术》，陆梅林辑注，北京，人民文学出版社，1983。
[226] 马拉美：《白色的睡莲》，葛雷译，广州，花城出版社，1991。
[227] 阿尔韦托·曼古埃尔：《阅读史》，吴昌杰译，北京，商务印书馆，2002。
[228] W. J. T. 米歇尔：《图像学》，陈永国译，北京，北京大学出版社，2012。
[229] ——《图像理论》，陈永国、胡文征译，北京，北京大学出版社，2006。
[230] 弗兰哥·莫莱蒂：《进化，世界体系》，大卫·达姆罗什、陈永国、尹星主编：《新方向：比较文学与世界文学读本》，北京，北京大学出版社，2010。
[231] 培根：《英国散文精选》，高健译，上海，上海译文出版社，2010。
[232] ——《培根随笔全集》，蒲隆译，南京，译林出版社，2011。
[233] 马塞尔·普鲁斯特：《追忆似水年华》，李恒基、徐继曾等译，南京，译林出版社，2006。
[234] 奈保尔：《幽黯国度：记忆与现实交错的印度之旅》，李永平译，北京，生活·读书·新知三联书店，2003。
[235] ——《印度：受伤的文明》，宋念申译，北京，生活·读书·新知三联书店，2003。
[236] 让-保罗·萨特：《他人就是地狱：萨特自由选择论集》，周煦良等译，西安，陕西师范大学出版社，2003。
[237] ——《萨特文集(文论卷)》，沈志明、艾珉主编，北京，人民文学出版社，2000。
[238] ——《词语》，潘培庆译，北京，生活·读书·新知三联书店，1988。
[239] ——《想象》，杜小真译，上海，上海译文出版社，2014。
[240] ——《辩证理性批判(第一册)：方法问题》，徐懋庸译，北京，商务印书馆，1963。
[241] 爱德华·萨义德：《简·奥斯丁与帝国》，弗朗西斯·马尔赫恩编：《当代马克思主义文学批评》，北京，北京大学出版社，2002。
[242] ——《萨义德自选集》，北京，中国社会科学出版社，1999。
[243] 苏珊·桑塔格：《形象世界》，陈永国主编：《视觉文化研究读本》，北京，北京大学出版社，2009。
[244] 斯宾诺莎：《知性改进论》，贺麟译，北京，商务印书馆，1986。
[245] 梭罗：《梭罗散文》，苏福忠译，北京，人民文学出版社，2011。
[246] 彼得·辛格：《实践伦理学》，刘莘译，北京，东方出版社，2005。
[247] 王柯平：《〈理想国〉的诗学研究》，北京，北京大学出版社，2005。

[248] 勒内·韦勒克、奥斯汀·沃伦：《文学理论》，刘象愚等译，南京，江苏教育出版社，2005。
[249] 维柯：《大学开学典礼演讲集：维柯论人文教育》，张小勇译，上海，上海人民出版社，2012。
[250] 维特根斯坦：《哲学研究》，陈嘉映译，上海，上海人民出版社，2001。
[251] 特里·伊格尔顿：《历史中的政治、哲学、爱欲》，马海良译，北京，中国社会科学出版社，1999。
[252] 伊拉斯谟：《愚人颂》，许崇信、李寅译，南京，译林出版社，2010。
[253] 罗曼·英伽登：《论文学作品》，张振辉译，开封，河南大学出版社，2008。
[254] 曾艳兵：《卡夫卡的眼睛》，北京，商务印书馆，2012。
[255] 弗雷德里克·詹姆逊：《晚期资本主义的文化逻辑》，北京，生活·读书·新知三联书店，1997。
[256] ——《政治无意识》，王逢振、陈永国译，北京，中国社会科学出版社，1999。
[257] 朱光潜：《西方美学史》，北京，人民文学出版社，1985。